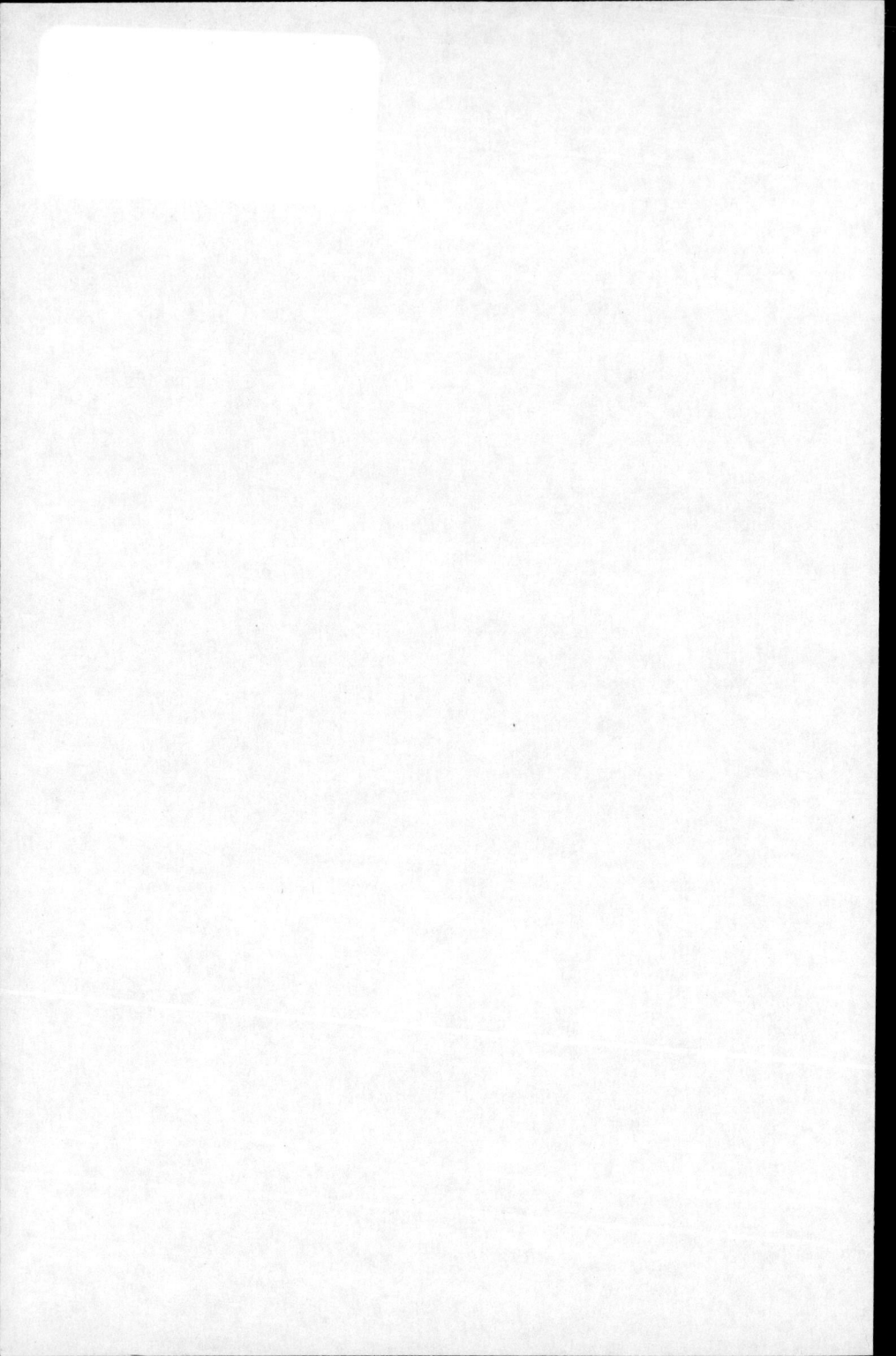

黄永玉

作品

无愁河的浪荡汉子

走 读 ｜ 上

黄永玉———

———著

作家出版社

走读·主要人物表

张序子	这辈子注定住在童话隔壁。他谁都不像。他不是孤雁，从未让谁抛弃过。不是驴，没人给套过"嚼口"。不是狼，他孑然一身。不是喜鹊，没报过喜。不是乌鸦，没唱过丧歌。张序子是个什么都不像的动物——鸭嘴兽。鸭子嘴巴，水陆两栖，全身毛，卵生，哺乳……最跟生物学家调皮捣蛋就数它了。
张梅溪	这位女士到柜台登记住房，没介绍信，没带行李，单身一人，风度高雅，书写流利，是个有教养的女士，说是从广东到赣州来与未婚夫会合的。
孙茂林	序子在北平的二表叔。是个天才，孙猴子似的，石头里蹦出的学问。一个小学都没毕业的孩子可以混成个大作家。学问的源头在哪里？打磨任何一件重器都需要空间时间，这没有道理嘛！
孙得豫	长得比电影明星还行。序子三表叔。黄埔四期，是作家孙茂林的弟弟，在国防部做事，中将或是少将。上海金城戏院大爆炸，就是派他前去调查的。
张子光	序子四弟。自小就自重，来了朋友选张小凳坐在旁边微微笑着静听。平常时候也弄块小木刻板学着刻木刻，心领神会，也可能是爸爸遗传，很容易摸到艺术脉搏，理会得快。
张石城	上犹《凯报》的总编辑，散文家，浙江仙居人，头脑不错，笔头犀利，跟野曼是朋友。
俞 鸣	民教馆干事。人善得不得了，那双眯眯眼生下来就是用来笑的。字写《张猛龙》，新旧书都读得认真，谈吐硬。
陈佐车	社论写得相当系统，如果集合起来，就像一本社会调查的书。主题有很多细节烘托，生动也有力量。佐车这类人，你不可拿他肚子里对朋友有多少情感来衡量他为人的成色。他不是甘蔗，是苦艾。
洪 隼	德国歌德大学学了五年的文学专业。
林沙尔	诗人。优雅话少。住在一间上海石库门式的房屋里，妻子是个沉静美丽的葡萄牙混血。
欧外鸥	未来派诗人。

刘 仑	中山大学教授。老木刻家。和李桦、野夫、黄新波都熟，也认识野曼。刘仑的木刻，严谨规矩，讲究线条和黑白关系……他把天上的云看透了。
黄新波	在香港《华商报》。抗战胜利后和朋友在香港美术界创立了"人间画会"。
野 曼	纯真的梅县诗人，抗战后期一直在桂林那边活动。刚离开信丰《干报》，在香港九龙元朗岳元家住。
廖冰兄	嗓门大，像是独白，又像是在读一本书。边读边撕，读一页撕一页。那么瘦，鼓起眼睛嘴巴皮那么厚。画又画得那么好。
郑 可	雕塑家。老大哥，响动大，家底子厚。
梁永泰	温文样子，跟刻出那套《铁的动脉》木刻气派很是不同。
林景煌	泉州人。当年泉州平民中学的学生，巴金、吴朗西跟陆蠡都教过他。在上海巴金的文化生活出版社做事。
韦 芜	河南开封人。《大公报》萧乾先生的助理编辑。
阿 湛	郑振铎先生《文艺复兴》杂志的助理编辑，是《文汇报》柯灵先生的外甥。
沈容澈	跟石狮的张人希那帮人一起的，朝鲜族人。仪表庄重、声若洪钟。带来的零食，数量和质量都比较动人。带着朝鲜族鼻音讲的笑话全是新东西，别人从未讲过。
巴 金	不像古人，和现在人长得也不一样；一个那么多朋友的人，怎么没见笑容？那么忙的人，哪来时间写这么多书？
陆 蠡	翻译法国浪漫派诗人拉玛尔丁的小说《葛莱齐拉）。在平民中学教的是理化。上海文艺社所有重要材料和日常张罗都委托陆蠡先生。只活了三十四年，遭日军的严刑拷打牺牲。
楼适夷	在《时代日报》。五十左右，头发光得差不多的大额头中年人。翻译的高尔基的《人间》最能让人看得懂，最亲切。
冯雪峰	《鲁迅全集》后半部常常提到他，也是共产党派到鲁迅身边的熟人。

孙夫人	宋庆龄。一对对缓缓回旋的舞伴经过孙夫人身边致敬。夫人微笑点头，她在认真欣赏。这之间，自自然然有一道敬畏的界线，要不然大家都会拥上前去赞美她："你是世上最美的战士！将爱献给世人，却勇敢地辜负自己！"
李 桦	个子小小，精悍的身段。广东人。鲁迅当年称赞他是木刻高手。抗战八年一直在长沙九战区薛岳那里当中校文官。"中华全国木刻协会"负责人。
余所亚	漫画家。广东人。在他那张日夜起坐、既是卧榻又是沙发的床上，喷薄出热情火焰似的语言。
章西厓	杭州美专毕业。不太适应《杭州日报》美编工作，很快要来上海。木刻精致讲究，一颗颗小点子、一丝细线也不放过，总是那么严谨。
麦 杆	他的家众人从不把它当作他的家，只习惯认为是木刻协会的会场。在那里开心，在那里争吵，讨论重要的事务，搞选举，分配职务。情感丰润至极，真诚至极。
叶 冈	画家叶浅予的弟弟。也画画。现在在《文汇报》编副刊。序子江西时候的朋友，两个永远讲不了长话的好友。他和嘉树的结合是朋辈中美谈，他们有如坐在白羊车上的璧人。
朱金楼	上海美专出来的，很精彩的画家，人缘好，三教九流都通达，没有办不到的事。
刘 狮	上海美专毕业。刘海粟的侄儿。写了好多东西，文章和画画都很了得。
邵克萍	在"中华全国木刻协会"工作。
杨可阳	在"中华全国木刻协会"工作。刻了一幅打横的木刻叫作《出了事的街》，画面的处理和题目都取得非常别致，老百姓的生活表现得好浓郁。
叶 苗	漫画家，很温和文雅的人。跟吉卜赛谢夫一家是朋友。
徐甫堡	全副整齐军装，是个国民党上校，在朋友面前毫不忌讳，又公然是个木刻协会会员，而且是个温和文人。

陆志庠	他的笑是很有名的，像克拉克·盖博。中国出了个这么讲究、重要的艺术家而不自知，悲剧！他的艺术世界是静默的，他的命运飘荡于人类大行动之间，再由几个好倾向、好脾气的朋友终生地关注。
庞薰琹	薰琹先生卷轴画，多是湖南贵州那边的苗族妇女生活。用笔十分细致，用色素雅可亲，能让人感受到那特殊地区动情会意的特点。
刘开渠	雕塑家，工作动静都比较大，需要大的工作车间，有来回运载工具设备、材料的方便结实的地面，有好的光源……
戴爱莲	舞蹈家。私立上海乐舞学校校长。丈夫叶浅予远在山南海北。音乐轻稳地陪伴着她的动作，像端着一碗水那么小心。额头锁住眉毛，眉毛紧镇着眼睛。音乐进行，空间凝固了，艺术行为变成宗教意念，好特别！
"娘娘"	张夫人，三十来岁，身材好，嗓子亮，皮肤白，一个皱眉头看人的近视眼，半辈子熬夜打麻将孵出来的特貌。话不多，温和，有好奇心没有侵略性。一个雍容的女人。
黄裳	在文汇不是专职，又有张固定办公桌子，他在编一个重要的专栏；正式工作是中兴轮船公司高级职员；在上海是个著名的古籍版本权威；抗战期间做过美军翻译，还做过坦克教练；翻译过威尔士的《莫罗博士岛》、屠格涅夫的《猎人日记》；没完，还给考大学的学生补习数学，写散文，透熟京戏。
汪曾祺	他讲话未必总是那么少，耐烦听别人废话。又能挑时候准确答应问题。
方成	本名孙顺潮。武汉大学化学专业。一开始在《扫荡报》画大学生生活漫画。
张文元	非常非常的人物，特务几次想杀他。他一口气一天可以画四套骂老蒋的连环画。对朋友真诚仗义。只可惜生活上有点烂，这是很难改变的毛病。
黄苗子	吴铁城的干儿子，现在是财政部长俞鸿钧的机要秘书，又兼中央信托局的秘书长，发金圆券、关金券都要经他亲手签字才行。
郁风	漫画家，郁达夫先生的侄女。

臧克家	瘦高条文雅的人。在青岛读大学的时候，一位朱雀人孙茂林是他的老师。
曹辛之	跟臧克家先生创办星群出版社，又出了一本诗刊叫作《诗创造》。现代诗人，金石家，书法家，重要的装帧艺术家。一个坦荡的好朋友，一个难忘的趣人。他历史两头的牌子都硬。延安鲁艺出身，反右的右派。不管什么时候都是勤劳于文化艺术的大丈夫。
王辛笛	英国留洋，回国教大学。相貌类乎常人，嗓门圆润带点沙音，作诗土洋底子厚，人格睛明，让不少内行朋友亲近喜欢。家里十分殷实，不露相地暗中支援，为星群出版社与《诗创造》解困。
陈敬容	《逻辑病者的春天》是现代诗中最古的诗，是神迹。这么凝重婉缛的思路出自一个孤身女子笔下？
张正宇	这人从小不会玩又不"近"书，不晓得哪儿来的这份艺术脑子，东西一经他手，格调马上变高，看他平时懒洋洋的派头，总是让人难以相信！
郎静山	文雅穆静，灰黑的西式长头发，下巴一撮灰黑潇洒长胡子，蓝灰长袍，像一位江南哪个小县出来的读书先生。胸脯前倒是挂着一架"禄来福来"摩登照相机。这老头步履矫健，声音清亮，应对温和，真让人亲近。
王之一	美术评论家、散文家。张大千的朋友。
张沉痕	能干的出版专家。
王 淮	原福建省保安司令部战地服务团团长。序子的老上级，亲兄弟骨肉一样的老大哥。后在台湾。
刘崇淦	福州人，原战地服务团主演。嫁给了王淮，跟随他到台北，生了一个女儿叫阿乖。
颜渊深	王淮的旧部，在台湾常常跟随王淮夫妇。
邵荃麟	砰兰街讲话，做"形势报告"的，下腭比上腭长点的那个人。
乔冠华	序子认得他上海《文汇报》的老婆龚澎，特别佩服他。他说喜欢序子的木刻，"真的喜欢"。一张张举出名字。

张天翼	"昨晚一个聚会上，郭老听到你来了，都为你高兴。茅公还搭话托我问你好！上头还讲到你这里不适合养病，条件太差，要你搬到澳门去，正在和镜湖医院联系。"
颜　式	原在广州中大读了两年，抗战跟着到坪石，坪石一散，变成"自由抗战分子"了。飞檐走壁，来去影无踪。序子跟他老朋友到这种程度，一点也摸不着底细。
钱瘦铁	台北图书馆阅览室一本城砖那么厚的日本美术月刊杂志合订本，几几乎每期都有文章评介到他。
柏辉章	三十年代在朱雀当指挥官。想不到的妍细文雅，穿着对襟短袄，温郁和柔的仪表，难以想象竟是十几年前的杀人魔王。"……是的，当时我是故意杀给你们的陈渠珍看的。"说这句话，像是在吟诵宋词那么潇洒从容，回味无穷。
谢　夫	一个像是从外国画报上掉下来的又高又壮又满脸灰胡子、穿着奇装异服的老汉。"我们不留相貌在人间。"吉卜赛民族原本就是忘了归路的天使……
王邦夫	大力士。看报老头说："俚邦美国衰仔，全香港好捡唔捡，捡中个王邦夫！"

约好中山公园茶馆见面，约到姚公骞、马龄、胡鲁沙、周亚、叶奇思、冯万喜、李白凤……都赞成序子先来赣州。

序子讲遇见刘兆龙的事，大家感叹一番，顺口都骂一骂天地不仁。不过洪隼批评序子："这样一个大人，你怎么敢劝他跟你到赣州来？真跟你来了，你怎么养他？你看你自己眼前的局面都难招架。"

马龄替序子解释："他不过顺口一句人情话……"

"怎么顺口人情话？见不到你们，我跟老刘街上骑楼底下找个住处，帮人画速写像、剪影混饭吃的本事还是有的。"序子说，"不敢想老刘一个人放在金鸡墟会是什么下场……"

"……从前有一只青蛙跟一只蚂蚱是好朋友，"鲁沙讲，"相约出门旅游。他们和人不一样，旅行是不花钱的，随处都找得到吃进口的东西。没想到路走到一半，冬天来了。那可不是钱不钱的问题，而是有钱也买不到东西的问题。世界上哪有饿着肚子旅行的？话是这么说，也只好一步一步往前走。当然，这样子已经不太有旅行风度了。

"下大雪了。

"'怎么办？'青蛙问蚂蚱。

"'歇一歇吧！'蚂蚱说。

"两个旅伴找一棵大松树根坐下来。

"'现在不只是个累的问题。'青蛙说。

"蚂蚱说：'你说得对。'

"'我饿得像刘海戏蟾的那只三脚金蟾了。'青蛙说。

"'有可能！'蚂蚱说。

"'眼前，解危最好的办法是我们之间有一个站出来让另一个吃掉。这既需要勇气还要有一点点牺牲精神。我们既然成为好朋友，让我来担当这份光荣，你把我吃掉吧！'青蛙闭起眼睛挺起肚子站在蚂蚱面前。

"蚂蚱急了：'别，别这样！你忘记了，我是吃素的。你那么大一条荤菜我怎么吃得下？'

"青蛙笑眯眯地说：'哈，哈，那么，那么，那我就不客气了。'伸出长舌头，啊呜一口，把蚂蚱吃了。"

周亚抢着说："张序子！他是在讽刺你！"

"哎！让你周亚猜中的东西都不幸之至！序子，我写出来，你刻一套插图好吗？"鲁沙说。

马龄说："我看鲁沙这两下子真应该写出来。有一天出个集子，让序子刻木刻插图是个好主意。——夸你了，应该请客。"

"这个月我钱用完了，今天欢迎张序子，大家'各出各'好不好？"鲁沙说。

没有人反对，一齐上了岳云楼。

岳云楼就在公园大门右首边，双层，一排漆成古枣色的木楼。桌椅也都方正规矩。上得楼来，凭栏就是街景。一路上下吊着红纱料子灯笼，写着灯笼体"岳云楼"三个字，就在白天衬着树影也显

青蛙笑眯眯地说：「哈，哈，那么，那么，那我就不客气了。」伸出长舌头，啊呜一口，把蚂蚱吃了。

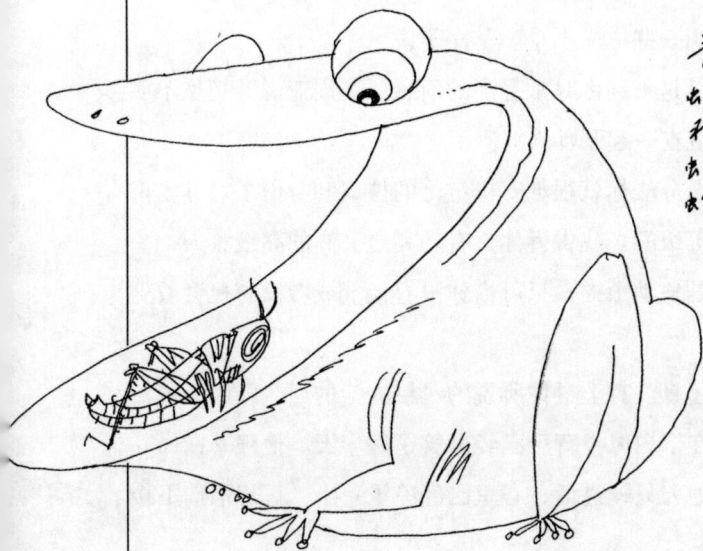

青蛙和蚂蚱

得悦目宜人。

周亚抢着说："你们这一大帮人就没一个听出鲁沙的用意？"

姚公骞说："张序子说的是张序子的意思，鲁沙的青蛙和蚂蚱是鲁沙的意思。张序子说的是原始经历，鲁沙是由张序子发端而引来的另一种敏悟。我读过鲁沙起码不少于二十篇这类寓言，精彩，地面上要不长张序子、李序子、刘序子、黄序子……鲁沙怕一段也写不出。周亚，你犯不着为这类事情太过操劳。"

"我对张序子鼓吹的那个瞎了一只眼的汽车司机的操守很不以为然。嫖、赌、饮俱全，就差个'吹'字，为这类人动感情不值得！"周亚说。

"唉！和你少时间里说不明白。我一直感觉跟他做朋友比跟社会上有些纯洁的人安全得多。有一种朋友，一认识他就有勇气，肩膀上愿意为他承担一些道义干系。"序子说。

"所以，我总是听到你时常上当的消息。"周亚说，"也不明白你跟那帮俗人混在一起干什么？"

"把世界这么分法你就很难安排自己的位置和身份了。其实俗这个东西是不分等级的。我告诉你，有的高之又高的高级雅人，一旦庸俗起来简直是地动山摇，只可惜你没有福气或者没有机会看到而已。

"我这辈子还真没有上过你所说的'俗人'的当。"序子说。

酒楼掌柜站在李白凤身背后已经微笑了好半天。他跟李白凤一个人熟，见到其他人只顾讲话，心里已经凉了一半，正想悄悄下楼。

"先来茶吧！"

茶来了，众伙又迷在茶上。不见了老板，这才想到他上楼的目的。

来什么好？

"玉冰烧"还是"赣江春"？

"五香牛杂，这家的招牌。"

"红烧猪蹄。"

"清蒸鳜鱼。"

"辣炒双脆。"

"八宝鸭。"

"芥菜白片肉。"

"四喜丸子。"

"鸡丝韭菜黄。"

"酸辣汤。"

"酒酿糯米汤团。"

……

马龄大喝一声："今天哪个请客？"全场鸦雀无声。形势突变。

碰巧老板这时上楼——

"我来碗牛肉面吧！"

"我也……"

"我也……"

一共九碗"我也"。

白凤没带钱，姚公骞帮他出了。吃完面，众伙下得楼来，舍不得散。

"公园永丰茶座，我请客。"冯万喜说。

"哎呀！请什么客？总干事冯开源是他三叔。"周亚说。

序子走在街上很有感想。往日的中国文化热闹一下子变成美国热闹。大汽车的轮子比一个大个子人还高。满街轰隆隆响。

两颗原子弹一丢，日本降一投，大批美国军队顺手用的东西和新运来还没拆封的东西不带回国了，交给一些莫名其妙的人摆在马路两边零卖。这类人长得就像舞台上扮演的"浪人"一样，一个个没有副正经样子，故意绷起脸皮昂扬地对本地人耍洋泾浜。甚至穿上整套军装夸张自己身份。在老百姓印象中觉得是一种厌烦的夹带。

摊在马路两边的百货、千货、万货也不止。有钱人买回家去塞满了所有柜屉空间，后悔来不及，货色的种类超过了买主的知识。一家人对着这批东西干瞪眼。

……大的有登陆艇的厚帆布罩子，小的有近视眼镜框上的各种型号的螺丝钉。进出肚子的各种药品。早饭、午饭、晚饭、闲食、糖果、巧克力、雪茄香烟。打火机、火柴。冷热饮料，节日用酒。四季从里到外长短各种穿着打扮，手套、鞋、袜、四季屋内外各类帽子、头套……（能力有限，写不下去，可找当年美军战场手册一查即知，此书本人有幸见过，厚约三厘米，绿漆面精装，翻久不坏。）

（本人当年耻于用这些东西，现在想来用用不妨，质地可靠，名家设计，价廉物美。这批东西发售面广博为世界第一，重庆、昆明、台湾、上海、厦门、广州、香港，时间之久，从一九四五年到一九五○年……也世界第一。）

洪隼这边转来梅溪的信，全家已借住在韶关城外对河一幢洋房里，叫序子不提未来计划，免得让人探索。她也着急自己一天长大了，反而又叫序子不用着急。她爸爸也住在一起，不提"我们"的事，免得相互刺激。她晓得爸爸爱她，彼此各自怀着鬼胎。又说："你的老朋友剧宣七队也驻在韶关，我借机会去看演出到后台找他们。我们谈了一些话。"总之她要序子放心。信后每次都说"吻你"。

为什么要写"吻你"？这动作两个人从来没有发生过。有什么好吻的？吻算个什么东西？"吻"在朱雀城叫作"打啵"，用来称呼"做丑事"的行为。后来外国电影里居然公开表演出来，梅溪说大家带祖母去电影院看外国电影，逢到接吻的场合她老人家就急忙低头捂住双眼，等告诉她老人家"过去了，过去了"，才睁开眼睛继续往下看。

记得小时候听方季安麻子伯伯嘲笑道学先生假正经就说过："嗳！什么丑不丑事啊！你蒋委员长不也是'做丑事'做出来的吗？"

那时听来还真觉得危险！

老板冯开源没想到序子见面也熟，很快位子就坐顺了。看看紫藤叶子还那么油绿绿的，想想轻率地晃掉的这一年，真好像丢掉不少东西。

进来一个见过面的老冯熟人董振丕，是原来民教馆的职员，戴一副宽边眼镜，也认得马龄、周亚、姚公骞他们，打完招呼只一味之饮茶，听人讲话。他也是奉化溪口人，向序子介绍了自己之后，自我嘲讽地笑了一笑。又说："我也是刻木刻的，只是还没入会。"

李白凤问序子在寻邬的一些事，觉得浅薄好笑。

又跟着接手接脚地讲和听，经过大家凑合，差点变成一出《福尔摩斯》加《火烧红莲寺》的大戏。

"哎呀呀！哪个想得到你会跑到那么远的地方去迎接我们那个

梅溪说大家带祖母去电影院看外国电影，逢到接吻的场合她老人家就急忙低头捂住双眼。

老太太不肯吻

伟大的抗战胜利呢？"鲁沙说。

"人生往往造出一幕非常假之又假的真戏。"姚公骞说。

"真戏不好看，越假越好看！"马龄说。

"我倒想真问你一下，眼前你工作有什么打算？"叶奇思问。

"不是没有打算，我还真不想离开赣州。到别处我一个熟人都没有。"序子说。

"你讲别处是哪里？"李白凤问。

"野曼介绍我去上犹《凯报》，张石城在那里。"序子说。

"野曼是谁？"李白凤问。

"一个诗人。"周亚说。

"诗人？我怎么不知道！"李白凤说。

"大概他也不知道你。他是广东蒲风那一边的，好纯真的梅县诗人，抗战后期一直在桂林那边活动。刚离开信丰《干报》，大概回广东哪里去了……"

"石城呢？"李白凤问。

"上犹《凯报》的总编辑，散文家，浙江仙居人，头脑不错，笔头犀利，跟野曼是朋友。我跟他有过书信来往。"周亚说。

"在这里蹉跎时光，不如先上那儿待待。——跟他们商量过没有？让你干什么？"李白凤问。

"设计版面，刻点小报头，自己刻点木刻或写点小散文。听说给了个美术编辑名分。"序子说。

"算了，可以了，地方小，做事稳定，大家能玩在一块。"白凤说。

洪隼说："我也觉得这样子好，一百二十里，中间有个'塘江'可以歇脚，很古，有看头。一路到上犹，不算陡。"

"好笑！"序子说。

"有什么好笑？"洪隼问。

"原来吃酒变成一人一碗面。"序子说。

"唉！看看！做文人不易啊！"洪隼说。

序子上电报局打了四个字："序子（九）到"。

现在的年轻人不清楚打电报是怎么一回事了吧？

有急事要告诉远地人，写信来不及了，就用这个办法。不过这办法贵，要一个字一个字算钱。为了省钱，字越少越好，少了又怕说不清楚。又要说清楚，又要少字，这就看平素的修养和本事了。读书多的人占了便宜。

那头收到电报之后还只是一排排数目字，要请人帮忙查电报本，在号码格上对出字来。

赣州去上犹没有公路，不通汽车，非走路不可。

一百二十里，半路有个大镇名叫塘江，恰好中段六十里休息。明天再赶六十里，不用天黑就到上犹。

（七十三年前的事，我完全忘记用什么方式从赣州来到上犹的。行李是一堆书籍和一堆木刻板，颜料、画具、木刻刀和纸张，一块五六斤重的磨刀石，再加上衣帽和其他紧要杂物……早超过了一百斤，背囊装得下，人不一定背得动。我非常怀疑当时有能力扛自己这尊肉身和过百斤的随身杂物轻易挪动一百二十里。

《民众日报》的洪隼兄几个人都在为我着急，请挑夫、轿夫花的钱太不上算了。

最后我还是到了上犹，怎么到的？忘记了。

好像一辈子只记得风景名胜，忘记走过的千里万里；只记得山珍海味，忘记吃了几十年的家常便饭。）

见到了社长李继祖、总编辑石城、主笔陈佐车，副刊编辑艾雯（女）……序子住房安排在二楼西北角一间小房间，跟石城隔壁。吃饭在后屋食堂。

这楼房算不得大，叙述起来，连印刷厂都在里头。越讲越大。——喔！忘了，还有编辑部，干晚上活的译电组，还有楼上的社长办公室。白天来，下班回家。

斜对面有座砖墙二层楼，大堂大，放得下四张乒乓球桌子，可以开从没开过的大会。（我有时做梦在这里看文艺演出。）

出去的粗心人忘记带门，隔壁人家养的七八只大白鹅摇摆进大堂来玩，叫出震耳的声音。有人会温和地伸开双手劝它们出去。不嚷、不骂、不生气，扫把扫掉大白鹅即兴拉出的大便。

序子很少见到用这种温和态度对待牲畜的君子。

序子刚到，石城带他到报馆各处看看走走，这个握握手，那个握握手。

上街。一条疏落的长街。县政府要走过百十来家店门才看得见。坐北朝南。建筑算不得巍峨，倒看得出自我约束的风格。算是难得。

（再往前走这么相等店铺，一个大操场，就是"继春中学"。校长姓高，高哲生，翁文灏当年资源委员会的人马，后来调到钨矿局。他原是海洋生物学者，一抗战，海没有了，只好转进大陆。你看岂不见鬼了吗？让他来当中学校长。山东青岛那边的人，是位很有修养的大科学家。学校分高中、初中，校舍很大，礼堂漂亮，蒋经国在这里很舍得花钱。几时进去看看，高校长我熟。）

出去的粗心人忘记带门，隔壁人家养的七八只大白鹅摇摆进大堂来玩，叫出震耳的声音。

隔壁人家的鹅

序子用不着上班的，开始为艾雯的文艺版专栏刻个"大地"的头花（可惜忘记了名字）。以后大概是一两个月换一次新的。

报馆大门朝南，按说法是街右。街左是刚才讲过进鹅的大堂。图书馆、资料室在二楼，还有一间间职员宿舍。听说还有间男澡堂子。后门打开就是河堤跟河滩。所以鹅鸭们习惯从房屋前后进进出出。

照序子看来，江西县份里，上犹聚朋结友街上喝米粿茶的兴趣没有龙南、信丰那边浓。有固然有，冷清一点。这是以后序子住久了感觉到的。是不是经济、文化、交通不方便弄出来的？……

敲钟下班，晚饭，休息，又敲钟，上夜班的上班。

有个民教馆的干事俞鸣（他哥哥是军委剧宣七队的俞亮），常来找序子聊天。此人善得不得了，那双眯眯眼生下来就是用来笑的。字写《张猛龙》，新旧书都读得认真，谈吐硬，难得上犹有几个这样的朋友。有时相约石城吃晚饭之后到艾雯家里坐坐，谈点各人读过的中外书籍的情趣心得。

艾雯是出优雅女子的江浙那边的人，跟资源委员会工作的爸爸到江西来的（？）。不幸爸爸去世，剩下妈妈和妹妹靠她养活了。

伯母十分殷勤慈和，我们一来，总有好茶、好点心招待。

和我们一样常在这时候到艾雯家来坐坐的是上犹县三民主义青年团的干事长××。（这个突破了我记忆力的纪录，竟然忘了他的名字。）

这位老兄眉清目秀，嘴唇上留着美国电影明星埃罗弗灵式的一小撇精细胡子，金丝边眼镜，尤有甚者，我们三个人万万办不到的是，他随身骑着一架崭新的英国三枪牌脚踏车，大驾一到，故意地

剑鸣，生下来就是为了笑的

此人善得不得了，那双眯眯眼生下来就是用来笑的。字写《张猛龙》，新旧书都读得认真，谈吐硬，难得上犹有几个这样的朋友。

叮一声，车子靠在走廊月拱门边。

这个人自认漂亮是可以的，不过不要自我夸张。五官小气了一点。当然，长成什么样子是人家的自由，何况又不是"我"的客人。序子想。

他不插话，只坐着谛听，时不时轻轻咳一声嗽，用拳头捂一捂嘴。表示"我"在这里。

他目的性明确，是来讨艾雯做老婆的；不过没说出口。他采取下象棋"拱卒"的办法，他清楚自己的优势，他"润物细无声"，他清楚眼前三个客人绝不够格担当情敌重任。唯一要命的是他自己，他不敢问自己："你多大了？"（大概三十四五了。）

这个人（想起来了，他可能姓朱）一来，序子三个人当然告辞。出门前，顺手把自行车前轮的气门芯松了（就一次）。

还有一处常去的，李社长家里。三口人，有时还管饭。孩子才四五岁，很可爱。在序子心里，夫人的名字也很不稳定，有时候姓周，有时候姓张，定不下来（对不起）。

在那里，独门独院，可以畅论时事、讲笑话。蒋家、宋家、孔家都行。

蒋经国专员在广场的讲台上对人群做重要演讲，没想到蒋委员长忽然驾到，蒋经国专员连忙从台上跳下跑上前去："爸爸好！爸爸好！"

有天，蒋委员长，管空军的周至柔，管宣传的张道藩，管党务的陈立夫，同坐一辆车到一个地方去。要过一道河。木桥上一匹毛驴在啃青苔挡住了去路。开车的周至柔下车上桥去命令毛驴："滚开，要不然我派飞机来炸掉你！"毛驴不理。

蒋经国专员在广场的讲台上对人群做重要演讲，没想到蒋委员长忽然驾到，蒋经国专员连忙从台上跳下跑上前去：『爸爸好！爸爸好！』

台上跳下说 爸爸好 爸爸好

张道藩下车上桥跟毛驴讲："蒋委员长的新生活运动遇师长尊者要礼让，你懂不懂？"毛驴不理。

陈立夫下车上桥，俯身在毛驴耳边轻轻说了句什么。毛驴撒腿就跑。

蒋委员长问陈立夫："你对它说了什么？"

"我问它，参加国民党好不好？"陈立夫说。

蒋经国专员有次做军事检阅，看见列队排前的一个营长裤子纽扣没扣，叫他上前几步问道："你看你底下是什么？"

营长朗声回答："报告专员！我底下是营副。"

听李社长口气，好像也不怎么喜欢国民党，甚至有看穿了的口气。奇怪的是国民党怎么还让他当社长？

有回讲到新赣南宏图之所谓，他说他也曾翻过几本这类的书，究竟写得怎么回事他也弄不清楚。几次想下乡去看看都没能如愿："其实你还真可以下去看看。"

石城也在旁边打气。常备队的老曹借了匹黄骠马给序子。序子还真下了差不多十天的乡。

（天晓得至今连那几个乡名都没记住，印象最深的是出发那天的事和回来那天的事。先说出发那天。这匹公马想必好久没放青了，膘踏得那么足，见到继春中学那么大片草地，忽然撒起欢来，放蹄就跑。幸好我紧紧夹稳马鞍，点紧马镫，勒准马缰，任它驰骋了整一大圈。幸好有点经验底子，不然跌下马来，不摔死也给拖死。

再说回来那天。

居然骑马在一路的杏花香里。想起自己以前的那根难忘的洞箫上的字："一路杏花红十里，状元归去马如飞。"俗是俗，但又那

一路杏花红十里

居然骑马在一路的杏花香里。想起自己以前的那根难忘的洞箫上的字：「一路杏花红十里，状元归去马如飞。」

么身心贴切，俨然是闭着眼睛让最后两小时的花浪花香拥着回乡的状元郎，有何不可？）

别说写稿子，连最简单的速写都没有一张。愧对李社长说："这次下乡和以前你的心向往之一样，什么都没做出来。"

他说："有时办事情会是这样的。"

话虽这么说，序子自从下乡回来之后，还真做了一些事情：

一、中篇历史小说《韩愈上任》，艾雯把它连载了七八天。俗传的侄儿子韩湘子也扯了进来，熟人见到就问："写谁呀？写谁呀！"（没有写谁。）

二、纪念作家羊枣先生逝世木刻一幅。

三、庆祝收复东北、日军投降木刻一幅。

四、《鹅城》抒情木刻一幅。

五、《饥饿的银河》木刻一幅，自己的诗插图。（自己没有写，以后在上海李白凤写了。）

六、《小草》端木蕻良诗插画。

序子一直以为石城是一个人在上犹生活，不料有天下午一位戴眼镜、微胖、穿蓝布旗袍朴素的女士来找他，对他温婉说话。序子从未想到石城竟会这样粗暴地对待她："你走！"

女士仍然对石城轻轻地说话："你听我说咯，承天！"（石城的学名叫张承天。）

石城把女士反手一推，差点将她摔在楼板上。

"我不听，你走！"石城喊起来。

……

女子静悄悄下楼去了。

楼上剩下的这两个男人也各自散了。

故事没有散。听人说，石城好久以前曾经害过肺病。病到要人照拂的地步便住到县医院去了。那时候不像现在有公费医疗（有人插嘴，公费医疗也不省钱）可以报销，交不了费便要出院。这位女士是医院的护士长，不单有本事还有积蓄，把两个长处都用在他一个人身上了。病好之后还给他每天炖鸡汤进补，亲自把恢复健康的他送回报社。以后，不要你了！

就是序子亲眼看到的那场合。

爱一个人可以爱到这种忍辱含羞的程度。你看你多活该！那么简单的两个字"你走！"就被打发了。

你前辈子欠他的，该他的？你向他说理由现在他能听得进吗？其实一个人犯不上花时间在讨厌人身上找可爱。

序子上卫生院找到了她："我自己主动来找你的，和张石城没有关系。

"离开这个地方吧！你有地方去吗？不要回老家，走远一点。生活稳定之后，先抱个不到一岁的女孩养养。不要男孩，记住，不要男孩。女孩会痛亲你一辈子，男孩永远是你的张石城。

"别再找张石城，这类对人产生腻歪心的人比狼还狠。"

"你是谁？"她很冷静。

"我是张石城的好朋友，同事。"序子回答。

"多谢你。"她说。

"对不住，不冒犯就好。"序子告辞。

回到报社，石城站在门口："哪里去了？"

"找你那女朋友。"序子答。

"我要你找她吗？"石城问。

"我在为你出力解结啊！"序子说。

石城朝地上狠狠唾了一口口水，转身走了。

"咦？"序子瞧着他的背影笑了，心里盘算，"要是打他一顿，世界会起什么变化？"

第二天大清早在食堂，石城老远端着碗面左手指着厨房门口告诉序子："那头，簸箕里有油香饼！"

李继祖社长有天找序子："县长刘文渊是我老朋友，在上犹已经做了三年县长，你帮我想想看，送个什么礼物做纪念好？"

"看你意思是要我画画了吧？"序子说，"我画了，岂不是我送的礼了？"

"那也是啊！"李继祖迟疑地说，"要是题上个我的名字呢？"

"画是我画的，你题五个十个名字也没用。除非送的是一张郑板桥。"序子说。

"郑板桥？有郑板桥我还送他，我疯了？"李继祖说，"这样，你看好不好？你去有风景的地方画几张本地风景，我叫人裱一本册页，大家签名，你看好不好？"

"唉！我下乡出发那天，你打个招呼不早解决了？在乡里，我正愁不知干什么好。我真算个混账东西，辜负了几天宝贵光阴。唉！在乡里随便东南西北打个转，你要的东西不都有了嘛！唉，可惜！"

序子用了两天时间，邀了民众教育馆的俞鸣，摊开画夹子沿河画了五六张风景草稿，又到继春中学长杏花的那边的村头村尾画了五六张稿子。回到宿舍，把稿子上了水彩颜色，你别说，还真有个样子。问俞鸣："送到裱褙铺，做成册页，你估计要几天？"

"急件可以快，我看五天行了，我和刘裱褙熟，招呼他快点就是。"

序子题了字，盖了章，自己又欣赏一遍，得意地问俞鸣："你老实说，究竟画得怎么样？"

"这要看跟谁比了，跟毕沙罗、跟莫奈比，他们一百分的话，你顶多零分。"

序子不再惹他，认真用报纸包好十二张画放在桌子上，到厨房打来两个人的饭菜。有咸菜汤、炒牛肉片、豆芽菜、煎豆腐干、辣子鱼、一碟炸花生、一碟豆腐乳。

"嗳？不是说上饭馆的吗？"俞鸣诧异。

"哪个这么讲的？"序子问。

"我想，我一定听到人讲过。"俞鸣说。

"大概是想多了，变真的了！"序子说。

序子：

多谢寻邬《天声报》徐力先生把信转到赣州洪隼先生手中再费心转到上犹你本人手上。我们庆祝抗战胜利的心愿总算作一了结。

我要不亲眼读到习惯了的手迹，怎能相信将要成为未来姻亲的人会诬陷你为日本间谍并在黑夜中把你武装驱逐出境。这种狗胆包天愚蠢到家的举动也不怕有朝一日被人传为笑话。

抗战期间，抓到日本间谍就那么轻易地放走了？审都不审一下？七战区长官司令部管情报工作的就那么慷慨大方？或者，就那么可爱天真？

回过头来我仍然要夸奖你，对付那批混蛋你怎么那样从容不迫？自己想想，把你过去那些奇异遭遇分一点点给别人，难得有人不叫痛的。

清末民初有位不懂外文的大翻译家林琴南出书翻译了一本英国小说家迭更司的小说，取名《块肉余生记》，写一个小孩成长的复杂故事。我觉得这书名送给你更为合适，你才是货真价实的"块肉"。后来另一位翻译家许天虹先生把这部书全翻译出来了，就直接取用原书名，也就是主人翁的名字"大卫·高柏菲尔"，厚厚三大本，在译者序言里有一段话：

"在表面上，迭更司似乎是一位幽默家，可是这位幽默家也有他的可悲的一面。可悲的就在他要哭的时候却不能不笑。因为他看到了现实社会的黑暗面；他那热情的天性始终不能漠不关心多数人的悲惨的生活状况。不过他努力保持着对于'未来'的信心，并且竭力支持着别人的这种信心——虽然有时候他也感到他的立足点好像要崩陷似的。"（一九四二年三月十日天虹志于浙江临海）

你自己看看，有没有这种感觉？许先生的这一段话像是在为你这"块肉"写的。

自从你跟我讲了那十二位苦难兄弟遗体同卧一船四天四夜的故事以后，害得我在以后多少个梦中认为自己就是其中的十二分之一。躺在潮湿的舱底，隔着一层板子和你讨论世情人生。

眼前全国上下仍沉酣在胜利梦中未醒。受降，接收敌伪资产让这些国府大小官员狗蛋们快乐得快要融化了。金圆券猛跌，粮价飞涨，大有热闹可看。静中有动，动中有静，蒋公有逐渐成为酱公的可能。他老人家总忙在不应该忙的地方……

　　我眼前脑子真飘着一点封建老头子的快乐彩云，有幸生前抱抱你们未来的儿女，有幸做一个空头爷爷。

　　寄来的几张木刻都有欣赏价值，看得出具备着透明的文化性质，这点飞跃，可不简单。所以说，还是自由恣意一点好。天下之大，无奇不有，少的就是脑子。不动脑子，见样画样，你学我，我学你，学成一团，粘在一起，相互叫好，却不见长进，怎么得了？

　　个人主意到哪里去了？读的书呢？生活经验呢？判断分析力呢？主意有高度，又有称心的表达技巧相扶相携，那可是一件快乐无边的美事。

　　刻画一样东西总要动情。爱是情，恨也是情，动不动情的作品一眼就看得出来。像射箭瞄准一样，无的放矢能叫艺术吗？

　　看看眼前这个包含这么多有趣花样的社会，俨乎其然庄而重之地在做些浅薄荒唐事情，看看莫里哀怎么说的：

　　"世上一切事情都该颠倒了：不久以后母鸡会吃了狐狸；孩子会教训老翁；小羊会追赶豺狼；疯人会造法律；妇女会上战场；罪犯会审判法官；学生会打先生；病人会给健康的人吃药；而那些胆怯的兔子也会……"

　　（《莫里哀全集》第一册《情仇》二幕第八出——米达佛

拉士特语。）

抗战八年！你以为蒋委员长做的会比莫里哀说的差吗？你以为八年间的乌七八糟都是我们伟大的蒋委员长一个人做出来的吗？你就是在这个污溷捞糟的污泥里长大的，你已经习以为常，理所当然了？这样好吗？对吗？

拉里拉杂写这堆东西给你。耽误我写，也耽误你看。清河进医院割盲肠，出院之后不知上哪儿去了，也不告诉我一声。在这间大屋子里，真感觉全世界剩下我一个人了。

祝好！

嘉禾×月×日。

今天是我生日，你记住，我永远大你三十四年。

俞鸣取回序子画的上犹风景册页，几个人围着看，说好。

佐车说："可惜少一点人的活动，你应该画些街景，人的活动，菜市场呀！码头人马来往呀！"

"你说得对！"序子说。

"上头写了《上犹十二景》。"俞鸣说。

"十二景不可以包括社会活动呀？"陈佐车说。

"人一活动，风景性就不纯了。"艾雯说，"我还是觉得光是风景比较雅。"

李继祖社长说："'犹星阁'楼上的桌子怕已摆好了，我们把册页带到那边去欣赏吧！"

俞鸣好像早就觉得自己是《凯报》的人，奇怪的是真没有把他当外人。找了一块什么布包了册页跟着大家就走，连刘沧浪经理、社长夫人和公子，巧巧凑了一桌子。

"我说社长会请客，张序子说我'想多成真'，你自己说，真不真？"俞鸣在大书案上一方砚台上磨墨，请大家在末页上签名。

有人迟疑："这样签名合适吗？"

李继祖不说话，刘沧浪经理说："刘文渊县长主政三年度过多少困难，不容易呀！原本说好是亲自来的，不巧又下乡了……"

话没说完，李继祖伏案第一个签了。夫人跟着，儿子也打趣在边角上写上了名字。艾雯签了，石城签了，没想俞鸣也抢着签了，其他人也跟着签了，序子也加了个名字，陈佐车最后签了。

序子按规矩请陈佐车想四个大字题在扉页，他毫不思索地提笔就写：

宰犹三年潮阳陈佐车民国三十四岁春题

序子心里咚地一跳。在上犹做了三年县太宰，一点没错。说是宰杀了三年上犹老百姓，也没什么说不过去的。

"陈佐车呀！陈佐车，你这一手可真不含糊！"序子心想。

（宰，官名，古乡以宰名官。《论语·雍也篇六》："子游为武城宰。""宰相"，辅相天子，统摄百僚之官。

《汉书·宣帝纪》："宰为屠杀也。"）

李继祖、张石城懂得这个意思。有半懂的，有只顾吃喝什么也不管的。刘文渊县长是个读书人，应该也懂，如有幽默感，当更觉得有趣。

看样子李继祖不会让这本册页那么有幽默感地送到刘文渊手中，

也不甘心让那四个字留在册页里。果然不出所料，他把俞鸣叫进房里悄悄两下，俞鸣夹着那本册页匆匆下楼去了。

上犹《凯报》的公共厕所比较特别，是露天的。下起雨来要打伞，多几个人伞就撑不开，很不方便。若天晴起来，四周古石墙上多年叠生之厚厚蔓藤，开着愤怒的黄花直指蓝天，间或一两只鹡鸰来停一停，倒让人感觉每天大清早饭后上这儿蹲一蹲，可能跟积淀文艺生机有点关系。

序子事毕，正漫步出来，忽听得传达室有人高叫："张序子赣州长途电话！张序子赣州长途电话！"

是梅溪打来的，她已经住在赣州中山公园社会服务处招待所，叫序子"赶快来"！

"当然赶快来！"

马上去报告了李继祖请假，向公家借钱。（多少钱？记不清了，足够足够！）刘沧浪借出一部刚买的新车，打气筒、机油、应急板、钳子等零碎应急用品都放在车架后袋里。自己扎靠停当，灌足茶水，六张油饼傍身，戴上帽子。上车正东方向直奔赣州，一百二十里，现在是上午九点整。

"梅溪、梅溪，哪个人把你送到赣州来的？你简直是腾云驾雾嘛！你胆子也真不小……你哪儿来的路费？你怎么晓得住在中山公园社会服务处招待所舒展云那里？你怎么晓得他和我熟？"

太阳照脑顶心，过了塘江，明白还有六十里。六十里算什么，不是已经六十里了吗？下个六十里就看到梅溪了，眼前要留心路上凹凸、留心坑洼，梅溪这时不能少了我。我掉下山沟、废井，不仅是死，是两个人的命，让她在招待所空等，断肠、绝望……我要小心，要为两个人保持安全。太阳往脑后偏了，眼前的影子越来越长，这还真算是一点麻烦，很快很快就要伸手不见五指。你看大自然好残忍，现在还只是黄昏，车在上坡，坡上有家人家。白天快要过去了，白天不是我的了，加一句《日出》的话："我要睡了！"开玩笑，我敢闭一下眼睛吗？坡陡，弯太多，下车推，这怎么走？翻过山顶，再走几步，车子也不能推了。什么都看不见了。

原来是家救命客栈。有支牛油蜡照着，老两口子。

车子推进屋，锁了。问老板赣州城还有好远？

"十二里。"老板答。

"走得吗？"问。

"撑棍子行，推车怕要摔。"老板答，"我看你住了吧！"

"噢！"序子答应。

"喝水，可以烧一点，洗脚怕没有。"老板说。

"噢！"序子答应。清楚自己水壶里还有水，不说。

水来了，序子取一块油饼吃了，其余的推给老板。

"明天动身你不吃？"老板问。

"给我留半块就行吧！"序子说。

两口子闷声不响吃完油饼。

"睡吧？"老头问。

"噢！怎么睡？"序子问。

老头指四边的矮土台。

老太婆抱来三包鸡毛，告诉序子不要脱衣服，任选一台躺下。留个头出来。

老太婆把鸡毛前前后后倒在他身上。

序子好笑，后脑还有个枕头——砖。

这一觉还真不像人睡的，那么舒服！

早上好！

老头叫他抖下全身鸡毛到屋外去，脱了全身衣裤大跳大抖，大摸大拭，直到全身发热冒气才穿上衣服，老头说不是只抖鸡毛，还抖跳蚤。已经十冬腊月了，居然不咳一声嗽。

回屋见老太婆用小扫帚在回收鸡毛。

算账，两角钱。两口子看在昨晚那四块多油饼分上不要钱，好不容易收了。序子喝了两口水，吃了留下的那半块饼，告别了老两口，迎着太阳重新上路。

这十二里哪像十二里。一阵风进到中山公园招待所，见到舒展云，董振丕也跟在旁边。序子问老舒，梅溪怎么这么巧找来这里？老舒指着楼上笑着说："命里该的，命里该的！"

序子一个人上楼敲二号房门。里头一声："请进！"

门开了，梅溪拥着被子孤零零坐在床上，见到序子，轻轻抽泣起来。

"不哭，不哭，你瞧你多勇敢！一切都好了。不是我也来了吗？再也不分开了，起床穿衣服下楼吃早饭。有朋友在底下等我们。"

"我没带衣服，就这一身。"梅溪说。

"你了不起！一身就一身！我们马上买！"序子说。

两个人迈出房门，楼梯下到一半，茶座那边一阵鼓噪，原来老朋友都坐在那里。

"怎么回事？吹集合号也没这么快！"序子开心地问，"谁

老太婆抱来三包鸡毛，告诉序子不要脱衣服，

任选一台躺下。留个头出来。

老太婆把鸡毛前前后后倒在他身上。

雞毛店

搞的？"

"不才是我！"舒展云说，"这段故事该由我先介绍。——前天晚上来了这位女士到柜台登记住房，没介绍信，没带行李，单身一人，风度高雅，书写流利，是个有教养的女士，说是从广东到赣州来与未婚夫会合的。未婚夫在上犹《凯报》工作，姓张，名叫张序子，是个木刻家。我问她：'你怎么知道我这里可以住？'她说门口写得明明白白。你看，不加减一个字，她一进赣州就找到她未婚夫张序子的好朋友舒展云开的赣州最好的招待所。真正的天作之合，上天有眼摆布照顾？我告诉她，你们的故事我都会背，做梦也没想到你自己送上门来。"

众人簇拥过来一一介绍，老舒说："各位先喝茶，他两位还没吃早饭。大事等饭后商量吧！"众人说好。

"就洪隼先生和叶奇思先生见过，别人我都不熟，怎么办？"梅溪问。

"没什么怎么办，多聚一聚就都熟了。这帮人都晓得我们的故事，只没见过你真人而已。"

早餐是豆浆、油条、糯米饭。

吃完早餐，梅溪上一下楼，序子坐到大家这边来。

鲁沙问序子的计划，序子说正在想。

"想什么？这时候了，还有什么好想的？等你那个王八蛋老丈人派人把梅溪绑回去？"鲁沙说。

"那不至于！"序子说。

"喊！你看你张序子，平生特立独行怎么一下子山色空蒙了？结婚啦！这时候不结等什么？"姚公骞说。

"我是想，怎么一点准备思想都没有？"序子说。

"这时候还玩什么思想？行动呀！"马龄说。

"来，来，搞个筹备委员会，我当主席，马龄当副主席，姚公骞当秘书长，叶奇思、周亚当总务主任。你，你这个舒展云当什么？等我想想，小的你不愿当，大了你当不起，你当个大会主席，说到底，你就是个实际的后台老板，司仪兼主持人。"鲁沙问序子，"这会开得怎么样？"

序子说："要结婚我原是想到上犹去办的，那边是我工作口岸，要讲也讲得过去。在这里搞，有点临时性的感觉。恍惚了一点。"

鲁沙说："你讲你这是屁话不是？赣州和你那个小上犹比哪个恍惚？你还恍惚！这么多朋友为你撑腰，欢喜，你偏要躲到小角落里去！"

"嗳！鲁沙你，是序子结婚还是你结婚？你总要多听听本人的意思嘛！序子，赣州有那么多朋友，上犹也有不少同事，要是赣州热闹一场再回上犹热闹一场不是更有意思吗？"李白凤说。

这下子没有什么争论了，还有几个问题需要研究研究。

一、就眼前这个势如火燎的局面，要双方家长眉开眼笑坐下来商量为子女拟个登在报上的结婚启事根本谈不到，只好由男方自拟一份结婚启事并恭请两位学养深厚的长辈为主婚人，增添这个婚礼大事消息登在报上的光彩和分量。（最后公推张乐平和陆志庠。他们都说事后才知道，有点冤枉。）

二、婚礼酒会设于岳云楼，费用由舒展云与岳云楼管事结账后向序子报销。亲戚朋友连带家眷，顶多三桌够了。

三、酒会后之晚会在招待所举行。舒展云全权负责。

会议结束，行动开始，婚期铁定一九四六年二月八日，即是明天。各人分头活动。序子、梅溪上街添置衣物与各项零碎，包括一口皮箱和一个帆布口袋。

总之，这帮人不会放过任何一种彻底穷玩一场的机会；绝不善罢甘休红白喜事中居然没有自己的份；人生最大的遗憾就是一天只有二十四小时而不是一百小时……

序子小时候就跟同伴说过，长大以后最怕的是"讨嫁娘"；堂堂活鲜鲜子的一个人大庭广众之下让人蹂躏而不能反抗，尤其不能生气。没想到今天轮到自己了。

这种荒唐活动权力事后跟这帮凑热闹的家伙毫不沾边。从此这个男人和这个女人可以拥有睡在一张床上不受干扰的权利，居然又是这帮家伙哄出来的。

既不是法律而又弄得那么热烈可爱，并且具有严峻的铁券分量。

一场喜宴，老是上菜上菜，干杯干杯，爷爷如此，爸爸如此，儿子如此，孙子如此，代代如此，乐此不倦。

序子从来不喝酒，人家来敬酒，举一举杯。再来，再举一举杯；举多了就不来了。梅溪能稍微多喝一点，众人也是体谅这个只身私奔而来的勇敢女子，相信了她的诚实，跟着起哄，跟着开心，也就算了。

酒鬼和酒鬼一起可不相容，决斗喊杀之声招来楼下半条街看热闹观众，都仰望此时此刻能跌下一两个西门庆、应伯爵之类的人物下来。掌柜伙计此时此刻也乐得乘势起哄，吼破了嗓门地添酒加菜增加热烈气氛。

只有带孩子的奶娘婆妈被眼尖的伙计轻声温言劝告，娃娃拉屎

�楼下有干净茅房，请到那里方便最好。

眼前的状况是一团酒气。还未曾醉到站不住脚的客人照拂那些躺在楼板上的、躺在桌面上的客人。你以为世界末日了！一个钟头以内，参加酒会的这批人，一个不缺地全好端端地坐在招待所的晚会茶桌子旁。

说人全醒透了也未足信，仍有个别人闭着眼睛不晓事地叫酒。

（我已经忘记当年当时坐在哪里，梅溪又在哪里。我以为我当时无处不在。结过婚的人请你们说说看，您那天快乐吗？清醒吗？你记得住好多事情吗？我只记得我那天比较随和但不任人摆布，我记得我不怎么笑。我清楚梅溪近在身边而没有用眼睛找她。我不心急要跟她说话。我让好多东西在耳朵、眼睛旁边晃动而不太在意。）

老舒喝了很多酒。自从跟序子认识以来就是以喝酒为生的。既然成为招待所主任，那种不喝也得喝的日子已经过了大半辈子。喝酒就是工作。他的考勤簿上满本都是"酒"字。平常过日子，在家从不喝酒，好不容易有个地方躲得"酒"这个字。

现在他手上捏着一张纸片。今晚上他要靠这张纸片上头写着的字说话。他原先是认识上头所有的字的，现在当然也认识。只是，那些字不想理他了。他被那些明明白白的字眼抛弃了，像一个狠毒的恶妈妈把一岁大的亲生女儿扔在马路中央。

还是李白凤精明，端着一大杯冰凉的苏打水过去给他。照拂他喝下，眼见他喘了一口长气，晃了晃头，笑了。

鲁沙也机警地过去帮忙提点把握，让纸片上写的字跟老舒重新和好起来：

"各位亲友，今晚上为了张序子先生和梅溪小姐新婚大喜日子，我们特别邀请了著名钢琴家瑞虎臣先生、著名手风琴大师谢申先生、表演苏格兰舞的何云云小姐、著名魔术家贺滚龙先生、表演柔软体操丽珍健身房四位小姐。最后由新娘梅溪女士唱歌答谢各位敬爱的亲友。

"现在请主持人舒展云先生主持全部精彩节目。"

一位聪明的朋友说过:"具体事物不能诠释抽象。"

音乐晚会很难用文字来形容的。你只能说很好听,很热闹,大家很开心。梅溪唱的四首外国歌,好听,她人也长得好看,过得去。

我假如真要一出一出详细介绍当晚的节目,你不骂我才怪!你清楚曾经发生过这种事就行了。当时让好多朋友开心而已。世界上每时每刻都在发生这类事。

只是忙坏了那些难忘的好人。李白凤在一块粉色缎子上写了一首祝福的诗,好别致。李笠农也寄来一阕《贺新郎》的词来("文革"时害怕,烧了)。

赣州没住几天,上犹那边朋友急了,打电话来催,跟老舒结清了账,告别了所有朋友。这次从从容容请了一顶轿子让梅溪坐了,序子脚踏车跟在后面。没忘记给山上鸡毛店老夫妇带两斤红砂糖、两瓶酒、一盒饼,过门的时候给了。到塘江六十里住一晚,给上犹打了个电话,第二天太阳没落山,朋友们就在城外一两里的地方迎接,还放了炮仗。难得沧浪和俞鸣两位老兄费心在报馆对面一家老太太那里租妥一间大房布置成新房。亮堂堂的都是红"囍"字。序子向两个轿夫道了辛苦,算过工钱,送他们走了。所有朋友们都跟进新房里凑热闹。走廊整齐堆放着过日子的锅炉、碗、筷……房里一架结实的生漆老床上面,所有崭新的卧具都是同事们共同凑成的礼品。这真让序子完全料想不到。还说明天晚上报馆在"犹星阁"有个贺喜张序子、梅溪的喜酒会，听说刘文渊县长和太太也来参加。

热闹一阵，众人走了。序子和梅溪跟房东老太太见过，原来是位十分和气的老太太，热心地带他俩到后门去看井水和盥洗的所在，顺便还看了厕所。

序子带梅溪特别去看了石城。告诉梅溪，石城跟野曼是老朋友，又告诉梅溪，野曼很久以前就介绍序子到上犹来的。梅溪说"记得记得，你在信丰说起过"。

两口子跟石城一齐到膳厅吃晚饭，很多人都过来看新娘子，连几个厨房大师傅都笑嚷着出来跟梅溪握手，故意学广东话说恭喜恭喜，回厨房特意炒了两盘肉菜出来。

晚上俞鸣到新房来了，问起演剧七队见到他哥哥没有。

"你哥哥是谁？"梅溪问。

"俞亮。"俞鸣说。

"那金链子就是他帮忙向女同事借的。"梅溪说。

"真要深、深、深地多谢他。"序子说，"一个人一辈子难碰得到几个好人帮忙。"

"明天到邮政局打听一下，金子这两天一钱多少？赶快把钱寄回去多谢人家，还要记得加上链子的手工钱，涨落的幅度一定要往宽处打，信写清楚，金价涨了我们一定会马上再补，千万不要客气……"

客人走了，两个人烧了一壶水将就擦了一下身子，洗了脚，钻进新被窝，闻到一股新卧具的香气，晓得明天有好多事要办，加上累，呵欠不打一个就睡了。

第二天两个一早醒来，好像初见面，亲了又亲。

起床盥洗完毕，进膳厅吃饭，见到石城，三个人坐在一起，讲东讲西。

"你爸爸那边有消息吗？"石城问。

"我们寄了结婚启事给他，大概会气死。"梅溪说。

"做爸爸的再狠，对木已成舟局面也没有办法。"石城说。

"他前些日子还来信威胁，要我马上打住，'否则有冒骗之嫌'。我回他一个短信，'冒骗二字不应出自君子之口'。"

"收信后，他咆哮了一个上午。"梅溪说。

"吃完早饭，你们上哪里？"石城问。

"先上邮局寄还金链的钱，再上百货店买热水壶、茶杯、茶壶和脸盆、洗脸帕、漱口杯、牙膏牙刷、茶叶、糖果、饼干。"序子像是在告诉自己。

"钱不够我这里有。"石城说。

"够，够，够，多谢你关心帮忙！下午办完事再找你。"序子说。

"我就在房里，哪儿都不去，你们随时来！"石城说。

走到街上，序子告诉了石城的故事。

梅溪叹口气说："说是说我不封建迷信，我又一直在信神的庇护旨意活着。石城兄那么真诚有学识的一个人，怎么对爱那么残忍？不亲耳听你讲，我都不信。我真求神原谅他，求神让他早日觉醒过来。你千万不可对他粗鲁，看得出他认你是很少很少的朋友，你大意了，他肠子都会断。"

序子听梅溪说话，沉默了好久，点头。

"只是，那位护士长的爱和善行好无辜……世界上所有最好的安慰话都只能触及皮毛。

"爱情的创伤无药医。"

序子忽然跳起来，"所以，所以，所以我说世界上动物这类东西最可笑，不只是因为饿、因为地盘而打架而仇杀。一种不见影子、不发音响、不出气味叫作'爱'的东西能够弄得人死去活来。不单引得去动刀动枪，还会运用心机弄得肝肠寸断，家破人亡。甚至扩大题目意义变成爱国战争，杀得尸横遍野。

"爱情一有了意义，非出事不可！"

"哈！爱情不出事，三十五部莎士比亚起码一半没有意义了。"梅溪说。

邮局办妥了事，买了该买的一大堆东西，放进房间安顿好位置，梅溪首先去烧了一壶水，洗干净茶壶茶杯准备泡茶。序子说："我忘了刚才买的什么茶。"

梅溪闻了闻："像香片。"

"好，我这狗才，看我居然买了香片！"序子说。

"别那么认真，你以为那间茶叶铺的茶和茶区别会很大吗？"梅溪说。

序子笑了一笑。

泡好茶，小两口分坐在小板凳上，序子抿了一口："唔！想不到啊！小看了它。"

"比大城市里的茶叶认真多了。"梅溪说。

门口有人嚷。四个年轻朋友抬了两个书架进房："石总编辑叫送的。"

"多谢！多谢！"序子送走了年轻朋友。

不久，石城就过来了。

"你们这么快就回来了？晚上喜酒，听说继春中学高哲生校长也要来。这人不简单，科学家，山东青岛人，研究海洋生物的。"

序子说："听说了。深感荣幸。最近有什么新闻？我好多天没看报了。"

"愿听中央社的还是新华社的？"石城问。

"当然新华社！"

"在东北、华北、西北、苏北、中南、西南、华南，共产党都很不听蒋委员长的话。三月份占了长春。"石城说。

"精彩！不听话岂不要大打？"序子问。

"打得赢不早打了。"石城说。

"那怎么办？来文的吧！召开全国人民代表大会，冲冲喜吧！"序子说。

"就像你说的！正在播这个东西，你怎么那么神？正在还都南京。"石城称赞序子。

"别大声嚷，让蒋委员长听到了，请我去当顾问怎么得了？"序子说完往床上往后一倒。

梅溪给石城倒了杯茶，也说茶好，不信是上犹买的。

你看人这嘴巴多势利！

犹星阁三层楼，楼面深而不宽，所以显不出热闹。客人上楼坐定之后，又感觉到店老板用心的高雅讲究。老板姓郭，是个读书人家出身，家底子不薄，忽然不知怎么一弄高高兴兴地办起饭馆来。生意从容，为人稳重，跟街坊四邻都十分融洽，算是上犹大街上受人夸奖的一景。

《凯报》跟郭老板原来商定的是三桌，现在看看不够了。你看巧不巧，二楼刚好摆得下四张圆桌，圆圆满满那就四桌吧！

上席坐的当然是新郎新娘，李社长和社长太太，刘文渊县长和县长太太，高哲生校长和校长太太，总编辑张石城，主笔陈佐车、经理刘沧浪、艾雯女士。

其余所有的熟人、同事、三亲六眷，拉得上名分的坐满了其余三桌。开席的时候，社长说了一番短话，然后敞开嗓子请县长讲话。

序子心想："……这他妈的算个什么事？老子讨嫁娘要你个当县长的来训话干什么？喜欢训话你可以回县政府去，爱怎么训你就怎么训，爱召集多少人训就召集多少人训，我这里就那么四桌人，老子以前跟你又不熟，你能抖出多少有益于人的话给大家听？这叫作不识时务至极，你看，你也不想想，你把热腾腾的好菜都耽误凉了。犯得着吗？当然所有的责任在李社长，要没他要我为你画上犹风景，你也不会想到有什么情分要多谢我。你是好意，李社长也是一种让你开心的雅意。我当然更谈不上有什么恶意。不过这么一照应，你的诚恳回报产生了一种恶性障碍。没有一个人这时候喜欢听你这无聊的声音……"

没想到刘文渊县长这时候举杯了，只讲了两句话："我祝贺张序子先生梅溪女士新婚之喜；多谢张序子先生赐赠我那么精美的上犹风景画，干杯！"

这两句得体，不带任何渣滓，也没让人讨厌的祝贺词，我长篇大论不出声的诅咒冤枉他了。我赶紧收敛起一脸厌恶的表情，大概还来得及。

高校长个子矮矮的，也举杯讲了两句短话，可惜桌子那头的客人未必瞻仰到他的神态，只偶尔感觉桌子底下传来断续声音。

郭老板也搭近来敬了两杯酒。

序子喜欢没事的时候读心理学家的书。这些科学家们可能都有点特别，他们互相把彼此坚持的理论作为是一种病例分列在精神病一栏里头，给读者们欣赏，列出许多细到不能再细的名目，组织派、结构派、功用派、机能派，普通心理学、应用心理学、儿童心理学、社会心理学、变态心理学、精神物理学……让人觉得这些扭着句子的高深理论是对人类社会的重大贡献。序子当然也一直尊敬、多谢他们其他的研究成果，比如梦的论断，序子就佩服得了不得。

一个人晚上做梦，几几乎像一本长篇小说那么有意思。你喘着气醒来，回忆遇见某人某人，经过甲、乙、丙、丁，无数地方，干过这事那事，行动比坐飞机还快，实际上全是临醒前几分钟塑造的情节。要是计算真的时间，你区区一晚上的梦境怎么容纳得下那么多的时间、空间和人间情感行为？

有些思维也是这样。比如刚才从讨厌刘文渊到不讨厌刘文渊的时间过程也算不上很长，而分量却如噩梦般沉重。

好多人一轮轮过来敬酒。实际上序子肚子没进多少酒，只是让来回的酒气陶冶着、摇荡着。

也夹菜，也喝汤，好心的俞鸣老早发现序子的困境，一直在旁边打点照顾，最后甚至扶着序子一勺勺像给孩子喂药似的喂汤。

底下，序子就人事不知了。

什么时候楼上只剩下几个人的？人把躺在长板凳上的序子扶起来，擦了一把热手巾，听到梅溪说话，也听到俞鸣说话，黑不溜秋，好长好长一段路，让大家送回自己房里。

听到梅溪在耳边叮咛，给自己脱鞋袜，脱衣服，盖被子……

梅溪问序子：

"我们自己做饭好不好？"

"很麻烦的事。"序子说。

"我自小就喜欢做饭。现在我什么事都没有，这不太像我们在一起过日子，我也觉得那些饭菜不合口。"梅溪说。

"喜欢就做，不喜欢就停。锅盆碗盏都现成。"序子说。

"我喜欢上菜市场买菜。"梅溪说。

"我们可以一起去，每天大清早一起走走。"

"是的，是的，一起走走！"

菜市场什么都有，两口子天天换着口味。

有天菜市场来了个卖小鹅的，两人买了四只小鹅回来。李老太高兴得了不得，她说多年想的就是这些鹅，赶忙把后院原来的鸡窝清了，圈了个篱笆让小鹅先在圈里活动。有时让它们在河岸上跟着，招呼着它们，晚上领它们回来。李老太教这小两口在粮店顺便买一小口袋糠末子回来，调着杂食青菜喂它们。

这时候河面上正在赶建一座大木桥，非常之壮观，序子去画了个稿子，刻出木刻，预备落成庆祝会那天报纸上发表。

又刻了一张童话似的木刻，叫作《鹅城》，好多小房子、树，好多鹅来回走动。

过不了多久，梅溪对于在家里做饭很是得意，就说："为什么不叫石城和我们一起吃呢？他一个人……"

序子说："我还真没有想到。让我去问问他愿不愿意？"

盖被子……

听到梅溪在耳边叮咛，给自己脱鞋袜，脱衣服，

人把席子扶起来。

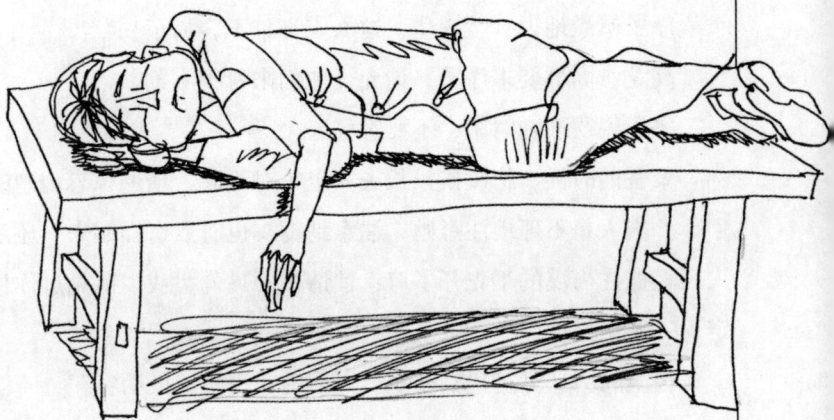

后来的日子，石城的中饭、晚饭都跟序子梅溪两口子一起吃了，眼看他精神不错。

有天序子搬回来一张三角形的桌子，这很出人意外，是序子瞒着石城和梅溪请附近木匠师傅做的，并且给这个小集体取了个名字："一定胖伙食团"。

更让石城和序子料不到的是，一个多月后，上海黄嘉音办的一个新杂志《家》上头，发表了梅溪写的一篇文章：《一定胖伙食团》。

继春中学发来一个请帖，邀请《凯报》几位同仁去参加校庆活动。后来才知道，陈佐车很早以前就在学校兼任高中国文先生了。

开会，认识了哲生校长的两个侄儿。高戈、高耶先生，他们都在帮忙哲生先生管理学校的校务工作。参观了学生们手工艺、园艺、书法、编织、展览，听了音乐演奏会，还认识了学校教课的各位先生……哲生先生有点口吃地对序子说："你看，就可、可、可惜没、没有美、美、美术作品。"

序子恭敬地说："先生，这么丰富，不容易了！"

高戈、高耶要求序子，请允许他们来看刻木刻。

序子说欢迎随时来，不要客气。

聚餐的时候，梅溪挨校长夫人坐（对不起，请原谅忘记她的名字）。夫人是不停地注意她，注意到梅溪也有点奇怪起来。还是夫人轻轻抓住梅溪的手先开了口："请不要见外，我以前见过你！一定，一定见过你。"

梅溪问："见过我？在哪里？河内？海防？昆明？"

"绝对没有这么远！"夫人说。

"那，广州？"梅溪问。

夫人摇头："不，不可能！时间应该近一点。"

"近？怎么近？龙南、定南、虔南？安远？信丰？"梅溪问。

夫人猛地站起来紧紧抱住梅溪："信丰！就是信丰。我到南雄去看我弟弟，那天汽车经过信丰歇了，晚上陪同人员带我到一个文化团体开办的茶园去参加音乐会，你唱了歌，是不是你？说，是不是你？你唱了巴哈的《圣母颂》，理查·斯特劳斯的《维也纳森林》，是不是你，说！"

"哪有这么巧？天涯无处不相逢啊！"梅溪说。

所有人都哄起来。

"你的歌可不普通，我是学钢琴的，让我这么个人久久难忘并不简单。"

梅溪指着序子："他是吹康乃特的，你怎么把他忘了？"

"我只顾听你看你，哪里还管伴奏的？我也没想到张序子先生当时在吹小号。对不起，对不起！"

"别客气！"序子笑着说，"对得起，对不起，我也只是个伴奏的！"

大家笑起来，跟着呼叫梅溪："来一段！来一段！"梅溪到底干什么的，他们不一定清楚。

夫人拉着梅溪往台上走，那里有一部钢琴。梅溪实在犟不过她。

"我来上犹还真没摸过钢琴。"夫人说。

来到台上，两人嘀咕了几句，开始演奏起来。夫人端坐，梅溪报歌名。唱、唱、唱，一直唱到其中一人双手放下来、一个嘴巴不再张开为止，众人就开始鼓掌。他们有经验，鼓掌从来没有错过。

给唱国际外国歌鼓掌并不是件容易事情。外国歌快完的时候，一点预告的讯号都不给，何况又不懂外国话（尤其是唱着的外国话），鼓掌早迟，很关系主客的面子。

高戈轻轻对序子说："那次路过信丰去广东，是我陪的婶娘，这次见到你夫人，也把我吓了一跳。"

序子板起脸孔回了一句："有趣！"

不晓得什么缘故，石城辞职走了。

没让人感觉他哪里有不自在的地方。没跟上头和同事吵嘴，也没听过他恨恨之语，工作也未见误差。"一定胖伙食团"吃得好好的。加饭正常、不多不少，没发现病痛。尤其特别的是对序子这样的朋友也不透露一句知心话。

李继祖社长那边？陈佐车主笔这边？艾雯那边？……李继祖只说："看，就那么一封辞职信，六七年的交情，跟沧浪到会计处算清了薪水。遗憾，送别酒都没喝一口……"

他这一走，留下满屋空虚。哪里都不像哪里。

这时候赣州的周亚调来当编辑主任了，一个小伙子温宣光从哪个学校毕业来当编辑助理了。国内的政治仗火越发厉害了。报纸上的消息看出政府在上海、南京、北京、广州大地方很容易生气动肝火了，动不动就让报纸开天窗了。

端午节大桥的落成典礼，大家拥到河边去看热闹。巍峨的大木桥直达河那头，的确是让人心颤。贪热闹的人还走到桥上去看新鲜，河上游老远可能下着雨，城这边还正阳光灿烂，说时迟那时快，上游的洪水猛然地冲下来了。序子和梅溪跟参加庆祝会和赶热闹的上千人眼睁睁地看着那股大黄水把那条大木桥托起来，汤汤汪汪地往下游漂走了。

桥上还有人像蚂蚁样地在爬，好多沿河岸奔跑嘶叫的人，谁也救不了谁。（我这一辈子碰到一分不差、一秒不错的意外事故太多。我现在聪明了，会责备当时搞工程的为什么不用钢筋水泥坚固好桥基，光做一座木桥像船的原理搁在水上？不冲走才怪！不信请翻当年《凯报》，报纸上登着的我刻的这幅木刻就是隔不了几天让大水冲走的那座大桥。）

那天全城所有的钟表都停了，所有人都不说话、不工作了。炊烟不冒了，不吃饭不喝水了，以上情况完全可以不信，确信的只有一条：此事发生在一九四六年端午节那天中午。

石城走了之后，序子和佐车开始多说了几句话。他社论写得相当系统，如果集合起来，就像一本社会调查的书。主题有很多细节烘托，生动也有力量。怎么在上犹的能人都是光杆？比如石城，比如艾雯和他。他是广东潮阳人，一般广东人皮肤没他那样白，清秀美俊，腮帮上还有点蓝胡子根，出口也热情温婉，听说在乡里有负担。序子判断这类朋友都很自律，谈不上消遣玩耍。

有一晚上他到序子房里坐，顺手翻了翻书架上几部厚厚的翻译小说，美国的、英国的。

"你还随身带这么多大书？"

"爱看可以拿回去看。"序子说。

"你不想想，我是有福气看这种书的人吗？"他说。

……

序子有时候想：我并不光只喜欢性格脾气相同的人，也不特意去适应一些脾气乖张的人。天底下常常碰到好多怪事情，终生挂牵，愿意为他承担一点什么的人，不一定和他来往很多。

找朋友不过是在沙里淘合适的沙子。沙里淘金，淘金刚钻，见你的鬼去吧！你自己是个什么东西？

佐车这类人，你不可拿他肚子里对朋友有多少情感来衡量他为人的成色。他不是甘蔗，是苦艾。

我非常表面地看他。我们之间只有往来没想过友谊。

有一天早上，他推门进来，说完一句话回身就走："国民党杀了闻一多，三天后又杀了李公朴！"

当天登出他写的精彩社论：《如何纪念抗战胜利？》。

有一天他来序子房里，他叫梅溪出去。对序子说："有一件事，你愿做就做，不愿做就不做。以后也不说。"

"什么事？"

"报馆工人家里很苦，抗战胜利了，要求加三分之一的工钱，不加就罢工，要你参加。"佐车说。

"好！我参加！"序子说。

"还要你带头！"佐车说。

"你带头才行，我什么都不懂。"序子说。

"只要你具个带头名字。我不能出面。"佐车说。

"那底下干什么？我什么都不清楚。"序子说。

"有人办，你什么都不用管！"佐车说。

"你这么说清楚就好！"序子当作是一件非常庄重的事。心里战鼓雷鸣，心潮澎湃。佐车走了，梅溪回房，序子神色庄重，梅溪以为他病了。

"他跟你说了什么？"梅溪问。

"很要紧的事！"序子说。

"你说要紧得很，是不是？"梅溪问。

"《凯报》准备全体罢工！"序子说。

"你也参加啦？"梅溪问。

"我是带头的。"序子说。

"你会吗？"梅溪问。

"我还不清楚。"序子说。

"陈佐车该和你多讲点。"梅溪说。

"他忙，他走了！"序子说。

"要是石城在就好了！"梅溪说。

"我也是这么想。"序子说，"多个人问。"

序子去找周亚和温宣光。

两个神色都不怎么相当，不太愿意跟序子讲话。序子奇怪，这么大的事这两个人居然无动于衷。

"我们觉得薪水可以。"

"我们好好地工作，不想破坏。"

"不！"

"不想参加！"

李继祖叫人来请序子上楼谈话。

"哈哈，什么事要这样子板着面孔剑拔弩张，有事情好好商量嘛！大家有问题好好讨论嘛！个人有困难提出来解决嘛！平常都是有说有笑的，快一年了，大家相处的日子不错嘛！犯不上用这种手段。"

序子说："找我上楼是来谈正经事，不要嬉皮笑脸。

"抗战胜利一年了。想想老百姓的日子。我们上犹《凯报》工人的日子，四分之一的孩子上不起学，冬衣还没有解决，三餐难以稳定，报馆想没想过给大家加一点钱？"

李继祖说："你以为你张序子先生知道的事我李继祖不知道吗？不才我学的就是经济学社会学，我还清楚全赣南所有老百姓过日子的生活各类指数。你阁下以为是我李继祖在卡《凯报》工人脖子呀！你清不清楚增加全馆职员工人三分之一工钱是多大一个数目字吗？你大木刻家张序子先生领导工人叫几声口号薪水就上来了？我李继祖不信，我劝你张序子大木刻家也不要信。办不到的。我请你和你的朋友放心，上犹老百姓饿不死！上犹老百姓不看《凯报》也死不了。我李继祖不当社长也死不了。"

就在当天上午，妈妈来信说："收到结婚消息，祝贺两个人白头到老，儿孙绕膝。顺告一个久久没讲的大事：你爸爸在民国三十二年十一月就逝于青浪滩了。一直忍住不告诉你，怕影响你在外的日子。见信也不要难过……"

没想到事情凑在一起了。

序子下楼到机房去找工人，来来回回都不熟，也看不出周围的端倪，这还真有点惶惶然了。写了个条子给高校长，请他让高耶或高戈兄弟来一趟。叫梅溪赶快送去，没想到高校长陪梅溪一起，四个人都回来了。

序子把头尾向三位客人说了一遍，高校长端着茶杯沉思了好久：

"他还在我们学校兼着国文课，很有文采的人。怎么这样没有条理不负责任？眼前干系太大了，趁晚上先搬家到学校去住再说吧，暂时避避风头。过些日子让他们两个暗中了解一下。这事要机密一点。"

三位客人告辞之后。序子静悄悄把李老太拉到屋后说："我们可能要落难，今晚上要偷偷和你告别了。那四只真没想到长得这么大的鹅，从此以后要麻烦你老人家照管了。其余带不走的锅碗盆瓢所有东西都送给你，你也要事先把这些东西存在亲戚那里，免得我们一走他们来发洋财。这是下个月三块房钱。我们所有所有的事都多谢你老人家了。永远忘不了你老人家。人家问起了我们，你都说不知道。"

老太太舍不得两人，哭得很厉害。

第二天一大早，报馆见不到张序子两口子。

《凯报》停刊整顿三天。没伤什么元神。听说还真调高了一点薪水。

张序子两口子住在培青中学，活得有点莫名其妙。

陈佐车下落不明。

没几天，高校长托当年钨矿局的好友，帮序子和梅溪小两口搭了只开矿运炸药的大船，平平安安地送到了赣州，仍然住在舒展云的招待所里。

于是一帮老伙计，除周亚之外又聚集起来了。

一个下午介绍了上犹生活，一致结论，其实李继祖这个社长一家都算是不错的。石城走得离奇，陈佐车面貌十分不明，毫无目的，莫名其妙。听说县长刘文渊人也挺好的，毁在那座冤枉大桥上。你张序子算是不太对得住人家李继祖。你既缺感情又无头脑，怎么糊里糊涂听了那个信口开河的扯淡大王，差点毁了人家一个摊子。序子挣扎辩解说，不过他那几篇社论写得还是荡人心脾的。大家又说周亚是成也豆腐，败也豆腐，不值得提。不过你到底还是刻了几幅木刻，算带回个小成绩，差堪原谅。

梅溪爸爸把全家搬到韶关，要这一对新婚夫妇"回家省亲"。怎么"省"法？幸好汽车兵团的王排长有车在赣韶之间来回，坐他的车来回好像自己的私家车方便。

买了一对板鸭，一对假金华火腿（没有真的卖，上面印了赌咒是真的金华火腿字样，还有电话号码，如有怀疑可打电话询问）。

韶关到了，还要走浮桥过河。好大一块平地。右首边特地用一人高的细铁柱和绳子圈了一块将近十亩的地方给投降的日本兵搭帐篷居住，他们一点没有想逃走的意思。有时三四个人站在一排闲眺光景，唯一越轨的表情是向过路的妇女微微招手。

敝岳丈住的是一座单层简易小洋房，跟另一些类似小洋房聚集一起，没有花木和园林设施，明显是胜利后的急就章，本地朋友熟人就手借着住的。那时这排场也不简单。

向岳丈、岳母认真鞠躬敬礼，呈见面礼于案侧。

可惜了北京广东话的隔膜，要不然序子有机会向老人家领教许多书法和梅兰竹菊的见解，两代人也一定得到交流艺术见闻的快乐。

住了几天，告别的时候，老人家送了一支珍藏多年的犀飞利翠绿色钢笔和一大册精印的上海名家画册给序子（"文革"间画册已失，钢笔至今还在身边）。

（人生就是这个样子，某一时期跟某一个人的离别根本不当一回事，多少年后，跟另外一事恰巧连起来了，一下子变成非常揪心的大事了。我活得这么老，常常为这些回忆所苦。）

回到赣州，有天在街上看到布告，什么什么司令或是指挥官叫作柏辉章。好家伙，柏辉章，你还活着！

就告诉李白凤，三十年代柏辉章在我们家乡当指挥官，杀了我们家乡好多人，几几乎是滥杀，后来调走了。

李白凤老兄多事，不知怎么他认识柏辉章的老秘书（名字忘记了，是个风趣的人）。这位老秘书顺口又告诉了柏辉章。柏辉章对讲他十几年前杀人故事的人是个艺术家发生了兴趣，要秘书约来见一见面。秘书拜托李白凤，李白凤说服了张序子，便一齐去了柏公馆。

那公馆是座漂亮的老洋房，经过细心打理，反而显得包浆十足的高雅。

我们先在沙发上坐定。人出来了，想不到的妍细文雅，穿着对襟短袄，温郁和柔的仪表，难以想象竟是十几年前的杀人魔王。

"……是的，当时我是故意杀给你们的陈渠珍看的。"

说这句话，像是在吟诵宋词那么潇洒从容，回味无穷。坐了一个多钟头，讲过许多话，这一辈子我就记得这一句。

（五十年代初，他被镇压了。值得提一提的是，遵义会议的那座著名的楼房，就是他贵州老家的公馆。）

洪隼一个广东人在江西待得太久了，应该到响亮点的地方去混一混，要不然，德国歌德大学那五年的文学专业都浪抛了。他夫妻二人外带一儿一女，做那么多年寄生很不上算，人太老实是不幸的。没留根苗也实在可惜。不过他的确说想回广州去了，在香港大学谋个事。序子觉得有理，劝他应该马上动身，说做就做。

不过他们搬家和序子搬家有两种看法。洪隼家人多主张一篙子到底，从赣州乘大木船到广州。省下好多便宜开销。

序子想的跟洪隼相反，搭车。

问题是他几个管汽车兵团的老朋友都被调到昆明那头去了。要另外动脑子想些办法。洪隼兄，我还是觉得搭汽车又快又方便，这几天你让我再试试，弄不成就听你的，大家一齐坐大木船上广州。

探马报告，汽车兵团姚团长太太这几天在赣州打麻将。另一个关心的朋友说："快！快找她去，有她一句话，派一连汽车都行。"

"人家在打牌，你怎么搭得上口？"序子说。

"这婆娘读过书，有点文化底子。容易上当。"

到了个什么公馆，带路和看门的都是熟人。进到大房，一股热气，果然好多人，都是太太、小姐。中间桌局正热火朝天。不打牌的人多，都在抽烟、喝茶，各据一个点上讲是非、聊闲天。

热心朋友带着序子一处处介绍："画家，会剪影，剪一个像一个，比相片还像。"朋友像庙里和尚化缘一样，为了朋友这么苦口婆心，这么仗义地屈辱自己。

剪影开始。开始有人叫好，有人欢呼，甚至影响到打牌的不时地回过头来。什么事？什么事？

连我们正想捕获的伟大的姚团长太太也惊动了。碰巧和了一牌，手气正好的时候问："什么事这么开心？"

众人齐声回答："剪影！剪影！"

还没剪到一半，有人开始发笑，说已经像得

不得了；剪完之后交给姚太太，没想到她勃然大

怒，把剪影扔向半空。

姚团长太太剪影

"什么剪影？"姚太太问。

您看！您看！

姚太太接过剪影对人一照说："你还别说，剪得还真是跟活人一样。"

"那，您也剪一张吧！"

"我？你看我头也没梳。"姚太太顺意坐下了。

"不梳自然，梳了反而造作。"有人说。

"那是，我做人就喜欢实事求是。"姚太太说完挺直了胸脯。

还没剪到一半，有人开始发笑，说已经像得不得了；剪完之后交给姚太太，没想到她勃然大怒，把剪影扔向半空。全场登时鸦雀无声。

朋友向序子偷偷晃晃指头，几个人悄悄退了场。

回家见到洪隼，序子告诉他决心跟他们一起坐大木船上广东。

（请看官原谅，写书的忘记了当年搭船是走的哪条水路，东江？北江？西江？经过了哪些码头？）

（朋友都说我记性好，上千人名字都记得住，这是真的。其实，也动了点手脚，个别名字有点小改动，提防小说运行中有人"碰瓷"。

我在街道里巷名字上记性特别差，算是个遗憾。也不能完全怪我，旧社会时，无论大城小市，最重要的一条街都叫"中山路"或"中正路"，搅乱了人的印象。

古时候的街名很讲究，称呼起来像读诗一样："朱雀桥边野草花，乌衣巷口夕阳斜。"

取街名让有学问的诗人来做，恐怕是个好办法。让人容易记得住，又能产生对故土诗意的感情。

说来说去都推卸不了我对于地名记性不好的毛病，比如这次从赣州坐船来到广州一路上经过哪些地方，我一点都记不起来，甚至坐的是北江的船，还是最近朋友帮我开释的。

不过我又想起一件大事情，快到广州的前一两天水程，右首千仞绝壁上有许多巨大的崖画，人、马、狗、扑过来的老虎、奔逃的鹿群、飞鸟和鱼、虫……今天我又开始怀疑看到的东西会不会是一场梦？一直奇怪，这样了不起的崖画，几十年来文化上怎么不太听见什么响动？当然，或许早已响动，我错过了。见识浅，不知道。）

梅溪家在中山五路"公园前"附近的一个小巷子里，"桂香街"三十一号。不是专门人家，是座原来跟新会县有点关系的书院房子。

古时候的街名很讲究，称呼起来像读诗一样：

「朱雀桥边野草花，乌衣巷口夕阳斜。」

很深的弄子里头两层楼的古砖木房，居然装下了张家老小十几口人。

梅溪和序子住在楼上北边厢房，左右分列两间大房。梅溪的妈妈跟照顾她的守寡的老伯母住左后房，二妈和老爹住左前房。大弟弟和二弟弟住右前房，右后房堆东西。楼下右首婆婆住一间，三妈妈带着两个小妹妹住一间。梅溪的四叔四婶带着三四个（对不起，不清楚几个）孩子住左边两间房。

这些房子楼面太宽，都是木料结构，颤巍巍的，倒是从未有人说过危险，而它本身又证明仍然可以安居。

抗战刚刚胜利，因为这个胜利的内容比较松散，社会面目跟打败的距离相差无几，老百姓离乱的情绪还没有舒缓过来，人和人的关系都比较紧张——

四叔的孩子不晓得哪里弄来一只刚满月长毛的小胖狗，全楼上下都把它当宝，喜疼得不得了。取名"靓靓"。

桂香街三十一号隔壁三十号是个小小的闲门面，忽然间两三个人开起了一家"香肉店"。所谓"香肉店"就是"狗肉店"。小火炉上放着一口口炖瓦锅，烟雾满室。门面上贴着招徕的红纸，上头写的都是只有在广东才看得见的赞美词：

"市面乜肉冇得比，唯有本店香肉香。"

"闻香唔驶行远，就入俚哝坐低。"

"醉倒几位老友，香漫成条横街。"

"唔晒讨二房，好过去金山。"（旧金山）

招牌是"帝座香肉"四个大字。

当门竹竿上横吊着三只腌制烧烤妥当的同龄小狗，到下午变成四只。我们的"靓靓"不见了。

桂香街三十一号走得动的男女都出动了，右边桂香街街头街尾都找遍，左边出去几步就是中山五路大街也四顾茫然……

狗肉铺坐得端端正正那三个人，暴筋的手臂上都戴着手表，庄重地坐在椅子上等生意。

问他们："大佬，有冇睇到我哋狗仔？"

"乜色嘅？几大？"他们问。

"白长毛，你哋竿上挂的咁大。"

"嗬嗬，狗仔细，要睇紧的！"他们板起脸孔教育我们。

明明清楚挂在横竿上那第四只狗是我们的"靓靓"，贼赃呈现于光天化日之下；眼看褪了毛，烧烤过的香肉只只一样，拿不住时空关系的把柄，何况后院所缺正是叫得出"屈"、亮得出"手"的人马，只好就这么不了了之了。

所怪的是这家"帝座"香肉铺也没开好，半个月就关张了，好像专为了谋杀"靓靓"而来，完成任务而逝的意思。

楼上序子的老丈人看样子是闲得无聊，大不了只在栏杆内外走动几步，也不跟序子说话。或许是不方便说普通话而序子又不通广东话的缘故。寻根究底还是对这位"捞松仔"女婿心中恨恨的情绪还没消退。

广东人自己的世界是非常自豪的。先进的文明，丰隆的物产，讲究的饮食，五十年代以前的日子，很少有求于人的地方。一般老百姓对于外省人的认识（甚至于广州、香港人对于本省外埠人的认识），都有点"卑之无甚高论"的意思。

他们泛称外省人作"捞松"。外省人到广东，见人打招呼称：

香肉架上四隻

小狗

狗肉铺坐得端端正正那三个人，暴筋的手臂上都戴着手表，庄重地坐在椅子上等生意。

"老兄！老兄！"觉得新鲜，认为凡是见人叫"老兄"的都一定是外省人。干脆把外省人都简称为"老兄"算了。可惜"兄"这个字广东人读不转来，读来读去变成个"松"字。这点你要信我，你随时可找位广东朋友读个"兄"字试试。

更好玩的是，那时候来广东的外省人没有现在多，来得早的可能是上海人，老百姓市民们就泛称不是广东人的外省人作"上海佬"。序子在广州街上买东西时就被人问过："拏係唔係上海佬？"[1]

就算是广东籍的潮州人，也被人背后称作："浪（平声）佬。"

潮州人称人为"浪（平声）"，自称"哇係调究浪"[2]的"浪"字，变成地区人的谑称。"浪佬"就是潮州人。好玩的只是背后那么轻轻地叫，晓得其中有些不够礼貌的地方。

对湖南人没什么特别的叫法，却有特别的看法。

梅溪告诉序子，她们四个姐妹以前聊天时就说："咦！千万别嫁给湖南、广西人。湖南人坐火车到广东来，都是卖鸡卖鸭的；广西人来广东都是卖草药卖金钱龟的，红着个眼，讲话哇哇哇咁大声，咦！咦！咦！几得人怕！"

想不到二姐嫁了个广西佬，梅溪自己正好嫁给了序子这个湖南佬。你说活该不活该？是不是天理报应？

有天，老丈人生气了，气源来自当年安息乡梅溪和序子共同买了那顶珠罗纱大圆顶蚊帐。

梅溪对序子悄悄说："那蚊帐是他的。"

---

1 你是不是外省人？
2 我是潮州人。

"我早晓得是他的。那时我们不买，别人也买了。"序子说。

"看样子这气会生得很长。"梅溪说。

"哎呀！犯不上生这么大气，还给他就是。"序子说。

梅溪不甘心说："那原是我们出钱买的！他不会还钱的。"

"送给他！"序子说。

蚊帐还了，真的没有提到"钱"字。

梅溪恨恨。序子说："人穷志短，这指的是世上所有的人。很可能他老人家还怪我们趁火打劫。"

"简直就是！"梅溪说。

梅溪带序子到一个花果市场。

序子不相信自己的眼睛，不相信自己的鼻子。

几几乎全身都浮在从未有过的香气里。

这水果街怕有一里长！（它有个有趣的街名，我忘记了。）街两边陈列的水果从未看过的起码占了一半。没想过榴莲会长得冬瓜那么大！椰子长了个石头那么硬的壳；小杨桃长成正正经经的五角星，像是机器做出来的，大的叫"三捻"，一个庞大的五角星。真是让人开心得跳起来。还有大部分叫不出名字，奇形怪状，长得违反常规的、五颜六色的东西。连同福建熟悉的那一大帮老相识。

人声鼎沸，第一句鲜明的广东话"丢那妈"就是在那儿记住的。问梅溪："'丢那妈'是什么意思?"

梅溪用手捂住序子的嘴："不要说！不要说！是骂人的下流话。"

从此后，序子领会的下流话越来越多。学会运用流畅的广东话，懂得广东语言的神韵是从"丢那妈"开始的。

（在广州，逛过很多背景厚实的地方。

"西关""沙面""十香园"。

"西来初地""怀远驿街"。

"西濠口""花地"。

"光孝寺""十三行"。

"六榕寺""黄花岗"。

"公园前""荔湾"。

"中山堂""文德路""中山大学"。

"高第街""三元里"……

这是跟广州几十年的关系随意想起来的地方。再往后想我这个"捞松仔"就不够资格了。可惜那些出名的老文化人都已不在人世，要不然请他们花些时间坐下来谈谈近两千年来地方光景掌故，是件多么有价值的事。）

序子想，亏得有洪隼、叶奇思几个人带我出去走走，又认识了个广州诗人林沙尔，住在一间上海石库门式的房屋里，妻子是个沉静美丽的葡萄牙混血。沙尔本人也优雅话少，在广州头次见到这样式的年轻夫妻，很是新鲜感动。过不几天又见到了在桂林写"山，/山，山……"的未来派诗人欧外鸥和画家黄超。

大家就那么随随便便玩开了。去了佛山，去了石湾。石湾用陶泥烧制的小古人，精确随意，把序子吓傻了。

"广东呀，广东，你满地神仙，我要是说给朱雀人听，他们怎么肯信？"

聪明的国画家若是买他十个八个做些写生练习，放在山水画里，就不那么生硬呆板了。

又一齐到坪石中山大学去拜访刘仑先生。他是位老木刻家，和李桦先生、野夫先生都熟。他在中山大学当教授，也认识野曼，看到序子刻的几张木刻，回头又看了一次，说："好！"问序子认不认识新波？序子摇头，他说："你应该认识他，你哪天去香港看看他吧！他在《华商报》……我写个信你随身带着，几时去香港，几时交给他。"真的就转身写了张信封好了，交给序子。你看，世上竟有这么多好人。

序子看了刘仑的木刻，好严谨规矩讲究的线条和黑白关系，又看了画的水彩画，云。他说："一教书，好久没刻木刻了。"

厚厚的一百多张云。

他把天上的云看透了。序子想："我怎么没想过云有那么多可画的地方？一层层由近到远的云，灿烂发光的云，带着雷声的云，直泼着雨的黑云，山云，风云，平原的漫云，懒洋洋的疏云，高天上的鱼鳞云……"

欧外鸥问他："这么重要的专题还真没第二人画过，做乜嘢你唔开个画展？"

"谁看呀？"

"你嘅云叫醒返佢哋嘛！"[1]欧外鸥说。

序子一直没忘记这两个人的对话，好看的云，是可以把人叫醒的。

刘仑温厚地微笑着，不则一声。

1　你的云叫醒了他们。

大伙一齐到就近的广东茶馆喝茶，七嘴八舌地说东说西，刘仑只好意地微笑着听大家讲话。

序子问他："怎么画天上的云？"

他说："认真地和地面呼应。"

"怎么捕捉云的造型？"序子问。

"大局面天地的透视关系。"刘仑说，"然后是无数大大小小的立体重叠……难的是水分和色彩的控制。"

"为什么你常常画云？"序子问。

"嗳！没什么，一个人无聊的时候，不抽烟，不喝酒，吃饭、上课、看书之后就画画云咯！"

和刘仑告别之后的路上，大家都一直碎碎叨叨地谈着刘仑。孩子般地单纯，精微的艺术技巧，潇洒的人生。序子心里对广东人有个更概括的看法：连陈济棠在广东自己人眼里都看得到很多好处。

跟梅溪去过黄花岗七十二烈士陵园。熟悉它那么多年，那一块块堆起的方石头怎么也忘记不了。到黄花岗一点迷信的感觉都没有，由衷的尊敬哀悼流出了眼泪。几十年前唱过的那首短歌不假思索地夺腔而出："黄花岗上草青青，赤血洗尽中华魂，民族民权与民生，三民主义革命军。"变成很抽象的激情。

倒是一下子引出当年从黄埔军校四期毕业回朱雀的三表叔的军容。电影明星里也难找的漂亮男士。

梅溪告诉序子："好像你比我还感动。"

"你是本地人，要是我不感动，你们这个黄花岗七十二烈士陵园就白盖了。这些人就是在这里为推翻满清流尽鲜血牺牲的。孙中

「这些人就是在这里为推翻满清

流尽鲜血牺牲的。」

黄花岗

山先生说这次的行动是'碧血横飞，浩气四塞，草木为之含悲，风云因而变色。全国久蛰之人心，乃大兴奋，怨愤所积，如怒涛排壑，不可遏抑。不半载而武昌之大革命以成！则斯役之价值，直可惊天地，泣鬼神，与武昌革命之役并寿'。小学五年级国语课，和《最后一课》，和'努力杀贼，一欧爱儿'一起，都要背的，还有'蜀之都有二僧'，还有《伤仲永》……不过我觉得平生黄花岗这一背最有意义。"

梅溪笑。

"你笑什么？"序子问。

"我爸爸读过不少书，是师范学堂高才生，背孙中山，怕不如你。唉！可惜你二位势不两立，这辈子谈不到一起了。你说你背孙中山这些东西有什么用？"梅溪问。

"嗳，有时我也自己问自己。一个时候有用，换一个时候又觉得没有用，一下子忽然又觉得很有用。有时候，十年八年自己忽然闪出来。不过我告诉你，根据我的经验，读点、记点杂书还是很好的游戏，又不是存心做专家。——我始终在读书方面很自卑。我说不出一套套完整的东西。这需要专注，我这种脚不点地的人你想哪能专注？是不是？"序子说。

"我不这么看你，我也说不出一套完整的理由，不过，我觉得你这样挺好，又算不上什么缺点，用不着改这改那。"梅溪说。

"我有一个优点你没有看到。"序子说。

"喔？"

"迟钝！"

"那算个什么优点？"

"发生一件事，我总是来不及应付，要想一晚上才行。不过我觉得自己的'想一晚上'的办法很厉害。凡是经过'想一晚上'的大事之后做的决定，就不再上当受骗了。不马上做决定，就是我'迟钝'的特点和基础。

"我也不清楚，一辈子不晓得从哪里得到和敏悟。上当倒霉之后不叫痛，不骚心，甚至不当是一种教训，把自己的傻行当作笑料去取悦朋友。更不做借酒浇愁的类似表演，让朋友来分担我的小小疼痒。

"人说：'序子呀序子，你对自己太狠！'

"我心里就好笑，为他们遗憾，没见过连城半路上抓走的那个从河南万里归来的老兵，瑞金木船底装的那十二具尸体，那一团为团长挑盐、走遍三省的伟大抗日后备军……

"你怎么想象得到那帮混蛋为抗战，为神圣的守土责任会去做一些伤天害理的事？巧言令色，把自己打扮成一个救世主？骗大家去磕头感恩。"序子说，"这种教育我受多了，能不狠？

"你真以为我是个清楚人？到现在我还糊涂得不像个人样。你不看此时此刻我正往最没出息的地方努力？

"我不为历史流眼泪。我们大中华民国三千多年有真凭实据的历史，要真为他流起眼泪来，眼睛是口井也不够用。人不是为了无缘无故的哭哭啼啼来到世上的。让天下人哭哭啼啼那类人才自命是一种高尚职业，取了个自以为与小丑有别的职称——委员长之类……"

"小声一点，让别人听见了。"梅溪说。

"没关系，他们听不懂！"序子说。

两个人还去了文德路。

街两旁是最最显得年份很久的榕树，弄得浓荫满街。

古董店、新书局、老书店、裱画店、象牙雕品店、冷饮店、金石书画店……修表摊子、刻图章摊子……

所有铺子的特点，伙计们不论老少大都板着脸孔。跟广东人做朋友一样，开始都会有广州文德路铺子伙计脸孔的感觉，一旦触动了彼此的"笑穴"，那种真诚、开怀、热火，便都忽然迸发，成为长久连绵的终生友谊。

文德路伙计从不嫌贫爱富，也不设文化水平高低门槛。谁进门都容许，问题应答合符礼俗，只是不见阿谀奉承而已。初进广东的序子难免觉得不太习惯，久而久之反而觉得很好。（文德路我有不少活到老死的朋友，论交都是从板着脸孔开始。）

"嗳！嗳！嗳！你揾'鸡血'做乜嘢呀！揾个图章嘅事，晒乜咁巴闭呀？你袋嘭有几尺水我唔知咩？"

（"喂！喂！喂！你找鸡血做什么？找个图章的事，犯得上这么嚣张呀！你口袋里有几张钞票我不清楚吗？"年轻时代很知己的劝告。这朋友去世多年，孩子继承父业，在香港裱画，非常诚笃。）

梅溪笑着对序子说："你是先喜欢我，还是先喜欢广东人？"

序子说："背首古诗《蝃蝀》你听听：

> 朝隮于西，
> 崇朝其雨。
> 女子有行，
> 远兄弟父母。

一旦触动了彼此的『笑穴』，那种真诚、开怀、热火，便都忽然迸发，成为长久连绵的终生友谊。

一旦彼此的笑穴

乃如之人也，

怀婚姻也。

大无信也，

不知命也。"

梅溪听不清楚序子念的什么。

"《蝃蝀》是彩虹，说你扔了父母奔我，也不管礼不礼，命不命，你了不起，非常非常了不起。你是我在我佩服的广东人里头找到的。"序子说。

"你永远这么看就好！"梅溪说。

"我当然永远这么看。我在朱雀出生，在闽南长大，在广东找到了你。"序子说。

中山五路桂香街口隔壁就是大茶楼"占元阁"，三层，很巍峨气派。这天早上，洪隼约了叶奇思、林沙尔、欧外鸥几个人在三楼喝茶，也就近告诉了序子、梅溪。

几个人坐定之后，梅溪说："没想到占元阁二楼一扇大窗子正对着我妈妈房子的一扇窗子，才知道我们桂香街后面的房子跟占元阁只隔一米多的空隙。占元阁的茶点味都闻得见，吵闹多了，还关起窗来。"

"世上事，有时就这么巧。"欧外鸥说。

林沙尔从荷包里掏出张纸给序子："我给你搜罗了一些广州城内你想象不到的地方的怪名字，有兴趣我们不妨去走走。再过一段日子，这些地方很可能给新建筑吞没了。"

序子展开一看，还真想象不到。"太监寺、鸡栏街、鸡春岗、鹅掌坦、老鼠岗、鬼喊坑、跳死猫、犀牛路、夹死狗、瘦狗岭、白鹤洞、白鹅潭、大马站、龙涎里、龟岗、飞来对面巷……这几几乎不像地名！当然，可惜我不会广东话，要不然倒真想去看看。"序子说。

"名字奇奇怪怪，时间长了，地方倒很可能十分平常。除非研究地方志，写出有趣的掌故。你这位'捞松'年轻，这么崇敬广东，又是广东女婿，我看你真可以跑跑这些地方，甚至刻些木刻。"沙尔说。

"可惜我最近要去香港一趟。"序子说。

"广东话听都听不懂，你去那里做什么？"叶奇思说。

序子说："是这样的。刘仑先生把我的消息告诉了野曼，他在香港九龙元朗岳家住，说不定能帮我找点事做。也不清楚有没有不讲广东话的工作。"

"这就难了！"洪隼说，"你不是有封刘仑给新波的信吗？也可以拜托新波试试。他在《华商报》，是共产党的党报，在那里无论做个什么工作，都有意义和价值。嗳，那机关大，说不定不懂广东话也行。"

"那你把梅溪怎么办？"叶奇思说。

"先别讲我，他的事要紧。"梅溪说。

"去试试，也没什么不好。运气好，要真定下来，梅溪再去不迟。"沙尔说。

（那时候去香港，跟北京去天津一样。到那里亲戚家打几圈麻将，吃过晚饭再搭夜车回来。）

"那我想，后天去一趟试试！"序子告诉大家。

回到桂香街房里，序子对梅溪说："其实我们一起去也无妨。"

"无妨是无妨，只是太突然，我心里没有准备。我二舅在东亚银行做事，住在西环，两个人去，莫名其妙吓人一跳不好。犯不上这么做。你一个男人，住哪里都行。我只是担心一样，怕你身边钱不够用。"梅溪说。

"身边还有二十多块，先在广州换十块钱港币再说。还有颗金戒指，要紧时候可以卖。我看是用不完的。听说香港东西便宜，带个帆布挂包，装两三件换洗衣服、一个笔记本、一支钢笔就行了。信封信纸那里可以买，邮票用香港的。看香港电影，那里黑社会很狂，弄不清他们来路和脾气，总是看到不停地翻筋斗、动刀子和开枪杀人。道理好像都来不及讲透。我们朱雀跟香港不一样，总要摆出谁对谁不对的事实，拿出理亏方面非死不可的根据；你也要让人讲话，把不想死、不该死的意思讲透；还是不行，这才动手。动手也有规矩，是一对一？是拳脚还是刀剑和火器？不伤童稚老人，不损仆役杂丁。世上没有天生无故喜欢见血、滥杀无辜的人。"

"你想得太多，是不是心里有点怕？我看，香港去不去关系也不大，让朋友帮忙在广州报馆找个美术工作，我看也不难……"梅溪说。

"香港电影里头的黑社会有什么好怕的？真碰到了，我不懂广东话，可以跟他们写字交流，大家和和气气，身边这几个钱算得什么？引不起他们注意的。"序子说。

"你说你自己眼前这精神状态好不好玩？照你看起来，香港老百姓都活在死亡边沿，水深火热之间，你去香港好像是非做鲁滨孙或哥伦布探险家和福尔摩斯不可。使命太神圣了。你不过只是简简单单去探访一次朋友而已。你想那些无聊的黑社会做什么？这样一来，反而让我不放心。"梅溪说。

"可能你说得对！"序子说。

"什么'可能'？简直就是对。我劝你带个小藤箱比较好，多放点东西，画具、木刻刀。没事的时候画点海景、轮船什么的……"梅溪说。

"你看，我要住多久？"序子问。

"喜欢住多久就住多久。人家讨厌你了，找工作毫无希望了，想我想得厉害了，爱几时回来就几时回来。"梅溪说。

广州火车站在五十年代以前，十分家常，特别朴素实际。左首边进栅栏一间服务台买完票，往里走十几二十步就是站台。火车来了上车。

出站也简单，坐三轮车回家。不记得有没有出租小汽车，可能有，也许因为没钱没留下坐过它的印象。

上车坐在靠窗的木椅上，藤箱放在行李架上，满车老百姓，各顾各地按交情程度讲话，不熟不讲。在"罗湖"站有卖鸡饭的：一碗白米饭，上头覆盖卤鸡肉，浇点浓汁，吃完把饭碗往窗外一丢。大家不觉得可惜，序子觉得可惜。

到了九龙，下火车出站，眼睛瞪亮，满地都是不讲汉话的中国人和不小心碾得你粉身碎骨的汽车，像是到了外国。好看的洋房子。序子是老江湖，按知识学问规矩交妥轮渡钱，坐过海轮渡去香港。

船不小，昂昂叫着跟别的船打招呼，意思是："我来了，我来了，别让我碰着！"

序子顾不上看海和蓝绿波浪，顾不上数远近大小轮船，他划算着万一找不到黄新波怎么办，他决心不跟面生的人打招呼，写一张小纸头放在口袋里："先生，我是湖南人，来访问朋友不遇，计划明朝继续访问。手边旅资有限，请教哪里有免费住处？"

以便见到穿制服的警察向他请教。

轮渡轰隆轰隆靠了岸，干诺道就是上岸的这条路，走不到半里地，《华商报》牌子高高悬在楼顶。

告诉传达室找黄新波，想不到广东香港的传达室居然听得懂"黄新波"三个字，打了电话，黄新波真身就从楼上下来了。序子把刘仑的信交给他。

黄新波说："野曼和刘仑都有信来讲你，好高兴见到你。你在这里站一站，我上去一下就下来。"

序子等新波上楼下楼。一个人乖乖守着藤箱，不敢惹人说话。香港属于广东，广东人面部表情不明显，看不出喜怒哀乐，以少交谈为上，熟了再说。

黄新波下楼之后对序子说："我们先去吃一点东西，我还没有吃午饭。"

带序子拐弯往里走进一条大街名叫德辅道。大车小车，特别的是两层楼的电车。序子一点都不胆寒跟着上了楼，一站接一站往东开。

新波问序子来香港干什么。

"找你和野曼，看看你们，看看香港。"

“你刻木刻？”新波说。

“是的。”序子说，“等坐下来给你看。”

到一个名叫“湾仔”的地方下了车，进一座“喜丰园”上了楼，这茶楼不大，茶房都认得新波。

序子拿出江西上犹《干报》发表的木刻给新波看。

“你刻得不少！”

“是的。”序子答。

“你认识羊枣？”

“不认识，他死了，我纪念他。”序子说。

“我和他熟。他妹妹杨刚我也熟。”

“唉！”序子叹了口气。

新波叫了碟“牛河”（沙河粉炒牛肉、新辣椒丝和豆豉），问序子：“你吃什么？”

“你帮我叫什么就吃什么。火车上我吃过‘鸡饭’。”序子说。

“嘿！火车沿路那饭吃不得，不卫生。”新波说。

“我惯了，不讲究的。”序子说。

“香港你打算住哪里？”新波问。

“你看！”序子把写给警察的字条给新波看。

新波哈哈笑起来：“你还真不简单。”新波想想对序子说：“你等等，我去打个电话。”一下子就回来了，“不远有个南国艺术学院，我朋友开的。白天上课，晚上没人，搭几张课桌当床行不行？”

“没什么行不行的。太好了！”序子说。

沙河炒粉来了，两个人一边讲话一边喝茶吃沙河粉。

“你是木刻协会会员吗？”新波问。

"是！"

"什么时候入的？"

"好像在三八年野夫先生和金逢孙先生的金华还是丽水那边……那时我还在集美读书，我在壁报上还发表过一幅你刻的木刻《寒光照铁衣》，用白颜料和墨笔临的，上书'黄新波木刻，张序子临'，我的美术先生朱成淦帮我入的会，同学林振成出的钱。连在一起能想好多事情。"

"你还认识哪些人？"

"演剧队的我认识不少，我在福建和赣州演剧队待过，吴忠翰、荒烟、张乐平、陆志庠。梁永泰他走了要不然差点认识了。和九战区李桦先生通信至今，是泉州蔡嘉禾先生介绍的。"序子一口气讲到这里。

"你认识蔡嘉禾，你怎样认识蔡嘉禾？"

"他是泉州人，他待我很好！他最希望我留在泉州，又不忍心把我留在泉州。要我远远地'滚'，越远越好！"

"他是一个了不起的好人，我也得过他老人家帮忙。"新波说，"在桂林和朋友常在一起听他谈欧洲文学。他的修养实力很强。"

"你有过几天日子的钱吗？"新波问，"我拿你四五张木刻去找朋友换一点稿费好不好？让你留港期间不饿肚子。"

"要哪张你帮我做主。"序子说。

《羊枣的牢狱和坟》《东北啊！》《鹅城》《高尔基像》《米克罗基罗像》。新波选了五张放进提包里。

"你怎么没带卧具？"新波问。

"我想……夏天……"序子说。

新波懂事地说："好，好，好，我们先往跑马地我家里去去。"又上了双层电车。

（香港这地方像一场梦。梦里人和人有各种讲话，就是没有声音。我回忆香港，一幅一幅不发声的图画，美得让人静静地伤心。六七十年过去了，跟中国画一样，越古越深情。）

跟新波下车。这车故意设计绕跑马地一大圈，让外来人惊讶，让本地人安怡；做着梦，到站之后，慢慢从梦中醒来下车。沿着一派漆成深绿色细细的铁栏杆、相思树、合欢树影子下的石板路回家。

见了道非大嫂。道非大嫂认真看了序子两眼，可能觉得序子这品类人来家不多，不见得吧？八年间她跟新波在一起，到处都走过的。她见怪不怪，不会这么好奇。

序子自觉面目尚属善良，没有特别凶险的五官惊扰了她吧？道非说："我去过你们的岳阳、长沙，还去过沅陵。你们湖南人好吃得苦啊！——你喝什么？水，还是茶？"

她倒了一大杯茶来递给序子："咦！咦！咦！你们湖南辣椒把我辣怕了，连茶都辣！"

序子放心坐下了。

新波和道非讲普通话。

他俩斗嘴讲普通话吗？他俩的普通话不比其他广东人强。

他们在体贴客人："张序子特别从广州来看我和野曼，住几天就回去。让他住南国艺术学院吧！没带卧具，找张席子和床被单给他吧！"

道非转身进屋还问："要枕头吗？"

"不用！不用，我有书。我，我，我。"序子回答。

道非说："坐下来，吃完晚饭再走！"

"不行不行，冯国亮在那边等我们。"新波说。

其实只带了一床被单，课桌面清爽，草席子都省了。

初听起来，以为"南国艺术学院"是个辉煌的建筑，其实只是个码头边上老百姓住的二楼。楼底下公家让他们挂了块小木牌子，上书"香港南国艺术学院"。

新波带上了楼，介绍给主事人冯国亮，交代序子以后如何找他的电话和方便时间，走了。

序子眼睛尖，一路仔细留意观察。这场所建筑质量不够讲究，水泥洋灰台阶级级松散着泥沙粉粉。是日本统治时期盖的平民楼。抗战刚胜利，顾不上去追究责任，为了文化艺术不断绝呼吸，高气节的因陋就简是受人谅解和尊敬的。

教员备课室是原来主人卧室。大客厅是教室。厨房可以烧开水泡茶。厕所男女共用。

阳台相当大，可上花卉色彩写生课。下面看得见不停运送垃圾的大码头和大船，有时升上来烦人的味道。

海那边是九龙。

主事人冯国亮当然是看上可放十张双人课桌的空间才租下这层楼房的。课桌贴墙安放之后还可换成二十张写生架画人体。挤是挤了点，当时谁会抱怨嫌烦呢？人们深知得来不易啊！

学院总共四五个先生，教素描、色彩、油画和美学概论。知道序子是刻木刻的，且都认定新波带来的人不会是没来头的乱丁，并且也只是晚上就便来搭个铺睡觉，不骚不扰的"捞松仔"。彼此都有个善意基础，平常时间也聊些闲话，原来大家都在韶关、南雄一带混过日子，相处就更加有料好讲了。

他们上课，序子逛街。

香港是个东西向的小长岛。靠海有好多码头的叫干诺道；往里的最繁华大街叫德辅道；再往上也热闹非凡的叫皇后道；第四条已经在坡上了叫荷里活道，再上一条叫坚道。现在写下来的譬如是一条鱼的红烧中段，几几乎是无处不可吃、无处不可看的部位，不到头也不接尾。序子每天的脚力跟财力有限，脚要经得起走，肚子要经得起饿。除了眼睛看、耳朵听不要钱之外，随时要清醒在香港过日子开不得钱的玩笑。

历史一经比较，前后顿见优劣。要是序子没有以后在香港过的日子作比的话，就看不到香港的变化了。他在坚道一家冷落的美术用品社蒙尘玻璃隔板上，发现了一盒里弗士狗牌水彩颜料棍，古香古色，最起码、最起码应是一九三七抗战前几年的货品。可以体会店老板几十年等待买主到了绝望程度，眼前忽现云霓的心情。

序子调低温和的嗓门问：“几多钱呀！”

他双手伸出十个指头。

“你个老狗日的把水彩颜料当古董俏货卖了。”序子点头微笑，其实心里诅咒要走。

老头连忙说：“咁俚话几多？”伸出了五个指头。

序子认准老狗日的心情有如等米下锅，伸出了两个指头。

老头胡子缩短三寸，不满意地摇头，后来伸出三个指头。

序子回身过来，不太忍心再讲价钱。十二根指头粗、三寸长的一盒英国水彩颜料，三块钱，可以了。

现在写下来的譬如是一条鱼的红烧中段，几乎是无处不可吃、无处不可看的部位，不到头也不接尾。

从海上看台西的小长岛

老头用一张老粗纸包好颜料，接过三块钱，狠狠把盒子撞到序子手上。嘴巴、眼睛故意让序子见出深刻的反应。

刚打完仗，英国元气还没完全缓过来，还在弯腰喘气；真正通体舒服的怕只有广东那帮军人和政客们；他们的家底子和生命线以及情感储存都紧贴着香港。当然，广东老百姓自然也搭上点快乐和骄傲，庆幸香港的三亲六眷都还生猛活鲜，彼此盼头十足，往来得能哈气成云。

序子回到学院，正好末堂下课，先生介绍序子给大家认识。学美术的都明白，素描一旦抓得太紧，很容易成为终生上瘾的趣味重心。听说序子是弄木刻的，便觉得不管怎样序子本人究竟还是挺可爱的，口气也显得谅解宽容起来。

"喔！哩盒颜料宾喥买嘅？"[1]

"坚道。"

"你点知喥有卖颜料？"[2]

"佢话撞嘅！"[3]

"几钱？"

序子听懂这话，举了三个指头。

"乜咁平？"[4]

"几十年旧嘢。"[5]

1　这盒颜料哪里买的？
2　你怎么知道那里卖颜料？
3　碰巧。
4　怎么这么便宜？
5　几十年前旧货。

"俚都几精仔！"[1]

说来说去，大家变自己人了。

"俚画过素描未？"

"画过速写。"

"俚宾喥上学嘅？"

"福建厦门集美学校。"

"集美係唔係美专？"

"是中学。"

"喔！"

"喔！"

"刻木刻唔驶画素描？"

"进过美术专科的朱鸣冈、赵延年、李桦、新波、章西厓他们都画过素描，画过素描的木刻家，看得出有形体功夫。"

"唵！"[2]

"光是素描还不行，创作还需要好多别的修养和感受。光是素描代替不了创作。"

"冇受过素描训练嘅画家，唔易出大作品。"

"抗战八年，都是漫画界和木刻界在忙。评价他们的作品不在画没画过素描，也不在作品尺幅大小，张光宇、叶浅予、丁聪、廖冰兄、陆志庠、张文元、米谷、张乐平、特伟、陈烟桥、李桦、新波、野夫、朱鸣冈、张漾兮、王琦、赵延年、章西厓、可阳、邵克

1　你都算个精灵小仔！
2　对！

萍……八年来他们都忙得要死，为打倒日本侵略者做贡献，有的还在躲避特务的追捕，你跟他们论素描有什么用？有的还是正式美专毕业的高才生。

"好作品是由高妙的文化修养和精到的艺术手腕，丰富的人生经历和深度的奉献精神冶炼出来的。简单地说，是靠学问画画。"

话和话之间有不少生疏和隔膜，可说可不说，可听可不听。各人都有权不把它当一回事，没有谁想说服谁。

放学了，先生和学生都回家了。

新波上楼来邀序子去吃晚饭，有郑可、陈雨田、廖冰兄、黄茅、梁永泰他们在等。

序子慌了，这帮人来头都不小。

"你等等，我去洗个脸！"序子说。

"唔驶啦！唔驶啦，又唔系去拜契爷。"[1]新波说。

新波给序子留一本小册子："有空时看看。"（毛泽东《在延安文艺座谈会上的讲话》）序子放好在藤箱里。锁了门，钥匙放稳在裤袋里。自己做自己的"看更人"。跟新波下楼去了。

序子很想问问这些学院的人，有没有兴趣画画这些脚底下掉渣的台阶？他们听了一定惊奇。

这台阶为什么让序子发生兴趣？——它是个假古董。它无意间做了假包浆，它偷工减料让人失望，让人住得一点信心都没有，连凭吊都不怀好意。假如台阶也会诉苦说话："又不是我存心弄的。他们偷工减料，我有什么办法呢？你就将就一点慢慢上去吧！"

---

1 不用啦，不用啦！又不是去拜干爹！

两个人仍然坐电车到中环，上了咸灵顿街一家老茶馆"莲香楼"二楼，果然是好多人。见了郑可、陈雨田、黄茅、梁永泰、廖冰兄。

廖冰兄指着序子对新波说："我以为佢起码四十岁，原来係个'嫲哈仔'[1]，哈，哈，哈。"一手抓住序子肩膀往椅子上按。

序子想："廖冰兄是在说我。嗓门那么大，像是独白，又像是在读一本书。边读边撕，读一页撕一页，那么瘦，鼓起眼睛嘴巴皮那么厚，嗓门大到让人以为这座茶楼是他的。画又画得那么好。表示好意，用的是这种方式……少见。"

再说话的是郑可："见到你嘅木刻真係高兴，我亦揽唔到你咁年轻，整咁多木刻真唔简单，听讲你好多古仔，你係江西上饶住佐几耐？你跟叶浅予、张乐平在漫画宣传队？我在上饶没看见你。"

"是江西上犹，不是上饶。"序子申明，"我认识张乐平是在赣州。没见过叶浅予先生，没去过上饶，我知道漫画宣传队，要真去了那就好了，我没去过。"

新波指了指黄茅："他在漫画宣传队待过。"黄茅一声不响。

新波喝一口茶宣布："张序子五张木刻我卖了四十块钱。"把四十块港币交给序子，"今天晚饭张序子请客了。"

郑可马上站起来说："唔好！唔好！人哋老远来香港，难得卖返几张木刻，唔好！今日我请得啦！"

黄茅不讲话，只向新波打了个手势，点点头，表示赞成。陈雨田、梁永泰也都点头，就算通过了。

郑可是雕塑家，老大哥，响动大，家底子厚，一点就明白，二

1　婴儿。

序子很想问问这些学院的人，有没有兴趣画画这些脚底下掉渣的台阶？

掉渣的台阶

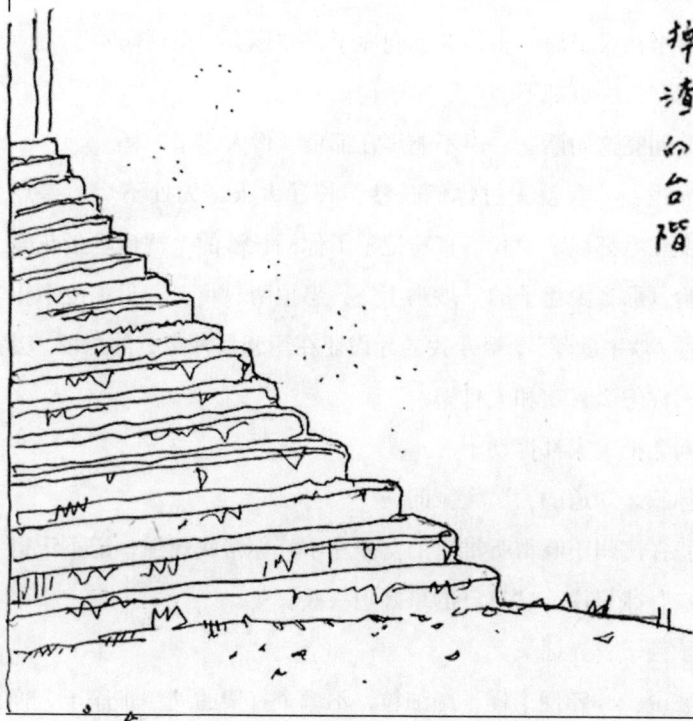

话不用说的。

序子看梁永泰温文样子，跟刻出那套《铁的动脉》木刻气派很是不同，也不敢当面就这么说："看你这副文不溜秋样子哪里像刻《铁的动脉》的派头？"而是真心真意地向他致敬："我到赣州，你已经走了。真可惜在那里没见到你。那时我很不好过。"

梁永泰文雅地微笑，点了一下头。

（这顿茶饭，好多人不停地讲话，就陈雨田一个人话少。后来才晓得他一直就少，朋友中没人记得住他说过什么话。他是个老实人，画画，看书，默想，听说他是广州市美专时黄茅、黄超的同学。）

黄茅坐在桌子那一头，老远问序子："你会广东话吗？"

"不会，一点都不会。"序子说。

黄茅问完这句话，一声不响坐在那里，像人走了一样。

冰兄说："我就去过你们长沙，长沙大火，无处不烧，差点把我头发和毛都烧了。我一直忘记不了你们长沙的'鱿鱼丝蛋花酸汤'，脸盆那么大盘子的'炒鸡丁'，恐怕两只鸡、三只鸡也不止。还有那盆'炒牛肚丝'，至今我的牙齿还在留恋那种嫩脆的意境。嗳？我问你，你怎么喜欢和人打架？"

这问题把大家都惊动了。

"你怎么知道的？"大家问。

"我在广州不晓得听谁讲的。张序子，你帮我想想，记不记得是哪个？"冰兄说，"自己的事好想一些。"

序子傻了，光摇头。

新波说："睇俚个样，细细粒，不像个打架的人。张序子，你说说，真有打架的事？"

序子说："我从小离开家乡，真讲打，怕只能说福建那些事，也不至于呀！怎么闲言闲语传到你们这里来了？"

"就是讲你，先讲你打架，后来才延伸到你木刻方面来。打架是主，木刻是次。"冰兄说。

大家就笑起来，序子也笑："幸好不是杀人。"

陈雨田说话了，面对着冰兄："係我讲俾你听嘅！我一个姓尤的南洋华侨朋友係佢嘅同班同学。"

"喊！喊！真有揽到係你！"冰兄跳起来，"点解你唔早讲？"

序子大笑："这个王八狗蛋尤贤，我集美学校的初一同学，真会那妈的轮回因果！家里非常有钱，从小就爱请客，请客完了又心痛，不管生熟朋友面前后悔埋怨，引起众怒。然后一个个去道歉，揭发自己的不是，请原谅。再请客，请完客换一种口吻糟蹋客人和朋友，惹得所有熟人不再理他，又重复老一套的自我批评……

"这家伙书读得最好，考试第一个交卷，门门一百分。

"跟我打过几次架，他个子大，没受过训练，挡不住招式，几下就垮。常常吃亏，胆子小，打完又怕这怕那，算是个没完没了的冤家好朋友，至今还不断想念。见面总要请客，有一次吃完算账，我说：'我请！'他像遭了雷打。"

听了序子讲话，莲香楼的伙计都忍不住笑了。

"香港以后，你准备到哪里去？"黄茅问。

"我原打算在香港找个事做的。"序子说。

"好多香港本地人都在揾事做，你个'捞松仔'想抢他们饭碗？"冰兄说，"你连广东话都听不懂。"

"那是。"序子说，"那我到元朗朋友那里住几天，就回广州算了。"

"谁在元朗？"冰兄问。

"写诗的野曼。"新波说。

"他是元朗人？"冰兄问。

"他住在老婆家里。"新波说，"是家南洋华侨。"

郑可说："要没地方住，我试试帮你找个住处。"

"算了，算了，让他自己管自己吧！以后有的是见面机会。"黄茅说。

多谢了冯国亮南国艺术学院的朋友，一一握了手，序子提着藤箱坐电车到中环去搭过海轮渡。下电车走没几步闻到咖啡喷香喷香的，咖啡馆名叫"兰香室"，便走进去选了一个卡位坐下，要了杯咖啡。

咖啡来了，加了两颗方糖，倒进一点鲜奶慢慢喝将起来。心里轻松愉快，见到这么多可爱尊敬的人。这世界怎么这么好？取出新波送给他的那本小册子《在延安文艺座谈会上的讲话》看了起来，说是文艺要为广大劳动人民服务。很有道理。为少数几个人服务，算什么文艺？底下说到"为工农兵服务"就不太弄得清楚了。国民党这边的工农兵，有什么"务"好为他们"服"的？怎么"服"法？明白了，读这本小册子有"这边"和"那边"的区别。薄薄的一本书，道理就特别之厚。要读一句想一句，一句半句可能要费半天时间。这本书不只是给一个人看的，是告诉人怎么动手的书……

书读到这里，听到背后卡位上新来客人叫咖啡的嗓子像野曼，弯身过去一看，真是野曼。

野曼叫起来："咦？你怎么会在这里？"

序子指指旁边的藤箱："我正要过海去元朗找你呀！你怎么会到这里？"

野曼说："今天是星期天，我想到香港三联书店来看看有什么新到的书籍杂志，闻到咖啡香，进来喝一杯再说。"

"你看，约会也约不到这么准，真是天下奇迹，说了人都不信。马克·吐温在《赤道环游记》里说过：'尽管生活稀奇古怪，写起小说来可还得入情入理。'你看，你看，谁会相信？"序子说。

（我今年九十五了，一辈子遇到两件这种稀奇的事，这算第一件，几十年后发生了第二件，请看。

不是小说。

"尽管生活稀奇古怪，写起小说来可还得入情入理。"马克·吐温说。

我当然不是唯心论者，不怕鬼，不相信命运，不相信人死了以后还会作怪，不拜菩萨……

但有的碰巧的事我却说不清楚，闹不懂它到底属于哪个范畴。说它不可知，我不情愿；说它可以理解，我还不承认世界上存在有这种本领的人。

批黑画那段日子里，我相当不好过。白天挨批斗，晚上写检查交代。明明知道这是个冤枉事，可高声叫不得屈。在交代中既不能承认有过这回事，又不敢公然明说根本没有这回事。那时候想起庄子的"介于材与不材之间"的名言，写起交代来恰好就派上用场了。模棱两可，东拉西扯，吞吞吐吐。寄沉痛于诙谐，置死生于无奈。

拿破仑对起草大法典就曾有过高明到家的指示："要短而含糊！"

你瞧多精彩！多通达天理人情！不愧是怪物中的大手笔。

我洋为中用，去芜存菁，舍弃了前面的"短"字，采用了后头的"含糊"。在写交代的时候千万不能短，一短，无异于把大好光阴让给对方，而让自己处于等待万箭齐发的位置。所以要长，要长到人心惶惶盼望吃饭的时候。你戛然而止；你意犹未尽；你舍不得大家对你进行"帮助"的可爱的时间和环境。唉！可惜，要吃饭了……

如果短，自然没有这种机会。所以要写得啰嗦，让人一开始就感觉讨厌。对你的构思，你的表情，你的怪腔怪调，你的言不由衷的精神面貌产生不能容忍的生理上的厌恶，而且还会派生出明天、后天一直到永远你都会这样使大家陪伴你生活在这种不幸之中。把你的不幸让大家来分摊……

有什么办法呢？不单自己无辜，连当时参加批判的同志不也是无辜的吗？"四人帮"耽误了我的光阴，我也耽误了同志们的光阴，真是对不起。我一生欠了多少朋友的情啊！

我要说的是那段时期发生的事。

一天中午我接受批判回家吃午饭，爱人说，天津的小邓很挂念我，委托一位姓朱的大夫来看看，我的情况可以转告他，他会一五一十地回去说给小邓一家听。中午见不着，晚上还会再来一次。

下午又是批判会，会一结束，我急忙赶回家来，朱大夫已先在了。

我介绍了近况，彼此唏嘘一阵。

这时，有人敲门，进来的是一位中学教书的好友。几个月不见，他记得我喜欢吃狗肉，恰好下午弄到，赶着送来。

我给做了介绍："这位是朱大夫，天津来的，这位是老赵，我的老友。"

老赵是个实心眼，觉得我介绍得太草率，自己做了补充："赵，赵，赵，赵实礼。"

朱大夫惊讶地站起来："赵？怎么一回事？我正要找你。你的一位姓 × 的司机朋友要我带这封信给你，你看地址，西城什么什么街、什么胡同、几号，明天我还准备上西城去打听哩！"

这时，轮到老赵莫名其妙了："朱大夫！你怎么知道我要来？"

朱大夫摇摇头。

"那你们以前提到过我？"老赵问。

我说与朱大夫是第一次见面。

于是，老赵、朱大夫、我和我的家人都发起呆来。

这是怎么样的鬼使神差的机缘？

用数学来解释，应该是天津加北京的人数开一两百次方之后的那一点点微分机会吧！

问题是，如果这时候突然进来了专案小组查问我们之间的关系，我们用极老实的态度交代得清这个关系吗？交代了，他们能相信吗？……

请原谅这不太像一篇小说和散文，写那时候的事，有什么法子呢？）

"很简单，我，一个百分之百的唯物主义者脑顶上空的马克思派我从元朗搭小公共汽车到九龙尖沙咀、再过海到香港兰香室，专门来迎接根本没有约定时间的好朋友回元朗去。走吧！"

付了账，两个人提起藤箱过海。

"你没去过九龙吧？"野曼问。

"当然。"序子说。

到天星码头买票过海上尖沙咀。

平着码头上船是头等，底下是三等。头等有一行行长靠椅，船一开可以舒舒服服浏览海景。三等也可以浏览海景，没有椅子坐，跟杂物鸡鸭蔬菜挤在一起。

为什么没有二等？你问谁呀？

没有就是没有。是老大帝国定下的规矩。把人和人的等级差别和距离弄得更鲜艳些。他们在玩殖民地游戏时弄出不少供后人参考学习的笑料。你要服他，多少年来，他能把贪婪和愚蠢弄得那么庄严和精确，弄得有声有色还真不易。

你不平，你不满意，那你到这里来干什么？

适应性都带一点奴性，培养和控制奴性是一门大学问。

"梅溪呢？"野曼问。

"嗯？喔！她在广州家里。"序子说。

"那，你们以后怎么办？"野曼问。

"现在来不及谈以后。"序子说。

"嗯，我也是这样，还要点时间等，也不能光靠等，可惜我们的抗战胜利不太像个胜利。这胜利让人觉得好辛苦！"野曼笑，序子也笑。

天上忽然一声大响。

序子站起来走近栏杆察看天空："什么？怎么一回事？"

"飞机。"野曼说。

"飞机能这么响？——你听，又来了！"序子说。

"新式飞机，喷气的，不带螺旋桨的。非常快！"野曼说。

"看见了，这飞机两条机身，了不得！飞机在前，声音在后头跟不上。"序子兴奋起来。

"那叫'喷气式'，一种新式的战斗机。"

"你怎么知道的？"序子问。

"在这里常常看到，不奇怪。航空母舰上起飞的。"野曼说。

"我在南雄去过飞机场，见过鲨鱼式飞机，机身画了鲨鱼头和上下两排大牙，好威武。陈纳德飞行队，螺旋桨的。"序子说。

"我在画报上看到，又出了更厉害的。"野曼说。

"你还这么在行，真没想到。"序子说。

"等下到了元朗，我介绍林紫十一岁的外甥，他才是飞机方面的大专家咧，你愿听，他从早给你讲到晚。他正愁一生抱负没人欣赏等你去解救咧！"野曼说。

轮渡轰隆靠了岸。序子怎么可以对野曼说没到过九龙呢？他就是坐火车从广州到的九龙，然后坐轮渡去香港的。野曼问得傻，序子答得呆。都是说话不经大脑之过。

九龙火车站、尖沙咀码头广场有好多远郊小公共汽车。这里老百姓搭点什么交通工具都从从容容，一点不显优越骄傲。抗战八年走惯千里万里山路的序子自卑心情一时难改，上了汽车，眼睛环顾左右，暗中注视周围是否有人妒忌？

（一路小郊区汽车上还在想两条身子的喷气式飞机，心里难免颤悠悠地佩服，幸亏科学新发明都在同盟国这边，若在德、意、日方面，那日子就和今天不一样了。

文章写的是一九四六年的事。事实是在轮渡上和野曼一齐看到

「看见了，这飞机两条机身，了不得！飞机在前，声音在后头跟不上。」序子兴奋起来。

喷气式飞机

的两个身子的喷气机。现在是二〇一九年的一月二日上午九时，刚吃过早餐，儿子却说两个身子的飞机是带螺旋桨的飞机，叫"黑寡妇"。美国造。把山本五十六打下来的就是它，不是喷气式。翻出手机里的"黑寡妇"照片给我看。

"不是喷气式。"怎么会不是喷气式？我和野曼在轮渡上看的正是喷气式。

这笔账怎么算才好？事隔七十三年，我的天！

本老头一肚子纳闷进洗手间，坐在马桶上自我纳闷："老了吧？怎会落入这种紊乱境界。"

情景、声音、速度、形象？？？？人证、物证，真见鬼了。儿子敲洗手间的门。

开门，他举起手机上另一些飞机照片："英国造一九四五年的'吸血鬼'双身喷气机，就是你当年轮渡上看到的。那带螺旋桨双身飞机叫'黑寡妇'，美国造的。你记性不错！"

不是记性好，是印象牢固。

记性和印象是两回事。有时混在一起，有时候单独存在。所以有时候有的老头儿在大家眼目中很顽固。）

元朗是一个质量很高的散村庄。阡陌纵横间尽是漂亮洋房，林紫讲究的家就属其中之一。两层的方楼，中间天井，很是豪华大方。

序子问候了林紫的妈妈、婶婶、姐姐妹妹和大哥大嫂。（林伯不在人世了。）大家把女婿野曼这个不三不四的朋友张序子一点也不当作外人，满是好奇的好意，野曼说："他们对你比对我还好。"

"那是。"序子是个画画的，你写诗的跟他们关系容易迷茫。

林紫让序子为大家画速写像、剪影，又在厨房门口坐在矮板凳上教他们做辣椒酱。装在一个个小玻璃瓶里，画了张好玩的彩色商标贴在瓶子上，真像是某个酱园公司出品。唯独对飞机有研究的小成成上香港姑姑家考初中去了，要是他在，跟序子一定又会玩出许多新花样来。可惜，可惜。

林紫和野曼都是广东梅县那边的客家人，讲的话和广州话很不一样。他们有时讲广州话，有时讲客家话，轻松流畅，顺口就来。只是林紫家人与张序子讲普通话，有趣得跟鹦鹉行腔差不多，自己觉得有点难为情。

这几个月来，序子一直都在暗暗学习广东话。

默会广东话的抑扬顿挫，轻重落点。先是狠狠地欣赏，后是密密地跟步。紧记关键词条，默默地不露声色。越过听不懂的难关，欣赏广东老头那点轻松懒散神韵妙处。

茶馆层楼上朝夕新老朋友聚会带出语言融洽的醒悟，千万不要亦步亦趋地去啃啮生词，外方人几十年学广府话不入门的原因在此。

有人说，序子你有语言天才。你看你讲闽南话和闽南人一样。另一个人说，他天才个屁！他学英文学了三年，老师许玛琳给他个零。

序子挣扎说："我在闽南，泡在本地生活里那么多年，当然跟本地人讲话一样。你把我泡在英国试试，我能不懂英文吗？根本论不上语言天不天才。假使我英文好说不定干别的去了，一辈子再也刻不了木刻。我万事不急，我懂得自己的穴位。"

林紫和野曼两人跟序子谈到未来怎么办。序子说："我准备远远地走。"

"远到多远？"

"我原来想去延安。"

"哈哈，你打算迟了。那边的人都往外走了。你到上海去吧！你上海有熟人吗？"

"有是有，人家都自顾不暇。我手边钱不够，还有梅溪。"

"事要一步步来，眼前像挤公共汽车，上了车挤一挤就松了。要紧的是先上车。想想，还有没有别的办法？"

"我可以回厦门集美我叔叔那里找个事做做，喘口气再说。做个一年半载赚点路费，再往上海跑。梅溪懂事，她可留在广州等消息。"

"香港、广州不是你待的地方。"

"我看是。我想我可以回去跟梅溪商量商量。"

"去厦门，你还是从香港搭船方便。跟梅溪商量完了把结果马上告诉我，好吗？这里有朋友几首诗，你帮刻完木刻插图就回去吧！"

"好！"

回到广州，梅溪完全同意野曼、林紫和序子的决定。

梅溪没想到序子在香港还卖了木刻。序子留了三十块给梅溪。

"那你呢？"

"我还有一小半，够了，船票和三四元的饭钱，到厦门见到二叔叔就简单了。"

梅溪找来一口往日南洋的薄铁绿皮旅行箱子。（这箱子今天还在万荷堂。）

"哈哈！再让它为我们帮忙一百年。"细细地给序子装满衣物用品。原来的小藤箱换了口较大的，"你一个人对付得了的，是吧？"

『事要一步步来，眼前像挤公共汽车，上了车挤一挤就松了。要紧的是先上车。』

上车，挤一挤就松了

书籍、木板、木刻刀都放妥了。

序子、梅溪在占元阁三楼约了洪隼、欧外鸥、叶奇思、林沙尔、黄超，把一切计划都告诉了。

沙尔说："昨晚接你的电话，说要走了，写这首短诗给你。"

痕　迹

浩叹像一阵风，

几颗相聚的星星吹散了。

带着光的速度。

在深蓝的夜空，

划出几丝细线。

昨夜是永远的，

今宵也是永远的，

它留给谁了？

你说，

留给谁了？

传给大家看过，都静静地感叹。

欧外鸥问序子："你找到新波了？"

序子点头："新波、黄茅、冰兄、陈雨田、梁永泰、郑可都见到了，真开心！"

"你住在哪里？"欧外鸥问。

"新波带我住在铜锣湾南国艺术学院。"序子说。

"南国艺术学院？点解我未听过？谁在负责？"欧外鸥问。

"冯国亮、杜素心、蔡靖峦……大概五六个人。"序子说。

"杜素心，杜素心这个人我认识，是个办事谨慎的老实人，好像画画脑子这方面不太流利……"林沙尔说。

"他在行政管理方面很细腻负责的。我印象相当不错。"序子说，"斯坦贝克《人鼠之间》提到：'做一个好人用不着太聪明。'这类人对世界，比聪明人贡献大。住了几天，我准备去元朗找野曼，碰到一件怪事——"

序子讲了兰香室的怪事。大家觉得实在难以相信。

"你怎么认识野曼的？"欧外鸥问。

"大概是四三年四四年江西信丰。"

"桂林批判我的'山、山、山'的就是他。你怎么跟他来往？"欧外鸥说，"'左'得很。"

序子说："你有点怪。你不喜欢的人要大家跟你一起不喜欢？野曼一直很关心周围朋友，爱书、谈诗，朋友都说他到了发癫的程度。好真诚的一个人，怎么会批判你呢？是不是谣言误会了？他是个很好的诗人……很懂诗的。我从来没感觉他'左'过。有机会该找他谈谈。"

"你没去过桂林，你晓得什么？"欧外鸥说。

"那也是。这事或许真有过过节。时候和时候的误差，常常产生悲剧。罗密欧和朱丽叶的爱情都是让如此这般耽误了。况乎你们二位。——你心里是不是在怪我？"序子问。

"你当时若在桂林，今天讲这个话，我就怪你。演员没权错怪观众。此事和你无关。"欧外鸥说。

"我爱你的诗，也不怕你怪我，更不在乎因为爱你的诗野曼怪我。"序子说，"都什么时代了？……"

"讲讲你以后的打算吧！"洪隼说。

"去福建厦门教书，赚点路费去上海。"序子说。

沙尔叹气说："我们文化人穷得真让人难以相信。——赚张船票飞机票要花一年半年时间。你厦门、上海有熟人吗？"

"厦门有，上海算不得有，虚。"序子说。

"你怎么办？"沙尔问梅溪。

"像北方女人唱《走西口》吧！幸好广州我有个家，找点小工作熬着等他吧！"梅溪说。

洪隼说："《走西口》是唱'命'，去上海、厦门是唱'离'，'离苦速证菩提处'，看起来有个期数，周旋、努力得好，还可以作些掌握。'命'这个东西，'冥冥随业缘，不知生何道'，拿不准，不太好掌握了。

"命苦的人，诚恳努力都不顶用，你信不信？"

"你不过只是说，世界上曾发生过诚恳努力都不顶用这类事。我不在意这状态。事情没做就料理后果，你怎么活？我是黄仲则的'马上无历日，姑记雁来天'，脑中、眼底瞟一瞟是可以的。自己还是忙自己的好。"序子说。

沙尔指着序子对洪隼说："让人艳羡的单身的优游！"

"等佢哋生出一两粒仔女，把声就冇咁大咯！"洪隼一笑之。

占元阁几位好友倒茶举杯作长亭折柳之别，预祝这个那个……

梅溪送序子坐双人三轮车到广九站，帮忙把一藤一铁两口箱子跟一个帆布行李包送上火车，挥手再见。

（这一别就是没商量的一年多近两年。当时哪里想过？）

在窗口还看见她跟着火车叫："记住藤箱底的腊鸭、腊肠取出来送给林紫的妈妈，免得馊坏佐……"

一路上重复的印象不说了。年轻体力好，三件重行李不当一回事。到了元朗林紫家里，又是一阵欢腾。

三个人在房里静静商量，身边的钱不够买去厦门的船票。

"先到半路住一住怎么样？刚好半路，《汕头报》我有个好朋友汤文义在那里，在那里赚一点钱再走，你还有机会游游汕头。"

野曼身边没有钱，有，他早就给我。眼前只够维持生活，给了我，他就没有了。眼前更不好意思再去找新波。

序子说："我看就你这办法好。先到汕头找汤文义。在那里赚什么钱？怎么赚？到地再说。"

野曼说："我信中稍带几句，让他出主意。"

"他在报馆编哪一版？"序子问。

"不编版，管发行的。熟人多。"野曼说。

"你以前骂过欧外鸥的'山、山、山'？"

"年纪轻，我是很当作正经战斗的。我们那时对现代派、形式主义很敏感。你读过那诗？"

"信丰《凯报》大地书局书架上，桂林来的杂志上都见到过，没料到是你。"序子说。

"你觉得怎么样？你喜欢那种诗？"

"是的，新鲜，说前山、后山到处都是抗日游击队有什么错？"

"不感觉那是形式主义？"野曼问。

"光是内容，没有形式，能叫诗吗？感觉到是中国的叶赛宁、中国的马雅可夫斯基，是抗日的形式主义。你说说看，列宁看不起马雅可夫斯基的诗，笑得眼泪都出来了，反而是斯大林为马雅可夫斯基辩护，你说怪也不怪？我不写这种诗，我不习惯，也不会。要写就直来直去让大家看得懂。不过有一点人写点这种诗也无妨。新鲜、活泼，让人开心。也许对弄诗的人有新鲜启发。

"你的'春天坐着花车来了，说是少女的花季，说是阳光泛滥了，大地……'我也喜欢。你写诗也要有新的意念呀！总不能一天到晚让春天坐在花车上嘛！"序子没说完，野曼大笑。

"……彭燕郊的《妈妈，我，和我唱的歌》和你的那些诗，我不是常常背给人听吗？嗳！我都快忘记了。"序子说，"你们自己都不清楚，那些诗好天真！好可爱！满是妈妈和土地气息。"

"他在广州呀？"野曼问。

"嗯！大家前几天在占元阁喝茶。"序子说。

"他说了什么呀？"野曼问。

"说你'左'！我还帮你吵。"序子说。

野曼微微笑，不再出声。

去九龙船公司买了票，是极大极大的带帆篷的机器木船。十七八个搭客。这种船也卖票，很特别。

船尾很高，像三层楼。

序子认真记下贴水面飞着的鱼，不小，要不亲眼见到真难相信；还有浮着那么多的水母，人说让它缠着会死。就是饭席上的冷盘海蜇皮。序子似懂非懂，缠着会死的这种东西怎么可以吃？

天气白天夜晚都不冷。也没有船舱好进。风也不大，差只差几个聊天的伙伴。饭菜可说是非常豪放，大鱼大肉至极。原本是不用抢的，吃相倒是比抢还难看。呼喝有声，与海浪同吵。不供酒是对的，当然，酒后在船上的下场可以想象。有茶，是潮州讲究的茶叶，估计船老板是潮州人，要不然没这么慷慨。

序子一个人半躺半坐在帆布口袋边，以铁箱、藤箱作篱墙，挑着近些日子新鲜有趣的事情回忆，度此漫漫长夜。住铜锣湾南国艺术学院那近十天颇堪回味。香港人叫警察为"差佬"，警察局为"差馆"。救火队员作"火烛鬼"。叫卫生局帮老百姓抓捕老鼠的卫生员为"老鼠王"，叫邮局为"书信馆"，邮务员为"书信佬"。叫一切外国人，男的"鬼佬"，女的"鬼婆"，小的"鬼仔"……

宽马路边停小汽车的地方画有白线，竖着一块牌子上写："如要停车，乃可在此。"小饭馆木板隔成一间间卡位，墙上一定挂块小小搪瓷白底蓝字横牌，上书："如有痰涎，与（应是"以"字才对）及鼻涕，如欲倾吐，勿弃在地……"

有轨电车楼上有块大白底蓝字搪瓷牌子，告诉乘客假如遇到大风，要赶紧把两边的玻璃窗放下，好让大风透过，以免成为一堵挡风墙。……"此车如遇大风，或强劲之风，或速度高之风，或势劣之风，请将窗门即速放下，以便大风通过……"

茶馆随即有模仿电车上口吻写出的点心告示："本店有叉烧之包、虾仁蚝油之包、猪油白糖之包、香浓喜色豆沙之包、灌汤在内之包，顾客光临，请随意点用，本店主人无任欢迎。"

随地吐痰、随地小便受罚的新闻时常听到。裤子纽扣不扣，一颗罚若干钱，只听到传说，没见新闻实例。（那时裤子拉链未盛行，裤扣子惩罚只论颗计算。）

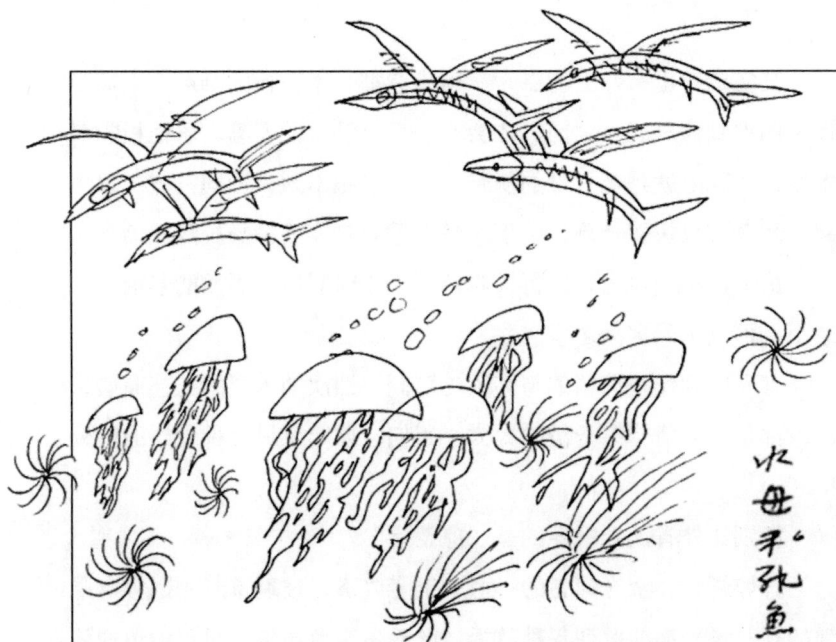

水母 孔鱼

序子认真记下贴水面飞着的鱼，不小，要不亲眼见到真难相信，还有浮着那么多的水母……

其实广州也有好多特点。满街满巷都是木拖板的响声，大概半夜三四点到清早五点之前，才会有一两个钟头的安静。木拖板学名木屐，实际上就是老百姓的便鞋，几几乎跟本地人形同一体。事急起来甚至可以拔腿奔跑，脱下一只在手顷刻变成护身抗敌武器。

街上设小档口为来往行人修钉屐上皮带套口，居然能养活一家老小。可见木屐生活之盛。

有专门制作花俏精致与高跟皮鞋同一档次的木屐的工艺商店，出入都是巧笑倩兮有身份的太太小姐们，掀起了另一种爱娇的讲究空气。

特别让外省人开眼界的是"凉茶店"。

辉煌耀眼、金光闪亮的一对大铜壶之下，玻璃罩着一锅奔腾鼎沸的药草汤。锅前罗列各种熬透过的珍贵绿色原料和只只生鱼遗体。你根本无从在形象上找到它们之间的逻辑关系。

马上要跟你建立逻辑关系的是那一杯杯不同品类、不同性质、不同口味的"凉茶"。等候你的选择。说时迟，此时快，假如一旦选错，便会怪你爹娘为你少生两张嘴，便会苦到说不出一句话，便会以为来不及写遗嘱……

其实，什么坏事都不会发生，只为你好。有病医病，无病补气退火，益寿养颜。

记得好久好久以前哪段文章提起过，有人说外国人非常有钱，连讨饭的叫花子都穿西装。

广东人的有钱让我暗暗佩服。它基础好，再穷也穷不到全家逃荒。逃荒接近于死亡的边沿，淡漠于亲情和血统之外了。有谁见过广东人出外逃荒的？没有。

短短时间，在广州中山五路公园前见过两个广东讨饭乞丐打架。打架本是普通事，和经济好坏无关。有钱人一言不合，兴致来时也会动两下拳脚。那天见到的打架很特别。讨饭乞丐想故意打给人看，放下打狗棍和饭碗在街边人行道墙脚，亮腿捋袖，你死我活地搞。出人意料的是，胜负双方各人臂上都戴着手镯，满口镶着金牙。混战中，口袋里掉出的香烟是"三个五"。

（现在更是了不起。乞丐向路人乞讨，路人说："不方便，口袋没有零钱。"乞丐会说："你拿整的我可以找！"

听说现在更有乞丐用手机收钱的。）

……

海上过了两晚，天亮到了汕头。

汤文义老兄嫂两口子接到野曼电报，来码头接。

《汕头报》馆址跟香港《华商报》一样，也在海边。

文义兄把序子安排在报馆他办公的房间里，他的床对面隔一张办公桌那边加了一张床。走廊一排是编辑部，文艺版的编辑也叫"林子"，是个男的，叫起来跟林紫一样，也是位诗人，出过诗集。知道序子是野曼的朋友，不到三两天，很快也就成为朋友了，何况是个刻木刻的。

文义兄在办公室摊开序子的几张木刻给大家欣赏，引起了称赞。总编看过又约来社长看，几个人嗡里嗡隆一番，又约了文义兄去谈一次话。回来告诉序子："社里还缺美术编辑，社长想留你在汕头，行不行？——我看不行，你要奔你的前程，就多谢他们说：你是过路的，留不下来。"

序子说文义兄做得对。

出人意料的是，胜负双方各人臂上都戴着手镯，满口镶着金牙。

两个金牙齿打架

几位老总对序子产生好感，时不时来喝茶说话，问这问那。序子托文义兄到石印局弄来些油墨（普通油墨不能用），拓印了几张木刻留给文义兄嫂、林子和几位老编。没想到一位老总居然送来宣纸向序子求"墨宝"，序子不知如何是好。心中好笑。文义胆大说不怕，有的是唐诗宋词题目。

没想到这个"墨宝"求完那个又求，像是真要弄出个什么气候才罢休的样子。汤文义老兄也冤冤枉枉被弄得得意起来。

社长、老总请吃饭了，还顺约了他们自己的朋友。当着是个有面子的文艺活动。大家一致的遗憾是，张序子先生滴酒不沾。

就这么觥筹交错过了几天，声色不动地画了几张画，文义兄静静送来二十五块钱，一齐到轮船公司买了张十七块几到厦门的船票，对序子说：

"好了！好了！我总算对野曼交差了。"

两口子和林子送序子到码头上船。

这次是小轮船，好像也没有舱可进，只选个角落放下行李或蹲或卧。（以后朋友听说到这场合都说不近情理，不可能。我也不明白是怎么一回事。事实如此，没什么好说的。）

记不起船开了两天还是两天半，经过一个（或是两个三个？）近半里或一里直径的大漩涡旁，船员向甲板上站着的所有人大声打招呼，各人抓住点栏杆或什么一切可抓的东西，不要站起来，不要动！只听见机器加足马力轰轰响，船努力在漩涡边边远远地挣扎直冲，尽力逃出到漩涡外边去。

序子也难以想象，小轮船被卷进漩涡里头是什么味道？很想去问问船上的人，眼看大家脸色都不怎么自然，不敢开口。

一路上就这么个特别遭遇。多少年后晓得日本有个著名的"雷门"，比序子眼见的大漩涡规模还大，"浮世绘"上有人画过，惊险到绝望的程度，谁见谁胆寒。

怎么没听人报道过呢？

以后一路平安到了厦门。

婶婶和二叔、湘龙弟弟都在码头接船，一齐再乘小火轮回到集美。医院已经搬家了，二叔一家就住在这小空楼里。给小湘龙弟从香港带来一只纸壳提线老鼠和一具玻璃饮水鸭。他生疏地自己玩着。

老同学洪仲献和吴玉液同学也在集美，相逢真难以想象的高兴，聚在一起，话说个没完。

无比完美的母校，经受日本侵略者八年的摧残变得那么凋零，像片片残梦散落地面难以拾捡。提起当年任何一位老师仿佛都在揭拨一次伤口，各人都疼痛得战栗。

村牧先生的大儿子毅中当年还是个幼童，现在已经高中毕业正做进大学的准备，成天跟序子一起。

序子还没说到工作，二叔已给他想妥了，让他到南安县洪濑镇芙蓉乡国光中学去教美术课。

国光中学是嘉庚先生的女婿李国专先生在故乡办的中学，由当年的高中同学、后来厦大毕业的黄嘉才去做新校长。一齐去的有当年序子同班的女同学、厦大化学系毕业的徐秀桂，婶婶的弟弟黄六洲……那是所已经办了好几年的初级中学，有原来的不少先生在那里。

序子原本是打算留在母校工作的。二叔的决定就按照二叔的决定办吧！可能他有一些本分的想法，他是学校领导人之一，不太希

大漩涡

只听见机器加足马力轰轰响，船努力在漩涡边边远远地挣扎直冲，尽力逃出到漩涡外边去。

望自己的侄儿挂在私人关系上。

仲献就笑。

序子问笑什么。

"你应该知道他和国民党三青团的老关系。香港来个不清楚政治面目的侄儿，借他这把伞，做点他不喜欢的活动岂不糟糕？"仲献说。

"你以为集美是个政治真空？等他这个宝贝侄儿开辟？"序子说。

"少一个总比多一个好！"仲献说。

"你说得有点道理！"序子说，"那我还是避嫌为好。唉！你不知道，我是多么想念集美！"

"唉！一切都在变。个人是追不上变化的。"

"变吧！越快越好！"

回到老卫生院，婶婶交给他梅溪写来的第一封信："你看你妻子的字写得多好！"

"她是高中毕业，我是初中没毕业。"序子说。

去南安洪濑是序子的老熟路。

泉州、洪濑、园内、诗山、永春、德化，闭起眼睛都走得到。仍然是挑夫、轿子启步，年轻，一下子就到了。

国光中学没有围墙。从一座老祠堂当作礼堂开始，过来是教员宿舍，再过来是几圈课堂、三座学生宿舍，另外旁边有间大厨房。厕所在南边的远处，要走一段路，这是序子不留恋它的原因。

女生宿舍在教员宿舍后边远处，徐秀桂管着那帮小丫头。

很少大树。叫芙蓉乡是因为不晓得什么缘故它还真有不少木芙蓉花。而这种木芙蓉花在别处并不多见。

"芙蓉"这两个字闽南发音很特别，读为"扑穷"。你看好笑不好笑？序子自己对自己就说："可不是千里万里扑穷来了？"

两百多学生，一饭桌职员和先生，都在准备朴朴素素地打发半年日子，斗量自家老小的生活。

同事们都认真工作，没有过相互龃龉的记录，轻言细语交谈点文化新旧趣事。

报纸在手，各人按照自己政治见解默会时事进退。不交谈，不吵闹，不昂扬。

教员住的房子是红砖盖的。其实我写这句话很多余，所有房子包括学生食堂、教室、学生宿舍都是红砖盖的。

教员除徐秀桂管着女学生跟女学生住在一起之外，所有男教员都分别住在一幢长屋子里，门对门一人一房。从东到西一条红砖走廊，中段大空间摆一张圆桌，所有教职员在这里吃三餐。

各人房间陈设一样，书桌、书架、茶桌、椅子、床。床好，严丝合缝，手工讲究，不长臭虫。

序子来往较多的当然是二婶的弟弟黄六洲、校长黄嘉才的弟弟管总务的黄嘉德、同班老同学徐秀桂和数学教员李清标。校长黄嘉才从集美高中毕业之后就留在校董办公室做事，序子当时就觉得这个人太老实正经了，从来没见他跟人嘻哈过，很可能长大后是块当校长的料。分别几年，他在哪里上的大学？以后如何这样那样就不清楚了。这回重逢，依然还是老样子。让人怀疑，从来没畅怀大笑过的人是怎么长大的？

收到嘉禾先生的信。挨骂了。

……你照照镜子看看自己！以为你正展开翅膀，我每天都在默数你的鹏程，没料到你花了三四年的光阴绕了个大圈子，悄悄回到南安教起书来。你图个什么啊，孩子？你怎么会认为南安是你的归宿之处？既然如此这般，还不如回泉州我这里。泉州有你的房子，接你的妻子在泉州过一辈子安居乐业没出息的太平生活罢了！

你晓不晓得为什么我舍不得你走却硬心赶你走？你的走又让我如何之心痛？真难以想象你居然偷偷溜回距泉州咫尺之远的南安教起书来。

你从广州来信说回闽南集美是为了谋一张去上海的飞机票。我没坐过飞机，不清楚飞机票的价钱。不过我清楚飞机终究是人坐的，坐一场飞机就值得浪费大半年时间吗？这很难让人想象。不管怎样，这一决定为什么不告诉我？让我出点力气。我穷，我可以卖点家藏东西……我生气了，恨不得马上到芙蓉来批评你，甚至带你回泉州。

我的腿最近不好，清河又不清楚上哪里去了好久不见，只好写信批评你……

序子回信：

先生：

真、真、真对不住，我的事惹你生气。我不是有意的，我只是一口气地往上海那边想。忘了这，忘了那。

我原来想在香港谋个事做，根本办不到，不会广东话，难插得进生活圈子，简直是固若金汤。

去上海是我的一位诗人好友野曼出的主意。去集美也是为了向上海拱卒子的办法。集美有我的一位管得了事的叔叔，估计找个事不难；没想到他考虑事情严密，怕我是异党在集美作乱，所以放我在嘉庚先生的女婿国专先生办的南安国光中学。我目的只在一张飞机票，哪里或哪里就不放在心上。

国光中学共事的熟同学不少，很好相处。

课程简单，环境单调，最适合读书和刻木刻。

我这种年龄的人，花半年时间换张飞机票并不蚀本。我的脑子怎么敢往清寒的先生那边动？我只是非常珍贵当年跟先生在一起的日子和"我的房子"，先生的神采，先生的教诲。

先生千万不要来南安芙蓉，我的心情跟小学生害怕家长来学校一样，不愿让同学看到我的惶恐……

写完致嘉禾先生的信之后，接着给妈妈、梅溪、泉州的张人希、安海刻字铺"醒斋"的赵福祥、香港的野曼、广州的洪隼、林沙尔都写了信。这空间时间里最合适写信，写一百封口味完全不相同的信都行。

序子吃过晚饭到李清标房里头聊天的次数很多。李清标来序子房里很少。他时常主动邀请序子来房里坐。序子于是端了把泡好铁观音茶的茶壶和两个杯子到他房里去。

清标人长得端正。他可能天天刮胡子，看得出他那座丰隆的下巴一定蕴藏着充足的肥料，只要稍不注意，三天就会长出伽利略式的胡子，五天就会长出托尔斯泰式的胡子，那时候就难分得出谁是谁了。

序子欣赏他的幽默敏感，他容易莞尔，也常大笑，不过笑得太过严肃，陌生人不太容易看得懂。

虽说他是教数学的，文艺上却跟序子有共同语言，两个人所以谈得来。黄六洲虽说是序子舅舅辈，却也愿意端个杯子前来凑热闹。还有嘉才的弟弟嘉德，高中毕业读不起大学，暂时跟哥哥在国光做点事，很是真诚可爱，听到孟子《离娄》里讲的"墦间乞食"的故事，他就说："古时候人的肠胃比现在人的肠胃强壮，经得住不讲卫生的东西。要是我就受不了。人那么穷，居然还一妻一妾。"

秀桂知道大家在一起聊天，有时也拿点核桃、板栗过来助兴，坐在旁边，一起笑笑。她从小在班上就文雅规矩，倒是序子这类顽皮的男同学从来不敢欺侮她。她功课好，序子认为功课好的学生长大一定学理、化。果然，她大学毕业之后现在当的正是理化先生。序子对她，心存十分的敬意。

南安的土地发红，内行人说这土质适宜栽兰花。序子不懂园艺，只记住这个要点，有机会向种兰的人去吹。国光树少，学校没办好久，顾不上栽培树木这类事情。往国光背后翻过土坳两三里地方，可是一道夹着森森树木的深蓝色静静的大河。对岸有一座很有规模的县立中学。体面的校舍，密林深处还看得见尖尖的屋顶倒映在水中。序子画了一张又一张稿子，刻了好几幅木刻，大家看了说美，有人提醒："别让他们看到，谋了去登在他们的校刊里，你张序子不好做人。"

每星期一上午纪念周会在祠堂里开，记得有一次黄嘉才校长领着念"孙总理遗嘱"中间忘了词，冷场了好几秒钟，当时大家都有点不好意思。事后也没有人提起和追究。幸好！幸好！

序子对于给孩子们上美术课比较有兴趣和认真。他并不以为给孩子们上美术课很简单。初中的美术课究竟怎么上？以前在培青中学很费了些脑子，眼前就不急了。

上一年级课的时候序子问他们，喜不喜欢美术？

一些人说不喜欢，一些人说难，一些人说不会，一些人说不清楚。

序子说："我比你们还小的时候，喜欢在大门外剥墙上的石灰片在地面石头板上画画。我们那地方和你们这里不同，一年四季都有各种各样唱戏的，我就跟另外的孩子一齐画唱戏的。地面上、墙上到处画。"

孩子说："我们南安也有很多唱戏的，高甲戏，大傀儡、小傀儡，过年的时候特别热闹。"

"画吗？"序子问。

"和你一样，有时候也画。让大人看到会骂。"

"我们那时候的大人也会骂。我爸爸是教美术的，他不骂，只教我们在地面上画，别画在墙上。我们端午节划龙船，过年舞狮子，我小时候也画划龙船、舞狮子、舞龙灯。"序子说。

孩子说："我们也划龙船，也看过泉州舞狮子。"

"画吗？"

"顾着玩，没有画。"孩子们笑起来。

序子说："这样看起来，大人不是反对我们画画，是不许我们弄脏、弄坏了墙。"

"要做功课，没空想别的。在学校还要赛跑、打球，顾不上画画了。"一个孩子说。

"那你们在家里呢？"序子问。

"要帮爸爸管池塘，放牛、放羊……"

往国光背后翻过土圾两三里地方，可是一道夹着森森树木的深蓝色静静的大河。对岸有一座很有规模的县立中学。体面的校舍，密林深处还看得见尖尖的屋顶倒映在水中。

国光背后两三里的对河

121

序子问："要是你们有一张大一点的纸，能不能够把你们碰到的这些事画出来？"

孩子就笑："画得不好！"

序子说："就是因为画得不好，才要个先生来教你们上美术课嘛！你们说是不是？说一说还有什么可以画的？"

"多了，游泳。"

"放鸭子。"

"还有，开会。"

"开会？那么多人，你会画吗？你'风姑'[1]。"

"你们会画人吗？"序子问。

大家笑。

"问你们问题，笑什么？"序子问。

"只有林必清会画。"

大家笑得厉害。

"林必清会画，为什么笑得那么厉害？"序子问。

"林必清，拿出来给先生看。"学生们嚷起来。

林必清吓得趴在课桌上不敢动。

"林必清用不着怕，拿出来给我看看。"序子说。

另一个学生从林必清课桌里头抢出一沓画纸交给张序子。

果然是一张张的头像。

课堂上鸦雀无声，孩子们一起盯住序子的表情。

学生们完全没想到的是，序子举起这些画也哈哈大笑起来："林

1　吹牛。

必清，我晓得你在画谁。哪，哪，这是我，这是黄校长，这是李清标先生，这是国文张致理先生，这是黄六洲体育先生，这是动植物周环先生，这是历史吴容先生，这是徐秀桂先生，这是大厨房周师傅，这是阿阔，这是阿沛（工人），这是邮局送信的。林必清你画得好，你怕什么？你有什么好怕？"

林必清还在怕，听到序子夸奖才慢慢直起身来，低着头，不太相信眼前的真假。

序子问："林必清这些画大家看了为什么笑？"

没有人回答。

序子说："画得好，画得像，大家看了都开心，都喜欢，为什么林必清画了这些画以为自己做了错事呢？他抓住了先生相貌的特点，以为揭发了先生不想公开的秘密，所以心里害怕。其实你把事情弄反了。你眼睛看得准，一眼就看准了人的特点，手到擒来，画成一张画。将来长大有机会进美术学校，学习更深的本领，保持住这种眼光非常要紧。——好，下星期这堂课，我就和你们讲进一步的道理。各人都准备一张图画纸。"

吃过晚饭，序子请几个同事到屋里看这些人像，用不着说名字，大家哈哈大笑，各人都认出了自己，捏在手上舍不得放开。只有历史先生吴容说："林必清这孩子其他功课也都不错，可惜太过调皮了。"

序子把林必清的画贴在黑板上，贴一张，笑一张，全堂同学都松动起来，不再紧张了。

『林必清你画得好，你怕什么？你有什么好怕？』

序子说："大家注意一下，我的脸没有这么大，李清标先生，徐秀桂先生，这是阿沛，这是阿阔，连那个送信人的脸都没有这么大，张致理先生是个老人家，吴容先生是个瘦子，林必清把所有人的脸都画成一个大圆圈，这就有点太过简单。要是注意一下，该瘦的瘦，该胖的胖，该方的方，该长的长，该老的老，该年轻的年轻，那就一定更传神、更像了，是不是？"

"是、是、是。"全班学生都响应起来。

"同学们都听懂我的意思了吗？"序子问。

"懂了！"全班答应。

"每个同学对着黑板上林必清同学的画，再想想你们每天看到的先生们的神气，再回忆刚才我讲的要点，自己马上画一张试试。一，二，三，开始！"序子大声下了个命令。

所有学生都动起手来，林必清也埋头重新开始画。只听见笔在纸上沙沙行动之声。

（这声音至今七十三年难忘。）

交卷的时候，序子心跳得厉害。

有的人另外起稿，居然把个别的先生画了全身。序子没胆带回去再作公开。

"画画，不是凭空想的，是对着画的，风景呀，动物呀，植物呀，人呀！屋子里头屋子外头摆着的东西，以前有学问的前辈先生给这种美术活动起了个名字：写生。

"学画画的都要从写生开始。老画家们也常常写生，他们的写生作品本身就有艺术价值。

"老画家们一辈子写生多了就很有经验，编出一些口诀让徒弟记在心里，比如：'行七，坐五，盘三半。'

　　"这说的是画一个人的标准高度，走路和站立的时候有七个头那么高。

　　"坐在椅子上有五个头那么高。

　　"盘腿坐在地上有三个半头那么高。

　　"'一肩挑三头。'

　　"说的是一个人正面看起来，左右肩膀连自己脑袋一起，一共是三个脑袋这么宽。

　　"这指的是正常状况的大概比例。

　　"你如果说隔壁的刘矮子只有五个头高，大街上的刘高子有九个头高怎么办？我也不知道怎么办。

　　"动物课、植物课先生教我们的知识对我们学美术都非常有用。懂得界、门、纲、目、科、属、种的知识，画出的画别人一看就清楚这位画家有来头。

　　"有的画家的画缺少常识都是由于忘记了自然科学，忘记了动植物先生的教导。（其实你们眼前的初中正在学它。）

　　"学是学过，要是进一步自己去亲身研究那就更有益处，更有趣味。

　　"比如我问你们，我们国光中学这地方叫作芙蓉乡，你们见过芙蓉花吗？（见过！）见过芙蓉叶子吗？（见过！）花是什么颜色呀？（红的，白的。）一朵花几瓣呀？叶子什么样子呀？是对生还是互生呀？为什么不回答我呀？"序子问。

　　"没仔细看！"学生答。

"你看，你看，你们天天上课路过它们面前把它们都忽略了，它们天天开着花迎着你们笑，真有点对不起人。连芙蓉花是五瓣都没数过。

"你们看过水仙花吗？"序子问。

"看过。"学生答。

"熟吗？"序子问。

"熟！年年都养。"学生答。

"知道花开几瓣吗？"序子问。

"知道，六瓣，还有一种复瓣的。"学生答。

"画得出来吗？你们看，熟悉的就回答得正确。"序子说。

"大概可以！"学生答。

"水仙花有多少部位？"序子问。

"花苞，花朵，花秆，叶子，球茎，根须。"学生答。

"那大家就画一张试试看，好，开始。"序子命令。

"哈！大家熟悉它，爱它，亲近它，所以记得住，你看，都画得这么好，可惜叶子有点傻，不会转身。（我们不会画转身的。）花也没有侧面的。（我们不会画侧面的。）哪！你们看我画水仙花的叶子，画侧面的花朵，画球茎，画根须。

"我喜欢水仙花，不管天涯海角，年年都要养这么一两盆。

"它的叶子跟树上生长的叶子不一样，厚、长，有弓形的弯，它们互相缭绕穿插，好像一场跳舞。叶底和叶面的转折你们画得最是勉强，没计算好角度和分寸。

"我也替你们可惜，水仙花画得像一排兵，或是一把打开的扇

「水仙花有多少部位？」序子问。

「花苞，花朵，花秆，叶子，球茎，根须。」

学生答。

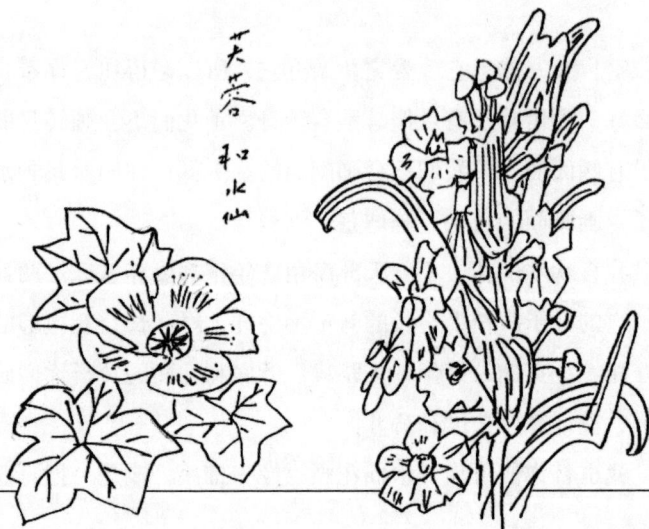

芙蓉 和水仙

子，没有前后，更像一群浅薄的演员，个个都抢在台口站着，生怕观众看不见她。

"一张纸，画一样东西，你眼睛前后左右上下都看到它们之间的关系了，注意到了，你的手艺又能够表达得出来，这就会是一幅有意思的艺术品。"序子说。

"先生，我看到它们前前后后上下左右的关系了，就是画不出像你一样有意思的美术品。"学生说。

"我今天在这里做你们的美术先生，不比你们稍微画得好一点，多懂一点道理，那还算先生吗？我今天站在这个地方，不是来和你们比赛，不是来要你们佩服我的。美国十九世纪初有个聪明人爱默森先生，他说过一句差不多的话：'我今天来并非让你们认识我，而是来和你们一起学习怎么认识自己。'

"我告诉你吃饭有益身体，不能代替你吃饭。如果你喜欢画画，你就要自己动手画，动脑筋想，认真用眼睛看。是自己画，自己想，自己看。不是我。

"像快乐一样，不是偷的、骗来的、抢来的，是自己辛苦赚来的。更不是学校先生命令你快乐你才快乐。更不是小狗主人要你摇尾巴你才摇尾巴。"

说到这里，序子自己问自己："这扯到哪里去了？好，下课！"

有一个泉州来的卖书郎，卡塔掐[1]后头架子上装了好多书，铺开在篮球场让大家挑选。有商务、中华、开明、文化生活几个出版社的，还有平明出版社的……

---

1 脚踏车。

序子太兴奋了，真没想到有送货上门的书店。还有书目录免费送人，你可以用钢笔勾下想要的书，下次他给你送来。

序子当场买了师陀的《果园城记》、朱洗的《蛋生人与人生蛋》、朱洗翻译的克鲁泡特金的《互助论》，又在目录上勾了雷马克的《流亡曲》《凯旋门》。

有这些书陪伴自己，天塌下来也顾不上了。

野曼寄来几本杂志，居然有序子给彭燕郊、黎焚熏刻的插图，有普希金和舍甫琴柯、涅克拉索夫的译诗，有马雅可夫斯基的诗。讲老实话，马雅可夫斯基画的画比他写的诗精彩，他的几幅照片又比他的画精彩。他的样子的确诗派很足，所以序子去洪濑照相馆按着他的派头照了张大半身像，放大成明信片大小，寄了张给妈妈，一张给梅溪。马雅可夫斯基的个子高，序子矮了不少，那点马味和派头不太出得来，遗憾！

（普希金我在这本书的哪部分提起过，抗战时期出过两本他的小说，一本叫《上尉的女儿》，一本叫《甲必丹的女儿》，说来说去其实是一本书。甲必丹就是"CAPTAIN"；"CAPTAIN"就是上尉。唉！）

普希金这人，不知道什么原因，序子对他还十分注意。诗啦，文啦，包括长相。原以为他是个古人，后来晓得他离一八〇〇才一年就生出来了（一七九九年）。长相有点特别，小小的个子，尖脸，双颊留着潇洒的卷须，既不像欧洲白人，也不像非洲黑人，更不像亚洲黄人，跟中东味道接近，看他的出身又还真是俄罗斯贵族。不过我仍然有点怀疑，贵族家庭混杂众多各地服务人员，老爷们一时高兴跟那些人弄出个把特别人出来也属难免。

普希金这人，不知道什么原因，序子对他还十分注意。诗啦，文啦，包括长相。

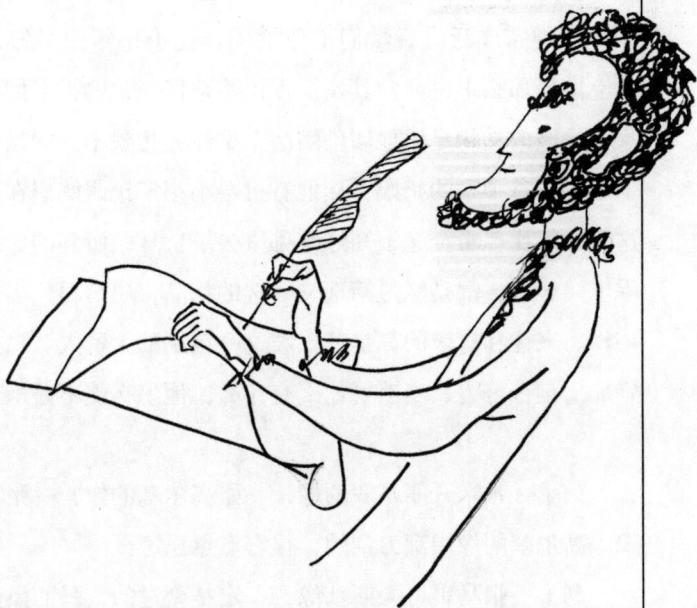

普希金

普希金成为俄罗斯伟大民族骄傲是不用说的。沙皇政府对他还真没有办法，可说是又爱又恨，囚禁不像囚禁，流放不像流放，弄得沙皇尼古拉一世最后只好把他召回莫斯科。

以前苏联一些电影历史片，常见到普希金背着手，微微笑地在冬宫走廊里逛来逛去，用四川话称赞这副神气那就是："这狗日的过得好安逸啊！"

听朋友说延安时期，好多文人艺术家，塞克、萧军、丁玲、艾青……都跟毛主席有说有笑地来往过。钟灵说他常跟老人家下象棋，开玩笑。不清楚中国后来的伟大的诗人郭老，有没有在中南海背手吟诗、散过步？那地方散起步来也是很安逸的。

写到这里，不能不想起北宋时期的大艺术家米芾。米先生是一位非常刻苦用功的学问家。文化上遗留给后世很多成就。他学识渊博，趣味广泛。后学们不免纳闷，他小小年纪，怎么在文化艺术上懂得那么多讲究？其实一点也不奇怪。他的祖宗们都是当官的，家里收藏的文物足供他濡染陶冶。更让人想象不到的是，他妈妈做了徽宗爸爸神宗的奶娘，让他有机会小小年纪跟妈妈在后宫过日子。这种运气比普希金又不知好到哪里去了！耳朵听到的、眼睛看到的、手上接触的，都是经过筛选又筛选的精品，出口呵气当然跟别人不一样。来往和尊敬的都是苏东坡这一级别的大贤人。想想看，运气好加上刻苦努力，当然要什么有什么，他怎么能不是米元章呢？

刻了一张米开朗基罗的像，一张高尔基的像，一张自己的小头像。高尔基的像用刮刀刮的，很有点意思。

刻了一张马雅可夫斯基像，一定是刻过的，画面黑白关系还历

他小小年纪，怎么在文化艺术上懂得那么多讲究？其实一点也不奇怪。他的祖宗们都是当官的，家里收藏的文物足供他濡染陶冶。

米元章

历在目，可惜一张也没有留下。朋友们手边会有的，寄给谁了？（朋友都比我大，没有我命长，难找！）

写了篇杂文寄上海黄嘉音的《西风》杂志，《学英文比长六根手指头难》，不理，不登，不退稿。

看马雅可夫斯基的一首诗，题目长得好笑：《关于一个自己打算得挺周到的逃兵、关于这个自私自利者本人和他的家庭遭遇到怎样的命运的故事》。

诗也不短，二百八十九句。还有插图二十八幅。

马的诗有个特点，

"我"，可以算一行，

"老婆的""脸""在空中""出现"算四行。

……

"马上""就可以""到家了"算三行。

也不晓得他们的编辑部怎样算稿费的。老马名气大，牌子硬，列宁和斯大林都常常读他并且讨论他，看样子脾气小不了，惹不起。要是现在有人研究研究中国当年同类大诗人、大作家的脾气作为，写出来一定很有人看。

记得爱伦堡写十月革命以后逃到巴黎的俄罗斯大诗人巴尔蒙特。大块头，喷火式的红头发，一位喜欢在马路中央昂扬的跛行者。

年轻的爱伦堡趋前招呼。他问："俄罗斯还记得我吗？"

"记得！记得！"爱伦堡回答。

"那好！"这是巴尔蒙特最后对故国的遗音。爱伦堡目送他远去。

年轻的爱伦堡趋前招呼。他问：『俄罗斯还

记得我吗？』

俄罗斯还记得我吗？

135

梅溪来信，最后说了件不高兴的事。

香港最近流行美国玻璃皮包，二姐、三姐都买了，梅溪也想买一个，二姐三姐问："你准备在里头装什么？"

序子回信告诉梅溪："她们对我俩余怒未息，有机会总要来两句，真对不起，让你委屈了。玻璃皮包相当俗气，为了随俗，买个肩膀上挂挂也没什么不好，只是犯不上为它难过。对现实沉默是勇者某时某刻的生活方式，勇这品行，像用钱，要看用在什么地方。

"你怎么忘记自己是个勇者了？"

给北京当小说家教授的孙茂林二表叔写了封信，把信丰、上犹、赣州以及芙蓉国光刻的木刻选了七八张寄给他。回信很快地来了，然后批评序子的意思和嘉禾先生一样，为什么待在南安教书不到上海北京去。

书信就这么来来回回多起来，好玩的是这位二表叔写小字都用毛笔，漂亮极了，很让年轻的张序子开眼。有一次甚至把序子写的信退回来，几个错字和轻率乱写的字都用红笔改了，像先生改作文本一样。幸好序子的脸只红了五分钟没让人看见。他每封来信都警告序子赶快"走"。说他已经托上海的老朋友想办法，施蛰存、巴金、李健吾……这些人。

这些人物都太大，不好惹。序子有自己的人，胡鲁沙、张乐平、陆志庠、马龄、叶冈、章西厓、余白墅、林景煌……

天底下就有那么巧的事。巴金先生问在他手下文化生活出版社做事的、平明中学老学生林景煌在福建时认不认识有一个刻木刻的年轻人叫作张序子的，林景煌正收到张序子的信说要来上海，巴先生就说："来就来，先和你住在一起好了。"

林景煌这期间正住在非常讲究的文化生活出版社发行人吴朗西先生的一间空房子里。房里有一张垫着玻璃的大办公桌，沙发、旋转椅、双人弹簧床、琉璃灯、玻璃砖窗，在虹口边一个老菜场讲究的弄堂里。

（上面末一段写早了。序子这时候还在南安国光中学。）

有天早上，序子没有课，一个人在屋里刻木刻，听到飞机响声很大，跑到屋背后小坡上看，果然是飞机。这飞机还真不是开玩笑，大到难以设想，可算序子一辈子头次看过的大飞机，居然四个螺旋桨，一边翅膀两个。嗬！嗬！

送走飞机才发现身边坡上站好多看飞机的人，都发出感叹，一辈子头一次开眼。"做那么大五层楼高，居然飞得起来！"

"这飞机叫作 B–52，是眼前世界上最大的，长崎和广岛那两颗原子弹就是它带过去丢的。"工人阿沛举着双手在那边宣讲。

"怪不得要那么大！"有人说。

"那原子弹算不得大，是 B–52 性能可靠，设备齐全不会出意外。"阿沛说。

大家醒过来："咦？你怎么晓得 B–52？"

"我当然晓得。我要是不晓得就不晓得你们哪个晓得了！我爹在厦门飞机场鹭江餐厅做招待员，从来不收小费，乘飞机的熟人个个认得他。他早就晓得 B–52 这个消息了。我家里还留有这份画报。"阿沛很得意，好像两颗原子弹是他和他爹丢的。

"哪！哪！趁大家都在，还有哪些学问现在都亮出来吧，难得的机会……"阿阔催阿沛。

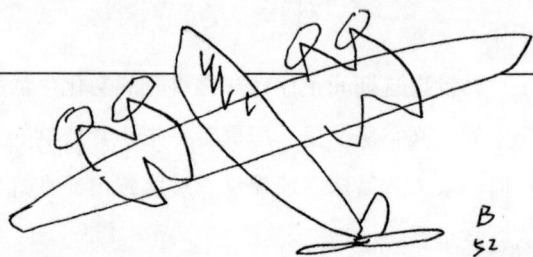

B52飞机，我不晓得叫哪个晓得？

『这飞机叫作 B-52，是眼前世界上最大的，长崎和广岛那两颗原子弹就是它带过去丢的。』

"B-52还有个名字，'空中堡垒'。"阿沛说。

"嗯！还有吗？"阿阔问。阿沛看出他别有用意："有，有，还有卖'韩至'嘅令老母，卖'算呀'嘅令老伯，[1] 噻令亮！哇浸彩贵局，努嚼呷错？[2] 努詹养安撞努悟港？[3]"阿沛有气了。

六洲抚住阿沛肩膀："阿阔在开玩笑，大家高兴。你要不讲B-52，我就不清楚，我相信大家也不清楚。多谢你！"转身问阿阔："阿沛不讲，你清楚吗？"

阿阔摇头，嘻嘻哈哈跟大家下坡去了。

秀桂顺口问序子："听说下学期你不留了？"

"是的，"序子说，"这是说定的。我要到上海去。原先打算在集美住半年，一方面攒张去上海的飞机票，唉！多少年各处流浪，做梦都想集美。我叔叔是学校负责人，很可能怕我在集美搞地下活动，我不好意思也犯不着为这点小事向他说明我不是共产党。不留集美也就不留集美算了。我只是个普通画画刻木刻的人。你呢？你下学期怎么打算？"

"厦大要我回去。我原先也是说好帮嘉才一个学期忙的，他有准备。不过如果嘉才听到你要走的话会舍不得。"秀桂说。

"我也舍不得这些学生。你知不知道？这里有几个学生很有特别天分的。我这不是随便说说。"序子说，"我看，大考完一放假我就可以走了。美术不用考的，打完分就行。"

1　还有卖番薯的你妈，卖杧果的你爹。
2　操！我随便讲几句，你就吃醋？
3　你清楚你怎么不说？

"到厦门等飞机你可住我家里。"秀桂说。

"麻烦你。"序子说。

"不麻烦,老房子,就我妈我妹……你初到上海,如果碰到困难,可以到外滩交通银行找我哥,他在那里做事。我写封信你带着。……那你要不要回集美看看你二叔?"秀桂问。

"已经写了封信去了,也没什么特别话要说。多谢他们二位半年来的关心和照顾。寄了几张这里刻的木刻。二叔也有回信来。到厦门临走之前再写封信去报告。"序子说。

"你带的行李多不多?"

"衣物少,都是书。"

"是,是,书比衣服重多了。"秀桂说。

学期结束,开了个告别会。学生走得比先生还快。

六洲、秀桂和序子同行,跟清标和其他先生握手告别,也深深跟嘉才兄弟说了再见。

别了,芙蓉。

(七十三年过去了,听说今天的国光中学办得非同小可,培养出许多国际、国内的知名人士,这里向它致敬,祝贺。)

在厦门送走了六洲回漳州。

厦门到上海的飞机票一点也不难买,凭良心讲,也算不得贵。那么远,那么快。(实际多少钱记不住了,买票的时候没揪心,没吓着,要不然会在心头划一道几十年难以磨灭的沟。)

秀桂和她妹一起送的飞机。行李被狠狠地检查了一番。看到木刻刀,先是有点敌意,听到报纸发表的木刻画都是这些刀刻出来的,就展开了一点笑容,甚至问起:"木刻好不好学?"

挥手和两姐妹再见。上飞机要爬一架铁质的普通梯子一样的梯子，可怜见那年纪大的老人和抱孩子的年轻妇女好危险，好辛苦。

序子有生以来坐的是这种飞机，完全跟画报上登的所谓客机不一样。中间从头到尾空朗朗，让人随便放行李，长网加铁环牢牢扣住。所有旅客背贴窗一列坐在铺了军用厚帆布垫的铁架座位上，各人扣上保险安全带。男女老少此时此刻都不自觉地显出七八分军人气概，形势庄严，也没有人下命令不准笑，就没有一个人敢笑。

那时还没有空中小姐，一个军人模样的人打着闽南腔国语向大家说话："各位请注意，这飞机由厦门飞往上海。抗战刚刚胜利，我们各方面准备不周，请各位原谅。

"各位取用茶水和进出大小便所，在空中行走，务必要特别注重安全，飞机上摔一跤，比地面摔一跤，起码危险一百倍怕也不止。圣诞节几天，成都、重庆西南航空公司一连五架民航机在上海龙华机场上空失事。牺牲了许多欣喜八年抗战胜利回家过圣诞的不幸同胞，我提议向五架飞机的遇难同胞默哀两分钟。好，飞机马上就要起飞，请各位照拂好自己和身边老小的安全。"

（杭州美专毕业的优秀艺术家张枕江一家五口在那次机群失事中不幸牺牲。）

序子懒洋洋听着这些故事，觉得在飞机上对着所有搭客宣讲飞机失事，有点像人家办丧事他去道喜一样，不识时务至极。

国民党很早以前的一个外交部长王宠惠，他一辈子出国开会永远坐轮船，他的理论根据是："飞机飞在空中出毛病能在空中边飞边修的那天，我就坐。"

说说看，这话讲错了吗？错在哪里？这话还是八九十年前他在上海对记者讲的。

到上海下飞机挺冷。工人从飞机尾巴搬行李下来，放进推车里送到领取行李处，排队领出自己行李。林景煌和两个年轻朋友在栏杆外边等，挥着手。给完运行李戴红帽子的人工夫钱，上了部不太好看的公共汽车，到外滩下车再找了两部双人三轮过外白渡桥，进虹口区，转来转去，到了住的这间房子。

（想了十几年，这地方到底是个什么地方？叫什么名字？只记得菜市场的气氛，有几条零落的道口，其他所有印象都模糊了。"忘"和"记"是一种天性；"忘"残忍，"记"多情；都是人生中严峻的拖累。）

进屋放下行李，林景煌正式介绍两个年龄差不多的朋友，一个叫韦芜，河南开封人，《大公报》萧乾先生的助理编辑；一个叫阿湛，郑振铎先生《文艺复兴》杂志的助理编辑、《文汇报》柯灵先生的外甥。要紧的这两个都是快乐人。

白天，他们三个人上班，序子乘机会大写其信。韦芜和阿湛的工作地点都在市区，他们对公共汽车、电车、无轨电车熟，来这里不辛苦。序子不是熟不熟的问题，是怕。没有人带着，上海那么大，让汽车碾了，搭错了车怎么回得来？

林景煌上班回来也晚，他出版社在法租界一条外国名字的街上。他对序子说："你到上海，我已经告诉巴先生了。巴先生说：'好！'"

林景煌每天带不同口味的晚饭回来，包子、大饼、面包……还问："我不在，你中午吃什么？"

"巷子口外头卖的东西都吃过，糯米包芝麻糖油条、豆浆、阳春面、汤团、生煎馒头……"序子说。

"钱还够用？"

序子点头。

有天晚上，几个人热闹在一起，喝茶吃着花生瓜子，粪土中外古今人物的时候，进来一位仪表庄重、声若洪钟的人物。林景煌介绍："沈容澈！"

又告诉序子："你在石狮见过的，张人希那帮人一起的，朝鲜人。"

序子被"朝鲜人"三个字小小震了一下，其余待遇和凡人一样。

他在一家香烟厂工作，常和林景煌来往，会讲闽南话，普通话比周围四人都好。越看越像个电影明星。

于是，以后沈容澈带来的零食，数量和质量都比较动人。他带着朝鲜鼻音讲的笑话全是新东西，别人从未讲过。得到四个人这么大的反应，他也十分满意。

四个人也就因为这个缘故，分不清楚是他带来的精彩食物还是口中喷薄的笑话，哪一方面如此引人入胜。

谈话中，他们开始注意张序子天天蹲在房中写字读书，感觉有点异乎常人。便问："你身上是不是哪里不舒服？"

"没有，从来没有。"序子回答。

"为什么不想出去走走？"

"有什么好走？杀机四伏，步步陷阱。"序子说。

"哪来的这种心得？"阿湛问。

"天分！"序子回答。

大家哄然笑起来，序子也跟着笑。

四个人也就因为这个缘故，分不清楚是他带来的精彩食物还是口中喷薄的笑话，哪一方面如此引人入胜。

"星期天我们一齐出去，带他到外滩把上海主要街道理一理，先弄张地图给他看看，中午找个地方吃顿饭。"阿湛说。

"那是好大笔费用！"林景煌说。

"我最近得了笔稿费，可当作张序子对上海认识的启蒙教育基金。"阿湛说。

"看这口气，数目小不了'诺贝尔'。"韦芜说。

"唔，是这么回事。拿去'别发书店'买爱因斯坦、狄更斯、托尔斯泰和圣诞老人明信片，起码可以买三十张。"阿湛说。

"嗬！别全由一个人负担吧！大家各按良心和本分比较好！"林景煌说。

"看不看电影？"韦芜问。

"看就看，那有什么可怕？"阿湛说。

"大光明在演狄更斯的《孤星血泪》。"韦芜说。

"好看吗？"序子问。

"都没看过怎么晓得？"阿湛说。

阿湛看着张序子："我看你这人不像个没见世面的乡下人嘛！"

林景煌笑起来："你讲讲看，他是个什么人？我告诉你，在福建闽南他是个打架王。"

序子说："我一九三七年跟我二叔来过上海，算起来十年前了，整整一个抗战磨在里头。"

"当年在上海你住哪里？"韦芜问。

"过路，就几天，很热闹的地方，旅馆名字好像叫'东亚'，有电梯的，怕就在南京路附近。"序子说。

"后来呢？"韦芜问。

"坐一艘'芝巴德'大轮船到厦门去了。"

……

"你讲讲你怎么跟人打架？"阿湛问，兴奋起来。

序子摇头："你讲讲看你！是不是有点无聊？怎么平白无故讲打架呢？我家又不是开镖局开武馆的……"

阿湛说："老实说，我真的希望你会打点架，万一路上碰到点什么，你可以显两手，让我们开开眼，产生点光荣感！"

"你真好笑！你不想想，这是大上海，我敢在上海跟人打架吗？我凭什么本事敢在上海跟人打架？打架这事我看你的确不懂，个人和个人算是打架，个人和有背景的个人打架就是找死。个人和个人打架，可以公开说定空手或是带家伙！个人和流氓打架看是空手其实腰里揣把攮子或手枪，表面上看对手比你长得单薄，动起手来他抽出家伙，你叫妈叫爹也来不及了。你们从小要养成这种优良习惯，绝对不招惹流氓团伙势力。不过大多数傻帽往往在紧要关头不会转弯。"序子说，"后悔已来不及。"

"听口气挺像个上海老白相人。"阿湛说。

"不敢当，顶多是个江湖浪子。"序子说。

寄出去的信都有了回信，妈妈的、蔡先生的、梅溪的，还有章西厓的，章西厓还说要序子去杭州玩几天。序子觉得这主意不错，告诉林景煌便坐火车去了杭州。

中午下了火车，好大的雪，按地址去"皮市巷号"找西厓兄，敲门不应，对面老太太打着手势说杭州话，序子听懂三成，三成比完全不懂好！

她举起不戴手表的左手，指指那个不存在的手表正走在四点五

「打架这事我看你的确不懂，个人和个人算是打架，个人和有背景的个人打架就是找死。个人和个人打架，可以公开说定空手或是带家伙！个人和流氓打架看是空手其实腰里揣把攮子或手枪，表面上看对手比你长得单薄，动起手来他抽出家伙，你叫妈叫爹也来不及了。」

这么一上海，我敢跟人打架吗？

147

点部位，又指指正下着鹅毛大雪的茫茫天空，跟天上眼前不存在的太阳慢慢往下沉没；又伸出四根和五根手指头，再一路指指胡同口和西厓的家；然后捋下棉袄袖子，对序子微笑。

序子完全懂了，向老太太鞠躬多谢。老太太还礼转身轻轻地把门掩上。

老太太讲，西厓上班去了，要下午四或五点、太阳落山的时候才回得来。

序子躲在屋檐底下寻思，眼前正是中午，该吃午饭的时候。他细心挤榨着一九三七年头脑里剩余的有关杭州西湖的档案残渣，湖滨有一家出名饭店名叫"楼外楼"，经过抗战八年，不晓得它还在不在。

"管它，在与不在，别家也行！"便挺起胸脯，迎着大雪走出弄堂。

序子所有御寒的家当都穿在身上了。挂包里只装着让西厓指教的几卷木刻和毛巾、牙刷、牙膏、肥皂。精神搬弄得十分抖擞。没走三四百步，便看到漂亮的"楼外楼"。全部朱红油漆硬木结构，重叠伟崛，大白天楼台上下亮着灯笼。序子上了梯台，进入楼内，选了个靠湖大窗位置坐下，真没想到那么大的一座"楼外楼"皇皇然几十台桌位，就序子一个客人。

序子放下挂包，面对正下着鹅毛大雪的茫茫西湖浩叹，唉！那帮躲在屋里炉边烤火盆的先生们，真辜负了老天爷安排的这番难见景致。

一位中年跑堂手上拿着菜册子过来，序子抢先发了话："对不起，我今早老远到杭州来看朋友，朋友上班到晚才回家，我上你们鼎鼎大名的'楼外楼'来吃碗羊肉汤面。"

堂倌听这话是实话。"好的，好的，你请坐，羊肉面一碗，稍等一会我就送来。"堂倌讲的是杭州腔国语，十分顺耳。

序子想："要是生意热闹的时候，恐怕轮不到我坐这么好的位置！"于是敞开怀抱，把西湖景致从左到右细细看了几遍，祝贺自己一生难得那么好运，说给人听怕都难信。

堂倌用托盘端来好大一碗羊肉汤面，说声："先生请用。"

序子道了谢，堂倌提着托盘下去了。

桌面好看的彩绘大碗盛着的羊肉汤面，像是满满一钵子芫荽的绿色盆景。银丝细面跟羊肉浓汤在底下翻腾，相互挤攘而出的香气比潘岳老先生《闲居赋》的四个字"蓼荽芬芳"不知要香到哪里去了。（蓼这种东西不大能吃，进口苦涩涩的，也不清楚潘前辈怎么把它跟芫荽混在一起。）

这碗容色灿烂而香气扑鼻的羊肉汤面摆在面前让序子六神无主起来。吃掉岂不可惜？不吃自然也不可取，搁久生凉又如何是好？最后序子像决心翻读一本绝妙古书那样，一个字一个字地细细品尝，把这本芳香古籍点滴不剩地舐个精光。

之间出了一件完全意外的大事。

这碗面吃到一半的时候，序子忽然感觉这么好的一碗面，怎么忘记了胡椒？顺手拿起胡椒罐在汤面上晃了几晃，不见胡椒出来。打开盖子一看，原来胡椒粉用完了。

那时候的饭店和菜馆，胡椒罐都用味精盒代替。一、用完的味精盒他们有的是。二、比专用的胡椒罐容量大。三、不怕偷，顺手藏在裤袋里不方便。那时的味精盒是长方形带一个浅盖的薄铁盒，在浅盖上打几个小洞，很简单。

序子习惯地把邻桌的胡椒罐拿过来，手上掂着的分量厚重，满意地在自己汤碗上轻轻晃了几晃。万万料不到的是，满满一罐起码二两重的胡椒粉连带盖子一齐倒进了珍贵的大半碗羊肉汤面里。(工作人员加装胡椒的大意。)

序子临危不乱，调整好呼吸，双目四围轻轻一扫，知道无伏寇在侧，连忙夹出盒盖用干纸擦了，从容地放回原来桌子上。

回转身来，端正好身子，加速度地拿起筷子把近二两胡椒粉末掩埋在珍贵的羊肉面汤里。序子自觉这种行为性质迹近犯罪。

面对这碗窝藏祸心的珍贵食物，序子做了缜密的研究：一、历史上人类有否二两胡椒粉下肚的文献记录？二、生理分析，二两胡椒下肚之后不幸之可能性及后果的估计。三、朱雀城有否类似的记录？四、最辣之辣椒若干斤两方能与二两胡椒粉后果相等？五、二两胡椒粉市场价格若干？六、序子本人历史上吃食辣椒和胡椒之最高纪录。

序子全面思考一番，灵魂中请出王伯做主："管他妈的鸡巴卵事！"捧起汤碗把液体喝得只剩固体；再筷子加调羹连羊肉带二两胡椒粉送进嘴巴，转入食道；再运用三寸不烂之舌把八寸大碗从碗边到碗底，舐个清官办移交那么一干二净。

乘势站立起来，抖一抖身子，面对大玻璃窗外伟大雪景：

"怎么样？西子湖奶奶，有何见教？小子这厢有礼了！"付完面钱，跟"楼外楼"打招呼"再会"！

走在路上，随便估计一下，那罐胡椒粉，起码值得三碗羊肉面钱。

万万料不到的是，满满一罐起码二两重的胡椒粉连带盖子一齐倒进了珍贵的大半碗羊肉汤面里。

起码二两胡椒

见到西厍，第一眼他就说："太好了，大雪纷飞，难得你这么热气腾腾！"

"有道理的。"序子说。

"什么道理？"西厍问。

"等你下班，我中午在'楼外楼'吃了碗羊肉面，汤里不小心放了足足二两胡椒粉。"序子说。

"吃那么多胡椒粉会出事吗？"西厍问，"要不要去看看医生？"

"我也在等出事，五六个钟头过去了，还不见发作。要出事也该出了。"序子说。

"近日来那些做姜粉、芥末粉、胡椒粉的作坊掺假太厉害，要不然二两真正的胡椒粉停在肚子里，怎么会一点动静都没有？"西厍介绍有假山、有喷水池的房子，"我朋友的，全家搬到无锡去了，这房子要卖，还没有人买。我也不想住在这里，报馆也不想做了，也想到上海去。可能在上海我们会有很多时间在一起。"

两个人走进一间不大的卧室："知道你要来，临时给你铺的行军床，将就点吧！水在隔壁，洗手间也在隔壁。"

序子见墙上贴着张海报，韩德尔——弥赛亚的音乐会。

"是的，帮这里音乐界朋友设计，我以前的同学。早一点休息，明早到我妈妈那边去吃早点。"

序子问："你不跟伯母一起住？"

"还有我姐和外甥女，另外租的房子。我们两个早餐都在那边吃。我已经约了个朋友名叫郑迈的，这几天一齐到各处走走。"

第二天大清早，出门从一条小街到另一条小街，柔软的阳光、雾、人的轻言细语。走进一座大门大院人家，拐进一个小院，伯母和姐姐住在这里。

向伯母、姐姐请了安，再拍了两个小女儿肩膀。一个五岁，一个三岁，都叫西厓舅舅，也让孩子叫序子舅舅。孩子胖胖的，都穿了长褂褂，开心地在大人身边绕来绕去。

伯母跟姐姐一直在小灶房忙，西厓端来两碗龙眼肉煮鸡蛋、糯米甜酒和一盘小豆沙包放在小食桌上，找了汤匙筷子，两人便坐下吃起来。

孩子顾自己玩，不缠人。

"我觉得天生女孩子就比男孩子伟大。女孩子天生就比男孩子悲剧。"序子想，"她把自我牺牲当成家常饭，她要是勇敢起来比男人强一百倍也不止。她为了诞生孩子，好好一个人有时会从容赴死。历史是男人写的，天下是男人打的，男人爱嚷，喜怒哀乐都嚷。男人可以拥有一百个女人，女人不可以有第二个男人。二十四孝表扬的都是男人。女人只有在假仁假义的宴会开幕词上被不痛不痒地摆在前头："'女士们和先生们！'（LADIES AND GENTLEMAN！）

"有人会说：打仗牺牲，养家糊口都是男人！

"啊！你还打算打仗牺牲、养家糊口也让女人上场？那可怜的男人只剩当官这一条出路了！"

"序子，你在想什么？"西厓问。

序子笑笑："在你家，想到我的家，想到家母。"

"那走吧！郑迈在那边等我们等急了。"西厓说。

告辞了伯母和大姐和孩子们，跟西厓坐一辆双人三轮车到了八十八师孙元良将军铜像花园这边，下车付了钱，见郑迈坐在长椅上。介绍了。

"怎么办？"郑迈问。

"走一走，到三潭印月那边找个位置，坐下来边喝茶边谈。"西厓说。

三个人就沿湖走起来。

"还有座陈美士像？"序子问。

"你怎么知道？"郑迈问。

"我以前见过。"序子说。

"你怎么见过？"西厓问。

"三七年我家乡部队一二八师驻扎在安徽宁国，家父是师长幼年同学，在那里当了个参议官混饭吃。一个堂叔恰巧也在那里，他是厦门集美学校的负责人之一，想把我带到集美去读书，就一起从宁国到河沥溪到宣城，到芜湖，到了杭州，住在老朋友诗人刘宇家里，见到许钦文、钟敬文这些人。几天之后到上海；又几天之后，搭'芝巴德'客轮到厦门，进了集美学校。我印象最深的就是这两座雕刻铜像，我当时认为雕塑家能把一座那么大、那么重的铜料雕成一座有意义的人物很不容易，很神秘，佩服得了不得。很可能是件非常费钱的大事。"

到了三潭印月，选了张桌子坐下了，茶房泡来据说很了不起的茶，两个人都不太在乎，序子喝了倒还真觉得不错。

郑迈说："你们画家、木刻家和雕塑家不一样，你们像个不带兵的独行侠，雕塑家手下有好多兵。如果拿创作比作打仗的话，你们的仗像戏台上将对将的单独对杀。雕塑不一样，只要把意思想好了，做一个精致小模型，几位助手就会根据这个小模型用泥巴（一般称作'小稿子')把它按比例放大成实际需要的大小,由另外翻石膏的专门人士翻成模子,又由另外一些专家做成蜡坯,再由另一批专家做成翻铜的砂模,最后由铸铜的专家工人铸成艺术成品。雕塑家本人也不闲手,每一阶段过程都'蝎勒虎子扒门缝,露一小手',在旁边指指点点。不是偷懒,是实际工作方式。

"所以达·芬奇一辈子没画出多少张作品。听说米开朗基罗大大小小作品上千。想想看,一个人做得出上千那么大那么多的大理石作品吗?而这些作品要不说是他做的还能说是谁做的呢?

"所以我说'一将功成万骨枯'这句诗很有雕塑精神。"

序子说:"你这话我信。不过,西斯廷教堂那画还是伟大得不得了。画得扭曲了脖子也真难以想象。"

西厓说:"外国画家吹牛皮的少,干实际的多。我们文化界有的是浅薄的人,好吹,吹着吹着,连自己也信以为真,真那么开心至极。"

"那他妈他这还真算是对不住自己喜欢的行当了,可惜!"序子说。

郑迈说:"这种人还可惜他什么?一辈子就让他这样过下去吧!逍遥自在,别人骂声又听不到,世界上人多,这个不信那个信,我们杭州这类人就不少。"

"上海更多,哎!不这样骂下去了。说吧!这两三天想几个精彩节目。"西厓说。

"城隍山、雷峰塔、灵隐寺、虎跑,序子自己刚才讲小时候去过了,不去最好。老实说,我们杭州本地人最讨厌陪新朋友游'西湖十景'了。新朋友是生平第一次,很重要,我们是生平第一千次,

『所以达·芬奇一辈子没画出多少张作品。

听说米开朗基罗大大小小作品上千。』

达芬奇和米克朗基罗

米支胡荃图维

「不过，西斯廷教堂那画还是伟大得不得了。

画得扭曲了脖子也真难以想象。」

重要个屁！索性埋怨不如杭州没有'西湖十景'的好！一听新朋友或者是老朋友介绍的新朋友来杭州要我们照顾，起码提前有三四个晚上睡不着。"郑迈说，"像老北京害怕陪南方新朋友游长城一样。"

序子说："这种苦心我完全理解。我在江湖上混惯了，特别懂得游山玩水的真意思，我佩服马纯上马二先生对山水独来独往的平民风神。

"有些人在山水之间，几几乎忘记自己是来干什么的。蠢的人爬上山来下棋，糟的人爬上山来打牌。更有权威在山上呼喝有声、吃肉酗酒。咭咭聒聒地聚众在山上礼堂开会，想想，平地开会跟山上开会有什么两样？

"想想马二先生一个人上山，看山，看距离，看层次，领会空茫，回过头来再把自己浸润在各种自得其乐的俗日子里，得自在，得轻松，得快活宽余。写的是马二先生行止和眼光，其实正是文木山人自己的文字高明手段。跟《红楼梦》中黛玉喜欢义山诗'留得残荷听雨声'背后躲着位曹雪芹先生一样。"

"我在等候向二位请教，既不游山玩水，这两三天宝贵时间怎么打发？"西厓问。

"参观市容嘞！访问母校杭州美专嘞！拜会老校长林风眠先生嘞！其实，看一场电影我也不太反对。咳！听说弘一法师最近在杭州。"

"你和他又不熟，找他有什么好谈？他老人家又不会空手坐在那里等你来相见。你知不知道一个名人有多忙？"西厓说。

"我是想以前这老和尚是搞美术的，可能愿意跟我们谈谈。"郑迈问序子，"你晓不晓得中国有位弘一法师？"

“晓得一点。”序子心噗噗跳。

“报上登消息了？”西厓问。

郑迈摇头：“我没看报，听人说的。”

“这人怎么说的？”序子问。

“说是弘一法师住在虎跑还是灵隐……”郑迈说。

序子哈哈笑起来。“你那朋友他妈的瞎说八道！弘一法师一九四二年在福建泉州圆寂的，怎么又活过来？”序子说。

“你怎么这时候才说？”郑迈问。

“我听你一说吓住了。我跟弘一法师有过一点来往，的确不熟。他老人家圆寂我亲眼见到，留给我一副楹联‘不为自己求安乐，但愿众生得离苦’，我寄给在湖南的家父了。除这件事之外，我一无所知，时间太短了。我有胆子对你说的是，你听到住在灵隐和虎跑的，绝对不是弘一真身！”序子说。

“那当然还真身个屁！我非找我那个朋友算账不可！幸好今天有你，要不然我还会到处去对人说，丑那就丢大了！”郑迈说。

“杭州虎跑寺是弘一法师剃度出家的地方。”西厓说，“他还是子恺先生的老师，艺术修养非常高。我见过他从日本带回来的一幅女性裸体写生油画，素描关系很严谨。”

“你们认识黄炎培先生吗（他是中国出名的学者和大好人）？炎培先生夫妇有一年还专门陪叔同先生（弘一）的夫人到杭州来。他们是老朋友，希望能劝说得他们二位复婚。从灵隐寺还是虎跑寺把弘一法师接下山来，在一家湖滨素菜馆坐定。炎培先生夫妇面对面，弘一和前夫人面对面。开餐时候，炎培先生夫妇放口大嚼。弘一法师闭目盘腿而坐不发一言。弘一前夫人则哭泣不止。

"席终，夫人付完餐费四人下楼，炎培先生在弘一耳旁喋喋不休，弘一低眉而听。在码头叫了一只回灵隐寺或回虎跑寺的小船，弘一法师盘腿船头端坐。夫人不停抽泣坐于船尾，炎培先生夫妇同坐于船腰，船夫静静摇橹，夕阳西下。到了彼岸，弘一下船，肃立，深深一揖，转身扬长而去。从此诀别，四人难得再有机会见面。"西崖说完，郑迈问："你从哪里听来的？这情节很感人。"

"图书馆书架子上。"西崖说。

郑迈问："可靠吗？"

"可不可靠都是它。"西崖说完问两人，"现在去拜访风眠先生好不好？"

郑迈说："我先给你们两位交代清楚，等下开门的会是一个林家工人乡下带来的男孩，七八岁。林师母的中国话本来就讲得不怎么样，她教孩子担任开门的工作，顺便教了他几句应答的话。我们今天没有预约，很可能林师母不让进门。到了门口，你们看热闹好了。"

好一大段路，右首边两扇可以让汽车出入的深灰铁皮门，右边大门有扇小门让人平常进出。

郑迈敲门，一两分钟之久，小门的门闩响了，一个好笑容的白俊娃娃开了门："吓！林，先，生，出，去了！明，天，来，玩，啊！"鞠一个躬，把门关上。

郑迈说："再来一次。"

敲门。隔好长一段时间，门开了："嘿！林，先，生，出，去，了！……明天，来，玩，啊！"鞠一个躬，门又给关上了。

郑迈说再来一次，西崖劝止住说："房子离大门远，可怜那孩

160

『在码头叫了一只回灵隐寺或回虎跑寺的小船，弘一法师盘腿船头端坐。夫人不停抽泣坐于船尾，炎培先生夫妇同坐于船腰，船夫静静摇橹，夕阳西下。』

弘一之渡

『嘿，林，先，生，出，去，了！……明天，来，玩，啊！』鞠一个躬，门又给关上了。

嘚！林之先出去了、下次未玩啊！

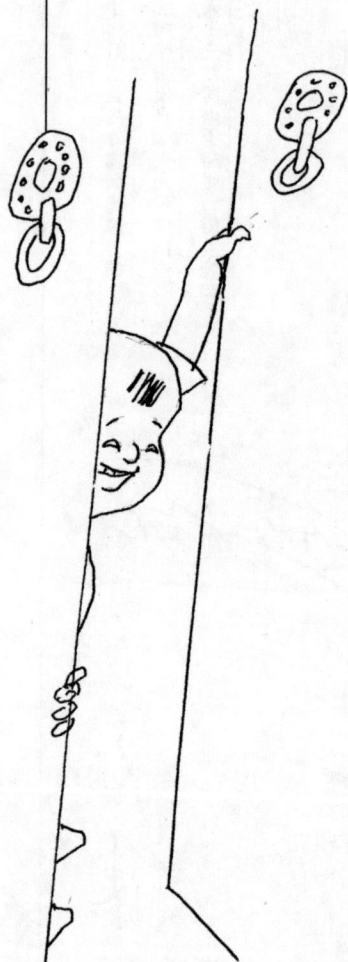

子来回，算了！"

这件事，说起来有趣，不怎么好笑。

三个人站在门口研究："还往哪里去？"

郑迈说："天地宽阔，偌大一座杭州城，呵哈！竟然无路可走！"

"放眼天下这好山好水，列位兄台停步不前，奈何？"西厓说。

两个都打着戏腔说话。序子急了："洒家肚内正缺酒饭，不妨前往'楼外楼'坐地。"

三个人真上了"楼外楼"。客人比昨天多了几桌。堂倌记性好，认得序子是昨天客人，急忙过来招呼。没想到点菜的浓情蜜语，倒落在他们三个杭州人身上。序子完全不懂，被甩在外围。

原来三个人都不喝酒，上来的几个下饭菜都很得体。

"西湖糖醋鱼""宫保鸡丁""烧鳝糊""脆炒虾仁""酸辣汤"。这四菜一汤，全国东西南北饭馆哪里都号得出，让你吃吃杭州的，才知道原来它们是这里特产，别处就说不上了。

西厓、郑迈见序子吃饭的架势、风度、格局，默认了他的良好家教，没料到饭量和从容仪态之间的差距竟是这样地大。怀疑共餐的老弟是位突然缩小的巨人。

这顿饭是郑迈请的客，西厓和序子两个人一齐向他道了谢。郑迈也没有客气地劝他们两人不要多谢。

在路上，三个人研究这时候要不要去看一场电影。

什么电影？

《蝴蝶梦》。

"谁演的？"

"劳伦斯·奥利弗和琼·芳登，就是演《哈姆雷特》那个男主角和《谪仙怨》那个女主角。"序子晓得那些演员跟郑迈很熟。

"琼·芳登笑的时候歪歪的嘴巴，秀雅迷人极了，她是夏惠兰的亲妹妹，两人一辈子不来往……"郑迈说。

"这又何必呢？那么亲的关系，成就都那么大！好遗憾！"西厓说。

"你写个信去劝劝，还告诉她们：'我，章西厓，中国重要木刻家，未婚……'"郑迈说。

"喔！你那么会见机行事，怪不得讨了个漂亮老婆。"西厓说。

看完电影出来，序子说："耽误你俩那么多时间陪我，我看我明天回去吧！"

"何必刚来就走？你说你这个人怪不怪？特别老远来看我，你带来的木刻还没有看。"西厓说。

"正好这时候三个人回去看。"序子说。西厓见路边有间粽子铺，进去买了四个大火腿粽子说："看完木刻，喝茶，吃粽子。我一个，郑迈一个。"指指序子，"你两个。"

序子说："中饭我吃得太饱，两个怕吃不下。"

"到时候再说。"

回到皮市巷家里，西厓烧水泡了茶，洗好三个杯子。各人都前后上了洗手间。

序子取出木刻在桌子上压平，然后贴西厓床铺排三把椅子，开亮灯，木刻一张张摊在床铺上看。序子一一介绍："这几张诗插图是你在南平、我在江西信丰时刻的，这张《安息河》是在乡下逃难时刻的。"

"这两张诗插图我在南平时你寄给我了。"西厓说。

"这一大堆是我在江西上犹刻的，《鹅城》《东北啊！》《羊枣像》《桥》《饥饿的银河》，诗插图，贺宜儿童小说插图，《失乐园》一边逃难一边刻，想得不好，刻得也不好。到广州没有刻什么东西，回福建南安教书刻了这些风景，《自刻像》《高尔基像》，一张马雅可夫斯基像莫名其妙地不知下落。……你们喜欢请随便挑，板子都在，唉！千里、万里，一个人带着这些板子好辛苦。"

西厓挑了张《鹅城》、一张彭燕郊的诗插图、端木蕻良的诗插图；郑迈挑了张《高尔基像》和一张《饥饿的银河》。剩下的序子重新卷起来包好。大家把椅子搬回茶桌子跟前。

西厓说："技法有进步，想法也有进步，真不错，还没见别人这么做过。"

序子说："有张插图是仿你的风格。"

"弗关事嘅！"西厓说。

郑迈说："我明天就去配两个镜框挂起来，多谢你，精彩！"

"唉！张枕江看到你这些木刻不晓得会怎么高兴！他就喜欢你这种风格。他是个很能聊天的人。等，等，等，一家五口等了八年，没想会落得这种下场。"西厓说。

"我是在报上读到这个消息。"序子说。

"他和我一个小学毕业，一起三年初中，上大学才分手。我上浙大，他跟西厓上美专。他没见过你，要不然他会特别喜欢你。特别温婉，特别健谈，特别体贴朋友，难见的才智……"郑迈说。

"人生难料，我挨飞机炸过三次，一次在安溪，一次在泉州，一次在长乐，两次离死只隔一层薄膜。理由是没有的。要说理的话，离死近，离活远。好荒唐！有人对我说：'你命贱，上天菩萨筛剩不要的！'恐怕就是这样！"序子说。

"这次你到上海，有什么打算？"郑迈问。

"自己做不得主。可能日子会过得紧张困难，我会谨慎小心。上海是个开眼界的地方，我想乘这个好机会努力把木刻刻好，别的就没有什么了。"序子说。

"看样子你是认真的！"郑迈说。

"不认真怎么活？"序子说。

西厓取来口小锅，煮熟四个粽子，小碟子分别装了一双筷子给序子，一把调色刀擦了又擦，干净之后给郑迈，自己用的是把小折叠刀，三个人吃起来。

序子说："我中午吃多了，我怕这个都吃不完。"

郑迈说："这粽子太精彩，我要记住这家粽子店，让家里几个人也尝尝。你别说，这所谓之火腿粽子还真有火腿味！"

西厓说："价钱摆在那里，一分钱一分货嘞！"

郑迈问序子："你们湖南吃粽子吗？"

西厓抢着回答："没有，没有！五月端午，屈原要修书，郑迈先生在杭州订粽子。"

郑迈大笑："失敬失敬，序子！我忘了你也忘了屈原。我混蛋之至！"

从粽子谈到汨罗江，谈到划龙船，谈到潜水本领。

序子想起当年路过福建连城见到的一场奇景。

几个人在岸边看热闹。河岸上摆着两三条两尺多长、被割了刀的新鲜死鱼，有的伤痕在背脊，有的在肚子，有的在鳃盖。几分钟之后，河面上轰隆一声浮出个人来，嘴里咬着把小利刃，两手紧抱住还在挣扎的鱼，上岸把新鱼放在原来的鱼堆里。这人坐在岸边开始咳嗽吐痰，弯着腰，又干又瘦像个害痨病的。也不晓得他哪来这么多痰？还带着血涎，至少有一饭碗那么多。又拿起身边一个小酒瓶，凑近嘴巴狠狠喝了两口，再咳嗽，再吐痰，慢慢站起身来，口含着那把小利刃，一步步蹚进水深没顶之处，直到水面连浅浅一道水痕也不见的时候，仿佛岸边没发生任何事情。

五分钟，十分钟，水面冒出一个大水泡花，那人重新抱着一条大鱼浮到水面，一步步上了岸，大鱼放进鱼堆，自己坐回原来位置，咳嗽，吐痰。

熟人说他在水底做出鱼类喜欢的动作，引诱好奇的傻鱼游近欣赏，更凑近给它们挠痒讨好，眼看傻鱼放松警惕欢喜亲近之时，急速抠紧鱼鳃顺手一刀。

"为鱼设想，的确深深不值，这也算是耽迷艺术丢掉性命的不幸悲剧。"序子说完。

"我潜水时间自己没有记录过，顶多就是三分钟，过了这时间是很可怕的。"西厓说。

"那个连城人的咳嗽吐痰，就是潜水捕鱼的职业害的。其实他完全可以去参加世界潜水比赛，得个头奖为国争光也说不定。"郑迈说，"不过我也奇怪，一条算不得大的河流，怎么会有这么多、这么大的鱼？"

西厓说："捕鱼的都是最懂水性、鱼性的人。序子当年碰巧遇见这位圣手是他的缘分和运气。你想再在同一地方、同一时间会会这位圣手，怎么可能？"

郑迈说："是，是，是！一个人运气好，回回遇到的都是典

几分钟之后，河面上轰隆一声浮出个人来，嘴里咬着把小利刃，两手紧抱住还在挣扎的鱼，上岸把新鱼放在原来的鱼堆里。

连城河渡抓鱼的

168

型。——序子序子，我这话不是对你，是一种自我感叹，你千万不要多心。"

三个人分别坐在床上、椅子上边吃边谈，西厍走到炉边给茶壶加水的时候猛然一惊。

序子正在专注从容地吃着分外的第二个火腿粽子。原来序子说的是，第一个粽子的一半怕也吃不完。

西厍不是怕惊动序子吃粽子，而是怕惊醒这个奇迹。西厍对郑迈使眼色，要他看序子吃粽子。郑迈理会错了，赶紧摸裤子拉链。

西厍对序子说了，"你明天先走，我办完报馆离职手续就赶过来。"郑迈在杭州工作，去上海玩两天可以，多了他离不开身。见序子要帮忙收拾零碎："这些东西你不要管，我有个做半天工的工人，明天上午她就会过来把周围收拾好。"

"郑迈兄明天犯不着过来了，我大清早就走，等那边稍微有点着落，我就写信给你。真多谢你那么款待。"序子说。

郑迈也说了多谢木刻的话，客来客去客得也差不多了。好！再见。有空再来杭州……

一宿过去。

第二天大清早，门口拦了辆三轮车直达火车站。序子像打架一样抓住西厍不让他陪到火车站去，也就在门口再见了。

回到上海。林景煌上班去了，序子随身这把钥匙怎么也打不开门，见玻璃窗里走着个中年人，便去敲玻璃窗，打手势叫他把门闩开了。那人会意，把房门打开，还顺手帮序子把挂包提了进来。

"咦？您这位怎么进到我们房间里？"序子问。

"喔！我是许天虹，从临海来上海办事，朋友巴金安排我这里住一晚上，明朝就走，很对不起！"

"你是许天虹先生，我太失礼了。我叫张序子，是个刻木刻的，也是刚从福建来上海没几天，前两天去杭州看朋友今天回来，没想到这种方式见到许先生。许先生，你的《大卫·高柏菲尔自述》我好多年背在背上逃难，最后还是在福建长乐让飞机炸掉了。"

"我走到哪里都记得住书上那第一句话：'究竟我是自己的一生的主角呢，还是由别人占有着这个地位？'这三本厚书让自己和别人差点翻烂了，我一页不少地带来带去，保护它。"

许先生长袍，戴眼镜，高高的个子，笑容满面："请问你贵姓？你的工作？"

"姓张，叫张序子，'长幼有序'的'序'，'子曰'的'子'，'子夏论勇'的'子'。是个刻木刻的，不怎么刻得好，一个爱好者差不多。来上海，也是在这里暂住。我前两天去杭州看望一位木刻老大哥，现在刚回来。——许先生，请你等一等，我熟我去洗下茶壶茶杯，泡茶给你喝。"

一会儿水开了，茶也来了。

"许先生请喝茶！"

"唔！这么好的茶，哪里的？"许先生问。

"福建安溪的铁观音。林景煌是巴先生平明中学的学生，泉州人，我以前也是在闽南一带生活，我们都喜欢安溪茶。"序子说。

"你原籍是哪里？"许先生问。

"湖南朱雀城。"序子答。

"啊！朱雀城，那孙茂林也是朱雀的。"许先生说。

『喔！我是许天虹，从临海来上海办事，朋友巴金安排我这里住一晚上，明朝就走，很对不起！』

永远的许天虹先生

171

"嗯，我爷爷是他舅舅，我爷爷的妹是他妈。"序子说，"我小时候见过他，他在北平，回家的时候顺便来看他舅娘——我婆，我见过他一两分钟。"序子说："最近我们有通信，还没见过面。"

"哈哈！你看你看，天下太小，我们关系又兜回来了。我和你表叔也是熟的。"许先生说。

序子问许先生中午吃什么，许先生说原本要出去随便吃个小馆子。序子问他生煎馒头就茶吃不吃得惯，许先生说："哪有吃不惯的？"序子动身出门，许先生说"我这里有钱"，序子一溜烟走了。

不一会，序子提了个方硬纸盒回来，打开，热气腾腾。序子弄来两个小盘子，各人吃将起来。

序子边吃边说："怪啊！你说，明明是有馅的生煎小包子，硬说是馒头。"

许先生说："是啊！还真有点怪！"

两个人把生煎馒头吃完，序子取过许先生的小盘子："给我去洗吧！"

许先生说："我们一齐去洗吧！"

序子说："两个小盘子，没好重，犯不上两个人抬。"

许先生大笑："张序子呀！你说得好！"

序子洗碟子回来说："先生中午该休息一下，那枕头和小被子是干净的，要冷，柜子里还有毛毯。"

许先生问："那你呢？"

序子说："我趁这时间写几封信。"

许先生一上床，很快就睡着了，微微的鼾声。

景煌下班，开门没想到看见序子："你怎么这么快回来？"正想向序子介绍许先生，许先生说："我们认识大半天了。张序子还请我吃了午餐。"

景煌说："李先生交代，要我晚上陪许先生到外头去吃晚饭，张序子回来，就一起去吧！"

"韦芜、阿湛他们不会来吧？"序子问。

景煌说："他们哪想到你那么早回来！见到西厓了？"

"见到，他不久要来上海，不想留在杭州了！杭州到处都是风景，看样子他受不了。"序子说。

许先生听了好笑："风景好到人受不了，这意思我没听别人说过，好！"

"另外的一层意思，杭州风景好，没到过杭州的朋友都想来一次，而杭州主人翁每次都要奉陪。朋友上百上千，而驻守杭州的主人翁就只一个。那边是川流不息，这边是逃不胜逃，奉陪到老及至白发苍苍。你说你受不受得了？并且还要强颜为欢。"序子转达刚从杭州听来的衷情。

许先生说："设身处地、细想起来，一辈子让风景名胜耽误了，还真有点可怕，起码我就受不了。"

"要是我当杭州市长，就会在州界四围竖块牌子，颜体字大书：'凡攀亲靠友，企图占便宜白游杭州西湖者，一经查出，游街三天，驱逐出境。'"序子说。

"这处罚未免太重了点，蒋委员长知道，非先把你这个市长游街三天不可。不过讲实在话，一日三餐，要是来的都是好胃口的朋友，那做孔祥熙怕也受不了。"林景煌说。

"游杭州，爬山越岭，登峰造极，倒是真容易肚子饿的。其实反过来看，未尝不可以说是对市场、饮食业、旅馆客栈业大有好处。"序子说。

"你忘记投靠朋友来杭州旅游那些人的经济状况了？不想想，有条件住旅馆的人他还会去麻烦朋友吗？"

林景煌说着说着，三个人进了"一品香"。

第二天清早，林景煌和张序子叫来部三轮车，送走了许先生。林景煌上班，张序子冒险按地址去找朋友。

他清楚住的这边是虹口，原来的日本租界。还有个拿不准的知识，过了外白渡桥就不算虹口了。桥这边有座大房子，大到什么程度呢？简直装得下朱雀全城的人，它的名字是洋的，叫作百老汇大厦。洋名字只是翻译出声音而不是汉字原有的意思。比如英国的诗人王尔德并不姓王，中国的出版家把穆木天先生翻译的一本王尔德的书叫底下人印出来。作者姓王，当然是中国人；穆木天三个字显外国腔，当然是美国人。封面印成：穆木天著，王尔德译。（什么书？忘记了。）

金鸡纳霜这药到了朱雀城，一位老人家听了不以为然："'金鸡独立'是有的，霜有什么好拿？无聊！"

写以上这段话并非在教育读者，而是告诉读者，序子自从到了上海之后，发生过不少这种错综误会。

眼前序子要去的那条路叫大名路，是条不过外白渡桥绕着百老汇大厦往左走，从方向看又算是跟外白渡桥一条线，顶着这个方向的一座大楼上（什么名字，多少层都忘记了），我们中国伟大的中华全国木刻协会就在那里。这几几乎是序子的一个圣地，耶路撒冷！木刻总司令部。

进了那座大厦，乘电梯上了已忘记号码的那层楼（距今七十三年前），轻轻敲一扇门。

"请进！"

办公厅不大，面对面贴着两张桌子，两个人面对面办公。

"请问有什么事？"贴身矮一点，戴眼镜的人问。

"我叫张序子，刚从厦门到上海，来看看我们的中华木刻协会。"序子说。

"啊，啊！张序子。"两个人一齐应着站起来。

"我是邵克萍。"

"我是杨可阳。"

非常亲切温暖。

"我在福建长乐跟邵先生通过两次信，就在那时候，看到可阳先生刻的那幅《出了事的街》，很欣赏。那时候你们在福建、崇安、赤石木刻合作工厂，我帮我的木刻伙伴李绍华向木合厂买木刻刀的。我知道野夫先生那时也在赤石。后来我到江西去了，在赣州剧宣二队工作。跟耳氏、陈庭诗一起。张乐平、陆志庠、余白墅、荒烟都在那里，梁永泰刚走没见着……我在泉州跟李桦先生通过信，他在九战区，是泉州的蔡嘉禾先生介绍的……"

"李桦、野夫、余白墅现在都在上海，张乐平、陆志庠听说也在上海，这下子好了，大家都有机会见到了。——你在上海，还要到别处去吗？"邵克萍问。

"千辛万苦，就为了到上海来。"序子笑了。

"你现在住在哪里？"可阳问。

"住在巴金先生文化生活出版社负责人吴朗西先生的一间空房子里。在虹口（忘记了确切地址）。"

"上海还有别的熟人吗？"

"林景煌，巴金先生平明中学时的学生，他在文化生活出版社上班，我们就住在一起。还有章西厓，他在杭州，过几天要到上海来。原来福建、江西的老朋友我还没有去找，我刚从杭州看望章西厓回来，连巴金先生都还没去拜望。见到你们两位我已经太高兴了。"序子在他们办公桌专门本子上认真留下了地址。

"我刻的一些木刻，过几天送来请教。"

序子肃穆地离开这座"祖庙"。

往回走的路上，序子发觉大城市的路平虽平，却没有朱雀那边的路好走。不挂脚，使不上劲。远倒不怕，东张西望，广播戏文，洋鼓洋号，一晃就到家了。只是脚上这对皮鞋费得厉害，简直是个危机，着急也没用，眼看鞋底鞋面上下午都在起着变化，这个自然界！不晓得是物理还是化学哪方面的问题？真是残酷无情到了极点。

回到住处，林景煌、韦芜、阿湛，还带来个年纪差不多的名叫田青的漂亮小伙子，田青还夹本他写的名叫《买卖街》的书放在桌上。各人都带着吃的东西。有闲口，花生、西瓜子、葵花子、上海点心铺的小杂碎，有正餐，黄油面包、馒头、肉包子……带来这些食物都不正不经，跟带它们来的人一样，没成个体统。

两个人的悄悄话变成大声："……什马东西？（把'什么东西'说成'什马东西'，那个'马'字有贬义）他有什么资格谈加缪？他读没读过《异乡人》，见没见过这种文学结体？……他懂个屁！对！加缪的屁他都没闻过……"韦芜说。

阿湛笑。

韦芜问："你笑什么？"

"你闻过！"阿湛大笑。

（上节末尾文章提到的"加缪"也译为"卡缪"。）

序子读过《异乡人》，让眼前这几个人一闹，真觉得卡缪这人是有点妙东西的。阿湛书读得透，自认卡缪比他高明。"你听！"他说，"'人，是社会中的异乡人。'

"'历史并不是一切。'"

这类句子书里在在可见。他不写厚书，也不弄长句……有好多可学的角落。看来简单，开口一溜烟的顺气，情节荡漾在语言中，让你不知不觉吃饱故事，还打嗝。

他一九一三年生，爹是法国人，妈是西班牙人，在外国国家面积小，人跟人挤在一起，容易出杂种，不当一回事。卡缪一岁的时候他爹打仗死了，他妈带他住在北非阿尔及利亚外婆家，在外婆家长大。

鲁迅一八八一年生，大他三十二岁。

巴金先生一九〇四年生，大他九岁。我一九二四年生，他大我十一岁。

惭愧呀！惭愧，大不了我们几岁的人，名气和文学成就居然漫到我们中国上海这边来了……

（搁下眼前这段年轻朋友对话，联想到有关卡缪状况，觉得有趣，提前写出来。

卡缪《异乡人》之后写了另一个故事，叫作《误会》，平衡一种自己做不得主的叫作"命"的主题。写无限变化的死，让人心跳。

一个在外国发财带老婆女儿回乡的人，他妈和妹在乡里开了家小旅舍日子过得也不错。妈和妹都不认得他了。他改了个名字忍住高兴住在妈妹开的旅舍里（妻子女儿住在别的旅舍），又忍不住故意让妈和妹看到他的钱财，于是妈和妹半夜把他杀了。

这东西味道我好像哪里闻过！

是的，《原野》，曹禺先生勾通仇虎设计让瞎眼老太婆一铁棍砸死自己的孙子。

我当年在香港，老上"学士台"叶灵凤先生家借书、撮饭，好像也从叶先生那里听他讲过《湿发记》，说一个名叫袈裟的好女子，为了悔恨一次爱情的粗疏鲁莽，做了个自我惩罚保护丈夫的计划。跟情夫说定把丈夫灌醉，为他沐浴并洗了头发，让情夫摸准湿发一刀砍下丈夫的头。

其实她只是让丈夫喝醉睡了，湿发的是袈裟自己。

叶先生说这故事其实出自六朝人刘敬叔写的《异苑》，不是日本的《源平盛衰记》的发源，那要相差七百年去了。

日本作家菊池宽写的《袈裟之良人》根据的是那本《源平盛衰记》。一九五三年日本拍成电影取名《地狱门》受到欢迎之时我已回到北京，没有机会看到。

后来收到香港朋友们寄来一本《新雨集》，看到叶灵凤先生写的有关《异苑》和《湿发记》的文章，觉得六朝那位刘敬叔先生下笔真狠，把一个在黑暗中过日子的小女子写得那么亮堂，真是难得！

卡缪先生在一九五七年我国"反右"炉火正旺的时候果然不负

卡缪

卡缪《异乡人》之后写了另一个故事，叫作《误会》，平衡一种自己做不得主的叫作「命」的主题。写无限变化的死，让人心跳。

当年我们小兄弟的期望，得到了诺贝尔文学奖，时年四十四岁。也恰恰在这个当口，我们那位上海小兄弟阿湛被定为极右派，发配宁古塔，从此消失在生死茫茫的天穹之下。

卡缪得诺奖三年后，一九六〇年，自己开了部车子，不知怎么搞的，撞死在半路上。才四十七岁。

这就是我为什么要在一九四七年、一九五七年间说起这段文学因缘的理由。那十年间其实我们都不老，好多好多人都不老。多少年后有的人从老远老远地方被放了回来，有的人没这个运气……）

林景煌是泉州人，当年泉州平民中学的学生。巴金、朱洸、吴朗西跟陆蠡和好多先生都教过他。

陆蠡先生教的是理化。（！）

林景煌讲到陆蠡先生，开始是陆先生翻译的法国浪漫派诗人拉玛尔丁写的小说《葛莱齐拉》，然后是陆先生本人：

"陆先生只活了三十四年。

"第一任妻子余小妹是他表姐，一九三二年奉家长命令从泉州平民中学赶回家乡结婚，比较勉强；后来觉得妻子贤良体贴，深受感动，夫妻感情一天天增进。不幸妻子患了产褥热重病逝世。先生伤心地离开了故乡。

"一九四二年三月第二次结婚，妻子张宛若。

"一九四二年四月十三日遭日军逮捕。

"一九四二年七月受害于日军牢狱中。

"陆先生是个责任心坚韧的人，巴金和吴朗西先生那时候为文化生活出版社的发展正奔忙于抗战大后方。上海文艺社所有重要材料和日常张罗都委托陆蠡先生。

"陆先生遭过日军的严刑拷打，顶天立地，不放弃责任，不背叛祖国，至死保持中华民族尊严。

"这不是神话，是活生生的人，我的老师。

"陆师母现在在愚园路中学做教务主任，我在那边兼了几节课，那边我还有一间卧室，课忙时住在那里。

"七月是陆先生忌月，前两天我在报上写了篇不短的文章纪念陆先生，题目是：《爱人在纳波里》。

"借托陆蠡先生翻译过的法国诗人拉玛尔丁小说《葛莱齐拉》中那种爱情坚贞的诗意。"

"你怎么哭了？"韦芜问阿湛。

"是的！想到老蒋今天对待文化人和当年日本帝国主义对待中国文化人，不知道其间到底有什么不同？"阿湛说。

"丈夫有泪不轻弹！"林景煌说。

"你是说，今天的文化人还不够伤心？"阿湛问。

序子说："哎！你们有没有这种感觉？一个时代和一个时代距离并不远，比如'北洋'，比如'五四'，比如'抗战'，几个代表性的人物的脸孔就各有各的时代感。

"阎锡山这个人，你再怎么看他都显得比较'古'，照起相来，插在老蒋一排队伍里头，就像上身名牌西装，下身罩着条大缅裆裤一样，怎么看怎么不是味。老蒋政权里有的是奇形怪状的人，如照相总有一个端了张藤椅子坐在中央的张静江、胡汉民之类，都没让人有这种不妥当的感觉。

「陆先生是个责任心坚韧的人，巴金和吴朗西先生那时候正奔忙于文化生活出版社的发展正奔忙于抗战大后方。上海文艺社所有重要材料和日常张罗都委托陆蠡先生。」

陸蠡先生

"到了'五四'，单就胡适先生面孔来说，你以后见过这种长相的没有？大脑门，不丑，简直一点也不丑的'帅哥'。是面对斯人顿生好感的'帅哥'。长长的、中间部分微显腰子形的、温和的、微笑的、让人放心的脸孔。这副重要脸孔背后的头脑里头还真生发出好多新主张、新行动；貌似轻率的文化播种，都丰收在历史的谷仓之中。

　　"至于鲁迅和他弟弟周作人。

　　"有谁怀疑过鲁迅像古人的呢？没有。

　　"他活在我们这个世界，是我们的人。

　　"我生得晚，没见过他，当然，对我这个刻木刻的人比起你们要更亲一层。可惜，我念小学快毕业那年，他提前去世了。我倒是敢大着嗓门说，除少数一两篇有关外国美术方面翻译文章以外，所有文章我无篇不熟，也清楚左派文化斗争进程。

　　"他弟弟周作人长得比他'古'，接近'北洋'或'东洋'味道。写文章和读书知识方面我倒是得到很大的益处。他做了汉奸，文化上我产生了个幼稚的动摇，甚至跟长相与他近似的新朋友，心理上都有一定距离。好笑！不过，他的书我一直在读。

　　"巴金先生至今还没亲眼见过——（对林景煌说：'我一直讲、一直讲要你带我去看看巴先生，这么久了……'林景煌说：'你看我这么忙，我一有空就带你去，又不是什么大不了的事，又不是去见鲁迅。'）

　　"我在他出的书封面上看过别人给他画的像，像！应该是那个样子。不像古人，和现在人长得也不一样；一个那么多朋友的人，怎么没见笑容？那么忙的人，哪来时间写这么多书？"

"你想想，这世界有什么好笑？笑给谁看？他哪里有空？"林景煌说。

"啊？明白了！人要有空才笑！"韦芜说。

"咦？真的！我还真没见巴先生笑过。"阿湛说。

"不只笑，跟熟人朋友一起，话也不多。"林景煌说。

"哪本书上写过，柴可夫斯基住梅克夫人家里的时候，十天半月不说一句话，女仆悄悄告诉人，柴可夫斯基先生在跟乐谱说话咧！巴先生的话怕也都写在书上去了。"序子说。

（巴先生写的和翻译的书，大部分我都读过；包括钱君匋先生设计的、文化生活出版社出版小长方块黑底白字的世界名著译本，包括书名和作者名浅浅地印在右上角的文学丛书……

我和巴先生接触不多，顶多和林景煌、黄裳、汪曾祺去过他家四五回，和他没说过什么值得记得住的话。五○年我不懂事，从香港《大公报》开了证明到北京想参加少数民族中央访问团，巴先生恰好在北京，费了老大劲带着我在文化部各办公室找关系，都不得要领。茅盾先生也费了力气。后来只好回老家住了两个月，在城里乡下画了一些画，回香港开了个快乐的画展。

五三年从香港回北京，在中央美术学院教了几十年书直到退休。

在我心里，巴金先生的声望是无可动摇的，以为解放以来所有运动都没骚扰过他，也习惯、也理解在轰轰烈烈运动中他跟着骂这个、骂那个的无可奈何处境。他不是一个人在胆小，而是跟着大家一齐胆小。他也有妻子儿女。在运动期中，他也要随一点大流，那年月想做中流砥柱简直是神经病。

不管怎么说，不管怎么颠三倒四，我绝对想不到"四害"之一的张春桥在"文革"期间会对巴金说出这样一句话："——不枪毙他就算他运气！"

这么大的刻骨仇恨啊！

"文革"前，张春桥不也是一直住在上海的吗？他几时启动杀戮巴金这个念头的？

巴金一生，在道德、文化、情感上对祖国的奉献那么大，那么漫长，那么深厚，那么美，那么义薄云天！……

想想当年在泉州、上海、北京那一群庄重、精致的朋友耕耘出的文化大地。

巴先生满脸的皱纹不是哭出来的。苦难只压得出英雄的皱纹，压不出哭。

巴先生哭过。那是身患重病伴随先生大半生、历尽煎熬的年轻妻子萧珊舍他而去、留下了他和两个孩子在世上时……）

序子笔记本里头有在上海读大学的同学名字，有故乡朱雀模范小学的和厦门集美中学的。同济大学的有李大宾（模小），大夏大学有沙翰蕃（模小）、沈延奎（集美），复旦有刘观祥（集美），陈庆祥在暨大……要想办法一个个找到他们。先写信。不过这些大学都在上海边边上，特别费鞋。

在上海城里走路也费鞋。不过这类事情很容易想得通的，怕费鞋先往近处走吧！

虹口区，最近地方是直对外白渡桥的大名路那座大楼里头的中华全国木刻协会。

一路小心走，别惹石头和街沿，清楚店铺两边玻璃柜跟门口的货架子，自己警告自己，要晓得，大上海街上的东西，无论死活，没一样是你赔得起的。

抗战胜利，说是说帝国主义把租界还给我们了，你看那威风余韵不还留在那里吗？美国英国水兵横冲直闯，连给洋房子守卫的高丽兵、安南兵、暹罗兵和包红头巾的印度阿三门口一站，不信你进那道门试试，马上就会让你从主人翁的梦中醒来。

当然，自己也要珍惜自己，过马路让汽车碾死了，谁和谁去打官司？

还要提防扒手小偷。你口袋"空空如也"有什么好防？是的，你口袋"空空如也"空耗了他们时间，他们也会生气的，要给你点颜色看看。一个文人故意开扒手玩笑，把空钱包塞满厕纸放在裤子后边口袋，到热闹场所勾引扒手来偷。不到一会，钱包果然被扒手偷走了，正在得意之间，发现那个钱包忽然被送了回来，厕纸依然，只是多了一张纸，上写："小子！谢谢你的厕纸，我们上厕所都用上了，现如数奉还主人，请查收！"所以要记住，最好口袋放一两毛钱，表示对他们的尊重。

人说省鞋的好办法是三步作两步走。这论调显然反映其人没念过初中物理学，不清楚重力、作用力和摩擦力的关系，何况还有个大学水平的材料力学跟在后头……

就这么一路谨慎一路思想地到了大名路，上了楼，进了房，可阳和邵克萍依然坐在原位置上好像从来没有移动过。热烈地招呼后，都站起来看序子带来的这批木刻。

"你怎么不拿个画夹子夹着？这样一卷大大小小叠在一起，很不容易保护，你看，油墨不干，磨脏了细部刀法，有点可惜。"邵克萍说。

"是的，行李过重，原来有大夹子的，舍不得木刻板，只好把夹子丢在厦门。"序子说。

"你看，还真的可惜，磨得太厉害。"可阳说。

这时，进来一个人，个子小小，精悍的身段，穿一件挺合身的日本军大衣。要是在电影里，他当然是个日本皇军大太尉。

"李桦。"

"张序子。"

邵克萍介绍。

"蔡嘉禾先生好吗？我好久没收到他的信了。"

序子回答："我也是好久没收到他的信了，最近我还有信给他……"话讲到这里，心里却是吓了一跳，怎么会是李桦？我应该挑个良辰吉庆日子见他啊！哎呀呀！这日子太随便了，太轻浮了。

"你们，你们早认识？"邵克萍指着两人问。

"不不！我们第一次见面，通过不少信。"李桦转身对序子说，"没想到你这么年轻。"

序子赶紧解释："啊，不年轻了，不年轻，我都二十快二十三了……"

三个人都笑起来，序子不清楚这话有什么好笑。四个人认真欣赏序子的大小木刻。

可阳告诉李桦："他把所有的木刻板都带到上海来了。"

"除了它们，我没有什么别的东西好带。"序子说。

"你现在住在哪里？"李桦问。

（序子说了现在已经忘记的地名。）

"啊！离我住的地方近，都在虹口。"李桦关照序子，"你有本子吗？写下我的住址：虹口，狄思威路，东洋街，九〇四弄，五号。"

序子认真写下了。

邵克萍打了张三十四张木刻的收条给序子（有题目）。大家坐下来，序子听三个人谈到马上要筹备的全国春季木刻展览会的大事情，后天，在麦杆（是一个人，不是真的麦秆子）家里开会。邵克萍告诉序子："你正好可以跟大家见见面。"

序子说："好。"却不知道怎么去法。

李桦说："你先到我家，我们一起去。"

回家，跟李桦一路。搭公共汽车，李桦请的客。他自己买了张到东洋街的票，给序子买的是张一坐到底的票。原来汽车到终点站绕了个圈，正停在序子住的那条弄堂口。

林景煌早回来了。序子告诉他见到李桦、邵克萍和可阳；没想到李桦也住在虹口；全国春季木刻展览要开筹备会，后天在麦杆家里开第一次会，能见到很多老前辈。阿湛进屋背的都是汽水和啤酒，韦芜提一大包葱油饼，沈容澈一包卤水牛肉、一包卤猪肝、六块炸鸡腿，田青怀里只揣着自己喝的一小瓶白干，说今天星期六，玩个痛快。序子又重复一遍今天的经过。阿湛补充说，他舅柯灵在《文汇报》编副刊，要他转告序子，想登他的木刻。韦芜交一个信封给序子说："萧乾让我转告，你表叔有信给他，让他转一笔钱给你，二十块（其实只是个标准数目，那时候币值说不清）。"序子不清楚什么意思，正缺钱当口，先收下再说。

"怎么啦？怎么啦？今晚算不算得上个'张序子良夜'？倒酒，

倒汽水。"沈容澈说。

"我想我应该买双结实的球鞋,再买一双经穿的皮鞋。走远路时穿球鞋,到地之后换成皮鞋把球鞋放进挂包里背着。"

阿湛说:"我介绍你在地摊上买一双美军军用皮鞋,一辈子也穿不坏。球鞋臭脚,免了。"

"地摊上买的美军军用皮鞋,完全有可能是从战场上打死的人脚上剥下来的,你有胆子穿?"韦芜说。

"不,不,韦芜这你就不懂了。眼前好多投机倒把,倒卖美军军用物资的,有的是刚开箱的新鞋。你成天趴在编辑部,天坍下来都不知。这鞋几几乎万年牢,并且潇洒十分。"阿湛说,"明早我来陪你,四川路底那边就有个地摊市场,除爹妈之外,什么都有卖的。"阿湛:"你完全可以随便挑选。"

"这,我信。"序子说,"我以前也晓得一点,没有你那么清楚!"

阿湛补充:"我讲,你简直很难相信,连医花柳病的药膏他都有,想想看,放诞到什么程度?"

"花柳病能入伍吗?"韦芜问。

"入伍后害花柳病的机会多了去了!"田青说。

"那么痔疮呢?"林景煌问。

"你害痔疮?"阿湛问。

"你才害痔疮咧!我只是想知道,美国兵有没有害痔疮的?有了,怎么打仗?"林景煌说。

"我想这类人根本不让入伍。通不过身体检验这一关。"阿湛说,"你也不清楚这些倒卖军用品的人胆子和本事大到什么程度,小的小到缝衣针,大的大到帐篷、汽车、登陆艇,只要找对门户路子，都买得到。"

沈容澈说："刚才路过百老汇大厦门口，看到个穿便装的美国中年人，拳打脚踢一个红头阿三司阍老人。老人一声也不敢出，匍匐地上慢慢滚动，街上人来人往看热闹。我一个人，力量孤单帮不了他的忙，解救不了他，心里难受之至。"

"要是在印度，那狗日的美国佬就不敢动手！"序子说。

"你猜，眼前他敢不敢打中国人？"韦芜问。

"今天这种场合，我看那狗日的不敢，这是在中国。挨打的可以喊人，看热闹的人会一拥而上。可怜那个印度老人家离祖国太远，叫不应人！我想，要是我们多几个熟人走在一起，或许上去管管这闲事，打个抱不平，也说不定。"序子说。

"终究是是非之外，还有个实力问题要考虑。"田青说。

"否则，那个美国人打完印度人之后顺手再打打中国的这个沈容澈——"阿湛说。

"应该说朝鲜沈容澈。"林景煌说。

"对，对！"阿湛说。

林景煌、序子、韦芜只喝汽水不喝酒，汽水很快就完了。沈容澈和阿湛喝啤酒。有人说，啤酒其实算不得酒的。序子不清楚明明喝一口就脸红的东西为什么不算酒。看他们两个人那态度，还真不把它当酒喝。那么一大口一大口往口里倒。田青一个人闷着肚子喝白干，像个隐士。

序子在这种场合里，发现很多谈之不休的问题。

"谁扔在桌子上这块肥牛肉？"

"这么肥，怎么吃？"

"活生生的一头牛，好不容易长大杀了给你吃，你还吃一块扔一块，太不尊重生命！"

"历史就是这样，社会就是这样，生活就是这样。牛兄不是我杀的，满世界的杀伐，猪、牛、羊、鸡、鸭、鱼、虾、蟹，吃这个，不吃那个，吃这块，不吃那块，还有道德区别吗？你只是个眼睛近视的慈善家。你知不知道光上海这地方，每天要杀多少猪、牛、羊、鸡、鹅、鸭……给人吃你知道吗？怎么杀的你知道吗？世界从来不宣传屠宰场你知道什么缘故吗？"

"嗳！真的，我从来没在报纸上、书上看过屠宰场的报道。"

"你无知有什么了不起？你问吴国桢去，他知道不知道，上海市一天要杀多少牛？多少猪？多少羊？"

"还应该问老蒋，全中国有多少城市，一天杀多少吃进肚子里的牲口？"

"这种残忍的杀戮演变成人间的正常运转，我从未想过，唉，真的，怎么一回事？"

"让个个人都有这种知识，产生某种感受，怎么过得下这种有序的日子？有何必要？你要人吃一次肉祈祷一次，忏悔一次？"

"人杀人的战场炮火连天，牲口屠场井然有序。餐桌上的肉就是从那儿来的。"

"我，我，我不是太想谈这个问题。"

"有空时想想也属必要。"

"这类东西脑子塞多了，容易脑残！"

"嗅觉敏锐，容易变狗。"

"你说你是不是混蛋？！"

"我又不是说你！"

……

序子跟阿湛到四川路底地摊市场，森穆，热闹得阴阴然，大得怕人！

卖东西的人都像戏台上化过装的，穿着跟常人有异：中中有西，西中有中。阿湛川流其间，和他们讲着行话，好像里头刚毕业出来的学员。

大声问序子皮鞋尺码，转过身去低声和老板密谋价钱，自己居然动手启封一个大纸箱，熟练地撕开胶纸，提出一双包着软纸的新皮鞋来！指着序子身边纸箱："坐那边试试，鞋带在鞋子里。"

序子穿上一只新鞋，笑了。

"右脚也试试。——有人碰到过两脚左右一样的。"

序子穿上这双新皮鞋之后狠狠地踩了一下地球。绑紧鞋带，干脆就不脱了。旧鞋放进挂包背着，付钱走路。八块五角。

"你看，贵吗？"阿湛问。

"恨不得买两双。"序子说。

"犯不着！这双足够陪你半辈子！"阿湛说。

"你认得那个卖鞋的？"序子问。

"不认得。"阿湛说。

"那怎么肯这么便宜卖你？"序子问。

"我告诉他一个重要秘密。"阿湛说。

"怎么回事？"序子问。

"你是吴国桢的私生子！"阿湛说。

序子穿上这双新皮鞋之后狠狠地踩了一下地球。

绑紧鞋带，干脆就不脱了。

……

"哎！哎！别闹了，这皮鞋原来就是这个价钱，说你是蒋委员长的私生子他也不会便宜……"

两个人一路说一路走，看了三花牌奶水、行军床、鸡蛋黄粉、鸡蛋白粉、剃胡子刀（两个人这时候都还不长胡子，怕是以后没有什么长胡子的希望了）、牛肉罐头、猪肉罐头、羊肉罐头、鸡肉罐头。保险套（两人看了走开，连笑都不好意思笑）、防蚊油、手摇咖啡磨、防风眼镜、绿军装拉链夹克——

"来一件？"阿湛问。

"一双皮鞋味道已经足够，我胆子小，别吓我！"

两个人在摊子边各人喝了瓶"可口可乐"，阿湛请客。

阿湛问序子，认不认得诗人臧克家？序子摇头。

"他就住在附近，我们去看看臧先生好不好？"阿湛问。

序子说："不好意思，没情薄由的。太突然，还空着手……"

"没事！没事！哪，哪，这是菜市场，就近买点礼物吧！"阿湛说。

到了菜摊子，阿湛称了两斤大蒜头，纸口袋装了："就是它！臧先生山东人，一辈子离不开蒜，不信你等会看他见蒜的那种笑法……"

走不多久，进了一个散院子，没有看门的。周围不少花木，又显得有些荒落。阿湛轻轻告诉序子，这曾经是日本当官的房子，让人"接收"了，空拨出来租给有关系、有面子的人住。

"什么面子？"序子问。

"你才好笑咧！我还想打听咧！"阿湛带序子上楼，拐弯，一列木结构讲究的房子。序子来不及欣赏。

一位瘦高条文雅人站在面前。

"臧先生！"阿湛介绍，"木刻家张序子。"

序子鞠躬行礼。

"臧师母！"阿湛介绍。

序子鞠躬行礼。

"请坐，请坐！喝茶，喝茶。"臧先生山东腔。

是间日本榻榻米的大房，茶桌茶几和椅子都矮，栏杆外风光真好。

阿湛站起来双手交给臧先生那包蒜头。

"这是什么？这是什么？"臧先生问。

"大蒜头，大蒜头，没别的好带！"阿湛说。

"啊嗬嗬！想不到你总是那么细心，啊嗬嗬！你哪里买得到那么大蒜瓣的蒜头？啊嗬嗬，真难得，真多谢……"

"外头很顺手的东西，先生写作太忙，难得闲工夫找这些东西……"阿湛说。

"你说的还真是那么回事。"臧先生话讲到这里，手还没从纸袋里头伸出来，"你看，这么大的蒜瓣，亏得你费心找。啊嗬嗬……"臧先生问序子："你是哪里人？"

"湖南朱雀人。"序子回答。

"啊！朱雀城？我在青岛读大学的时候，一位孙茂林老师是朱雀人。"臧先生说。

"是家父的表弟，是我的表叔。我小时候见过他，现在有通信。"序子说。

臧先生对师母说："你看，你看，这天地多小？"

又问序子："你哪里上的学？"

"我没有上过什么学。在福建厦门读过集美中学，没读完——"序子说。

"——美术呢？"

"没上过美术学校，没进过门。木刻是自己弄的，有兴趣，算不得好。"序子说。

"几时有空，拿点木刻来让我欣赏。好不好？"臧先生说。

序子说："好。"

告别了臧先生和师母，出了院门，阿湛问："女作家赵清阁、女诗人陈敬容都住在附近，有没有兴趣会会？"

"多谢了。你这个人，好像全世界的人都坐在家里无聊之极，像溺水人等我们去解救。"序子说。

"我是为你才带你四处跑。"阿湛说。

"我也是多谢你才劝你节省力气。"序子说，"你已经为我花费整个上午宝贵时间。你也该为自己想想，你说你为什么不开口要我请你吃午饭？"

"我早就认准今天你会请我吃午饭，所以我装满钱包以防万一；在我们上海，常碰到请客的人自己不出钱的。"阿湛说。

"好哦！这下放心了。说吧！上哪里？"序子问。

"南京路'新雅'吧！"阿湛说。

"那是个什么饭馆？"序子问。

"广东茶楼，喝茶兼叫炒菜。"阿湛说。

上了"新雅"二楼卡位，居然事先坐定了两个人等他们。一生一熟，生人叫陈钦源，广东人，《文汇报》的副刊编辑；一个赣州时的熟人，叶浅予的弟弟叶冈，也在《文汇报》编副刊。

阿湛对着他俩把今天上午所有香的臭的事情一一讲过，还叫序子桌子底下亮出新鞋让两人过了目。叶冈说："太好了，哪里买的？多少钱？呀呀呀！太便宜了，过几天还买得到吗？你认得那个卖鞋的？是你熟人吗？"接着是叶冈和序子互相一问一答，别人旁听。

张乐平在上海，雯音带孩子在嘉兴，乐平有时回嘉兴。肺病，时好时坏。

聋膨（陆志庠）已回上海，住青年会。

茶来了，叉烧包、莲蓉包、豆沙包、虾饺……一笼笼跟着上，还来了一大盘沙河粉。

余白墅在上海。

李桦、陈烟桥、野夫在上海。

袁水拍在上海。

殷振家、俞亮在上海。

韩雄飞、孙景璐在上海。（序子说："他两口子我不认识。"）"韩雄飞是韩飞的哥哥嘛！他两口子去过东溪寺嘛！""喔，喔，喔！知道了。那时候我可能还在闽南。"

"你怎么来的？"

"在福建厦门那边教了半年书。"

"你跑到那边教书做什么？"

"混张来上海的飞机票。"

"我从赣州刚到桂林，日本人就打来了，我还逃到离你家很近的沅陵。在桂林上厕所差点让日本飞机炸死。乐平跟张曙，嗯，还有个周令钊一起在院子吃饭，炸死了张曙，乐平跟周令钊就在旁边。喔。周令钊也在上海，在育才教书。"

"我也差点死过好几回。在泉州，在长乐。"

"你听过聋膨和我在龙南和信丰的故事吗？太长了，下回找机会讲给你听。"

"《清明》杂志那张《信丰街市》木刻，你几时寄给小丁的？"

"我不认得小丁，不是我寄的。我忘记是怎么回事了。"

陈钦源开了张小单子，要序子替他副刊画二十个"小报头"，等着用，越快越好。

叶冈说："那顺便也给我画二十个吧！"

序子问他："你自己为什么不画？"他调皮说："自己画，不好开稿费。"

这时候又走进来一个人，叶冈向序子介绍了，漫画家叶苗，很温和文雅的人。他跟朋友坐在那头远远看见阿湛和叶冈。序子记得他画的漫画，算是半个熟人。他对序子的木刻也只说了两个字："特别！"

序子想起小时候听大人讲起上海，看到一本本有趣的漫画，就认为上海这块特别地方，一定是漫画家在当皇帝或总统，要多好玩有多好玩！

（我不太记得住，本子上除了朋友地址之外还有电话号码？上海台湾香港一直到五十年代的北京，才有了传呼电话的生活习惯。那时候，打一次电话付一次钱的。我很久很久才习惯打电话。一直到今天我仍然不习惯带手机上街。）

好！"新雅"餐叙结束，果然不出阿湛控制，他付的账。他告诉序子："你来上海刚起步，该用钱的地方多；不像我们本地人，举手起步都有土地爷照应。"

狄思威路，东洋街，九〇四弄，五号，李桦先生家好找，进大弄堂右首第二家就是，楼下小花园，种着满墙肉色十里香，前后两间房，后房住着两个极整规风度的广东青年，一个名李荦夫，一个名"细佬"（原来"细佬"二字在广东是"小弟"的意思，他原应有个正式名字）。前房住的李桦和一位双腿残疾、靠两张小木板凳支撑走路的漫画家余所亚。前后房都住广东人是碰巧，不是有意的组合。

厨房在走廊后方。楼上没人住。每月女房主前来收房租，每房五十元。李桦和余所亚两位先生合请了一位女佣名叫金凤，做三餐饭和洗衣服。搭车上下班，很是温和负责，不惹闲事。以上一桩桩杂知是日后慢慢积累的。

李桦和余所亚这两位广东人的普通话都带着浓重的广东腔，还夹杂些广东论理。序子因为跟广东关系比较不一般，听到他们两位讲话特别感到亲切有味。

序子下午三时多就到的九〇四弄五号。

余所亚在他那张日夜起坐、既是卧榻又是沙发的床上，喷薄出热情火焰似的语言，广东称这种状态作："及嘅同及嘅倒达厢。"[1]

李桦神色温婉地倾听，两眼认真注视说话的人，有时微笑，有时昂扬激动地走着步子举起右手或左手。

---

1 自己和自己比赛大嗓门。

200

余所亚在他那张日夜起坐、既是卧榻又是沙发的床上，喷薄出热情火焰似的语言……

说起广东那帮老朋友。新波怎样？梁永泰怎样？冰兄怎样？郁风、苗子、黄茅怎样？杨太阳怎样？他公园前开的那间桂林过桥粉店怎么样了？杨秋人怎样？刘仑怎样？把这些同行，有时扬长、动情，有时揭短，都是些滑稽失格的趣事，有的昨天发生的，有的是抗战前的笑话。李桦很少搭腔，配合得少，欣赏得多。有时听到刻薄挖苦话多了的时候，便会轻轻发出不以为然的"噢，噢"之声；那是余所亚话语行间过分着重滑稽有趣忽略友爱同情分寸的时候。不过还是跟着笑，了解这是漫画家表达分析事物的特殊方式，谅解了。

不到两个钟头的相处交谈，序子不太明白两位性格完全不一样水火难容的艺术家能住在一起的原因。试想，一对相同的余所亚或一对相同的李桦住在一起，能这么融洽吗？听说《麻衣神相》书上有好多内容是阐述这方面学问的。太极图相克相生关系。十四颗主星，紫微、天机、武曲、天同、廉贞、天府、贪狼……文王卦的乾、兑、离、震、巽、坎、艮、坤……佩服虽佩服，可惜一点也不懂；科学书又不见确切的阐述，令人遗憾至今。

如此三人世界里几乎忘记了时间，还是李桦头脑清醒，提醒了自己，看看手表："啊呀，光顾聊天，差点耽误大事，赶快！"

关照完序子往外就走。两个一老一小搭完公共汽车再搭有轨电车，转得序子不知东南西北。李桦算是熟门熟路，花了一个多钟头，总算来到麦杆家里。里头已经坐了不少人，看阵势人没完全来齐。麦杆家客厅大，还容得下一半人，不简单！李桦介绍了张序子和大家认识，又把主人麦杆和麦杆大嫂介绍给张序子。

麦杆是个慷慨潇洒的男士。两位主人提着茶壶一人面前一杯茶，

里头已经坐了不少人，看阵势人没完全来齐。

麦杆家客厅大，还容得下一半人，不简单！

谨以这草率笔墨纪念麦杆兄嫂谦不刻协会总事之这里

开会的家

麦杆家开会

203

光杯子数目都不简单。

没想到遇见江西信丰《干报》的老朋友余白墅。欢欣惊讶，忍住好多话来不及说。见到年龄差不多的赵聪（赵延年），当年在赣州剧宣二队他前脚刚走，序子后脚就进了二队，只错过一刹那没有碰着……

见到崇敬多年的陈烟桥、野夫先生。

认识了画册上看到过作品的丁正献、王树艺、王琦、汪刃锋、仇宇、陈铁耕、徐甫堡……真身。

可阳、邵克萍和一个人最后赶到，连连说："晚了，晚了，对不起！"三个人都提着皮包和一些纸袋匆忙坐下。

看样子大家对三个年纪大的李桦、陈烟桥和野夫比较尊重。也可能原来就是协会选出来的负责人。

野夫站起来打招呼："好啦！我们现在开会，请李桦宣布中华全国木刻协会本年度的工作计划。"

李桦从内衣袋里摸出两张纸，又从裤袋摸出眼镜戴上，宣布："协会本年度的春、秋二季的全国木刻展览筹备工作今天开始……第二个问题，宋庆龄中国保卫儿童福利基金委员会来函，要求协助配合义卖工作捐献作品。第三个问题，宋庆龄中国保卫儿童福利基金委员会有一批福利新棉袄、内衣裤、三花牌美国牛奶水分配给全国木刻协会会员……

"看看还有什么事情要补充的没有？要是没有，我们就进行下面的议程。"

李桦说完之后，原席坐下。

野夫站起来说："中华全国木刻协会春、秋二展是全国性的艺术大行动，大喜事。发动全国木刻家行动起来，积极地创作；全国木刻协会总会的工作同仁、分会的工作同仁认真地做好征集工作；展览筹备工作的同仁也应该挺起胸脯迎接马上就要到来的春季大展的正式展览工作。

"宋庆龄中国保卫儿童福利基金委员会来函要求我们配合义卖，我个人的理解是向我们木刻界打招呼，踊跃捐献木刻作品参加义卖，希望各位深懂大义的木刻界朋友们，在对宋庆龄先生尊敬的基础上，行动起来。来件寄木刻总会转交，以便开具收条。

"棉衣裤、三花奶水，上海范围内的个别朋友们请直接到大名路木刻协会总部领取。各地分会由总会办理火车托运。"

最后由财务组诃田（就是和可阳、邵克萍一起进门的那位）报告协会财务运行状况。条理清明，头头是道，责任在身，不可不说，听者无趣，不说也罢！实际上，会计总是人间受辜负的好人。

好！大会结束！

不想留的说家里有事，说住得太远，说有特别约会，都先走了。

不走的是因为主人从来贤惠有趣，想坐下来多聊聊：

"张序子，你在哪里工作？"王琦问。

"刚来上海，没有工作。"序子答。

"原来在哪里？"麦杆问。

"在福建。"李桦帮他回答。

"你怎么知道他在福建？"王琦问。

"我们通过好多年信。"李桦说。

"我和金逢孙在金华也和他通过信，记得他是在金华东南木刻协会入的会。"野夫说，"他在厦门集美中学读书，穷得要死，记得第一副木刻刀还是我们免费送给他的。他写了一封很有趣、可以说特别有趣的信给我们，或者还留在金逢孙手上也未可知——唉！算算日子，三八到四七，九年了。看时间好快！"问序子："你自己还记不记得？"

"当然记得。后来你在崇安赤石木合工厂，我还在长乐给你写信，帮我一位民众教育馆的同事李绍华买木刻刀。邵克萍说你没空，代你回一封信给我，说我寄给你的那张木刻刻得像安徒生童话……"序子说，"我当时还好笑说，像安徒生童话总比什么都不像好！"

"你讲你记性多好？是有这么回事。"邵克萍说。

"可阳和我没有直接通过信。他那时刻了一幅打横的木刻叫作《出了事的街》，我非常喜欢，觉得画面的处理和题目都非常别致，老百姓的生活表现得好浓郁。"

"你有段时期很受章西厓的影响。"麦杆说。

"是的，他那时在福建南平《东南日报》，我在江西信丰民众教育馆（余白墅当时也在信丰《干报》社），一个人刻木刻，学学这个，学学那个，给朋友刻些诗插图，很喜欢西厓的风格，尤其是那张天天见得到的副刊头花，一个印度还是埃及人的舞姿，于是就和他通信，交谈些美术问题。我前些日子还去杭州看他。听说他不太适应《杭州日报》美编工作，很快要来上海过日子。"序子说，"西厓的木刻精致讲究，一颗颗小点子、一丝细线也不放过，总是那么严谨，我怎么可能有这种耐心修养？我总是刻得太快，这块没刻完就想到下一块。过程太粗糙。幸好占了个身体好不怕累的便宜。"序子说："刻什么都很快乐。"

烟桥先生说："你可以称这种心态作'激情'。"

"是的，'激情'。"序子答应。

王琦说："说是'快乐'也没什么不好。"

"是的，'快乐'也没什么不好！"序子说。

麦杆说："一种蜂拥的创作热情，一种不降温的艺术延续力。"

"反正我感觉自己的木刻一直不太稳定。"序子说，"比如说，我做梦也刻不出李桦先生的《怒吼罢！中国》，这不光是画和刻的问题，还有'想'。"

"你现在住在哪里？"王琦问。

"我跟一个福建时期的老朋友林景煌住在巴金先生同事吴朗西先生一间讲究的空房子里。"序子唯恐他听不懂。

"地点？"王琦问。拿起小本子记。

"虹口……"（现在已经记不清地点名字。）

王琦对李桦叫起来："嗳！就在你跟老所住所不远的地方！唉！庞薰琹也住在附近。"

（我看过一部小野兔的生活纪录片，从小野兔们的爹妈说起。一天，小野兔的爹再也不回来了，剩下妈和几个兄弟姐妹。再过一些时候，妈妈也不回来了，剩下几个小兄弟姐妹。肚子饿，怎么办？爬出洞口看看，有几棵青草长在洞口不远的地方。妈妈交代过，洞口周围的青草不要吃，好让它掩盖平安的家门。兄弟姐妹一天天长大，一天比一天走得更远去寻找青草。最后，老家洞里只剩下小兔单独一个了。小兔还是每天出门去寻找青草。耳朵、眼睛随时提防恶狼、狐狸、山猫猛扑过来，脑子紧紧记住回家老路。最后不清楚它有没有找到女朋友，有没有成家，有没有生下小兔。照道理讲，一只兔子很少能平安死在自己洞里的。）

最后，老家洞里只剩下小兔单独一个了。

小兔还是每天出门去寻找青草。

小野兔

208

序子来到上海，一个人的时候，就会想起那只"最后的野兔"。包括见生人、买东西、过马路、回家、刷牙，直到换底裤、内衣时候也想："常换点，免得不小心汽车碾死，让人收尸的时候肮脏难看。"都用兔子出洞前的观念对待世界。

要是一出洞，满地都是平安的青草多好！

没有豺、狼、虎、豹和鹞子、老鹰多好！

天下该诅咒的只有自暴自弃的懒汉、作恶多端的黑社会和丧尽天良的国民党法西斯。

上天让张序子这辈子注定住在"童话"隔壁。

他脾气作风虽然跟那只"最后的野兔"不一样，他懂得吃饭用不着多谢筷子和碗，挨杀头该恨的不是刽子手；他怜惜那窝兔子只懂得青草和"怕"，没机会懂得"恨"。有恨才有对策。

张序子谁都不像。他不是孤雁，从未让谁抛弃过。

不是驴，没人给套过"嚼口"。

不是狼，他孑然一身。

不是喜鹊，没报过喜。

不是乌鸦，没唱过丧歌。

他是"四不像"。不准确！四不像只有四个不像。书上说它头似鹿，脚似牛，尾似驴，背似骆驼（即使动物学大辞典如是说，也十分牵强不准，它一点也不"骆驼背"。在"偶蹄类"长相也属普通没有突出特点）。

说是"万不像"，世上还没这种称呼。

张序子是个什么都不像的动物——鸭嘴兽。

没见过中国哪本哪卷古书竹简上提起过鸭嘴兽的。

鸭子嘴巴，水陆两栖，全身毛，卵生，哺乳……最跟生物学家调皮捣蛋就数它了。你在动物学的"门、纲、目、科、属、种"给它找个栖息之处试试？找着了，我画一张鸭嘴兽、一张达尔文送你，拜你为师。

……

张序子跟李桦从麦杆家中告别出门，一路坐着有轨电车、公共汽车回来，想的就是上头写的这些乌七八糟的东西，也学着认识汽车、电车路线号码，暗暗记住长短路程票价，记住上车、下车规矩，小心大小荷包安全，自我调解上海话和普通话之间的分歧……

和李桦分手时，请教了上四马路买宣纸的门径，决心试试一个人拼老命进纸铺买一种叫作"煮硾宣"的不厚不薄恰到好处的宣纸回来。

第二天，没什么了不起就回来了，还顺便参观了盛名盖世的极普通、极家常的伟大的商务印书馆抗战后的门面。感动，忍住两滴眼泪不让流出来。手臂紧紧抱住十张四尺的"煮硾宣"纸。"商务呀！商务！来看您了！老子长这么大了！"

几个人夜晚碰头时序子说起一个人来去自如的经历，还有人不信。

序子用了三天时间拓印出足够数量的木刻，小心按老兄弟的教训吩咐用木板夹报纸压平，按世界规矩在作品左下角用 2B 铅笔写上标题，右下角签下作者姓名和创作年月日期。就这样还用了整整半天。

一、换回那批拓印得不好的、前几天交给木刻协会的木刻。算是参展作品。

鸭子嘴巴，水陆两栖，全身毛，卵生，哺乳……

最跟生物学家调皮捣蛋就数它了。你在动物学的

「门、纲、目、科、属、种」给它找个栖息之处

试试？

鸭嘴兽

二、给臧克家先生的作品。

三、宋庆龄中国保卫儿童基金委员会义卖的作品。

去了一趟大名路送木刻，邵克萍问序子愿不愿意过几天去大新公司二楼全国春季木刻展览会场帮忙。

"哪一天？几点钟？"序子说，"当然！"

又一天，拿了一卷木刻去见臧克家先生。

没想到他那么喜欢，数了一数，五张。"你愿不愿意让我介绍拿去发表？"他问。

"谢谢先生！"序子说。

"唉！可惜稿费太少，每张大概只有五块钱。"臧先生说。

"不少，不少了，是这么回事，我知道。"序子说。

"我想你刚到上海，你应该换身适合上海的衣服，我看是不是可以这样？我先把这五张木刻的稿费垫给你，你去添买一些衣服，等你的稿费转到我手上的时候我再扣回来，你看好不好！"臧先生笑眯眯地问。

序子听得清清楚楚，吓得心怦怦跳，臧先生一点也不错地说了这些话，进屋取了二十五块钱交给序子。

序子用朱雀人的眼睛望着臧先生，深深鞠了一躬。

约好林景煌、韦芜、阿湛帮忙去买西装，阿湛不把韦芜放在眼里，认为和这位穿蓝布长袍的开封老弟去买西装会让人笑。序子说："这没什么好笑，买西装的人又不是他。"阿湛说："你买西装的人有什么好笑？"

"所以嘛！跟在一起的更没什么好笑！"

你绝对没有想到,进玻璃门的时候,韦芜那条长衫"后摆"不小心被撕掉一大块,里里外外果然引来一场哄堂大笑。弄得他笑也不是,站也不是,走也不是。幸好林景煌急中生智,叫来一辆三轮车,把韦芜送回《大公报》。

虹口这类西装店很多。所有不同尺码、不同材料事先做好的西装,都一件件高挂在好几条横梁上。顾客选哪件,便用叉子叉哪件下来试穿,不合适再叉上去换另一件,试到合适为止。

这类西装,内行人一眼就晓得材料和手工是"大路货",不会进这种门的。店主人也清楚这个道理,没幻想高攀这些生意。

这四位(走了一位)陌生主顾夸张了自己来头。店主人装着没见过世面的人惊喜和尊敬,顺着口气哄着、捧着,让这三位仁兄到底买了一件棕色格子绒西装上衣,一条灰法兰绒裤子,两件衬衣。五张木刻的稿费眼看所剩无几。仁慈的老板动了慈悲之心,免费赠送一条深绿底子、小白圆点领带,提升了三位有眼光的高贵主顾出门的欢喜。

(我非常敬佩这几十年来牛仔裤对人类文化的奇妙贡献。牛仔裤原是美国放牛娃穿了又穿、洗都不洗的劳动服装,甚至弄得残破不堪,七零八落几乎露出肉来也不当一回事。想不到二十世纪二次世界大战之后,这种牛仔裤在全世界居然流行起来。取的是那点随意性和潇洒劲。甚至好好的一条新裤子故意捅几个洞,穿在身上引人惊讶,让不该暴露的身体某些重要部分故意显示有暴露的可能性。给人制造一种所谓的"危机美感"。

令老夫最难以理解的是,近年的美国总统游玩时候也穿牛仔裤。这是画报登载、彩色印刷、亲眼所见的事实,有否破洞露肉,因照

买西装

所有不同尺码、不同材料事先做好的西装，都一件件高挂在好几条横梁上。顾客选哪件，便用叉子叉哪件下来试穿，不合适再叉上去换另一件，试到合适为止。

片模糊无从看清。一个国家元首也不好好想想，代表国家很多"东西"的人，跟老百姓随便弄条牛仔裤穿在下半身上意义是很不一样的。

老夫年轻时代可惜都在山村野店上行走，没见过大世面。若是当年大多数人穿牛仔裤的话，我肯定也会弄一条穿穿。它的好处很多，便宜，结实，破了照穿，大家观点一样，脏了没有人笑，显得自由自在。走远路没有行李负担……

尤其让人惊讶钦佩的是它对所有的人都合适；不同年龄、不同性别、不同体形，都能找到尺寸合理的归宿和慰藉。不过讲老实话，事实堆在眼前。我完全不明白并难以想象，一位那么巨大的胖男女是用怎样的奇妙技法把那条紧身牛仔裤套进下半身的？晚上又怎样脱得下来？几个人帮忙？有撑破的没有？

如果当年早就流行牛仔裤，我就可以毫不惭愧地把它一直穿到今天大上海街上，省却克家先生这样的善心人为我担那么大的心事。）

胸脯上挂了个证章，一大清早在南京路大新公司二楼布置会场。

懂事的趴在桌子上写这写那。序子属于出力气的"们"，分别听人指挥站在小铝梯上挂画。一幅又一幅。听说有二百多幅。

好像麦杆家里见过这位大块头名叫陈铁耕，像是个全场总指挥，大家都听他的。他来来去去，轻轻叮嘱人做这做那。他关照序子梯子上小心："挂钩一米一个，按垂直陀螺线长短挂好，下地才纠正歪斜。不用赶，人多，做得完的。"一下又过来说："挂画人多，你过来帮忙装框子。手先去洗干净。小心画框后面的铁皮刮手。"

午饭是"生煎馒头"、"葱油饼"、"烧饼"、红茶。铁耕说午饭后休息半点钟。谁舍得休息半点钟？都继续做事。

几个人把框子装到近二百的时候，序子遇到自己的木刻。五幅！谁选的？怎么是五幅？手都抖了。扪住心跳，抹正脸面，什么事也没发生地往下装……一、二、三、四……

我的天，怎么可以说什么事也没发生？发生了！谁呀？谁呀？"白马谁家子？黄龙边塞儿。"[1] 就是老子，老子是也！……是不是有点浅薄？有点；不过别人不知道。别人知道了还了得？……

铁耕说话了："工作早点结束，有人地方住得远。剩下点点我们做吧！印得有说明书和目录，各人带一份回去做纪念吧！明天开幕，大家准时来。"

《大公报》找韦荛去吧！

上楼进编辑部，不见韦荛，一个白胖子坐在桌边办公："请问找谁？"

"韦荛！"

"啊！他回宿舍去了，你贵姓？"胖子问。

"我是张序子。"

"啊！想不到你就是张序子。我是刘北汜。你好，这么巧！这么巧！有什么事，请告诉我，我会转告他。你留个地址电话给我，这是我的地址电话，还有名字……"

"没有事，没有事。我们木刻协会展览明天开幕，我参加布置工作刚弄完，顺便来看看他。再见！再见！"下楼顺便门市部买了

1　李白：《独不见》。

216

份当天《大公报》，人行道上一边走一边看，后来就看电线柱子上的灯光站定，傻了！

《星期文艺》，《一个传奇的本事》，整版是那个北平二表叔写的爸爸、妈妈和自己的文章，还有大大小小十张木刻。这从哪里说起？天打雷劈！那么震脑！

捏住报纸往回赶。那帮鬼头一个不少地聚在一起正谈论这件事，各人面前都摊着份《星期文艺》。

"怎么办？"大家问。

"中华全国木刻展览明天开幕！"序子说。

"我是讲这篇文章。"韦芜说。

"我大新公司忙完之后上《大公报》找你，遇到个白胖子，他说你回宿舍去了。第一次见面，歇斯底里的亲热，可能是这篇文章。我路上才想清楚。"序子坐下拿起茶杯就喝，"他留了个名字和地址给我，你看。"

"刘北汜，西南联大毕业的，顶和气正派的一个人，编副刊的。"韦芜说。

"我以为是刘北己。"序子说。

"好多人都读自己的'己'。"韦芜说。

"嗳！一个人认多几个字有什么了不起？在嘴巴上来回转——我不是说你。"阿湛对韦芜说。

"你明知我在讲刘北汜。"韦芜说。

"明天我见到他，就叫他刘北己！"阿湛说。

"以后我叫你作'阿甚'。"田青说。

"阿湛、阿甚无所谓。"阿湛说。

下楼顺便门市部买了份当天《大公报》，人行道上一边走一边看，后来就看电线柱子上的灯光站定，傻了！

趴着报馆门口电燈柱上那盏灯

"阿肾，肾亏的肾。"田青说。

林景煌叫起来："不要再无聊了，研究一下，这个庆祝会怎么开？"

"庆祝什么？"序子问。

"你表叔的文章呀！"林景煌说。

"不要这么讲，不要这么讲，传到他耳朵里，我不好做人。这样，各位看好不好？明天中华全国木刻展览会开幕，我有福气能参加这个展览会，我开心，今晚上请各位吃饭行不行？"序子说。

"我看好！文章好不好又不是序子写的，他只是个被写者，大家请他的客干什么？让序子请吧！虹口有家'余庆馆'淮扬菜，我看相当好，价钱也公道，怎么样？"阿湛说。

"去就去吧！"序子对阿湛说，"这次不要再我请客、你付钱了。"

"晓得哉！"阿湛说。

各人手里都捏着份《大公报》，心仍然被文章牵着。

上得楼来，原来阿湛跟老板熟，菜都不点，让老板安排。只阿湛替田青要了"竹叶青"。

坐定之后，老板开心给各位客人用高筒玻璃杯泡了新鲜的明前茶，映着顶灯，满桌绿。

容澈说："我这个人虽不属文化界，口味倒还是比较刁，文学、文学就要论'文'，光讲故事的文章我受不了。我就拜服我们这位写手，他的文章大庭广众之下可以朗诵，有诗味，有节拍板眼，有宫、商、角、徵、羽五音的内涵，讲究文字的呼吸，真是山水给他的天分灵气。"

"他们湖南人好像得天独厚，凭什么一个小学都没毕业的孩子在家乡可以混成个大作家。学问的源头在哪里？打磨任何一件重器都需要空间时间，这没有道理嘛！你们湖南凭什么啊？"阿湛说。

"你爸爸师范毕业之后到处走，哪个人给他的方便？"田青问。

序子说："不清楚。我爷爷大半辈子在北平帮熊希龄做事，听说还有点亲戚关系。听我爸爸讲熊家的事多。我爸爸也在熊家来回住过。去过广东，去过云南，去过东三省，去过上海、杭州，那边还有他好多同学。要不是抗战耽误，他早在上海画画谋生了。有的事不是我不记得，是我不知道。"

"他没有写你妈妈和你爸爸怎么认识的？"阿湛问。

"写了。"韦芜说。

"怎么写？怎么写？怎么一起会合在常德的？"阿湛说。

序子说："我妈是在桃源省立第二师范刚毕的业，丁玲的妈妈、一位很了不起的蒋老太太自己在常德办了间女子学校，让我妈妈去做教务主任。所以去的常德。湖南那一大段时间办学很有名，早的有长沙时务学堂，二十七岁的梁启超当教务长，章士钊、蔡锷是第一期的学生。晚一点的有省立第一师范和第二师范。一师在长沙，二师在桃源。一师专收男生，二师专收女生。一师有名的出了个毛泽东，无名的有我父亲。二师出好多女革命家，表叔写的"芷江杨小姐"就是一个。"（近年有个老头子对记者说他是桃源省立第二师范毕业的，金星女士也不会这样讲！好笑！）

菜酒上了桌子，大家一边吃一边叫好。序子这辈子也没少吃过好东西，大概跟老板不熟，没吃出感情。

"你看，"容澈放下筷子，"最末后的这两句写得多悲凉，多壮丽：‘这是可能的吗？’‘不，这是必然的！’这文章，几十年后，几百年后子孙们都记得住，都会景仰拜服……"

"这老人家，我看他什么都懂，可惜不懂打仗。"阿湛说。

"他好多文章都提到自己是行伍出身。"韦芜说。

"那是小兵号嘛！几时当过官？"阿湛说，"有时当过几十年官的也不懂打仗，何况他从来没捏过枪，没上过战场。他从来只在地方军部里混……"阿湛说："这都是实情。要是在中央军，头脑就没这么新鲜活泼了……我远远尊重他，我学不会他那种心胸。"

"我看你说自己说得对极了。"田青说。

"有人嘲笑瞎子摸象。其实摸一点算一点有什么不好？"韦芜说。

"瞎子还要胆子大。"林景煌说。

"大象还要脾气好。"容澈说。

这场客，请走序子荷包里头四块四角钱，散伙路上，序子暗暗心痛，活生生吃掉半双美国皮鞋。

又假仁假义跟大家说再见，关照别忘记明天上午大新公司二楼的大事。半路上林景煌现了原形，对序子说："明拉立努穷果逃米间克点懒咪，瓦兜唔展养安转解盐腥贺？"[1]

他高兴得忘乎所以用闽南话讲起明天来。（这仍然解不透闽南话那点快乐心情。）

"棉凯克！朵甲！朵甲！"[2]序子说。

―

1　明天你穿上那套东西去展览会，我都不知道怎么过瘾才好？
2　别客气，多谢，多谢！

"勉拉立，懒先策李桦、余所亚农岩浪，文细格浪亚策桨。"[1]
序子说。

"挨揣！"[2]景煌说。

大清早，八点多钟，原来两人准备停当坐在房里等，把门锁了，招呼余所亚出了大门，扣好大门，叫了两部双人三轮。看着余所亚大力士式的手撑着两张小板凳上了车，李桦把他安排妥当，自己也坐好。景煌和序子同坐一部，一齐向外滩方向南京路进发。

到了大新公司大门口，序子抢先林景煌付了车钱，那部车不管他哪个付。十点未到，差不多早二十分钟，都在铁闸边等。等的人多，有公司上班的，有参观展览的。有送花篮的，轰里轰隆。认识李桦、余所亚的都挤过来握手，稍远挤不进的就扬声打招呼，笑。林景煌、序子两个人也跟着咧开嘴巴，让外人知道他们也是一路的。

大门楣上挂着的红底大白字非常抢眼："中华全国木刻协会春季大展"。

序子挺起胸脯，满肚子壮怀激烈，感觉到"我"背后还有个"我们"。

老远看到了麦杆家见到的人，王琦高人一个头，那边陈烟桥、野夫都矮，丁正献高一点，汪刃峰高一点，可阳高一点，余白墅高一点，王树艺算不得高，铁耕高，李桦当然矮。余所亚谈不上高矮，让王琦看见了，挤过来扶他。赵延年高矮跟序子差不多，或者高一

1　明天，我们先找李桦余所亚两个人，我们四个人一起走。
2　可以！

把门锁了，招呼余所亚出了大门，扣好大门，叫了两部双人三轮。看着余所亚大力士式的手撑着两张小板凳上了车……

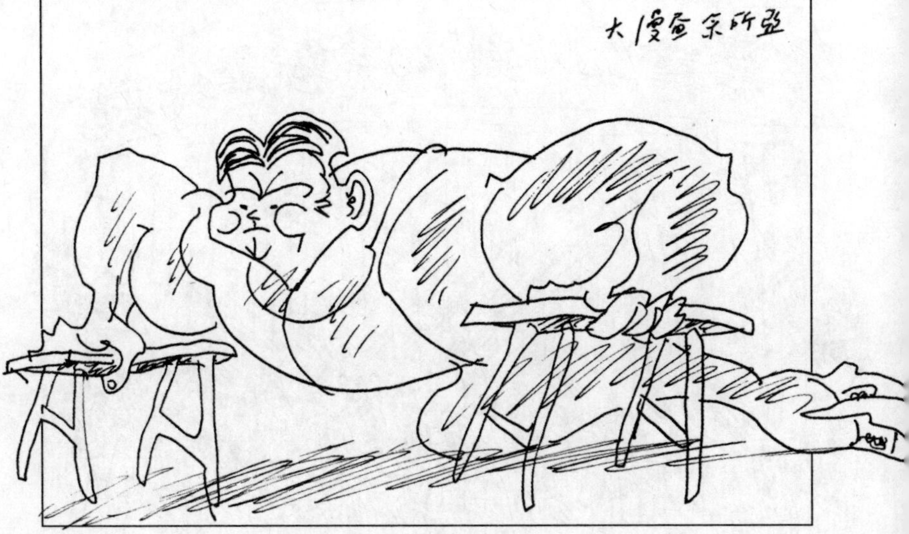

大门楣上挂着的红底大白字非常抢眼：『中华全国木刻协会春季大展』。

序子挺起胸脯，满肚子壮怀激烈，感觉到『我』背后还有个『我们』。

茅大新公司南门

中華全國木刻協會春季大展

点也说不定。

铁闸门拉开了，众人浪潮般拥进。几个人站成一圈保护余所亚，人走得差不多，陪着余所亚撑着两张小板凳往前走，直到他灵巧地上了自动电梯，又灵巧地到了二楼。

序子一辈子头回见到这自动电梯，佩服为众人设想的心思好到这种程度，世界上助产医院多生几个爱迪生之类的人物出来多好！

（几十年过去了，想不起当时有没有人致开幕词，要有，不是李桦便是野夫、陈烟桥。）

花篮多。什么会，什么俱乐部，什么公司都有。不明白木刻协会认识这么多闲杂无关团伙干什么。从楼下一直排到二楼，注意了一下，那个大花篮原来是中山先生夫人宋庆龄送的，再仔细一看，作家，电影演员，诗人，还有廖仲恺夫人何香凝，还有苏联《时代日报》社长罗果夫，……嗬！嗬！嗬！原来如此！后台来头不小呀……

整个那么大的会场能让人挤满，真不容易。

序子这才把一幅一幅的木刻从头看起。有熟名字，有生名字，有前几天见过的，有至今没有见过的。可惜，听说朱鸣冈、荒烟、黄荣灿住在台湾，没能及时赶回来。新波、迪支、纳维，广东帮木刻历历在目，好！嗳？林景煌到哪里去了？说时迟，那时快，老远看见了章西厓。"你怎么赶回来了？"

"自己的会，怎么不赶回来？选了你几幅？"西厓问。

"还没看到！"说谎！自己亲手装的框；对老朋友不一定有意说谎，得意过头，慌乱了神韵。想补救："昨天布置会场的时候，听到有人说是五幅，没弄清！"

"五幅？那么多，真恭喜你！"

于是跟着西厓一路路看下去。西厓是三幅，看了。西厓说："你看，就三幅。不是没时间，是懒，不像你。"

序子听西厓说老实话，心里在抵抗，在抵触，不太有勇气听。假装无所谓，其实有所谓……

"我其实大不了你几岁，你寄到南平那么多木刻虽然技法上不少可以商量的地方，每打开一次信封我就震动一次，你的勤奋真让我害怕。大家都晓得，人的聪明是天给的，不晓得人的勤奋也是天给的。"西厓说，"区别只是，有人为了革命，有人为了艺术，前赴后继。"

两人边说边走，西厓问："你怎么了？"

"我身体有点撑不开！"序子说。

"'撑不开'是什么意思？"西厓问。

"我也不清楚，要清楚，我不就撑得开了？"序子说。

"那总得感觉到有点什么苗头，比如说身体哪里不舒服？没吃饱饭？某人某句话伤了你？半路上失落了东西？……你是个强人，不该虚弱……"西厓说。

序子指了指那五张东西。"昨天布置的时候还为它们——不，为自己开心，今早晨看见它们，怕了！"序子说。

"哈哈，我懂了！你昨天在谈恋爱，开心，今天轮到大家闹你新房。你烦！……是不是？你说，是不是？实际上仍然是变了形的开心的延续。——我杭州一个诗人朋友，出了本诗集，发过几天比你厉害的狂。"西厓说，"你说你是不是这毛病？"

序子不声不响地往前走！

"……不一定这算个毛病……"

李桦先生带着个五十左右、头发光得差不多的大头额中年人家走过来，叫住序子："找你，张序子，这是楼适夷先生，喜欢你的木刻，和你谈谈。"转身跟西厓打招呼，一齐走了。

"你刚到上海啊！"楼先生不是问，是告诉序子他已经知道他到了上海。

"是的。"序子诚心诚意地回答。

"我喜欢你的木刻。"楼先生说。

"谢谢楼先生。"序子回答。

"你来上海，住在哪里啊？"楼先生问。

"跟一个老朋友住在虹口。"序子答。

"行吗？"楼先生问。

"还行。"序子回答。

"能刻木刻吗？"楼先生问。

"过一些日子会能。——楼先生，我读过你翻译的高尔基的《人间》，我读过多少翻译的书，我觉得你翻译的这本书最能让人看得懂，最亲切。比如，两个街坊妇女在街坊讲闲话：'我最欢喜在街上看人打相打。'"

"像真在街上听人讲话一样，最记得久。"

"呵呵呵！你记性怎么这么好？你真有心。我记得是翻译过这段话的，你不提我哪能想得起来。你对我那不像样的翻译居然熟得'信口开河'，真多谢你这个深情读者。你看，你看，我们在互相捧场了。我是真的喜欢你的木刻在前，你捧我的翻译在后……哈！哈！哈！"楼先生一下子活起来，对过来的几个人介绍，"他就是张序子。这位是叶水夫、陈冰夷、戈宝权……我们《时代日报》的同事。"又兴奋地介绍："你们来晚了，他在背我翻译的《人间》街坊妇女的对话。奇人一个。"

大家也说："难得见适夷这么开怀！"又对序子说："有空到《时代日报》玩。"

经此一搅，序子神志渐渐回返。他什么问题都没有，只是兴奋过了头，像醉鬼喝了酒一样。何况张序子从来不喝酒。

老远，余所亚身边围了一圈人，见序子走近，便指着序子向大家嚷："哪，哪，他就是张序子！"

原来是漫画界的爷叔老大哥们。序子上前致敬意。

张正宇、丁聪、张文元、黄苗子、郁风、米谷、沈国衡……

"张序子，《清明》杂志上你那张《信丰街市》木刻还是我发的稿。"

"啊？谢谢。"序子说。

苗子说："你表叔那篇文章我们看过了，真感人。你现在住上海哪里？留个通信处给我们好不好？"

序子写下地址在他的小本子上。

"我们在南京工作，欢迎你来玩！"郁风说。

序子多谢，说："好！"

漫画界这帮人比木刻界这帮人活泼。大概画漫画的人经常将时事作比，向名人开涮，心思比较滑稽，认识世界角度不同的缘故。三个画漫画的老熟人张乐平、陆志庠、叶冈没来。刚认识的叶苗也没来，可惜。

好多老人家都怕开幕人挤，该是过两天才来得了。叶圣陶先生，周建人先生，巴金先生，李健吾先生，郑振铎先生，臧克家先生，胡风先生……都会来的。不过他们害怕自己在会场变成展览品。

热情观众看见这些老前辈，免不了追上前来问这问那，要求签名，把他们围在当中，不得脱身。展览会因此总难得看好。这也是没办法解决的事。

六点半闭馆，好多看样子是下班赶来参观的人被挤在闸子外头，好不惆怅！

西厓、景煌和序子三个人站在公司门口。

西厓还带着口大皮箱和一个大挂包。

景煌说："不见那两个狗蛋，可能今天就根本没有来。"

"谁呀？"西厓问。

"两位年轻编辑朋友。"景煌说。

"先解决吃饭问题再回虹口。"序子说。

"不，我要去找朋友弄个睡觉地方，离这里近，方便，你们走。明天这里见。"西厓叫了部三轮，走了。

景煌想了一想："不如我们去看巴先生吧！他门口附近有家'红房子'西餐馆，听说还是他四川老家的一个老管家开的。我们吃完饭，再拖一拖时间，等巴先生他们家吃完饭再去，你看怎样？"

序子说："这样好，免得大家慌乱尴尬，还以为我们是赶去混饭的。""这你倒想多了，他们家饭桌上是很少不来客人的。"景煌说。

两个人叫了部双人三轮走了。

在车上，序子告诉景煌："我最怕过这种马路。我前段时候心里想，要是有种专过马路的车，我也愿搭。"

"现在呢？"景煌问。

"心稍微宽余了点，真要一个人还是有点提心吊胆。"序子说。

"我初到上海心里也有点怕，倒是没有你怕得这么要紧。"景煌说。

来到"红房子"，上了二楼，两个人选了张靠街的小桌子面对面坐下。序子盯住面前的东西，左边叉，右边刀子和大小长把调羹。一块叠好的白餐巾。桌子上还铺着桃花格子布，桌中间摆了瓶让人以为是花的东西——仔细一看，原来还真的是花。

来了个白帽白袍面带微笑的侍者给他们两份菜单。

林景煌说："让我们看看再说。"

那人走了。

"简单点，我们来牛排和奶油汤套餐吧？"景煌说。

序子说好。

侍者拿来一个装着切好的面包的浅竹篮和两小碟黄油。

序子瞪眼问景煌："你叫了吗？"

"不要钱的。"景煌说。

序子笑。

"你笑什么？"

序子轻轻转告他《笑林》里那个面汤不要钱的故事。

吃完牛排喝完汤，黄油面包也一扫而空。

侍者送来两小包白糖，一小杯牛奶，端来两杯隆重的咖啡。像乡下人讲的，"这杯洋药"还真没喝出个味来！

二元四角。序子请客。

序子近来感觉自己越来越有点把请客不当回事的意思；不过这

狗日的林景煌还真的不把序子请客当回事，好像老子承受儿子孝敬那样潇洒自如。

　　巴先生家是个花园洋房。

　　二楼楼梯口附近有张茶桌子。上楼栏杆背贴着张双人沙发，窗口一张厚重摇椅，垫着些绒布或毛毡子，巴先生就坐在那里。桌子这边两三张高腰木桌椅。伸延过去都是书柜和玻璃窗子。（几十年留下梦似的印象。）

　　他们一家没有吃饭的影子。亮堂堂灯光照着。

　　"这是巴先生，这是巴师母，这是乖妹小林，这是张序子。"景煌介绍。

　　"啊！你坐。你那边住得还可以吧？"巴先生问。

　　"跟景煌兄一起，很好。"序子回答。

　　"你到过泉州？"巴先生问。

　　"我在闽南长大的。厦门、同安、泉州、南安、德化、安溪……"

　　景煌插嘴："闽南，他比我还熟。"

　　"你在那里做什么？"巴先生问。

　　"先是读书，书总读不好，后是流浪。做瓷工，演剧队美工，小学、中学教员，文化馆美工……"序子说。

　　"那木刻？"巴先生问。

　　"民国二十七那年，一位朱先生，在学校帮我学的，他自己不会。"序子说。

　　"我看你这个木刻家很神气！"巴师母说。

　　林景煌说："对！对！对！是我们几个人前两天帮他打扮的。

在虹口西装店买的全套西装。为了今天参加全国木刻展览会开幕。"

"怪不得！怪不得！不过，一个人打不打扮并不重要。这次你有作品参加展览吗？"师母问。

"有，有，有，他一个人五张作品。"林景煌说，"大家还说希望巴先生去咧！"

"人多，走进去很麻烦。"巴先生说。

"我陪你一起去！"巴师母说。

"那就更麻烦！"巴先生说完，大家笑了，巴先生也笑。

"我清楚你不会去的。人多真是个问题。"师母说。

景煌问："看样子你们还没有吃饭。"

"吃过了！"师母说，"提前随便吃了点东西，带小林去看《白雪公主》。"

林景煌说："你看多好笑？上你们家之前我两个先在'红房子'吃西餐，慢吞吞喝了咖啡才过来。怕打扰你们吃晚饭。"

"哎呀！早晓得，我们一起去'红房子'了，要不然多好！你看。"巴师母说。

告辞巴家，转了好几趟车才回到虹口。那几个人也没会面。不知道上哪儿去了！

记得展览会所有作品是可以订购的。订一张，在作品右下角贴一张红纸条。有时候同一作品贴四五张红纸条。

一个问题至今想不起来，作品是如何定价的？根据什么标准？比如说：根据作者资格老嫩？根据作品大小尺寸？根据作品艺术水平高低？（这问题最容易引起不必要、不应有的争论。）根据老前辈集体评判？（谁是老前辈？早多少年？早多少个月？早见过鲁迅？晚见过鲁迅？或从未见过鲁迅……）根据作品粗细及花费时间、力气？

序子没听过这类研究和讨论。

（几十年过去了，只记得展览作品订购得很热烈。）

序子五幅作品被贴了不少红条子。自己努力克制面部表情。你帮序子想想吧！一辈子头一次卖出作品……

苏联领事馆买走了那张大家伙，英国文化委员会来了两个洋人和一个中国翻译，订了不少，还说希望以后互相找找。找什么？序子心想当年英文考试没过二十分。

自从昨天全国木刻展开幕报上发了消息，很多序子几年前、十几年前的老熟人只要住在上海，都会一路嗅过来。有朱雀小学老同学李大宾、沙翰蕃；集美的陈庆祥、沈延奎、刘观祥，赣州的高士骧、董振丕（知道他现在回到奉化，他能来吗？）……

沙翰蕃（又名沙双麟）头一个朱雀人来，不是一个人来而是来了一群。大夏大学同学。还有女的，女的是他"女朋友"。"女朋友"的哥哥也是同学（都穿着西装）。记得双麟朱雀家里原是给他"定"了的，说好毕业就拜堂。上海这个文明社会不好直接问，以后再说。今天人家是好意前来参加盛会。握完手，他们看展览去了。临走双麟说："星期天，来大夏玩，先写信，我等你。"双麟从小老实，脸皮青青的，现在看起来还是青。他爸沙和萱，回族人，是爸爸老同学，也是好朋友。

人越来越多。叶冈进门，一眼就看见序子说："昨天人多，我故意今天来。"陈钦源之外还有几个人："哪！杨重野，杨……"

序子叫起来："咦？你，卓之！你怎么也在上海，没想到，叶斌呢？她来了吗？……"

叶冈继续介绍："黄裳，作家；古巴，孙浩然，漫画家，戏剧家，名字多，牌子硬，行当也多；你见到聋膨吗？没人带，来不了。乐平这场合不会来的。等我有空，专门带聋膨来。嘉树在赶稿，她要我向你贺喜！"

"谢谢！谢谢！你们看吧！我不陪了。"序子抬了抬手。

黄裳远远跟在热烈讨论的后面，自管自地看着，像一起来的"别人"。

然后是由王琦、丁正献陪着进来一大批上海的美术家，看样子来头不小，里头一定有爸爸的老同学和熟人，要是不死，一定也夹在里头来看展览。这些人大多有扬声抬头讲话的习惯，登时把会场渲染得热闹起来。很多熟悉画家的观众乘势紧紧跟在后面捡拾画家高明见解；更多的是好奇。不少画家的头发和胡子长得很长。

在同济大学念二年级的李大宾来了。他告诉序子，下星期六马寅初先生到学校演讲，他有票，问序子去不去。序子说去。李大宾住朱雀兵房弄子，他哥李大任（序子小时候跟他讲过话）。大宾跟序子小时候相当于拜把兄弟。他家底子厚，他爹没受到"老王"垮台影响，所以现在大宾能上大学。

接着来的是集美那拨人，高十三的沈延奎，四十八组的陈庆祥、刘观祥。沈延奎在大夏，陈庆祥在暨大，刘观祥在复旦。

沈延奎就是称赞序子是天才、用鼻子闻画的那个人。

陈庆祥是在序子病床边拉小提琴那个人。

刘观祥人长得漂亮，脾气温和，可惜双手生满疥疮。那时闽南人称长得漂亮的小男人作"豆腐干"（就好像现在流行称漂亮小男人作"小鲜肉"一样）。长了疥疮的漂亮小男人就叫作"臭豆腐干"。刘观祥那时从不跟人计较纠缠，他用功读书，先生同学对他都好。今天他长大了，神风倜傥，疥疮早不见影子，除了张序子，谁还想得起"臭豆腐干"这码子事？

木刻展览会末一天，大家都没有走，帮着收拾画框子，十件十件垫着报纸捆在一起，帮着搬上卡车，又回头转来清理墙上和地面的杂物，把场面弄得干干净净。序子当时没注意是谁在打点拿主意的，觉得这种做法很好，很从容自然，像在家里过日子一样。

（上节写展览会提到的陈铁耕，是李志耕之误。）

有人说，大家不要散，到法租界（那时还习惯这么叫）一家俄国西餐馆吃俄国大餐，AA制。有的人有事先走了，还剩下约莫三十多个。好像记得就那么走着去的，相当相当地远。到了一看，原来是间大弄堂房子，也没有想象中西餐馆讲究的排场，像一条深深的涵洞。桌子没铺桌布，应有的刀叉食具倒是齐全的。大概诃田跟老板熟，菜牌子和点菜手续都省了，一律"全餐"，每位八角。

计有：

开味小头盘。咸橄榄或甜酸黄瓜片。

罗宋红菜汤。

大面包两片（黄油一小碟）。

炖牛肉饭，或鸡腿饭，或猪脚饭，或猪肠饭，任选。

咖啡或茶。

口味、分量和仪式的单纯，价钱的公道，都让大家对饭馆产生敬仰。吃完之后由诃田弄来个纸盒子沿着桌子向大家收钱。说好秋季展览之后还上这儿来。李桦、烟桥和野夫三位头头也都说这样的饭馆真难得，好得有点违反常规。

序子遗憾这铺子离虹口实在太远了点。要不然一天一顿八毛的饭钱还是出得起的。解决了大问题。

到同济大学找李大宾。走好多路，幸好脚上这双皮鞋真经得住。听了马寅初老人家的演讲，座位坐满了，反倒在讲台右脚边上找到两个不是椅子的坐处。

马先生讲的是美国资本主义制度经济的必然沦落，产生恶性循环。现代化的耕作方式，现代化的饲养方式，丰收出现供销的不平衡，农产品过剩，牛奶倒进海里……

听完演讲，大宾介绍几个同学认识，一起去吃午饭，吃完午饭坐在树荫底下聊天。他们知道序子是木刻协会的，讲到过几天上海将有个"反饥饿、反内战、反迫害"大游行。序子问大宾："我在江西画了一卷三十米长、四十厘米宽的土布反对美帝的漫画，用不用得上？"

"太好了，借给我们！"

序子又说："这卷布漫画拉出来只是壮个声势，它远远看不清，实际不如传单好，直接送到老百姓手中。我回去向几位木刻前辈打听打听，这两天能不能找几个木刻家刻一些配合大游行的木刻，印成传单，到时候散发？"

几个人都说："你们木刻协会这几天要是能刻出几张木刻来，我们几天工夫就把它变成十万张！到时候外滩、南京路就热闹了。"

序子说："到时候，希望让我参加你们的游行队伍。"

马先生讲的是美国资本主义制度经济的必然沦落，产生恶性循环。

马寅初先生在同济大学演讲

238

"当然欢迎！"又说，"你看，今天是礼拜四，下礼拜四做不做得出来？"

序子说："眼前我还不敢说，要真动手，可能要不了这么多时间。……那我就告辞了。"

"我下礼拜二到你家去听消息。"大宾说。

回到城里，序子马上到狄思威路九〇四弄五号向李桦报告。他和余所亚正在吃饭，见序子到来便叫女佣金凤添了碗筷。

余所亚对序子说："你运气好，马上参加打仗了！"

李桦告诉序子："你吃完饭就回去休息，明天上午不要来，我一早就去找野夫、烟桥商量。你中午吃过饭早一点来，不要忘记带木刻刀和板子，三十二开就行了。可能还会来不少人，办这事情越快越好，你说是不是？"

回到住处，几个人正剥花生瓜子，序子就介绍今天到同济去看了老同学李大宾，听了马寅初先生的报告。

阿湛是个万事通，世界上姓马的他几乎都认识，说得有头有尾："唉，唉！马寅初我在郑振铎先生家见过。大经济学家，美国留学，耶鲁、哥伦比亚都念过。研究人口学的大专家，我们隔壁嵊县人，他家是卖酒的。为了想外出读书，跟他爹狠狠干了一架，气得跳河，差点淹死。好玩的是他有七个子女，两个老婆，却是提倡节制生育的权威。是我们那位蒋委员长的死对头。吓不怕、关不死的大人物。"

韦芜说："说起来也怪，同是肉身，有的胆大，有的胆小，有的高风亮节，有的奴颜婢膝。"

序子提壶灌满水，顺手蹾在电炉上。

"水够了，两把热水壶，怕还喝不完。"阿湛说。

"洗脚。"脱下皮鞋和袜子。"你看，一边两个泡！"序子说。

"娇嫩！"韦芜说。

"嗳！嗳，老夫一辈子山南海北，同济跟虹口来回顶多三五十里，算得了什么？是我这对新鞋磨的。"序子说。

"新鞋和人有点像夫妻关系，要忍得住起泡，当然离婚的不幸是有的，都怪你原先弄错了鞋号，或者是试穿的时候大意粗心。"林景煌说。

"要是鞋铺有个试穿期就好了。"韦芜说。

"你实际上是想说人应该有个试婚期。"田青说。

"你才见鬼咧！看你那副样子就是你爹妈试婚期生出来的！"韦芜说。

序子烧热了水，端了个脚盆放在床边，调匀水温，泡起脚来，一边听众口纷纭。该笑的跟大家一齐笑，不该笑的不笑。渐渐地水凉了，抽起双脚擦干。林景煌过来："刚洗完，别凉了脚，这水我倒了吧！"

序子扯了被单角盖住脚，坐着坐着就躺下了……

第二天大清早，屋里剩下序子一个人。菜市场买了四个烧饼，两个吃了，两个留作午饭，坐在桌子边上构想传单稿子。一要意思直接，二要画面夺目，于是就在板子上动起手来。准备了两张，一张叫《消灭打手》，一张跟着一首骂国民党的歌谣的题目叫《你这个坏东西》。

心想，多少年来跟反动派打仗，画画、写文章隔好几层关口。

这下子拿木刻面对面，像刺刀、像子弹、像投枪、像手榴弹，直接跟反动派见面，好昂扬，好威风！

到了中午，《消灭打手》已刻好半张。一点钟到狄思威路李桦家，两个人又在吃午饭，见序子进门，忙叫金凤添碗筷，序子说自己带了午饭，陪着把烧饼吃了。

饭后把稿子给两位看，都笑着说好，序子跟着开心。眼看大家没来，就着饭桌刻起剩下的那半张《消灭打手》。两点钟左右，麦杆第一个赶来，见序子快刻完第一张，拍拍肩膀说："我快，没想到你比我还快！"

不久，赵延年、西厓、余白墅和刃锋都来了。

李桦讲："昨天我找烟桥、野夫讲了，都很兴奋，说人不宜太多，以免张扬，也要快，要严格保密，注意安全。"

"我认为这是一个干通宵的工作，半夜三更还亮着灯会引起特务的注意，这扇大玻璃窗应该用军毯子钉起来。"刃锋说。

"有道理，李桦你一定有国民党灰军毯，拿出来用用。钉子垫了纸不会坏的。"麦杆说。

李桦果然有军毯，西厓、刃锋、麦杆三两下子就钉好了。除序子的稿子刚才大家看过之外，其余的人都亮出自己的稿子。大家都清楚西厓的东西细而慢，没想到他的题目也是那么明快——《拿饭来吃》。

李桦严肃地说："这工作大家头脑要清楚，今晚上特务如果上门搜查，各人都要有个准备，要是审问起来，说什么好？大家仔细想想……"

"可以说我们想开个救济难民的展览义卖会。"麦杆说。

多少年来跟反动派打仗，画画、写文章隔好几层关口。这下子拿木刻面对面，像刺刀、像子弹、像投枪、像手榴弹，直接跟反动派见面，好昂扬，好威风！

242

饭后把稿子给两位看，都笑着说好，序子跟着开心。眼看大家没来，就着饭桌刻起剩下的那半张《消灭打手》。

"开玩笑！上海这些日子到处讨饭的乞丐，好多都是苏北解放区逃亡过来的地主富农，怎么可以当他们是等待救济的难民？我们为他们开神圣的夜车？"刃锋不高兴。

"这不就对了嘛！我们一口咬定半夜辛辛苦苦帮助上海市长吴国桢解决困难，他们还有什么话说？还不多谢我们？"麦杆说。

刃锋开始微笑点头。

"还有什么要补充的？"李桦问。

"那可是要坚决一点，绝对不能到时候变节。"赵延年说。

几个人曲起手臂碰在一起，连坐在床边的余所亚也曲起手臂。

"坚决！"

"坚决！"

（事隔七十二年，当时的情景好真诚，好幼稚！有没有共产党员在内我不太清楚。李桦不像，西厓不像，汪刃锋不像，赵延年不像，余所亚不像，我不是，就差个王麦杆，不大清楚是不是。我看当时的王麦杆也不太像是，虽然他参加过新四军。后来知道他也不是。

如果当年其中有共产党，他就会帮助我们把事情弄得正常些。

不过，我觉得这样也好，自自然然，天真无邪！

多少年后，有位党员同志开我们玩笑说，你们当年如果窗户不钉毯子，或许特务不会注意；钉了毯子，我若是特务，见了，非抓你们不可！）

天亮了，木刻刻完了，各自出钱买了豆浆油条回来，吃完再见。

合计：

李桦一张，赵延年一张，汪刃锋一张，麦杆两张，张序子两张，西厓一张，一共八张，到中午可阳又送来一张，一共是九张。

坚决！坚决

几个人曲起手臂碰在一起，连坐在床边的余所亚也曲起手臂。

「坚决！」

「坚决！」

今天是礼拜二，李大宾带了两位同学来探消息，没想到木刻完工，介绍李桦和余所亚跟他认识，兴奋地抱着木刻板走了。

五月四日，"反饥饿、反内战、反迫害"大游行开始。序子一早搭公共汽车到外白渡桥外滩这头下车，沿路步行到汇丰银行左边大狮子石阶上坐着，人来得千千万万，还有骑马的巡逻队盾牌兵、黑色喷水的水龙头车、响的大小警车、囚车……

上海各大学，江苏和浙江各大学、专校……打着横幅长长的标志牌，横幅大标语，"反饥饿！反内战！反迫害！""打倒美帝侵略者"等横批，大队伍隔不多远有个大喇叭，随时领导人群喊口号，唱歌。同济大学正举着那三十米长的反对美帝布漫画，序子便挤了过去，见到李大宾和其他几个熟人，他们正散发着木刻，一张一张交给拥挤的叫喊的市民们。好笑的是外国公司铁栅门上爬满看热闹的外国人，还有美国大兵，都跟着游行队伍高唱《团结就是力量》那首歌，以为是原来的《耶稣的圣歌》，不清楚其中部分内容是诅咒他们，为他们预备的。

序子还真没见过这么热闹的场合。

几万学生和看热闹的市民一下子都挤到这黄浦滩来，叫口号，贴标语，散传单，唱歌。

黄浦江上停着中外大小轮船，像闹新房一样地跟着起哄，大小粗细嗓门的汽笛乘兴拉响起来，哪个也制止不了。

队伍走得慷慨激昂，阵势雄壮，旌旗飘扬。口号和歌声响彻云霄。

"剥开四大家族画皮！"

"废除一党独裁！"

"党、团滚出学校！"

人来得千千万万，还有骑马的巡逻队盾牌兵、黑色喷水的水龙头车、响的大小警车、囚车……

"取消特务政治！"

"反对内战！""反对饥饿！""反对迫害！"

"拿饭来吃！"

……

这时候，马队冲过来了，只往人多处来回凶猛践踏，挥动马棒四处乱砍。高压水龙头直对学生队伍扫射，学生们手牵着手愤怒呼叫，倒下又站起来，扶起受伤的同伴，紧跟着大队伍的脚步。

序子运气好，只让水龙头末梢扫了一下，滑倒地上，差点让马蹄踩着，爬起来闪到华懋饭店花坛市民那边。

特务多次想冲散队伍抓人，学生们以拳头抵抗，遗憾的都是徒手，要不然完全有可能狠狠地还击一番。

序子回到住处，脱下变了形的衣服用电炉烘烤。林景煌带回三个浙大同学，都是外滩参加游行的，交流了些经历，感受差不多。得意的是给国民党点颜色看。学生游行，代表全国老百姓的政治成色，不是好惹的。

林景煌上市场买回好多生煎馒头，大家就着茶水吃了。原来都是闽南老乡，怪不得讲起普通话来疙里疙瘩。说着说着告辞走了，要赶当晚火车回杭州。

第二天一大早去了狄思威路九○四弄李桦家，讲了昨天外滩的热闹事。

余所亚问序子怎么夹进去的。

"就是同济大学李大宾他们那个队伍，我在汇丰银行门口，他们向我招手，我也看见他们。"

"死人没有？"余所亚问。

"有伤的，有被抓走的，我让水尾巴扫了一下，摔在地上爬起来跑到华懋那边跟市民挤在一起。"序子说。

"挨打了吗？"余所亚问。

"伤了哪里？"李桦问。

"脚踝是自己摔的。木刻都散发了。我那卷布漫画拉在队伍里头不显眼，我也早说过。算是凑个热闹。"序子说。

"什么漫画？"余所亚问。

"我在江西时用窄土布画的反美漫画，三十米长。"序子说。

"没听你说过。"余所亚说。

"来到上海，就只讲木刻了。过些日子等同济退还的时候，拿来请你指教。"序子说。

"张序子，你听我说，画是自己苦心创作的，不要动不动就请人指教。你怎么晓得他有没有本事指教你？我最不赞成人所谓的'虚怀若谷'，什么屁话都听，装一肚子没用垃圾。

"你要有自信，又要实实在在听高明人的意见。犯不着跟讲空话不做实事的人来往。

"在上海滩，自己管自己要严。过日子不容易，既要浪漫派，又要写实派，缺一不可。"

"你少听他东拉西扯！"李桦说。

"我听得懂重要的意思。"序子说。

院子外墙长满"十里香"（也即是上千朵粉红色的小蔷薇），隔壁或是再隔几家的隔壁住的几个五六岁、七八岁的小姑娘偷偷在墙外摘它。长满刺，已经很小心了。李桦轻开小铁门"哈"了一声，

院子外墙长满『十里香』（也即是上千朵粉红色的小蔷薇），隔壁或是再隔几家的隔壁住的几个五六岁、七八岁的小姑娘偷偷在墙外摘它。

墙上爬满十里香

吓得几个小姑娘大哭起来，刚摘下的小花撒在脚边。

李桦反而一下子不知如何是好。序子连忙从屋里取出把剪刀递给老头，要他认真剪些花给她们。序子帮着取废报纸把花束一包包包好，温言温语哄着孩子走了。

李桦摇着头回来坐在椅子上，居然满头汗："你看我这人！唉！把她们惹哭了！"

余所亚大声嚷："神圣的'所有权'！万岁！"

李桦点头，皱眉苦笑。

麦杆和西厓来了。

"没想到你在这里，太好了，上海美术家作家协会有封参加聚会的邀请信给你，我还不知道往哪里送，到时候你去就是。"麦杆从提包取出个信封给序子。

所亚和李桦也都收到请帖，说到时候狄思威路庞薰琹家见。

"为什么上头写了美术家还有作家两个字？"序子问。

"那就是说还有作家。"所亚说。

"有吗？"西厓问。

"没有。前几回见到的都是美术家，一个作家都没有。"李桦说。

"说不定以后会有。"序子说。

"没有多少'以后'，庞薰琹那房子是朋友的朋友借他住的，是等人来买的房子，一卖就得搬。庞薰琹哪能有那么多钱买这么大的花园洋房？"余所亚说，"就在我们这一条路上，起码有两三站汽车。"

"庞薰琹家既然手头不太方便，美术家作家协会回回聚餐那笔巨款谁出？"西厓问。

"你担心做什么？自然有人出。起码不会是张道藩出。"麦杆说。

"这么说起来，张道藩那方面的人大概不会去。"序子说。

"张道藩眼前能有多少'方面'？"余所亚说。

"你看，刘海粟先生来不来？"序子问。

"不是他来不来，是我们要不要他来。"余所亚说。

"他当然不会来，不过他的同事、朋友和往年学生倒是来了不少。"麦杆说。

"延安还有他的学生咧！"余所亚说。

说着说着已经到了中午，所亚说："吃中饭时候了，你们走吧！我们请不起那么多人。"

余所亚不那么说，三个人也原是要走的；说了，走得快点就是。

顺路看看汪刃锋。

他一个人住在当街日本式房子三层楼上，在上海有本事弄层日本式房子住并不简单。三个人上楼进了房见他正在生气。他养的母猫把刚生的四只小猫吃了一只。

序子有这个常识，告诉他："不够奶。吃一只补充营养好喂其他三只。既然养了它，就要按时多给点东西吃。不然好造孽。"

刃锋说他没空买鱼。

"哎呀！猫饿了，给什么都吃。"序子说。

四个人下楼在小馆子各人吃了碗阳春面，麦杆请的客，还说："我爸爸收来一部日本美术全集，要不要一起去看看，反正下午大家都没有事。"

（他爸是做搜罗旧货生意的，在另一地方有块大摊子。）

到了麦杆家，进门见到麦杆大嫂板起面孔抱着小女娃（十分遗憾，真对不住。七十多年，把这么好的大嫂名字忘了！）："怎么啦？怎么啦？带这么些人进屋做什么？"

麦杆脱了帽子换了鞋，放下挂包，接下递过来的小女孩抱着。序子听麦大嫂那口气，有点惊心。其他两个咧开嘴巴装着笑脸根本不当一回事。

厨房响动了一会，麦大嫂提来一个大宜兴壶，五个茶杯！

"喝吧！算你们命好，今天大清早送来的余姚子午绿茶，自己闻闻！"

众口一声："好，好，是真好，怪不得今天麦大嫂这么高兴！"

"是呀！是呀！看到你们这帮小赤佬来家里混饭，不高兴都不行！"麦大嫂从麦杆手里接过孩子，摇着晃着说。

"你看，要不是认识王麦杆，哪能有福气吃到大嫂做的饭菜？"刃锋说。

"所以我对麦杆说过，我们两个前辈子一定都是喂猪的。"麦大嫂说。

绝对想象不到这时刻又进来一个余白墅。麦大嫂几几乎口号式地大声喊起来："天啦！又一个猪八戒下凡了！"

"什么什么呀？我是来送喜帖的。"余白墅要结婚了，特别亲自送上邀请二位兄嫂参加婚礼的请帖。大嫂顺手把女儿交给刃锋抱着，连忙去添茶杯倒茶给白墅，嘴里连说："对不起，错怪，请原谅！"

既然自己忙着到处亲自送请帖，就犯不着留下混饭的嫌疑，很快地走了。

"你们看看人家！"大嫂指着白墅背影。

到了麦杆家，进门见到麦杆大嫂板起面孔抱着小女娃（十分遗憾，真对不住。七十多年，把这么好的大嫂名字忘了！）：『怎么啦？怎么啦？带这么些人进屋做什么？』

西厓问："你的意思是要我们向你送请帖？"

"是又怎么样？你们有这个能耐吗？"

麦杆大嫂狠固狠，饭还是做给大家吃的。又是青椒炒牛肉片，又是红焖鱼，又是麻婆豆腐，又是炒菠菜，又是三鲜汤，只是最后留了句狠话："吃完了大家洗碗！"

（我留在上海的时间不长，只一年多点时间。记得中华全国木刻协会在上海的重要活动就三个地点：有事联络在大名路木刻协会找可阳和邵克萍，开会在麦杆家，展览会在大新公司。我离开上海之后直到解放，听说还是这个程序。

麦杆当年在上海木刻界挑的这副重担子最是让人难忘。他的家众人从不把它当作他的家，只习惯认为是木刻协会的会场。在那里开心，在那里争吵，讨论重要的事务，搞选举，分配职务。情感丰润至极，真诚至极。

他自己在那时候刻了那么多动人的作品，直到引起很大影响的那幅《放回来的爸爸》，我当时已经在香港了。

解放后原本在上海过得好好的，工作和生活基础稳稳当当，忽然听说他带了一帮年轻美术家们到了天津。后来不知怎的又腾云驾雾地到了贵州。出过什么事？肃反？"反右"？"文革"？最后落实的倒霉地点又回到天津。

照他的性情，他的为人，他的艺术取向的专一，不该是这么动荡的行迹，听说最后连木刻也放弃了。几几乎是自我干涸。为什么啊，老兄？

七十多年前有一次在他家介绍他的战友屠岸同志和我认识，当时我正在读他翻译的惠特曼的诗。一生就见那么一面。多少年来我一直在打听麦杆兄稍微准确一点的历史遗痕，都老的老，糊涂的糊涂，死的死，无从着手了，忽然想到还活着的屠岸在北京城，便研究他在哪里工作，如何找得到他，向他打听，为何这个世界竟然把麦杆这个好人忘了。问到人民文学出版社的应红，她说："屠岸就是我们人民文学出版社的人。"问她："怎么跟屠岸联系？"她说："刚刚去世。"

古人用呼天抢地、捶胸顿足来形容绝望，在我，那八个字怎么够用？）

麦杆家里出来，序子跟西厓一道走。西厓说，有个姓张的做生意的朋友祖辈跟龙华寺有关系，想弄个"龙华乐苑"搞些节目玩玩，他认识的人多，戏剧界、电影界、新闻界都有熟人，想要西厓帮他张罗些美术方面的事，问序子愿不愿参加一份。

序子这方面事谈不上懂："你想好主意，我照着做是可以的。要我单独拿主意怕难，也容易耽误人家好意。"

西厓点头说是："这是规划工作，你插不上手。不过我替他们邀请你做个顾问，见什么出点主意是可以的吧？"

"和你做伴的意思，我当然愿意。"序子说。

"那么我们去见见他们好不好？"西厓问。

"几时？"序子问。

"现在。"西厓说。

"都吃过晚饭了，太晚了吧？"序子说。

"在上海，夜生活才算早晨。"西厓说。

"那就去吧！"序子说。

在南京路中段拐两个弯来到一座不小的酒店，酒店其实就是旅馆，七八层楼高，叫什么招牌已经忘记了，"百合"还是什么……搭电梯到第几层楼，进到几号房，见到张先生。这位张先生跟乐平兄长相、高矮、吐腔、动弹几乎像个双胞，首先就有个好印象。

也没有谈到主旨，只分别见到几位长衫客和西装客，姓郭、姓赵、姓刘、姓王的。还有张夫人，三十来岁，身材好，嗓子亮，皮肤白，一个皱眉头看人的近视眼，半辈子熬夜打麻将孵出来的特貌。话不多，温和，有好奇心没有侵略性。一个雍容的女人，听到他们背后指指点点称她"娘娘"。

原来这层楼大部分由他们常年包下了。唉！后来又知道这酒店是他们家的。

序子回住处跟林景煌和几个嘴友暂时分别，把行李杂物全搬到酒店来，与西厓共用一个套间。

西厓弄来了龙华寺地形图，放大张罗在墙上，一处处进行研究，考虑设计。

房中摆了不少茶几沙发，让大家过来看图出主意。拐弯抹角处哪里设个咖啡座，哪里设个茶座。咖啡座放西洋音乐，茶座从苏州约来评弹大师。儿童游乐场设施：投圈、猜奖游戏、骑毛驴竞走、安全射击比赛。

龙华塔上也做了不少文章，彩旗彩灯一挂，登时变成了游乐中心。序子建议向著名出版社和书店征求有关龙华寺资料书籍放在"龙华书亭"发售。

主意一出，得到同意，那头的龙华马上就变成现实，一件一件地做了出来，上海龙华之间来往的车马也跟着热闹起来。于是大本营就往龙华搬，各人也都找到了好住处。

三十来岁，身材好，嗓子亮，皮肤白，一个皱眉头看人的近视眼，半辈子熬夜打麻将孵出来的特貌。话不多，温和，有好奇心没有侵略性。一个雍容的女人，听到他们背后指指点点称她「娘娘」。

娘娘

序子晚上睡觉想出了个主意，泥巴做一座五六寸高的龙华塔，石膏翻了几十套模子，"水玻璃"调泥浆倒成一座座玲珑的龙华塔，涂上彩色，喷上光漆，弄个漂亮设计包装，买回家去，岂不是一个好的摆设和永久纪念。

主意得到赞许。买来了大缸子，上好的泥浆，序子马上动手塑造龙华塔，翻制成二十多套石膏模，也请来十几个准备倒泥浆的女工，想不到出了严重后果，"水玻璃"倒进大缸里的泥浆之后并不稀释，不起作用。这种化学的反常意外现象可要了序子的命。往年在福建德化瓷场积攒的那点本领完全付之东流。当场砸锅。

（浓稠的泥浆倒入两匙水玻璃，马上稀释成浓豆浆状态，再把它倒入石膏模内，由于含水量少，很快很容易在石膏模内凝固成形。）

这才想起还有很大荒唐尾巴——

铸成的龙华塔坯胎晒干，打磨，上色，喷光油，外包装设计，整个工序流程的运行，人员配备，产量……

最重要的是时间已等不及，龙华乐苑完满结束了。

序子对西厓没有话说，西厓对张老板也没有话说。幸好娘娘说话了："毋啥啥！吾看张序子日夜扒在屋里厢够伊辛苦来稀，是化学物理上出格事体，弗关伊拉责任，小事体一桩。侬讲是？"

序子抱恨的是漠视了进程和对"水玻璃"的基本认识，要是拣自己熟练的套色木刻弄一幅龙华塔出来，那又是另一回事了。为什么当时就这么见鬼呢？大桥不走，走独木桥？

"太对不起张先生。"序子自责，"真不好意思！"

"没有人会怪你。你知不知道这回他们赚了多少钱？"西厓问，"哪在乎你这一点点小闪失。"

"他们还想邀你到百乐门去玩玩。"西厓说。

"到百乐门干什么？"序子问。

西厓又回来说："华懋西餐怎么样？"

序子没搭腔。

"那就华懋吧！"

一长桌子近十个人，都是龙华乐苑老班底。

吃到一半时候，那张娘娘问序子："耐回转去，准备做啥事体？"

序子说："我做不了什么事的。我能做什么事呢？除了画画和刻木刻。"

"吾做学生子辰光，蛮欢喜美术呃！——耐学堂里厢教过学生子？"娘娘问。

"教过。"序子答。

"格么介绍耐去闵行中学教美术课好？阿拉是闵行人，俚边政府吾交关熟。"

西厓替序子多谢。

"毋啥啥，闲话一句！"娘娘说。

大家都回到"百合"。空下来了，两桌桥牌，加一桌棋台。

娘娘对序子指了一指桌子。

序子摇了摇头，笑笑。

又指了指香烟盒。

序子也摇了摇头，笑笑。

娘娘对西厓大声笑起来："耐尼格帮人，像是天朗厢落下来！在上海滩格浪年节哪能过得下去哉？"

"大嫂子我告诉你，上海不只是一个世界，它有好多个世界，有一块钱一天能活得下来的世界，有一万块钱一天活不下来的世界；有关在房里读一辈子书，从没出过大门的人，也有走遍世界一字不识的人；有耍阔的乞丐，有讨饭的富翁。不抽香烟，不打桥牌不下棋，那算什么奇？"序子说。

"耐格样子讲法，吾看是有道理呃！讲是讲我伲住在上海，弗晓得格事体还真是木老老啊！"娘娘说。

西厓指着序子用江浙话讲："你不知道，八年来他不知走过多少地方，死过多少次，挨日本飞机炸，跟国民党兵死尸群睡在一条木船上，一对脚板走过千里万里，几天几夜讲不完的故事，十二岁一个人离开父母到外头打天下，他一九三七年就来过上海，是个老上海了。"

"想弗到耐还是邪气有根底的人，耐格辰光小小年纪来上海做啥事体？"娘娘问。

"没什么，路过，跟长辈搭轮船去厦门读书。"序子说。

"呵呵！"

……

过两天，闵行中学回信来了："欢迎！"

临走，收到一个张先生和娘娘装了五十块钱的信封。

真是多谢深情，解决了前前后后好多问题。分头给各方面都写了信。

学校还在放暑假，借住县卫生院里，一座讲究的三进祠堂，分一间东厢房住着。奇怪的是不见有人前来看病。是不是另有医院？是不是离上海近，有病都往上海那边去了？

医生五六位外带三位工人都非常文雅有礼，三餐包在这里。生活开始有了点点头绪，看书，刻木刻，周围写生，拜见学校校长和同事，回上海参加聚会和找人。时间都由自己安排，甚至梦想过把梅溪接来上海。

有一天，按请帖日期上狄思威路几号门牌庞薰琹先生家（上海美术家作家协会聚餐会）。

进栏杆围墙花园走向一座讲究的单层建筑。门外有三个年轻男女打点请帖和客人签名。

进大堂，已经到了好多人。木刻协会原来的熟人，木刻协会展览见过的人，个别长相引人注意和尊敬的人，白胡子、长胡子，满头满脸找不着鼻子眼睛的黑胡子，一根头发也不长的大光头。无缘无故放声大笑的胖子，高的、矮的，富贵的、褴褛的，打扮得像外国人的人、真外国人……

还有女士们，年纪越大花的化妆时间越多。脸上能见出过火施展笔墨颜料局面。这结果有时让丈夫找不到老婆，儿子认不出妈。

（现在的年轻女士再也少见母亲辈硬伤的化妆方式了。她们努力不让人看出化过妆的痕迹，只显出莫名其妙的可爱和高雅——听说这类化妆品价钱很贵。）

西厓介绍序子给庞薰琹先生。庞先生"喔，喔"两声，握完手，好像乾隆皇帝的御批："知道了！"那么简单，闪过十分之一秒笑容，找熟人去了。

做年轻人碰到这类事情要想得开，要谅解老人家出于无奈的忙。他怎么可能跟一个素不相识的年轻人做热烈的交谈呢？你也不想想你是谁呀？你只不过是一个刚刚照镜子才认识自己的小家伙。

这方面，张序子是个老江湖，想到有朝一日也会走到这把年纪，也会遇到跟自己一样的年轻人，你希望那些年轻人怎么看待你？

（我信轮回报应，举得出起码十几个有趣的故事。先给个"小头塔"耐吃吃：

一个老朋友，从未认为自己是个顶天立地的英雄汉，没想到他机关同事背后都称他为三害之一的周处。周处运气好，碰上个类似巡回审查的大官王璿耐心开导，天底下王璿这类好心肠大官虽然不多究竟还是有。加上了周处原有的慧根两相呼应，清醒了坏脾气，调动个工作单位，快快活活工作了几十年，儿孙满堂，活到九十九岁，带着笑容死在自己家中卧室的"席梦思"软床上。——对不起，查了一查，是九十七岁，党龄够，骨灰盒放进八宝山室组。

三更半夜，写得手滑，溜出庞家去了。认准门牌，重新写回来。请谅！）

庞家这西洋客厅大，后边两扇大玻璃门外还有座小花园可以走动。

大客厅里挂了薰琹先生卷轴画，多是湖南贵州那边的苗族妇女生活。用笔十分细致，用色素雅可亲，能让人感受到那特殊地区动情会意的特点。

序子以前没机会见到描写故乡风情的艺术作品，体己的感受跟别人不同。对着每幅画面，心里一点一滴地做着默写笔记，蜷缩在画前一动不动。

不少人围着长桌子坐下来了，三三五五相聚交谈，讲江浙话的居多。庞薰琹站起来对大家介绍一个魁梧而温和的西装客："吴作人，刚从英国访问回来，路过上海，要回北京去。"

生熟来客向他鼓掌。他左右鞠躬回礼之后坐下。

一会儿庞薰琹先生又向大家宣布，特请某某人给各位作国内外形势报告。这个人端端正正，没露什么笑容，嗽都不咳一声就开讲起来，不带讲稿，放口便响，序子算是第一次亲眼领教这种自然潇洒本事。

先说国际，英、美动态，接着讲解放战争。就像讲他家务事一样，国民党跑哪里，解放军追哪里，缴获多少，消灭多少，俘虏多少，抓了他们几个头头，一仗又一仗，大城、市镇、村庄、山坳河塘，背书一样滚瓜烂熟。

听他这么一说，报上登的新闻前前后后都连得起来了。大家鼓掌多谢。跟着，一连串闲话也就多起来。

"前天报上说，四川某地一只母鸡生了个大蛋，上头清清楚楚一个青天白日标志。省里头马上向南京国府报喜。"

"哈哈！报什么喜？不是明明白白告诉大家，青天白日之下国民党完蛋了嘛！"

还有人问："真的呀？真的呀？"

有人就说："你自己不会翻前两天《大公报》《扫荡报》《民国报》……看吗？家家报纸都登！"

四川还有个新闻，有个名叫"杨妹"的女孩子，从小到现在没吃过一点人间烟火，只喝水，后来发现家里人让她半夜三更吃，给人知道揭发出来了。

就这么东拉西扯了一顿，然后大家转身把各人带来的画作一卷卷摊开在桌子上互相观摩，信口顺便说说，是前些日子和谁、谁、谁在哪里写生下来的；静物，又是跟谁、谁、谁在家里写生下来的。人像，这写的是谁、谁、谁……有原来画得就好的，有名气大画得不怎么样的。有画得很多、摊开麻烦大家，弄得不知如何是好的；还有书法，也是摊开来硬逼着大家一个字一个字地欣赏。字原是大家都会写的，弄得看也不好，走也不好……好不容易一声春雷响："晚餐开始！"

自助餐。邱隄和夫人带着一男一女两个孩子加上个女佣，把菜肴一盘盘小心端出来。鸡块、焖鸭、焖小鳜鱼、炖牛肉、红烧猪肉、炒面、炒饭、炒菠菜、酸黄瓜、虾仔粉条、肉包子、豆沙包子、酸辣汤。

不晓得哪里借来那么多装菜大盘子和几十位客人用的餐具？

一个人说："问我！"

西厓悄悄告诉序子："朱金楼，老美专出来的，很精彩的画家，人缘好，三教九流都通达，没有办不到的事。"

朱金楼还在跟人说话："……不只是借不借的问题，还有个打烂了赔不赔的问题。我朱某人一句闲话，今晚上他还要派车子给我拉转去。……这哪是什么威风？我有什么威风？是交情！义深如海的交情……"

西厓带着序子取了个盘子，挨着人的肩膀慢慢一步步走着，挑选面前喜欢的佳肴，看看搁满一盘，西厓轻轻关照序子："不够，吃完再过来添。"

序子一个人选了个僻静角落坐在椅子上慢慢品尝起来。他觉得自助餐这个办法实在好，用不着和人客套应酬讲无聊废话。

远远听到一个年长人问烟桥先生："听说你们木刻协会的张序子到上海来了？"

烟桥先生伸长脖子左右一览，看见了序子坐在角落，遥指了一下："哪！坐在那边那个。"

序子顾自己吃东西，低头不理，心想："嗯哼！本帅就是张序子，你不请，老子还不来咧！"

（流光如梭，七十二年过去了。一九四七年在庞先生府上这样的聚会我参加了两次，有幸结识了好多长辈和老大哥。想不到的是七年之后，庞薰琹先生和他的女儿庞涛都成为我在中央美术学院的同事。尤其是庞涛，我们在美院的版画系共事，直到"文革"之后。共渡苦难，她还暗中为我讲过公道话。我忘记不了。

有次我问她，那年在狄思威路你家里，厨房忽然响动起来，我们想去帮忙，后来知道没有事了。到底出什么事？她记起来了："自来水龙头滴水。"

那时他俩多小？十岁？十一岁？鼎鼎大名的画家庞均，她弟弟才七岁？八岁？我那时也不过二十二三。今天两姐弟多大了？七十、八十了吧？唉！）

两次聚餐，觉得有意思，多少年耳朵听熟的名字，这回见到真人。再过一段时间，一定还会有交谈来往的机会。

（最特别的是丰子恺先生。我们兄弟五人从小就受先生作品的影响，过日子兄弟间都拿丰先生的作品举例作谈助。抗战八年学习木刻期间，时刻都注意着先生的行踪，告诉朋友，丰先生今天在哪里了，明天在哪里了。知道先生在萍乡甚至还动念从信丰去萍乡看他。何况我还跟弘一法师有过一点接触。绝对没想到，这一辈子居然没见过丰先生。就好像在北京几十年失掉拜见老舍先生的机会一样。人生就这么怪异，在哪个夹缝里错过机缘？

汪曾祺以前就说过："最不合乎常情！你居然跟老舍不熟？"）

烟桥先生伸长脖子左右一览，看见了序子坐在角落，遥指了一下：『哪！坐在那边那个。』

在庞家，和老雕塑家刘开渠先生有过一次很体己的谈话。他说他看到二表叔在《大公报》写的那篇文章了。他说他去过沅陵。庞先生听说讲沅陵也凑了过来。一齐讲沅陵，讲三表叔英俊潇洒的年轻抗日军人；讲样子、脾气都十分奇特的大表叔，两个人出尽力气帮杭州艺专的忙，找校舍，锅炉碗筷，粮食菜蔬，协调社会关系，大表叔几乎天天住在艺专，像个艺专的人。林风眠先生也总是提到"你那位大表叔"。

又说："以前跟郁达夫先生到前门外"酉西会馆"去看过你二表叔，还请他在附近饭馆吃过饭……"

后来庞先生搬走了序子都不知道。记得在张正宇先生家有过类似的聚会，人数少多了。

难忘的是刘开渠先生家里请的那次客。开渠先生若在世恐怕不会喜欢有人再提起那回请客的事。

开渠先生是雕塑家，工作动静都比较大，需要大的工作车间，有来回运载工具设备、材料的方便结实的地面，有好的光源……当然，最好还能方便住家。幸好他跟丽娜师母当时就那么三个孩子，节省了好多麻烦事。

开渠先生的工作一直是受到当局重视的，也可能还有好多老朋友照顾，能帮他找到这块合乎所有条件的宝地，容得下十几个学生和帮手。租金很可能廉价或免收。想想看，上海这寸土寸金地方，神仙也难谋到这个运气。

五十米或八十米的瓦棚，宽八到十米左右，水电俱全。唯一的不足是——臭。一天二十四小时臭不堪闻的臭。

挨到瓦棚一路过去同样长度和宽度，排列七八口储存满满大粪

开渠先生诗客

五十米或八十米的瓦棚，宽八到十米左右，水电俱全。唯一的不足是——臭。一天二十四小时臭不堪闻的臭。

的露天粪池，属于上海工部局某区所管辖。

（"文革"时期，要是拿来当牛鬼蛇神的休养所那还说得过去。话说回来，要是开渠先生没有当年这场先天的历练，"文革"期间在中央美术学院男女厕所尽打扫之责就不会那么熟练从容。）

蒙邀的客人不少，感受应该相同，倒是不见有一位退席的。是出于什么心情呢？为了先生神圣的艺术事业，还能有什么别的？当时开渠先生正在做他的《开路先锋》雕塑。

客人们勇敢地吃一大口饭，夹一大口菜，闻一大口粪气。女主人殷勤地添着新菜，加满酒杯。

（吃过这餐饭，如今还活在世上的，怕只剩周令钊和我了。）

吃完饭看画。谁、谁、谁画了些国画、山水、花卉、名胜写生，都客气地过了目。赵延年的水彩人像引人注意，功底这么好！颜色和表情都非常活跃，笔法老到，序子佩服得了不得，怪不得他木刻刀法那么讲究。还让别人问这问那。周令钊也是水彩人像，两张，都是农村的人，那张女头像一定是男头像的女儿。老头子的脸鼓到纸外头来了，挤得满满的，令人想笑。那胡子，在下巴上的影子画得真神奇！朱金楼也是两张，水彩纸一分为二，一张风景，一张全身人物，用广告色，扁薄的猪鬃笔画出来的。组合的方式像塞尚，而规律又有点接近坡·克里。序子暗暗喜欢，觉得朱金楼这人真有两下。与西厓一起告辞从刘家出来，后面跟了个留小胡子的男人，刘狮。哈哈，难道还有留小胡子的女人吗？笔误，笔误也留下，让人笑笑！刘狮？序子心里暗暗揣摩，他不是刘海粟的侄儿吗？怎么他也来了？

"到 D.D.S 喝茶好不好？我请。"朱金楼说。

四个人到了 D.D.S，奇怪的是周围原本坐就的客人见他们一窝蜂地进来都皱起眉头。四个人不知道，选了张桌子坐定。序子觉得别致，怎样大灯小灯都用吊着耳朵的中国铁锅罩着？连壁灯也如此，真好玩。唔！看出了格调和创造的胆子，也培养了上海滩人欣赏的胆子。

"你们是同学？"序子问西厓。

朱金楼懒洋洋地摇手："他是杭州美专，我和刘狮是上海美专。"

"好久没见你了，到哪里去了？"西厓问刘狮。

"我一直在东北，沈阳啦，哈尔滨啦，佳木斯啦……"刘狮说。

"干什么？"西厓问。

"你说能干什么？还不是画画！也没人看，这里跑跑，那里跑跑，男人女人，女人男人，吃吃喝喝……"刘狮说。

"那你那段时间不可惜了？"西厓说。

"你还不如说，可惜我这个人！"刘狮说。

朱金楼挥手说："别听他瞎说，他写了好多东西，文章和画画都很了得——"反身对序子说："我喜欢你的木刻，你会想。很多人都不会想，很粗糙，像一个人想生儿子，生了儿子动不动又打儿子，那你生儿子干什么呢？我觉得你张序子是个爱儿子的人，抚慰、细心。你生了个可爱的儿子，别人看了你的儿子也喜欢。做艺术首先要懂得爱护、珍惜自己的'儿子'，不要拿去惹祸生事。"

"你懒！"刘狮说，"可惜了聪明才智。"

"你说谁懒？我？我能看透你，写七八封信要你从东北回来，我算懒吗？天下谁不认识我能写能画的朱金楼？居然去干些跑龙套的事，能没有一点道理？懒？"金楼说。

"你吹！"刘狮说。

西厍插了两句："吹倒不吹，只是他放下画画和写文章，让杂务缭绕真有点可惜！"

"人生得一个'吹'字了得！"金楼仰身于沙发背一笑。

序子觉得这人爽朗得有意思。

刘狮拉拉序子衣袖说："这人我认识他二十多年了，天天热火攻心，你说巧不巧，他家隔壁就是救火队！"

金楼问序子："你几时到的上海？手边带了多少木刻？有空让我看看好不好？"

序子说："眼前还不行，我正准备到闵行中学教书，等开学上课正常之后我写信给你，你留个通信地址给我。"

金楼在序子小本子上写了地址和电话："你还可以打电话给我。"

刘狮对金楼说："到时候告诉我一声，我也去。"

序子问刘狮："你在东北，看到聋膨没有？"

"怎么没有？我的影子一样。这老兄不做张三的影子就做李四的影子。在艺术上，人应该反过来做他的影子，其实荣誉附身你不知道。中国出了个这么讲究、重要的艺术家而不自知，悲剧！唉！世界哪年哪月才了解陆志庠呢？眼看他一年一年老下去？一个人，孤苦伶仃……听说他已经回上海了，住在青年会……"

"几楼？几号？"序子问。

"到那里一问就清楚。"刘狮说。

"谁帮他住到青年会的？"西厍问。

朱金楼笑了，得意地跷起大拇指："还有谁呀？"

喝咖啡，还来了块法国蛋糕，金楼请的客。刘狮和西厍各自回住处。

"你怎么办？"金楼问。

"我想我现在就去青年会找聋膨。"序子说。

"要是找不到呢？"金楼问。

"回虹口我那个老住处过一夜。"序子说。

"这样吧！你听我安排先后。现在，我带你去私立上海乐舞学校看戴爱莲，看完戴爱莲，再带你去找聋膨，找到了，我们三个人一起吃晚饭，当晚你在他房里打铺睡一觉，明天大清早回你的闵行；找不到聋膨，你回你虹口的老地方。"

一点强迫的意思都没有，也不存在商量的机会，金楼走前，序子跟后，坐车下车就到了私立上海乐舞学校。戴爱莲是校长，叶浅予远在山南海北，好像朱金楼还是个什么董事长之类。

哪儿找来这几进连跳舞都可以的宽场所！

戴爱莲一个人这时候还在给学生上课，序子记得是一支带喇叭的小笛，一面红边小鼓，一支横笛，一架小三弦（大概是一种新疆的小"忽雷"），一面小小的"荡锣"伴奏。

她一个侧身踮起一只脚，慢，慢极了的慢，再轻轻放下。那音乐是 5·6·1·|231|2532 1|5·6·1|231……

她知道我们来了，一点也不在意。音乐轻稳地陪伴着她的动作，像端着一碗水那么小心。序子记性好，七十多年也没忘记那股慢极了的慢劲。额头锁住眉毛，眉毛紧镇着眼睛。音乐进行，空间凝固了，艺术行为变成宗教意念，好特别！

序子调整好呼吸，准备认真地往下看。

没有了。完了。下课。众人散了。

戴爱莲径直往自己卧室走，没和跟在后头的两个人打招呼。

卧室怪，进门注意，要下四级台阶。谁进门不注意非死不可。

戴爱莲对序子一个人打着洋腔说："您请坐，你是谁？你喝什么？水？红酒？"

金楼说："他是张序子，刚到上海，刻木刻的。我喜欢他的木刻。"

"从哪里来？昆明？成都？重庆？"她问。

"福建厦门。"序子说。

"很怪！你为什么从厦门来？我很明白厦门，我有很多厦门朋友，以前。"

墙上挂的两张东西序子难以忘记。一张丁聪为她画的水彩像中轴；一张郎静山拿手的风景叠印照片（忘了具体内容）。

金楼跟她谈了学校房子的事，用词都很简单：

"你在这里很好！""不要怕。""我管你的事。""我和他们讲，要他们不找你！""叫梧桐和我打电话。""可以。""好！"

和戴爱莲握手告别。

"这地方我帮她找的。什么问题都没有。她讲的问题根本不是问题。我常常为她不懂事心烦。有一次看到只老鼠也叫我来。浅予来信叫我手放宽点。我叫他自己来试试！"

到了八仙桥青年会，上三楼九号房，门没有锁，聋膨在洗澡，水哗哗响。洗完澡出来见到房里有人，自己吓了一跳，认出金楼和序子，"哇哇"叫着喜欢。他话是能讲的（浦东话），认真注意听，能懂。熟人只有丁聪和他动口形打手势，能通透。一般朋友和他交谈，还要加上点手掌上、桌子上写字才清楚。

还泡了茶坐了半个钟头，几年彼此分别后的情形算是弄清楚了。他还说，序子来上海，乐平前些日子早告诉他了。

三个人出门坐有轨电车到静安寺路一家金楼熟识的中菜馆子。一路上金楼鼻子不停地哼哼，序子问什么事，金楼说：

"你没看电车上那些人见我们上车的神气吗？"

"没注意。"序子说。

"刚才进 D.D.S 我就感觉情势有点不对，还认为自己神经过敏；上了电车，又见人闪避我们，心里认为有鬼，细细一想，是刘开渠先生这餐中饭出的问题。"金楼说。

"那些餐具也是你帮他借的？"序子问。

"啊哈！幸好不是，要真是，那我可就毁了。——是我们泡了半天的粪气带着满街走……"

"如入'鲍鱼之肆'。"金楼说，"上公共厕所出来最好先去公园走走。"金楼话没说完，饭馆伙计笑眯眯托着一个小香炉，上头插着支点燃的檀香，放在旁边茶桌上径自走了。

金楼指着他的背影夸奖："乖巧！"

聋膨问两个人笑什么。金楼便头头尾尾地告诉他。聋膨笑了。他的笑是很有名的，像克拉克·盖博。

除了几个小菜之外，当然还叫了四两酒。聋膨吃饭没酒是不正常的，是了无生趣的。

吃完饭回青年会，金楼要看聋膨在东北画的画。

"没把！"聋膨摆摆手。

"不可能！东北那么久，一张画都没有？"金楼不信。

聋膨仍然摊开手："没把！"

他说了，就一定是真话，他犯不上说谎的。他无所求，无所惧，对自己宽厚，也严谨。不轻易动笔，一旦兴起，一张普通毛边纸或八开白报纸，龙吟虎啸，镂金错玉地画上三五天，那才叫笔墨行动于灵魂深处咧！有一次在张大千家，张大千读了他的画，想跟他交换一张，他不理，大千只好默然欣赏他的傲慢。其实他没有听见，张大千忘记他是聋子。后来有人转告了，他说："我调来没啥用场，啊没啥地方抗。"环境不好，让他不自在，不安定，定不出现实作画打算，淡漠了作画兴趣。天生画人各种各样，易受鼓舞和感动。一个聋哑人少有受感动的机会，除了看戏看电影勉强得到一点补偿。他的艺术世界是静默的，他的命运飘荡于人类大行动之间，再由几个好倾向、好脾气的朋友终生地关注。有时岂知大时代，人人各有自己的麻烦和负担。加上时空的错位，顾不上或来不及对他尊重和照顾，有时他不能不忍受残酷的自我冻结。

（几十年来到"文革"，他保存着大概三寸厚那么多十二开白报纸画的黑白现代观念的画作，因为"文革"开始，害怕，烧了。要说有，丁聪家或许还有一些。我有一张完整的，一张铅笔稿。我也老了，剩下的日子不多，要赶紧做有益的事，不能把光阴浪费在遗憾、伤心和恨的上头，不值得！）

金楼走了。

我睡沙发，聋膨睡床；他不干。我睡床，他睡沙发，我不干。最后石头、剪刀、布，我赢了，我睡沙发，他睡床。一般做豁[1]拳这类事情，我不大输。我木刻是一刀一刀刻出来的，不靠运气。所

1　猜拳。

以一辈子不赌钱，看也不看一眼。

第二天一大早他叫醒我，已经买回来豆浆和夹油条的糯米饭团（粢饭团）。两个人吃得很开心。他问我，跟我一道去闵行玩玩好不好。我告诉他先别去，学校没开学，没分配房子，还寄居在卫生院，这两天我在上海还有事办，过段时间再说。他懂了。

离开聋膨，去圆明园路《文汇报》找叶冈、陈钦源拿小报头稿费。见序子来，大家很开心，黄裳也过来了。陈钦源十五元，叶冈七元（每个小报头五角）。带序子去"会计处"（？）兑了现钱，放好在上衣里厢口袋暗扣扣好。

"我们小会客室去吧！那里有茶。"陈钦源说。

"这几天你见到谁？"叶冈问。

序子说了庞薰琹、刘开渠两家吃饭的事。黄裳大笑。（多少年后，我问黄裳女儿容仪："你见过你爸大笑过吗？"她问："我爸笑过吗？"唉！孩子。）

"还有朱金楼、聋膨和戴爱莲。"序子补充。

"啊！唐弢说想见你。几时我们约一约吧！"黄裳说。

"唐什么？"序子问。

"唐弢！"黄裳说完，用手蘸了点茶在桌子写了个"弢"字。

"你不写，我不认得这个字，用生字取名字很麻烦人。"序子说。

"那个事你定下来了？"叶冈问。

陈钦源问："什么事？"

"在闵行中学教美术课的事——定下来了。还没开学。"序子说，"暂时住在卫生院。"

"哎呀！卫生院怎么能住？脏极了，都是病人，容易传染。"

钦源说。

"那卫生院特别安静，一个病人都没有，卫生得很！"序子说。

叶冈说："我看你上半辈子碰到的，都是怪事！看你下半辈子碰什么？"

"怎么回事？"钦源问叶冈。

"我江西就认得他了，一路上死死活活，十个人碰到的也没有他多。"叶冈说，"毫发无损！"

黄裳和大家说："今天下午把他交给我吧！我包了。"

听说黄裳在文汇不是专职，又有张固定办公桌子，他在编一个重要的专栏；正式工作是中兴轮船公司高级职员；在上海是个著名的古籍版本权威；抗战期间做过美军翻译，亲口对序子说过，还做过坦克教练；翻译过威尔士的《莫罗博士岛》、屠格涅夫的《猎人日记》；没完，还给考大学的学生补习数学，写散文，透熟京戏。除了打架，没听过他还有什么不会的。人说黄裳话不多，跟序子话倒是不少……

最多的是讲历年访问中国文化界老头子们有趣的印象，也写过精彩的文章，没见过这么独到眼光趣味的访问，老头子们都喜欢他，相信他，和他讲知心话。有时候序子也觉得他在文章中老三老四，像个跟老头子同辈的口气，也让序子替他捏一把汗，万一让人说他"混老"怎么办？他大我没几岁……一九一九年出生的，我一九二四年（后来晓得唐先生是一九一三年生的，大黄裳兄的距离，跟黄裳兄大序子的距离差不多；不算隔在中间的黄裳兄，才显得唐先生比序子真的有点大）。

黄裳和序子就近在一家小饭馆吃了饭，就到邮政总局去找唐先生。

黄裳告诉序子，唐弢从小就在邮局工作，是吃邮局的奶长大的，后天又连续发生跟邮局越来越亲的关系，大半辈子活在邮务上了。写文章，出书，做好事，也都是在邮政局开始的。

上到楼上办公室，他坐在大办公桌边办事。两个人进来，好像饭馆见人那么开心。

三个人坐进沙发，服务人员送上好茶。

"我看到你好多好多木刻了。"

"我看到《大公报》那篇文章了，你是个书香子弟。"

"你看你个子不大，一双长满筋的大手。"

黄裳笑出来："没想到别人都没看出来！"

"他一进门，我就觉得那手特别。"

"你还真是慧眼！"黄裳说。

"我也是劳动出身。——想见你是有些东西请你欣赏。"

"啊？"序子好奇。

"二位今晚上到舍下便饭，然后请二位欣赏我的收藏。"

"这倒没有想到，我也沾了光。"黄裳说。

"我很喜欢你的木刻，上海买木刻板容不容易？"唐先生问。

"我来上海日子不长，不是很清楚。照理讲应该买得到。我是从福建来的，带了一点板子。"序子说。

"你以前在福建哪里？"唐问。

"到处走，在的地方很多，厦门、泉州、南安、仙游、莆田、福州、长乐都待过。"序子说。

"啊！西谛是长乐人，冰心也是长乐人，你在长乐做什么？"

唐问。

“教书。”序子说。

“教什么？”

“美术。音乐也教过。”序子说。

“啊！不容易！”

“混饭吃！”

“你上过什么学校？”唐问。

“厦门集美学校。”序子答。

“啊！那是个了不起的学校。”唐说。

“我学得不自在，没过多久就离开了。当时我只在图书馆混。”序子说。

“那你木刻？”唐问。

“自己随便学，算不得什么正式。”序子说。

“没有任何美术学校开过木刻课。”唐说。

“有，我也考不上。”序子说。

黄裳说：“你根本用不着上那种美术学校，上，把你毁了。——耶！怎么当时没有想到，请蔡元培先生让鲁迅办个木刻学院？”

唐先生咳了一声嗽：“是的，办个木刻学院不错！我现在有个建议，这个茶会是不是可以挪到舍下去继续，现在起身如何？请吧！”

一路无话，到了唐先生府上，三楼，是讲究的中等人家房子。序子见到唐师母沈洁云问了好。黄裳跟她是熟人，讲了些家常话之后坐下喝茶。师母关照别客气，她要回厨房忙晚饭。唐先生接着刚才在办公室讲的话：“你这念头新，特别！还从来没人讲过。想想，要是鲁迅当了木刻学院院长，中国文化会起什么变化？或许鲁迅犯不上到处跑了，甚至于鲁迅的健康会得到恢复。在上海明正言顺地举起新文化革命大旗。当然，这个美梦太把我们的蒋委员长当人了。"

序子说："事实上说根本不可能，鲁迅当年写篇短文章都被盯得紧紧的，还会让他挂起大招牌办学校？鲁迅没有了，蔡元培也没有了。"

"所以才在延安办鲁迅艺术学院。"黄裳说。

唐先生问起木刻协会大新公司的展览结果。他说他去看过两次。

"很好！"序子说，"结束那天下午还来很多人，舍不得散场。我们准备秋季再好好地做，一年做两次。一次比一次好！"

"你会一直留在上海的吧？"唐先生问。

"我是用尽心力、千方百计来到上海的。家父也是学音乐美术的，他有不少同学在上海，家务太重耽误了他。一九三七年四五月曾下决心来上海从事美术谋生，没料到七月抗战爆发，一生理想破灭。前几年去世了。我祖上一直跟文化都有点关系，老家就在文庙隔壁，每年照管祭孔仪式之外，明代以来就靠办私塾为生。太祖学位得过'拔贡'，主编过县志。家祖是个现代文明传播者，在家乡第一个办邮局，第一个办照相馆，跟熊希龄沾点亲戚关系，大半生跟熊在北京工作。香山慈幼院就是按熊的意思他一手经办起来的。"

"这样子看起来，你们祖孙各人都能写一部精彩有趣的书。"唐弢先生说。

"我不行，根底浅，办不到的！"序子说。

吃饭了。菜好吃，记得还有酒，忘记了是黄裳独酌还是跟唐先生共饮，这点不敢乱说，免得错写在文章里，晓事的后人看了当作笑话。（裱画的刘金涛师傅跟记者谈话，说起我和他的交情，说某年，某月，某日，在我家跟他喝了一通宵酒。这位老糊涂完全忘记了我滴酒不沾。）

就我们四个人共一张方桌，沈洁云师母刚扒一口饭就得往厨房跑，又是菜又是汤，来来回回。吃这顿饭很是对不住她。

我饭很快吃饱，要装着动作很慢配合黄裳兄喝酒的节奏兴致，好不容易把这顿晚餐圆满结束。

接着师母还给各人端来小碟热手巾擦脸擦嘴，真是难为了她，她是跟唐先生在同一个机关上班的。

又换来热茶。收拾完桌面这才没见动静了。

唐先生笑盈盈从书房搬出自有中国新木刻以来、各路人马亲手拓印装订的木刻集来。

唐先生家地板很干净，他一共放了三排，每排七八米，他说书房里还有。

序子只对着这些圣典表示欢喜和敬礼，蹲着身子翻看全国各地前辈们的心血，黄裳就手也翻了两三本。

"这是我最珍贵的私房宝贝！"唐先生得意笑起来。

序子说："里头久闻大名没见面的前辈居多。也有见过面的，也有今天还在木刻协会一起工作的前辈和同辈。

"没想到那时就有那么多的进步木刻艺术团体。听是听过的，比如一九三〇年的'中国左翼美术联盟'，胡一川、夏明、张锷等，'一八艺社'，江丰、倪焕之他们；一九三二年的春地画会的江丰、陈烟桥、艾青等；一九三四年野风画会马达、沃渣、野夫、陈学书；

唐先生笑盈盈从书房搬出自有中国新木刻以来、各路人马亲手拓印装订的木刻集来。

一共放了三排

一九三二年野穗木刻社，陈烟桥、陈铁耕、何白涛；一九三四年的未名木刻社的黄新波、蔡复生、陈铁耕；还有一九三四年的现代版画会，人更多了，有李桦、陈仲纲、刘仑、吕蒙他们；一九三六年铁马版画会，有江丰、野夫、沃渣、温涛这些人……让我今天亲手能摸到这一大段历史，真是好运气和多谢。前头您讲的那个建议，请鲁迅当木刻学院院长的话，其实早已在开花结果。那么大的规模，稍微翻了翻，顶多才七八本，手都麻了，眼都花了。唐先生，这世界真了不起，让你有这个福气。"

唐先生问："你见过日本'浮世绘'吗？"

"见过一点，不太懂得如何之好。"序子说。

"也是用刀子刻成后手印出来的。很多老百姓过日子生活方式，帮历史做了有价值记录，中国历代这方面作品就少，不像日本有重要名画家支持指导，很好地合作运用木刻艺术的功能，变成社会生活的一个重要部分，很生动，很漂亮——你还可以反过来向他请教——"指黄裳，"他是中国古籍版本的重要收藏家，古代书籍上头有很多木刻插图，完全可以借鉴学习。"

黄裳听了这话，坐在那边微微笑，认真地享受唐先生夸奖他的那几句话。

序子说："我非常清楚古籍版本的珍贵，有的人看得比性命还重要，为的补上那三两页纸，跑那么三五百里根本算不得一回事。我抗战中期在福建泉州和南安之间一个好朋友家里过年，住过十天半月。是一个名叫'园内'的乡下。那乡下很富裕，全村都姓苏，有位七十多岁的读书老人，在泉州南安一代是个有名的藏书家。在村子里，没人把他当一回事，背后称他漾景，当面叫漾景先生。叫是这么叫，是不是'漾景'这两个字还无确证。

"他不是有钱人，只老两口过日子。几十亩田地同村年轻人帮他耕种。我离开他的时候只对他说过一句话，抗战胜利后回来陪他到建瓯访书。他听了高兴，一边摇头说：'第一，我等不到那一天；第二，到时候你也不会来。'

"有一天，他邀我上楼，慎重取出钥匙打开一口楠木双门大柜子说：'李卓吾，一本不缺！'小心取出一函，打开布套，拿一本在手上，警告我：'你别过来，我让你亲眼见识，远远闻一闻书香。《批判忠义水浒传》……'

"我请求他让我走近摸一摸，稍微翻一翻，他'吓'的一声马上收起宝贝：'小孩子，你不要不知足，你去问问，全南安和泉州，我让哪个上过我这楼？'"

黄裳这时候来劲了，裤袋后掏出个小本子："你说清楚，泉州还是南安？"

"南安、洪濑附近一个村子，叫作'园内'，姓苏，'漾景'两个字是音读，确实是哪两个字，本地人也不明白。你试着写封信去问问。不过我告诉你，只要他活着，怕不会理睬你的……"序子说。

"他也应该为这么重要藏书的前途多想想。"黄裳说，"一个七八十岁的老头。"

"你不要去规劝他。你是藏家，他也是藏家，藏家看藏家，梭镖对钢叉，谁听谁的？收藏家最忌讳别人说他老，你好心好意，他倒怀疑你另有打算。"

"我担心那些书！"黄裳说。

"你白担心！你们藏书家都是深情的悲剧角色罗密欧。"

唐先生笑了："说得好！我这一大批举世无双的木刻宝典就担心落在四大家族手中。"

　　"他们根本不懂！"序子说。

　　"越不懂越可怕！"唐先生说。

　　"唉！有朝一日这些混蛋珍惜书就好了！"黄裳说。

　　"珍惜书先学会珍惜人！"唐先生说。

　　……

　　看看时间晚了，多谢了唐先生和师母的盛情款待，出门走在街上，黄裳说："我仍然心悬你说的那些'李卓吾'。"

　　"讲归讲，你心手都够不着。世情变化，漾景活成什么样子连我都不清楚。要是他老人家不在人世了，就近扑过去的藏家会是什么盛况？"序子说。

　　"万一大家把他忘了呢？"黄裳仰着头说。

　　"非洲猎狗和兀鹰会闻不到死尸？"序子问。

　　"比如说，我们两个到你那个福建南安园内走一趟，我负责费用，当作故地重游的一次旅行，你干不干？"黄裳问。

　　"当然不干！"序子说。

　　"为什么？"黄裳问。

　　"一、交通不便；二、目的不清；三、熟人都不在了；四、一路上不好玩。"序子懒洋洋地说，"断了这个念头吧！别再想了。"

　　"那你当初讲它干什么？"黄裳说。

　　"我哪里想得到你那么当真，那么喜欢听？"序子说。

　　送他到一个叫作陕南邨的住宅区，找到自己的门牌号数，上楼去了。

凡事夹着酒意，非缠绵不可。

序子见到中国美术家作家协会不少人穿一种晴雨衣，很有点派头，尤其是肩膀上加的那半层罩子，像古时候的"云肩"，很让人感觉到"好"。

要是身上穿的这件格子绒西装，再加上一件晴雨衣，再戴上一顶什么帽子，打上领带，美术家的身份就俨然得很了。

这晴雨衣不是布做的，穿在身上爽挺不起皱。衣服起皱最让人觉得寒酸。招牌叫"ADK"，听起来像外国牌子，其实是上海厂家出品，无形增加了虚荣心，分好几种颜色，浅灰、深灰、深普鲁士蓝、深棕、浅棕，其实都好，选得心烦。

序子几次看过价钱，不觉得不公道，只是考虑自己的承担分量，最后买了。

那卖货的伙计精彩，话不多不少，讲出介绍这件 ADK 衣服的话，刚好接触到顾客自满的边沿："我看这件深普鲁士蓝配你的白皮肤，衬出合适的肩膀，腰身最让人看了舒服！"

这位伙计把"没有"当作"有"送给主顾，主顾能不魂魄荡漾吗？

挑准尺码穿上身，伙计再帮忙把领子翻上来，镜子跟前一照，漂亮得差点把自己吓了一跳。取下标戳，干脆就不脱了，付账出门上街。

不止不休，直接进了"惠罗公司"，把早早看中的一顶绝对鲜红色巴黎帽戴在头上，照过镜子无误，付账出门。

（你怎么有胆子买顶这么红的帽子戴在头上呢？戴帽子还要胆吗？没人戴，帽子厂做它干吗？有人戴就有人做！苏东坡还"老夫聊发少年狂，左牵黄，右擎苍"，戴顶帽子还大惊小怪！完全没有预料几十年后我那些尊敬的先生朋友戴的帽子那么可怕！一九四七、四八近两年时间，凡是在上海街上看到一位穿 ADK 晴雨衣、头戴鲜红巴黎帽子晃来晃去的就是鄙人张序子。

有人问本老头："你今天对你当年的红帽子有什么感想？"

本老头回答："想都不想！又不是戴三角裤！"）

到李桦先生家，问吃过中饭没有，说没有，所亚就叫金凤做两碗面片汤。序子说："吃不了这么多，一碗够了。"

老所亚说："还有个人要来。"话刚说完，那个人来了。

"他名叫孙顺潮，也是广东人。"

李桦笑："为什么'也'，张序子又不是广东人。"

余所亚抢着说："序子老婆是广东人，他算半个广东人，当然可以'也'，你李桦'亚搞莫'[1]！

孙顺潮说："张序子！你叫我'方成'好了。我武汉大学学化学的，开始在《扫荡报》画点大学生生活漫画……过些日子，储安平《观察》杂志可能要我去画漫画专栏。"

两个人面对面吃面片汤。

李桦交了封"中华保卫儿童委员会"的信给序子，通知 × 月 × 日上午九时到德国俱乐部报到，参加布置园游会的美术工作，找朱金楼还有谁、谁、谁报到。

"怎么回事？"

1　一块木头。意思是木头样的脑子。

"不是坏事，宋庆龄——孙中山先生夫人交代的工作。到时候，到地方就清楚了。"余所亚说。

　　按日期、按地址到了那个所谓的德国俱乐部，一个足球场大的绿幽幽草坪，周围大树。北边一幢讲究大厦，十几个月拱门里头是个篮球场大的厅堂，原来已经来了好多人。朱金楼、赵延年、麦秆、章西厓、余白墅、张正宇、张文元、米谷、沈同衡和一些还没认识的年轻人都坐成一大圈。由朱金楼讲话，说是"孙夫人请大家来帮忙布置这个招待会的会场，既可以演出节目，又能够乐队伴奏跳交际舞。主要是为中国苦难儿童筹款，邀请的来宾是大上海金融界及各行各业的大老板及夫人。上海著名的钢琴家、歌唱家、舞蹈家、电影界著名男女演员，演出的演出，伴舞的伴舞。我们的工作就是这两天把这个演出会场布置起来。由张正宇先生担任总设计，各位按照设计稿子放大，交工程队装裱上墙。工作分组行动起来，不算繁重但是时间紧迫，明晚七点以前准时完工。洗刷后有丰富的聚餐会。各人还可以领到后天参加园游会的入场券一张。我的话完了，现在宣布分组名单（此处从简）"。

　　序子和章西厓、赵延年、张文元四人一组，完成一幅江南小姑娘采茶的画面，相当大，长八尺竖六尺。垫着毯子地上作业。

　　赵延年偷偷地说，一边采茶，一边跳舞，怕是两方面都要耽误。

　　张文元说："不耽误园游会就行。"西厓设计颜色布局，我画大稿，大家填色，别打翻颜料瓶弄脏白竹布就行。西厓、延年、序子都不抽烟，只张文元烟抽得厉害，序子随时拿烟灰碟跟着他走，就怕他布上留下烟洞。

　　张文元行笔流畅，造型准确大气，序子佩服得心里打战。

张文元行笔流畅，造型准确大气，序子佩服得心里打战。

张文元行笔流畅

张文元叫赵延年用淡墨在人物周围滚一滚边，赵延年是个里手，很快就跟上了。

　　中饭是"热狗"和咖啡。序子差点闹出笑话，以为还有狗肉好吃，原来是腰子形面包夹着根美国香肠。不难吃，还准备了芥末和辣酱任人加减。不喝咖啡的还有茶。大家都席地而坐，地板是人字形蜡光木头铺的，感觉干净过人。没料这时张文元呼呼大睡起来，难怪，整个上午，本小组他出的力气最大。下午，全组行动，眼看这局面明天上午可以交工。

　　朱金楼过来也这么说，又说："画完了还有事做，明天再谈。"又给众伙送来汤面饺子晚餐，吃完大家告别散了。

　　序子回不了闵行，赵延年建议他到狄思威路打地铺。序子在小铺子买了套洗漱用具。进门余所亚说："我就猜想你可能会来。"

　　李桦抽了一层床垫和床单，余所亚分了张薄被和一个枕头，序子到厨房去洗漱完毕，回来躺在地铺上，两位老兄长问这问那，都觉得有意思。余所亚说起张文元："那是个非常非常的人物，特务几次想杀他。他一口气一天可以画四套骂老蒋的连环画，这不仅仅是画的问题，还要有机敏的构思头脑。对朋友真诚仗义。只可惜生活上有点烂，这是很难改变的毛病。小时候画红漆澡盆马桶出身，江湖上泡得太久，文化和智慧都从那里萌发，你有什么办法？中国是这么一个中国，真是不容易啊！"

说是有幅墙上装饰画，那个花裙女孩骑的毛驴前脚画反了，要重画。刚好这事情交给序子的这一组。

　　张文元问大家："反了吗？我不太看得出来。"

　　跟着就有人说反或者说不反。也有人说鞍垫子花布挡住驴脚，也不怎么看得出来。

　　西厓轻声问序子："你觉得……"

　　"当然反了！"序子说。

　　"我看也是。"西厓说，"不改不好！你画个样子我看看！"

　　序子按原设计稿细细画了个小稿子。

　　张文元看了稿子大声说："张序子认真，还是改了好，你干脆把大稿子画了算了。"

　　这是在办事，不是劝酒，没什么好客气的。序子趴在地上按原画尺寸重新粘了张大纸画将起来，好不容易画到下午三点多，几个人接过下手忙起来。

　　所有布置事项要在今晚十二点钟之前做完，明天下午两点钟园游会正式开幕。铁板钉钉，没客气话好讲。

　　序子也奇怪，哪个有那么大本事，叫谁谁来，还都是心甘情愿、满胸腔高兴和荣幸，都晓得是宋庆龄——孙中山夫人交代下来的事。序子心想，只要跟着前头"羊呼噜"的铃铛走没错。

序子心想，只要跟着前头『羊呼噜』的铃铛走没错。

羊呼噜

（走在前头的老羊，在北方都称作"羊呼噜"，脖子上挂个铜铃铛，边走边响，群羊就跟着铃声走。

"羊呼噜"最懂羊倌的信号。

几十年前，山西昔阳县大寨那位老农民、做过副总理的陈永贵下山之前就说自己是个"羊呼噜"，了不起！听这话神韵多足！多亲切！）

那么多人在院子里忙，居然不显挤，想想这院子有多大！大伙还真的忙到半夜才散。

接着下半夜的工作就更是烦琐细致不堪。只剩下明天一个上午的时间了，要做到这番豪华热闹景致干净得从没来过凡人的程度，这番手段也只有上海老行家办得到，外地人连听也没听说过。

序子仍然回虹口九〇四弄搭地铺，李桦懵里懵懂开门让序子进去，话也不说一句径自睡觉去了。序子关上大门，摊开两人早为他准备好的睡具，罢了洗漱，就地卧倒不省人事。

第二天，上半天，序子对两个人讲完昨天的热闹；下半天，一起随便吃了点午饭，一单一双坐了三轮车来到俱乐部门口。

门口已经很隆重了。十几个雄赳赳的壮汉检查门票。街两边站满了人在看歌星和电影明星。他们眼睛尖，百米外就认出那是白杨，那是张瑞芳，那是周璇，那是王丹凤，那是刘琼，那是金焰，那是石挥，那是白虹，那是孙景璐，那是姚莉……

其实真正要紧的人他们不认识。银行大亨、江湖大亨、公司大亨才是真正决定大家过日子的人。这些人的相貌让电影、戏剧、文艺表演给歪扭了，到真人站到跟前的时候反而觉得不怎么自然。

"恶人恶貌，善人善容"，老实人总上这八个字的当，他不晓得，天下很多丧尽天良的坏事有时候是善人善容之徒做的。人都喜欢用看戏的眼光衡量处境，这怎么行？

眼前，犯不上发这么多议论，邀这些大亨来主要是掏他们的腰包，要他们做好事，拿钱出来救救流徙四方的儿童。面子是给足了，是孙夫人宋庆龄，全中国没二话说的人。

序子跟李桦坐一部车，余所亚单独坐一部车。到目的地之后，李、余各付各的钱，三个人掏票进了大园子。

草地、小厅、大堂、楼上客厅都挤满了人，各找各的相熟聊天。喝汽水，喝红酒，喝加牛奶加白糖的咖啡或茶，尽肚子灌，不要钱。来来回回还有招待员托着盘子不声不响、微笑着请你吃永远吃不饱的小点心。

木刻协会除李桦、烟桥之外来的人好像不多，美术家作家协会包括漫画家协会的人倒像是合家光临，连乐平和雏音都盛装露脸了。电影、音乐界来的人最多，男男女女都引人注目，这次的募捐全靠他们了。

大堂的椅子围了四大圈，中间起码留了两亩多地的空间，乐队在靠墙的矮台子上。草地上、走廊里、小茶厅、楼上几个厅里头的人都聚拢到大堂来了，坐在四围椅子里。乐队前头空出的四排高低椅子还等人来坐。谁呀？谁有胆子往那头坐呀？问序子他就不敢，问乐平、李桦、烟桥也不会敢。

最可惜阿湛来不了。他要来，就会一个个把所有的人都指给序子看，那是谁、谁、谁。其实序子的趣味重点并不在谁、谁、谁身上。能在舞台上看到他们的艺术成就，回到生活里头，你和他熟、能交谈，就佩服欣赏他。不熟的话，就远远地尊敬他。

他本人不带"戏"回家。工作完了，当然回到自己原来"人"的位置。新鲜萝卜和腌萝卜的关系。一经腌过走到哪里都带腌萝卜味，他不希望自己的生活是这种结局。

不把演员当平常人这不公道，做朋友也难。

当然也有艺术家不习惯你忘记他是腌萝卜（包括画家、书法家、这个家、那个家……）。这是另一回事。

序子想到这里的时候，人来了，乐队奏欢迎曲子。

平常报章杂志看到的都变成活人出现了。郭沫若、茅盾、阳翰笙、田汉、叶圣陶、欧阳予倩、熊佛西、梅兰芳、程砚秋、臧克家、叶以群、黄炎培、柳亚子……和一时还认不出来的老头们。

他们当当然然坐进为他们空出来的椅子上。

陶金司仪，宣布开会。

郭沫若致开幕词。

黄炎培演讲，阳翰笙演讲，仿佛还有电影界、音乐界、文学界各界代表演讲祝贺。

节目开始：

郎毓秀唱：《杯酒高歌》。

管喻宜萱唱：《旗正飘飘》。

戴爱莲表演：《哑子背疯》。

熊佛西率上海戏剧学校表演高尔基的《夜店》片断（赵子白还是哪一位的主演，模糊了，请原谅）。

周璇唱：《四季歌》《天涯歌女》《夜上海》。

白虹唱：《郎是春日风》……

姚莉唱：《玫瑰玫瑰我爱你》。

一经腌过走到哪里都带腌萝卜味，他不希望
自己的生活是这种结局。

酶萝卜

一个人没有事的神气对叶以群耳朵闪了一下（这是以后几个人聊天回忆出来的）。节目缓缓地从容进行着。

忽然间动静大了，你猜怎么的？孙夫人宋庆龄驾到。

谁也料想不到她会来。全场沸腾，郭沫若赶快让出中间位置，护卫人员招呼热情的人们别再上前握手，安顿了夫人坐下。

序子轻轻对叶苗说："没想到夫人这么好的兴致！"

叶苗附着序子耳朵说："有事！"

"什么事？"序子问。

"听说特务要来捣乱！"叶苗说。

"那怎么办？"序子问。

"她一到，天下太平了！"叶苗说。

陶金宣布："舞会开始！"

乐队用心奏出轻柔的舞曲。

一对对缓缓回旋的舞伴轮流着经过孙夫人身边致敬。夫人微笑点头，她在认真欣赏。

这之间，自自然然有一道敬畏的界线，要不然大家都会拥上前去赞美她："你是世上最美的战士！将爱献给世人，却勇敢地辜负自己！"

听说这场舞会收获空前，报纸上发了大消息，各个文艺团体和协会都收到兴高采烈的感谢信，中华保卫儿童委员会多谢大家……

序子回闵行中学上课。校长和同事都看到新闻报道，打听是怎么一回事。序子一五一十讲完了热闹经过。

分了序子一间铺地板的房间，有办公桌、待客的木头沙发和茶几，有衣柜、书架。让人舒心的是两扇长窗，窗外远近是几层高树和草地，不清楚再过去是什么地方，反正觉得不坏，有空当去走走。

校长少见地和蔼可亲，难怪他姓"温"，温洗尘："张先生，我来看看你，还有什么不周全的，请告诉我！"

"温校长，你这么忙，真不敢当。一切都很好了。我也正想找你请教，说一说对我美术课的安排。"序子说。

"哎呀！哎呀！原来学校里的孩子们多少年没上过美术课了，难得有个美术先生。张先生又是木刻专家，美术方面我是个外行，张先生怎么说就怎么好吧！"

"校长，你听我说，我不是你以为的那样的人，我的学识很浅。我只是想不辜负你的一番好意考虑一些实际的事情而已。如果不耽误你的时间的话，请你稍微坐半点钟，让我把想法说一说。"序子也算是难得这么认真。

"太好、太好！你请讲。"温校长坐下了。

"美术课程在小学、初中，是培养美的爱好，不是培养未来的画家，在日常生活里让孩子懂得美和丑的区别，所以我不赞成孩子上美术课临摹名家的作品。这样会让孩子觉得艰难，没有兴趣，目标不清楚。即使是成年人想学美术，临摹名家作品也不是什么好办法。"序子说。

"那你认为让孩子学美术做什么呢？"校长问。

"玩！"序子说。

"玩？然后呢？"校长问。

"你讲的然后是指比较高一班的学生？"序子问。

"可以这么说。"校长说。

"讲一点美的技术和美的规律。"序子说。

温校长站起来说："看起来，小孩学美术这个问题不是个小问题。我要回家好好想想。我倒真希望你给孩子上课的时候让我有机会听听。"

"有空我还想去拜会生物课方面的先生，跟他们通通气。"序子说。

"你是指动植物课？"校长问。

序子点头。

初一班上美术课。

"同学们，我是教你们美术的先生，名叫张序子。

"我不清楚你们班上喜欢美术的同学有多少，我今天给你们上美术课是不管你们喜不喜欢都要听的。今天第一堂美术课是教你们画'人'。

"画'人'难不难？不难。我现在画给大家看。"

序子在黑板上画个鸡蛋形的圆圈问大家："这是什么？"

（没想到校长早坐在最后一排一张课桌边。）

学生说："鸡蛋。"

有的说："圆圈。"

有的说："人脸。"

"对！人脸。"序子说完，左右加个弧线。

"耳朵！"学生齐声叫起来。

序子在人脸中间加根带小钩的直线。

"鼻子。"学生叫。

序子在鼻子两边各加根小横线。

"眼睛！"学生叫。

小横线上面各加条小弯线。

"眉毛！"大家叫。

鼻子底下加根小横线。

"嘴巴！"大家叫。

"我画的是谁呀？"序子问。

"弗晓得！"学生答。

"为什么不晓得？"序子问。

"弗晓得就是弗晓得！"学生答。

序子在鼻子底下、嘴巴上头、下巴底下加了几笔。大家笑起来说："晓得哉！老头子，老头子。"学生大笑。

序子擦掉胡子，加了头发和两根辫子。

"哈！小囡！小囡！"大家又大笑起来。

稍微等了一下。序子问大家："你们会画胖子和瘦子吗？"

"弗会！弗会！"

序子刚在黑板上画了个比较圆的圆圈。还没画鼻子眼睛，大家就嚷起来："一个胖子，一个胖子。"

"我还没画完，大家怎么晓得是胖子？"序子问。

"胖子是圆的。"孩子们说。

序子画了胖子的小眼睛、肥脸、双下巴、肥耳朵，大家就笑开了。

序子问："瘦子呢？"

"先生会画，我伲弗会画！"孩子们嚷。

序子画了个半本书比例的长方形框子，小眼睛，斜眉毛，额上皱纹，眼包，脸皱，尖下巴，瘦耳朵……

"是啦，是啦！伊拉是长方形模样。"

"好啦！我的话讲多了，画也画多了，要坐下来休息休息。你们现在取出笔和纸来，把我刚才讲的画的，自己画一遍试试。不要急，想想我刚才讲了什么？"

十分钟不到全画好了，除用笔恍惚不稳之外，全都神气十足，比序子的期望高出好多，他很是高兴。

接下来，序子问："你们会画哭、笑和生气吗？"

孩子们摇头。

序子在黑板上画三个圆圈，加上了耳朵。

哭。斜下眉毛，皱起眼睛，撇着嘴，挂起脸纹，流出眼泪。

笑。扬起眉毛，弯了眼睛，挤上脸肌，翘起嘴角，露出牙齿。

生气。皱起眉毛，鼓出眼珠，挂下嘴角。

学生拍手高叫："对额！对额！是格个样子额！"

序子问大家："会不会画？"

孩子齐声回答："会！"

再问："会不会画侧面？"

"侧面？"孩子不懂。

序子黑板上画了个标准侧面，鼻子尖加一根直线，说："人的侧面，最前的部分是鼻子尖。鼻子有长有短，有高有低。拿鼻子做个标准，人长成什么样就最容易看得出来，欢喜、生气和难过也最容易画得出来。"

序子边讲边画，孩子们快乐的笑声漾到教室外头来了。

好！下课。

温校长在门口等着序子："今晚上吃完饭我也会拿张纸试试。"

闵行西北边一片农田深处，有一座工艺讲究、花岗岩细心雕琢的古池塘，大约五十米长，二十米宽，顶多两米多深。水底轻微冒着水泡，水面微微颤动着波纹。

池塘之外，一点别的建筑历史痕迹都没有，不见任何瓦砾、水泥渣子和残存的榫梁、柱础。

西北一排与池塘同样长短的大白杨树，每株两围粗细，直指天穹，相依为命。

这孤寂的池塘和白杨树群不太可能给人以生活的联想，只令人茫然，干吗在这里做这个东西？后来呢？

序子一个人坐在池塘旁边，遍览四周：春天开点小花，夏天蹲在凉快的池子里，秋天掉点黄叶，冬天下片子小雪。就地盖个小茅棚子，封这块地方为我张某人的"行在"。

……

唉，唉，这么珍贵的一片地方，怎么会让人遗弃了呢？

序子就地顺手采撷一些互生和对生的草叶标本夹在速写本子里，慢慢踱回学校。

教学准备室里，先生们有时候也说些闲话。

学生里头不晓得是怎么开始的，背后不称张先生、李先生，而是直接称"体育王""音乐阚""美术张""植物李""动物袁""国文刘"，只有校长直接称"温校长"。为这些背后的叫法生气的是

闵行西北边一片农田深处，有一座工艺讲究、花岗岩细心雕琢的古池塘，大约五十米长，二十米宽，顶多两米多深。水底轻微冒着水泡，水面微微颤动着波纹。

古池塘

一位教物理的尤姓女先生，"物理尤"，说这些学生存心侮辱先生，要找出人来处罚！

教动物课的袁先生哈哈劝解："算了吧！小孩子们的事，你到哪里查得清楚？叫我作'动物袁'，我一家大小听了都笑得要死，觉得好玩。"

序子也说："对先生亲热，他们才敢开玩笑！"

教植物的小胖子李先生说："大家都喜欢你，你'物理尤'不开心！"

先生们都笑起来，高叫："无理由！无理由！"

尤先生自己也跟着笑了。

二年级上美术课。没想到温校长仍然坐在后排。

序子说："今天上课之前，我去找过教物理的尤先生，也找过教植物的李先生。为什么我要去找这两位先生呢？我今天上的美术课跟物理课和植物课都有关系。

"有朝一日你们长大了就会明白，你们所学的功课都是互相有关系，互相有帮助的。

"今天上的第一堂美术课是讲'写生'。

"'写生'就是把你选好的东西照原样画出来。一个人、一盘水果、一场风景都行。

"'写生'有很多学问要学，不学就不会。

"'写生'一种东西，第一要像，第二要美。不像不美，就白'写生'了。'写生'怎么才能像呢？先要弄清它们一些生长的道理，糊里糊涂乱来，不单画不像，也画不美了。

"现在先讲怎样画树叶和树，以后再讲花。

"我不是代替李先生来讲植物课，我是来教你们按照李先生讲的植物课的知识画画。你们长大以后有人当了画家，就会多谢李先生给你打了那么好的植物科学基础知识。我呢？我算个什么呢？我算个重要的介绍人。

"树叶长在树枝上大体上有三种长法，互生，对生，轮生。世界上各种各样的树叶，都是照这个规矩生长在树枝上的。长多了，长大了，长高了，都是照这个老规矩长下去。不同的地方是它们长大了之后因为树枝的关系，各有各的姿势。

"比如说，十棵梅花树，棵棵长着互生的叶子，冬天来了，开着香喷喷的梅花。特别的地方是，它们不是机器制造出来的，它们棵棵长得都不一样。

"我们要画的就是它们优美的姿态，它们的棵棵不一样的特点。

"要是棵棵一样我们等于在画机器了。

"叶子整整齐齐地长在树枝上，互生也好，对生也好，轮生也好，为了吸收宝贵的营养，它们像比赛一样每棵树都显出过分热烈、过分拥挤的生命力去亲近太阳。原来那些互生、对生、轮生规矩都被挤得看不见了。文学家把这种现象称为'怒放'，真是形容得好。

"世界上千千万万种树木，各有各的脾气，各长各的叶子和花朵，供我们欣赏，亲近和写生。

"黑板上画的只是我课堂的讲义，现在大家拿了写生板到外面，各人找一棵植物去写写生吧！"

温校长在门口告诉序子："那我就不去了。"

序子每周的美术课不多，倒是认真费力去准备讲稿材料。难在要那些孩子们都听得懂，做得到。

大部分时间都到市里去，晚上住李桦、余所亚那里，住林景煌那里，住愚园路陆蠡先生夫人当教务主任的那所中学的林景煌的空宿舍里。有时找陈钦源，找叶冈，找黄裳，找楼适夷，找唐弢，找野夫，找木刻协会的可阳和邵克萍，找编《诗创造》的曹辛之，找臧克家，找陆志庠。有的算兄，有的算先生，有的半兄半先生。张乐平和章西厓一在嘉兴，一在杭州，飘忽不定，难找。

上海到闵行，一天来回起码有五趟公共汽车，算是方便。可惜那时候挑选司机都不太严格，一路平坦的大道上常常打瞌睡。"这你就不知道了，就是因为道路平坦，容易催眠。"叶冈说。

这一段时间遇到三个老熟人，要是现在不写，以后就没有时空安排了。

一个是大街上碰见了往年泉州、仙游保安司令部战地服务团的那位大家不喜欢的导演钱大猷。他和序子还算是稍微能谈得来的人。战地服务团解散，收拾行李只序子和他两个人的当口，他劝了几句令序子终身难忘的好话："现在我们要分别了，也不晓得哪年能再见面！我清楚大家都讨厌我，只对你好，送你好多纪念品。我没有东西送你，送你几句话。你喜欢的东西太多，音乐、诗、杂文、木刻，样样都搞，分散精力，不好！我劝你集中一样专搞他三几年，就你这个人，一定能做出成绩来。好！再见！"

没想到几年以后在上海真见到他。

"我看到你报上发表的好多木刻。"

于是吃小馆子，喝咖啡，看电影。看完电影出来，在小摊上买了两块巧克力，打开一看，发霉了，他要老板换，老板恶声恶气不换。他从容地从西装内口袋掏出样东西对老板一亮又放回口袋，老

可惜那时候挑选司机都不太严格，一路平坦的大道上常常打瞌睡。

司机打瞌睡

板马上变了笑脸，双手捧出一大把巧克力弯腰送到他面前："请原谅，先生！请侬自己挑，自己挑！随便拿！对弗住！对弗住，请原谅……"

是什么东西这么吓人？比开电灯还快的变化？

怎么再见，怎么告别都模糊了，连巧克力的下落也记不起来。他是浙江上虞人，上虞在哪里也不知道……

当年战地服务团为什么那么多人不喜欢他？序子不清楚，只因为大家不喜欢的人对序子做的忠告，让序子记得这么牢，却是事实。

还是在上海大街上，碰见了朱雀城模范小学同班同学吴道美。相互热烈拥抱，大讲朱雀方言，惊动了好奇的路人。他说他在一间中学做总务主任。于是又吃馆子，喝咖啡，看电影，交谈这个那个同学的消息，抗战八年的苦难经历。

两人就这么一场相聚相叙，可能因为彼此都忙，或是不再好奇，或是突然的意外发生，莫名其妙地居然不再联系了。

（他是个非常快乐、满胸腔善良好意的人，万万没想到早已回到故乡。解放后我回乡见到他时已经无家可归，沦落到与几个家乡乞丐一起住在东门城楼子上。这几位原都是我儿时的亲密同伴。我每回故乡他们都结伴到白羊岭舍下相聚欢谈，也都懂得人生情长日短、不呻吟哀痛的道理，始终矜持着贫困的庄重。

一年复一年，直到东门城上楼台清寂，一个个失掉影迹为止。其中包括滕代浩、吴丹云、吴道美、曾宪文……还有谁、谁、谁……这些人。）

第三个上海大街上碰到的是石城。

各位读者诸公还记得他吗？没多久的事，江西上犹县《凯报》的总编辑。一九四五年年底，四六年年初，要没有野曼和他的帮忙，序子还去不了上犹《凯报》。他还参加了上犹序子和梅溪的婚礼酒席。后来辞职回乡去了。

序子没到上犹之前，石城发生了那件事，读者该不会忘记，他对不住一个人。

听听，一位女哲人说过这些话："爱一个人不是罪，以前爱现在不爱也不是罪。爱是感觉，不是行为，不是审判。即便在道德上也没有所谓对错的问题。"（《陈实诗文卷》，272页）

唉，唉，唉！亲爱的老大姐，是这样的吗？我怎么听你这几句话心里不太好过？你起码委屈了甲方，要不就是乙方。

拐弯抹角的街头就那么遇见了。跟一九四六年的告别还没有多久（分别几个月），一路讲话上了电车，下车又一路讲话上了一间不见主人的楼，新的，装修都没有——

"我朋友的。"他说。

规模不小，上下走了一圈，鼻子里全是锈铁水泥味。

"我刚到上海，马上就要回去。"他说。

附近饮食担子上各人吃了碗馄饨，序子付的钱。也没什么特别话好说，这一辈子就那么分手了。

（五六年年底或五七年年初，在北京收到《人民日报》转来的一封信，石城写的："……我已经病得三年下不了床，觉得活下去意思不大，等机会找点农药喝了算了。今天精神稍微好了点，爬下床翻翻旧报杂志，见到你的木刻，不晓得怎么找到你，只好麻烦《人民日报》。

"……天老爷保佑，你收到我这封信，快寄点钱给我；买六尺花布给我，我可怜的女儿八岁还从未穿过花衣。等我身体好点的时候写封长信给你，讲讲我那狼心狗肺的老婆待我的事让你见识见识。石城，×月×日。"

其间来回过几封信，还有过一大部儿童小说稿子希望能介绍出版，出版社来信说，看过了，实在不行，对不起。

"反右"了，顾不上他了。

漫长的时间过去，他的妻子从江西一个水库工地来信说，石城已去世，希望把儿童小说原稿寄还……）

到狄思威路九〇四弄李桦、余所亚家，余所亚说："你有信在这里！"

打开一看，是黄苗子、郁风两口子寄来的。毛笔字，龙飞凤舞，庄重的文言文，要买序子七八幅自选的木刻，开价听序子的，寄南京地方。画款随后奉上。

序子说，木刻展的时候，好像没见他两口子。

老所亚说："苗子老豆是吴铁城契兄弟，佢系吴铁城嘅契仔。而家系财长俞鸿钧嘅机要秘书，又系中央信托局嘅秘书长，发行金圆券、关金券都要佢检字先得。好紧要嘅人！弩母晒怕，佢哋唔会呃俚。"

（苗子他爹跟吴铁城是把兄弟。他是吴铁城的干儿子，现在是财政部长俞鸿钧的机要秘书，又兼中央信托局的秘书长，发金圆券、关金券都要经他亲手签字才行。是个要紧人物，你不要怕，他们不会让你上当的。）

你收到我这封信，快寄点钱给我，买六尺花布给我，我可怜的女儿八岁还从未穿过花衣。

张石城画
我穿几尺花布。

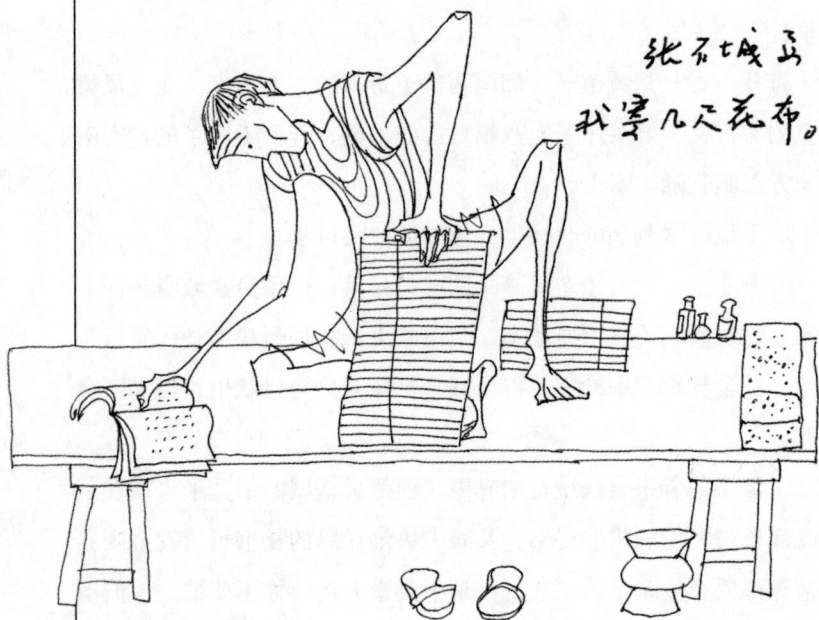

312

"这有什么好怕？人家两口子很客气的一封信。我通信处就写这里了？"序子说。

"俚度就俚度！你话重有边渡有我哋俚度靠得住？"老所说。

（这里就这里，你说还有哪里比这里可靠？）

按地址回了信，选八张木刻，价钱跟展览会的一样，妥妥当当包好了油纸寄出去了。

唉，大城市里头钱真不经用，还没到手，早就派掉了用场，寄这个寄那个，眼看都差不多了。

大新公司美术用品部分摆了不少让人流口水的东西，带画架的法国油画箱，英国、法国、德国、日本油画颜料，大小扁圆的油画笔，叫不出名堂的调料，带牛皮的三角凳，不同型号的油画框和粗细不同纹路的油画布……

回到学校又收到楼适夷先生一封短信，说一个人想见面，望有空时到《时代日报》一趟，恰好周末这三两天没课，回头就走。

《时代日报》所在是间小之又小的老洋房二楼。楼先生把社长罗可夫也介绍了，大约三十多四十的人，照洋人尺寸说来算是矮人，有点胖。忘记了他有没有说话，也忘记他说不说中国话。只记得他嗓门粗粗的，握了手，序子心中佩服，国民党封了我们那么多进步报纸，让一个苏联人给我们撑这么一个场面，报道正确的新闻消息，还每周出一版木刻专栏。

桌子挨桌子，编辑部的人挤在一间房做事。一辈子做朋友的陈冰夷、戈宝权、水夫……是从那时候开始的。（解放后又在北京的《世界文学》常来常往，后来的乱离中不再联系……）

（我不懂得当时新社会"组织生活"的规矩，没生活过，也没体验过。把文化上所有见过的人都当朋友，年轻的老弟、老兄，年长的叔叔、伯伯，彼此里里外外都是一番诚心好意，交代画点刻点什么马上照办，准时守信，不误公私。解放后老关系加上新观念，老习惯加上新情感，平常日子只要有一点点空，想到哪个就去看哪个。到《世界文学》看陈冰夷、戈宝权、水夫、萧乾……到文化部看蒋天佐，看茅公、郑振铎，到王府井《人民日报》看华君武、方成，到人民文学出版社去看看楼适夷、聂绀弩、王任叔（他不动情弦，以后不看他了），到作家协会看严文井、光未然、冯牧，到通俗出版社看孟超、葛一虹……有话即长，无话即短。

"大家都忙，都在上班，你跑去人家那里瞎逛干什么？"人家看见我来，也觉得新鲜，一点反感的意思都没有。就那么三五句话，说说也就走了。不招惹，不夹带任何让人陌生的异味，只是填补一点悬念的空白而已。

几十年过去了，现在想来，剩下点对自己的嘲笑和爱怜！

"你好天真啊！"

也不妨问问现在的自己："眼前你懂了多少？"）

跟适夷先生到原法租界霞飞路"作家书屋"去。序子早知道作家书屋是姚蓬子先生的。姚先生让敌人抓走，最近才放出来。

走进作家书屋，好多人在看书。楼先生介绍一个微胖大眼睛的年轻人给序子认识："蓬子的孩子姚文元。"两个人握手。

序子说："你这工作真好，整天跟书在一起！"

"哪里，顺手拿书的人多，我在看着。"姚文元说

序子跟楼先生往里走近左首小门，原来就是上二楼的一间小楼

梯口底下，摆着一张床。两人站着等候一个提着开水壶的五十岁左右的人从后门进来，楼先生介绍："冯雪峰先生，张序子！"

冯先生握住序子的手说："没想到你这么小啊！你多大了？"

"二十二、二十三。"序子回答。

"听说你生活很艰苦，很努力，好啊！再坚持一段时候，好日子就快来了！"冯先生说。

序子点头。

"我要拜托你一件事，帮我刻几张寓言木刻插图行不行？这是原稿。"冯先生说。

"好！什么时候要？"序子问。

"你不要急，有空就刻，几时刻好都行。刻好交给适夷就可以了。"冯先生说，把原稿交给序子。

三个人站在木楼梯底下说话。说完序子和楼适夷就告辞了。

去搭电车路上，适夷告诉序子，姚蓬子坐牢，姚文元才两岁，雪峰把孩子带回浙江义乌交给自己的妻子抚养，直到抗战胜利姚蓬子放出来，孩子十六岁——也就是最近，才回到姚蓬子身边。

和楼先生分手，序子去《文汇报》，陈钦源不在，只叶冈一个人。序子问他："黄裳呢？"叶冈马上打电话给他："叫我们两个在报馆等，他在公司马上过来。"

叶冈倒了杯茶给序子。喝了。

"我还有两页稿子要赶，你看报……"

序子顺手翻《文汇报》，正瞄到叶冈写的那篇关于拿聂耳的《毕业歌》伴奏交际舞的杂文："……巨浪，巨浪，不断地增涨……"笑出声来。

"你笑什么？"叶冈问。

"你写的这篇那些混蛋拿聂耳《毕业歌》伴舞的事！"序子说。

"这混账事前几天刚发生！你等着看好了，不要好久拿'三民主义、吾党所宗'党歌伴舞的消息就会出来了！"叶冈说。

"这烂污上海！"序子说。

"你不正靠它吃饭吗？"叶冈说。

"'烂污池塘烂污花，叶子上蹲渣[1]金蛤蟆'。"序子说。

"你说那只金蛤蟆是什么意思？"叶冈问。

"我朱雀城以前的谣谚，说好中有坏，坏中有好。"序子说。

"你改金蛤蟆作癞蛤蟆才对，丁聪家乡枫泾镇那边癞蛤蟆为上席名菜。"叶冈说。

"不信！"序子懒洋洋。

"枫泾镇就在上海边上，几时找丁聪让你尝尝。"

"你讲的'癞蛤蟆'有没有可能是一种大的田鸡，福建闽南叫作'嚼损'的东西？"序子不信。

"绝对就是癞蛤蟆。你若说是田鸡，枫泾镇本地人听了可能会认为受到侮辱，甚至生气也说不定。在地方风味上枫泾镇人士认为癞蛤蟆这一种特殊菜式是对饮食文化的重要贡献。你这样一来，我倒是想挑个好日子，约定小丁和其他人，非带你去一趟枫泾镇不可了！"叶冈正义填胸。

"你既然硬焊定这个道理，我信就是了，犯得上为癞蛤蟆走那么远路？"序子说。

---

1 只。

『绝对就是癞蛤蟆。你若说是田鸡，枫泾镇本地人听了可能会认为受到侮辱，甚至生气也说不定……』

癞蛤蟆

"真理不辩不明！"叶冈说。

"一只癞蛤蟆，你辩出什么真理了？你清不清楚癞蛤蟆耳根背上那一粒一粒蹦起的癞子颗颗叫什么？一双筷子耳后这么一夹就能挤出来一种白颜色以后发紫的浆汁来，你懂它叫什么吗？叫'蟾酥'！一种医科大猛药。你让人把这些东西连皮带肉地吃进嘴里头去干什么？你认为没有事，这东西今天没有事，明天没有事，万一埋伏十年才有事，到时候找哪个算账？你说。"

死灰复燃，辩论重起。

"嘿！你以为癞蛤蟆是我家养的？"叶冈说。

"你自认是站在癞蛤蟆背后的真理这点你跑不掉！"序子声音大了点。

这时候，黄裳进屋了："什么事？这么热闹？"

"没什么，湖南湘西骡子叫！"叶冈哈哈大笑。

三个人下楼。

"上哪里？"叶冈问。

黄裳问序子："上哪里？"

序子不清楚。

黄裳迟疑一下说："老正兴吧！"

老正兴很有名，楼却不大。叶冈说："老正兴不止这一家，老板就那么一个。"

三个人上了楼，挤挤的。黄裳问序子喝什么酒。

"自小滴酒不沾。"叶冈说。

"你怎么晓得？"黄裳问。

"我们打少年起，在江西就认识了。"叶冈说。

"可以说，我们从少年进入青年那时候。"序子说。

黄裳给自己和叶冈叫了大概是绍兴酒。

菜来了，三个人边吃边论。

黄裳问，序子带的那卷东西是什么。

"稿子！"

"什么稿子？"

"楼适夷先生带我去见一个叫作冯雪峰的先生，在作家书屋后边厢，他要我给他写的寓言作几幅木刻插图。"

"嗬！大人物！"黄裳说。

"如何大法？"序子问。

"大到往日常常跟毛泽东称兄道弟，《鲁迅全集》后半部常常提到他，也是共产党派到鲁迅身边的熟人。"黄裳说。

"啊！我书上看到过的，原来是他啊！"序子说。

"那你可得好好认真把插图刻好！"叶冈说。

"我对谁都认真。"序子说。

"啊！忘记告诉你一件事，昨天晚上到巴金先生家，他说汪曾祺到上海来了，李健吾先生介绍他在致远中学教书，巴先生要我转告你，汪要找你——这是他写的地址小条，你收好！说你表叔有信要他转交。"黄裳说。

看纸条。"这致远中学怎么找？"序子纳闷。

"好找好找，就在大街上！"搭车，这样、那样。"到路下车，往前走几步就到了，门面不像个学校，两扇旧铁门，门口一问就清楚。我常常从门口过。"叶冈说。

"嗨！当时把汪曾祺一齐约来不就简单了吗？你看我这人！"

黄裳说。

"反正我今晚上不回闵行了，住到虹口李桦、余所亚家里去，明天就去找汪曾祺。"

回到狄思威路李桦、老所家。

把当天所有经过事情整盆整桶地都倒给他俩。

李桦只用耳朵，老所耳朵之外还用嘴巴："毛和冯的关系是在广州农民运动讲习所之前了。冯是个出名的脾气孬的浙江义乌诗人，跟那个脾气一样的湖南姓毛的韶山诗人是好朋友，几次写信叫他去讲习所他都不去。这个姓冯的当时是个湖畔诗人，不太想当讲习所的先生。姓冯的在党内的资格也是相当相当老的。"

第二天起身洗漱完毕吃完早饭正要出门，王琦兄驾到，序子重新坐回小圆板凳上。王琦、李桦兄也分别坐床坐椅子上。王琦对序子说："你最近木刻生意兴隆呀！苗子郁风都来信征购。"

"老实说，我还真有点难为情。"序子说，"不太相信是真的。"

"钱收到了吗？"王琦问。

"我也正想钱怎么还没来？用场都安排好了。"

"这你可以放心，人家是财政部当大官的。"王琦说，"也可能因为忙，把这事耽误了，'饱人不知饿人饥'嘛！不过你可以上门去要嘛！他们也算半个同行，不会见外的。你还可以顺便到南京玩玩。你去过南京吗？"

序子摇头。

"那不正好？"王琦说。

"没有熟人。有个亲戚，听说官当得不小，日子过得并不宽松，也不敢想住他那里，住客栈谈不上，有住客栈的钱，我上南京干什么？"序子说老实话。

王琦哈哈笑起来："吓！吓！你怎么把我忘了？我家就在南京城嘛！到我家住几天怎么样？"

老所说："王琦在我们圈子里日子最好过，法国新闻处美术主任，拿美金过日子。他这个主人招待得起你。去，去……"

序子拜服王琦的慷慨和真诚，细细地品尝这感情的分量。他和他认识不久……

"怎么样？别信老所帮我吹的牛。让你在南京吃得饱饭，睡得好觉是真的。"王琦哈哈笑着说。

"我真是多谢你，我最担心的就是怕骚扰你。"序子说。

"哈哈！做朋友，起码是要担负一点骚扰的。怎么样？跟我过两天一起走？"王琦说。

"我这边还有一些事，做完了写信给你，你看，好不好？"序子说，"我现在出门要去找一个没见过面的朋友，不多谈了。非常非常多谢你的好意。"

找到了汪曾祺，果然很容易。他就住在校门里左首一间房间里。跟一个《大美晚报》上夜班姓什么的人同房，那人见过一面，是种接近久了让人不习惯的人。

曾祺个子跟序子长得差不多，嗓门清亮。第一次见面好像今早晨、昨天、上个月、几年前常常见面的兄弟一样，犯不上开展笑颜，来个握手。迎进房，他问："你闵行中学离上海远不远？"

"不远。那公共汽车司机总打瞌睡。"序子说。

"昆明坐轿子，抬后杠的也时常打瞌睡。"曾祺说。

"这是信。"

序子接手放进口袋："昨天和叶冈跟黄裳在老正兴喝酒，他醒悟地骂自己怎么不约你'一齐来'。我就是昨天听他说你来上海的。"

"叶冈是谁？"曾祺问。

"画家叶浅予的弟弟。"序子说。

"也画画？"曾祺问。

"画过，现在在《文汇报》编副刊。我江西时候的朋友。"序子说。

"现在怎么办？"

"我办法也不多，还是先找到黄裳再讲。找黄裳有三个办法：一是《文汇报》，二是中兴轮船公司，三是他家。他家我没去过，等于零；二是中兴轮船公司，中兴轮船公司我不认得路，我小本子上有电话，我不会打电话，你会吗？喔！你也不会；那么我们一起上圆明园路《文汇报》。我认得路，找不到黄裳可以找叶冈，叶冈不在还可以找另外熟人，还可以叫叶冈打电话到中兴轮船公司。总而言之，上《文汇报》。"序子说，"你上课怎么办？"

"我还没有排课。"曾祺说。

"那好。"

两个人就上路了。序子有个小本子，叫作《上海交通手册》，翻了两翻，公共汽车，有轨电车。哪号归哪路，全写清楚了。序子觉得曾祺在佩服他："你怎么看得懂？"

"车子坐多了就懂了。"序子说。

到了《文汇报》，只有陈钦源在，介绍了。序子想想："为什么非找到黄裳不可呢？找到了，又要他花钱，上馆子，这个那个，干吗天天耗费人家呢？人家有人家自己的事，原来又不是熟人，已经一次又一次麻烦人了。"

"你看这样好不好？今天我们自己玩吧！以后合适的时间再找黄裳吧！我腻了，我们回你那边去。就近找家小馆子吃点东西，然后上哪里到时候再商量。黄裳这人有点讲究，我今天不想绷得那么紧，你看呢？"序子说。

"依你！"曾祺说。

两个人回到致远中学附近，找了家小馆子，又是二楼，窗口挨着老电线和树梢，几只麻雀来来去去。

"要什么酒你叫。"序子说。

"你喝什么？"曾祺问。

"我不喝酒的，我自小懂得陪人喝酒，我爷爷，我四叔，张乐平，陆志庠……陪人喝酒要有点特别才情——对，你先叫酒。"

"下午我们还要玩，叫点'加饭'算了。"曾祺说。

"看这个菜单，你点吧！"序子说。

曾祺接过菜单。

"鳝糊、青椒牛肉丝、麻婆豆腐、乌鱼蛋汤，怎么样？忘了问你，钱够吗？"伙计接过菜单。

"这两天还可以，你只管叫吧！过些日子我还要上南京收账。"序子说。

"嗬！手伸得好长，账放到蒋大人地盘上去了！"曾祺说。

序子讲完经过，曾祺来了几句苗子和郁风的好话。

"你表叔那篇关于你的文章，上海这帮人怎么看？"曾祺问。

"没听人说不好，也让人加深了对我的好感。这一点也不开玩笑，张序子？谁晓得什么张序子、李序子？这么一来，都要来弄个究竟。产生了探奇兴趣。像耍把戏辟了个'好场子'。我看这文章大家都欣赏喜欢，只有一个人不开心——"序子说。

"谁呀？"曾祺问。

"我妈！"序子说，"在朱雀看到我寄给她的这篇文章，很恼火，要是我在当场，那情绪一定很难招架。二七年以前她做过朱雀城共产党宣传部长，领导人化装游行，庙里打菩萨。她来信说表叔信口开河。'你爸是省师范学校正式毕业生，他什么？他还在外头"打流"，你爸居然还请他帮忙给我写情书？这么大胆的天晓得……'"

"好呀！太精彩了！能不能把这封信让我看看？"曾祺说。

"我看完就烧了，没有了！"序子说。

"哎呀！你看你烧了这么重要的东西，多可惜你懂不懂？"曾祺感叹。

"你想，底下还写了好多情绪性的话，很长的一封信，牵涉到两家好多琐事，传出去，表叔听到了一定想不到地难过。会伤害他一番真诚的好意。文学上、文字上的涟漪随情荡漾哪能像科学那么准确？你没见过我妈，一个因家事儿女困扰掉落凡尘的七仙女，这篇文章点燃她储藏一生的愤懑……"

"是，是，是，你讲得对，让我们在心底也把这封信烧了吧！以后不再讲了，永远不讲了！"他睁着不算大也不小的眼睛看序子，"你是不是觉得这'鳝糊'应该是不'芡'之'糊'；勾了'芡'变成真的'芡糊'了。炒鳝糊的技巧是在猪油中的'秒'然一滚，是一种神韵技巧，不易掌握。"

"这方面精致问题，我一向不懂，也粗心。我爸是把好手，'炒牛肚'宗的是长沙'李合盛'，那是一绝。不过对人回忆吃东西跟人谈论游历一样，听者难得实际要领。不让人真吃真看，迹近残酷的勾引。"序子说。

"你看'美学'吗？"曾祺问。

"看过，以后绝不再看。我是不信'美学'长大的。如果列奥纳多·达·芬奇谈美学，大卫特谈美学，罗丹谈美学，张择端谈美学，我就信。从来不动手的人谈完美学之后来两笔让我看看，他讲的道理自己都做不到，你要我信他哪个方面？可惜那些实践家都没留下宝贵的经验（罗丹那本《艺术论》是身边徒弟们信手的记录，已经很宝贵了）。

"美的技巧是热心的学徒凑拥上去学而不是强拉过来学的结果。

"当年在赣州一个很了不起的有学问、绝顶聪明的朋友说过：'美学是对艺术的意淫。'当时听了我真吓一大跳，也不太懂。"序子说。

"现在呢？你懂吗？"曾祺问。

"难说！"

曾祺有点厉害，满满一壶酒一滴不剩，问他再来一壶怎么样，他说："不是不可以，还有个下午在等我们。这酒算什么酒啊？"

序子付了账，两个人下得楼来，往左边横过马路走了一阵，一路都是长满大叶子、大脑壳的法国梧桐。

"你讲点你表叔没讲过的事情我听听。"曾祺说。

"我和他小时候的世界不太一样。比如说'自由'，两个人的'自由'也不一样。我使用体力方面比较多。他的弟弟、我的三表叔喜欢我，有空便教我玩枪、认枪杆子、卸枪，加上玩枪那一种豪情。

"我幺舅也教我玩枪。他正规军自动退下来，回到一座有四个城门洞的大乡下得胜营当员外。外公是曾国藩的部下，慈禧分散曾国藩的实力，把外公派到宁波去当知府，宁波知府这官可不区区！清廷命数已尽，我外公成为清廷最后一任官员，死在任上，隆重地运回得胜营选了块好风水埋了。派头算是足了。外婆是宁波人，人家都说外婆年轻时是个出名美人。我小时美学修养很差，总是抓不到外婆年轻时美的要点。当然，要不是大美人，当官的外公就不会要她。

"我幺舅是个一点也不花花的公子，只欢喜玩枪，时常有人从南京、上海向他通风，新到了德国、法国、英国、美国什么牌子什么牌子枪，他便千方百计托人去买。

"我家自从老蒋把陈渠珍弄走之后也跟着垮了，爹、妈的校长都当不成了。在北京帮熊希龄做了一辈子事的爷爷也死了。爸爸只好外出谋事。留妈妈在家招呼祖母和孩子们。眼看家里没米下锅的时候，妈就请一个常相来往的穷阿姨带我走四十五里路到得胜营外婆、幺舅家去。一般说来，上外婆家是甜蜜快乐事，'摇到外婆桥'嘛。

"我一进门，外婆、幺舅就晓得我来要钱的，就皱起眉毛，想起好多发愁的事情来，好好一个女儿，怎么会嫁到你们张家？（我一次一次地也觉得对不起人，莫名其妙地跟着哭。）既然来了，走那么远的路，也舍不得要我马上回家，就这么留着住下来，睡在外婆脚跟边。个把月之后，禁住眼泪，外婆就包了一包合适数目的钱让那个穷阿姨捆紧在内衣里头，站在门口目送两个人回朱雀城去。前前后后的事，想起来像割肉那么痛，没完没了的冤家。

"多少回一个月又一个月，像课本一样，跟舅舅背熟了洋枪洋炮的规矩，跟舅舅和一大群人上山打野猪积攒狩猎兴趣和力行门路，这些东西不讲道理地一辈子紧紧焊在脑子里头。

　　"我们那个旧社会和外头大城市的旧社会可不相同。

　　"它不仅仅旧，还幼稚，还残忍，还荒唐。

　　"那个时候就有人在传说三民主义了。

　　"三声炮响，推出死刑犯，配上号音，从道门口直上赤塘坪。赤塘坪远远架了块门板，门板上整整齐齐摆着十几把磨得飞快的、柄上缠着彩色毛头绳的砍头刀。摆这么多刀干什么？说是政府施行文明自由，发扬善心，死刑犯从今以后有权挑选砍自己颈脖的屠刀，亲手交给为自己送终的刽子手。

　　"爸爸听了很生气，约几个朋友上县政府找县长周劭南，质问玩百姓生命是不是玩出味道、玩出讲究来了？这叫'自由'吗？

　　"县长也没听说过，马上派人去查，回来说是谣言。

　　"当然是谣言，太王八蛋了！

　　"二表叔没有我野。要说朱雀城小孩，难得找到一个半个不野的。

　　"那环境太适合孩子们撒野了。要水有水，要山有山，要庙有庙，要热闹有热闹，要死活有死活。

　　"表叔书上写过的野，证明他那时候活得也不简单。

　　"野和野有厚薄不同的区别。我们常常有机会看杀头，有的犯人走得昂扬慷慨，有的满嘴的仇恨脏话，有的哭啼拖拉不想动身，有的故作从容顺手拿街边摊子上的东西吃，有的已经吓得半死，路上被拖曳得不成人样，有个年轻的居然一路微笑衔着纸烟要人点火。

三声炮响

三声炮响，推出死刑犯，配上号音，从道门口直上赤塘坪。赤塘坪远远架了块门板，门板上整整齐齐摆着十几把磨得飞快的、柄上缠着彩色毛头绳的砍头刀。

"看完这阵热闹之后人们散往各自的街头巷尾。好事的余兴未尽，搬张小凳子聚在一起散论看热闹的心得。称赞张某人行刀爽朗，人头落地，死人半句话还留在口里；又鄙薄满姓某人力气既十分不足且胆子十分之小，一边发刀一边发抖，在犯人颈项上来回锯磨，满场看执法的老百姓喝倒彩喝破了嗓子：'借把锯子给他！借把锯子给他！'

"……

"我不单见过身外头这些荒唐事，还听过老人家心里头阐发的这些对生死的特别见解和态度。多了，就浸润到心里头去了。

"朱雀城外周围有许多五里短亭和十里长亭。亭子远近盖着不少简单遮挡风雨的枢亭。里头储停着三两口流落在这里异乡人的棺材等待千里外的子孙前来认领。一天一天过去了，一年十年过去了……（这名字或叫'厝柩'？）

"我和伙伴们常进这所在探奇。有的有新鲜浓重的尸臭味，吸进肺里几个月不散；有的棺材盖和周围木板都已松脱烂朽，露出枯槁的手脚，可能是百年前的东西也说不定。

"走到一个地方看到一座，换个地方又看到第二座，感受都不一样，胸脯涌生的凄凉是一样的。谁死了过段时间都会臭，都会剩下槁骨，看多了就会不奇怪，算不得一回事。自己迟早也会这样。（后来朱雀城有点进步，杀人改用枪毙了。虽然道台衙门那位专业老刽子手失了业，细想起来，还真是减轻不少死刑犯的痛苦。）

"我自小在这种社会教养下过日子，下午放学之后在赤塘坪敢跟同学各人提一个上午砍下的人头互掷好玩（照例提头发不提耳朵。已经隔了几个钟头，耳朵不经提了）。走夜路不怕鬼。睡觉做梦总是我追鬼，没让鬼追过。

"青年时代跟十二具壮丁尸体搭木船从瑞金到赣州，四天四夜，尸体在舱底，我在舱面，只隔一层木头厚甲板，夹缝间有时不小心碰得到他们的鼻子和脚指头，农历过年不几天，天气冷，没闻到异味……"

（没想到储存的这些荒唐修养到"文革"居然成为护身宝贝，"死人都不怕，还怕活人吗？"）

看起来曾祺这人话少，非常专注地听序子讲了一路。

"要是你嫌我话多，就打声招呼。"序子说。

"不，不，你往下讲。我不出声是怕打断你的思路。"曾祺说。

"你在上海怎么过日子的？"曾祺问。

"原先跟巴先生的泉州老学生林景煌住在吴朗西先生一间空房子里，后来跟木刻老大哥章西厓去帮一位张姓朋友在龙华寺弄一些春季的美术活动，张先生的夫人是闵行人，有点影响，介绍我到中学教美术。

"实在的活动是中华全国木刻协会，我还算个常务理事，我其实只算个新兵，有个别人讲闲话，说阿狗阿猫都当常务理事，这指摘其实是对的，我不是阿狗阿猫是什么？几位前辈大概看我做杂事还耐烦吧，有问题自己忍得住，不叫出声来就是。

"木刻界有几个老前辈，烟桥、野夫、李桦这些人，作品好，敬业，端正，生活清苦。

"你知道李桦吗？广东人，鲁迅当年称赞他是木刻高手。抗战八年一直在长沙九战区薛岳那里当中校文官，我四三年开始写信向他请教，见面还是今年年初的事。他跟一位双脚残废、头脑锐利的漫画家余所亚住在虹口区一间小房间里。我常到他们那里'撮饭'，有时上海活动忙，就在那里打地铺。两个人都体贴我。在他们面前我不忍心调皮。

"好久了，有一天我去找他，他说知道我会来，已经买好两张大光明戏院的票，今天下午看华特·迪斯尼的音乐卡通片《幻想曲》。

"从住处狄思威路出发，走好长一段路到北四川路底电车终点站，再上车到南京路大光明戏院。

"他问我，有没有买电车票的钱？

"我竟然没有买一张电车票的钱。

"他一怔。一点责备的意思都没有：'好，时间还早，我们走路吧！'

"于是，为了看这部重要电影，我们两个花了好长的时间，走了好长的路到了大光明戏院，看了这部重要的电影，送他一个人上了回虹口的电车，我到青年会陆志庠那里搭地铺。

"且试着理一理这件事的头绪：'一、有这么一部好电影，他想到我。

"二、他想不到我竟然没有和他一起搭电车的钱。

"三、他口袋里只有供自己来回的车钱。如果有多一点，他会帮我买一张。

"四、他没有说'我搭车，你一个人走吧！赶快，要不然来不及了'，而是和我一路步行赶到南京路，进了大光明戏院，看完了《幻想曲》。

"五、最后《幻想曲》的末段是《圣母颂》。以后几十年的日

「他没有说「我搭车，你一个人走吧！赶快，要不然来不及了」，而是和我一路步行赶到南京路，进了大光明戏院，看完了《幻想曲》。」

搭电车去看电影

子，每听到《圣母颂》，我都想到李桦。这小小际遇，会支撑我一生的道德行径。

"我和表叔其实不熟，我八九岁的时候他回朱雀，有一次来看我婆，才偶然谈了几句话。长大看他的书，才一点一点认识人。其实仍然算是不熟。整体看起来他是个天才，孙猴子似的，石头里蹦出的学问。十几岁在芷江帮熊希龄意外牺牲的卫队长写的碑文，文章、书法、篆额，一人顶三个名字。用俗话说真是神出鬼没。在我，就不知从哪里说起了。要说'野'，他该是个'文野'或是'仙野'，吃女神仙奶长大的，莫名其妙至极！人生百岁，各有各的成长之法。不认真的话，晃一眼就错过了。秦桧、蔡京当坏人，不也就是晃一眼的事吗？

"说人生如梦，混里混账还说得通；说人生是一场戏就勉强得很；不懂戏行当的人才说得出的外行话。费多少手脚，多少技巧聪明才弄得一点像样场面，哪能像人生过日子那么轻浮、轻率，那么不检点？那锣鼓，那丝弦，紧扣分秒节拍，你人生凭什么敢去比较？它演的就是你，摆弄你，耍你，形成高超艺术手腕，你顶多是偶然飞附在上面惹人讨厌的苍蝇。

"表叔信里说，在教'小说作法'，其实是在讲文学口味，'少焉月出于东山之上'，有'少焉'，有'月'，有'出于东山'，再加个'之上'，有月光，有时间，有空间，有速度，有一个大局面构图，还有光和颜色对比，有音乐声韵。用他的方式我自己教育自己……自己学文学，一边鉴识欣赏一边捡拾收罗，锻炼口味和眼光。

"你在西南联大见过刘文典先生吗？传说对于表叔无礼的笑话，

真假我都觉得没什么分量，意思不大。他跟陈寅恪先生看起来算是交情不错，拿他那部《庄子补正》居然要陈先生写个序，还交代'姑强为我读之'，是很老友的口气，有点可爱。博学之士，有时是不太懂得人间规矩的。"序子说。

"你犯不着把时间花在那些流言或所谓的'笑话'上。说是发生在刘叔雅先生身上，我感觉对他也是不公道。我侧耳恭听你讲你自己的事。你的长篇大论不简单，我最不擅长篇大论，你头头是道。"曾祺说。

"你讲我长篇可以，大论不敢当。我今天是第一次见你，有责任介绍我所有的细节给你听。"序子说。

"啊哈！这个自我介绍文学至极，天下文章像你这么写就好了。我想问你，你留在江西为什么这么久？"曾祺问。

"我走不开呀！"序子说。

……

"啊哈！你怎么不早说？你居然结婚了！你怎么这么早就结婚了？你看你！你太太是怎么一个人？你把她现在放在哪里？你表叔晓不晓得你结了婚了？他一定还把你当作儿童呢！你俩这么分开以后怎么过日子？哈！我还真把你当作和我一样没结婚的单身汉咧。"曾祺说。

"我说我已经结婚，惹得你那么大的惊讶干什么？天下男女谈恋爱结婚，千变万化，各有各的逻辑套路，跟你有什么关系？犯得上你忙？犯得上你操心？

"我现在神色自若。可惜你没机会看到我当年作困兽斗的身段。那潇洒劲，罗密欧比我差远了。

"我的心态既不属于司马迁也不属于莎士比亚。我只是达尔文管辖料理下的'人'的生物性质，按非常、非常'人'的使命取胜。

　　"要是是个文明社会里靠书本礼数开窍、鼓舞的知识分子，我老早成为黄泉路上逃之夭夭的孤魂了。

　　"在广州等我的妻子她也就是这个派头。

　　"这勇气很像陕北'走西口'男人家中的妻子。

　　"中国百千年多少妻子都在靠'等待'过日子啊！"

　　曾祺说："我也有个马上要成为妻子的女朋友。"

　　"你看！"序子说。

　　"是你去过的地方福建长乐人！"

　　"你看！"序子说。

　　"她不是艺术方面的人。"曾祺说。

　　"长乐县专出文化名人，冰心、郑振铎这些大家伙。你未来夫人选中你，应该说是眼光独到。"序子说。

　　"按你这么一说，讲公道话，那她的本事又不止这一点点啰！"曾祺说。

　　"原本就应该这么看，你的眼光也非凡类！"序子说，"我不清楚你这种很少讲话、只用耳朵的人，怎么谈的恋爱？"

　　曾祺说："你讲得不错，我找的正也是个很少讲话、只用耳朵的人。"

　　口干了，进到一间小咖啡店，曾祺喝咖啡，序子喝可乐，继续口花花。

　　"平常你找什么人玩？"曾祺问。

　　"我很少有空玩，谋生花时间。教书以前住巴先生朋友吴朗西先生那间空房子的时候，林景煌，韦芜（萧乾先生《大公报》的助手），阿湛（郑振铎先生《文艺复兴》杂志的助手），柯灵先生的外甥田青、写《买卖街》那本书的年轻人，还有个脾气非常好的魁梧朝鲜大汉沈容澈，是林景煌福建泉州的老朋友，他们总是下班之后带着花生饼干去那里聊天。都是好心好意，觉得我可以做他们的朋友。海阔天空谈文学，吹牛皮，臧否国内外文学家好玩，天真烂漫，没有恶意。也给我介绍木刻发表。另外还有些小学中学时期的同学，分别在同济、复旦、暨南、大夏读书，有的还是朱雀同乡。去找他们'撮饭'，来回几十里路，饭吃了，皮鞋破了，很不划算。有时也为要紧事去，做'反饥饿、反内战、反迫害'游行传单。一个同乡同学、很好的人，自小在家乡已经和人订了婚，在大学又跟女同学订婚，很有钱，安徽人，他哥哥也是同学，有一部漂亮的福特小汽车，礼拜六带男女同学到跳舞厅去跳舞。我也去过一次，让我手脚失措，如做噩梦。花好多钱……

"带汽车读书，我一辈子头回见到。

"集美我有个大我好几班的同学沈延奎，大近视眼，那时就很信服我的画，称准我非是个'天才'不可。看我的画用鼻子闻，很让人感动。

"有回几个同学上兆丰公园玩，走着走着他说他要小便。公园有种松树很大，枝叶环垂地面像座帐篷，他便匆匆进去解急，没想到他气急败坏地逃了出来，提着裤子，眼镜也打落不知何处，嘴巴嚷着：'快帮我看看，里头是什么？'

"大家赶忙走进树窠，看见一张长靠椅前站着一对慌张男女。女的不好意思，低头躲在男的背后。男的见人进来便大声问：'刚

『走着走着他说他要小便。公园有种松树很大，枝叶环垂地面像座帐篷，他便匆匆进去解急，没想到他气急败坏地逃了出来，提着裤子，眼镜也打落不知何处……』

337

才进来是你们的熟人不是？他疯了！我们好好地坐在这里。他公然对我们小便。你们看，弄得我这一身，还有她……'

"我们几个人不敢笑，一直赔礼鞠躬说对不起：'他是我们大学同班同学，深度近视眼，绝对是个老实人，他已经没脸进来向两位道歉，只好我们代表他，真是一百个请原谅……'

"那男子头脑清楚，一下子掌握了全局利害。笑了。'我们能怎么样呢？那地上眼镜是他的吧，捡给他吧！'

"两个人抖抖身子，疾风似的走了。

"坐在树底下谈情说爱，让一个人走进来正面对着撒尿，从新闻角度来说，有当事人，有时间，有地点，有痕迹，绝对是质量一流的新闻笑料。

"马上摆脱干系，聪明！

"在兆丰公园树底下随地小便当然违法，也是走为上策。五个人行动也不慢。

"所以自一九四七年×月×日以来，上海任何一家报上都找不到这段新闻，当然上海市民也没有眼福。"

曾祺说："你记性好。当然，记性也要善于梳理编排。"

"一般地讲，我是记恩不记仇的。要讲记仇，我活不过抗战八年。"序子说。

"你累不累？讲了这一大半天。"曾祺说。

"不是累，是我现在不想讲了。跟你一起，我的话倒不完。"序子说。

"那封信你还没看。"

"等我一个人的时候才看。"

“那我们现在做什么？”

“准备去吃晚饭。”

“哪里？”

序子指了指不远处穿白衣服的街边摊子。

“那是广东人的摊子，很多好吃的东西。”

“你熟？”

“和他们人不熟，东西熟。也要先看看再说。和你吃完东西我就要回去了。”序子说。

“回哪里？”

“虹口林景煌那里，明早回闵行上课。我还有一批插图要刻，刻完就去南京要账，要账回来再找你。”序子说。

“去虹口做什么？就在我房里睡一觉明天回闵行不行吗？”曾祺说，“那人的床是空的。他上夜班。”

“那好！”序子同意。

两人咖啡店出来没走两步，街灯亮了。

在广东摊子的长板凳上坐定，老板来了两句上海话，广东人讲上海话，序子完全听不懂。

序子对曾祺说：“真难为了他，我还是直接点了吧！”

叉烧包一碟，豆沙包一碟，莲蓉包一碟，干炒牛河双份，云吞面双份。伙计跟着送上茶来。

东西跟着来到面前。说老实话，真是地道。广东人办事，靠的就是那种准确性的面子，赚你的钱还要你服气。

在上海大街上，好月亮之下吃这餐晚饭，心底想，真应该赋予一点什么意义才好。不晓得什么原因，到了广东地盘上，常常会遇到一种启发性灵的冲击。不记得我前头写过没有，香港大街的小横街上有一种咖啡摊子，用铁丝圈架着一只像袜子的纱布长口袋在高腰壶里做咖啡，味道浓郁得引来许多外国男女行家，一个个老老实实坐在破长板凳上。听说这是香港绝无仅有让洋鬼子神魂颠倒的清晨饮料。

你不要以为我在为香港宣传这个特异神品，我只是想告诉你我曾经在那里为那杯咖啡受到的奚落教育。

只缘我太兴奋，一坐下就扁着嗓子对摊主说："给我来杯'柯匪'！"

摊主耸起眉毛、咧开大嘴笑："丢那妈！咖啡就咖啡嘛！重乜乜'柯匪'！"[1]

一边笑，一边认真做了一杯"柯匪"递过来。说："唔好恼呀，细佬！"[2]

"你对自己好残忍！"曾祺说。

"让自己少点浅薄。"序子说。

吃完，跟曾祺回到学校房间。

他床那头有扇窗，有张小桌子、一张椅子、几本书。床下头有口不大不小、不新不旧的皮箱，用了块老木板垫着底。

床对面就是让序子睡觉那张床，铁架铁皮的，年份久，睡窝了。

墙上图画钉钉了张一尺多见方的水彩，序子问："你的？"

"不！康定斯基的，我的仿作。"

---

1 操！咖啡就咖啡嘛！还什么什么"柯匪"！
2 别生气呀，老弟！

"你几时有兴趣画康定斯基？"序子问。

"哎！联大那时候闲得无聊……"曾祺说。

"嗳！睡了这位先生这张床，他会不会不高兴？"序子问。

"他光荣！"曾祺说。

（现在写这些东西，我已经记不起从上海去南京，是不是在"下关"下车。姑且是吧！接到王琦来信，告诉我到地之后坐什么车上他家，我也照做了。现在倒想不起坐的是什么车，怎么到的他家了。）

王琦家在法国新闻处那一圈房子里面，扩大一点讲，可能就在法国大使馆的范围之内。一家一幢，设备周全，像座电影里洋人住的房子。

两个乖伢崽，大的王伟七八岁，小的王仲五六岁。大嫂韦贤，是个美丽大方爽朗的四川女子。家里好像没请保姆，全由韦贤一人总理，像她名字一样，又伟大又贤惠。

给我安排了一间小卧室，干净的卧具，序子睡得有点惭愧。第二天大清早孩子进来叫吃早饭。太阳隔纱窗照着餐台，稀粥、咸鸭蛋、咸菜、花生、豆腐乳……

王琦实际上已经告诉她我来南京做什么的了。她得意地在饭桌边嚷："天晓得，你们穷木刻圈圈儿还出一个向人讨账的债主！真真难得！"

孩子调教得好，背着书包说再见上学去了。

王琦已打电话约了苗子和郁风。两人坐了部双人三轮到了苗子家，好漂亮的花园洋房。

家人把王琦和序子迎进客厅，原来已经有一男一女坐在那里，王琦是认识的，便介绍给了序子："金山，张瑞芳。"

客客气气握了手，各自坐下，没什么话说的，金山喝一口茶，轻轻咳一声嗽，肚子咕咕响两声。

郁风下楼来了，穿一件蓝花织锦晨衣，跟金山、张瑞芳看样子老熟，随便招了招手，转身过来和王琦、序子认真讲话。

王琦说："他来要木刻钱。"

"呵！呵！多少？多少？"她问。

"多少，多少……"序子说。

郁风听完转身上楼取钱下来交给序子。

这时候外头汽车叫了两声。

"苗子回来了。"郁风说。

苗子进门了，也是轻轻跟金山、张瑞芳打了招呼，热情地和序子、王琦握手。"没想到！没想到，你张序子这么年轻！真对不起，我身边事情太忙，把早就该奉寄的稿酬耽误了，害你亲身来南京，真对不起。"苗子说。

"啊？啊？你就是张序子呀！王琦怎么没介绍清楚！嗳，嗳！张序子，欢迎你！欢迎你！"郁风忙着补充。

"唉，唉！郁风，我不介绍清楚，你怎么会上楼拿钱给序子？我不介绍你怎么会拿钱，你讲清楚嘛！"王琦嚷起来。

苗子跟着笑，金山、张瑞芳也笑，还指着郁风说："我证明，这人脑子是有问题。"

苗子夫妇没有留住要走的王琦和张序子。序子说还有事要办，告辞走了。

"他们假如是认真留我，我会留的。"序子说。

王琦说："金山是个人物，他跟苗子有正经事要谈的。你不懂。"

进了熟食铺，序子买了只卤水鸭子，两斤卤猪头肉。

孩子放学回来，序子给他们讲了不少笑话，笑得他们要死。

痛痛快快吃了顿晚饭。没想到王琦家的孩子还帮妈妈厨房洗碗。（序子写信给妈妈时还提起这件了不得的大事。）洗完碗没有再进客厅，静悄悄在卧室做自己的功课。

世人口口声声："儿童教育，儿童教育！"要紧的恐怕是家长教孩子如何正确控制自己。

泡了茶，序子跟他们夫妇俩坐在客厅聊天。

序子向他们两位介绍家世和自己的成长、历经的苦难。王琦也讲了他的打算，学好法文去法国留学。

序子问："那大嫂和孩子们怎么办？"

韦贤说："他放心走，走好久我等好久，弄个成绩回来。只有一点，若是带了个法国婆回来，这辈子他就莫想安逸！"

"嘿！嘿！我还没有动身，你就给我报喜了？"王琦说。

序子帮王琦说好话："王琦兄是出名的正派人，绝不会做这伤天害理、没良心的事！"

"你们这批搞艺术的人，没有一个不是花心鬼。我讲也是供你参考！"韦贤说。

序子大笑："我？你是说我呀！我老实告诉你，我是个讨老婆方面的受苦人，我好不容易在广东讨了个老婆，她正在寒窑为我受苦。以后几时有空我把这段故事讲给你听。"三个人一齐哈哈大笑。

序子还告诉王琦兄嫂，明天要去拜望孙家的得豫三表叔。他黄埔四期，是作家孙茂林的弟弟，在国防部做事，中将或是少将。

让序子意料之外的是，三表叔和表婶，堂堂国民党的中将或是少将大官，竟会住这样的房子，过这样的日子。

原是为序子爹妈分担困难，把序子的四弟子光带在身边，也穿得褴褛不堪。帮着做点零碎家务。

很挤的大杂院，一架单座简陋大木梯直上二楼他们的家。原来那么漂亮体面的三表婶娘正坐在矮板凳上，洗大木盆里头的衣服。三岁还是四岁大的小表妹睁着大眼看着上楼来的序子。序子叫了声："三婶娘！"

"叫大表哥呀，朝慧。你看，你看序子，都没有个坐的地方。你三满出差去了冇在屋，你看，你看……"

"我是从上海来南京办点事，顺便来看看三满和三婶娘，明天就回上海去了。冇要紧，以后还有机会。我看我今天和子光带表妹出去走盘玩，下午送她回来。"

表婶娘说："那好，那好，你们就走吧！"

老四子光对南京熟，两个人商量好去中山陵，于是坐公共汽车三个人到了中山陵。两兄弟说不尽分别十年该说的话。朝慧由子光肩上驮着，走好长一段路又换序子驮，穿过一排排整齐大梧桐树，停步看到左边远远的中山陵。

"小妹，好看吗？"序子问驮在肩上的朝慧。

"好看！"她说。

"你来过吗？"序子问。

"没来过。"她答。

坡度缓，走好几步才能上一级台阶。好不容易迈完台阶走进大堂，见到孙中山先生的大理石遗像，三个人都鞠了躬。出来远望面前伟大的六朝形胜风水景致，胸脯都张开了。

子光和序子两个人坐在陵前右首边阶沿，小朝慧一个人慢慢走到台阶中间坐着。那么孤独的一个小影子撑着下巴坐在大石阶上。

"朝慧呀！你在想哪样？"序子问她。

"我冇想哪样，我看老远老远……"她用手撩一撩头发。

"我们回家吧！"序子说。

她说"好"。站起身来，子光驮着她走下一级一级的台阶。序子再驮她走进大梧桐树林走廊，用《满江红》的调子轻轻哼着萨都剌的词："六代豪华，春去也、更无消息。空怅望；山川形胜，已非畴昔。王谢堂前双燕子，乌衣巷口曾相识……"

朝慧在肩膀上说："你唱的燕子和爸爸的不一样。旧日王谢堂前燕，飞入寻常百姓家。"

序子："哦！哦！那是什么意思呀？"

朝慧说："以前的燕子在有钱有势的王家、谢家做窝，王家、谢家没有了，它们就在老百姓家做窝去了。"

序子说："我唱的是王家、谢家住过的那些燕子，王、谢家没有了，大家在老百姓住的乌衣巷做窝的时候碰见了，原来是以前见过的老熟人。你讲的和我唱的是古时候两个人作的诗。你看，哪个有意思点？"

"我喜欢你唱的。"朝慧在序子肩膀上踢着腿说。

三个人搭公共汽车回到街上，在面包店吃了糖面包，喝了牛奶，还给三表婶娘带了两个枕头面包回去。

小朝慧一个人慢慢走到台阶中间坐着。那么

孤独的一个小影子撑着下巴坐在大石阶上。

小麦妹去中山陵

肩上驮着小表妹

子光驮着她走下一级一级的台阶。

序子再驮她走进大梧桐树林走廊……

和他们再见了。

也和王琦兄嫂跟孩子们再见了。

张序子带着复杂的情绪回到闵行。

黄永玉

作品

无愁河的浪荡汉子

走　读　｜　下

黄永玉————

著

作家出版社

上完课，碰巧是星期六，搭车去上海致远中学找曾祺，告诉他在南京的事情：见到三表婶娘，见到小表妹，见到郁风和苗子，顺便也遇上金山跟张瑞芳。南京给人一个稀里哗啦的印象，有一点"临时性"的匆匆忙忙的感觉。

　　"其实你可以写点小说。"曾祺说。

　　"短的写过，长的打算写得比托尔斯泰那三本还长，没想到刚写到三页稿纸差一点四页的时候，抗战胜利了！眼睁睁把我伟大的计划耽误了！

　　"眼前我哪能写文章？其实我从小就喜欢作文，甚至上国文课的时候，先生还喜欢掩下书本跟我论道，冷落了别的同学。

　　"说老实话，刻木刻，我还没有'出科'。这里头也是很有搞头的，松不得手。跟好多年仰慕的前辈一起工作，等于来上海求学，菩萨保佑我下的这个来上海的决心。

　　"……唔！你听烦了就打声招呼，我话里头垃圾很多。遇到你，兴奋过头，狂不择言。"序子说。

　　"讲！讲！怎么会是垃圾？你尽管往下讲，我认真地听着！"曾祺说。

　　"没有了！"序子说。

　　"啊？怎么说没有就没有了？"曾祺说。

"再往下讲就是垃圾！嗳吓！对！我倒真有点垃圾讲给你听！

"李桦和余所亚住在虹口狄思威路九〇四弄五号。对面一片荒凉广场，两个足球场怕也不止，高高低低，好多垃圾。弄不清原来是干什么的，一说是日本兵营，让美国飞机炸了。地面上剩下的破烂东西让人捡光，就那么荒在那里。最近突然来了上百家人，搭点东西住下了。（听说全上海来了两万多。）我不讲搭'窝棚'而讲搭'东西'有我的讲究。它不够格叫窝棚，只是捡到什么用什么，能撑得起来挡太阳、风雨就行。不晓得下雪天他们怎么对付。这伙人缺了一点乞丐的风度。我讲不出他们跟乞丐差距何在，都是自由职业，他们比正经的乞丐还穷，连讨饭的碗都没有，打狗棍都没有。老的七八十，小的抱在手上。也有小家庭二人世界的，有大家庭祖孙四代的，都挤在一起。睡没睡相，站没站相，缺个正常仪态。我到里头旋了一旋，替他们着急。没有水，井和自来水管都不见，不清楚上不了街的那些人口干怎么办。这怎么过日子？

"天一亮，能走动的都往大街窜，晚上才回来。也想象不到他们怎么对肚子交代。

"我从闵行进城，有时就在李桦、余所亚他们家搭地铺。他们租住的房间里没有抽水马桶，每天清早都要到街上的公共厕所大小便。两排几十个茅坑，大家就这么面对面蹲着。熟人乘机互敬香烟，交流新闻时事。看样子那些苏北难民懂得上海文明规矩，没有随地大小便，连孩子也都一起挤到公共厕所来，没钱买纸，拉完了叫孩子撅起屁股，大人伸脚用鞋底板顺势一擦完事。这境界有点凄凉。

"我二十多年活下来的日子，碰到的都是这类让人心跳的事，借句上海话说：'在垃圾边上讨生活。'"

"你记性好！"曾祺说。

"你这屋子里缺点茶——"

"怎么没想到现在去找黄裳？正好今天星期六。哎！黄裳其实无所谓星不星期六，在班上他那派头是说走就走的。"

"那就走吧？"曾祺说。

"几点了？"序子问。

"我没有表！"曾祺说。

"我也没有。"序子说。

"当然，你有你还问我？"曾祺说。

"我以前有个好挂表，福建永春街上一个修表小摊子朋友送的，名叫郭守礼，是个比我强多了的高中毕业生。我帮过他情感上一个大忙，原是不经意，他却是感谢万分，他给我摆过一坑一坑的让人心惊肉跳的故事。他说有几个朋友也是摆摊子帮人修表的（不是他本人），遇见人来修名表，每一回都偷取一个不同零件下来，换一个普通零件上去。久而久之，就凑成一个名表。

"这事情恐怕只有他脑顶上的菩萨知道。"序子说。

"你信菩萨？"曾祺问。

"我喜欢听人家说报应！"序子说，"我也信报应。我遇到过不少真事。"

"你要是讲给有表的人听，以后都会神经过敏。"曾祺笑了一笑，"你讲你找黄裳怎么找？"

"今天只好到家里找。我没去过他家，我有地址，在陕西南路，陕南邨，听说是以前的法租界亚尔培路那边。到地方再问。"序子说。

动身了。还真是个高级地方，里头一幢幢四层楼洋房子让带葫芦眼的围墙圈起来，单单这围墙圈这么几十幢大洋房不晓得要花多少钱。门口有守卫的，问清楚他们来头，眼睛上下扫过。放了。

两个人按号码来回绕寻，哪里还顾得上欣赏一路好树好花。住在里头的人天天看惯了，好像天天看惯了美丽电影明星老婆一样，都会不当一回事的。序子走在前头发着奇思异想，眼看曾祺陪在后头很耐烦，好像有点对不起他。幸好上楼了。

这楼梯也了不起，漂亮精实的铁花栏杆，水磨石的台阶躺着滚下楼去也舒舒服服伤不了筋骨。

黄裳这家伙哪能弄那么多钱买这漂亮三层楼？光这一坎楼梯我也买不起！

（几十年来一个问题弄不清楚，记得黄裳兄原来是住在楼下的，在那里还拜识了老伯母和弟弟。后来住在楼上我也是清清楚楚。只记得住楼下时他跟朱光耀大嫂还没结婚。没有朱光耀住过楼下的印象。我现在写的却又是住三楼的最初印象。以后，光耀大嫂逝世，我到上海见黄裳兄时，有时在他那里作长夜谈，也是在三楼，最后这段时期一直到裳兄去世跟长大了的孩子交谈，也一直在三楼。或许是我自己年纪大了，根本就没有过黄裳住一楼的事实，是我自己脑中胡做的道场。）

按了电铃。

开门的是老伯母，说："他在！"

"曾祺，黄裳！"序子前后指了一指。

黄裳温和地说了声："来了呀！这边坐。"

"这边坐"就是书房坐。四把椅子高矮硬软不同，各摆各的地方，周围是书柜。黄裳在那头什么地方端出三玻璃杯放满茶叶的茶，自己坐下了。黄裳开言："我晓得你早就来了。听李健吾还是巴金谁说的。"

"是的，我早就来了。"曾祺说。

"你可以到处走走，你西南联大有不少同学在这里。"黄裳说。

"我上海不熟，致远中学的工作是健吾先生帮忙找的。张序子是个神人，他有本上海地图。我靠他。没有他我走不动。"

"你联大那些老人家们我都熟，抗战期间我在西南一带活动得多，唉！当时水深火热，现在回想起来还颇为甜美的。"黄裳说。

"那是。"曾祺说。

这三个人的根底真天晓得，各有各的来头和系统。没敢设想，一年多时间，居然在一起能混得很融洽、认真并具有历史感。

序子不太相信他两人都非常地熟悉彼此，也看不出有这个愿望；不像对待序子，一眼看穿。这似乎是在孵小鸡而非煮鸡蛋。

黄裳说："我想我们应该出去吃点什么。下午，下午我们可以街上逛逛，看看再邀邀有什么熟人没有，再去找个有意思的馆子会一会。吃完晚饭，还去什么地方，你们看？"

"人，我看就我们三个行了。讲话，三个人最好，四个插起嘴来就杂。"序子说。"人再多了又不同，比方十个二十个或者是五十个，那又完全是另一种不讨人厌的风景。"序子说。

"你这话新鲜！"黄裳说。

"不是我发明的，是我爷爷说的。我听他说过不止一次。"序子说。

"你爷爷以前做什么的？"黄裳问。

"帮熊希龄做了大半辈子。"序子答,"你问吃完晚饭去什么地方,可以去巴金先生家。曾祺还没去过咧!"

"那好!"曾祺说。

看曾祺样子讲话未必总是那么少。他耐烦听别人废话("别人"其实就是序子),又能挑时候准确答应问题。

三个人匆匆出门,在附近一家馆子二楼吃饭,说匆匆也未必,还叫了一斤绍酒、四小碟子菜。两个人仗着酒性,话多起来。说他们当年昆明的那些人、那些事。序子不像曾祺,人说正反话都听得进。两个人说完这个说那个,都是老头子,不怪说……

序子心里头的家乡老头子比他们的老头子怪多了。老头子跟老头子不好比,地域观念形成的怪脾气很吓人。大地方的老头子经不起苦,稍微碰到点抗战这类事情就觉得天崩地裂,那一脑子、一肚子学问跟着逃难很是委屈,以为连人带学问一起让日本飞机炸掉了,地球就会缺一大块。这跟司马昭杀嵇康,嵇康临刑前想的一样:"《广陵散》从此绝矣!"

《广陵散》从此绝不绝是一回事,人都不要了还在不在乎你《广陵散》是一回事;你《广陵散》到底有多少分量又是一回事。不过,一个人临刑前来个浩叹派头总比一声不响好。

序子不免想起朱雀城的胃先生和倪姑公,福建南安洪濑镇园内村的那位李卓吾册集的大藏家苏漾景先生。他们活着时候自我幽雅的处境……

序子看非洲动物纪录片电影,狮子追羚羊。羚羊搏命逃跑,狮子贴着影子追捕,闪电和闪电比赛,什么人间同情、祈祷、悲伤、心跳都没有用,眼看着狮子衔着羚羊朝镜头正面走过来,衔在嘴上是具体的肉。

序子原来的那点着急、心跳完全恢复正常。那片子很可能是部老东西，以后谁知道那只拍过电影的狮子又吃过多少羚羊？一番又一番地证实大兽和小兽的达尔文演绎的生存关系。

非洲的杀戮永不停止。非洲以外呢？活着的生命神圣意义，死后一堆肉。非常具体，非常单纯的肉，再也不黏附任何生命价值和情感了。古人说"灵魂出窍"，说得好！出了窍，你是你，它是它。能埋的埋，能烧的烧。我已经决定，死了以后亲属子弟一定要找火葬场认真恳谈一次，讲好价钱，请把烧下的所有骨灰绝对扔到纯粹的孤魂野鬼那一头去，当肥田佳粉，或是刮大风时远扬飞逝。不搞"江、河、湖、海"，不买敲人竹杠的假金丝楠木匣子所谓"骨灰盒"，那是全世界最让人讨厌而又不敢不尊敬的东西。我以前笑过鲁迅说的两句话："人不活在人的心上，那就真的死了。"（大意）笑他"那么有头脑的人还想活在人的心上"。现在看来，活在人的心上总比装在假金丝楠木骨灰盒里好。要我说，我就说："我死我的，和你们有什么相干！"

仔细一想却又不然。

世上所谓之肉虽嚷得热闹，实际上只分两种：人肉和其他动物之肉。

其他动物之肉意义虽少，却可炮制成各种美味食品，既能鲜吃，还能够熏、腌、风干成长期保存食品；科学发达制成罐头之后，飞机载着满地球转，再也没人感到惊讶了。

人肉没有用的（《水浒传》上写的人肉包子当不得真），人肉只有编成说唱还会有人喜欢听。

序子只顾自己遐想，把那两个酒人忘了。他们谈兴浓得水泼不进。序子不插嘴，只当作上课旁听，听来听去也都是些酒间的杂说混言。序子佩服他两个不谈《红楼梦》，也不知他们酒醒之后谈不谈。《红楼梦》让人弄拧巴了。

序子有时看书或和人说话，听到对方开口闭口就"非这样""非那样"而不说"——不可"，就觉得这书这人哪些地方少了点什么。有对非常重要的老朋友夫妇合译了一本重头外国书，某一页的某一段，其中也发现了"非这样"，一眼就清楚是嫂夫人的手笔。

他两个人正聊着张岱。序子喜欢他们聊张岱，张岱和曹雪芹都是有作为、有能耐、大家庭出身的同命运的飘零子弟。地球上有的是这类世家子弟，倒是找不着这样的质量。尤其是张岱，他写出的近二十部书名，不换口气你还真读不完。了不起的是他著作中浓储的故国之思，跟曹雪芹当然不一样。

黄裳结了账，还剩不少菜，酒喝干了。大凡酒人论终不终席，都是以酒完不完为标准的。序子自小就懂这类门道。今天这一回合，序子做了三件事：听他们讲话，夹菜吃饭，自己跟自己胡思乱想。

自己跟自己胡说，像蛟龙戏水，借着他两人搅起的水花引子，翻波腾浪，自我规模一番，当然，水花引子也看高低。

上朵云轩看画，墙上响亮醒目的是吴昌硕、虚谷、任伯年。曾祺说："任伯年，眼界宽，手笔玲珑，亭台楼阁，山水云烟，花鸟虫鱼，佳丽高士，善于多角度描写，俯览仰视，从无束手之困。不过，弄一张挂在书房的话，我愿意有一幅金冬心。"

黄裳掩口微笑说："等于没来！"三个人慢慢下楼在纸笔墨砚柜台那头买了两盒木版水印笺纸，上头有扬州八怪的简笔画。要送曾祺和序子，两人都说用不上，糟蹋可惜，黄裳只好自己送自己，放进提包里。

三个人进兰心看了场最新战争片《登陆马里亚纳岛》。广告还特别关照，这是部没有女人的电影。黄裳说："光是男人的电影还真少见！"

"战争纪录片，制片老板自己发现片子里没有女人，可能影响票房，故意倒过来说是特点，你就信了。你是在战场上混过的人！"序子说。

曾祺说："进去看完就明白了。"

黄裳对序子腹语："你给我一横炮啊！"

三个人进了电影院，对号入座。

不是电影戏，是真的仗火。

航空母舰、飞机、战舰围攻一座岛。万吨炮火自空而下，除了爆炸和烟尘，根本见不着真水真山，按部就班，就跟翻书一样，现在是登陆的第一页。扫清前沿。

第一阵仗让岛上日本鬼暂时哑巴下来，这才露出岛上原形。用钞票堆垛出来的，这他妈美国佬真舍得花钱。

岛岸原来直立对着天的东西都平躺于地，所有的完整物件都碎裂成粉末，椰子树、红树、槟榔、芭蕉、鸡蛋花……只剩下名目，一切的一切都尘归尘，土归土。

接着第二页，登陆艇出动，全面环岛进攻，实际上等于一次围猎。浮在地面上的死尸都是前页炮火下的疏漏。

完全出于进攻者的意外，躲在深洞壕里反抗的强大火力出现了。死亡的嗓子换了另一种调门，海上军舰的加农重炮改换成密集的六〇炮、重机枪、自动步枪合唱，死亡以更体贴的方式出现。火焰喷射器是种新玩意，一个人背只类乎氧气筒的东西，双手捏根喷水枪式的管子，手指头动了一下，一道强烈之极的火焰直往有日本兵躲藏的壕洞里灌进去。整个壕洞跟着就那么燃烧起来，逃跑都来不及。当然，谈不上还有逃跑机会的。

（你问我那是什么味道？我要是知道那是什么味道，你阁下今天还能见到我？我倒是有个小建议，你试着把你的打火机烧烧小手指头一分钟，再把你的难受以算术的方式乘立方试试。离那种味道可能不远。）

电影正演到一个程序：一、一个美国士兵手握火焰喷射器对着一个洞口。二、火焰喷射器点着了，正朝洞里喷射。三、洞里滚出一个火球。四、火球在地面打滚。五、一个烤焦的蜷曲的尸体停止在燃烧过的草地上。

然后是一排一排的人，三个两个人扫荡还活在地表和地洞里的人，死的不管，活的排成一个一个小队押到兵舰上去。没想会有这么多的兵舰，还有航空母舰，都鸣号表示胜利的欢欣。留在岛上的人都往山顶上爬，上百人爬到山顶，竖起国旗，齐齐朝天开枪。

然后是地图，太平洋，一个岛连着一个岛，远远的那头是日本。这叫作隔岛战略，省了好多力气。完了。

序子认为最引人注意的是火焰喷射器烧人那部分。这比序子小时候在赤塘坪看绑在高柱子上烧土匪头的那回清楚很多。

这部片子大家看了出门都松一口大气，不少人脸孔都绿了。序子特别佩服那群没露脸的摄影师，沉着镇定，炮弹子弹在面前来回，真不开玩笑！

黄裳说："这种打法我没有经验过，规模太大。"

序子说："我不是怕，只是枪炮太响了一点。"

曾祺说："我觉得你表叔的感觉很可能跟你相同，只是体质不一样，趣味会打折扣。"

黄裳说："太真了。我连想都不会再想。"

序子说："哪里找这么好看的片子？"

曾祺说："看一看无妨。"

黄裳问："晚饭怎么吃？"

曾祺说："将就点吧，我中午这顿还没有下去。"

序子说："黄裳你说怎么样都行。"

"到 D.D.S. 吃点心喝咖啡，再上巴金那里，晚上回家你们自己再街上补点面怎么样？"黄裳问。

"可以，好！"序子答应。

到了 D.D.S.，三个人找了个位子坐下，boy 认得黄裳。黄裳举了三个指头，伙计懂了。端来三杯咖啡外加三碟点心名叫"气凡客"。好吃之极。

曾祺对序子说："我喜欢这地方。"

序子告诉曾祺："文化人来得多。东西也好，不过贵！"

"我喜欢这个咖啡馆，却又怕来，难得找到合适的朋友。常碰到不着边际的熟人，打个哈哈就坐了过来，一谈就黏上了，甚至顺手拉来几个生人，问东问西，居心不坏，也不忍扫兴，回家大半天不舒服。"

"我理解！"序子说。

"茶馆跟茶馆不一样，半生半熟的人插身进来在昆明就家常得很。一壶茶喝到后来自己变作客人了，那时候喝茶就怕冷落。学校人多，面生人坐下来才介绍自己是谁，哪一系的。混茶算不上'迹'，更称不上'楦'。有人为了看书，有人为了做功课。甚至仅仅为了孤寂，借着点茶馆温情进来挨着人靠靠。"曾祺说。

"国民党会不会派特务盯你们？"

"一座昆明城多少茶馆，特务都派到这里来成天陪我们喝茶，他们怎么混出功劳？做特务也都要有点专业常识和本领，找我们干吗？时间都白费了。"曾祺说。

"一个人做了特务，那神气是很容易认出来的。"序子说。

"你电影话剧里的特务看多了，现在当特务都让你张序子认出来了。"曾祺说。

"抗战八年期间，我记得国民党稍微大点的军队里头都有'特务连''特务营'，是对付日本人的，现在的是对付老百姓。"序子说。

"所谓'特务'，是特种任务的简称，现在国民党部队里仍然还有，打仗时候做些侦察、斥候的任务，和社会上活动的特务不一样，老板也不同，论起来，本事大多了。李公朴、闻一多两位先生就死在他们手下。

"我在美军当过翻译，清楚他们也有特务情报机构，规模还真不小。你们美术界不少头面人物叶浅予、丁聪、廖冰兄……都在他们的'心理作战部'工作过，画抗日漫画，搭陈纳德的'十三航空队'飞机投到沦陷区去。当时文化界朋友好多人羡慕他们拿美金的薪水。"黄裳说。

"你呢？"序子问。

"我什么？"黄裳问。

"拿美金还是法币？"序子问。

"当然美金。开始可能跟他们差不多（比叶浅予少，他是少将衔），后来比他们多了。"黄裳说。

"出什么事了？"序子问。

"原先我当普通翻译，后来当坦克上校教官翻译。上校教官调走了，新教官位置空在那里，坦克驾驶、机能、零件，我熟得倒背如流，不单给新学员上课，还参加过一次中美坦克联合检阅。"黄裳说。

"那么，开汽车没问题咯？"序子说。

"哈，坦克检修是家常便饭，你说呢？"黄裳说。

"飞机呢？"序子再问。

黄裳指着曾祺："他会，你问他。"曾祺笑着怔了一下。

"世界上，怕是曾祺和我第一次听到你窝藏的这一手从不公开的解数咯！你一身水火不相容的本事究竟是怎么混出来的？（"有人把我当作了有学问的人。"一九八三年黄裳《珠还集》二三五页《后记》第七行。这可是你自己写的。）我估计，拳术搏击方面你大概没摸过吧？"序子问。

曾祺指着序子对黄裳说："他的意思是想和你来一盘。"

序子对曾祺说："这你就不懂了。钳工、舵手、卡车司机手劲都大，开坦克的我更惹不起。我只是问他搞不搞那些套路讲究。"

黄裳说："手劲和套路我都不行。我翻车受过伤。多年过去了，我清楚。我没在这方面动过脑子。美国军队里他们搞拳击，我从来不看。"

话说到这里，黄裳忽然慌张地招呼 boy 过来算账，动作未了，那头已经过来个长衫瘦子跟黄裳热情招呼，他匆忙地应付几句，三个人起身夺门上街。

"谁呀？谁呀？"序子问。

"梅先生家的食客。我怕的就是这号人。"黄裳还真的掏出手绢擦汗，"幸好得两位保驾，要不然又是半天。"自己也笑了。

上巴先生家。进门上楼，巴师母陈蕴珍欢呼："哈哈！三剑客光临，欢迎欢迎！"对曾祺说："早听说你到上海了。坐，坐。"又忙着张罗泡茶。

曾祺向巴先生浅浅地鞠了个躬。

巴先生告诉他其实大家都早已清楚的事："你致远中学工作都安顿好了！"

曾祺说："好了！"

"那好！"巴先生说。这时一个三四岁的小女孩凑近来。巴师母取出个小药瓶，倒出粒白药片让她乖乖地喝水吞了。

（人总是把不少认为重要的第一次印象深深存在脑子里。巴先生家小女孩几十年前经常吃药便是一例。其实那算个什么狗屁大的事？巴金的女儿非同凡响，身体娇弱，时时刻刻吃补药。听李小林长大之后说："没这回事，身体不坏，没什么病，不大吃药。"一个偶然现象让我这个好事之徒撞上了。

解放后，几位重要作家拜访巴金先生，其中有写《红日》的作家吴强。众客坐定之后，小林忽然发现吴强是个大麻子，非常惊讶，便指着吴强对大家说："伊拉是个烂麻皮！伊拉是个烂麻皮！"

看起来吴强这人缺乏一点幽默感，不懂在人情场合上转点弯，板起一副严肃面孔，主客空气弄得尴尬。幸好巴夫人带走了不懂事的小林。

　　小林说："这是弟弟小棠干的事，不是我！"她已经长大懂事了。）

　　巴先生问曾祺："茂林最近怎么样？来信都短，什么心事耽误他啊？身体到底怎么样？"

　　"前些时候昆明复员回来心情安定不下来，光是衣柜、床铺、书架摆哪里都很费精神。几个好心学生乱出主意，一下子挪这里，一下子挪那里，弄得自己没有主意。然后是书，新书、旧书，放这里还是放那里？云南带回来好多东西，不停地取出来给人欣赏，自己反复赞美……

　　"振声先生常来，交谈学校人事消息，光潜先生一起在云南的时候就受过他搜罗小文物的影响，两个人有空就上琉璃厂。

　　"和人用文学角度交谈时事，写些调皮文章。有时得罪人，他不清楚。三姐总是担心。

　　"论身体，看不出有大问题。有时候像往常一样流些鼻血，也无大碍……"

　　"我总是劝他，用毛笔写东西动静太大，那么小的字，太费神。"巴先生说。

　　"他也用钢笔的。顺手的事他都用钢笔。不过有时候在中国普通纸上用钢笔效果太意外，自己好笑。也不知哪儿弄来的那支蹩脚钢笔？人劝他买支好钢笔，他就自我解嘲地说：'是的，是的，派克，派克！'"

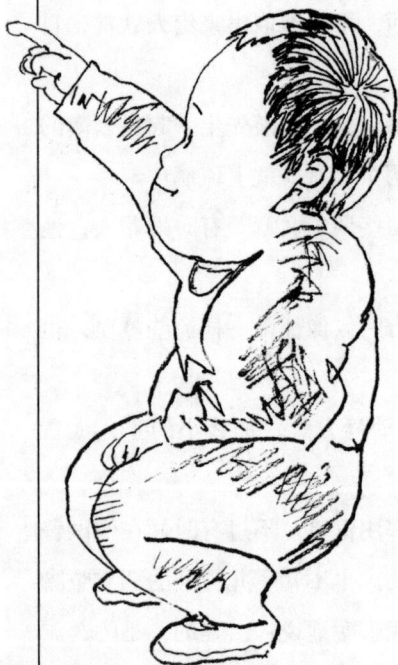

小林说：『这是弟弟小棠干的事，不是我！』

她已经长大懂事了。

伊拉克个烂麻皮

巴太太讲："你还别说，这些好人做的怪事，讲的怪话，都那么纯净。"

"古风！"黄裳说。

"温婉的古风！"巴太太说。

"不见得温婉！"曾祺说，"有时拒绝一件不当的事，态度像革命烈士一样。"

巴太太问序子："你呢？你怎么看你的表叔？"

"我不清楚，我八九岁见过他一面……"序子说。

巴先生问序子："序子呀，你最近做什么？"

序子回答："朋友介绍在闵行的闵行中学教美术课，同时给人刻一点木刻插图。我已经搬到闵行中学住去了。课少，有很多时间进城，有时候参加木刻协会的会议，有时候找朋友。不回闵行就在李桦先生住处搭地铺，有时在曾祺房间里借宿，有时在青年会借陆志庠的房里住一晚。"

巴先生问："陆志庠是做什么的？"

大家也都想知道陆志庠是谁。

"陆志庠是个三十年代重要的老漫画家，又聋又哑，四十年代初在江西赣州我就认得他。有很高的艺术修养。在生活上自己做不得主，好多漫画界前辈轮流照顾他，叶浅予、张乐平、丁聪这些人。他常常上当，抗战胜利初期被人骗到东北画画，最近才回来。有办法的朋友介绍他住在青年会。他喜欢喝酒，永远单身一个人。"序子讲。

"你那个家乡被你表叔形容得那么好，我都忍不住想几时跟你表叔到那儿去住住。"巴先生说。

"我也去！"巴太太说。

"眼前没什么意思了。八年抗战，仅剩的那一点颜色也褪了。说不定哪儿冒出点想不到的危险。这道理我一下讲不清楚。抗战，湘西，光朱雀城的精英子弟在保卫嘉善一役就牺牲了百分之九十多，剩下一个空城连哭声都没有。讲不完的凄凉景致。……两位这时候去，意思不大的。以后吧！那时候可能会很好，那时候朱雀城听说巴先生和夫人驾临，会高兴成什么样子！"序子说。

"张序子呀，张序子！你看你把我们哄得多好！"巴太太说。

黄裳说："不是哄，是檄文！"

序子睁大眼睛盯住黄裳。

晚上到狄思威路东洋街九〇四弄打地铺，一进门，老所对序子吼：

"啊呀！啊呀！你到哪里去了？等！等！等！你天天来，要紧时候你偏偏不来！信你收到了吗？"

"什么信？"序子问。

"啊呀！啊呀！我和李桦要走了，要把房子交给你，急死人，你上哪里去了？电话打到你那个学校，你那个学校说你这几天没有课，人在上海，你看，你看！"

序子等于挨了个轰天雷："怎么那么紧急？"

"我买票星期六搭轮船去香港了，徐悲鸿聘请李桦去北平美术学院当教授。你看你那个天下太平样子！"

"那我怎么办？我在教书，我怎么管这房子？我哪里有钱交这房租？"序子说。

"这个月房租我们已经交了，明天我们把你和房主和我们三方面的关系当面交接清楚，说我们有事离开上海，托你代管房子，等我们回来。"李桦说。

序子满身大汗："那我怎么办？我刚刚上课没好久就走，太对不起人了，也难为和辜负介绍我这个工作的朋友好意，又还要麻烦这个朋友帮我去解这个结。"

"喂，喂，张序子！我话俾你听，你话上天跌落一间屋俾你，你话系祸系福？俚度系上海唔系你哋乡下，你发梦都发唔到系上海有间屋！（老所一急就讲回广东话。）你知唔知我和李桦几辛苦搵到俚间天堂？唔俾人哋俾你？丢！你重哇哇声？丢！"

（喂！张序子我说给你听，你说天上丢下来一间房给你，你说是祸还是福？上海是上海，不是你乡下，你做梦也梦不到在上海会有间屋。你晓不晓得我和李桦多辛苦才弄到这间天堂？不给人给你？你还哇哇叫？你几时才醒？操！）

看他那对鼓起来的眼睛、竖起的头发，想起绀弩老人写他的那篇《演德充符义赠所亚》赞美的文章，看他仍然是好意送人东西而遭抵抗的意外情绪，真是深深地体会到"固有不言之教，无形而心成者邪"的意思。面对这位有漂亮担当的今天德充符的兀者，序子小胸脯中还能作什么吞吐呢？

这两个人就要走了。李桦的电车票，老所的这番演讲，真够张序子一生咀嚼。这境界穷序子一生跋涉也未必能够到达。（唉，九十五了，"恐鹈之先鸣"啊！）

这一晚的觉，睡得非常不具体。没有睡，没有梦，更一点也不像醒。

天亮了，起来，收拾卧具，刷牙漱口，上公共厕所大小便，买回了豆浆和粢饭团（谢谢老编告诉我这叫粢饭团），他两位算是有福气让我张序子请客的唯一一次告别早餐。

李桦边吃边说："你写信给嘉禾先生的时候，顺便告诉他我上北平的消息，讲长讲短都行。我刚到北平，开初会很忙，不可能给他写长信。我和他不是写短信的关系，他清楚。"

序子说："我听明白了，放心。"

老所说："我怎么觉得跟你没产生离别情绪？我告诉你，预感是个很严肃的东西，绝不可以轻视！"

李桦拂一下手说："中国就这么大，交通越来越方便，政治变化那么快，你那个预感论点很脆弱。"

"喔？李桦，你来个坚强的预感我听听！"老所叫。

"国民党很快垮台！"李桦铿锵说完这一句，两眼盯住老所，"怎么样？"

余所亚双腿虽然失灵，却几乎差点蹦起来："我说李桦，你这个预见实在是不单深刻而且伟大，这么重的国家机密让你一个人发现了？怪不得徐悲鸿不请我而请你上北平。你到北平顺便帮我问一声傅作义他几时投降，写封信告诉我。"

"你有点不正经！"李桦笑着说。

"弩而家先知道我唔严肃正经？"[1]老所说。

房东太太带着个小男孩进门了。

李桦、老所介绍序子跟她见面，讲清楚了相关事情。房东太太

1 你现在才知道我不严肃正经？

也很随和地对序子说："到月初你把房租交我就行。"讲完带孩子上楼去取东西。序子听到她开门关门。那楼上没人住，只堆放一些家用杂物。房东太太夹着一大包东西下楼，跟大家打完招呼就开门带孩子走了。

"李桦！我咃算是同住了快一年的人，开玩笑过分的地方要请你包涵。"

李桦说："我自己晓得为人古板，不太有趣，要是新波在上海跟你住在一起那就合适了。"

老所连忙摇手说："不行，不行。这你就不懂了，我就喜欢和你住一起，你安静沉着，包含性大，能容得下我，一冷一热，阴阳调和，正好配对。波仔可以一起热闹，绝不能住一屋共同生活。他朋友太多，嗓门大，笑起来声震屋瓦。我行动不便，躲不远。我受得了热，经不住闹，他行，他可爱之处正在这里。

"所以文化界有个铁打经验，不管你趣味多么相投，友谊多么深厚，太贴近了，非成仇人不可。好朋友绝不可住在一起。要有一点'隔'的条件和距离。序子，你说我讲得对不对？"

"你讲的话我只懂得一部分，我以后会懂得全部。不过我会永远相信它。"序子说。

"我也欣赏你说的那些话，一般地说我没有你那么多的人生经历和思考。我还真多谢你谅解我们共同生活一年多的我的单调……"李桦说。

"不，不，我有幸欣赏你对人对事的真诚，神圣的清苦。你的风格挽救我不少对世界的失望。李桦！要相信我说的都是真话。"

你看！市井似的玩笑演变成教堂式的圣谕交流。

"序子！下午木协好多人要来，重要的房子问题已经办妥，学校辞职的事你明天再办吧！"

序子说完"好"，提着食盒和提篮去买中饭。两个大人有异议，序子说："这点客我还请得起。"

序子买回来青椒炒牛肉丝、韭菜炒鸡蛋和三鲜汤、三块葱油饼、六个馒头。三个人吃了。

序子问："你们怎么走法？"

老所亚坐轮船，李桦坐火车。老所由朱金楼送，李桦由徐甫堡送，都讲好了，各人走各人的，都是三天。香港那头新波接，北平那头已经打电报通知，学院派人到火车站接。

来人了。

赵延年、刃锋、麦杆到，一会可阳、诃田到，野夫到，烟桥有事来不了，没想到楼适夷也来了，朱金楼和西厓、徐甫堡也来了，最后来了余白墅、丁正献、邵克萍和李寸松。

序子忙着烧水泡茶，日本茶壶算是够大，缺的是茶杯。大大小小连漱口缸子找了六个，懂事的说："你们喝，你们喝，我口不干。"有的人喝了说茶好，跟着大家又混着喝起来。老所亚忙着和这个、那个讲话，关照床不要坐中间，两头可以。李桦这把椅子让楼适夷坐了，另外一些小板凳谁坐都不知道了，反正站的人多。

野夫说话，宣布晚上在翠松阁送行。除李桦、余所亚外，大家 AA 制，啊啊！楼适夷先生免费。楼适夷听了要挣扎，众望所归，后来不响了。大家继续闲谈。

序子站在老所亚这头热闹，跟西厓说李桦、老所这房子和闵行中学的问题。西厓说明天一起到百合旅社找娘娘先谈一谈，请她帮忙，问题不会太大。

麦杆正在说徐悲鸿有眼光、有胆略，先把漫画木刻界两个头头弄进学院光耀门楣，真不简单。大家说是。

"发端在重庆的延安木刻展览，徐悲鸿就写了介绍文章，称《吾友古元》了，给重庆艺术界一声响雷。"丁正献说。

"我们上海就不晓事，明明不少学院出去的，就不懂拉几位漫画木刻家回来撑门面。"麦杆说。

"哎！也不一定说一声拉就拉得回去。你拉小丁回爷叔那儿试试，你看他去不去？你问麦杆，他去不去？"

序子兴致来了，对李桦说："你去北平正好帮我在美术学院进一下学行不行？"

李桦说："你初中都没有毕业，怎么进大学？"

这一顺口撺槌砸下来，序子差点站不住脚，转过身来对李桦说："五年之后，我踩进你们美术学院去。"

老所在后面叫好，"对！踩！往里踩，五年踩进美院我等着，看你热闹。"

序子后来一想："我怎么有这样的勇气？我见鬼了，他又不是美术学院来招生的，跟这位老实人使性子实在不应该。他讲的是真实状况，我初中念了三年，留了五次级，只念到二年级。

"初中故事，是我前些日子自己讲给李桦听的。提出不近情理要求，李桦是老实人，按实际回答。不细想一下，反而使性子对他说出那些狂妄话，唉！真不好意思！幸好人多，很快就引到别的话上去了。"

徐甫堡的木刻序子在江西《前线日报》上就见过。原来他全副整齐军装是个国民党上校，在朋友面前毫不忌讳，又公然是个木刻协会会员，而且是个温和文人，大家明不明白他的来头？他运用上校这个身份帮朋友忙也不见人拒绝，跟大家没有鸿沟地来往（解放后几十年来没想到他，写到这次聚会非他出现不可时才想到了。这几十年他怎么样了？查中华全国美术协会的名单也不见他的名字。解放后，过这个国民党上校衔头的关是很艰难的）。

说到时事，说到上海新闻，说到苏联版画，说到麦妥莱勒和珂勒惠支，说到作家萧乾准备出一本英国版画集，说到进步报纸被查封得差不多了，只剩个《时代日报》，投稿谋生处境很是困难。

（那时代人也很特别，来的客人大小便照例都去街上公共厕所，熙熙攘攘，出出进进，从容自然，没有一点不满意的地方。）

眼看时间也差不多了，便一齐出门往翠松阁那方向去。那老板跟诃田也熟，早就准备好一张十五六个座席的大圆桌。先请各位在周围茶座上喝茶。

序子心里尽想起不吉利的事情：这么多讲究的设备，万一倒店了，不晓得往哪里放。

送上来花生、松子、葵花子、南瓜子，让客人消磨时间是合适的。有些主人存心不良，先端来些饱肚子的小包子、小饼、小馒头之类点心，让不懂事的客人一味之往下吃，到正式酒席上来，省下许多珍贵菜肴。

当然，若是碰上权威狠辣老脸皮的客人说声"慢点，请借个提篮，让我把这钵子鱼翅黄焖鸡带回去孝敬家母，她老人家好久没碰过这味东西了"，主人也只好干瞪眼。

这顿送别餐吃得实实在在，没夹虚晃的东西。

原来他全副整齐军装是个国民党上校，在朋友面前毫不忌讳，又公然是个木刻协会会员，而且是个温和文人，大家明不明白他的来头？

025

敬酒敬茶的时候都说出真诚惜别的话，也都争着说一定要把秋季展览办得更好！

吃完席，各人都把自己该出的份子交给诃田。

跟李桦、余所亚依依惜别。

序子跟余所亚回狄思威路，与西厓约好在百合饭店见面。李桦一个人步行回家，序子陪老所坐双人三轮车。两张小板凳放在老所脚前。想起这两张小板凳，重庆、昆明、北平、香港、上海，不知迷倒多少辈孩子。老所和小板凳和孩子，留给这世界多少说不完的甜蜜故事。玩过这小凳子的几代儿童，最小的也该七八十了吧？比如黄源的儿子、新波的女儿、王琦的儿女、郭沫若的儿女、马思聪的儿女，包括序子的儿女……

回到房里，李桦对序子说："从今晚直到我们走，这开门的钥匙就交给你了。你要妥妥当当放在身边。我们负责锁最后一次门。"

序子点头，郑重接过钥匙，链子妥妥当当扣在皮腰带上，心怦怦跳。

序子打好地铺，睡进被窝，三个人都睡不着，便讲起话来。老所问：

"序子，你年纪这么小，怎么经历这么多苦？"

"命！"序子说。

"大家都对你好感。"李桦说。

"那是大家好！"序子说。

"嗳，嗳！这么谈没意思。你这辈子有过什么怪想法？"老所问。

"唔，不太容易想得起来——念小学时候，同学钟时进他爹害

两张小板凳放在老所脚前。想起这两张小板凳，重庆、昆明、北平、香港、上海，不知迷倒多少辈孩子。

图 我和李样而走了。

几辈孩子都长大了，几辈孩子都玩过你的凳子，嘿！也可能有的孩子不在人世了。

三十年代四十年代，五十年代，六十年代，七十年代，八十年代，九十年代。有的孩子喜欢你的凳子比你的孩子要喜欢，有的孩子比你的凳子更利害。

糖尿病，引起我对他的羡慕和尊敬，要他偷一点出来让我尝尝，看看甜到什么程度。"序子说。

李桦问："尝了没有？"

序子说："他胆子小，怕他爹，不敢偷。"

"其实我也不清楚，糖尿病人的尿是不是真甜。"李桦说。

"李桦！现在方便，你有兴趣到医院弄点来试试。"老所说。

"序子，你说说，你还吃过什么怪东西？"老所问。

序子认真想了一想，说："你不说，我没有想过，这一想还真有点特别东西好讲。念小学校的大门巷子口有一个专卖炖肉的担子，牛肉、羊肉、猪肉都卖。刀法讲究，块块切得大小分毫不差，一文铜板或两文铜板一块，香喷喷热腾腾冒气的汤引人流口水，其间或碰到一种似肉非肉的、叫作'羊子'的球状东西，大有鸭蛋大，小有鸡蛋大，切开来有不同颜色厚薄的层次，还有个类乎蛋黄的核心，吃进口里咀嚼感觉变化十分舒服。卖肉担子老板偏心专门留给他喜欢的小学生。长大之后明白都是猪和牛羊生的瘤和癌。"

老所躲在被窝里蒙着头问："……你吃过多少？"

"只要口袋有钱就吃，不过这东西运气不好还轮不到！"序子说。

"唉，唉，好，好，序子，不说了，睡觉吧！"老所说。

到百合饭店八楼，见西厓早在三号房厅喝茶，序子来到，打个指头问讯，西厓说："通宵麻将，大概刚起来。"

"啥人在外头讲话？"里头人耳朵灵，说话了。

"我，西厓和张序子。"

"哎呀，你们啦！好久弗见了，我交关忙，连想都没辰光想你们，你们不要走，等我化好妆一道吃早饭。"

"方赓不在呀？"

"他回老屋，尽有事忙。"

出来了，仍然是仪态万方。

"你看你还是那么精神！"西厓说。

一股配方复杂的暖流随她身后蜂拥而出，直冲序子。

"序子，你还是那么小。两位等等，叫早餐，阿拉三个人一道吃。"

来了鸡蛋、牛奶、烤面包、黄油、果酱、鹅肝酱、咖啡、红茶、白糖粒、红糖粒、胡椒、盐。红茶、咖啡分两个杯子放，都有好看的盘子托着，喜欢什么喝什么，两样都喝也随意。

序子想，一生就那么过日子，还能做事吗？还能活吗？能认得这世界吗？有一点爱莫能助地想帮助帮助这种人。实际上今天早晨上这儿来是请她帮忙的。看见她又什么都不懂，单纯，也是一味之把世界看好的人。

"序子，侬弗要客气，吃！欢喜啥么子吃啥么子。"她开始抽今天的第一支香烟了。她是大方潇洒的，用最俗气的"美丽"两个字称赞她也不过分。不过序子不希望"娘娘"靠这浅薄的两个字度过珍贵的一生。她应该更有作为。女人的质量和男人一样高，有可能更高。人不应自我泯灭。唉！唉！唉！怎么说呢？

"我有时半夜也想，邪气长辰光弗见到哉，天涯海角弗晓得哪浪去了！"娘娘说。

西厓说："今朝寻侬一桩事体，"手指序子，"伊拉有两个老前辈同住在虹口，有个花园小房间，一个要去香港，一个要去北平，要把格个房间交伊保管，在上海滩来讲是天朗厢落下来的运气，侬好心好意帮伊介绍的闵行中学美术教员职位要辞退了。"

娘娘说："对额！当然辞掉！"

"对不起闵行中学，也对不起你的好意！"西厢说。

"凡事总要分轻重大小，就这么定了，吾打电话把伊拉！"娘娘说。

"不晓得怎么多谢你！"序子说。

"常来百合走走！"娘娘说，"今朝留这里白相好了，嗳！侬啥都不会，连香烟、喝酒、纸牌、麻将、下棋都不会，侬到底会啥么子呢？"

西厢说："哪能呢？他会的玩意可多了，是另外一个世界的物事。打猎、养狗、爬山、开枪、打架、刀枪，啊嗬嗬对了，还会讲笑话，满肚子笑话，三天三夜也讲不完。"

"那今朝就听俫讲笑话好嘞！"娘娘说。"阿拉还要招几个听得懂国语的朋友来听。"娘娘说。"俫两位今朝就在格搭吃子两餐，晚朗厢再转去好？"娘娘说。

"格么耽误侬额牌局来赫！"西厢说。

"瞎三话四！侬以为阿拉吃牌长大的？呵呵！张序子我问俫，俫有么有寻过相好？"

"什么？"序子问。

"阿拉甲当朋友里厢有木老老小囡，生得都好模样，俫相中啥人，讲一声，阿拉一句闲话，帮忙到底！"

西厢对序子说："她要给你介绍女朋友了，我摊开了好不好？"

「凡事总要分轻重大小，就这么定了，吾打电话把伊拉！」娘娘说。

我打电话把伊拉

序子点头。

西厓对娘娘说："讲把偌听，勿要吓一跳，谢谢偌额操心，张序子有了太太了。"

娘娘真是吓得站起来："真，真额？伊拉现在哪浪？"

"在广州，在序子丈人屋里厢。"西厓开玩笑逼着序子把皮夹子里的照片拿出来给娘娘看。娘娘接过照片："哎呀！勿简单嘛！真正大眼睛额广东小囡嚷！简直像个电影明星嚷！啥事体不跟侬来上海？"娘娘把照片捏住手里不放。

"我自己都养不活，没胆子带她来。"序子说。

"唉！偌让伊拉辛苦了！"娘娘说。

"不苦！她做她的事。"序子说。

"不养伊，偌做啥结婚？"娘娘指着照片说，"偌看偌交关硬额心肠！呷好额小囡！"故意咬牙给序子看，"——不想把照片还把偌！"说完还是把照片交给序子。

"偌要伊送张照片把吾！好？"

序子点头。

客人来到，娘娘向序子借了四次照片，又和客人交头接耳研究序子。序子为了解困，给每位客人剪起影来。签名，写下年、月、日。

剪影之前，先做了详细观察，看看太太群里有没有龅牙的，没有，便放心地一边剪影，一边讲当年在赣州为了搭便车去广州、讨好汽车兵团团长太太、为她剪影的故事，把大家笑得要死。

又把这次剪影之前先确定这群太太中没有龅牙才敢讲那团长太太故事的心情公开出来，大家又笑了一场。

那几位"龙华乐苑"老朋友也过来凑热闹，没想到序子会这一手，也都得了一张做纪念。

人和人其实就是这样，平等和体谅，哪里都找得到快乐和开心。

吃了丰盛的午饭和晚饭，跟娘娘和大家告辞，娘娘说："格事体毋啥啥，放心。"

下楼时候西厓问序子："几时学的剪影这手本事？我怎么一点不知道？"

"唉唉！跟我们集美吴廷标先生学的，离开学校就是靠这副手艺没饿饭，结识好多朋友。当年上海的万籁鸣先生就是个中班头。我还没拜见过万先生哩！"

西厓说："娘娘那方面都讲妥，大局定了，学校的事，你把李桦、所亚那边安顿好了安心去办。美术不像国文、算术课那么要紧，彼此可以想得通的。我杭州妈妈和妹妹那边有点事，要去一段时间，到时候再说，你好好过日子。"

序子一个人搭车回到虹口九〇四弄。

朱金楼已经把老所接到外滩码头一家小旅舍住下，方便他明天一大清早上船，没机会和他说再见了。剩下李桦一个人，甫堡明天九点来，序子跟他明天十一点一起送李桦上火车。

见到李桦谈了些今天办事的好笑事，李桦说："你真会创造笑话环境！"

"创造笑话环境"这话以前没听说过，好新鲜。问李桦吃饭了没有，他说外面吃了包子，还多买了些留到明天吃。

"你忘记我还会来。"序子说。

李桦说："连你的也买了。"

你看这个人。

李桦关照序子："不要担心，有要紧事要帮忙可找野夫、可阳。那个青年木刻家李寸松也是好义的人，他要我转告你，有事可以找他。他说他自己也要找你。你有空要写信给我，也要写信给蔡嘉禾先生。他老了，很想看熟朋友来信。给我信要多提他的近况，我很挂念他。"

一宿说了许多话。

第二天一大早徐甫堡来了，请了两辆双人三轮车。序子管行李坐一部车；甫堡跟李桦坐一部车。他们讲什么序子不知道。

甫堡对上火车熟，顺口叫来"红帽子"搬行李，序子跟李桦握手再见。序子想哭，人多忍住了。甫堡跟李桦上车，说这说那，铃声一响，懂得马上跳下来，真神，不愧是上校。

火车开了，跟火车里的李桦招手再见。

两个火车站剩下的人乘双人三轮回狄思威路，序子抢着付了钱。甫堡告诉序子他住在江湾，远得很，他会时常来的。最后剩下序子一个人了。坐这张床一下，坐那张床一下，坐李桦刻木刻的桌边椅子一下，坐门口晒太阳的木椅子一下，表示这一切东西以后都归他管了。

信还不想写。这日子还算不得可以讲放胸亮肚的肯定话，眼前还要管紧荷包。信纸、信封和邮票钱都不便宜，要沉着应付，分远近亲疏轻重，分大事小事。写信是费钱的事业，等信的人不用花钱。谈事在先言情放后。我们中国邮局最是了不得，炮火连天一停，老百姓的家庭，火线上淌血的子弟信跟着就到。全国老百姓的脉搏从来没有停止过，感情没被切断过。

回闵行去收拾行李，要跟温校长这位诚恳老实人好好说对不起。

先找温校长，今天星期天，他在家洗衣服。没听错，校工老梁亲自说的。

"校长家住哪里？"序子问。

"哪，往大门出去直走，见街也直走，没路走的时候右拐弯，仍然顺小街直走，上小桥，下小桥，右手街店铺一、二、三、四、五、六，进小弄堂，还是右首，第三家你说找姓温的，人不多，小院子不大，他就会出来。"多谢老梁讲这段长话。

一走就走到了。温校长住两间屋，一厅一睡房。厅大约五米见方，当中摆了张方桌，靠墙四张老木凳。一个六七岁大的、序子在学校见过的女孩子正捧着只大碗吃粥。温校长真就坐在门口大红木盆边洗衣。

没想到序子来，站起来双手掸水忙着请序子坐，根本没想过泡茶请客，只重复地说同一句话："对不住，对不住，你难得到这里来，你难得到这里来。"

序子说："是我对不住你校长，我两个朋友离开上海，留下房子要我照管，耽误了同学的功课。"

"教育局来了人，我听清楚了。不碍事的。吓！麻烦你走这么远路找我。我内人害了点病，我近年比以前稍微忙了点，你看，你难得来。学生会舍不得你的。我也佩服你的美术思想。学校小，留不住你啊张先生。你回上海之后，望你有空来闵行走走，看看我们……"温校长说。

"那你忙吧！我转学校收拾行李了，告辞了！"序子还向小女孩招手。

温校长硬要送序子到弄堂口，小女孩隔几步跟着。

序子在闵行中学这段时间中，有件大事忘了说。

序子有次进城，到《文汇报》拿了稿费以后，心中小有得意，准备去虹口看看老所和李桦。一路过四川路大桥，看见一家辉煌的钢笔店，两边玻璃橱窗中陈列的尽是让人心跳眼热的名牌钢笔。派克、犀飞利、康克玲、培利肯……

这是序子向往多少年的宝贝。在福州时就见过耳氏用的两头梭子形的犀飞利自来水钢笔，旋开盖子，那厚实的用过多年已被磨秃了的白金笔尖，仍然高贵得被耳氏在稿子上驰骋自如。更神奇的是，你只要轻轻旋转一下笔尾端，马上能吸满够你书写一礼拜的墨水，不用费橡皮管子的力气了。

（一九四五年抗战胜利不久，我在江西赣州就听说一个世界大新闻，一个名叫雷诺的美国人发明一种永远不用灌墨水的"原子笔"，它的出现，可能会动摇自来水钢笔的根基和命运。又发表另一个大新闻，这位雷诺先生为了宣传"原子笔"，要专机去中国的麦积山探险。

刚刚在日本爆炸两粒"原子弹"，人们都因而欢欣地接受了"原子笔""原子透明裤带""原子女用手提包""原子丝袜"……以为这些东西和丢在日本的那两粒"原子弹"的材料性质是一个路数的。

我和朋友一起到街上高级店铺请求老板让我们开开眼界，摸一摸那支珍贵非凡的"原子笔"，老板开敞了大方的胸怀，一支白金色外观与钢笔相同的东西出现眼前，旋开盖子，不见笔尖。老板让序子在纸上写字，尖尖上居然流出细细的蓝色笔迹。仔细端详，原来该安笔尖的地方换成一粒比芝麻还小的钢珠。特别之处是钢珠只在有限的地方自我滚动而不外滚，跟车子里的钢珠轴承原理相同。学问就在这里。至于永远不用灌墨水的牛皮，序子就不太相信。总而言之，"原子笔"和钢笔的不同之处实际上就只是在灌不灌墨水问题上头，论书写，当然是钢笔舒服流畅得多。

让时人惊讶的科学发明几十年后产生意想不到的后果。

柔软透明如玻璃的原子皮带、原子皮包像恐龙一样消失于地球，而塑料制品却蔓延于全地球甚至成为祸害，排解不开。

鼎鼎大名的"雷诺先生"没有了，珍贵得像钻石戒指的雷诺"原子笔"也没有了，而世界正无处不流动着"雷诺"的灵魂细胞"圆珠笔"。它的普遍程度达到使用完了，比弃如敝屣的那个敝屣还轻松抛弃，谁知道当年它的老祖宗"原子笔"有过的辉煌？

我不免想到今天世界还剩下几个像我一样的老头子还在喜欢用自来水钢笔写字就要笑，就有点觉得这老习惯像辜鸿铭先生脑壳后头留下那根小细辫子的做派一样。其实这文明差距时间并不算长，这就是我愿意继续把这个钢笔故事往下讲的理由。）

序子昂然地走进笔店，看准那支带螺纹的赭金色派克笔："它！"

店员慎重取出让序子检视欣赏，点头，付款。店员放钢笔入盒内，转身取小彩提袋装好交给序子，笑容送出门外。

序子想了一想，既然买了这么重要的东西，应马上回闵行细细品味，不找李桦、老所了。

坐在汽车里，一路从头舒服到脚跟。

进到房内，松了衣服，坐近写字台，取出钢笔盒，打开一看，唉！

没想这一辈子居然拥有支派克钢笔!

旋开笔帽,序子像中了一颗流弹,绝对想象不到钢笔尖半边是弯的!不是噩梦吧?晃晃脑袋。

那么贵的价钱,天哪,世界上竟然有这种狠心人!就在店员转身那一瞬间,掉了包。道理清楚明白,那铺子大,有来头。店里人多,序子孑然一身,"货物出门,概不退换",道理没人听的。

调匀呼吸,找出把小钳子,细心将歪的一边弄直,一、二、三,夹紧稍一用力,弯的这边断了。

命该如此!

为什么不多找个朋友比如阿湛,比如沈容澈,比如西厓,一道进店呢?并且、并且为什么一定要进那家钢笔店呢?而不是和人一起上永安、上大新公司不就靠得住了吗?唉!这一切的一切都是命。

唉!你看好好的一支新钢笔,就那么完了。上海呀,上海!我可认得了你,你养的这批狗蛋真行!

眼前告诉谁都没用,徒惹笑话。做哑子一定要吃黄连吗?

不吃!

王伯说过,打不赢的不打。是这样的。在上海过日子还要加一句:"打得赢也不能打!"

没想到一觉到天亮,梦都没做。天生的凡人!

上课,下课,又上课,不让办公室同事看到曾经难过的面孔,也不故作高兴。白纸一张,可写最新最美的图画。

接下来的故事本来还要过好多天才会发生,既然是一个完整故事,就一起讲了算了。

序子这支痛心的钢笔,去上海找人的时候是当作正常钢笔插在

旋开笔帽，序子像中了一颗流弹，绝对想象不到钢笔尖半边是弯的！不是噩梦吧？晃晃脑袋。

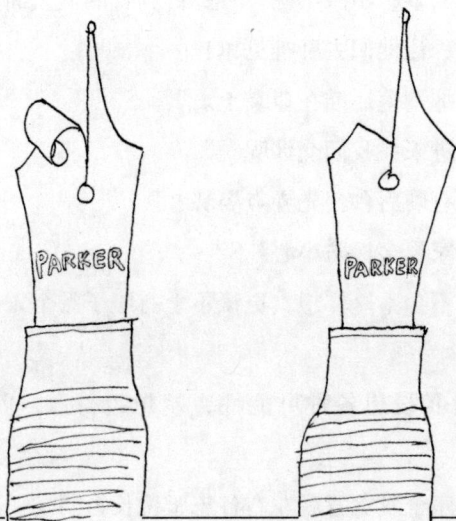

爱钢笔

上衣口袋上的。如果熟人见到顶多会说一句：

"咦？不简单，买了支那么贵重的钢笔！"如果进一步"借来看看"那么就需要心平气和，一点一滴把这段哀史讲叙出来，同时取下笔来，打开笔套，让人欣赏这血淋淋的残酷现实，以博得一致的惋惜和同情。

朋友聚会，如果发现对方手上身上胸前新的挂饰，是会关心问一问，甚至要求脱下来让自己戴戴试试。

序子将新笔挂在胸上，并未引起太多人注意，更谈不上一眼看得出是支坏笔。何况文化人挂支笔在上衣口袋是件很普遍的事，何况那帮老猪朋狗友根本还不知道序子买笔的事。

这天序子进城看李桦和老所，特地走四川路桥从那家钢笔店门口经过，站在橱窗边故意装着欣赏里头钢笔群的样子，晃动胸脯上插着钢笔的口袋，让里头卖钢笔的老板和伙计看到前些日子上当的人在此！若无其事，不喊不叫，在那群狗日的混蛋面前制造一些深不可测的疑团，让他们去疑神见鬼！

"你看，那钢笔还插在口袋上。"

"怎么不进来找我们交涉呢？"

"是不是有硬后台？先弄点姿势？"

"今天大家要多提防小心！"

里面的人不会不这样想，更谈不上有胆子派个人出来跟张序子接触接触。

张序子自我设想各种可能性，越想越得意，就决心多留几分钟——

这时候，序子发觉背后左右各来了位长衫朋友，下意识马上用手挡住插钢笔的上衣口袋，心里明白扒手并不知道这钢笔虽然崭新其实已经坏了。事情突然来临，急忙用手护住口袋当然是老江湖正确的动作。

长衫朋友虽然装着看笔，发现张序子也是江湖道友，只好知难而退，识趣走开。

序子的得意不足刹那。

几十年后的今天，让本人慢吞吞、小作微笑地报告给尊敬的读者，那支不幸的钢笔被长衫朋友其中的一位拿走了。他们灵活的手脚快于我自命聪明警觉的千分之一秒。

序子心里有点歉然。序子这个颠沛的失主不可能有机会忠告两位长衫朋友，那是支坏笔。

唉！劝也白劝。天下扒手积习难改，有时他连自己的东西也偷。

讲到扒手小偷，序子还有不少见闻。

扒手不偷朋友只偷家人。

扒手的家教。父母各教各的。父以母为教材，母亦以父为教材。父母子女可互偷，不可互仇。以德为界。可蓄鸡、鸭、猫、狗。不近刀、枪、瘾、毒。严嬉笑，禁酒色。不取贫欠，只拿多拿。……（一本当年在福建泉州地摊上搜罗的木刻版小册子，好像叫作《瓦瓢小集》，也可能是文人玩笑，作者取名"陋夫老人"，十分古怪有趣。其中特别提到不参加大团伙，看样子是个单干的家庭扒手指南。其中所列手脚技巧，现代生活多不适用，迹近荒诞，比如偷割裤带、精磨铜钱刀各类原始技能……"文革"抄走。不可惜！）（当研究社会基层文化资料，甚至留给朋友笑笑也好。足堪可惜，又一说。）

还有个故事，不知道以前讲过没有？要是重复了，请跳过去不看就是。

一九五六、五七年前后看《参考消息》。美国纽约警察局抓到个扒手大王，年纪大，在纽约称第一，是件重要新闻。许多记者围着访问他。有人问："你能偷什么？"

"什么都能偷！"老头子回答。

"能偷一座塔吗？"问。

"没地方搁，也没办法出手。"答。

"你能偷我的领带吗？"问。

"看看你的领带！"答。

记者一摸，没了。

扒手大多是"静扒"，也有"响扒"。

一个人问卖锣的："你这锣多远才不吵人？"

"敲锣哪有不吵的？"卖锣的说。

"我打更要买面不太吵人的锣。"那人说。

"不清楚！你自己试试。"

那人狠狠地敲着响锣走了，不再回来。

序子一个人住下来之后来过不少人。有的以为李桦、老所还在，白来了一场的。大部分人是来找序子。

原来有个名字大家都知道，我忘记了。

序子也学会到"老虎灶"打付费电话，方便好多。

克家先生、唐弢先生最先来过，后来麦杆、章西厓、赵延年、甫堡、寸松、张文元、叶苗、朱金楼、叶冈、陈钦源、可阳、刃锋、

扑童买锣

『你这锣多远才不吵人？』

『敲锣哪有不吵的？』卖锣的说。

『我打更要买面不太吵人的锣。』那人说。

『不清楚！你自己试试。』

那人狠狠地敲着响锣走了，不再回来。

阿湛、林景煌、韦芜、沈容澈、刘狮、黄裳、汪曾祺、贾植芳、陈敬容，都不停地来，后来刘开渠先生、三表叔也来过，弄得这地方好热闹。

有天，叶苗老兄来，说："带你到一个地方做客。"

他随身带着两个口袋，起码各有好几斤重，交序子时还特别关照："小心，酒。"

序子问："是熟人吗？"

"嗯！当然，去就知道，有东西吃，有音乐听，会开心高兴！"叶苗说。

"远吗？还有什么人？"序子问。

"他们单请我们两个，先坐三轮到一个地方再说。"

于是两个人坐三轮到百老汇大厦下车。

叶苗带序子往大名路那头走。过了木刻协会那幢楼，序子问："还有多远？"

"还有一段距离。"叶苗说。

看看房子越走越稀。

"耶？耶？到底怎么回事？"序子问。

叶苗问序子："晓不晓得人家背后称你什么？'张大胆'！说你鬼都不怕！什么都见过……"

"不清楚你带我走这些怪地方！"序子说。

"再走一段还要怪。不是你，我还不带谁来咧！"叶苗说。

前头简直是一片荒郊，高低不平长着东一排、西一排野树。一道曲曲弯弯让人踩平的小路，再往前走原来是一大片荒芜了的防空壕和水泥工事。

序子笑着说："来到这里，你也不算胆小！"

"我常来，用不着胆子的。"叶苗说。

序子鼻子皱了几下："什么味？这么香。"

"是吧？鼻子先笑了吧！"叶苗说。

序子跟叶苗走进一条打扫过的战壕。约莫曲里拐弯了十几下，一条浓黑底子红花厚毯子挡住了一扇门洞。土堆顶上伸出两根戴着尖帽的铁烟囱正冒着浓烟。叶苗停住脚步拉拉门口那根老牛皮条，里头响起破脸盆声，一个像是从外国画报上掉下来的又高又壮又满脸灰胡子、穿着奇装异服的老汉粗着嗓子欢迎两位客人进洞。其实说"洞"，说"门"，说"屋"，说"房"，说"地窖"都不合适，它是个天穹似的蜂房，是个人间少见的"大窝"，不对！说到底，它浓郁的香味、情调、热烈关系和温暖程度最像、最传神莫如獾子洞。多少獾子住一个洞里，清爽干净，空气流通，四季如春。

叶苗介绍老头"谢夫"和序子拥抱，讲一种英不英、中不中的双方都听得懂的浑话。把两包带来的东西交给老太太，顺手从后裤袋取出两个扁铁盒的英国板烟丝交给老头。

老头样子像进过两年多健身房的圣诞老人，圣诞老人基础上再加五成强壮。灰胡子更显示老头强势。

老太太长相跟老头子最大的区别就是，她穿着衣裙和不长胡子，之外，形体、情绪哪怕跟谢夫只差一两半钱，都般配不成那么合适的一对。

这个好不容易四面八方重新愈合的吉卜赛大家庭，几几乎是搭乘我们可怜的抗战八年胜利之东风来到上海的。他们没有国家，没有土地，因别的国家的幸福而捡拾点剩余的幸福渣滓过活。

一个像是从外国画报上掉下来的又高又壮又满脸灰胡子、穿着奇装异服的老汉粗着嗓子欢迎两位客人进洞。

两个英俊剽悍的儿子各有一个漂亮媳妇，又各生一个机灵的儿子。颠沛流离的生活中，他们的传统文化不知用什么秘方保存得如此源远流长？

还有一个无论走到哪里都光芒四射、天仙般十五岁女儿"娜妮"。

这狗日的叶苗居然一个个叫得出他们的名字。几时培养出的这份热络情感？

这一家人是不是也像别的吉卜赛人每天街头巷尾出外勤？我看不会。不会？他们何以为生？

他们哪儿弄来这么多地毯和壁挂跟漂亮之极的蜡烛台和煤油灯盏？这里没有电源，各房间点煤油和蜡烛每晚要花多少钱？

老人和两个儿子、两个孙子陪客人喝茶。这茶颜色暖黑，浓香，沉着，有厚度，不苦，不放糖。

客厅男人说话很让厨房老太太和两个儿媳的工作骚扰，一下烤羊，一下焖鹅，一下牛肉红菜汤加洋葱带芫荽的热汤香味扑鼻而来，主题难以集中，喉咙老咽口水。

女儿"娜妮"那么漂亮，漂亮得无处不漂亮。秀气！暗黄色皮肤，崭白的牙齿，一对大黑眼睛，闪黑光的长头发，轻言细语。一个人厨房客厅之间来回跑，只有她有这个权利，她还没有资格让人约束，也没资格进厨房学习掌厨。

老爸爸教她论理和判断；两个哥哥教她刹那行动和有限反击，无限反击对女孩是不必要的；妈妈教她为妇之道；长大不久就开始认字，字和生活的关系。吉卜赛人不上学的，也没养成毕业倾向和爱心。懂得美，任何方面出手就是一笔灿烂。在美面前她会驯服，会静默。吉卜赛人最懂衣着，大街小巷，无论贫富，你不会见到一个吉卜赛人衣着的失败者，吉卜赛人最会运用褴褛之美，至于音乐舞艺，你公道说吧……

他不会告诉你他从哪里来，印度？埃及？巴尔干半岛？匈牙利？罗马尼亚？挟带神话故事让成吉思汗、希特勒、斯大林赶来赶去？……驱赶，做亡族灭祖游戏？

一声招呼，主客都站起来，两个儿子扛来一卷漆布大花垫铺在地面，跟着提来三个桌面大的卷边铜盘放在漆布上，酒杯、小接酒壶、餐刀、大小瓷盘，还特别为两个中国人准备了筷子和瓷调羹。

老头带头坐下，各人各坐各的。嘣！嘣！开响酒瓶，叶苗和序子都不喝酒。其他所有男女老少面前都倒满酒杯。于是叫得出名字的烧鹅、烤羊、牛肉红菜汤，都端捧上来了；叫不出名字的大盘小盘也都罗列面前，所有原先迷惑鼻子的香气都变成可以咀嚼的现实。有油面饼，甜、咸皆备。序子对付那叫不出名字的菜肴最是"拿手"，他来自湘西辣、麻、芥之区，对类似辛辣之物最有心得爱好。

叶苗清楚吉卜赛和其他各类的江湖把式规矩。在家、在朋友相聚场合可欢声拥抱、握手、举杯祝贺，一旦上街就视若路人，好像《国语》中所说的"国人莫敢言，道路以目"，又好像《九歌》所说的"目成"那些老话。

最让序子惊讶的是那一大盂清焖羊肉，远远看去什么都没有，近近看来仍然是什么都没有，就那么一块普通又普通之极的煮熟的羊肉。一勺进口，那神奇的味道把序子美傻了。他们煮的这口东西简直像半路上不小心捡得个漂亮情人那么心慌，那么无处收藏，只好紧急地咽下喉咙的那份狼狈贼心眼，甚至幻想有否可能是主人针对客人饮食水平的一份严格考卷？

（这羊肉味道难以形容，我把平生吃过自己认为的好东西捡拾一遍！香港大澳岛"阿六"铺子卖的那种不那么卤的"糟白卤鱼"，朱雀城菜市场随时买得到的"腊八豆豉"，北京城那间有名臭豆腐乳店"王致和"出品的恶臭不堪的臭豆腐乳，张爱玲文章也提到过的鲥鱼，佛罗伦萨某街某百年历史的餐馆如牛排那么烹制的大厚蘑菇，只一朵的四分之一，不清楚我孙子在英国哪个地方买给我的、无数绿麻点的"臭气死"，香港朋友蔡澜认为世界最不好吃而我认为世界最好吃的"牛百叶"火锅，还有在一家香港忘了招牌名字吃过的"梳翅"，都不足以和这一大盂清焖羊肉相比。对不起，尊敬的读者，世界最难描写的是味觉，吉卜赛焖羊肉到此为止。）

再转回来细品烤羊肉、牛肉红菜汤、烧鹅……在这些大家伙面前，如果套用政治生活作比方的话，即黑暗礼堂忽然灯光一亮，原来周围都是首长。

人和人的地位层次区别就跟序子眼前面的烤羊肉、烧鹅、牛肉红菜汤制作技巧精美与否一样，蓦然会吓你一跳。味道跟市面上吃过的人间天上完全不一样。

同是凡物，什么秘方引来这么大的距离？

一切奇效决定于厨房的那些神秘粉末和液汁在影响生动可爱的全局，不只香和味，甚至包括改变肉品的分子结构得以产生咀嚼吞咽的奇妙快感。

这顿饭吃了好久，然后是咖啡。杯子小，浓稠之极，序子见过世面，容忍得下。

序子悄悄问叶苗："不晓得他们有没有纸，我想给他们每人画一张像。"

叶苗问老头，老头眉开眼笑地回答："不要！谢谢。我们不留相貌在人间。"

叶苗一个字一个字翻译给序子听，还加了几句解释："这说得很清楚，你不要见外，他们和世人的关系。他们也很少照相，很少社会上交朋友，不生爱，不通婚，也因为世代流徙，除了必要文件证书之外，少见这类性质的纪念品。人世间越来越残忍，和他们的距离越拉越远。你听过、见过、有人娶吉卜赛女孩的吗？有女儿嫁吉卜赛男孩的吗？也可以设想它的后果。"

说到这些话，音乐开始。

大儿子弹六弦琴，小儿子击铃鼓。大家静听。

序子轻轻对叶苗说："萨拉萨蒂。"

叶苗说："在吉卜赛人面前别卖弄音乐知识，你晓得谁受谁的影响？"

"说得对。"序子说。

大儿子弹完了，老头说要唱歌。大家哈长气欢迎。

大儿子按着琴身准备，没有前奏。老头放开喉咙唱了一句，儿子按原调丰富地跟了一句，老头儿唱第二句，儿子照样跟了一句，然后老头和大儿子同步演唱起来，大家跟着顿脚拍掌。

叶苗告诉序子，唱的是《我喜欢月亮从云里出来》。

这唱法和伴奏安排有点像湘西的辰河高腔，人唱一句，唢呐跟一句。高腔高亢悲凉，吉卜赛的歌激情厚重，完全两种味道。老头唱完，大家认真鼓了掌，老太太拥着他狠狠亲了又亲。

女儿要跳舞，大家马上收拾餐具，提走铜盘，卷起漆布席子。二儿子拉圆手风琴，两个孙子想挤进去参加，让女儿推开了。大儿子乘势也挂起六弦琴凑热闹，两个儿媳妇在旁边拍掌吆喝。

序子一辈子从来没见过真人这么近在身边跳舞。

一个人难以想象能在屋子里掀起那么大的旋风，眼睛跟不上裙边闪光的速度，脑子留下一连串彩色回旋的印迹。音乐不断地变着调重复又重复，耐心地引导序子，让他从年深月久的扁平美学观念中立体起来，飞动起来，让他认识，天使的活动人也做得到。吉卜赛民族原本就是忘了归路的天使……

音乐停止，旋风远扬。

女孩跨立屋中，双手直垂胯间。

没人鼓掌，以免破坏还在缭绕的余韵。

……

谢谢款待，再见！

运气真好，满天星加上大月亮。

"你怎么认识这家人的？"序子问。

"我运气好，认识几个人，帮这家人做过一件小事。"叶苗说。

"一家这么多人，这么多东西，传说的大篷车也不见，走起来怎么走？"序子问。

"多少多少代人就这么走，要走自然就走。"叶苗说。

"你觉不觉得，这么大一座闷罐住处，怎么一只蚊子跳蚤都没有？"序子问。

"早就有人说过，吉卜赛人专治五毒，这本事我不全清楚；治臭虫、虱子、跳蚤、蚊子我倒是清楚的，的确是有本领。"叶苗说。

"早有这本领，为什么不做贡献？"序子问。

"贡献？向谁贡献？下场会怎么样？"叶苗说。

「早就有人说过，吉卜赛人专治五毒，这本事我不全清楚；治臭虫、虱子、跳蚤、蚊子我倒是清楚的，的确是有本领。」

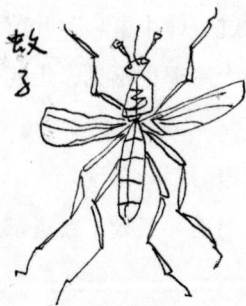

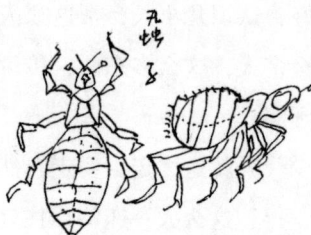

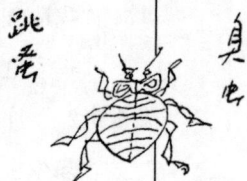

蚊子

虱子

跳蚤

臭虫

苍蝇

吉普赛家初会对付这些东西

"你看，D.D.T发明了，用不着他们了。"序子说。

"他们那个秘方，不破坏生物链的规律，D.D.T见虫就杀，后果不堪设想。科学界开始有人说话了。"

"这我倒也是听说了，广东人喜欢吃的龙虱，这几年真的差不多没有了，河沟里剩下几个活的，也不太有人敢吃。"

"当然不能吃，碰过D.D.T的。开玩笑！"叶苗说。

"你信不信菩萨？"序子问。

"都什么时候了还信菩萨？"叶苗说。

"报应你是要信的。你帮他们做过好事，会有好报应。"序子说。

叶苗笑了："呵！呵！我等着。多谢你！"

"这次，你花了好多钱买礼物送人，让我吃了这么多好东西，有的东西是想不到的，还让我长了这么多见识，尤其在人生情感层次上，认识这个世界。

"昨天我在外滩看到一个卖鞋带的七八十岁外国老头，仰天喉咙里间歇'嗞'着一长声又一长声。过路的谁会买他的鞋带？可怜这个老头，买他一副鞋带、十副鞋带又能济他何事？很不安。"

叶苗说："这世界还有好多苦难我们还在可望而不可即之间，今天中国比那些东南亚、非洲人有希望得多了，明摆的，混蛋国民党就要完蛋，共产党马上就要解放全中国，解放军的炮声就是个硬通货，你看我们漫画、木刻界忙成那样子！你那个报应论算了吧！"

「过路的谁会买他的鞋带？可怜这个老头，买他一副鞋带、十副鞋带又能济他何事？」

外滩卖鞋带老头

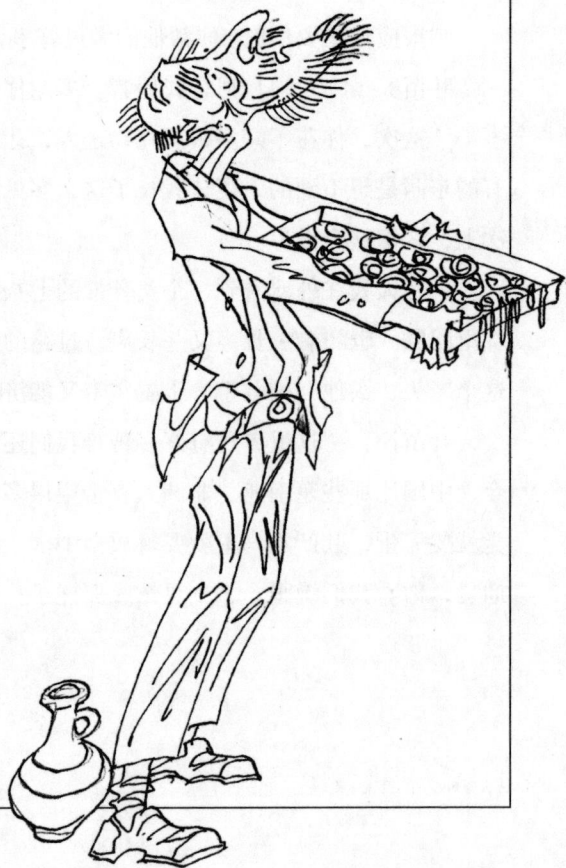

我之所以说"人"这个东西还真是怪。比如挤公共汽车，远远看去人在里头，好像是把车子都挤鼓了，上车之后又觉得自己还过得去。所亚、李桦走了以后，序子慌得六神无主，马上非逼得自己上吊不可，其实又不然，人来人往，手脚勤快一点，加上世界上的好人究竟还是不少，你不找他，他还要找你，摇摇晃晃，居然把下个月房租的问题解决了。有的好事就像天上掉下来的一样。一个花布厂的设计师的妈死了，回四川两个月，替他两个月，画点"四方连锁"图案，不要上班。老板是位通人，叫人转告广告色、水彩色、厚厚薄薄都行，也可以用宣纸即兴点染。没想到序子两天工夫信手尝试的几张花样都受到欢迎。老板还亲自到狄思威路来说了一声"好"，还说要请谁谁谁一起吃饭。老板说的谁谁谁其实序子根本不认识，那顿饭也不见请，钱倒是按月送了六十块来，把基本困难房租解决了。

　　眼见国民党一天比一天狠，今天封这个杂志，明天封那个报纸，好多朋友靠它吃饭的，粥少僧多，日子一天比一天困难。

　　"中国美术家作家协会"也开起展览来。这协会人多，有国画家、西画家、雕塑家、金石家、木刻家、工艺美术家、书法家……比开渠先生、薰琹先生家里的客人多上几倍。场面热闹之至。

　　朱金楼在里头显得特别生动活泼，好像在为自己讨老婆这么开

比如挤公共汽车，远远看去人在里头，好像是把车子都挤鼓了，上车之后又觉得自己还过得去。

上了车就不挤鼓！

心。他有几幅用扁油画笔画的水粉人物，塞尚的手法加马奈的色彩，真搞得很有个面目，让人难忘。

张乐平、丁聪、张文元、米谷、特伟这些漫画家拿出的是一批很讲究的水彩画，社会生活的内容，狡黠聪慧的头脑和手法，相信特务看了都会发笑而又抓不住把柄。

庞薰琹、陈秋草、潘思同、戴英浪、钱瘦铁、张正宇、周令钊、赵延年、钱辛稻……诸公们新面目的国画和水彩，还有特别引序子注意、人没在场的梁白波的西康人物写生。

序子至今几十年最难忘梁白波那几幅细钢丝描绘的人物，只有陆志庠那素色作品可以和他并列在心里的庙堂之中。

还有开渠先生的《开路先锋》小稿和几位雕塑家的小作品，包括序子替章西厓、张文元作的能挂在墙上的小漫画头像。

还应该有木刻、油画、书法、金石这类项目在内的，倒是一点也想不起来。

这个展览会，序子只能在有限范围里作领会。

在场不少有参展作品的老人家都不熟。上海那么大，艺术行当那么多，招这么多人搞这么个大展览，真要点本事。

有些事情也的确好笑，抗战八年前前后后全国老百姓唱的歌、演的话剧、漫画、木刻都是共产党方面的人做的。国民党只出讲空话的人才。不是不想做，只是拿不出来。

《我们在太行山上》。

《大刀进行曲》。

《游击队歌》。

《巷战歌》。

《牺牲已到最后关头》。

《义勇军进行曲》。

……

国民党在这方面原来很分彼此、很计较的，都假装糊涂了。他们几时打过游击？几时上过太行山？不唱这些歌还有什么歌好唱？捡回北洋军阀的"三国战将勇，首推赵子龙，长坂坡前逞英雄……"岂不更糟？

所以张道藩这小子想搞的美术家协会一直搞不起来的原因都跟羞耻和惭愧有点关系。

上海街上常见到国民党伤兵在骚扰闹事，小馆子吃完饭喝完酒不给钱，进杂货铺随便拿东西，白坐三轮车下车还打人，不买票硬闯电影院戏院。怪不得侯宝林编了个《老子抗战八年》的相声。

这说的一点不假。看他们断了条腿，少了只臂膀，撑着根支拐，穿套带番号的老军装，满肚子怨气到处惹祸。谁不是娘老子生的？他们还真是为了保卫国土、留下半条命来到我们面前的。八年抗战死在漫山遍野大地上尸骨无存、把江山保下来的数不尽的战士，我们是再也见不到了。

这些曾经身背着伟大使命而今成为流氓的讨厌人，序子见了都不知如何是好。如果有人出个题目要序子刻张木刻，他怎么动手？

你不要以为上海警察厉害，你让他惹惹伤兵试试。

他对面前抓他的警察说："你不要恶，我怕你干啥，我今天照镜子里头的就是你的明天，你有朝一日照镜子里头的就是我的今天。你懂吗？镜子里照的就是'命'。"

序子一路走一路想："不要光以为是美国原子弹赢的，我们中

看他们断了条腿，少了只臂膀，撑着根支拐，

穿套带番号的老军装，满肚子怨气到处惹祸。谁

不是娘老子生的？

老子抗战八年

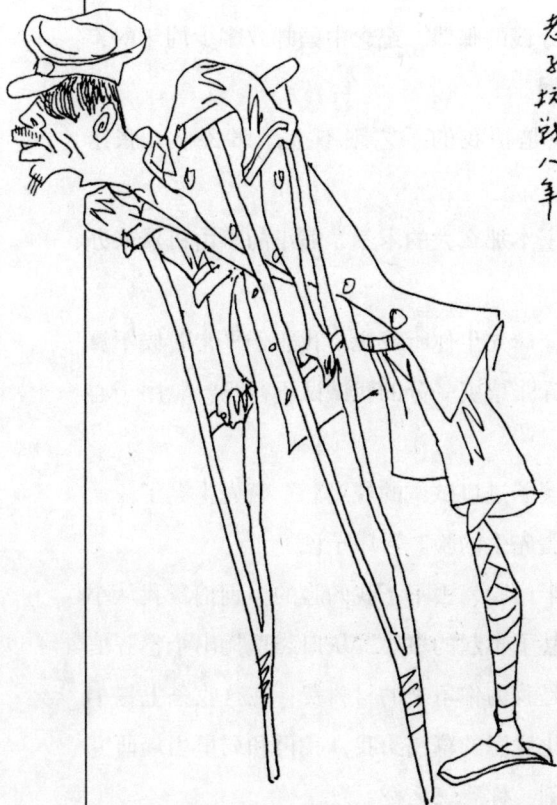

国伤得好重啊！"

唐弢先生来狄思威路找序子了："序子，你日子过得下去吗？"

"唐先生，过日子可以。"序子说。

"你设计过什么商标之类的东西吗？"唐先生问。

"香烟上的头花、小报头、诗插图……"序子答。

"比如说，设计张邮票有困难吗？"唐先生问。

"我不懂。设计邮票看样子是个大动作，我没试过。"序子说。

"比如说，刻一张五分钱的邮票，纪念中国邮政多少周年的，你愿意试试吗？"唐先生问。

"那还能不愿意？我是怕我的手艺跟不上，那么小一张东西……"序子说。

"你只管刻三十二开书本那么大的木刻，缩小的事由机器来办，你同意就行。"唐先生说。

"我只怕技术跟不上。唐先生你听我说。我胆子平常时候不算小。邮票是国家大事，你弄张票资一分的我试试不行吗？"序子心跳得厉害。

"邮政总局没有挑一筷子进口试试的规矩。"唐先生笑了。

"我只是怕做不好丢唐先生的脸。"序子说。

"十张邮票也贴不满半边脸，丢不了我的脸的。别怕。我从小也是苦人儿，见多了，没甚了不起的事。"从口袋里掏出个整齐信封，"里头是三十块钱，是我为你争来的材料费，在这收条上签个字。你画个象征中国现代化意思的草稿给我，我再和局里当局研究研究再说，慢点动手刻木刻，你看怎么样？"

唐先生走了之后，序子动手打稿，近景是钢筋水泥建筑架子，旁边是火车和轮船。几天之后唐先生交回草稿说："行！天上加只飞机，表示我们邮政还有航空挂号。"（没有再说多少周年的话。）

三十二开大的木刻，刻得很细。

刻了三天，唐先生带去总局楼上见了局长，局长说了多谢。回到唐先生办公室，办事人又拿来一个饱满信封，唐先生交代在收条上签了字，一百元。

唐先生啊唐先生！我简直是挨了一个轰天雷。这一百元解决了我好多事。

给妈妈、梅溪、陈先生、吴先生、蔡嘉禾先生、李桦先生、野曼二叔、河伯、赵福祥……写信。

轰天雷就是轰天雷，响声一过，寰宇肃杀。马上摊开一个写信的清新局面，详详细细往下写，两天时间十多封长信，什么信封、信纸、汇票、邮票，夯帮郎不在话下。走在去邮局的路上，少见得那么飘飘得意，想起《南柯梦》二出的那几句：

> 壮气直冲牛斗，乡心倒挂扬州，四海无家，苍生没眼，挂破了英雄笑口。

呵呵呵地随着汤显祖先生到了邮局门口。

（记得那五分邮票是印出来了，不见纪念什么周年那几个字眼，也记不起自己手上这十张八张五分邮票是怎么到手的。也不当回事留作纪念。细细的淡绿色衬底的线描木刻。我自己不动心，麦杆、西崖、甫堡也看过，大家看过跟没看过一样。文章如果没写到唐弢先生这一段，我自己怕也淡忘了。）

序子一直记着唐弢先生帮忙的事。他有次拿了张很清晰的一位笑着的胖先生半身相片来："我朋友父亲的相片，他想你给他画张油画，画好了，我这朋友说要给你出本木刻集。他是个出版家。这是十块钱材料费。"

序子用打格子的笨办法把相片放大在画布上画起油画来。按深浅调子配上合适的颜色画了两三天，快完工的时候，赵延年来了。他是正式学院出身，序子一直很佩服他，一看这画便说："鼻子冷暖调子不对，胡子也不对，哪！"没说完就动手改起来。这一改，神采飞扬，人活起来了。

"真神，这么一动，整个画面就不一样了。哎！哎！你别走呀！你画下去呀！你别走呀！"序子嚷起来。

赵延年说："李桦、老所走了，我特别来看看你。我家有好多事，赶着去接孩子回家，还没买菜，不走还真不行，你按我这种方式慢慢画下去就行。我只要有空就来看你……"说完走了。

这一走，序子还真的麻烦了。鼻子和胡子这么精彩，哪里能动？继续往下画根本无从着手。刮掉它重新画起来又舍不得那么好的一个鼻子和那撮胡子。要是唐先生原来说好给现钱，倒可以转请赵延年画完它。唐先生只是说那出版家可能帮忙出本画册，这就难开口了。

冷暖调子没学还真画不下去。序子对着这幅不三不四的画像发了呆。退还唐先生十块钱材料费，彼此不再提起出木刻集的事。

画，还是刮了。

你说你能怪谁？王伯说过："一个人不单有胆子赢，还要有胆子输。"

序子敢承认这个输，是从四七年下半年这张画开始的。

（记得我家老四弟弟五岁还是六岁在文星街和一个小孩在街上打架，把那小孩骑在地上又捶又打的时候，自己反而号啕大哭。拉他起来告诉他，打赢的人不兴哭的，他还不懂得输赢的价值和关系，好像清廷和法国打的那一仗，赢了还赔了不少款。）

序子一个人住在狄思威路，锅炉碗筷都是现成的，油盐酱醋也没用完，有时煮一碗面用不了那么大排场，所以弄得厨房那个小夹道显得有点梧桐深院寂寞锁清秋。

序子也清楚眼前的日子还根本谈不上稳定，摇摇晃晃。梅溪眼前来不得上海，连游历一番也不敢想；耐着点吧！真对不起，我在努力，在抻局面，在练习适应现实。我没料到一个人来到世界要对付那么多事。我没后悔。我觉得我来到这个世界上做自己最好。

序子有了房子这可不是件小事，一串串地来人。

（那时候和现在不一样。朋友来看你是不用管饭的。现在来朋友能习惯你不管饭吗？）

我自小就懂得不敢慢待客人。家乡人进屋，见主人家正在吃饭，便会自己到厨房取副碗筷，顺手拿张小板凳，夹进饭席中来。吃完了，自己到井边把碗筷洗刷干净，放回碗柜。主客都那么自自然然。

正式请客，当然按规矩行事，不在此例。

小笑话一则：

一个有钱老头子，平生最恨孟子。朋友们渐渐晓得他的脾气，一到他家开口就骂孟子讨他喜欢，得到酒肉款待。

一个闲汉捡到这个诀窍，天天到老头家去骂孟子。开始，老头还觉得有意思，后来发现闲汉所讲的都是孟子七大长篇的老话夹缠，怀疑他实际是来混吃喝的，便告诉闲汉说："最近不知什么缘故，我不怎么讨厌孟子了！"

韦芜、景煌、田青、阿湛、沈容澈晚上都往狄思威路这边来了。听说吴朗西先生那房子已经换了关系，林景煌住回愚园路陆蠡先生夫人当教务主任那间中学教员宿舍去了。离文化生活出版社和巴先生家都近，上班方便。狄思威路还是照来。序子眼前这住处更像个正式住处，属于自己领土。

来找序子的还是这段时间的旧人。

西厓带序子去拜访《东南日报》编副刊的朋友陈项平和编体育版的陈福榆，听说他是个体育界的名人，名在哪里序子不清楚。这人是个大块头，板脸孔的幽默虫。

参加美展的还有画《牛鼻子》的黄尧和画仕女的张英超。黄是个矮肥黑胖子，张是个高白大块头，他们都到狄思威路来过，曾带来一个五六岁大的女孩子。序子正在拓印《边城》插图，送了她一张，问清了名字，用铅笔写了"仁姐指正"。（听以后认识的她的一位学生讲，她一直留着这幅木刻，且早已经是位出名的钢琴家了。这是七十年前的事。很让人动感情。）

有次忘了不知什么原因，序子这里来了好多个人，朱金楼、麦秆、刘狮、西厓、赵延年、周令钊，还有谁谁……看麦秆的新木刻、赵延年的画、朱金楼的画……说起画速写，提起陆志庠的"慢功"、张正宇的"慢功"，不晓得怎么一回事，有人就画起速写来。麦秆

怀疑他实际是来混吃喝的，便告诉闲汉说：

『最近不知什么缘故，我不怎么讨厌孟子了！』

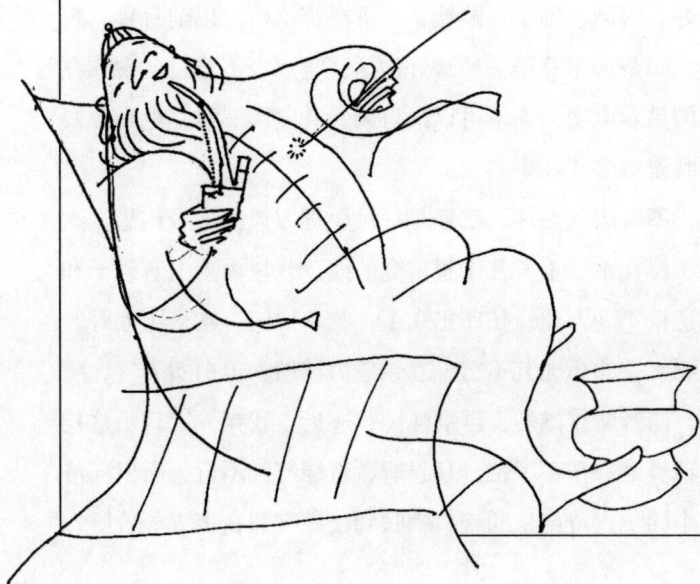

开玩笑,不知怎么样问起序子:"你画人从哪里开始画起?"序子回答:"哪里开始都行。"麦杆说:"你从脚给我画张像试试。"序子动笔没好久,刘开渠先生驾到。惊奇地见到序子从脚画起的麦杆半张稿子,他真以为张序子画人从来是从脚画起的。(几十年后,刘先生还常常对人开玩笑介绍我画人是从脚画起。前几天有人还在说这件事,好笑!在场除了我和周令钊还活着之外,所有那时的朋友都已不在人间。周令钊给我画的一幅"小鲜肉"画像至今还挂在我的客厅,怕也就是那天画的。千山万水地带在身边,闯过多少风雨,想起来真不容易!)

记得那天序子请吃的是生煎馒头、肉包子、羊肉馅饼和自制的酸辣汤。

真阔!连开渠先生都吃过序子的穷包子。

没有嗜好。喝酒、抽烟、赌钱,连下棋都不行。以前打猎,现在谈不上了。喝茶如果算是一种嗜好的话,喝水也不难过。现在在上海,最想的是看电影,人不可以阔得天天看电影。看完电影还要费神想它,耽误很多正经事。

刻木刻,不管天气好坏,已经是一种生理习惯。一个构想,一幅完美的稿子浮在木板上,几十根讲究的线,几块可爱的灰调子和不同刀法表达得千变万化。拓印出来了,吹着口哨。吹得不太好,速度词不达意,交响乐尤其不行,靠想象力辅助,也白费力气,嘴唇质量不高,高音阶难婉转,混混沌沌,迹近自我糊弄。口哨这技艺靠天分,请教谁都帮不了忙,马思聪、贺绿汀都不行,所以同济李大宾的那个同学大清早从四楼口哨吹到楼底有那么多人等着听。

又比如你听余叔岩那副令人回肠荡气带点暗哑的嗓门，你怎么学？你学他做什么？一旦咬定欣赏他老人家，你的口味就俊了，你聪明好几步了。你听懂我的话了没有？

国画家何海霞，谁都知道他跟张大千学过画，认真，踏实，几乎门门都学到了手，只感染不到张大千的飘逸。

这不是遗憾，也非差距。一个拙劣的老师才会教出个个都像自己的门徒。刘禹锡六祖碑上说过"能使学者还其天识"，便是这个意思。老师让徒弟走出法门之后懂得去运用自己的天机。刘先生用的这个"还"字很重要。

何海霞的画作明显流淌着老师的血脉，又见出自己领会自然规律的本事。无数纵深变化的山川树木，甚至空中盘旋的鸟群，仰视、平视、俯视都让人领会到艺术精微的妙处。

序子一边从事严肃的木刻艺术事业，一边吹口哨，一边给自己开艺术讲座。

曾祺来信说，《海边故事》那张木刻，腿弯弯里头那两根线生硬，对顶着，粗，总让人看着不舒服。序子自己也早就感觉到什么地方不对头了，已经重刻了三次。他说得很对。这家伙眼睛尖锐，时常看得到我怕别人看出来的地方。

做一个刻木刻的人，最好是自己先发现问题。明摆着的问题根本犯不着掩盖，往往最怕人看出来的地方最容易让人看出来。归根结底，一开头打稿就要仔细慎重。自己管好自己，刻错了，勇敢地重刻一遍，别等到别人开口。

序子看傅抱石作画，笔墨飞舞，真难以想象他是个人。他应该是个神仙，至少是只游隼。我不行，我是只蜗牛，在爬那座不知哪年哪月才爬到的瓦顶。我不懒，也不笨，也不管路途远近……

那帮朋友，韦芜、景煌、田青、阿湛，都见过曾祺。在狄思威路吃过东西喝过酒，跟田青一杯又一杯……事后他问我："你那个汪曾祺是不是有点骄傲？"

"骄傲？"序子说，"他怎么和这两个字有关系？"

"一晚上三四个钟头混在一起，没听见说几句话？"

"喔！这话有点混蛋。说话少就是骄傲？怪不得各位少爷在这里谦虚得我一晚不得安宁。"序子说，"曾祺这人天生能抵抗纷扰，甚至还觉得有趣，也可能是一种不愿吹皱一池春水的诗意——有时我跟他一整天地泡，自觉话多，有点抱歉，他就会说：'说、说，我喜欢听！'我也问他，话这么少，怎么谈恋爱？他说女朋友话也少。"

阿湛说："不讲话，就眉来眼去也行。父母生下我们，五官四肢都有用场的，成为直接间接扩大自己生活能力的工具。比如大豪猪遇见敌人的时候，不单是张扬自己的满身硬刺，还摇动长在尾巴上的那批小管子，响出怪声让敌人害怕。"

"满世界的动物都长有谋生和保护自己跟传宗接代的工具，奇怪得让人难以想象。"田青说。

韦芜问："你讲这些工具和动物，跟汪曾祺有什么关系？"

"不是说话吗？谁晓得一席话会荡到哪里？"田青说。

序子说："我给你们讲个故事：

"一个老工人上夜班，半夜下班走过一间银行门口的时候让两个警察扣了。检查挂包，发现铁钳、电钻和螺丝起子、钉锤……

"第二天押上法庭，罗列出那些随身的作案工具，说老头可能要打开银行的大锁和保险箱。

"老工人愤怒地大喊冤枉。

"法官问他有何冤枉。

"他说，昨晚半夜我下班经过银行门口遇见这两位警察，发现他们可能正准备强奸妇女。

"法官问老工人证据何在。

"老工人说：'和他两位指摘我的罪行一样，他们随身都带着强奸妇女的作案工具。'

"法官听了老工人的揭发，在法庭上差点笑死。"

都是读书人，为什么一些人和一些人就一定合不来？有人就见谁都能相容。"比如我，"序子想，"跟谁都行，跟谁都能过得去，都能见性情。所以曾祺说：你'真'。"

"未必！有时不真。有几本美学，我诚心诚意读它，怎么样也不懂，怀疑写书的、翻译的是不是自己有问题。我甚至找不到不懂的源头。比如最最难懂的中国古文，只要用心，只要时间，终究会懂。懂了就得益。美学、艺术论，有时连作者奴纳卡尔斯基的名字都想不起来。人家问我读过美学没有，我就不要脸地点头。其实不单没有读完，连懂都不懂。不过幸好不懂也能画画，也不信某某人画得好是因为他读过美学。"

曾祺说："你讲你在家乡看侯哑子画风筝，庙里看老菩萨，边街上看新菩萨，看浏阳木版年画《老鼠嫁女》，看人刷喜钱板，诚心诚意发幽剔微，看民间老年人用艺术行动表现妙义，不对老民间艺术发表轻浮议论。这都是正式大学学不到的。胃口好，胸怀宽，心里头自有师父。

"你讲你家乡麻阳的张秋潭，可惜他死得早，要不然我们结伴找他拜师算了。你在你爸爸抽屉里看过你姑公妈妈的塑像，你算是福分很高的人。"

"我平时胆子大到一个人半夜敢进文庙。那天打开抽屉看到的真人缩小的脑壳，全身都麻了，幸好这小脑壳没有说话。"序子说。

"你用不着遗憾不懂赵延年那几笔，那东西是只要肯学就会的。"曾祺说，"这回你来上海，要准备好牙口吃新东西了。"

"是的，千辛万苦来上海，就为的这个意思。"序子说。

"新鲜吧？"

"连困难痛苦都新鲜！"序子问，"你到过我们湘西吗？"

曾祺摇头。

"我设想过按表叔那本《湘行散记》真的重往一次，我和你跟着他按照老规矩弄只大点的木船，从常德开始上行，到小码头停短点，大码头停长点，用那么一个月时间……"

"一个月哪够？我不能光陪他，我还要自己写点东西；他曾称赞过我会做饭，那我还要当大师傅，大师傅还要亲自买菜，你看，时间这样打发我不是白去了？"曾祺说。

"嗳！船到码头，谁都有空干本行事的。还有我呢？你怎么忘记分配我干什么了？"序子说。

"你讲你能做什么？你买菜我不放心，我看做点事务工作还可以，洗碗，劈柴……"

"你不清楚我能做'席菜'的。不过我也想过，问问你，表叔究竟会不会做菜？你在昆明见过他做菜吗？他书上讲他会，炖狗肉这门学问是种高级私塾的品味，老人家各人有各人的讲究，自我点集的学问趣企，都自己动手，不放心年轻人的手脚。尤其是在床上'靠灯'抽鸦片口刁的老头子，都喜欢下床乘兴显两手。外头人不清楚明白这种心理和生活关系。不过对他这份自吹炖狗肉的本事，我也拿不定主意他是否自吹。他在芷江为追悼熊希龄副官写的那块碑和文章，完全是一幅圣手之作，假了三个人的名字，篆额文章其实一手包办，那年才十六岁。还有游泳。看他体魄，不太像曾经有过锻炼的底子。我们家那条河脾气不好，随便开不得玩笑的。"

"你把话扯远了，你让我们那条船到哪里为止？"

"到麻阳的高村为止。这还得多谢陈师曾的爷爷，再上就都是石头了。"

"那怎么办？"

"走路呀！才五十里，一下就到了。"

"到哪里？"

"朱雀呀！"

"啊？"

"啊！"

"唉，要真的有那么一天就好！"

"三个人的行动好办，身不由己的事难办！"

全国木刻秋季大展又在大新公司开幕，比春天展览的规模更大，更热闹。

痛苦的是陈烟桥先生让国民党特务抓走了。李桦先生去了北平，只剩下野夫先生操心主持全国木刻协会会场的大事。想象得到工作的艰巨和责任重大。序子心里着急，不晓得该往哪里出力气帮忙。所有木刻协会的成员都感觉得到形势一天比一天紧张。这个展览会比以前更有意义。观众来得这么多，怕也是受到形势的鼓舞，好像到展览会来是为解放军的节节胜利找个地方开庆祝会，表达心意。

《文汇报》被国民党查封，老朋友们都没有散。圆明园路《文汇报》大门封了后门还可以走。黄裳、陈钦源、叶冈在家里找得到，杨重野、杨卓之、唐海可以打电话。宋庆龄先生系统的英文小杂志《今日中国》的两个朋友王垂乃、蒋正豪常常来往，序子的小说《海边故事》就是他们两位发表的。英国文化委员会的代表贺德立、司考特夫妇经常来往，由一位中国朋友傅叔达先生做的翻译。

这些朋友常常可以在全国木刻秋季大展上碰到。

左派的报纸查封了，还有别的报纸报道甚至转载新华社的消息。那时就有一种好玩的说法，准确的战况报道叫作"新华社消息"，说谎的战况报道叫作"中央社消息"。

解放军打胜仗用"歼灭""追击"字眼；国民党打败仗用"转进""选择有利战机"字眼。

消息是掩盖阻挡不住的。你封报纸，老百姓可以听收音机。中央社歪曲新闻，老百姓可以听新华社，听塔斯社、法新社、路透社、美联社的，外国广播有个特点，不管翎毛走兽、干爹亲妈，兴趣所在，一律播报。老百姓听了就口头传播，满街笑盈盈，不理你中央社的。

全国木刻秋季展览开过，没有人再提议上俄国餐厅去吃八角钱的大餐，只序子一个人心里想。想虽想，倒不好意思说出口，尤其是三个老人少了两个，剩下一个老人家。（其实现在想起来，根本算不得老，才四十刚过了一点。）

有一个姓夏的，名字叫着叫着就忘记了。年纪在三十上下，不是刻木刻的，又好像和所有的人都熟。到狄思威路找序子，看序子刻木刻，一坐一两个钟头。

猜不透他干哪种行当。画画？电影？文学？话剧？地方戏？更不像个刻木刻的。木刻的事一点都不打听，不好奇，也不见有兴趣。一个跟人常常有来往、有拜会关系的人，居然让人不知底细。

从衣着和精神方面看，不会比眼前的序子穷。他自己一定吃过饭，要不然他会提醒、会讲些挑逗序子食欲的话顺便混顿饭吃。

一个多两个钟头时间，甚至连水也没喝，就这么两个人。一个对着窗子刻木刻，另一个不知底细的人坐在背后盯住他，不说一句话，你说好不好受？

序子想："这狗日的是不是特务？他这么不说一句话坐在我背后，当特务也太低能了，能看出什么问题来呢？或者是你另有打算，在我这里'守株待兔'，在等一个你想要等的人。你的那个小破特务头子交代你，那只黄金珍宝兔子某天某时会到狄思威路张序子家里，你务必把他逮住——看样子不像！这小子的架势不像个拉得开手脚抓人的人。走路都晃里晃荡，拖不住三分钟延续力。（角斗不带家伙的话，包括撞击，起续要经得起三分钟。）

"要不你就是被哪个团体、哪个班子抛弃，感情上一点弹性都没有了，遗失人格或是丧尽天良，没人理睬的人？！不至于吧？你还有脸看展览会，到处把生人当熟朋友来往，还紧紧地抱着人的日子不放，不太像个绝望到顶的人。"

"喂！喂！我要上公共厕所小便，我要锁门，你怎么办？"序

有一个姓夏的，名字叫着叫着就忘记了。年纪在三十上下，不是刻木刻的，又好像和所有的人都熟。到狄思威路找序子，看序子刻木刻，一坐一两个钟头。

那个姓夏的

子问他。

"我和你一起，我也去小便。"

"小便完了你走吧！"序子说。

"我本来就想走的。"

这事过了十几天，全国木刻秋季展览开完了。

英国文化委员会的贺德立和司考特这回买了不少木刻，想跟几个人见见面，有序子，有赵延年，有麦杆，有西厓，傅叔达先生来信传告这件事。

几个人商量了一下，不如在狄思威路自己地方做东西请他们吃有意思。

赵延年说："要不然让我老婆和麦杆家的董闽生一齐来帮忙。"

"算了，算了。"序子说，"你们看，两个英国人带傅叔达三个，我们四个，已经七个了，两位大嫂再一来，就怕这小屋子装不下，九个人怎么转？

"菜，我包了，烧、炖、炒、焖我都弄得来，主食烤馒头片，三鲜汤怎么样？只是两个人前一天陪我上菜市场，当天有人帮我打下手就行。"

"我！"西厓说。

"我！"赵延年说。

"我！"麦杆说。

"你住得远，来不及，第二天打下手吧！"序子对麦杆说。

西厓劝序子："你还是冷静点好，到时候闹笑话大家不好下台。我们还是选家稳当的可靠菜馆算了。"

"你放心，我不敢做我不会的事。"序子说。

"准备弄的菜我试讲讲看，头牌主菜可以说，二牌菜到菜市场随机应变，这房子挤，不宜摆席摊场面，在精不在多。

"主菜来一锅湘西五香炖牛肉；二牌菜湖南仔姜焖鸭、芥末白片肉；鱼看大小，大的红烧，小的香酥；蔬菜两三种；三鲜还是别的什么汤，到市场再说。烤馒头片比煮饭简单，也像他们的烤面包。"

大家商量定下日子，由序子写信给傅叔达。第三天收到傅叔达的回信，三个人某日下午三点准时来狄思威路喝茶聊天接着用餐。

酒贵，不提"酒"字。

约会的前一天大清早，序子、延年和西崖进了虹口菜市场。序子开了眼界，各种肉食青菜摊子叠得像洋楼那么高。有的卖菜蔬的老板像坐在楼上跟人做买卖。

菜市场是个大世界，你想什么它有什么，序子都懒得想了，像在跟神仙打交道，话都不用讲，只打着手势。（其实是不方便讲上海话）（幸好幸好菩萨保佑，天气凉了，买回的鲜肉原料做成堂皇菜肴丝毫没有变味。）

先选大蒜、芫荽、姜、葱、韭菜黄、青红辣椒、干辣椒、带叶小红萝卜两把、麻油、香醋。

牛肋骨肉三斤。

猪五花肉两斤。

弄干净的鸭子一只。

三两重小鲫鱼十条。

宴会原料买足，回家，马上动手做菜，否则来不及。当天的中午饭外头买回来大家将就吃点。这笔宴会及筹备巨款在四人木刻收入项下分摊。

一、湘西五香炖牛肉

先把牛肉切成火柴盒大小均匀碎块，铁锅内少许倒一点油，活动锅铲，让熟油遍布锅底，免得生肉粘锅。耐心等生牛肉出水，随出随取，直至闻到甘香肉味，起锅。将全部牛肉铲存钵内。

洗锅。锅干后倒二两油，放花椒、干辣椒（为了取香不是为了辣），红砂糖一匙，细盐一匙，冒烟后倒姜片和青蒜猛炒，趁热锅倒入牛肉来回翻炒，观看到每粒肉球染上金黄颜色，加八角二粒，倒老抽小半碗，料酒三匙，热火喧天之际加水漫过肉面，翻滚后五分钟全部起锅入钵（要点：不要太熟，否则第二天加热后稀烂上席没有嚼头）。

二、芥末白片肉

五花猪肉两斤，分切四块，放进锅内煮滚，猛然投入预先准备好的冷冻水里，再取出放回锅内煮滚，如此者三，安放在阴凉当风处，吃前切片上席（当时没有冰箱）。

小碗里的新鲜芥末粉以温水调匀，蒙上块热的小湿毛巾三分钟即成。调芥末酱最靠神来之笔，认真了反而做不好（芥末配合适量酱醋）。

这猪肉经过猝然地一热一冷过程，好像烧铁淬火一样，出现了入口脆嫩的感觉。

三、仔姜焖鸭

做法与湘西炖牛肉同，只是一种不加汤的嫩姜炒菜。

四、香酥鲫鱼

鲫鱼剖肚洗净擦干，安置锅内加糖醋及姜丝净油煸至干熟。

五、小菜

凉拌韭黄一碟。

糖醋小萝卜一碟。

葱花凉拌豆腐一碟。

油炸花生一碟。

菜肴制作前后安排，按华罗庚介绍的"统筹学"进行，弄得非常有头绪层次。

第二天天气好还出太阳，大伙来得早，帮忙筹备整顿食具，洗刷杯盘碗筷，免得到时候仓促狼狈。

序子忙着制弄今天的鲜菜。

"真想不到小小一个人会弄出这么正经的大菜！"西厓得意得好像今天才认识张序子这朋友。

说时迟，那时快，没想到让序子天崩地裂进来一个人。

谁？

那个姓夏的。

"大家好，大家好！我今天运气也好，见到这么多老朋友，西厓、延年、麦杆，还有序子老弟，你看，你看，今天这里在准备个什么喜事节目吧？气氛这么热火……"

看起来大家跟序子一样，没有人跟他熟、跟他打招呼。

序子调匀呼吸，走到台阶前跟他说："我们大家今天有事，等一下都要走，你今天不能留在这里！"

"啊，啊！是这样的，是这样的……"姓夏的说。

"我跟赵延年要到南京路去《东南日报》取稿费，马上就要走！"序子说。

姓夏的跟西厓说："那我跟你们两位在这里稍微再坐一坐。"

西厓说："我和麦杆也马上要走。"

序子把走廊门和房门都锁了，和赵延年两个人往北四川路那边开步，相信西厓跟麦杆一定也找得到摆脱的出路。

序子和延年一路走一路骂娘，把姓夏的在这里磨了一个下午的事都讲了，回头一看，那个姓夏的还真的跟了上来。序子和延年赶紧上了有轨电车，眼看着姓夏的在车站上干瞪眼。两个人进了《东南日报》办事处，序子还真的领了上个月的两张木刻稿费十块钱。

坐回虹口的电车上一路还在探讨这个姓夏的究竟是种什么人，要赖皮到这种程度。

又说，幸好是上午，若是下午傅叔达带贺德立、司考特三个人碰到了，那可就太不好意思了。

"到底这个人是怎么一回事？是不是神经病？我看除了神经病，世界哪能有这么荒唐的人？"延年说。

好不容易回到狄思威路甲二号。

开门一看。

姓夏的坐在板凳上晃腿微笑。

序子好久没打架了，对延年轻轻说："我摔倒他之后，你上前补两脚。"

赵延年正踌躇的时候，西厓和麦杆也回来了，见这场面，不知是怎么回事。

序子对西厓和麦杆说："这狗日的故意坐在这里等我们。"转身对姓夏的说："一个人做人怎么不要脸到这种程度？你到底想要什么？算是你今天运气好，这几位都是文明人……"

姓夏的潇洒地站起来说："这么说，你们都是不欢迎我的啰？那我就真的告辞了。"

……

（跟这个姓夏的，还真是没有再见过面，也没有听到半点消息。他到底是做什么的？解放后他活了多久？今天算来他应该过了一百岁了。有时想起他，问谁谁都不知道。你不认得他，他认得你，你说奇不奇怪？）

接着的是下午三点钟，傅叔达带着两个英国朋友来了，吃了顿让他们惊讶的晚餐。两个英国人说"好"我不信，中国人连傅叔达和我的朋友也说"好得特别"，我信是信，只是让那个姓夏的把我高昂的兴趣惊扰得不知所终，再听听其中一个说："都说湖南菜辣，你做的湖南菜好就好在不辣！"听听，这屁话连方向都摸不清。

有一天序子找黄裳，他说："我正要找你，圣诞节，我们《文汇报》他们那帮人，宦乡要请你吃'司克牙克'。"

序子笑。黄裳问笑什么。

"一、《文汇报》已经关门，庙都没有了；二、又'我们《文汇报》'又'他们那帮人'；三、'宦乡（幻想）'和'司克牙克'哪个是物质？哪个是精神？"

黄裳想笑，忍住了，去泡茶，拿来两个讲究的杯子坐下说："宦乡是乔冠华这头的人，眼前好像在负责料理《文汇报》关门以后的事。'司克牙克'是一种日本餐的吃法。好些人围着一口大平底浅锅，或者是一人一口小平底浅锅，自己夹切好的生肉、生菜锅子上烤熟，放在自己面前调过生鸡蛋酱料的小碗里蘸着吃；实际上像北京的'烤肉季'，也算是一种不放水的干火锅。你指我'我们《文汇报》'和'他们那帮人'这两句话最传神。我眼前的状态就是如此，难为他们背这口大锅让我们放假过日子，真抱歉。这两句话让你听出味来了。你还真神。到时候去就是了，往报馆后门进，我在那边等你。"

"有没有叫别个刻木刻的？"序子问。

"不清楚，大概没有。是不是报馆认识你的人多一点，信口叫的？"黄裳说。

"嗯！"序子应了一声。

"怎么办？"黄裳问。

"什么怎么办？"序子问。

"找汪曾祺！"黄裳说。

"好！"序子答应。

每回找曾祺，他都有空，好像特地等着召唤。

曾祺问序子最近干什么，序子一串串地把事情和感想都讲出来。黄裳称赞序子记得住，要是自己，早忘了，几十年前的事反而记得住……

"那是我上次讲给你听的话。"序子说。

黄裳大笑，承认是这么回事。

到了兆丰公园，买票进去，走了几十步，觉得这公园做成这番规模真是不易。高高低低，一层又一层叠着的绿。选了间咖啡室坐下了。

"《大公报》'星期文艺'你那篇文章发表了，上海文艺界老小都在叫好！"黄裳说。

（我现在已经不记得当时《大公报》"星期文艺"发表曾祺的哪篇文章！《老鲁》？《鸡鸭名家》？还是《戴车匠》？另外一篇长散文连名字都记不得了，内容也很模糊，谈的是西南马帮的内容，提到英国作家山姆塞·毛姆那篇《负之兽》，把"毛姆"称"毛某"，在天津《盖世报》还是在上海《大公报》发表也忘记了。脑袋里只留下那时的掌声。

也奇怪，那时候的人竟然对一篇文章这么认真！）

曾祺懒洋洋接受称赞，喝了一口咖啡，并不怎么动容。

黄裳全身靠在椅背上，看样子很有一副发福的前景，顺手指着草坪那张牌子："看那块广告，来一对黑豹子用得着那么宣传？"

曾祺挺直身子看那牌子："黑豹不简单，特别机灵和妖媚的动物。一副黑缎子透黑章绒花纹的苗条身材，它一动不动默默过来扑杀你，让你面对一场梦。序子，你看你木刻怎么刻能黑里透黑，要刻多细的刀法和点子？"

"是不同性质的黑和黑颜色的变化，用刀只刻得出质感和'光'。我小时候挨过老师这类的骂。老师吹牛皮说什么都能画，我问他能用黑画红吗？他骂我混蛋！现在回想，我当时提出的问题天分很高，一定把老师吓闷了。我觉得张大千假若画黑豹子，一定得心应手。我看过他一幅仕女画，整脑头发用松烟墨打底，再用油烟墨细描发理。黑里透黑，清晰之极。

"张大千精力过人，有勇气带家人在敦煌临摹这么长时间的画，用很多时间精研纸张和颜料的制作，排除腐朽保守成见。他画的仕女项下挂的珍珠浮凸纸面，用的白颜料是英国建筑师制图的白墨水。这就很出人的意料之外。"序子说。

"你认得他？见过面？"黄裳问。

"不认识，没见过。他跟国民党的张群、张学良那帮人关系很深……跟我们这边来往的人怕只有叶浅予、黄苗子和郁风了。看得出叶浅予这些人和他来往学问上得到很多益处。"

"听说人也大方。"黄裳说。

"都这么说。"曾祺说，"既然谈到黑豹子，我们无妨去拜会拜会如何？"

"朋友听到我们三个人来兆丰公园看动物都难以相信。"黄裳说完起身付账。

"你那些朋友都是吃斋的，不看动物。"序子说。

"这是什么话？"曾祺问。

"我们朱雀听人凡事讲究，就说他吃斋。"序子说。

黑豹住的地方在一间现代化建筑里，温度和光线适宜，空气清爽，可惜两口子都在憩睡，看不到身段和动态。花纹像丝绒，有珍贵感。

序子说："非洲猎豹可以驯服，它们不行。"

"实际上它们已经驯服了。想当年，一点响声也会蹦起来。怎么容得下原来是嘴边猎物的人类在面前来来去去！"黄裳说。

"动物园的动物不动，变成静物园，一点意思也没有。听说北平的动物园原来不叫动物园而叫万牲园，恐怕就是当时的文人因为这些顾虑另辟的别致吧！"曾祺说。

"也说不上什么别致。听说充实博物学内容，表达全面，还把马、牛、羊、鸡、犬、豕都当作展品让人观看过。"黄裳说。

序子点头相信："这叫作'蠢官'的聪明行为。"

看够睡觉的黑豹，三个人边走边谈。

水族馆隔断的小开间铁栏内两只不动的海龟，圆桌那么大，你看不到它们眨眼，也看不到它们呼吸，要相信动物园不展出标本的诚实。它们的确是活的。它们是长寿的动物，极可能与你太爷爷的太爷爷同庚。

"真难以想象它二位怎么活下去？"黄裳说。

"不用想，它们不正在往下活着吗？"曾祺说。

"连曹操对乌龟长寿都抱怀疑态度，也说是终究有个完的时候。别看了，走吧！永远是那个样子。"

三个人依然走在小路上。

"要是都像海龟那样陈列，肯定是座'静物园'。"序子说。

"欣赏被禁锢的生动活泼，也并不怎么好过。"黄裳说。

"你这话可以写篇东西！"曾祺建议。

"要不要去看看被禁锢的活泼猴子们？鸟群？"序子问，"或者印度尼西亚的科莫多龙大四脚蛇？"

"意思不大了，回去吧！找个地方吃晚饭吧！"黄裳说。三个人坐出租车回到市区。

四马路一家菜馆（记不住名字了），跟黄裳是熟人，故意夸张地对二楼叫："容先生上楼来哉！"

上头伙计答应了，迎三人到一个讲究的隔间。

伙计上过茶，取出本子让黄裳点菜。

黄裳说："三个人的事，老董晓得的。"

伙计点头会意，下楼去了。

来了一斤"加饭"、一碟细糟螃蟹脚、一碟螺蛳、一碟宁波小酱瓜、一碟斋火腿；爆三样一盘，酒糟鱼片一盘，红椒牛肉丝一盘。伙计笑眯眯指着牛肉丝说："董老板记得容先生朋友是湖南人，送的。"

黄裳得意地用上海腔举杯说："看阿拉上海朋友这排场！"

序子认真地吃着饭，一边听两个人吹。

在序子头脑里，抗战八年昆明西南联大那帮读书人都喜欢吹学堂的教授，认不认识都吹，很少谈当时自己的功课作业。

序子告诉他们两个："陈寅恪的哥哥陈师曾是在朱雀城衙门后面官舍东庙房出生的。他爸爸陈三立当时算是个衙内，跟着在朱雀城当官的爷爷过日子。

"他爷爷当官的时候我的太爷爷正在主编县志，对他爷爷好像没讲过什么好话。其实他爷爷为朱雀周围地区都做过不少好事。不知道他们之间是否有过什么过节。"

"你怎么知道这些事？"黄裳问。

"听老人家说过，后来也看过县志，没怎么认真地写陈老先生。我太爷爷没做过官，学位也小，只是个'拔贡'。"序子说。

"怎么没听你讲过？"曾祺说。

"平白无故扯到那里去干什么？我还没告诉你们我外公的事咧。他是清廷最后一任宁波知府，死在任上。灵柩是老远从宁波盘回朱雀的得胜营下葬的，看样子动静不小。我外婆是宁波人，我妈、我姨、我舅舅都诞生在宁波，所以后来能有条件读书。北大、省立第二师范之类的学校。在得胜营有像模像样的大房子。我家穷了之后让我常能有机会到得胜营去向外婆和舅舅'边匡'（这是朱雀地区常用的语言，告穷要求帮助的意思）。"

两个人谈得尽兴，又加了一壶"加饭"。听口气是一斤一壶。

陈寅恪的哥哥陈师曾是在朱雀城衙门后面官
舍东庙房出生的。

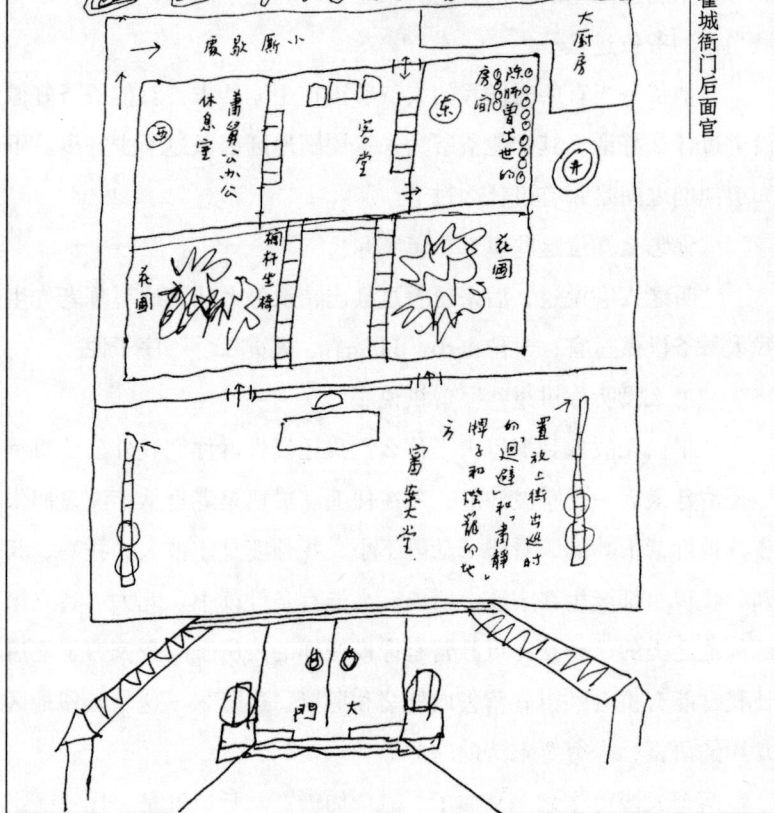

朱雀县衙门平面图

那就是说，为这餐饭，两个人居然喝了两斤酒。序子觉得这一点也不开玩笑，于是联想道："世界上居然有人胆敢把酒这类饮料供奉上苍，也不想想，要是上苍喝醉了酒怎么办？"

喝完酒走在四马路街上，曾祺兴致高昂，跟黄裳正谈到晚明的什么问题。序子走前了几步，忽然斜刺里闪出两个女士来，一人各扭着序子一边肩膀说："先生，先生，帮帮忙好哦？帮帮忙好哦？"拥着序子往旁边巷子里拉。

序子警觉得快，可不正就是传说的"婊子拉客"？马上使出一手"关公卸甲"功夫闪脱了。亮出拳头，指着左右两个女人说："你们想干什么？"

两个女士马上赔笑说："对勿住！对勿住，阿拉认错特人勒！"走了。

序子这才心跳起来。毫无准备的情况之下遭这么一手，一辈子头回碰到："怎么找上我了？"

你猜走在后面的黄裳和曾祺怎么样？不单不前来解救，两人居然在街当中指着序子哈哈大笑，也引起了街两边的行人的兴趣和注意。

事情幸好很快就过去了。

黄裳对曾祺说风凉话："长这么大，我从来没碰到过。"

曾祺也说："在熟人间，我听也没听过！"反过来还问序子，"好像那两位女士还对你说了句什么话，是吧？"

"是的，说了。"序子回答，"要我转告，你二位给她们的信收到了！随时候教……"

『先生，先生，帮帮忙好哦？帮帮忙好哦？』

拥着序子往旁边巷子里拉。

先生，帮帮忙好哦，

序子到圆明园路文汇报社往后门走，其实没有正后门，旁门而已。进门上楼，好多熟人。卓之、重野、唐海、钦源、叶冈、黄裳，还有不少没打过交道的老面孔，是不是原来报馆的闹不清楚。

重野带序子去见宦乡。宦乡说："我认得你，你不认得我。木刻展览会上不便介绍啊！我应该也算个文化人嚛！流动性太大，行李太多不方便。我是喜欢你的木刻的，总是跟别人不一样，你这个脑子有点特别……你是哪里人？"

"湖南朱雀人。"

"怎么到上海的？"递了支香烟给序子。

序子束手摇头，心里想到别人说过的那句趣话："不抽！没那个坏习惯！"

"唉！来上海可真费了我大力气了。在上海能学到好多新东西。"序子说。

"是的！上海是个广见识的地方！"宦乡说，"你好多朋友都喜欢你！"

"我也喜欢他们。"序子说。

那边三张圆桌开始摆餐具，有人已经见摆就坐，家常得很。

宦乡也说："好，看样子我们要吃东西了，吃完再说。"

重野和序子跟黄裳、叶冈大伙坐在一桌。

坐下之后，重野轻轻对序子说："'司克牙克'没吃过吧？你看我怎么做你就怎么做，哪！先敲个鸡蛋在小碗里，调些芥末、胡椒和酱料、麻油，筷子打匀。有人把中间大平底锅底下的火点燃，放上油膏。面前所有的鸡、鸭、猪、牛、鱼肉片和青菜都可以自己拿筷子夹着往里放，眼看差不多的时候夹回在小蛋酱碗里卤着吃，等于吃不放汤的火锅一样……你笑什么？"

"等你讲完我好动手。"序子答。

"你以前吃过'司克牙克'？"重野问。

"前几天黄裳给我讲的跟你现在讲的完全一样。"序子说。

"那你不早说？"重野说。

"唉！难拂好意。"序子说。

满满一桌肉食鲜菜像个大盆景，眼看着消融见底，人这种动物真不简单。不喝酒的怕只有张序子一个人。"醒其独醒乎？醉人尽醉矣！"谁作的这联？

这顿圣诞大餐没拖好久，不少人吃完就走了。他们还要去赶第二场，很可能要玩个通宵直到天亮。

圣诞、圣诞，也就是提醒众人，耶稣自从马棚出生到现在已经一千九百四十七岁了。

留下来聊天的不到十个人，叶冈、重野、卓之、序子和几位外勤记者。黄裳可能喝多了几口，鼓着余勇把序子四马路的奇遇当笑话讲给大家听，果然引起众人兴趣大笑起来。宦乡几乎不相信那是前几天发生的真事，问声序子，序子点头承认黄裳所说是实："饭馆下来，他两个不停地'晚明、晚明'，我受不了，一个人走在前面，碰上了鬼！"

重新泡了浓茶和红茶，熬了咖啡，各人凭喜欢都端了一杯在面前，畅谈国内外形势。一位外勤插了句嘴："老蒋眼前的这阵子，怕也只能是剩个蛋了。"

"最近街上警察车子喇叭特别响，在制造有好戏看的气氛，作恶行为惯性太大，绝对收不住脚。"

"看这大好局面，解放全国恐怕该要提前了。"

"所以老蒋在南京忙着召开国大，也在做认真的配合，讨论如何办好自己这场热闹丧事。"

"还有报纸登载一些'爱国人士'鼓吹中国长江为界南北分治文章。"

"有的文章在研究各省自治问题。"

"还有文章建议中国学美国重新直线划省，改省为州。

"浦东一家《年节小报》创刊第一天，提出两个建议：一、中国改名为'百党国'，议会制，由一百个党派组成一个东方快乐国家。二、举办新国旗设计竞赛，冠军成为正式国旗。

"社长及编辑部全体人员十二人当天被扣，社址封门。"

"荒唐对荒唐，连笑都来不及，这批人竟然也配参加迎接新中国解放！"

"嗳！嗳！办喜事嘛！人总是越多越好。闹新房，说什么话的都有。一旦新人进了洞房，就由不得他们了。"

这话谁说的？好像是宦乡。

序子没喝酒，累得像个醉人一样，回到狄思威路倒头便睡。第二天十点多起床，房门被反锁了。

怎么回事？谁开这么大玩笑？

傻呆了一阵，爬上桌子开了窗户，小心越过矮树丛下到院子，上台阶口袋摸出钥匙开了锁，穿齐整衣服到厨房一看，完了！

所有大小烹调锅盆重要器物和煤油炉子被洗劫一空。小偷从后门进出，顺手轻轻锁了序子房门，以防序子醒觉追赶。

序子清楚虹口巡捕房离九〇四弄不远，都在狄思威路一条路上。进巡捕房什么室什么股报案，股里的警察告诉序子说："巧了，偷侬物事格小贼捉牢了！"他取出一张表格要序子填写，"侬落脱啥物事填啥物事。"序子填得很认真，什么铝锅，什么铁锅，大小件数，还加上锅铲和笊篱……都填得清楚无误。

"好！盖上大拇指手印，好哉，侬可以走了！"那办事警察说。

"我怎么走？我那些东西呢？"序子着急起来。

"伊拉脱手啦！全没啦！领弗到啦！"那警察说。

"你人都抓到了，东西怎么拿不回来？还让我填表？"序子说。

那警察跟序子差不多年纪，脾气还算不错："讲侬可以走了呀！阿拉格搭弗管物事额！"

序子一肚子莫名其妙走到巡捕房院子碰到一个人，名叫蒋炎午，是在老所和李桦时候一起混饭的那个方成介绍的。

"怎么在这里碰上你？"序子问。

"我借住在这里等护照去美国进西点军校。你来这里做什么？"蒋炎午问。

"我呀！昨天晚上小偷进厨房把所有做饭的东西都偷光了。我来报案，他们说小偷已经抓到，要我把被偷的东西填在一张表上，还盖了手印。东西呢，说小偷已经脱手，拿不回来了。他妈见鬼了，东西弄不回来你还叫我填表？你跟巡捕房这里哪个熟？帮我把东西要回来。"

"不熟！介绍我住这里的朋友不在这里做事，只是一点关系。"蒋炎午说。看样子是实话。

序子回到九〇四弄五号，想办法继续过自己的日子。

（和那个蒋炎午算是第二次见面，在上海也没再找他。知道他要去美国上西点军校。方成在哪里介绍我和他认识的，地点和时间也都记不起来了。

没想到这几十年又零零碎碎挂上了一点蒋炎午的消息，分量不重却是少见的时代趣味，好像猴子捡到块姜一样，难以下口却是扔了可惜，只好现在一口气把他写出来。

一九四八年在香港又见到蒋炎午，方成那时也在香港，有时候三个人也见见面，喝喝咖啡。那时候我介绍方成认识了《大公报》的罗承勋，罗当时在编副刊"大公园"，方成为"大公园"画连环漫画《康伯》。

我家住在九龙荔枝角九华径。方成原先住西环他的原工作单位宿舍，什么黄海化工研究所宿舍，他原是武汉大学读化工的，后来搬到跑马地成和道。

蒋炎午后来怎么认识罗承勋的我不清楚，我只清楚不是我介绍的，或许是方成介绍的，还是别的关系认识的，后来用"国之华"的笔名为"大公园"写些短文章。

那时《大公报》在香港利源东街很挤的地方工作。

这个蒋炎午做人方面有点问题。听罗承勋说，罗不在的时候，他开抽屉取了罗的五块钱，留下张小条子，上写"我取去五元——国（之华）"。这还了得？罗为什么不锁抽屉？

细细想来，这人怕还是真有点问题。他去年年底在巡捕房院子亲口说马上去美国进西点军校，不到一年这么快就毕业了？

到底去了美国没有？

现在在香港干什么？住在哪里？看他身上总是那一套旧行头，

衬衫也不换，孤零零一个人，几几乎是"遍国中无与立谈者"，怎么回事啊？

九华径这地方由于楼适夷先生的缘故，不少左派进步人士都住到这里来了。地方幽静，租金便宜。外头是一个漂亮的海湾，后来方成和一些熟人也住到这里来了，蒋炎午也跟着来了，各人都找到合适的住处。淮海战役的胜利决定了老蒋最后的命运，大部分扯散的国民党政权都往广州跑。香港也逃来不少"白华"。当时的香港新闻很鼓捣过一阵白华的热闹。

四九年上半年，好多重要的文艺界老前辈和熟人们都满脸笑容地准备搭海轮往天津转北京了。那时候的香港是可敬的乔老爷在经管这些既庞大且琐碎的杂事，包括照拂老头子们的远航脾气和缺旅费朋友们的生活津贴，甚至衣着，送走了一批又一批。

有天早上方成和两三个熟人包括蒋炎午在楼下招呼我告别，他们也是准备往香港上船去天津的。印象最清楚的是各人提行李包和箱子。蒋炎午提手提箱之外还挟着一张行军床。我在《大公报》工作，还不能走，心里没觉得先走后走的区别，走是一定要走的。

不过眼看大家都走光了，不太习惯。不过我很少有机会不习惯，我有我喜欢的木刻陪着我。

第二天在阳台上，我看到一个人睡眼惺忪地从左边台阶上下来，叫他："蒋炎午，你不是走了吗？怎么又回来了？"

他随便答了一句："我不想去了！"

听了他这句话，我当时只从他意志薄弱、不负责、爱扯谎、吊儿郎当甚至流氓成性去估计他，最多是个混混，把领来的旅费花光了，走不成。我没有找人打听，真实的原因究竟何在！

准备跟蒋炎午一齐上船的方成、端木、林景煌都上船走了，兴高采烈的蒋炎午倒没有走成。真的像他心血来潮说一声"不想去了"就不去了？现在看来不会是那么简单。

组织上一定严格审查过，不准他去了。

当初我一点也没有往这方面想。事后证明这个决定非常有道理。

他依然住在九华径，有时候可以遇见他，他已经跟一个带着五六岁女儿的漂亮外省女人住在一起了。底下的行为很惊人，仍然用"国之华"的笔名开始在反共刊物报纸上写反共文章，措辞恶毒，如"中共大口径的谎言"之类。

我搬了两次家，香港坚尼地道和九龙山谷道，一九五三年回北京。几十年就这么过去了。"文革"以后从中央美院退休，住在三里河南沙沟大院子一座楼里。一天，"砰！砰！砰！"有人敲门，开门一看——

俨然的一个蒋炎午！

进屋请坐，喝茶。

"梅溪呢？"

"在香港。"

"黑妮呢？"

"在美国读书。"

"黑蛮呢？"

"在意大利读书。"

"就你一个人在北京？"

"嗯！——你怎么来北京的？"

"老罗介绍我来的（那时罗还没出事），有重要的事来北京见邓小平！"

"开玩笑！"

"怎么是开玩笑？我已写信给他了，只等约时间接见。我要把美国在东南亚所有的特务名单交给他。"

"哎！几十年你那个老毛病还不改？"

"你别这么说，过几天你见家伙。我还有事，过几天再来看你。"

不到一礼拜，他真的来了，面色灰灰的。

"怎么样？接见了？"

他摇头，坐下喝一口茶："我还要去上海看姐姐，明天上火车，看样子邓小平要萧何月下追韩信了。我有什么办法？不见，怪不得我，就让他萧何月下追韩信吧！我走了！不送。这对东西老远带来，做个纪念！"

从此以后我们没缘再见。老远带来做纪念的礼物是帆布口袋装着的一对三十磅重的铁哑铃。

前些年我在香港住过一段时候，打听过他，说是在为人看管仓库，后来死了……

我奇怪，这个人，世界上怎么只有很少人认得呢？说来说去，倒是有点徐志摩的诗意：

> 轻轻的我走了，
>
> 正如我轻轻的来。
>
> 我轻轻的招手，
>
> 作别西天的云彩。

『我还要去上海看姐姐，明天上火车，看样子邓小平要萧何月下追韩信了。我有什么办法？』

萧何月下追韩信

这故事写完了，零零落落，却是顺延好长年月。有点油皮涎脸，也追究不出他耽误了谁。跟他来往，总捏着一把汗倒是事实。上天宽容他，让他活到六十多，算可以了。）

序子把失窃的事在麦杆家里说了。不少人送这个补那个，总算把过日子的东西勉强凑齐了。李寸松还送来一座取暖的小洋煤炉子，并帮忙安装了炉管，教会安全使用方法，第二天又请人送来一吨煤，还借一部自行车让序子方便在就近地方买东西。

寸松这人话少，喜欢搜集民间艺术，所以彼此有不少话讲。不过大伙来狄思威路时他很少参与，不凑热闹。他懂得欣赏有趣的玩笑而自己从不主动开玩笑。

（我好想念他，我以为他还活着，他比我小，是一个可以成为永远朋友的那种朋友。在回忆中，我还有一些可以称为道德残余分子的朋友，历史积累中可称群朋，也可以叫作心地善良的黑帮。胆小，穷，身体孱弱，爱书如命，为一页珍贵残篇远走千百里，废寝忘食，跟书店老板要尽心机狡猾，对书页的真诚，使用道德上的某些贬义词形容他都不为过。发狠程度，简直是不把那珍本残篇捕擒到手不松爪子。这帮凶人，活着时候不见光辉，死后也无从听到上天的玄乐。家小卖尽他数十年血汗珍藏，破墙上连半条屋漏痕迹都没有留下。

旧书版本不像金银珠宝那么大众化，那么通俗易懂，它太珍贵，所以特别脆弱。它什么都怕，怕烧屋，怕涨水，怕虫咬，怕发霉，怕战争，怕老鼠，怕有学问的官，怕没有学问的兵。

当年，让老头子们吃尽苦头的年轻人也老了，也一层层在褪皮掉毛，一天天龙钟不堪。不过，他们即使老到只剩一根骨头，也不会像当年那些老傻家伙舍死忘生地去搭救那几片破页残篇。用不着了。实际上他们当时抄家已懂得我收藏的陈老莲《水浒》叶子的价值，这又另作别论。

学问都在手机上，手指一点，什么都显示出来。

秦始皇多蠢，搞这么多兵马俑在身边多纷扰多费事？在今天，一部手机就够用了，连焚书坑儒都省了。

我眼前不太适应现代化，糟蹋自己开玩笑说过："现代化我只懂得手电筒。"这是事实。查个朝代年号对照西历，加、减、乘、除做算术题，有时还弄错，所以桌子上摆着《辞海》《辞源》。我不遗憾，喜欢自己头脑热闹得像座斗大的蜜蜂窝，思绪如蜜蜂四周飞舞，还有蜜……）

（以下这段故事请原谅我要跨越一段时空。）

西厓见序子一个人，便搬来和他同住。

在一起生活的时间不长，三两个月之后，序子和陆志庠跟张正宇到台湾去了。也就是说，序子这一生跟西厓住在一起的时间就那么三两个月。以后再见到西厓时，大家都老了，只留下漫长的回忆。

西厓一辈子就是那个样子，不会有什么特别的变化，很容易几下就说清楚。朋友们对他的认识几乎很一致。

他过日子方式严简，不喝酒，不抽烟，不贪食。创作讲究精致，出品少，收入也低。

思维清晰，出语条理分明，不发狂言粗声。

留较长头发，每天梳理得整齐规致。

西厓一辈子就是那个样子，不会有什么特别的变化，很容易几下就说清楚。

西厓

100

白、灰、深灰西装三套，夏、秋、冬外出穿用。另外一件带拉链毛里子的墨绿色美军用帆布短大衣，严冬外出穿用。衬衣多件，领带若干，皮鞋赭、黑两双。

他每次出门，严肃认真得令人起敬。

嗓子沙沙的，爱音乐，没给人留下唱过歌的印象。

记得一件事。

在美国新闻处工作的画家钱辛稻老兄来说起，他那里还需要一个能设计的画家帮忙（解放后知道钱辛稻是地下党员）。

抗战期间，在重庆、昆明大后方，不少尊敬的老大哥们叶浅予、丁聪、廖冰兄……都在那里的"心理作战部"工作过。画抗战漫画用陈纳德十三航空队的飞机投到沦陷区去。那时听到这消息，心里都很羡慕，何况还是拿美金。

序子觉得章西厓老兄对这工作最合适也不过。

后来又听说有人介绍可阳去，觉得也挺好。不过要序子选，还是选西厓。他杭州美专毕业，底子厚，又是这个设计专业。

序子和陆志庠跟张正宇去了台湾，听说西厓兄真是入选了美国新闻处，跟钱辛稻兄同在一个办公室，面对面共一张桌子做事。

下半年序子离开台湾去到香港，在九龙荔枝角九华径租到一间小房，接来了妻子，有了自己的家，参加人间画会的活动，和汪曾祺、西厓跟亲人和所有朋友不停地有书信来往。

四九年在香港庆祝国庆，还跟大家一齐上广州参加了"华南文艺代表大会"。

没多久"抗美援朝"开始。

西厓兄是虹口区抗美援朝宣传小组长。又不久，听说他被抓了，当时还真吓了一跳。又听说，抄他的家，发现了箱子里有支小手枪，更是吓了一跳。

记不得过了多久，西厓释放了。故事是这样的：

序子三个人走后，西厓重逢了当年杭州美专的女同学，一个新寡的资本家太太，两个人就好上了。来往期间，这位女同学手提袋有把精制小手枪（解放前听到过有这类事，太太们当首饰玩，还可以防身），西厓见了喜欢，便要了去，解放后没上交。没上交谁会知道呢？

没想到那位女同学有个弟弟，是个阿飞，被公安局抓了，交代出他姐姐有把小手枪。再追问姐姐，交代已送给木刻家章西厓了，一查章西厓，在美国新闻处待过的（公安局一定问过钱辛稻，钱辛稻对这事一定也莫名其妙）。抄家，还真抄出来了。

审来审去，还真就那么回事，释放了，分在上海文艺出版社工作，挺合适的。

西厓被捕之前已经跟戏剧学院毕业的一位漂亮女士结婚了，生了个女儿。好不容易等到西厓出狱团圆。

过了几年，"反胡风运动"开始，西厓又进了公安局。胡风一本什么文集的封面是西厓设计的，后来查清，西厓和胡风以及胡风集团什么屁关系都没有，又释放了，回原单位工作。

太太第二次受不了了，留下女儿给西厓，自己走了。

大家清楚的"文革"，这里就不讲了。

序子是"文革"后到上海看的西厓，仍然是那么温婉和平的风度。住在四马路当年有两位女士要拉序子进去的那条名叫群玉坊的弄堂里的一间小房子的三楼，他已经重新结婚，妻子是一个被处决的国民党人员的未亡人。就这么一对飘零的夫妻相濡以沫地带着以前可爱的女儿和后来生下的两个可爱孩子在身边活着。

序子有几年在香港住，和西厓有过两次见面，一次是他去美国看女儿，一次是他到台湾看妹妹。经过香港时为他策划过一次个人画展。竟然没人知道世上有个章西厓！

不久，听到他在上海逝世的消息。

一大早，叶苗带着陆志庠来敲门，还带来个大鱼头，少见这么大的鱼头："乐平说你会做菜，买这个鱼头考考你。"

"我从来没见过这种鱼，尖嘴巴，两只眼睛这么小。"

"说是黄鱼。"叶苗说。

"不是，黄鱼我认得，这哪儿是黄鱼？黄鱼我熟，福建沿海有的是，我见多了……"序子话没说完，蹲下去找出一本书，《动物大百科》，翻翻翻，"哪！哪！是这个'鲟'字，怪不得！这就对了，怪不得上海叫'黄鱼'。这鱼头不好对付，让我好好构思一下。把这东西做出来很费油，还费材料。其实你买个普通鱼头来我倒也不反对。买这个鲟鳇鱼脑袋事情就很大。

"先要用炭火把鱼腥烤掉，再拿荤油做锅底，青蒜、大蒜头、辣椒干、桂皮、八角，炒糖焦若干，轻放鱼头下锅，锅铲反复翻动，加糯米甜酒三匙、白酒一小杯、辣椒粉一匙，酱油、盐若干。按人数多寡加油豆腐若干，换大高锅加水慢火细焖……"序子说。

"听口气，看派头，侬好像家学渊源。"叶苗说。

"饭食菜肴各有系统性质特点，按规律步调办理就是了。现在请你飞马上菜市按我纸条写的买齐，不可耽误！"

『这鱼头不好对付，让我好好构思一下。把这东西做出来很费油，还费材料。其实你买个普通鱼头来我倒也不反对。买这个鲟鳇鱼脑袋事情就很大。』

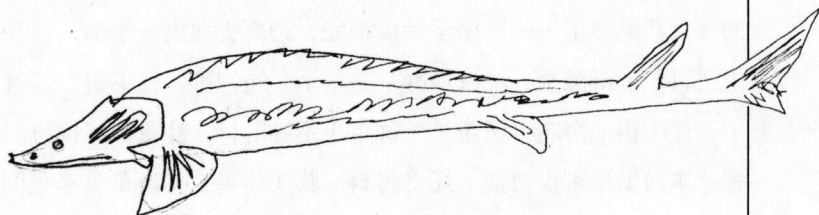

鲟鳇鱼玦之宴

叶苗得令正要出门，张乐平带了个不熟的小干老头进屋来了，一个个指着介绍："陆志庠、章西厓。"指指序子，"侬特意要找的小囡，张序子！"顺手介绍来人："唐大郎。"屁股一坐下就说："侬有弗有听到？白璐昨日夜里厢，从国际大厦跌落下来，死脱哉！"

西厓问："跳？"

"弗是自家格事体。和相送格朋友讲'明朝会'！转身进电梯，电梯门开勒，没电梯间额，人跌落几十层楼底。粉身碎骨。打电话把君超，没得人接。白璐为人交关交关好！真不忍往下想！"

西厓跟陆志庠打手势说这件事，陆也认得蒋君超和白璐夫妇，明白之后，也低头捶着自己胸脯悲哀十分。

西厓跟乐平细细介绍今天做鱼头的前后故事，乐平对大郎说："我伲今朝好口福！"

西厓问乐平："这么浓辣东西你能进口？"

"在江西辣子军校毕业，比湖南、四川辣子军校毕业的都厉害，黄牛[1]，你说是不是？"

"江西吃辣椒比湖南、四川厉害，没湖南、四川出名。其实，山西、陕西那边也很厉害……"大郎又问序子，"侬哪能会得做菜？"

乐平说："在江西伊十几岁就会得做，仔姜焖鸭，鲜炒糖醋鹌鹑，个个叫好！侬没福气吃过他做的菜，雏音还时常念叨黄牛做的菜。"

大郎问乐平："侬叫伊啥么子？"

"黄牛。"乐平回答。

"啥人给取的？"大郎问。

---

1 序子小时在福建、江西，人都叫他黄牛。

"大概是王淮老婆刘崇淦叫出来的。王淮是序子当年演剧队的队长。"

"哈！想弗到侬还会演剧呀！"大郎说。

"伊绝对绝对弗会演戏，伊砸过台，后来让伊画海报拉幕，吹小号。"乐平说，"还写过短歌剧。"

大郎跳起来："怪不得！怪不得说你是个怪囡！"

序子听乐平说的自己也笑弯了腰。

心想："你这狗日的干巴老头，要是老子当面给你来两手，怕不把你吓尿！"

乐平补充："看伊小小年纪，身上厚厚格本苦账，讲两天也讲不完。"

叶苗回来了，口里嚷着："百分之二百完成任务。"

哗啦啦，黄、绿、红、黑、青、蓝、紫倒了一地，又慢慢捡回，叫序子一起进厨房去了。

厨房里跟着声音响起，烟雾冒出。

其余老头在房里依然品着茶。

"一样大物事，伊拉笃定忘记特啦！"乐平说。

"对格！"大郎接应。

乐平打着京腔高声一呼："叶苗、黄牛你们过来！"

两人过来了！

乐平大拇指扣着食指成一个小圈，仰头往嘴里一送，再摊开双手对着两人。

聋膨会意拍手大笑。

叶苗是聪明人，双手对空数钞票，也摊开双手。

全屋登时哑场。

序子反应特快："别急，别急！都跟我来看看。"来到厨房，弯身指了指灶底，"大家看看那几个瓶子有没有酒！"

李桦是不喝酒的，老所亚也不是喝酒的人，灶底下的瓶子原来都是实酒。一共五瓶，中国酒三瓶，洋酒两瓶。幸好西厓懂事按住说："留两瓶好招待以后的客人。"

喝酒是乐平、大郎、叶苗、聋膨四人，不喝酒的是西厓和序子。

四个喝酒的都俯首帖耳地乖乖洗着酒杯和酒壶，又耐烦细心地用软布拭擦直到照得见人影。

四个酒人耐心地等待着好时刻的到来，虔诚得像四位六根清净打坐佛堂的老和尚，也酷似四位准备自我牺牲守候三枚定时炸弹的庄严烈士。

说老实话，这四个凡夫俗子的鼻子哪能抵挡得住厨房香味阵阵的诱惑，他们只是诚心诚意在按捺着焦急，急得像忍住一泡尿似的那样背诵着圣·罗伦佐没写完的那句短诗："我操……"

……

序子的这场功德能让人永远留念，甚至能让人带进坟墓。

不像牙医，不像剃头挑子，不像某家房顶上的猫、某个混蛋的演讲、穿过的某条底裤。

不像郑文宝的"载将离恨过江南"。

不像王维的"西出阳关无故人"。

不像李煜的"自是人生长恨水长东"。

不像纳兰性德的"聒碎乡心梦不成"。

〔我命不好，让年轻的朋友周毅死在我的前头。她应该还有几十年好活，好多精彩事要做，写好多漂亮有价值的文章，这么有出息的人物匆忙离开人世，让我一点准备都没有，连号啕几声都赶不上，都来不及。家人不告诉我她逝世的消息，狠心地看着我在用毛笔一页又一页地给她写信。我晓得她病了，在医院医病，在吃药，相信她过一阵子就会好起来。我给她写信都是东一句西一句的闲话，讨她的高兴。她不喜欢说病，也不喜欢见人。她知道我到了上海会去看她，不晓得电话里跟我女儿怎么商量的，我没有去成。也不跟我打电话。这女孩心肠硬，真下得了手。

我听到的都是好消息，她跟她的父母最近有过一次隆重的旅游，刚回来。你看！人都可以旅游了，准备接她来北京住一段时间，换个地方让我几位高明的医生朋友出出主意看看她。

我给她写的这末一封信，不知道她看到没有？也许过了目，也许只送到她灵前。我若知道她哪天咽气我会赶去的，家人不该瞒我，不懂我这个老人的心地，让我添了多层的孤独和荒漠……

我写这个小说，有那么几个真诚的朋友喜欢，在等待新篇。写到每一段章句时候就会想：他们会不会开心？有时候猜对了。如今只能领会她在天之灵的微笑了。

忘记怎么认识周毅的了。只听她说好久以前跟我的老朋友谢蔚明谈起我，还提到《无愁河的浪荡汉子》。蔚明兄手边有一本当年湖南《芙蓉》杂志连载过之后我自己仓促印出来的纪念本子，大约十几期吧。顺手送给了她吧！留下了印象。

她喜欢，我们认识之后就有话说了。时间不长，十三四年光景。以后就时常写信。《收获》杂志重新连载《无愁河》也有十来年了。为了《无愁河的浪荡汉子》，她也沿书里的路线走过好多地方。她信写得好，我抽屉内藏有她写的好多信，想她的时候就取出来看看，跟她聊聊。

前几年我到宜兴去画壶，把《水浒传》的稿底搬到壶上去，一百几十把，再画了些别的有趣的东西。一个月多一点画完了。记得她去参观了两三天。我上午写《无愁河》，下午画壶，居然大家玩得好开心。她说过计划要把《无愁河的浪荡汉子》走过的路线走遍。我听了心底有点凄凉，人老了，没法陪她。让我做她的向导像自己温习功课多好！

她去过凤凰，去得很认真，不要人陪，书上写的老地方幸好都在，她仔细地勘查，大街小巷，一步一回环，像在诗里找平仄和变格一样，推敲得那么认真！

"黄先生，为什么唐二相打更不在八角楼而在观景山？"

"观景山离城近，八角楼离城远。"我这回答是"常识"，她问的是"诗情"。

唉！唐二相眼前活着多好！他会给周毅满意的回应。他也是诗人。

一天下午下雨，大家坐在客厅等周毅回来吃晚饭。

我问她上哪里去了。

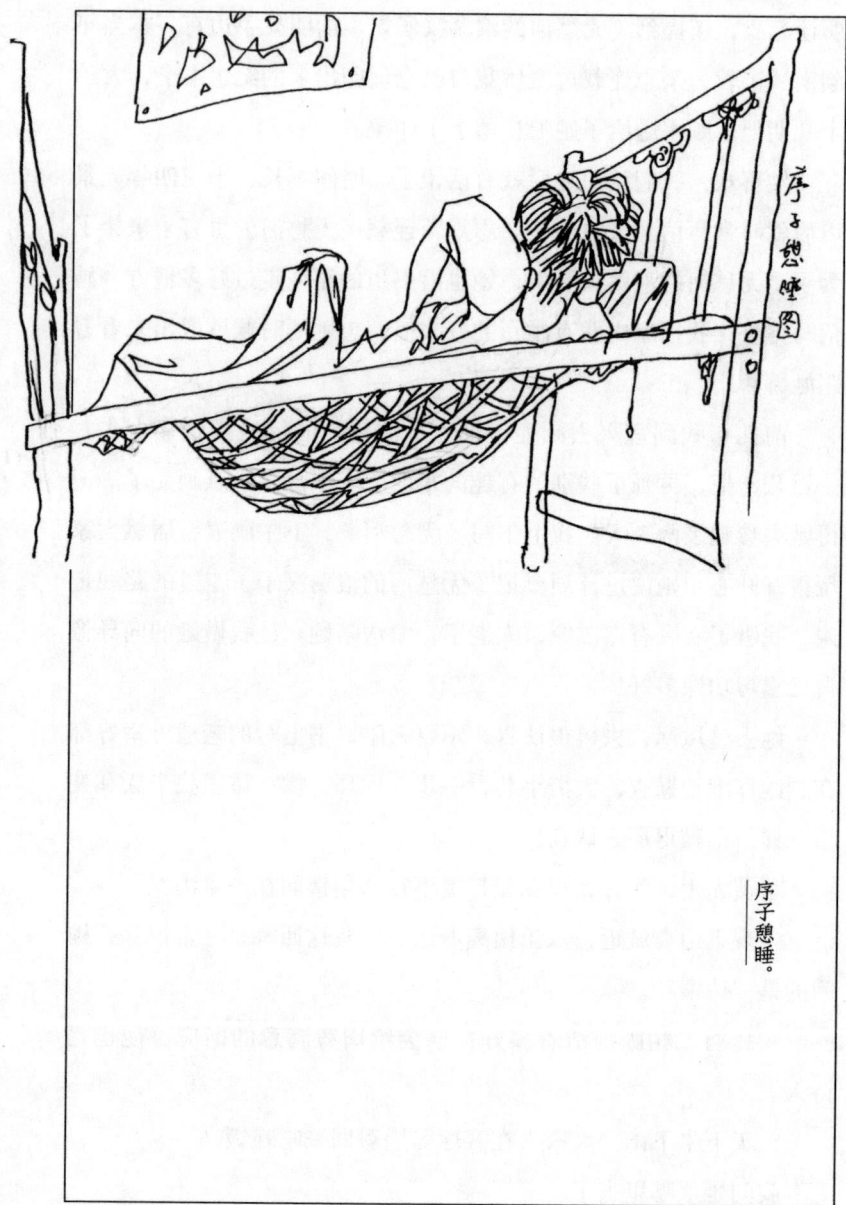

序子憩睡图

序子憩睡。

"上南华山去了！"

我蹦了起来："几个人去的？"

"她说她不要人陪，一个人去的。"

"你看这妹崽！"

回来了，一身湿，叫一个女的陪她回房洗涮，弄干头发换身衣服。

出来说："碰到打雷闪电，幸好在大树底下躲了！"

"大树底下最容易遭雷击，算你运气！"我说。

她笑了："真的假的？"

"落雨打雷天最好不要躲在大树底下和山洞里。'文革'的时候三个造反派下乡准备动员苗族人进城造反。要真来了，城里可就遭大殃了。没想到半路上下雨打大雷，三个人躲进山洞里。雷一来，三个人中一个人让雷劈了，一个人朝了[1]，一个人哑了。

"剩的那个哑的，几时在街上碰见我报送你。"我说。

"奇怪你们这地方尽出怪事，你身上的巧事也那么多。"

"我就只能这样跟你说，我们这地方以前偏僻，交通不方便，消息难外传，保存的老风水、老东西、老脾气，少受惊动，外头来的人见了不免觉得新鲜。至于我自己，一辈子路走多了巧事自然也就碰到得多。加之我喜欢哪些东西，就特别地记得紧。我弟弟对我说过：'我和你同样遇到这个事情，早就把它忘了，亏你记得住。'是这么一回事。日子久了，变成一种癖好，连读书口味都刁钻起来。

"风格、风格，有时是一些败笔和坏脾气形成的。"

"昨天我在你们虹桥过沙湾那边，看到一个送葬队伍，仪式规

1　疯了。

没想到半路上下雨打大雷，三个人躲进山洞里。雷一来，三个人中一个人让雷劈了，朝了，一个人哑了。

别立大物底下躲雷雨

112

模不小，真是久违了，我小时候在四川家乡见过。我好感动这种乡亲情感，肃立路边垂目致敬，忍住几乎掉下的眼泪。"周毅说。

"我代那家不相识的人家多谢你的好意。

"我小时候亲戚多，对红白喜事看得很家常，沈家姑公姑婆、聂家姑公姑婆的丧礼也都算我们家的大事；还有自己的亲爷那就更不用说了。家里大人会帮我向学校请假，名正言顺地空下来可以玩几天，有机会见到好多表亲兄弟姐妹。这是一辈子都记得住的事，非常难能可贵。

"'兰膏明烛，华镫错些'，鼓锣磬笛以及动情的号啕，全由大人包办了；只有重要时刻，让我们跟着念经的和尚道士与家长捏着三根燃香绕棺材走这么几圈而已。这仪式叫作'打绕棺'。

"小孩子用不着哭，这场合上小孩子哭叫意义不大，只要按吩咐乖巧领会跟随就行了。"

"黄先生，讲讲看，你怎么看待生死？"周毅问。

"生没意思，不讲了，我讲死。

"我妈是个人物，她宣称：'我死了，用火葬，干干净净！'她是个知识分子，有见识。弟弟没按她的交代，考虑地方上她的学生多，情感影响大，按老法子埋在山上。

"我们中央美院有三年时间在石家庄解放军农场劳动，听说总共开了一千二百亩水田。我跟大伙曾经上火葬场搬运骨灰，一口袋一口袋用板车拉回来，再抖在一块坪地上，堆得像座金字塔。

"那都是无家无业、孤魂野鬼们的骨灰。我们用它当肥料，有两年吃的就是这样种出来的稻米，颗粒又油又大。想起那一袋又一袋被我们拉回来的、进不了忠烈祠的骨灰，心里头忽然涌出好多奇

一口袋一口袋用板车拉回来，再抖在一块坪地上，堆得像座金字塔。

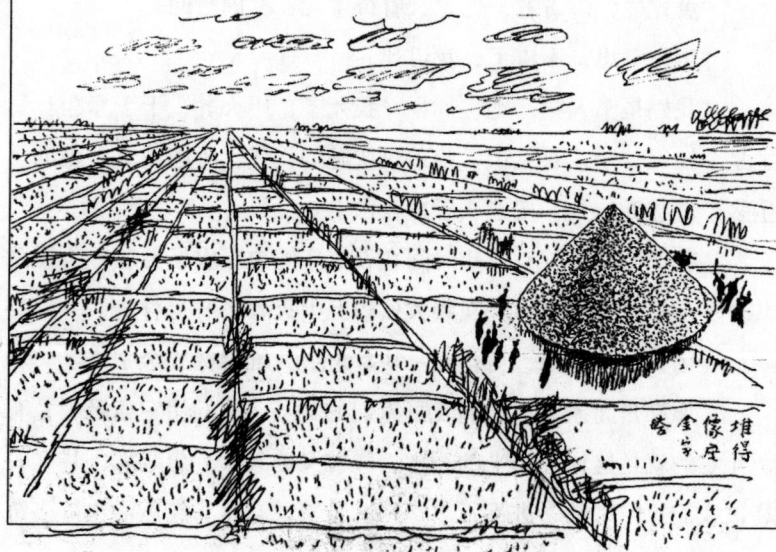

堆得像座金字塔

怪的意义和变奏。

"讲起火葬，记得几十年前看到笔记中的一段笑谈，说老广东外交家伍廷芳先生的儿子伍朝枢先生去拜访章太炎先生，闲话中提到火葬，朝枢先生忽然兴起，鲁班门前耍起斧头来说：'家父应算是中国第一个接受火葬的人……'太炎先生说：'不会吧！第一个应数武大郎！'

"章先生也只是顺口开的玩笑，要认真研究起来，火葬亦怕不只是从宋朝开始的。

"我年轻时候没见过火葬，只在'文革'以后去过八宝山两次。一次是送别绀弩先生，一次是送别冯雪峰先生。

"我当然拥护火葬，好处有三：

"一、不蹉跎时间。二、不浪费土地。三、不骚扰家人和朋友太多太长感情。

"加上自己特别的安排。必须严格执行：

"一、仔细检查是不是确实死了。不要还有口气就烧。取下手表，换身普通衣服。

"二、讲好价钱，公道收费，别让敲竹杠，不然找二家。

"三、家人亲眼看着把我送进炉子，烟囱冒烟之后，转身就走。不要骨灰，当然不买骨灰盒，让我跟孤魂野鬼一起，自由自在，绝不过死魂灵式的组织生活。到时候魂魄飞扬，想上哪里就上哪里，连飞机、火车票都省了。

"四、减轻家人子孙无谓的孝心责任负担。"

周毅说："那你总该留一点凭借给人纪念吧！"

"哎呀！想我的时候，看看天、看看云就行了。

"要人永远记住干什么？你的亲人、好朋友记住你、想你，有朝一日，亲人和好朋友都老了、死了，珍贵的情感跟他们一齐消逝，以后呢？（看看天，看看云，原来是在凤凰对周毅讲的。）

"古人就傻，盖座宏大阔气的陵墓彰显威严，也只是一时一世的自我安慰，谁知道明天的明天是什么光景？迟早受益的是一代又一代的盗墓贼和类似孙殿英那批强盗。"

（说一段离题的话：我可能等不及看到秦始皇墓和武则天墓开挖的热闹了。有些晚上电视上出现发掘古墓的报道，只见那些文物大专家满身泥泞地在细心剔剥爬梳，价值亿万的贵重文物一件件从他们手中挽救出来。他们像正在火线上浴血打仗的战士，是救死扶伤的老华佗，是从不存贪污心的包文正，是最有文化、最有风度的邋遢鬼。

对他们，我心中生出万分敬仰。凡有他们的报道，我跟到天亮都行。）

"你记不记得《昭明文选》最后那篇谢惠连写的《祭古冢文》？是'东府掘城北堑，入丈余'，他说挖那座古冢是偶然遇到的，看样子是真话，没有盗墓的意思。这点且不讲它，引我注意的是讲到墓里头的'明器之属，材瓦铜漆，有数十种。多异形，不可尽识。刻木为人，长三尺，可有二十余头。初开见，悉是人形，以物柸拨之，应手灰灭。棺上有五铢钱百余枚，水中有甘蔗节及梅李核瓜瓣，皆浮出，不甚烂坏……'的那句'以物柸拨之，应手灰灭'，很引起我兴趣，长三尺的木头人，拿小棍子拨一拨，顷刻塌变成灰。好真实的现象。年月久了，强积在那里，像雪茄烟头留着的长长灰烬，动一动，塌了。

"文章上写着'铭志不存，世代不可得而知也'，估计那墓的架势像个战国的，离谢惠连的东晋六七百年了，说是'古冢'，也算得上的。

"天底下就这么一个道理，埋在土里的遗体，不管权威破户，迟早都会被挖出来。有的为了里头的东西，有的为了基本建设，有的是时代变化或某种意思。一点都不特别。

"恐怖也是这样，一个好朋友告诉我，他打针都怕。我清楚这是个习惯问题。几十年前，我到云南去收集阿诗玛木刻素材的时候认识了女作家季康，她讲了件自己的经历给我听。

"她去一个地方办完事往回走，在山上迷路了。太阳落时远远看到山底下有户人家，放下心来。好不容易走到跟前，那人家在屋前一大块坪坝摆张小方桌吃饭。四十多岁夫妻带着三个十一二岁往下数的孩子，最小的是女孩。

"季康报告他们迷了路，自己是云南省文联的干部。男的问她吃饭没有，她说没有，孩子妈便回厨房取副碗筷给她一起吃起来，萝卜、青菜，没什么好讲的。

"离饭桌三十多米远有一座带烟囱的大灶正冒着浓烟。一口很大的大锅在下，另一口大锅上头罩着，远远听到锅里喳、喳响。

"季康问：'你在烧什么？'

"'人！'男人说。

"'人？'季康问。

"'嗯！'男人说，'这里是火葬场。'

"季康狠狠拨一口饭。眼看锅里头某部分东西把上头锅盖顶歪了，男人就蹚过去拿铲子拨一拨。吃完饭，季康算饭钱，男的说：

『季康狠狠拨一口饭。眼看锅里头某部分东西把上头锅盖顶歪了，男人就踱过去拿铲子拨一拨。』

季康曰

'哎！算什么钱！'还告诉她回昆明的路怎么走。

"季康一九三一年生，念过大学，'文革'以后去了美国。以前跟人合作写过电影剧本《五朵金花》和《摩雅傣》。

"真想念她。"

"季康还吃得下饭？"周毅好久才说出一句话。

"赵季康之所以叫赵季康！"我说，"你还可以想象手工业火葬方式事前的准备程序，如何分工？一家五口，大人做什么？小孩做什么？事后这一家还做了些什么？

"三个孩子参与这工作为什么不怕？身处恐惧，成为家业，锻炼出冷漠客观的超脱境界。这家人只是在担任一种性质上比较难堪的工作而已，并不是本身遭遇，习惯了就好——

"你可以设想当年波兰奥斯威辛集中营里头的人，那心地是连恐怖和死亡都不在话下的。

"我从小就遭遇实验小学那个混蛋先生的敲打，又一路在八年抗战中受尽灾难折磨，单身一人，你叫我如何过日子？学东学西，最后在谅解的幽默感中长大。这方面我一点也不小看自己，为这身创疤甲胄自豪。

"我常常对朋友吹牛皮，人生起点跟孔夫子一样：'吾少也贱，故多能鄙事。'

"混饭从来用手，而不是用膝盖。"

"我喜欢在凤凰跟你聊天。"周毅说。

"多谢你让我有机会捡拾老箱底，你要常到我家做客就好，到凤凰，到北京。"

还有一次是在绍兴。

记不得为什么事到绍兴去的。队伍里头有李辉，有没有应红忘了；有周毅，还有难得的本地朋友。应该在我摔跤之前，要不然哪里经得起走那么远的路？

印象深的是三件事。

第一件是在"题扇桥"写生。说是东晋时候桥头有位卖扇子的老太太，王羲之路过给她题了一面扇子。意思是这样子，或许不止一次，那就原来是老相识，题扇子的事也不止一把，结尾是老太太变成个富婆。我不太喜欢这个故事，而是喜欢这座桥。格局可爱，的确是座老之又老、修之又修的桥。我坐在桥头画这座桥，周毅和黑妮在旁边照拂，还有路过的游客要买这张没画完的写生。这张稿子和以后画的其他稿子放到哪里去了？写到这里才想起那批画，挺认真画的，不见了有些可惜，记得是已经带回北京的。桥画完之后大家分坐在小游船上经过一个几几乎有性命之忧的漫长的"地底"，还遇到一些带刺的水生植物，压得我们全身贴卧船底，忐忑吉凶。不太像个桥底，更谈不上是个名胜，好久好久才见天日，留下很深的印象。好笑的是陪伴的主人事后也说不出个用意，脸色茫茫然。

接着被带到一个规模很大的空寂的饭庄吃饭，酒菜十分了得。我忽然发现坐椅背后那面雪白讲究的墙上给一个突然意外溅出一大团污迹。

"太可惜了！你看！"我说。

大家陪我说着可惜，都围拢过来。

在这个讲究的场面上，尤其在有名的绍兴地面上，我大胆地卖弄风雅，搞了回行为艺术。

有触角之夏底底

大家分坐在小游船上经过一个几乎有性命之忧的漫长的「地底」，还遇到一些带刺的水生植物，压得我们全身贴卧船底，忐忑吉凶。

"把它改成一幅荷花好不好？"

溅出的这团大污迹算荷叶，旁边加了朵荷花。题上年月日，落了款。大家对这幅挂得不是地方的荷花图叫起好来。

多少年过去，这玩笑开大了，难为房主人，对不起。

应该不是同一天，我们去了徐文长先生的青藤书屋，后来这里亦是陈老莲先生的宝纶堂。叫不叫宝纶堂也不敢说，只记得他那部集子叫《宝纶堂集》。两位大画家都住过这地方，不是个简单的因缘。

我来这里不止一回。眼看房子院落和门户都有了变化。贴着墙沿，挨着池子边上花坛那棵"青藤书屋"招牌树好像让人换了。当然，从徐文长先生十六世纪初到现在快五百年了，世事沧桑，一个纪念馆居然还帮着伸张徐家一点青藤气已经难得。我对着池子和青藤静静地写生，周毅在旁边轻轻问我："你是不是在画明朝那棵青藤？"

你听这丫头！

画完这张池子退出来画进门时的院子。

两位大画家都出生在明朝，年龄相差七十八年，艺术成就都很响亮，没想到都在这院子里住过。

原来青藤书屋有个双扇大门的，封了，就在小池子的左首，现在遗痕还很显然，也即是说，原来一进门就是池子，沿右侧进主厅。现在是后园开了个便门变成大门入口，搅乱了原来的格局和规模，不好。不过，即便是原来的格局也并不怎么相当。

我觉得这青藤书屋的风水原本就不怎么样，进门横堵一方池水，居家虽得一时清幽，却是长年的阴暗，心胸难以舒展。

徐渭先生一五二一年出生，一五九三年逝世，活了七十二岁。他去世六年之后的一五九九年，陈老莲先生才出世，活了五十三岁，一六五二年逝世。

这两位不同年月生活在这个狭隘场所的天才异禀，给世界那么多贡献，而遭遇又是沉重的坎坷不幸，真是个巧冤家天理。

离开绍兴我们还去了杭州，还虚应故事去了一次楼外楼。一辈子去了多次就这次最不像楼外楼，不知道"湖"到哪里去了。吃进肚子的满桌东西，跟当年整罐胡椒那碗羊肉面的境界，不晓得差到哪里去了。出门就只有周毅不笑不说话，我知道她记得我讲过的故事。对这两天的杭州西湖她一直话少。

转回上海，我陷在记不清的活动里了。返到北京，我们写信，一封又一封。她其间来没来过万荷堂或太阳城也记不起了。我只后悔在宜兴的时候，为什么没画把壶送她？

记得给她讲过各种各样性质的故事，她听来都从容洒脱，听进去了，不笑弯了腰，不恶心，不害怕也不追究。这风度来自从容的文化家教，和学校先生跟同学培植的高尚文化森林的新鲜空气惯适出来的。

她用丰富的巧思推敲见闻，跋山涉水追寻妙义。

写湘西陈渠珍先生不是发现，也不是发掘，而是发明。这之前，谁想过有这种作文？

自从和她认识，没感觉她跟生病有什么联系。她有用不完的巧思和力气。后来才听说她曾经病过；后来才知道她真病了。

病了，我认为她和死无关。

她怎么会死呢？我还有好多故事没有讲完。要死，天理良心也该我在前头。不是已经说过了吗？想我的时候看看天，看看云，没想到我在为她看天看云了……

她用丰富的巧思推敲见闻，跋山涉水追寻妙义。

周毅

黄永玉
2014.3.25.松风阁

124

她竟硬撑着在去年二〇一九年病得很要紧的时候在《文汇报》上写了一篇《这无畏的行旅——读黄永玉〈无愁河：八年〉札记》。张新颖写信给她说："写得好！这么有力气。"她回答说："以此存照，以此辞世。"

"十一月二十二日晚，周毅的爸爸告知亲友：'春妹走时是二十二点五十六分……春的眼睛慢慢闭合，脸上浮现出微笑。'"张新颖在《纪念周毅：存下一些话，几首诗》里写的。

我眼前的日子是掐着指头算的，活一天写一天。偷懒松劲了，有天上的周毅跟人间的年轻朋友盯着……

哪天死了，我就会在云端上到处寻找，大声地喊着："周毅，我来了！"

二〇二〇年二月底］

回到老日子里。

景煌说沈容澈回朝鲜去了。还剩林景煌、田青、韦芜和阿湛在。他们来了，序子说："要是今天我请各位用晚餐，习惯不习惯？"

众口同声地说："太不习惯了！"

西厓这位正经人在场，几位贵客放肆的劲头施展不开，说话和动作的尺寸都收敛好多。

只阿湛说了一件新闻："黄金大戏院让人扔了炸弹。"

"事情大不大？"

"地方版头条。"

"房子呢？"

"小炸弹。"

"意思大！"

"什么意思？"

"我要晓得意思还坐在这里？"

"意思大是你说的。"

"意思小还丢炸弹？"

"黄金大戏院在哪里？"序子问。

"'五四'那天胡风在里头演讲，马路上站满了挤不进去的大学生在听喇叭，我和你到'十八层'找凤子要稿费那天，你还称赞了不起！"阿湛说。

"我说了了不起吗？"序子问。

"我亲耳听到你说的。"阿湛说。

"我一句都没听清，怎么会说了不起？"序子说。

"可能给胡风派头吓的！"韦芜说。

序子问韦芜："你见过胡风吗？"

"见过。"韦芜说。

"这，常常见得到的，文坛上不好相与。惹不起。"田青说。

"你别去惹他就是。"西厓说。

"他跟鲁迅的关系好。"序子说。

"跟鲁迅关系好的又不止他一个，瞿秋白不好吗？冯雪峰不好吗？许寿裳不好吗？弄文章的人，犯得上这样待人吗？"林景煌说。

序子出出进进忙厨事，间或也搭上一两句。韦芜动作慢又要抢着帮忙，来回都变作游动的挡路物。

饭桌总算搭凑齐整了。序子招呼林景煌关照韦芜闪开，端来一大盆起码十斤重的主菜，昨天吃剩的大鲟鱼头加上一斤油炸豆腐和

126

半斤腊猪肉，炖成一整锅浓艳之物，一盘青椒炒牛肉丝，一盘糖醋虾仁白菜，一盘凉拌皮蛋豆腐，一盘清炒塌棵菜，椒盐油炸花生米，一盘一切四的苏州五香豆腐干。

阿湛见到那一大锅叫不出名字、喷发出浓香的东西高呼："万岁！这是哪家大馆子重金礼聘下来的'后门菜'？太伟大了！"

西厓还取出大半瓶西凤酒摆上席面，让田青惭愧得赶紧把带来的扁瓶小白酒藏进提包里。

序子对阿湛说："我骗你不是人！这盆佳肴绝对是昨天公宴吃剩的。我照护得好，一不酸二不馊，口味全上海就此一份！"

阿湛口号："打倒昨天这里的豺狼虎豹！"然后又用平常嗓子发问："谁呀？"

"爷叔张乐平、陆志庠、唐大郎他们。叶苗出钱上菜市场，我出力进厨房。"听序子一说，阿湛轻轻咳了声嗽。

田青对序子说："出铜钿唔啥了勿起，侬了不起。"那半瓶酒他一个人报了销，神色清爽。

林景煌说："序子一个人累了大半天，哪一个和我洗碗？"

阿湛说："刚才我嘴巴走火，唐大郎平常日子我真叫爷叔，我赔罪参加洗碗。求各位开恩，不要告诉张乐平和唐大郎！"

"不告诉可以，洗完碗请大家看电影。"田青说。

"太晚了，来不及了吧？"阿湛说，"不晓得哪个电影院放什么电影。"

"很近，就是虹光电影院，放美国彩色片《血染金沙》。"田青说。

"你怎么晓得？"阿湛问。

"下电车路过看到的。"田青说。

"好，看就看吧！"阿湛说。

林景煌、阿湛洗碗，田青帮忙，其他人复原现场桌椅，喝茶等候。序子见韦芜又当门站着挡路："哎！你看你怎么又站在门口？"

"房里闷，这里透透气。"韦芜说。

林景煌笑眯眯过来："收拾完毕，请检阅！"

"免检，信得过，好，各位整装，出发看电影。"

西厓说："你们看吧，我把这张木刻刻完。"

于是阿湛、田青、韦芜、林景煌、序子五个饱饭之后正好散步，一口气来到虹光影院门口，上场没完，阿湛买完票分给大家，大家一齐欣赏将要放映的电影广告。

阿湛忽然嚷了起来："操那娘，我踩着狗屎了。

"哪家王八蛋的大狗拉这么一大堆？

"这是我舅娘刚给我做的新鞋，

"让我踩得满满一脚，

"连鞋帮子都是。"

他连忙站在街沿旁去刮。实际上这完全是一个绝望的行动。布鞋跟皮鞋性质不同，皮鞋遇到狗屎，用自来水一冲，刷子一刷，干布一擦，打上鞋油，完全跟没踩过狗屎的皮鞋一样；布鞋踩着狗屎，有如良家妇女碰到强梁，一辈子就那么完了。它吸收力强，狗屎汁水大半已浸入夹层，且经不起洗刷。鞋底是千层布"纳"的，千针万针舅娘苦心"纳"的鞋底经水一泡，不单见不得人，并且穿不上脚。

田青从小铺子买来的一卷厕纸根本挽救不了危局，让这个多情的阿湛几乎连回家的信心都困惑了。

这双不幸的脚穿着这双踩过狗屎的鞋，就像一个人的历史一样，穿也不是，脱也不是。

还是林景煌细心，叫来一部三轮车把他送走了。这个明智的决定还包括解决了穿着踩过狗屎的鞋看电影的不幸后果。

"我认为狗是世界上最脏的动物。"韦芜说。

"论脏，还有猪。"田青说。

"我倒是觉得你二位冤枉了猪、狗，你二位认为猪、狗天生喜欢肮脏的吗？"序子说，"你二位见过猪祖宗野猪、狗祖宗狼吗？它们脏吗？家猪和家狗是跟人在一起才脏的。它没有地方大便，没有地方小便，只好拉在不该拉的地方。"

"你认为这些牲畜天生比人干净？"韦芜问。

"当然！"序子回答。

"举个例吧！"田青要求。

"你二位见过猪、狗大便完了揩屁股的吗？"序子问。

两人摇头。

"你们二位见过人大便完了不揩屁股的吗？"序子问。

两人摇头。

野生动物中只有河马拉大便，一边拉一边用短尾巴左右张扬，快速拍击，弄得参观的人满身是粪，只有它在动物界最不文明。

好像今晚上我们五个人是特地为了陪阿湛踩那堆狗屎才来到虹光电影院门口的……

那场电影毫无历史价值。

（这里要讲讲曹辛之老兄。

我是在臧克家先生那里认识他的。他，一九一七年十月生，

129

这双不幸的脚穿着这双踩过狗屎的鞋，就像一个人的历史一样，穿也不是，脱也不是。

我踩着狗屎了，

一九九五年去世，可惜他才活了七十八岁。

世人都知道他是现代诗人，是金石家，是书法家，是重要的装帧艺术家。我讲的是一个坦荡的好朋友，一个难忘的趣人。

他历史两头的牌子都硬。延安鲁艺出身，"反右"时的右派。不管什么时候都是勤劳于文化艺术的大丈夫。

上海他住的那个地方名字记不起来了，是租的中国木结构老房子，中等偏下的讲究，不大，也不小。嫂夫人是我湖南同乡，当时也没打听清楚她的确实地方。有一个让人难忘的可爱之极的三四岁女儿。

曹辛之心胸亮堂，讲秘密话隔墙都听得见。

在这个家里，我撮过不少回饭。家乡人做的饭菜，记得清楚。他跟臧克家先生创办星群出版社，又出了一本诗刊叫作《诗创造》，我的木刻和诗在里头登过。好多新诗人朋友都是他介绍认识的。

《诗创造》很漂亮，至今我还认为那封面仍然数一数二。

辛之对人对事都是一把火，引得朋友心肠也热起来。

我和诗人有来往开始是野曼、彭燕郊，然后是李白凤、袁水拍，及至到了广东认识了欧外鸥、戴望舒，再后来去香港认识不少外地去香港的不写诗的诗人们。那时候叫作大时代，不写诗的诗人也混得很好。

辛之的朋友《九叶集》的诗人，一个个认识了。先认识他们的片言只字，后欣赏了他们的诗。

"诗，究竟必须首先是诗。"

这句王辛笛说的话解除我多年读诗的困惑。

实际上这是句大实话。顺着这意思演绎可做各种题目的游戏：

"诗人，究竟必须首先是诗人。"

"学校，究竟必须首先是学校。"

"教授，究竟必须首先是教授。"

"艺术，究竟必须首先是艺术。"

这话最是简单明了不过，有如卢梭那"天赋人权"四个字那么干脆。

诗要像诗，饭要像饭。

不像饭的饭难以下咽，不像诗的诗难以入目。这学问很大，讲究很多。作出来的诗内行称赞，广大老百姓也流传、喜欢。

说这话的王辛笛，在曹辛之嘴巴上常常提起。他也属鼠，大我一圈。属鼠大我一圈的人有的是，他的学历吓人。我念小学，他上英国留洋。我小学毕业，他回国教大学。

在曹家见面，相貌类乎常人，嗓门圆润带点沙音，作诗土洋底子厚，人格晴明，让不少内行朋友亲近喜欢。

长相、穿着虽然普通，其实家里十分殷实；有钱在我们穷人眼里虽算不上本事，他却不露相地暗中支援，为星群出版社与《诗创造》解困，令人生尊重心。

王辛笛一辈子像本页数很多的辞典，费翻。他那套诗学和侠义行为，该让人认真写写才是。

他给过我一本《手掌集》，封面十分漂亮，是英国人刻的一幅木刻，一只细微优美的手掌。

我上世纪六十年代带着五岁的黑妮去过一次上海，在辛笛兄家里做过客，见到渊雅的文绮大嫂和几个甜美的女孩及一个男孩，现在想来，不晓得该是多大的大人了？

辛笛兄每来北京都到罐儿胡同舍下小聚。那时潘际垌兄、絜媄大嫂都在，辛之兄和友梅嫂都在，有苗子、郁风、丁聪兄和沈峻嫂和同院的王逊。

辛笛兄喝不喝酒我记不得了，反正大家难得留下没有醉成一团的印象。

我在一篇短文章里写过上海去世的老朋友们称呼上的困难。大部分人都滞于称哥老了一点、称叔小了一点的局面上。比如孙浩然、戈宝权、陈冰夷、唐大郎、张乐平、王辛笛这一辈。合适的只有大我六岁的黄裳和大我三岁的汪曾祺。

这方面其实不存在讨论的余地，闲话一句："家父出生在光绪年间！"

和曹辛之，和《诗创造》算是告一段落，一九四八年与陆志庠一起跟张正宇去台湾编一本台湾风光画册，住了七个月，后来到了香港。曹辛之老兄也到了香港。他一直在邹韬奋先生那个出版系统工作。那时候大家的心情和过日子都很兴奋，特别有意思的事是，全中国活着的文化界重要人物都到香港来了。（文学、戏剧、电影、音乐、美术……）在这里平平安安地准备迎接全国解放战争的胜利。

我给生活出版社刻了不少木刻都是辛之兄的介绍，认识出版社不少朋友也是辛之兄的介绍，解放后这批人都是出版各方面的头头，王子野、王方子、范用、齐速……

那时候香港文化界流传一个好意的笑话，说邹韬奋先生挑选生活出版社的干部，都找跟他长得模样、尺寸差不多的，给国民党特务工作上造成很大的不方便。

生活出版社庆祝解放出的那本厚厚的日记簿，辛之兄用了我不少木刻。后来他跟大伙回大陆了，也不晓得什么时候走的。一直到一九五三年我回到北京才见到面，他已在人民美术出版社了。后来才晓得辛之兄跟以前那位大嫂闹翻了天、打官司，我们分别的这几年，他坐牢受了不少苦。

一位去世的广东老大姐陈实写了一篇有关我的文章提道：

"爱一个人不是罪，以前爱过现在不爱，也不是罪；爱是感觉，不是行为，不能审判，即使道德上也没有对与错的问题，但是作为望舒的朋友，我不能不为他的遭遇慨叹天地不仁。他在世上只活了不到四十五年，最后的七八年真是灾难的岁月——两度被心爱的女人背弃，香港沦陷时期坐过牢，受过酷刑……"

我同意她纯粹的爱情观点。那个跟妈妈一起的可怜女孩子怎么办？天理人情，女方吃亏太多。

一般地讲，朋友离婚我不好受。

只有一次，我听了几乎笑得肚子痛。

这对老夫妻朋友公然举行"离婚典礼"。

在一家豪华的酒店礼堂。

有司仪，有离婚典礼主席，有不少重要来宾。

司仪宣布女士、先生离婚典礼开始，尊敬的先生离婚典礼主席致辞。致辞毕。

离婚人先生致辞：

"我，××人，与××女士一九三六年结婚至今，已经十七年有多，她的容貌，她的风度，她的教养，多少年来一直成为我朋友们中的美谈。我们相扶相携好不容易度过这苦难的抗战八年岁月，又热血奔腾地迎来了解放战争的胜利，组织上给我们安排了一个这么好的生活环境，鼓舞我们在工作上取得更好的成绩，在这里我表示对组织衷心的感谢。每天早晨，打开东边的大窗，迎着初升的太阳，挺起胸脯，满面笑容，接受每天新的工作号令。

"多少年来亏得××女士操劳家务、历尽艰辛，她的宽和的性格，包括对于我多方缺点毛病的容忍，在这里我表示万分的感谢和惭愧。我们分别之后，预祝她有更美满的生活，事业上获得更大的成功。（离婚的两人上前握手加拥抱。）"

来宾鼓掌。

司仪宣布：

离婚人女士致辞：

"正如××先生所讲的，我们在十七年艰苦岁月中共度患难等待美好的未来，终于达到了目的，充分满足了我们两人共同的愿望。××先生自小就是个天才，勤奋好学，著作等身，受到群众的欢迎。××先生为人大方慷慨，不拘小节，广交天下朋友，是我永远学习的榜样。不过，在临别时刻，我也向××先生提出几条批评意见希望××先生改正。第一是进出房间要记住关电灯。第二是要记得洗脚，晚上脱袜子不要乱丢。第三，外出要记得随身带钥匙。我的话完了。"

两人再次握手拥抱。

司仪宣布：来宾致辞。

先是一位戴眼镜、穿旗袍近五十岁的女士上台。取出手绢掩脸痛哭，讲一句，哭一声："多年的夫妻了，我以为你们在家吵吵闹闹算了，没想到你俩真上了法院，你俩几十年住在一起惯了，看你们以后怎么办？怎么过日子？两个人哪里来这么大仇？……真的上法院，亏你两个讲得出那么多理由……看啰，法院盖了大章……难挽回了……"话没说完就这样号哭得瘫在地上。

离婚的当事人都新新鲜鲜地自己上台下台，倒是这位认真的女宾，三个人才扶了下来，劝到洗手间去。

一个男宾上台，一手插在裤腰袋里头，快六十的人了，竖硬的头发，两道完全没有必要这么黑的眉毛，来回在台上左右走动端着奥赛罗的架子："你俩说吧！无聊不无聊？打完官司还开离婚会，离婚离成这个样子，离得轰轰烈烈，犯得着吗？算什么事嘛？红，还是白？好玩吗？你们闲慌了，弄这么多人跟你们一起闹。我亲眼看着你两个长大，有什么了不起？以为自己是名人了，连离婚都要闹点噱头出来，这是清醒的文化行为吗？这叫作社会性撒娇，你们饭胀饱了，活该！现世报！我惹不起你们，你们以后什么事都别找我，先告诉你们，打个招呼！来一个滚一个！"那老头骂完，一个人气汹汹出门去了！

原来还有几个女士和先生心里头排着队想讲话的，一场热烈的兴致让恶老头切断了。

谁猜得出底下的节目是什么？

"告别宴"！

三桌。这个性质悲哀的宴会，大家居然吃得虎虎有生气，说菜做得不错，下次还来。

叙述回到辛之兄这边。

新夫人姓赵，是我美院学生的姐姐。当然是位美人，要不然辛之兄不会为她付出那么大的牺牲。他们有座美丽的小独院的家，就

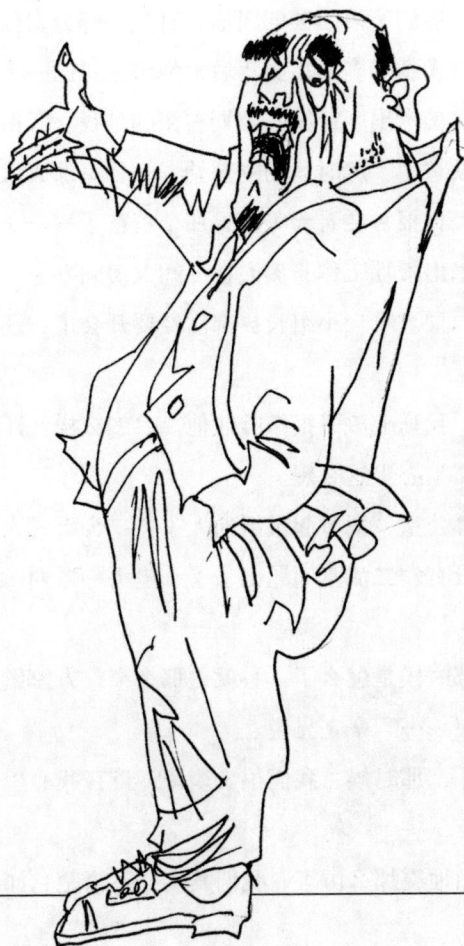

『无聊不无聊？打完官司还开离婚会，离婚离成这个样子，离得轰轰烈烈，犯得着吗？』

在我上班快到美院的"西夹道"，协和医院对面。多少年过去了，他们生下了二女一男三个可爱的孩子。

永远忘不了那小小的大门，灰墙和三四级台阶。在北京，有这么一座独院的家好珍贵。

一大排朝南的玻璃窗，满房挂着自己和朋友的字画。

辛之兄脾气急，工作起来却很从容，要求出品尖端又尖端。朋友们都欣赏他的诚实。他们家被踏蚀的门槛，有我一部分责任。

他有幽默感，所以大度。多少多少年后，他讲他自己一个笑话："'反右'开始，人民美术出版社第一个划右派的是我。我倒不是不怕，而是觉得怕也没有用。那时运动刚开始，办公室那天人还没来齐，我捡了张《人民日报》在看着等待，那个黄苗子——（黄苗子老兄那时在人民美术出版社工作，多人在一间大房间办公。）

"黄苗子说话了："'哎！小组长！都已经要开会了，还有人在看报。'

"那当然是指我。我马上放下报纸盯住他。'怎么样？还有什么？报不看了！来吧！'心里这么想。

"没过几天，在办公室，我举起报纸向大家：'今天《人民日报》大文章大家看到没有？二流堂问题出来了（里头一系列二流堂人物，有黄苗子在内）'。

"我也不晓得人那时候是怎么了，心就是那么窄。人家倒霉，我就高兴，一报还一报……"辛之兄说。

又是多少年过去了，那时候，我们很少谈诗，诗在我心里一点都不重要。

唐山地震了。唐山地震那么厉害，我们其实并不清楚它如何厉害，只听说死了非常多的人，我们依然住在现在想起来非常可怕的周围是砖墙的地方，一旦北京也大震起来，我们的家就是埋我们的坟，既来不及躲，也来不及跑。以为在院子里搭个棚就可以了，周围的高房子往哪里跑都来不及。人这个东西的天地就那么狭窄，一线生机就那么安乐开颜，在院子晾衣服的铁丝夹几个木夹子，木夹子上夹几张长纸条，地震一来，马上看得到纸条晃荡。一点不错，那几天大家经常做纸条晃荡的游戏，自我叫好。要是真来个唐山式的大晃荡，你还来得及笑吗？

上头命令所有火车站周围胡同的居民，都到广场搭塑料帐篷去住，不准住在家里。开始有点反感，后来一家挨一家在广场搭成胡同过日子，又觉得生趣盎然，特别涌现社会生活的安全价值。这措施从火车站大街一直蔓延到长安大街去了，行动真是喜人，过去没来往的街坊也变成命运相共的战友，烟茶相待熟人，原以为这天堂乐园日子起码有十天半月的延续，没想到上头来了命令，明天清晨以前撤回所有帐篷，恢复火车站原来样子。于是这又让人产生新的惜别和怅惘的心情。

好不容易复原了心情和生活，辛之全家忽然到罐儿胡同向我们告别，要到上海去生活。

"是调动工作吗？"我问。

辛之狮子大摇头说："这年月哪里还有心情调动工作！你要能走我劝你全家赶快搬回老家。北京周围给十三陵水库、官厅水库、密云水库包围，北京属华北地震带范围，只要一震，水库一塌，北京马上一片汪洋。水没来震波先到，人跑都来不及……"他态度非常认真恳切。

一家挨一家在广场搭成胡同过日子，又觉得
生趣盎然，特别涌现社会生活的安全价值。

地震搭蓬

"怎么地质学家、水文学家，所有科学家、政府都不知道的事，让你一个人知道了？你这几天没睡好是不是？"我打趣他。

"我这是为你好！要不然不找你！"他说。

"对！你为我好，多谢你。你一家这么多人去上海找谁？"我问他。

"找辛笛！"他答。

"他回信了？"我问。

"来不及了！我们马上上火车！"他说。

"你买好票了？"我问。

"乘这时候乱，火车上不要票。"他答。

"你带了钱吗？万一要买票呢？"我问。

"没什么钱，"他伸手臂给我看，"到紧急关头，卖这块表。"

"那你那西夹道的房子，那个家呢？就光身一点行李都不带？"我问。

"命都不保了，还管那个家？（他用了《打渔杀家》的台词。）再见了，再见了，后会有期！"就那么一阵风刮走了。

"好！好！一路顺风，不送，不送！"我嘴巴客气，心里笑他"后会有期"？我都成鱼鳖了，还"有期"个屁？

问题不在这里……

辛之是个办事精细、有韧性有头脑的男子汉，什么力量影响他产生这个天真行动？

几天或十几天或一个月后，在王府井街上碰见他，吓了一跳："老兄，你没走呀？"

他含糊地回答："没走！"

当时我不记得什么理由没有追问，事情就那么过去了。记得他是一九一七年出生，大我七岁。我浪荡成性，到处走动，他一九九五年逝世，我在国外，九六年才回北京，没能参加他的追悼，是一件深深遗憾的事。……）

（回溯上海前事，辛之那时三十岁左右。）

有天他来狄思威路，说有个女诗人要请序子作插图。

"咱们上海还有女诗人啦？"序子问。

"什么话？女诗人天下皆有。"辛之说。

"长什么样子？"序子问。

"你见过她的，她说在木刻展览会上见过你，反而说你样子长得不错。"辛之说。

"不记得有这么回事。"序子说。

"你在扯淡，怎么会不记得？那天她跟戈宝权一起去的。是戈宝权特地拉她去看你的木刻的。"辛之说。

"喜欢我的木刻，这感觉就完全不一样了。现在问题是，诗写得怎么样？你想法子弄几首来让我看看。"序子说。

"这我就不管了。我让她自己找你，她也住在虹口这头，找你好找。"辛之说。

"她叫什么名字？"

"陈敬容。是我们一伙的。"辛之说。

序子给辛之那个大玻璃杯和自己的杯子加了开水："喝到第二泡，味道才出得来。"

"那是。什么茶叶，这么黑？"辛之问。

"林景煌弄来的特别安溪铁观音。别的铁观音没这么黑过。你来，我才舍得给你泡一杯。"序子说。

"你们写诗的跟以前不一样。以前不成帮，都是单挑，徐志摩、闻一多、冯至、戴望舒、卞之琳、林庚、艾青、田间……甚至欧外鸥、马凡陀……"

辛之说："这不是一句话两句话说得清楚的问题。柳亚子的'南社'是个诗人组合，了不起的反清进步帮派。塞纳河流域某一个时期一批画家们对光和颜色的探讨形成一种阵势，外人给他们起的一个不怀好意的浑名'印象派'，结果对他们的功绩一语道破，效果也并不坏。我们九个写诗的朋友出一本诗集叫《九叶集》，人称我们为'九叶派'，也没觉得让人欺侮了。"

"我读诗只看好坏，不论派别。你们《九叶集》的人，大多懂外文，见过世面，写诗用点子新头脑、新手脚，我觉得是种先行的探索行为。文化方面的事很杂碎，又要谋生，又要积学问，又要做探索，又要生趣味，又要结善缘，又要躲是非。

"我想，做一个创作者也好，做一个欣赏者也好，胸怀都该宽阔点，不可与陌生为仇（因陌生中有好多高明），不可对高明忌诉。总而言之，做一个快乐、好意的创作者和欣赏者。"序子说。

"吓！这意思好，你可以写篇文章给《诗创造》。"辛之说。

"我不敢！我刚刚挨过骂，在一个取名《同路人》的杂志上面，我清楚背后人是谁，我愿意不出声地离他们远一点。里头还有一篇文章骂钱锺书的。我不惹他们，会花时间，会分心，他们正无聊，我不跟他们无聊对仗，这么忙，好多负担要解决……"序子说。

"这几个人的口气不像正气，想哈成一朵云怕办不到，这些小动作不成气候，别理他。"辛之说。

"那你怎么通知陈敬容？"序子问。

"打电话！"辛之答。

过不几天一个清早，陈敬容来了。

"阿湛好几个月前就告诉我：'上海来了个张序子'，说有回差点带你到我家里去了。"

"他带我去买鞋之后提起的，也不一定，或者是带我去见臧克家先生之后提起的。两样事情当时都让我兴奋过度，不想再插进新鲜事情。"序子说。

"你几岁了？"她问。

"二十二。"序子答。

"小我七岁。"陈敬容说。

"没想你这么老，那你跟辛之同年，他是一九一七年十月革命一声炮响之前生的。"序子说。

陈敬容睁大眼睛，舒了一口气："我想请你给我的诗作个木刻插图。"她从大提包取出一卷纸给序子，"行吗？"

"都来了，还能不行？当然！"序子接过诗稿放在桌子上，"你坐，我给你泡茶。"序子给她泡了一玻璃杯通俗点的绿茶，"你喝茶，我看你的诗。"

题目是《逻辑病者的春天》。我的天！春天犹可，逻辑怎么办？逻辑，逻辑，真弄得我跳墙狗急。先哲有云"具体事物不能诠释抽象"。

你看这一串串珍珠似的精彩句子：

转得太快的轮子
像不在转，
笑得太厉害的脸孔
就像在哭，
太强烈的光耀眼，
让你像在黑暗中一样
看不见。

完整等于缺陷，
饱和等于空虚，
最大等于最小，
零等于无限。

终是古老又古老，这世界
却仿佛永远新鲜；
把老祖母的箱箧翻出来，
可以开一家漂亮的时装店。
……

序子傻在椅子上："我记性虽然不好，眼前我马上可以把第一段背出来。你一个不到三十岁的小女子居然写出老庄周似的哲理诗。我告诉你，公然地告诉你，你这首诗是我看到的现代诗中最古的诗，是神迹。再告诉你，我像上战场一样，下决心把它刻出来。"

她完全意料不到序子动静那么大。

我的天！春天犹可，逻辑怎么办？逻辑，逻辑，真弄得我跳墙狗急。

逻辑病者的春天

146

再说："对你这首诗，眼前我思想里头一点出路都没有。我可以刻一张，也可以刻一百张。我一片迷茫。"

她被吓住了。她不清楚序子一辈子不发狂言、不冒叫一声的分量。这么感动，这么夸奖，看样子她都没听进去。

"我走了，你慢慢看，要是不好刻，不好处理，那就把稿子还给我就是，不要在意。这是我的地址、电话。"

说完走了。留下个小纸条在桌上。

写这首诗的时候她坐在哪里？白天还是晚上？是几十度的电灯泡？桌子边上放了杯什么喝的东西？窗子外园子里有漆树没有？一棵还是十几棵？她要告诉我是一棵我就不信。为什么她是四川人呢？应该是菏泽人，或是商丘人……一个人在烦嚣之极的上海能写出诗来已经不易，况乎这么凝重婉缛的思路出自一个孤身女子笔下？这么反复来来回回念下去，又有点《天问》的味道。再想想，还有什么味道？现在是在这首诗面前兜圈子，表演猫咬尾巴游戏，这根本是首不可能插图的硬花岗岩诗。不单跟不上速度，更受不了它的纠缠，甚至堵住喉咙，扯不上气。

序子如大梦初醒，那位陈女士故意拿这首诗来找我挑衅、困惑我的。跟曹辛之、戈宝权两个狗娘养的合计来搞点小动作算计我！

木刻板原已准备好，只要哪个先伸头进来就是竖着砍他三板子。想到这里，呼吸有点急，有点紧迫，含体温计一试，三十九度五，发烧了，喝口白开水，锁上大门房门，盖被子睡了四个钟头，起来，烧退了，烧退了就算是没事了。

又"逻辑"，又"病者"，又"春天"。

跟她犯傻做什么？她写她的，我刻我的。我有我的逻辑，我不害病，我有我的不一定是春天的日子。这个诗题本身就暗示不要按它的意思去刻木刻。

毕加索给巴尔扎克画的那套插图也是各搞各的。我甚至怀疑毕加索看没看过巴尔扎克那本书。

毕加索（1881—1973）跟巴尔扎克（1799—1850）活的年月有差距，巴尔扎克死了三十一年，毕加索才生，当然不认识；不像陈敬容从狄思威好长一条街上走到张序子家里亲自邀请的。

毕加索给巴尔扎克画插图是借题发挥，我张序子给陈敬容刻木刻为什么不可以借题发挥。

照本宣科可以作插图，信口开河的木刻为信口开河的诗作插图当然更无所谓。艺术上另外的一种合作方式。

木刻两天就刻好了。写信叫她来拿，她看了这木刻插图："啊？这样呀！"

序子听她这口气有点莫奈何，不想骚扰她。

她忘了自己写的是现代派的诗，而没见过用现代派手法刻的木刻插图。好像她诚心诚意到先施公司买了面镜子回家，照出的是别人的脸。序子估计她真的吓了一跳。她不会当面表示好恶。

序子认为自己懂现代派的诗，比她懂现代派的艺术要多一点。也没想到见过世面的人居然会产生了自我距离。这场合难道还需要她透喜悦、来表情吗？刹那间，序子觉得她风度仪态都好，怪不得朋友那么喜欢她。

听朋友说问过她对那张木刻的印象，她没说"讨厌"，只说"看

序子认为自己懂现代派的诗，比她懂现代派的艺术要多一点。

天真病者的春天

黄永玉 1947

不懂"。要是别的人碰到这类事情就会尽量摆脱干系，会拉长嗓子说"原来我并不想要他刻的，他自己……"这类狠心的话。她没有。听人说，以后登这首诗的时候，仍然用着这张木刻。

两年后，序子跟楼适夷先生在香港九龙九华径村住的时候，由于序子会广东话，好多进步文艺界人士拥来香港没房子住，便由适夷先生介绍安排到九华径来，由序子帮忙找房子。那里房租便宜，风景优美，加上远离市区，是个理想的住处。这期间，陈敬容跟蒋天佐也来了。

是楼先生安排的，楼先生却不高兴。房子仍然由序子帮忙寻找，就在序子住处的隔壁。

村里只有井水，没有自来水，用水要请人挑。楼先生关照序子，不用帮他找人，看蒋天佐自己挑。所以眼看着蒋天佐不少日子自己在井边打水又挑水。记得他翻译过狄更斯的《匹克威克传》，是个手无缚鸡之力的文人，什么事情跟楼先生不怎么样了？

蒋天佐跟陈敬容两个人很少下小楼散步，也没见跟人交谈招呼，老乡的确很生疏他两个。

序子有时候去看看他们，聊聊天。序子那时在香港大学要开个木刻展览会。主办人香港大学校长施罗斯准备请港督葛量洪来参加开幕式。事先没和序子打招呼，有欠礼貌，觉得太不应该，想在开幕那天当面表示不欢迎，赶他出去！

蒋天佐一听火了："你怎么这么幼稚？你以为这么做就进步了？这叫作左倾幼稚病。你晓不晓得会有什么后果？香港现在还是英国的，他是英国在香港的最高领导，干什么都行！你在拿自己开玩笑！"

这不只是批评，简直是骂，搞得序子很难堪。陈敬容坐在旁边一声不出。她怎么出声？连挨骂的序子自己都觉得蒋天佐讲的话对。

蒋天佐是个直心肠人，序子在北京几十年来都没去找过他。听说他做了官。后来又听说他的日子不好过，不晓得出了什么问题。

陈敬容运气和本事都好，一解放就翻译了一本伏契克的《绞刑架下的报告》，轰烈之至，受到全国人的欢迎。听说稿费之丰厚很让人佩服，还写不写诗就不清楚了。跟她有时在会上、在机关偶然地碰到过，都好意地招呼点头。又过了多少多少年，在南小街公共汽车上见到了，赶忙走近紧紧地和她握手。她的手又瘦又冷，头发白比黑多，序子心底真动了感情，"文化大革命"终究过去了！人生匆匆，大家都老了！连彼此想说说这几十年的经历都来不及了。

又过了多少年，序子在意大利。有次从米兰回佛罗伦萨，半途经过帕尔马城，同车各人都想去看看那座粉红色石头宫殿，是拿破仑的妹妹当郡主的时候盖的，精致华丽到极点了。帕尔马还出产好吃的奶酪，又是男高音帕瓦罗蒂的故乡。

司汤达那本《巴尔玛宫闱秘史》是陈敬容翻译的。序子在巴尔玛宫里想起这件事，告诉在一起的同伴……

前头所讲的事，非一口气讲完不可，所以超越了时空。你不要觉得不正常。要不然，读者反而觉得你在开玩笑。没头没尾。读者也不习惯有的故事切成一段一段听。

有一天，孙家三表叔得豫来狄思威路敲门，序子真想不到。介绍西厓兄和他认识："我的三表叔，从南京来的。章西厓，木刻界的老大哥。"

"真没想到，你长得比电影明星还行。"西崴对三表叔说。

"这说到哪里去了？我是来上海办事的。"三表叔从没听过这方式的开讲。

三个人坐下喝茶。

"二表叔《大公报》那篇文章您看到了？"序子问。

"每次他都寄给我，他喜欢到处寄。南京朋友看到都来问我，你是谁？我和文章上讲的一样，都是一二十年前见过……你上次到南京，我恰巧出差查案子去了，没见到。"

"您是个管打仗的，还查什么案子？"序子问。

"我现在在国防部监察局做事，专管查案子了。"三表叔说。

"上海有什么案子？"序子问。

"你不看报，前些日子黄金大戏院爆炸。"三表叔说。

"啊！那也要您管？说是来了个中将监察官，原来是您。"序子说。

"要紧吗？"西崴问。

"原以为和后来不一样，不过也不白跑。"三表叔说。

这时候进来了朱金楼、孙浩然，进门看到这个派头十足的大军官，都怔了一下。听序子介绍之后才展开颜面。

"我跟开渠、薰琹和风眠先生都是老熟人，抗战开始不久，杭州美专经过沅陵我为他们跑过腿……"

"哎嘿！你看，多不巧，前不久大家还聚在一起开会。刚碰过头。"朱金楼说。

序子再去烧开了水，端了两杯茶来，说："还有个大表叔，前些日子我见到风眠先生，还问起他，近十年了，大家都没有忘记沅陵那段日子。"序子说。

"孙将军现在忙什么呢？"朱金楼问。

"八年打日本，打完日本现在打自己人。"三表叔笑。

"还带兵啦？"朱金楼问。

"我们湘西六千子弟兵，保卫嘉善那一仗打得只剩下一百多人。各位有空到嘉善雅行的时候请顺便移驾陵园看看，里头可能在碑上找得到鄙人的名字。那各位请坐，我有事先告辞了。"转身和序子说，"你明天到徐家汇真一姑爷，你大孃屋里去，我们都在个浪¹等你，我们好久冇见了，都挂牵你。我走了。"

众人站起来送他。序子跟三表叔出去顺便关门，回屋时，大家都在称赞三表叔一表人才。

"你表叔哪里受的教育？"孙浩然问。

"黄埔四期。"序子说。

"四期！哈！那飞檐走壁的人多的是。林彪就是四期。"朱金楼说。

"我以为跟金焰、高占龙同学！真难得。"浩然说。大家笑。

"他一身是伤，死过几回。他喜欢书，中外书读过不少。字写《黑女碑》，很讲究。看来举止文雅，其实脾气不好。一辈子最服我爸爸。我爸爸落魄到不堪的程度，总是得他照顾。我母亲来信说，三表叔很快辞职回家，看样子是真的。"序子说。

"他现在南京当什么官？"金楼问。

1　那边。

"国防部监察局，中将监察官。"序子说。

"哎！黄金大戏院大爆炸，报上说派要员来上海的那个要员就是他。"西厓说。

"查出什么结果没有？"金楼问。

"像蒋经国上海查经济一样，一锅子混沌，怎么查？"浩然讲完上几句，接着问序子，"你最近刻木刻吗？"

"不刻我怎么交房租？"序子说。

"送不送人？我的几个朋友问我要你的木刻。"浩然说。

序子打开画夹子："你自己挑，喜欢哪张拿哪张。"

浩然认真选了四幅，序子签名盖章，垫好报纸细心卷起来。

"这倒好啊！侬自己是画家，拿别人家物事当礼品……"西厓说。

浩然说："人家指定张序子，阿拉哪能讲法呢？"

"西厓，西厓，别！别！浩然不是随便开口要物事的人！"序子赶快救驾。

"侬听！侬听！"浩然对西厓展手说。

徐家汇这地方听过，没来过。

（有件趣事曾在这里发生，是萧军先生"文革"时期在董竹君先生家吃晚饭时说给我听的。他说鲁迅给他的小说《八月的乡村》写了一篇序，好些人看了眼红，讲些不三不四的怪话。有个姓马的文人写文章比较恶毒，萧军先生十分生气，便约他决斗。名字跟解放后的作家"马烽"相近，我没记清楚，又仿佛给绀弩先生编诗集的贤士侯井天先生在哪个地方提到过，我也找不到根据，姑且这么把当时萧军先生讲的记下来。地点就在徐家汇某块偏僻的草地上，双方各请一位证明人。萧方请的是聂绀弩，马方请的是张春桥。

算不得一场恶斗。萧军原来有武艺底子，三两下问题就解决了。姓马的讨饶，保证以后不再乱发态度。

三八年在武汉，有次萧军去八路军办事处办什么事，还没进门就听到里头一个人在吹牛如何又如何地狂揍萧军。萧军哈哈走到姓马的面前，姓马的连忙说："你揍我！你揍我！"跑了。

当时是"文革"，萧军还补了一句："绀弩和我眼前就怕张春桥想起徐家汇和我们。"我一辈子对徐家汇就这么一点认识瓜葛。）

按地址找到徐家汇余庆路爱棠新邨多少多少号，见到一九三七年跟紫熙满满到上海准备搭船去厦门的时候见过的田真一姑爷和孙大孃，见到大丸子和二丸子表弟，也见到在安徽宁国、最近又在南京见过的三表婶娘和表妹朝慧。

大孃说："序子、序子，人算是长大了，脸一点都冇变，还是好久好久以前伢崽家的老样子。"

真一姑爷说："什么伢崽家，人家序子现在已经是中国木刻家了。"

序子笑也不笑、动也不动等他们讲。听完了坐进沙发喝倒给自己的那杯茶。

"序子呀！听你三满讲，你虹口那小花园房子很不错呀！"

"是老前辈木刻家李桦和漫画家所亚去北平、去香港，交代我帮他们代管的。一个人管这房子负这个责任好艰难，好费力。"序子说。

"听到讲你讨嫁娘了，做哪样不接她来？"大孃问。

"一个人都难招架，多个人那还了得？"序子答。

"那你放她在哪浪？"大孃问。

"在广州跟她妈一起。"序子说。

"他们家做什么的？"大孃问。

"他爹也是带兵打仗的，抗战胜利退在家里，有时候找个增城县长当当；有时候找个新会县长当当。广东军人喜欢雅集，也弄点诗酒唱和文人雅集。"序子说。

"既然这样，他一定喜欢得你这个女婿了？"大孃说。

"我穷，他们一家甚至想灭了我。"序子说。

"怕是因为你左倾吧？"田姑爷说。

"我自己都不清楚自己左不左倾，他怎么清楚。"序子说，大家笑起来。

"他的诗作得怎么样？"真一姑爷问。

"没机会读。看样子跟不上星六爷爷、个石伯伯的水平。究竟仅只是军人的风雅活动嘛！"序子说。

"那还不能这么说，广东有的是诗界巨人。"三表叔说。

序子点头："三叔讲得对，不过巨头怕不在他们堆里。"

"上次你去南京做什么？"三表叔问。

"一个在南京当官的美术界朋友买了我的木刻，我到他家里收账。"序子回答。

"什么人这派头？"真一姑爷问。

"他是俞鸿钧的机要秘书、吴铁城的干儿子、中央信托局的秘书长，名叫黄苗子。他夫人叫郁风，是著名漫画家，郁达夫先生的侄女。"序子说。

"这官斤两实在，不简单，名字实在太怪，去你们朱雀怕免不了挨打。"真一姑爷说。

"在南京官场我也算不得孤陋，还真没听过黄苗子这名字。"三表叔说。

"这名字恰好有段佳话做旁证。毛泽东到重庆谈判期间会见过他，第一句话就是：'你黄苗子就黄苗子，搞么子黄祖耀嘛？以前的黄苗子是在上海画漫画的。"

"你看不是？我说嘛！"三表叔说。

两个表弟大丸子、二丸子搭不上腔也坐在那里，想当年在那个什么酒店，序子跟他两个偷偷按完铁笼子电梯按钮往回就跑的调皮事已是十多年前古董，不晓得他两个人还记不记得？

吃午饭。吃完午饭大人们休息，关照序子跟大丸子、二丸子玩，吃完晚饭再回去。

该听的听了，该讲的讲了，大人一进房，序子跟两个表弟握手告别回家去了。

爱棠新邨这几排三层楼大洋房在上海很出名，人想看看轻易也混不进来。这座楼是田真一姑爷的舅舅熊希龄的新夫人毛彦文买下来的。买下来又不住，便交给外甥田真一管，于是就这么一直管着管着住了下来。

表面上看起来倒跟序子管狄思威路房子一样，其实性质上完全不同。爱棠新邨所有大小费用由毛彦文负责，银行留有专业户头；狄思威路这房子由序子一个人在演《魂断蓝桥》，前后都巴不上主意和生路。

序子对狄思威路九〇四弄这所小房子越来越感觉像当年傅公祠

的实验小学，好严峻！对读书失掉味觉。李桦和老所在的时候，是序子一人单独的礼拜堂。

信箱有一封嘉禾先生的信。

　　……你的李桦先生让北平的徐悲鸿请了，是我的意外，以前我把徐看简单了。对李桦，却是他最好的归宿。你讲你向他要求帮你进学校，这很正常，我不感觉有什么冒昧，他这个老实人的回答也很正常。不这么回答就不是李桦了，你的回答也正像你。你说这个世界若都像你两个，该多美！

　　木刻收到，谢谢。陈女士的诗我也觉得好，要是译成英文来读可能会更好。我有时都顽皮地想试试。你不要错怪她，我们中国文化界不像欧美，相互不通音问十分正常，连贵美术界的班头之一的徐悲鸿先生都仇恨现代派，你还怪谁？

　　世人都嘲笑辜鸿铭先生，笑他老人家的小辫子，只是没听说有人笑过他的修养。不是有无，是没这个胆子。文化市侩行情中似乎对他包含一种宽大容纳，实际是没胆触碰他的高深莫测。

　　现代派在国外，它的历史发展脉络很清楚，自自然然，跟新老各派艺术和平相处。有争论，却非你死我活咬定彼此喉咙以报杀父之仇那般。

　　陈女士对你给她作的插图的态度，在今天已算了不起了。她的确不懂，可敬之处是她不高扬不假装反感。为什么要反感呢？好心为她作插图木刻的人也只是半懂半不懂，一个爱好者的尝试行为而已。你说你懂吗？你不是刚从抗战大后方去到上海的吗?

你还懂事,没有拿这张画去换稿费,没给喜欢骂人的人留下把柄。文化界几十年来有不少人挨骂,几几乎是一骂就倒,销声匿迹,从此远走他方。人生成败就差这一点,活不活就差这一点,继不继续一身朝气地做下去。我们不累让骂的人去累。要清楚一个要点,时间属于创作者和劳动者。

骂人者以为由此可与劳动者取得平衡,这种骂人的阴暗起点叫作嫉妒。

一个简单的算题:如果你挨人骂了,只给你一个时间,你愿意拿去回骂还是拿去创作?你看哪个上算?

你是个刚出道的从艺人,做出来的作品是给人看的。作者只你一个,欣赏者上百上千。口味各有不同。有的人看了想请你吃饭,有的人看了想吻你,有的人看了非卸你八块不可!

有的人用眼睛看画,有的人用脑子看画。有的装了假眼的眼睛看画,连喜欢你和讨厌你的角度都各有不同。

你有信给李桦时帮我顺便问他一声好。告诉他我一个人在泉州,有书陪伴,从来没寂寞过。

你讲你最近为房子烦恼,人生在世,面对万事,哪有不烦恼的?用欣赏的态度对付最好!

祝健康!

嘉禾 × 月 × 日

看样子,《文萃》封门以后,各家都在打游击了。《时代日报》就这么一座小庙,哪养得了那么多游方和尚?

杂志办不了就出丛刊。问题是登了你的木刻它不见了。晓得是对敌人的战略决策。拿不到稿费也算是一种贡献。心里晃荡的是，交通费、房租、水电钱、饭钱那些东西和你一点交情都没有。硬碰硬的东西。

去找曾祺，把这些事讲了，他说他也想走，待下去还真是没意思。那么一起去看场电影吧！

迪斯尼的《小鹿斑比》。记得是在市中心一个露天草地广场。是不是"跑马厅"？好像没那么大。上海有没有"跑狗场"？若有，那就是它。

好看，迪斯尼这狗杂种还真有两下。不光画得好，要紧的是他那点脑子。一片叶子从树上掉下地，在空中的依恋回环，要是有办法，真想帮它们在空间多留一阵子。其他小动物们你希望要多可爱便有多可爱，完全按照你家的孩子脾气定做而成，鹿妈妈的温暖，鹿爸爸、鹿王的威严，毫无伤感的美满故事。半夜露水弄得我们浑身胶湿都没在意，起身才发觉座位原是层层的木头看台。曾祺只说了一句："哎！今晚上没有月亮。"

（至今我仍然回忆不清，这到底是个什么地方？穷昏了，拿这么好的一块地方放电影！）

陪曾祺回到致远中学，他说那同事通宵夜班，你睡他的宝床吧！我们还可以泡壶茶谈一段时候。

序子说起到爱棠新邨田家的事。

"我表姑爷田真一是熊希龄的亲外甥，他叫熊希龄舅舅。我不清楚我们家和熊希龄的亲戚关系，好像我爷爷一个堂妹嫁给了熊希龄的弟弟。我爷爷大半辈子是帮熊希龄做事的，好像跟亲戚关系不大。先做香山慈幼院，七十多以后帮他管芷江的物业，他跟他好像只是一种比较好的友谊关系。在香山，熊希龄给我爷爷在卧室叠了一面墙的大酒坛，还津贴我倪家矮子二表哥和在集美学校当董事的紫熙二叔的弟弟三叔，两个人随侍在旁，把矮子二表哥培养成酒二代。我爷爷回芷江，那一面墙的大酒坛和矮子二表哥和三叔跟到芷江。熊希龄送了一根绿极了的尺多长的翡翠旱烟袋杆给我爷爷，有一年回朱雀带了回来。一次吃完晚饭爷爷带着他的大孙子我去西门坡看他的另一个妹夫倪简堂。我的这位姑公跟熊希龄是同科翰林，他不太看得起熊，便回家乡过清净教书日子（陈渠珍是他的学生）。

"从我家文星街往西上陡陡坡顺老西门街上行离倪家还有半里光景，爷爷得意地把烟袋杆交送我拿，我很快地把烟袋杆打断了。这可能是很值钱的东西，他看他妹夫因此很不在心。

"我爷爷死在芷江。灵柩运回朱雀埋的。

"爱棠新邨是毛彦文夫人买的，买了又不住，便叫田真一表姑爷全家去住，所有费用由毛彦文银行户头报销。是三表叔那天到狄思威路来看我，顺口让我去爱棠新邨的。"

"你三表叔听说是个将官，他来上海做什么？"

"报纸上登，黄金大戏院爆炸案，南京派了个要人监察官来办案，那个要人就是他。"序子说。

"办完了？"曾祺问。

"嗳！这他哪会明说！"

"去爱棠新邨看到大表孃（朱雀风俗，男女排行有别，其实大表孃是我三个表叔的大姐），看到表姑爷，看到田家两位表弟，大丸子、二丸子，看到三表婶娘和小表妹朝慧。"

"可惜毛彦文没让你看见。"曾祺说。

（说来怪。我儿子后来在香港见过毛彦文！）

"吃完中饭，他们要我吃过晚饭再走。等他们进房午休，我就走了。"序子说。

"你说说，这人生因缘……"

"那也怪，我父亲年轻时师范毕业以后走南闯北，北去过东北，南去过江浙粤桂，在北京来往就住在熊家。熊希龄有个三十多岁瘫痪的儿子，长年固定坐在儿童椅似的椅子上，大小便有人侍候，尿急来不及料理时，自己便大叫：'高山流水了！高山流水了！'

"你老师的大哥年轻时候，我爷爷把他送到北京灯市口东口一家画炭像的铺子做学徒，学会了画炭像，回来架子很大，不轻易答应人家。记得给我太婆画过半张，不知道什么原因没画完拿走了。给我婆画过一张，至今还在。"序子说。

"吓！你不说我还想不起来，一说，那家画像铺子至今仿佛还在，在一间小庙隔壁，可能在一个什么胡同口，啊！这么久的文化关系了。"曾祺说。

"我的远房八爷爷是在北京东城米市大街商学院毕业考第一，被陈嘉庚的集美商业学校请去当校长，在集美成家生子，后来逝世于集美学校的。"序子说。

（这学校解放后变作米市大街小学，我儿女都在那里读书，入少先队，毕的业。）

"看这世界多有意思！要多少意思就有多少意思。不到百年，变化万端！"曾祺说。

"我有机会也想去那边看看。难以想象，黄沙滚滚跟巍峨宫城

「三十多岁瘫痪的儿子，长年固定坐在儿童椅似的椅子上，大小便有人侍候，尿急来不及料理时，自己便大叫……「高山流水了！高山流水了！」」

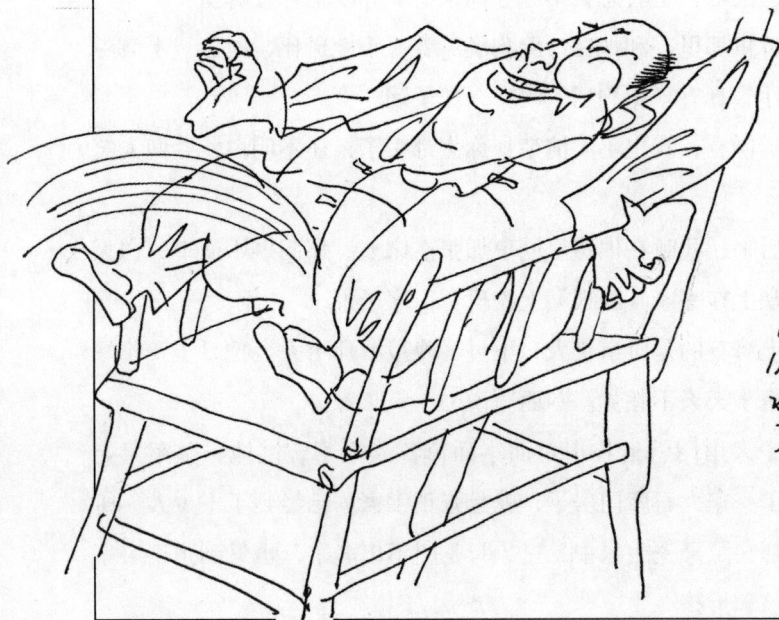

高山流水了

163

能够协调在一起，这方子谁配的？"序子说。

"要你选你选哪里？"

"当然武汉三镇，'晴川历历汉阳树，芳草萋萋鹦鹉洲'，要地有地，要水有水，交通发达，东南西北重要枢纽，胸怀景观一应俱全。你呢？"序子问。

"我不懂风水，所以问你。"曾祺说。

"我讲了，你觉得怎么样？"序子问。

"我觉得你也不懂。"曾祺说。

……

回狄思威路，西厓说："下午，美术作家协会在张正宇家聚会，我们一道去吧！正着急，不想你回来了。昨晚上你在哪里？"

"曾祺那里。和他在'跑狗场'看《小鹿斑比》电影。上海除'跑马厅'真有'跑狗场'吗？"序子问。

"听说有，我也不太清楚！你去都去了，还不明白？"两人笑起来。

"后来，我睡在他房里同事那张空床上。那同事不简单，白天上课，晚上在一家《晚报》上夜班。"序子说。

"上海有的是奇事奇人，不过《晚报》那个人会把日子安排好的，不至于天天不睡觉。"西厓说。

两个人出门就近在街对面小面馆各人吃了碗馄饨。坐车又走路，进了一家大石库门房子，就是张正宇家。已经到了不少人，所有生熟都在薰琹先生家中见过，只是叫不出名字，也见到张正宇家人，女孩和男孩。

石库门房子材料很讲究，漂亮的楼梯，三层。客人都在二楼和底楼客厅活动，喝茶聊天。还摆设了笔墨纸张，一张垫了毯子的桌子，让客人即兴可以来几笔。

屋子内所有大小木器家具包括桌椅板凳一律朱砂红面，黑底黑身，显然是主人自己设计定做的，沉着稳重，简洁大方，既现代又历史，既高雅又民间，让序子十分感动受益。朱金楼拉序子到钱瘦铁、陈秋草面前握手。"喔！张序子！"其实在薰琹先生家已经介绍过。

朱金楼不厌其烦地、几次重复把序子介绍给钱瘦铁和陈秋草两位先生，一心一意地认为他们在艺术上是多年离散的亲人。真多谢金楼兄的好意。可惜我几十年来去上海的机会不多，难有机会亲近秋草先生，聆听他的教诲，是件遗憾的事。

跟钱先生几十年来，因缘际会，在上海、在香港、在北京见面的机会较多，尤其在运动后听到他以一个宋世杰的身份为朋友担当干系，打抱不平，做着跟自己能力和身份完全不相称的侠义行为，遭受牵染时，序子更是梦魂颠倒地挂念。

序子有次参加代表团去日本访问，席间跟日本作家井上靖先生相邻，他问起瘦铁先生近况。序子回答井上靖先生，多少年来于瘦铁先生言谈中得到很多教益，好久好久不通音问了。井上靖先生告诉序子："钱先生的艺术在日本有很大影响、很大贡献，我们没有忘记他，如见到他，请代为问好。"

序子想，怎么能见到他呢？先生已去世多年了。

钱先生半世纪前给序子一幅六尺榜书，至今还挂在万荷堂的墙上和序子心中：

良工不示人以朴。[1]

前些年在杂志上看到一幅秋草先生参加文化活动的照片，吓了一大跳，秋草先生满头秀发和潇洒的美髯公到哪里去了？换得满头满腮的白雪，真正的"华发旧德"公矣！先生啊先生！我们的确是多年不见了。

记得诗人艾青说过：

"不长胡子的男人，

比长胡子的女人还要难看！"

序子是个没长胡子的男人，好多朋友也不长胡子，诗人艾青老人自己也没长胡子。怎么办？

让我们一齐翘起光下巴惭愧吧！

1　《后汉书·马援传》。

大新公司门口碰到闽生大嫂："后天下午来我家吃饭！顺便通知一下赵延年和西厓、余白墅。"

"别吓我，有什么阴谋没有？"序子颇感意外。

"去！去！去！什么阴谋不阴谋！我生日。记住来的时候不要空手，听到了！"闽生大嫂说。

……

序子这一路回虹口，心里头打起鼓来。自从来上海快一年多时间，骚扰最多的就是黄裳和麦秆、闽生大嫂两家人家。黄裳这方面，来来去去就曾祺和自己；麦秆、闽生那边，木刻协会散会之后剩下的几个伶仃人物都厚着脸皮赖着不走，让闽生大嫂一边骂一边动手弄饭给大家吃。要知道这是什么年月，眼睁睁让一帮豺狼虎豹硬坐下来混饭是种什么滋味？尤其是把"偶然"逐渐变成"经常"的不幸局面。

麦秆父亲做收卖破铜烂铁生意，在附近另外一个地段有个铺面，序子只见过他老人家一次。麦秆大概是个独子。

序子急忙去找几个人讨论闽生生日的事，还特别关照闽生大嫂交代的那句话："不要空手！""自然！自然！"余白墅说。

余白墅当然可以说"自然，自然"，听说他家是个开什么铺子的，顺手拿一样东西当礼物都行。

赵延年老老实实说送一张以前画的油画风景。序子说:"画,也就算了。大家都是画画的,搞点现吃现用的东西比较合适。"

"东西倒是有两样,也最合他们家的用场。我的住处狭窄,总是找不到地方放。一个乡下亲戚最近从杭州带来的。"延年说。

"什么东西啊?"序子问。

"一块擀面板,半张单人床那么大,《辞海》那么厚;一根擀面杖,打得死老虎那么粗……花力气运,一个人还搬不动……"

序子心想,闽生捶麦杆有工具了。

"你呢?"序子回家问西厓。

"想好了!现在不说。你呢?"反问序子。

"我看到有一家铺子板鸭好,我买只板鸭。"

话讲到这里,西厓出门买礼物去了。

好笑的是延年第一个把面板和擀面杖送到麦杆家。其他人赶到,正迎上闽生对延年的称赞:

"我做梦都想有这么一块面板和擀面杖。这下好了,我今天这个生日可就算是没有白过了。你们自己看看,我厨房这块空地方就这么巧恰好留给面板的,明天马上就叫人去做面板架,以后你们就有面吃了。让你们有福气尝尝福州鸡蛋面的味道。赵延年呀赵延年,你怎么想到你这个大嫂就缺这块面板呢?你还真是个有心人!"

赵延年被闽生大嫂宠得像自己在过生日。

白墅奉上两瓶葡萄酒。

序子奉上板鸭。

西厓一个扁扁的长方纸盒。打开一看,薄纸包着一件画满鲜花

『一块擀面板，半张单人床那么大，《辞海》那么厚，一根擀面杖，打得死老虎那么粗……』

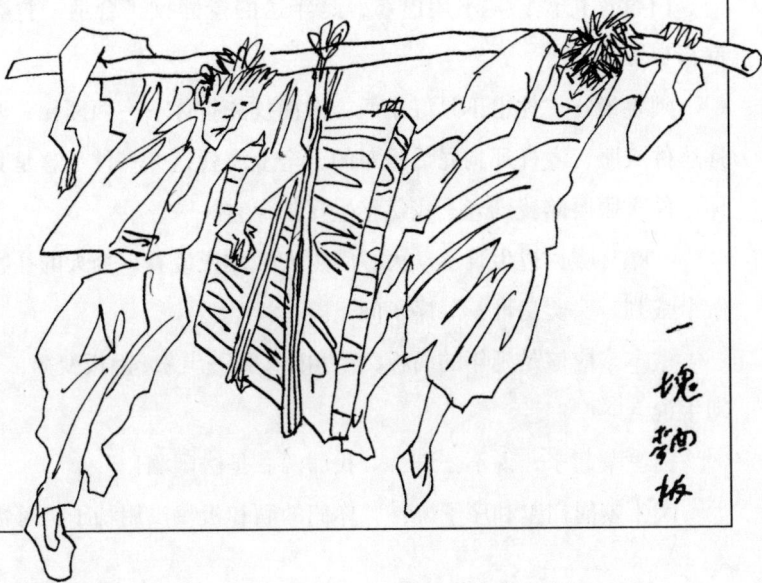

一块擀面板

的白丝绸半身大罩衣。是昨晚西厓赶了一个通宵用日本不褪色颜料画的。

闽生大嫂马上穿上了身，对着穿衣镜不停地叫麦杆："麦杆，麦杆！你哑了，你怎么不出声？"

"你不看我抱着'和尚'？"麦杆说。

"你眼睛抱'和尚'？你嘴巴抱'和尚'？我穿这件衣服你没看见？一声都不哼？"闽生仍然对着镜子欣赏自己。

"你要我哼什么吗？好，也是西厓画得好，漂亮！少有！全上海就这么一件……"麦杆说。

"你该称赞称赞穿了这件衣服的人。"白墅说。

"天天见，时时见，一样的头发，一样的脸，穿什么衣服都一样，有什么好赞？"麦杆说。

闽生对西厓说："西厓你帮我抱抱'和尚'，看我给他几巴掌！"

白墅连忙说："不用巴掌，延年送的擀面杖正合适，打哪里都行！"

闽生说："你也不是好东西，擀面杖先打你——西厓兄，谢谢你这件衣服。麦杆那狗屁话是对的，全上海就这么一件，这是真话，你这件衣服要陪我到老，我每年生日都穿它……"

"嘿！嘿！过生日不动火。闽生大嫂你说说看，今天的礼物你做个裁判，头奖是谁？"序子问。

"本来应该是延年的面板，西厓的衣服一出来，面板变第二了。"闽生说。

白墅嚷起来，说不公道："我那两瓶是法国酒！"

闽生嫂对白墅和序子说："你们的酒和板鸭没用脑子！可惜，

打开一看，薄纸包着一件画满鲜花的白丝绸半身大罩衣。是昨晚西崖赶了一个通宵用日本不褪色颜料画的。

西崖的礼物

可惜，要是延年的擀面板早送来几天，今天的生日席就齐全了。"

大家都不太领会闽生大嫂讲话的意思，也不清楚她今天的生日会要给大家吃什么东西。

问麦杆，他说知道是知道，不敢说。

闽生大嫂谨慎地脱下漂亮外衣，折折弄弄，收进柜子，对大家说："老老实实坐着喝茶，剥瓜子，不要进厨房。等下有人送花卷、馒头来，麦杆招呼一下，先放在台柜上笊篱里，用不着喊我。等我叫你进来再进来。喊你们做什么就做什么，听我发话！"转身一闪，进厨房去了。

"听，听，这口气，哪里像请客做生日？简直像打发孤老院的苍头！"白墅说。

"这空气有点像军训！"序子说。

"我们半天都受不了，可怜你这个铁蹄下的歌女还有半辈子余生好挨。"

"你说你们混蛋不混蛋？我们一家三口，我抱'和尚'，她一个人在厨房忙，让她听到你们美言，不烧锅开水把你们淋了才怪！……亏她这顿饭，为你们费了多少天心思。"

厨房喊话了——

"麦杆，花卷、馒头拿进来。"

麦杆把"和尚"交西厍抱，送进了花卷、馒头。

"摆碗筷调羹酒杯！"

大家移开茶具，端正了六个人的席位，擦干净桌面，隆重起来，嗽都不咳一声。

白墅不管有多少人喝酒，把法国葡萄酒开了，摆上六个小玻璃杯，倒满了酒。"和尚"被放在儿童椅上。

说时迟，那时快。

闽生和麦秆轮流端出八盆比大脸盆小、比小脸盆大的不见底的汤来。另一脸盆烤得焦黄、热气腾腾的花卷、馒头摆在顺手的席边。

闽生是喝酒的，她先举杯："来！祝我长命百岁，生日快乐！祝大家跟我一样！干杯！不喝酒的喝一点算一点。"

大家目瞪口呆，对着这八盆颜色不同的液汁。

怎么全是汤？

闽生给每人一个烤馒头："下一个自己拿。我介绍我家乡福州的'汤席'。我这是八个汤，正式的汤席是三十个，要转着席面喝，搭口的是饭、面和烤馒头、花卷。"

说完拿起胡椒瓶每盆汤上都撒一点："不够的自己添。这汤有个讲究，先喝汤，汤喝得差不多才见菜底。这是河蟹汤（海蟹味粗，有如鹅蛋和鹌鹑蛋的差距），这是墨鱼鸡茸汤，这是鲨鱼辣羹，这是文昌鱼汤，这是鱿鱼汤，这是鸡油海胆汤，这是黄鱼羹，这是虾仁虎蒂羹。我这是三层蒸笼蒸出来的。"

一桌子红、黄、绿、白、黑，不要说没有吃过，听也没有听过，难怪闽生大嫂脾气那么大，是本事拱出来的。她不向全世界、全国拱，只是向几个熟人拱。自我之拱，无损德行。

几个人默默喝着汤，佩服得一声不敢出。

八大盆汤是八种境界，无一相同，这意义跟读八本奇书一样，它开阔众人味觉的天地，让嘴巴、舌头、喉咙、鼻子长了新的聪明。

"怎么？几个人的杯子都满满的？可惜了，那么好的酒。麦秆，拿个大酒杯来装了我喝。你看，你看，都不喝开酒瓶干吗？你看，这瓶酒让我一个人喝了，嗳！嗳！多年没这个态度喝酒了。我爹说我，喝酒有天分。喝不喝酒关天分什么事？世界上最没有用的天分就是喝酒的天分，你说是不是？"

"呀！呀！呀！"'和尚'在儿童椅里大叫。

闽生这才想起大半天没理的女儿："好，好！好！我的'和尚'乖乖，妈妈很快就跟伯伯叔叔把酒喝完，妈妈马上就来抱'和尚'，给'和尚'吃奶奶。"

白垔认真地附着序子耳朵说："这话让隔壁人听到可不大好！"

"我只是想喝醉酒的人喂孩子奶，那个奶含不含酒精？孩子吃了会不会醉？"序子说。

"哈哈！太白醉奶！"白垔忍不住笑起来。

"死鬼！你两个人笑什么？"闽生问。

"说麦杆运气好，延年送那么大块面板，是块南方最好的枣子木，又细又硬（北方的枣木纹路粗），刻木刻，不晓得能剖成多少块板子……"序子说。

闽生站起来大呼一声："敢！"

宴会结束，大伙劝闽生大嫂休息，顺便照拂"和尚"。其余人在麦杆领导下收拾残局。没想到动静很大，除了洗涮大小碗碟之外，还要清理留下的大量菜底，放进冰箱。

"看，剩这么多东西好不烦人！"麦杆说。

"别怨，要你不见外，顶多麻烦我们明天再来一次就是。"白垔说。

不到一个钟头，厨房收拾得像从来没请过客那么干净。

告别了，真的天地良心地多谢：一辈子难忘闽生大嫂这番高妙的手艺。讲给人听也是人间绝响。

序子和西厓一路往回走，有轨、无轨，小半个大上海。

序子说："就那么八碗汤，材料也不是那么难找的东西，居然弄得那么出人意料。所谓化腐朽为神奇，把过日子搞得有声有色，只要宽坦的心胸有点快乐的巧思，并不在乎什么龙肝凤胆。听人说有钱人吃活的鹅掌、驼峰、猴脑，真应该打入十八层地狱。断子绝孙。我两岁时，太祖母九十二岁，她老人家赞美上天给世人豆、米、面三样口粮做出千变万化的食品。真是造孽，还贪心不足（这话应该是祖母或父母的转述，我两岁还不懂大道理）。

"老人家朴素说出这些感恩的话，其实世人辜负上苍的慷慨岂止这一些……"

"听你口气，好像有点佛门影响。"西厓说。

"我不够格，好听有趣的话比较容易记得住而已。我太祖母受过教育，在家乡是个受尊敬的瞎眼老太太。一个小孩子出生在某个家庭，贫富善恶，各自领略着善恶的大倾向长大而已。接触社会，又起了更复杂的微妙变化。

"我父母都分别是当地的男女小学校长，却糊里糊涂把我送到另一个喜欢虐待侮辱儿童的小学校去受教育。相当长一段时间有机会体验自己和别的同学受折磨侮辱的经历，久而久之积累成一种锻炼意志的良好课程。非常非常客观地、沉着地甚至用欣赏的态度接受这种恐怖的折磨。"序子说。

"我比你大多了，你讲的那种恐怖我一半也难以接受。"西厓说。

"我小时跟几个不同师父学过拳，更加足了这种底气。"序子说，"好玩的是我爷爷，他几十年跟家乡出去的内阁总理熊希龄做事，一直到死，灵柩从芷江运回朱雀。这老头脾气不好，除喝酒外就是骂人，特别喜欢我。我可以在饭桌前公然表现和他的看法不一致。我爸爸、叔叔没有一个不怕他，只有我敢跟他自由聊天。

"他留给了我两个终身的教训课题：

"一、拿钱去学吃亏。

"二、装傻玩骗子。

"我经历的折磨太多了，我越来越欣赏单纯，只有单纯才能判断狡诈，才有可能把审视变成欣赏，亲眼看他们做活泼有趣的动弹。爷爷九泉之下应该含笑。

"骗子的手段有时候是很残忍的，我也欣赏对我的这点残忍。你想想我这种心地，怎么做得成佛门子弟？"

"你比我经得住煎熬。"西厓说。

"唯愿你以后的日子不像我过去的不幸。"序子说。

"活得像你不容易。"西厓说。

"我们两人根本不是同一种材料做的。你人品好单纯。你的学养、艺术成就、友谊环境跟我都不一样。你对艺术的认真、从容，我根本就做不到，学不会。只是你太拘谨，规矩。你和你挑选的朋友脾气都一样，好像一个模子刻出来的，你们都应该张开翅膀飞腾起来嘛！老兄！"序子说。

"你说得对，我总是对看不惯的事情心里发堵，不容易想得开，胸脯让榫头榫着拔不出来。"

"这也是你的优点，你的艺术风格，凡事太认真，处处细致小心，木刻上一粒小圆点就刻个半天，怪不得这世界欺侮你！老婆也没讨上。"序子说。

"你说这个话干什么？木刻协会是个讨老婆的环境吗？问你，木刻协会有几个女会员？"西厓说。

"嗳！你不说我还真没想到，木刻协会有女会员没有？有机会我应该去问问可阳。反过来说，男木刻家为什么一定非讨女木刻家做老婆不可？"序子问。

"你自己说的！你问我干什么？"西厓说。

别说了，休息吧！

清早，有人拍门。序子看到是个国民党军官，开门正想问找谁，一看是朱一葵。

朱一葵就是朱象生，朱象生就是序子的干大哥。干大哥的爹就是朱早观，朱早观就是序子以前的干爹。这个干爹现在在共产党那边做事。序子完全没想到敲门的是朱早观的儿子朱一葵干大哥。序子忘记他军服领章上是一杠两星还是一杠三星，一杠两星是中尉，一杠三星是上尉。

请进了屋内，介绍西厓老兄认识。西厓不停地说："难得、难得。"三个人坐下喝茶，一葵大哥说自己现在在联勤学校做教官，是个闲差事。"你住的这地方是南京孙三满告诉我的。真要找还不容易找得到。他说他来过你这里。"

"是的，他前些日子查案子来过上海。他和好多老艺术家都认识，杭州美专林风眠、刘开渠、庞薰琹等许多先生带学生在沅陵住过相当长一段时间，得过孙大满、三满的照顾。"

序子问一葵干大哥："你跟干爹有联络吗？"

"哈！有联络委员长不把我毙了？"一葵答。

"我还真希望你父子俩永远不要在战场上见面。"序子说。

"那哪能讲得定？"一葵说。

"你晓不晓得我们朱雀有几个人在咯边（那边）？"

"让我算算，你文星街陡陡坡进士第刘家的刘祖春、大桥头兵房弄子李百雅的三伢仔李振军、我们同班李振群的三大（三哥），还有洪公开我们同班田景友的大大、教过我们国语的田家，还有我那个爹，算是算有少了。"一葵说。

"还有我福建紫熙满满的弟弟，听说箭道子康师爷的儿子、我们那个同班康宗保也去了那边？我集美的同学去的就多了。"序子说。

"我也听说康宗保去了那边，又讲他早死了。"一葵说。

"你爹转凤凰找老师长那回都不敢转自己楠木坪老屋住，住在我屋书房。我爹和你爹讲，顺便把我带到他那边去，你爹讲：'我打仗还带个伢崽？'没有同意。你看，我的大好前程就那么耽误了。"序子转头对西厓说：

"我和我的这位干大哥在一个'实验小学'同班读了两年。还有一个姓戴的名叫戴国强的同学。我们三个人常挨那个先生的打骂。那先生姓左，名叫唯一，是个共产党员，让老师长陈渠珍抓了，投了降。投降以后改名左执中，又名左自然，是朱雀隔壁县麻阳县人。念他是个知识分子，不杀他，让他在文昌阁旁边傅公祠办个学堂试试。没想到他心怀不满，专打共产党人和国民党人的子弟报仇。我和一葵大哥等于动不动就挨他打，打手板和打屁股，有时居然还打手背，令人难以想象。戴国强的爸爸名叫戴季韬，是国民党一二八师的副师长，他儿子也时常挨左唯一的打。他还说：'老子专打他们两党的后代！'一葵干大哥和戴国强后来到长沙念中学去了，剩我一个人受他摧残。家里的父母大人都以为左唯一这个混蛋是个严师，能培养出高徒，天高皇帝远，不清楚小孩子的委屈。最后我狠狠地咬了他一口，反抗了他，不再上他的实验小学。那学校不知什么别的原因很快也就歇业收了摊子。家长后来都清楚实验小学的黑暗。清楚也晚了。"

（还有个同班同学名叫陈良存，是个用功的听话苦学生，家里有个打草鞋过日子的妈。长大以后入了国民党在朱雀当了镇长，抗战期间派捐、抓壮丁积了民愤，改名陈敬侠，解放后被镇压了。）

"是他讲的这么一回事，序子主意多，我傻，不会动脑子，没挨打之前就哭着等，连挨打的意义、挨打的原因都不明白，幸好家里叔叔带我到长沙去了，才切断这盘灾难。那个左唯一可能神经不太正常，平常学堂先生不至于这么放肆的。"一葵干大哥说。

那天一葵大哥没有留下来吃午饭，他说他事情多要赶回去，以后会常来。序子告诉他，还有同班同学李大宾在复旦大学，沙双麟在大夏大学，有机会大家约一约，见见面。他说："好好好！"匆匆地走了。

西厓说："你看你周围世界好丰富，你还真能对付得了。"

序子说："我这辈子好像每天都在杀出重围。晚上，那几个人还要来。"

"哪几个人？"西厓问。

"景煌、阿湛、韦芜他们。所以乘白天把这块木刻刻完。"

"讲老实话，我不太习惯跟他们聊天，你们热闹，我搭不上腔。我到百合老方张赓那里玩玩去，反正他那里找睡处容易，我也好久没见他们了。"西厓说。

"那，还真对不住你。"序子说，"顺便代我问他两口子好，特别问'娘娘'好，我一有空就去看他两位。"

"实情实话，没什么好客气的。"西厓说完，起身出门买了六个肉包子回来。一人吃了三个。各人泡了杯茶喝了，西厓说："你刻你的，那我走了。"

天没全黑，韦芜、田青先到，然后是阿湛和林景煌。他们都约好分别带食货来，有饭还有炒菜，居然还有田螺。

"这就犯不上了。有青椒牛肉丝、回锅肉、糖醋白菜，夹个炒田螺就不合节奏。"田青说。

"我以为你带酒。"阿湛说。

"也不能让大家看我一个人喝酒吃田螺，偏偏今天没带酒。"田青说。

"嗳！大家一齐把饭吃完，再一齐吃田螺。"韦芜说。

最后，果真就按韦芜说的办了。

韦芜上公厕小便回来后对序子说："你这里最好有个小便桶，省得大家来来去去费这么大事！"

序子连忙说："是，是，是，我最近有个计划，准备连各位大便都一齐考虑……不过要各位每日轮流倒粪桶，说来说去的麻烦还不如出去上公厕简单，我看你那个小分店计划可以停止了。"

田青看序子枕头边放了本《庄子》，问："你看它做什么？"还把《庄子》举起来让大家注意。

"我天晴、落雨都看，有聊、无聊都看。"序子说。

田青手指着《庄子》："……这时候？"

"看书还论时候？"序子问。

"你告诉我，你懂多少？"韦芜问。

"我就是因为不懂才看，越看越不懂，越不懂越想看。"序子说。

"说来听听。"田青说。

"它分内篇、外篇、杂篇。注家，晋朝司马彪的时候是五十二篇，到向秀的时候剩三十三篇。有人说只有内篇七段是庄子写的。外篇十五段和杂篇十一段都是后人写的；说是这样说，我不敢随便吭声，觉得都一样有趣。只是纳闷，明知是后人写的，为什么一定硬凑合在真《庄子》里头？凑合了，千百年后人就当真认了。其实另出几本子书有什么不可？都这么精彩！

"鲁迅一九三六年逝世，胡愈之努力为他出全集（我最早手摩的就是在福建仙游陈啸高先生家里那套红布面的初版本），狠狠六百万字全集也不见把它定为内篇；而不把胡愈之、郑振铎、唐弢、许寿裳、聂绀弩、萧军、萧红……写的文章放在全集里头当作外篇和杂篇？

"应该认真查一查，至今两千多年的文坛，有多少这类混账事？

"庄子是战国梁惠王时候的人。有人说他是山东菏泽人，又说他是河南商丘人，还有一说他是安徽蒙城人。是哪里人不要紧，倒是他当的那'漆园吏'的官职值得讨论。

"照我看，他只是个管理征收油漆的小官，管不了种植漆树林业的事。中国两三千年使用油漆，都是从野生漆树身上、像收割橡胶一样割淌出来的（解放后中国科学家们才发明培养漆树种子发芽和发展漆树产业的科学方法）。

"我小时就见过不少'收漆'的苦人，他们漫山遍野地去寻找漆树。我见过放漆的罐罐，还见过卖漆的'漆场'。

　　"古时候，根本不可能有漆园。那时候，从来没有人用漆树种子成功繁殖过。只有到秋天漆树结了一把把绿豆大小的酱色甜种子，鸟儿吃了，种子在它肚子里起了变化，适当的温度，适当的胃酸浸润，把种子孵育得恰到好处，在起伏的山峦高低所在，随着粪便拉了出来，在土壤中生根发芽。

　　"漆树不可能有'园'的，住在漆树园中没有人受得了。平常人从漆树旁边经过，会感染它散发在周围空气中的微粒子毒素而过敏，全身长出发痒之极的脓疱疮。生长在湘西农村的老百姓，无人不知。

　　"所以'漆园吏'这个小官的称号，是不懂漆树厉害的后人胡乱起的，是一种外行话。庄子听见了，肯定不答应。哪儿不住，一家老小选个长漆疮的地方过日子岂不是自戕？

　　"我小时候就清楚，我们朱雀城出产两种宝贝，一是猴子坪的朱砂，一是生漆。可惜我们的河流浅堵，只能一担担、一桶桶挑到辰溪有大河处托大船运到长沙、汉口、上海去。生意很大。"

　　景煌问："贵不贵？"

　　"当然贵，只是我不懂，我只听说'生漆'和'熟漆'、'朱砂'和'水银'。"序子转身问韦芜，"你是开封人，商丘离你开封远不远，你那儿长不长漆树？"

　　"我觉得有点见鬼，从来没听说过。"韦芜说。

　　"你看，历史如此，一点也假不了；眼前事实又是从没听说过庄子在没出过漆的地方当漆官。"景煌说。

漆園吏，收漆的小官

「平常人从漆树旁边经过，会感染它散发在周围空气中的微粒子毒素而过敏，全身长出发痒之极的脓疱疮。」

"大权威刘文典、叔雅先生的脑子，很少光顾和庄子有关系的自然科学和社会学领域。"田青说。

"人可以妄言历史，历史本身是硬家伙，不会瞎编，两三千年前河南中原一带应该遍生漆树。庄子又的确是商丘人。王维诗说的'漆园'名胜也只能是传说以后的根据了，当不得真。"阿湛说。

"刘先生在联大教书，以庄子权威自豪，要是让他长一回漆疮，火气可能会小些。"田青说。

"我对古权威们的注疏都半信半疑。说不定自己乘兴在其间搞点手脚，加加减减……唯愿考古家，从地下多挖点真家伙出来，给历史作完美的补充就托福了。"阿湛说。

序子举着《庄子》对大家说："外篇《田子方》第七有一段东西我读给各位听听。

"宋元君将画图，众史皆至，受揖而立，舐笔和墨，在外者半。有一史后至者，儃儃然不趋，受揖不立，因之舍。公使人视之，则解衣般礴臝。君曰：'可矣，是真画者也。'

"后来的学者，包括叔雅先生，都认为宋元君'将画图'的那'图'是'地图'。

"'众史皆至'，还有个'在外者半'，来的人可算不少，然后是'舐笔和墨'；那么多的人围住宋元君'舐笔和墨'，画地图有这么画的吗？

"后来又来了个史，这个人谱比较大，儃儃然不往前凑合，反而回宿舍去了。宋元君派人追着去看一看，那人脱下衣裤变成了个光屁股。宋元君说：'行了！这才是个真画家。'

"这短文一共六十个字，重点是那个'图'字和最后那五个字

「后来又来了个史，这个人谱比较大，僵僵然不往前凑合，反而回宿舍去了。」

宋元君将画图

185

'是真画者也'！

"要是宋徽宗时代，那场面，召集众人前来，一番热闹，当然是搞写生活动。用现代话就是'画模特儿'。

"宋元君一文这六十个字里没明说，只说他有一大套'舍'养这帮人，来来去去很方便，随叫随到，一呼隆里外两圈人；最后还出现个傲慢迟到的'真画者也'。

"画家，才会有这舐笔和墨讨好的大场面，才会有回宿舍就脱衣裤变光屁股的画家，才会出现这样一个懂得欣赏美术家脾气的宋元君。

"想想，凭空养一大帮画地图的人干什么？再加上平白无故会夸奖一个怪脾气的画地图的人，称他为'真画者也'？

"虽然没明说宋元君是个美术爱好者，我唯愿他是。"

"要是你在西南联大读书，刘文典非阉了你不可！"

"谁阉谁还难说。"序子说。

"他蒋介石都不怕！"韦芜说。

"你以为我怕？"序子问，"读书不管你站在哪个角度，都不能有奴性。我看子书，就发现弟子们故装无知去套取老师的宠爱。我手边不宽裕，买得一本书总是反复地看来看去，有时碰到本鼎鼎大名其实很幼稚的书，心里怜悯它：'不至于吧？不至于吧？'心痛我那些钱。

"有时读一首诗、一阕词，让热情好心的注家、疏家把诗味弄左了，把诗人的面目弄拧了。

"我提的就是写'红酥手，黄縢酒'和'伤心桥下春波绿，曾是惊鸿照影来'的陆游。

"陆游的妈不喜欢儿媳妇唐琬，活生生把她赶走了。陆游当然不敢反抗，十分伤心。后来唐琬和一位姓赵的先生结了婚。

"说是唐琬跟那位赵先生有一天在沈园跟陆游偶然遇见了。陆游是孤独的一个人。唐琬便吩咐仆人馈赠酒食给陆游。

"这我就觉得事情有点难堪。

"陆游接收了吗？用什么心态对待这顿酒食？

"那位赵先生怎么会容忍老婆唐琬的建议？"

（最近读一本杂志上一段有趣的文章，转载敦煌莫高窟出土手卷中的一份离婚协议书。是丈夫的手笔："愿妻娘子相离之后，重梳婵鬓，美扫蛾眉，巧逞窈窕之姿，选聘高官之主，解怨释结，更莫相憎，一别两宽，各生欢喜。"真难以相信，世界上竟真有这么可爱的丈夫。）

序子问韦芜："如果你是陆游，怎么面对这餐酒食？"

"老子马上把它掀了！"韦芜说。

问阿湛："你是赵先生，你就那么听老婆唐琬的话？"

"听话？老子一脚把她踹进池塘！"阿湛大叫。

序子说："陆游活了八十五岁，光是诗词就写过近万首（有的说是九千），'红酥手'和'伤心桥'仅只是其中两个生命小亮子。他中年就投身军旅，'楼船夜雪瓜洲渡，铁马秋风大散关'才是他的主导心胸。沈园的那次邂逅和酒食，怕都是多情的注疏家好心赠送的吧！"

听人说三十年代，戏台上还是电影院演过《钗头凤》的故事。眼泪鼻涕流了一地。

这帮人十一点多才走。序子扫了不少纸屑和田螺壳。

中午时分，西厓带了子光进门说："他沿着狄思威路东洋街九〇四弄看门牌，问我，没想到是你弟弟。"

子光进屋放下包包，哭了。

序子带子光进厨房漱口洗脸，告诉他后门出去拐小弯是公厕。回屋里介绍西厓："老大哥章西厓，四弟子光，原是在南京帮我三表叔屋里做点杂事的。来了就来了，挤就挤一点吧！眼看你就要长大了，老跟着孙三满不是个办法。"

日子就那么过下来了，有时候三个人一齐在屋里吃一顿饭，西厓出去就两兄弟吃，面对面讲点穷话。妈来信说两兄弟能在一起总比不在一起好。子光自小就自重，来了朋友选张小凳坐在旁边微微笑着静听。平常时候也弄块小木刻板学着刻木刻，心领神会，也可能是爸爸遗传，很容易摸到艺术脉搏，理会得快。

桌子上有几本木刻画册。珂勒惠支的，苏联版画集，麦绥莱勒的，中国木刻集。子光说不太看得懂苏联版画，有的杠杠，头发那么细，不晓得怎么刻出来的。珂勒惠支画里黑魆魆的，不太看得出学问。他喜欢延安的木刻，《马锡五调解婚姻纠纷案》，那么小一个一个的人，神气都刻得出来，真不简单……

"他们刻老百姓自己过日子的事，老百姓受到教育，有直接的益处，不像我们这里，画归画，老百姓归老百姓，中间隔好多层。"序子说。

子光来了之后，序子更忙一些，不停地赶工刻木刻，生怕失了约稿信用。子光也管起买菜过日子来，有时候学着写生，甚至刻出的木刻很有个样子。朋友们见了都称赞，说序子兄弟都不简单。有人甚至怪序子不想办法送子光去念艺专。序子哈哈哈："李桦去北平，我的要求不是被他一句话扫回来了吗？"

昨晚上，子光半夜一脚把棉絮踹了个大洞。单人床太小，两个都长大的兄弟挤在一起，真难伸得开手脚。子光抱歉，序子说："犯不着！"

西厓送子光一个枕头堵着那口洞睡，跟着朱金楼送来一条国民党带两条红杠的棉军毯，李寸松又送来一条里外齐全的被子。

两兄弟卧具一下子添了这么多，这么一来倒阔得有点不好意思。

西厓老兄最近好像比较忙，早出晚归，脸上泛出"蚩尤之色"。若是喜事那就该通告序子一声，没有。甚至外出一两晚不见回来。

序子心想，大上海有这么多好玩的地方，都不忍心对子光宣扬。要是时间和手头宽裕，两兄弟该畅畅快快地各处游览一番。比如序子去过的几个场所，大新公司、先施公司、兆丰公园、外滩，都没想过让子光去一去。子光也从没提起这类愿望。他从小受苦，懂得在社会秩序中如何约束自己，从容自己。新闻来源，也只是看看几天前朋友顺手带来的报纸。晚两天早两天知道，根本算不上什么得失。眼前，就有不少先生把早打听到的新闻当作学问修养骄傲于人，对于真正的学问反而耽误了，好不上算。

朱一葵干大哥敲门进来了。序子放下木刻招呼坐下。

"你几时来上海的？"朱干大问子光。

"没来好久。"子光说。

"怎么你也在刻木刻？"朱干大问。

"来这里不学木刻学哪样？"子光答。

"算你抓得准！"朱干大问，"来上海，哪里走玩¹过没有？"

"舍冇得钱！²耽搁时间，交不出稿子，拿不到稿费！"序子说。

"你简直是守财奴口气！"

"妈个卖麻皮！老子还真是个贫贱守财奴！"序子大笑。

"今天中午，我请你两兄弟吃午饭好吗？我晓得四川路底电车站那头有间山西馆子，是面馆不是菜馆。菜馆我请不起，面馆还可以。山西面馆有个特点，面多，碗大，还带辣子。"朱干大说。

子光咽了口水问："你怎么晓得的？"

"我每天上街都从那里过。楼上楼下好多人，门口还摆了个大摊子，大红招牌：'晋阳春'。几回门口经过我都想上一盘楼，就是一个人有点胆寒。"朱干大说。

"你从小就那个卵样子，亏你还一杠两星。怪冇得左唯一打得你哇哇叫。"序子指着他笑。

"你呢？你呢？你不是也哇哇叫吗？"朱干大说。

"我？老子不是一口咬垮了左唯一的江山了吗？喔！对！你跟戴国强到长沙去了。"

三个人上了晋阳春二楼。

这楼真不小。桌子都硬邦邦，派头很足。伙计块头大，是个真山西人："请问吃什么？"

"有什么？"序子问。

"猪脚面，

---

1 游玩。
2 舍不得钱。

"猪肚面，

"猪肝面，

"猪腰花面，

"虾仁面，

"炖牛肉面，

"五台山斋面，

"太原府甲醋面……"

伙计一口气不停往下背。

"太原府招牌甲醋面是什么？"子光问。

序子制止了他："叫上来你进不了口怎么办？"

伙计笑："哪有进不了口的招牌货？"

"好！好！我一碗猪腰花面。"指着子光，"他来一碗炖牛肉面。"问一葵干大。

"我也来一碗猪腰花面算了！"

序子对伙计说："下一趟我拼胆来吃你们的太原府招牌甲醋面！"

伙计笑着点头下楼了。

没多久，三个伙计端三个托盘上楼来，万万没想到一碗面有小脸盆大。怪不得要分三个人端。

"这么大一碗，可顶到明天了。"朱干大说。

"我一辈子没碰过这么大的面碗！"子光说。

三个人眼看桌面上摆着酱醋瓶和辣椒罐，几几乎把整罐辣椒都掏空了。没想到山西同胞辣椒也吃得那么厉害，种的辣椒品种那么辣，真令人钦佩。吃得三个人"气海八海"[1]，像泡在热水澡里忘记了全世界。

面吃完，伙计奉上热手巾，真不怕人笑话，省得上一回澡堂子，三个人几乎把上半身都擦了。付足面钱，给了小费，三个人回狄思威路九〇四弄五号。朱干大说："这时不上不下，我没地方去；不去你们那里去哪里？"

"我没讲叫你莫去。"序子说。

进了屋，三个人分瘫在床上和椅子上。

"不喝茶了？"序子问。

"眼前，我连吞一口口水都嫌多！"朱干大说。

"我一辈子，饱是饱过，饿是饿过，论好呷，这算头一回。我实在难料，怎么会把一碗炖牛肉面弄得这么好呷？……我边吃边想，会不会是碗假炖牛肉面？假的！神仙菩萨做来哄人的。凡人怎么做得出来？……"子光就这么逆着往下瞎想，听到朱干大躺在西厢床上扯起呼噜来。

子光跟序子打手势，序子摇手教莫惊动他。

有人敲门，序子开门，告诉客人："小声点，有人在睡觉。"

进屋的是麦杆、朱金楼、李寸松和周令钊。几个人轻轻进房，见睡觉的是个国民党军官，吓了一跳。人多进屋搅动了空气，朱干大醒了，见面前站这么多人，也吓了一跳。

序子介绍画家朋友和朱干大认识。大家坐定。

子光弄来茶。

一

1　湘西话忙乱劳累的意思。

序子说："朱一葵是我小时候的同班同学，又是我的干哥哥。他爸是我的干爹。"说到这里，朱干大站起来告辞："你们谈你们的，我下午还有事，我先走了。"鞠了个躬，序子送出门口，回来接着说朱干大：

"他家在朱雀县，算得上头几家有钱人家。现在问题来了。我的干爹从年轻时起就参加那一边部队料理打仗的事，说不定他那个部队正忙着包围南京和上海咧！我这位干哥哥就在上海一个'联勤'还是'后勤'学校当一个中尉教官。想想看，这多有意思，有朝一日父子俩万一在战场上碰头，那得从哪儿说起？我们一九三七年在长沙见过面，他那时在长沙念中学。现在是一九四七年，我们整整分别十年了。没想到我们长大会在上海会合。"

"不晓得他父子俩清不清楚近况？"金楼问。

"估计儿子清楚爹，爹不清楚儿子。"周令钊说。

"要是我，这时候乘机会就去找爹！"麦杆说。

"我是爹的话就把你一枪崩了！明不明白这是什么时候？"金楼说。

大家话说到这里，序子才想到介绍子光。

"我的四弟子光，刚从南京来。他在我三表叔家帮忙做家务。"

"哦，哦！听你说过，你们家的杰出人物，打架王。"周令钊说。

大家笑起来，问怎么一回事。

子光说："我小时候顽皮，大哥总爱掀我老底子……"

序子反过来介绍大家："这是画家周令钊老兄，我这张像就是他画的，他是我们大同乡湖南平江人——"

"平江不肖生，《江湖奇侠传》……"子光插了一句。

"这位是朱金楼老兄，画家，本事大大的。那床军毯就是他送的。这位是木刻家麦杆老兄。我们开会都在他家，大嫂好，大家常在他们家混饭。这位是李寸松老兄，木刻家，新被窝就是他送的。你看，我们今晚上有会，听说你来了，大家顺便来看看你。"序子说。

金楼问子光："你来上海多久了，到外头逛过没有？"

"没有，没有，大哥这么忙，哪有这些闲趣，舍不得时间，也没有闲钱……"子光说。

"几时到我们育才学校玩玩，我在那边教书。"周令钊说。

李寸松说："你哥忙，我可以带你去。我是老上海，哪里都熟。"

"总之，我觉得你应该让他到处走走，见见世面。要不然上海白来了！"金楼对序子说。

"你以为我不想？"序子说。

子光到厨房烧开水，金楼又说："你看这老弟长得多魁梧，好壮气，一表人才，闷他在房子里可惜了。"

"他也画点画，刻点木刻。悟性很高。"序子说。

序子跟金楼说："今晚的会请帮我打个招呼，我这木刻稿子要得紧，我就不去了。"

金楼说"好"。再坐没多久，大伙就走了。

"我们每个月都有一两次这样的会，五六十人，或者三四十个人，画家、漫画家、工艺美术家、雕塑家、木刻家，都是跟国民党势不两立的。聚在一个比较宽大的熟人家，听一点新闻，交谈观摩点艺术，吃一顿有意思的晚饭，有时饭后大家还信手来两笔。"序子说。

子光说："这事情让外人听到都流口水。讲的是一种人生真交

『你看这老弟长得多魁梧，好壮气，一表人才，

闷他在房子里可惜了。』

情，干净清爽。"

"这里头，我还没有机会打听。七七事变前两个月，爸爸就准备等到二满带我到厦门之后，马上来上海找他当年长沙师范学校的上海同班，那时候他的上海同班已经在上海当画家卖画了。真想不到前脚我们一到厦门，后脚马上就抗战了。他这个小小文职人员很快就被二十八师遣散回了湖南。一个人一生的命运就这么定下来了。现在轮到我们来接手做他老人家想做而没做到的事情、理想。可能这些聚会里头有爸爸的老同学和熟人，有朝一日要是遇到，可就算是命里真有这样的巧事了。"序子说。

"我没赶上这个年份。我脑壳里想的都是当年文星街的事，出文庙巷挨向马客门口那个卖鳄梨、橘子和甘蔗的摊子。文庙巷口口线那几级磨融了的滚钱坎子，拐右首边的刚合适劈甘蔗的岩头磴磴。左边田家两三个妹崽到过年时候在门口摆个箩筐，上头放个簸箕，做几个小竹圈圈，每圈放十朵八朵后园摘下来的鲜红喷香的腊梅花卖。每个角落，每块地上的岩板高高低低我都熟。梦里头的婆、爹、妈和伯伯、满满一点都不老，从从容容过着往年的日子。往年的日子，你使劲扯也扯不回来。你除了跟这狗日的不幸的狗命走，跟它长大之外，你一点别的办法都没有。"子光讲。

"世界在动，人当然就长大，就老，就死。你不老，你不死，总是占着位置，后来的人怎么过日子？我做事就是挑个自己喜欢的事做他一辈子。做人呢，为自己想也要为人家想。吃了亏，上了当，打个哈哈就算了。受强梁欺侮，要懂得忍，回到家里努力用功。论玩，也要玩得清清爽爽。上海有钱人拿好多万块钱去参加一种会，那个会只有一种玩法，就是拿一根棍棍，把一粒小白球打到一个很

「文庙巷口口线那几级磨融了的滚钱坎子，拐右首边的刚合适劈甘蔗的岩头磴磴。左边田家两三个妹崽到过年时候在门口摆个箩筐，上头放个簸箕，做几个小竹圈圈，每圈放十朵八朵后园摘下来的鲜红喷香的腊梅花卖。」

文星街

文庙巷口

197

远的小洞洞眼里去。上坡又下坡，累得要死。好多人看，好多人羡慕。还登报，还上广播电台，还出国比赛。

"其实，世界上最有意思的事就是读书。一个人读书越多越会想，办什么事都比别人清醒，比别人有条理，懂前后。"序子说。

"大哥，你刻得太久，可以歇一歇。这一套还差多少块？"子光问。

"一块多一点，明天可以刻完了。不过我先要跟你打个招呼，这套东西不一定拿得到钱。"序子告诉子光。

"拿不到？我帮你去拿！"子光叫起来。

"到时候你不一定找得到人了！国民党也想找，你跟他们一起找吧！哈，哈，哈！"序子笑。

"这算什么卵场合？"子光说。

"别急，别急，也可能到时候没这么坏，讲不定还真拿得到。国民党还没封他们的门。"序子说，"你没来上海之前，这种拿不拿得到稿费的场合常常都不是怎么靠得住的。有时有，有时没有，开始我也不习惯，后来慢慢习惯了。人家办的都是大好事，我只是跟着赔一点就是了。人赔大，我赔小。人有时还坐班房，还赔命。我赔这一点点算得哪样呢？"序子说。

"每个月的房租钱是火烧眉毛，急死人！"子光说。

"你看，我们命好，一次眉毛没烧过。"序子说。

"命都赔了，还烧什么卵眉毛？"子光说。

"明天下午，我可以写信了。你来好，帮我分一点神，好好写封信给妈。我欠人家好多情，青山绿水之外，好多人在挂牵我。"序子讲。

"邮票、信纸、信封，上邮局总是花钱。"子光说。

"上邮局和吃饭都是正经大事。"序子说。

"还有打倒日本帝国主义，打倒蒋介石，还有孝顺父母，还有行侠仗义……"子光说。

"看你扯到哪里去了！"序子想笑。

"大哥我想起一件事，你记冇记得，朱干大小时候就定了亲，是北门上'唐力臣看告示'那个唐力臣的孙女，小时候大家叫她作'唐唐'的。你别忘记顺便问朱干大一声，喜事办了没有？"子光说。

"你讲起这个问题，把我也弄糊涂了。北门上唐力臣孙女叫'唐唐'，好像有这个事，文星街唐马客的妹崽也叫'唐唐'，我记得比较清楚。我们文星街有两家卖马的马客，一家姓唐，一家姓向，就是'向傩送'的爹，那时候朱雀有的是一师一师的军队，马生意好做。大桥头过去的'大街'上，做马生意的就有十几家。幺舅那匹麻花毛马，就是大街上买的。

"人那时候讲究马，就像现在上海有钱人讲究汽车一样。细得很，学问很大。"序子说。

"'讲究'是一种众人的脾性。当官的比威风，讨饭的比打狗棍，婆娘家比打扮，穷当兵的比绑腿皮带。"子光说完问，"大哥，中饭呷得那么饱，这餐晚饭还呷冇呷？"

"我看，省了吧！你没听见我还在打饱嗝？今夜间抓紧时间多刻点，明天上午完工就可以发出去了。"序子说。

"那你刻，我先困了！"子光睡了。

真没想到七幅插图一上午就完成了，连拓印带说明，垫上纸，装进信封，写上地址，两兄弟一齐上邮局，挂号寄出。

走出邮局，子光说："此信一投，驷马难追！"

"我心里想，那些编辑部的朋友们，信不信我会把插图准时刻好寄给他们？你说！"序子问子光。

"大概会吧！"子光说。

"为什么你说'大概'？"序子问。

"我跟他们不熟，只敢说'大概'。"子光说。

"我和他们来往，说一句是一句，从来是不'大概'，他们信我！"序子说。

"如果不给稿费也是有不'大概'的原因。"子光说。

"这才像张子光的派头话！"序子说。

……

两兄弟回到家里。

"大哥，你昨天讲，刻完木刻，两个人分头写信。我想留到明天行不行？我的意思是，你赶了一个通宵，该休息一下，应该打赏打赏自己，到面馆吃点哪样，或者是看场电影……"子光说。

序子听了这话，打开床底下的箱子，再打开箱子里头一个铁饼干盒子，数一数里头的钞票。小心恢复了原样，直起身来说："下个月房租之外，还有十二块钱。今天下午放假！"

"怎么放？"子光问。

"中饭、晚饭在街上吃，再看场电影。出发！"序子说完，两兄弟锁门马上开步走。

"我们莫走远，最多走到外滩那边。远了费鞋不上算。我觉得全中国最值得一看的就是上海外滩风景。什么叫大洋楼、大轮船？

站立码头半步都不要动，让你一览无余。"

于是两兄弟沿苏州河这头走。街两边铺子大多两层，洋广杂货之外，各放各的喇叭响。这边是白虹，隔壁就是欧阳飞莺，再走两步是白光，然后是周璇，是这个，是那个。序子在家有时哼一两句街上听来的调调。有次在致远中学曾祺房间借宿，大清早起来，想不到曾祺一时高兴，站在床上，双手平举，也居然来了一句街上捡来的："你是我的生——命，你是我的灵魂。"

这种社会生活杂碎只要常到街上走动的人，无有不受其影响侵蚀。有人当时就开玩笑说：巴金说不定都会哼两句。

过小桥的时候，老远是"四行仓库"朦胧的大影子，告诉子光，两兄弟站在桥头想起那位守"四行仓库"的团长谢晋元，深深地肃敬一番。

"不过那首《四行仓库》的歌词可不怎么样！

"开头两句'中国不会亡，中国不会亡！'好像给一位老人家祝寿说'你老人家不会死！'一样，人家不给你两巴掌才怪咧！"

抗战没多久，大家听来就觉得是个笑话了，这么大一个国家，怎么仅仅是一个不会亡的问题呢？于是有人好心好意把'中国不会亡'改成'中国已经强！中国已经强！'的句子。日本兵在后头追，中国军队一边唱'中国已经强'，一边在前头逃跑。一位著名女高音歌唱家唱了一阵子，大家听来也很尴尬，后来人就唱得少了。

出虹口，绕巍峨二十多层的百老汇大厦，过外白渡桥，开始进入鼎鼎大名的十里洋场外滩。

两个人小心地沿着黄浦江岸走。左边是黄浦江码头，江上是大轮船、小轮船、大木船、小木船。在江面上走的，靠码头运货的，

过小桥的时候，老远是『四行仓库』朦胧的大影子，告诉子光，两兄弟站在桥头想起那位守『四行仓库』的团长谢晋元，深深地肃敬一番。

四行仓库

高高低低的跳板上走着弯腰驮货物的搬运工人。

（我现在坐在桌子边上安闲地写下这些回忆，要是当年在码头上挡一点路的话，你就随时有被撞下黄浦江变鱼鳖的危险。怪谁的娘老子都来不及了。

我们选择观光的位置竟是那样地好，一个斜斜花坛旁边。右边是十几里地的高楼大厦，其中有一座中学英文课里学过的 Customs Building，"海关大楼"；中间高塔上四面大时钟不单在走，准点还会响起报时声，太难得了。所以英文教科书印出来让人到老也不会忘记。我中学英文课就记得三个名字，海关大楼、峨眉山和长江。课本是商务印书馆的《直接法英文教科书》，不管"直接""间接"，事实如此；我英文能从星期天读到星期六，若单问我一个星期四，我就要从星期天读起，单读不行。若问从一月到十二月，那就根本无从谈起了。我并非因为不懂英文而骄傲，只是犯不上因此而发愁。我太忙，犯不上花大好宝贵时光再去补习英文，眼前那么多做好事的翻译家一本本堆积如山的成果我还来不及看，区区不懂英文小事，愁什么？）

两个人决心到马路那边去。

这事讲起来容易，做起来难。外滩马路太宽，可望而不可即。序子很早就有这份心情，何况要带个没来过上海的弟弟过马路。

子光说："南京马路没这么宽，没这么杂，车子也没这么多。"

"这地方，要是让车子碾死了是不会赔的。"序子说。

"死都死了，还赔送哪个？"子光说。

"我死赔你，你死赔我。"序子说。

"要是两个人都死呢？"子光问。

"看样子，马上是查不出的，要好多好多天，让木刻协会或是上海美术作家协会，或是收房租的房东，或是回家的章西厓，或是朱一葵、李寸松，奇奇怪怪因缘，蛛丝马迹，多少多少天发现了，然后才这个那个……"序子说。

两个人捡了个乖，跟着一大群过马路的上海本地人过了马路。站定之后醒了醒神，丝毫无损。

"这场合，将来讲给朱雀人听，都没人信。"子光说。

外滩这边人行道简直像条街，成排人走对面也不嫌挡路。

"你摸摸这岩头，一坨一坨把这房子堆出几十层高楼，还真要点本事。"子光感慨。

"事先当然要有建筑师计划，要有钢筋和水门汀（以前叫水泥作水门汀）。"序子说。

"我们中国盖房子都用木头，连你个秦始皇的阿房宫，一把火就烧了；你看看人家洋人脑筋怎么动的？一坨坨岩头看你怎么烧？"子光说。

"在外国，洋人过日子也讲究用木头。历史上看起来，外国古时候的皇帝过日子大部分时间都在岩头宫殿里，子子孙孙长得模样都有点阴阳怪气，甚至于还真的出过不少精神有问题的人。有的科学家说跟岩头里头的放射性东西有关系。"序子说。

"到冷天起码冷；大热天有湿气。"子光说。

两个来到汇丰银行门口。左右两只大铜狮子把子光镇住了。佩服得直微笑，直摆脑壳："一家银行门口摆这么一对金光闪闪的大铜狮子，真没办法，看这手艺，看这想法。"子光用手摸摸狮子的嘴巴，"唉！好威风！让人感觉这两只东西把守大门，很稳当，很

「外国古时候的皇帝过日子大部分时间都在岩头宫殿里，子子孙孙长得模样都有点阴阳怪气，甚至于还真的出过不少精神有问题的人。」

「宫娥」维拉斯凯兹的画

子子孙孙都有点阴阳怪气

205

靠得住。"

"我一点也不反对你的看法。我觉得我们朱雀县道门口衙门外边的两只岩头狮子也非常威风。其实，它们的样子一点也不像真狮子，是一种比狮子更加狮子的特别动物。看照片，北平天安门前那一对大狮子才算是雕塑界的神品，哪个想得到狮子可以这么雕法？不这么雕法怎么镇得住天安门？我觉得各有各的好，外国人照着狮子原形做出来，是一种写实的本事；我们古时候的雕塑家可能一辈子还没见过真狮子，他倒是把狮子所有的长处都夸张了，都神化了……"序子说。

两兄弟一路走，一路论。

"想想看，这简直是拿钱比赛。你盖座贵的，老子就盖座更贵的；你来座高的，老子就来座更高的。想想，光一坨岩头，花多少钱？这么多贵岩头堆一条十里长街！"子光说。

"顺这条十里外滩，还横着一条条马路，最大的一条叫南京路，人过日子的繁华世界，大旅馆、大饭店、大百货公司……都在这条路上。你信不信，一天旅馆钱可以在朱雀乡下买几亩地；一根雪茄烟抵得上小公务员一个月薪水。再过去，我们全国木刻协会展览会就是在这条街上卖百货的大新公司开的。再往前走，可以看到在远东最高的二十四层楼，国际饭店，站在底下抬头一望，戴的帽子都会掉下来。左首是跑马厅，有钱人赛马赌钱的地方，我没见过，也不清楚是怎么一回事。再过去是全上海最大的'大光明'电影院。

"南京路两边一条条拐来拐去的中街小街，开着些热闹店铺，书局啦！饭馆啦！茶楼啦！纸杂铺啦！钟表铺啦！金银首饰铺啦！香纸蜡烛铺啦！洋酒铺啦！土酒铺啦！洋烟铺啦！土烟铺啦！客栈

「想想看，这简直是拿钱比赛。你盖座贵的，老子就盖座更贵的；你来座高的，老子就来座更高的。」

两毛笔速写外滩

小旅馆啦！还有婊子铺……

"当然，那不该叫婊子铺，是杂在街上的某条弄子。有一回我和黄裳、汪曾祺在一条街的小饭馆楼上吃完饭下来，他两个话多走得慢，我走前七八步，两个婊子婆娘过来一人拉我一只手，嘴巴还讲：'先生，帮帮忙好哦？'真的吓了我一大跳。可不正是听说的'上海婊子拉客'？我连忙来了一个'关公卸甲'挣脱了手，正要理论，那两个婊子婆娘还算懂事，口里连声讲：'对勿住，对勿住……'黄裳和曾祺见了哈哈大笑，一点也没有前来救驾的意思。"

"要是我，就不晓得如何开交。"子光说。

"你当然比我行！不过对她们也不能反应太过。这些婆娘是可怜人，背后都有保护人一层层盯着。"序子说，"我看我们要找个地方吃午饭了，中午吃锅贴行不行？"

"哪还有不行的？"

两个人叫了四十个锅贴吃了，汤不要钱。付账出门，序子说："这么逛下去，意思不大了。回虹口吧！虹口那头我都还说不上熟，逛够了再找个地方吃晚饭，吃完晚饭干脆痛痛快快花一笔钱看场电影，回家痛痛快快睡它一觉。好！上电车！"

"上电车？还花这笔钱？"子光说。

"你晓不晓得，我们这大半天路程走了好远？起码三十里，回虹口再来个三十里？上算吗？走玩的时间也耽误了。"

两兄弟上了有轨电车，一路赏心悦目地坐览了外滩、外白渡桥、巨伟的百老汇大厦，进入虹口地区北四川路，长长的一条东洋式商业区风光街，到四川路底下车。

到一个书店里打一个转，《文萃》这一类杂志已经没有影子，连《观察》都见不到，也算是奇事一桩。进步作家的书摆在高高的书格子上，让人摸不着，起码让你拿得不方便。美国、英国和俄罗斯作家们的翻译作品没有禁，有一本文化生活出版社出版、焦菊隐翻译的丹钦科的《文艺·戏剧·生活》厚本子，一直想买，非常有意思的书，就是下不了手。今天这一天，从早到晚花出的钱，眼看这一本书就飞了。这犯不上讲什么后悔话，要总是这样讲究，堂堂正正做个人都难……

序子手捏着这本厚书，喘了几口气，慢慢放下书，还是下不了狠心。和子光走出书店。

不要见异思迁，要玩就好好地玩！

"你讲我们等下到哪里吃晚饭？"序子问。

"你问我，我哪里晓得？"子光说。

"也是。我其实也不晓得。我看我们就到老地方去算了！"

"哪个？"

"晋阳春。"

"讲老实话，想到那一盆牛肉面，我马上就饱起来。"

"这一回当然不给你叫牛肉面。"

"晋阳春那个盆，简直可以给小伢崽洗澡。"

两个人一边走一边讲就上了晋阳春。

伙计认得他两个："哈！老顾客到底是老顾客。两位今天打算怎么吃法？"

"昨天你不是介绍'招牌面'吗？今天我两个特别上来试试！"序子说。

"啊啊！'太原府甲醋面'对不对？"

"不过我们有个要求，可不可以一碗两个人吃？"序子问。

"什么一碗两个人吃？给两位各来一份'细碗'不就行了吗？"伙计笑笑下楼去了。

很快两碗面端上来。是朱雀城往常叫作"海碗"的尺码。斗彩龙凤图案，对着这漂亮瓷碗，精神都振作起来。

序子自昨晚起，心里头就一直翻腾这个"醋"字的好奇心，决定哪天重上楼来，没想来得这么快。

两兄弟各对一碗"太原府甲醋面"。

子光一边吃一边说："麻个皮，这么好味道，真舍不得吃完它。"

"是的，山西佬的醋，是一门很深的学问。"序子说。

（几十年后，山西木刻界老前辈力群先生去澳大利亚看望女儿，随身还带了两缸子醋去。

漫画家华君武先生开玩笑说："中国农业发展纲要，农、林、牧、副、渔。在山西应该是农、林、牧、副、醋。"）

"它不仅仅是一种调味品，还可以做药。医生开方子提到醋，还故意特别加写'山西'两个字。"子光说。

"醋，不只是'调'味，还能'提'味。滴几滴山西醋在炒好的菜上，就好像人在深山闻到钟声一样，显得莫名其妙地升了几层格调。大热天，加点糖和山西醋在凉开水里，是一种很好的解暑饮料。"序子说。

吃完面，付了账，走出晋阳春，还在说醋。

"要不是我早晓得大嫂是广东人，听你这么子称赞山西醋，我就真会以为大嫂是山西人。"子光说。

"不懂的事不要乱讲。"序子即时打了句官腔。

"有一部书，清朝人李汝珍写的玩混小说《镜花缘》，第二十三回写到一家酒店里把醋错当酒卖给客人，客人大叫，而另一喝酒老头又不希望他们把事扯穿。那地方行情是醋比酒贵，且听老头如何说：

"'先生听者：今以酒醋论之，酒价贱之，醋价贵之。因何贱之？为甚贵之？其所分之，在其味之。酒味淡之，故而贱之，醋味厚之，所以贵之。人皆买之，谁不知之。他今错之，必无心之。先生得之，乐何如之！第既饮之，不该言之。不独言之，而谓误之。他若闻之，岂无语之？苟如语之，价必增之。先生增之，乃自讨之。你自增之，谁来管之。但你饮之，即我饮之；饮既类之，增应同之。向你讨之，必我讨之。你既增之，我安免之？苟亦增之，岂非累之？既要累之，你替与之。你不与之，他安肯之？既不肯之，必寻我之。我纵辩之，他岂听之？他不听之，势必闹之。倘闹急之，我唯跑之。跑之，跑之，看你怎么了之？'"

"真有这种酒比醋便宜的地方吗？"子光问。

"写得出来，怕就应该有。比如说山西省哪个哪个地方。不过看小说的人不会那么认真。"序子说，"底下我看我们去看一场电影吧？看完电影也该转屋里了！"

"你晓得这边有电影院？"子光说。

"前些日子在电影院附近还搞了个热闹场合。几个年纪差不多的文艺界朋友，熟得不能再熟，请在家里吃剩菜，然后敲竹杠要其中一个朋友请看电影——就是我们等下要去的这个叫作虹光大戏院的电影院。电影还没换场，大家在门口小广场看电影广告，没想到请客这朋友买票回来踩了满满一脚新鲜狗屎。那鞋还是不久前他舅娘

『一家酒店里把醋错当酒卖给客人，客人大叫，而另一喝酒老头又不希望他们把事扯穿。那地方行情是醋比酒贵……』

先生听者

212

亲手做的。藏青鞋面千层鞋底，一踩狗屎，再一洗，你想还有鞋子没有？我们对不起他，又帮不上什么忙，解不了什么忧，自然更不能陪他进电影院，叫了部三轮车拉了回府。

"现在动身就往那边走吧，拐两个小弯就是狄思威路底，你就看得见虹光大戏院霓虹灯光了。到门口你站住不要乱动，等我买票。"

没想到又是电影没散场。

"两只眼睛不要光看电影广告，还要顾到脚底下。"序子关照子光。

今天的电影叫作《蛇蝎美人》。序子选了处摊放砖瓦和沙堆等建筑材料的明亮地方站稳。周围来往候场的人不少。过日子早已习惯了这种方式。序子一点也不喜欢《蛇蝎美人》这电影名字，相信原来一定不是这个叫法。

说时迟，那时快，子光弯腰捡起一卷东西放进裤袋，轻轻叫一声："大哥，我们走！"

"什么？"

"快！回家。"

两人很快地离开虹光大戏院门口。

"什么事？"半路上，序子小声问。

"钱！"子光说。

"见鬼了！"序子说。

"真的。"子光说。

回到家里，子光从裤袋取出一大卷橡皮筋绑着的钞票扔在桌面上。

两兄弟数一下，两百二十几元。

说时迟，那时快，子光弯腰捡起一卷东西放

进裤袋，轻轻叫一声：「大哥，我们走！」

说时迟，如时快，子光捡起一卷东西

214

序子说："交给狼心狗肺的警察是谈不上了，卖儿卖女的人不会到电影院门口去丢钱的。我们兄弟没有伤天理。多谢上天菩萨！……决定明天再歇一天。你那身老装备从头到脚里里外外该换防了。我刻木刻的节奏可以稍微松活一点了……哎呀！我的天，世界怎么会这样子呢？好不正常！好不习惯。讲送哪个听都不信。就那个小沙堆，放张一块钱的都难得了！放这么多，多得我两兄弟过这段日子恰到好处……老四，我讲你那对眼睛还真是神人维护，不早不迟让你抢先了。周围来往这么多人。不要说讲给现在人听难信，就算讲给几十年后的子孙听也难信。

"当然，要紧记住，现在也千万不可以让人知道。

"《蛇蝎美人》没有看成。怪也是怪，这个'虹光大戏院'怎么每回去每回都出事？看样子以后看电影不能上'虹光'了。更不能把这事讲给阿湛听，他踩狗屎，我们捡钱，他听到会想不开。"

序子打开箱子，留下二十多块在身边，其他都放进饼干盒锁了。

"早点睡，明天有你的忙。"

刚吃完豆浆、油条，门口打雷样的嗓子："信！挂号！张序子！拿图章！"

序子取出图章盖了，说声："多谢！"

邮政局的人走了。（广东旧时代叫邮局送信的作"邮差佬"，香港叫邮局作"书信馆"，旧中国一般叫"邮差"，新中国叫"邮递员"，这样称呼好。我忘记上海那时候叫什么？对不起！）

"天津《益世报》、上海《东南日报》的稿费，天津那边十块！上海这边五块！"序子说。

"今天怎么啦？该来的，不该来的，都一齐来了！"子光说。

门口进来一个人，李寸松。

"两兄弟这么高兴！"

序子举出两张汇票："上邮局的善事！"

寸松说："还有一个喜事，子光上育才的事我给问了，几时我带子光先到育才看看。"

子光脸都笑融了："多谢李大哥，真没有想到。"

"今天我们自动放假，正好你来，帮我们当个军师，子光全身要换个行头，你看往哪里走好？"序子问。

"子光打算怎么换法？"寸松问。

"普通见得世面、便宜经穿点的就行。"子光说。

"中还是西？"寸松问。

"顾不上这种讲究。"子光说。

寸松挺起胸脯，双手平举："像我这样行不行？"

寸松穿的是深灰色的咔叽布西装裤、浅蓝灰衬衣、浅灰毛衣、淡咖啡色半长短带拉链的绒夹克。

"太好了！"子光说。

"那今天我陪你们两位走一趟吧！"寸松说。

锁上门，走的还是昨晚上的老路，序子两兄弟远远看到虹光大戏院，都自然而然地避开眼神。邮局取了稿费，顺便上书店把丹钦科的《文艺·戏剧·生活》那本书买了，深深地呼了一口气。寸松说："子光买衣服，你没有必要花时间跟着走。我们去买我们的衣服，你回去做你的事情。"

序子觉得有理，交代一些钱给子光，自己一个人回去了。幸好回来，见到喜气洋洋的西厓。"想不到你回来了，这么多天没见面，想必在准备办喜事吧？"序子问。

"你不懂！还谈不上！你是过来人，怎么不晓得办这么一件事能这么简单？"西厓说。

"遇到复杂情况了？"序子问。

"你想的是两回事。我的事没往那头去，你也别往那头想。"西厓说。

"喝茶吗？"序子问。

"喝！"西厓答。

序子到厨房泡茶回来。西厓问："子光哪里去了？"

"李寸松带他买衣服去了。原来穿的那套实在太不像话！"序子说，"你走的这段日子，讲老实话，我实在累得不成个人样，手指头捏木刻刀几几乎都捏不住了，呼吸也不好……"

"这可要小心！我们这些人肺病可害不起。窗子上八块玻璃，是不是可以取下一块安个风斗？这房间到晚上门窗全封闭了，几个人住在里头，天长日久我看会出问题。"

"你讲得对。我马上就去买风斗。"序子说。

"我看等你子光回来再说吧！我住不下，我还有事。啊呀！你看我这人，差点把该讲的正经事耽误了。今晚上有聚会，麦秆叫我通知你，仍然在张正宇家，有东西吃，自己不要吃晚饭。原来金楼准备和我同来，他还有事要找戴爱莲，说找完了再去，所以不跟我来了。你看，你看，年纪大了，记性有问题了……你买了本什么新书？"西厓问。

"丹钦科写的回忆录《文艺·戏剧·生活》。俄罗斯时期的老戏剧家、作家，俄罗斯小剧场的首创人，戏剧生活化的提倡者，那意思就是说，演戏的动手动脚和普通过日子一样，用不着装模作样夸张声势。他实际上是当时俄罗斯戏剧界杰出的领班人物，托尔斯泰、斯坦尼斯拉夫斯基、契诃夫、高尔基……像一家人那么亲密地来往。焦菊隐先生高手的翻译，好看极了，我多年前看过，印象深刻，昨晚在书店遇到，没带钱，今早赶紧买一本来重读一番。这书现在不容易买到了！"

西厓说："我还有事要办，先走，等下张家见。"

序子一个人留下翻书，想到还是留个条子好。

"老四：我晚上要去开个会，有饭吃。你可请寸松兄在附近一家馆子吃顿晚饭。买的新衣服等明天我两个到附近找家澡堂子洗个澡再换上去。原来的这套老装备就好好包起来送给流落路边比我们命苦的人吧！大哥，即日。"

到了张正宇家，好多熟人老前辈、老大哥都来了。陆志庠、丁聪、叶苗、张文元、赵延年、周令钊、米谷、西厓、陈秋草、潘思同和一些半生不熟的著名老人家都到了。朱金楼正和张乐平、张正宇几个人密意憧憧在商量件什么大事。序子见朱金楼指手画脚，叫他和聋膨陆志庠一起到他那边去，便招呼着一起过去了。

张乐平跟聋膨打起手语来。

朱金楼转告序子："严家淦在台湾当建设厅长，他要出版一厚册《台湾风光》画册向外边吹牛，请张正宇主编，还约了郎静山摄影。张正宇大概觉得你跟聋膨好领导，不怕辛苦，艺术牌子还算响亮，不大和人讲价钱，好打发。总的说来大概是这个意思。生活待遇是大家都住台北建设厅日式招待所，你每月一百元，聋膨老资格每月一百五，行不行？工作期限半年左右，干完送你两人回上海。"

"你要先问聋膨，他同意了我才有把握同不同意。"序子说。

"你不看乐平正在跟他打手势吗？"金楼说。

"聋膨脾气你是领教的，他不能受一点欺骗。"序子说。

朱金楼开玩笑问序子："那你呢？"

"我和他不一样，他听不见，我听得见；他说不清，我说得清。其他都一样。"序子说，"我眼前多了一个麻烦，就是我弟弟的问题。"

"嗳！不是说有人在帮忙进育才学校吗？嗳！周令钊是育才的，问问他。"金楼问。

周令钊说："有这事，上头在讨论，听说问题不大。"

"那我就放心多了！"序子说。

序子过去和乐平、张正宇打招呼。

乐平说："我们正在商量你和聋膨的事。工作不重，等于上台湾玩玩。你那个闽南话可以大派用场了！"

"你怎么会讲闽南话？"金楼问序子。

"我在闽南长大的，抗战八年，大部分时间在福建。"序子回答。

"那你省了请台湾翻译了。"金楼对正宇说。

"他没有什么事直接找台湾人的。对我确实是大方便，上街跟在闽南一样。"序子说。

正宇说："走的时间还没定，定了就通知你。薪水是跟乐平、金楼几个人商量定的，好不好就这么几个月。大家谅解谅解。你坐轮船晕不晕？"

"不晕。一九三七年我坐过从上海到厦门的芝巴德轮船，三天不晕。"序子答。

"到台湾也是三天，基隆上岸，再坐几个钟头火车就到台北。自己的中国到中国算不得怎么一回事。"正宇告诉序子不是出国。

"有不少画人现在在台湾。戴英浪、荒烟、朱鸣冈、黄荣灿，而且是都在台北。文人就更多了。"朱金楼说，"今天这个会里就有几个刚从台湾旅行回来。"

朱金楼这么敞着嗓子一说，大家都听到聋膨和序子要跟正宇去台湾编台湾风景大集子了。有的说好，有的不作声，转而又说到严家淦。这个严家淦原来就是台湾原省长陈仪时候的建设厅长，"二二八"事变后陈被撤了，顾毓琇上台，他仍然是建设厅长。不容易！

听说陈仪年轻时在日本留学，跟鲁迅关系不错，所以抗战八年陈仪在福建当省长时，有不少文化著名人士跟着他，黎烈文和邵荃麟、葛琴夫妇。两夫妇又召来不少聪明能干的文化人，他们办了一本《改造》厚杂志，听说是相当相当有意思。那时候严家淦当建设厅长。所以说，世界上所有的好事、坏事，是跟人转的。

"要不要向正宇要点安家费？要，我就向他提？"乐平说。

"算了算了，我没想到！不麻烦了！"序子说。

接着大家坐好，听一个没听清楚名字的先生谈国际国内情势。形势大好，形势比人强，大军马上准备过长江……大家也要有个思想准备，如何迎接的问题……

听完"介绍时局"之后，平时不看报的序子头脑也清楚好多。"介绍时局"这四个字也起得好，不痛不痒，查起来也弄不出个所以然。

十点多钟，大家散了。

西厓和序子一路回来："你跟张正宇共事要小心一点，大家都说这个人算盘特别精。"

"我小心谨慎帮他办事，事情算不得大。我跟聋膨一起多年，就那么三个人，就那么一本画册，就那么半年时间，再恶也恶不到哪里去。"

"你能那样想就好。"西厓说，"我今晚还有事，不跟你一起回去，过几天再说。"

序子回到东洋街，子光指着床上摊开的那些新衣说：

"看！买这么多衣，花好多钱！寸松买完衣服就走了，我没看过你这张条子就晓得应该请他吃饭，他铁着不肯，自己回家了。我回来才看到你写的条子，买了张肉馅饼吃了，哪！这是发票，这是剩钱，你点一点。"

"告诉你一件事，今晚上在张正宇家里几个老朋友做了个决定，我和陆志庠要跟他去台湾编一本叫作《今日台湾》的又厚又大的画册，半年才能回来。也说到你进育才的问题，听说上头已经答应了，见到育才的先生周令钊，他也说问题不大。这房子你仍然一个人住，西厓回来两个人住。房子仍然由我们管。你进育才就把门锁了。西厓自己有钥匙。这些钱留着你过日子交房钱。你在学校，礼拜天回来看一看，打扫打扫就可以了。我一到地马上就会写信给你。

"薪水不高，一个月一百，没什么好指望。我非走不可，要不然两个人在上海会抱着饿死。幸好你大嫂不在身边。世界上哪能天天捡到钱？让我到那边再去撞一撞。'捡'和'撞'不一样，我是靠'撞'长大的。

"我会拜托周围朋友，有急事伸把手帮一下忙。"

“你都讲清楚了，以前我也尝过很多苦，让我这般再来对付对付看看。”子光问，“几时动身？”

“看样子还有几天，船票都还没有买咧！”

两兄弟到一家日本澡堂子去洗澡（忘了招牌名字），规矩是先在个人小池子里全身用肥皂和澡巾洗刷搓擦干净，然后到一个大池子里浸泡，闭起眼睛休息养神，喜欢泡好久就泡好久，只注意这里不可搓“腻甲”[1]。一二十个不认识的、年龄不同、肥瘦不一的男人相聚一起，和平自在，不相干扰，清洁卫生，这就是日本浴池的好处。

起身之后，站池堤上用浴巾抹干全身整体和零件，从里到外换上崭新的衣着，又到隔壁理发室请理发师傅把蓬头修成平头。出了澡堂子，子光小心提着那包共过患难的老装备，告了别，挂在大荒地一个显眼砖角上。

两兄弟往回行走之际，朱一葵干大哥已经等在门口。

1　污垢。

规矩是先在个人小池子里全身用肥皂和澡巾洗刷搓擦干净，然后到一个大池子里浸泡，闭起眼睛休息养神，喜欢泡好久就泡好久……

日本澡堂子

223

找汪曾祺，序子告诉他要去台湾了。

"去干什么？"他问。

"和陆志庠一起跟张正宇去编一本《今日台湾》大画册。"

"多久？"

"不清楚多久。编完就回来。"

"不清楚多久。编完就回来？那算好久？"他问，又说，"其实，到台湾走走也是不错。"

（我当时就没有想过拉曾祺一起去。要是早晓得事后有这么精彩的结果，白玩了七个月，根本上，《今日台湾》是他们自己不要出版，我早就拉曾祺一起去了。应该说张正宇身边没有弄文字工作的，他自己文字方面我看得出有好多分量？这当口我为什么一点没有想到曾祺？要是他一起去了，你想这局面会多精彩？我这一辈子，他这一辈子的"以后"，完全会出现和今天大不一样的变化。没有任何麻烦阻碍他写自己想写的东西，日子又过得那么舒坦，无须乎担负任何公家责任。住在日本式的屋子里，从早到晚有类乎日本"下女"的招待员清洁房间和料理茶水。一天三顿纯日本规矩的饮食送进房间。自由自在，想去哪里就去哪里，看书，看比赛，看电影，约人喝咖啡或茶，听音乐……而曾祺又是个精微于观察的高手，和陆志庠这个了不起的大画家在一起住了七个月，最最起码也写得出跟毛姆那本《月亮和六便士》一样有趣的小说来，不至于让他湮没于人间作轻尘之浮游。总而言之，七十三年前被忽略的这个念头，仔细想想，还真留下不少恐怖之余晖……他善良，耳朵软，很容易变成真的。）

见到黄裳。他问："几时做的这个决定？有没有想过回不来了？这不是个可以拿自己开玩笑的年月，'相见时难别亦难'啊！"

找到叶冈："你八年抗战还走得不够吗？好不容易安定下来又走。"（奇怪！奇怪！黄裳大我六岁，叶冈大我五岁，曾祺大我四岁。这个算术题费了我好大力气！）

（原来说好哪一天到 D.D.S. 去坐下来讲点"长话"，至今都没当真兑现，又要分手了。我们是两个永远讲不了长话的好友。永远活在悔恨错过之中。

我们原有不少足堪回忆的事。他总是说我们学历差不多，其实他念过高中而我是初中五次留级才念到初二的学生，实际距离很大。他有他哥哥叶浅予带着长大，而我是一个人在江湖"混"大的。只有几句他写在文章中的话是真的："和黄永玉相识很早，比少年大一点青年小一点的时候就认识了他。"我们两个都认真读书，有时交换奇书心得有如小偷互览赃物那么会心也是真的。

他和嘉树的结合是朋辈中美谈，他们有如坐在白羊车上的璧人。反差的是这一对忠贞不渝、道德高尚的佳偶以后日子那么不幸，让朋友心中流血。）

写了向克家、唐弢先生辞别的信。

这时候好多朋友到台湾观光还没回来，显得有点好笑。又到大名路可阳、克萍那里告辞。家里留了信给延年、寸松、朱金楼和几封长信给妈妈、蔡嘉禾先生。长长喘了口气对老四说："剩这点时间给四个家伙了。"

"你还不清楚几时走？你最近连聋膨都没见着，不是说一起动身的吗？"老四说。

"我明白这个人，街上碰见他，叫他动身，他马上会跟你走。对他，比对我自己的脾气还熟！"序子说。

"那就好！"子光说。

"我最放不下心的是你。进育才学校是做梦也难做到的好事，学知识还能站稳脚跟。还有这么多老大哥帮忙。不过我心里还是悬。这个意外，那个意外。我一到就给你信。有事找寸松，找麦杆，尤其是闽生大嫂。"

"还有一葵干大嘛！事情急了，弄口饭吃还是可以的。还有西厓老哥咧！"子光说。

"愁就愁在眼看张张钞票送到房东手里。"序子说。

"哈哈哈，一辈子好不容易捡来的钞票！"子光说。

韦芜、阿湛、田青和景煌来了之后才知道序子要去台湾的消息，都低头默默不作声。

"犯得着吗？又不是死人！"

"为什么不早讲？"

"早讲晚讲不是一样？"

"那我们去办些吃货，算是今晚上我们为你送行。"

"你几时走？"

"张正宇还没订船票。"

"要是你不走，岂不是我们白送一场？"

"到时候要他回请一次不就行了？"

"请不请是个情感行为，这么计较？"

几个人出门又回来，买了一包包东西，打开一看，全是属猪食物。

猪舌、猪耳朵、猪拱锤、猪脚、猪蹄髈、猪小肠、猪肚、猪大肠、猪肝、猪腰，是对街没走几步那间烧腊卤水铺子买来的，顺便隔壁买了馒头花卷。

"简直像牵来整只猪！"

"我觉得牵来整只猪没什么不好！"

"汤呢？"

子光一听这话如点着火药引子，先在每种卤味上切了一小块，匆忙赶进厨房切碎了，烧热油锅子，切了葱姜蒜，撒下盐，把这堆杂碎东西倒进锅里一齐炒了。拧足火苗，加了两大勺清水盖上锅盖沸腾几番，舀进大钵头："汤来了，汤来了。"

大家叫好："这叫什么汤？"

"全猪汤。"

"今天这席叫什么席？"

"八戒席。"

"做菜这行当像画画，有'工笔'和'写意'之分，各见妙处。只三两笔就形神兼备，看得出子光写意功夫。"

"你讲，子光这手功力算不算天分？"

"不清楚来龙去脉，只见眼前景象，只好赞为天分。我就不信'天分'这两个字。人家的汗水都流在别人看不见的地方。"

子光又进厨房端来烤好的馒头花卷。

"萧乾本来说要托我带一本《英国版画集》给你，每天都是上班见到我才想起来！"韦芜说。

"那你自己讲一讲，这算不算送？"阿湛问。

"这也不能怪我呀！"韦芜说。

"怎么不怪你？你吊张序子胃口，来！过来，亲每个贵客脚尖一下……"阿湛跷腿等着。

韦芜站起来，要生气了。

林景煌说："别！别！序子过几天就走了，这一走不晓得几时见面。我们这样方式的聚会也不再有了，我们自己和自己的今天也再见了……"

阿湛微笑点头，站起来抱抱韦芜："开玩笑，对不起，别气、别气，坐下来继续吧！"

田青一个人喝他的酒，一边乘兴吟哦："自己和自己的再见最难。哪年哪月回忆今天，哈哈！天花乱坠，彩色缤纷……

"人觉得自己忽然长大，最是在离别之时，故为伤别是也。

"欣悦于将摆脱稔熟的腐朽恶魔，迎接那从未接触之广大陌生骨肉兄弟。……

"天之涯，地之角，知交半零落。

"一瓤浊酒尽余欢，

"今宵别梦寒。

"查一查，是哪个'瓤'字？

"这个'瓤'字有问题，壶？还有斛……嗯，嗯。"

林景煌说："酒人讲话一旦缺乏连贯性就差不多了。我看我们就此告别了吧！还要给田青请部妥当三轮，给醉人找三轮要特别小心，上次我们社里一个醉人坐三轮回家，半路上给甩了。"

"有这么回事，我也给扔过。"阿湛说。

"你谈不上扔不扔，偏僻地方，叫你下你就得下来，连'扔'这个字都省了。"韦芜说。

序子站起来和大家告别，也没讲什么情感上的话，拍拍肩膀，拉拉手就行了。那时候没见过"拥抱"这类肉麻的洋动作。出门的时候两个人搀着田青。这家伙被扶起来时还转身指自己坐过的那张椅子说："我那个扁酒瓶！酒瓶。"

大伙就那么走了。

那么一走，有的人从此化为轻尘。

（少数还见过面，环境和工作关系，也都疏远了。各人忙各人的，愁各人的。此是后话，先不赘述。）

客人一走，两个人把杯盘碗盏收拾干净之后，子光说："我现在一点都冇想困！"

"这妈个屁道事的，我也是一点都困冇着！"序子说，"趁闹热泡壶茶两个侃到天亮算了！"

茶来了，浓得很。

"三七年我离开朱雀，现在是四七年，刚好十年。唉唉！这十年真他妈千山万水，厦门集美那么好的学堂我总是读不进心，不晓得让哪样名堂搞散了？原先刚到福建有七八成是想家，想妈，想爹爹和你们。后来一迷子钻进图书馆，好像脑门顶上点了九个受戒点子，一心读那些世界杂书，正经课程甚至留级羞耻什么都不顾了。脾气还特别难惹，动不动就拳头相向，常弄得二满很难堪。"

"你走了，我们也是想你，不过都把你当作命好的人看。剩下

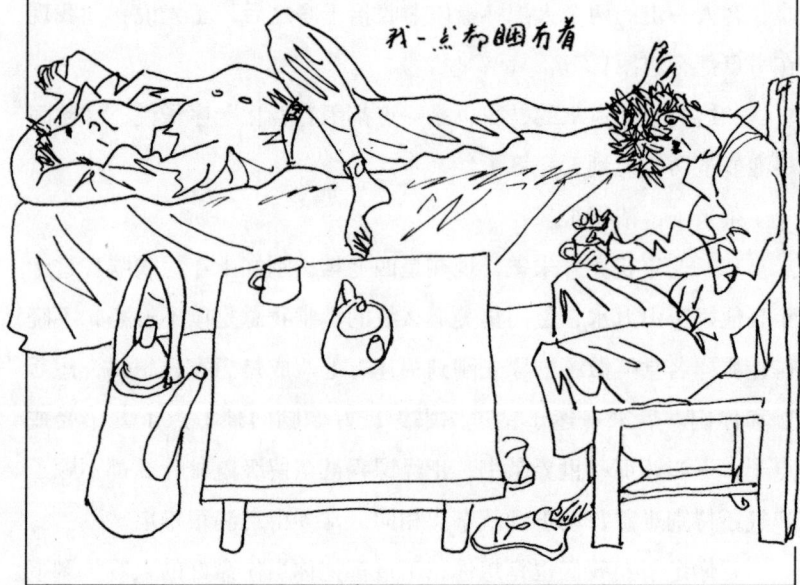

序子说，「趁闹热泡壶茶两个侃到天亮算了！」

「这妈个屁道事的，我也是一点都困戒着！」

我一点都睏戒着

我们几个人也谈不上读书，比读书更难堪的是'饿'，婆也饿，爹、妈和我们无一不饿。饿比哪样都要紧，肚子不饿才有空做别的打算。

"讲实在话，整个湘西都在饿，整整齐齐排着队像检阅那样整城整街地饿。饱人未尝没有，都是躲起来饱，不敢见太阳的饱。饱和饿是一种仇恨界线。

"山珍海味千万种，饿只有一种味道，而且是最说不出味道的那种味道。

"饱人可以帮饱人的忙，肚子胀帮他买泻药，买化食丸散；饿人帮不了饿人的忙，互相眼看着等死。

"我从小看到爹爹从贺老广破铜烂铁摊子上买回几件带弹簧和带发条的小机件回来，修理成一件完好堪用的用具，心里就很佩服喜欢。我除了饿着长大之外，从来没有机会试着弄弄机器这类东西。如果让我按规矩一步步上学，毕业之后，说不定造得出一两个比原子弹还凶火厉辣的东西。我平素就喜欢搞这些名堂。"子光说。

"我不太耐烦做这些事，爹爹用的夹子、钳子、锉子各种工具我都会用，就是没想过要做什么东西。爹妈收藏的老书新书我都看了，连当年锁在长小皮箱子里党内骂李立三的薄薄的几张公文样子的东西我都看过。烧屋之后还剩不少线装书没烧到。包括爷爷后来教我读的《昭明文选》。

"烧屋的时候爹妈不在家，只剩婆一个人在灶房，我在门口跟伢崽家玩。婆出门来叫喊。有好多看热闹的。后来街上有人传说，我们有两箱'花边'[1]冇抢救出来，所以以后我们就穷了。我们自

1　银圆。

「讲实在话，整个湘西都在饿，整整齐齐排着队像检阅那样整城整街地饿……」

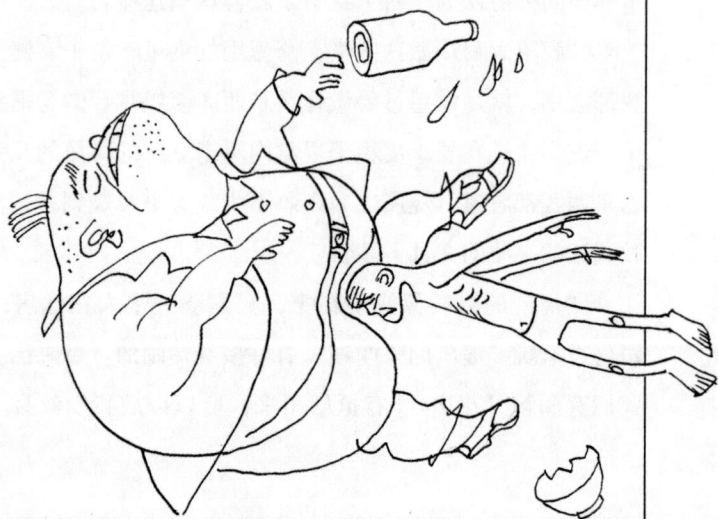

饱和饿是一道死亡界线

家冇晓得有两箱花边，他们怎么会晓得的？椿木树烧坏了一大半，还剩刘家屋顶上那大半边活着。

"以后好多人讲我们家'古椿书屋'的这棵老古椿，为什么城里那么多树不讲专讲我们那棵？就因为它老人家特别地大。站在对门河随便哪块地方都见得到它，绿荫荫子像一把大伞，或者像一朵大菌子，或者像一蓬绿云。进大门左首边专为它开一道弄子。它挡在弄子半中腰，只留一点让瘦子挤过去的卝卝。我们的祖宗都是文人，栽了一棵不值钱也不值用的'臭椿树'，几百年了，变成不是普通地大而是特别地大的名树。

"它跟我们张家在历史文化上挂了一点钩。让读过书的本地人没忘记那树底下住着一家读书人。

"树有多粗我讲冇准，只记得小时看过三个成年人手拉手圈围过它老人家。

"我小时候对于画画还不太明确。在学堂班上，田景友、滕兴杰都比我画得好。爷爷在屋里画的通草画也并不怎么感动我。喜欢起画来还是因为《上海漫画》那类杂志。那不止于造型夸张有趣，要紧的是画这种画可以移风易俗，增加一种转弯抹角骂人的本事。

"懂得用脑子想比动手画重要。触发这一粒火花，影响了我一辈子的脑功。跟读书、跟混饭、跟做人、跟交友混成一体。

"一辈子我周游大中国，最忘记不了的还是自己的朱雀城。印象最深的是从我们大门口，从文星街左首上来，进文庙巷挨着文庙红墙和葫芦眼可以一直走到登瀛街女学堂左边弄子口。

"我们朱雀县，你随便指哪条街，哪户门，哪个角落隙，哪家门口卝卝，我都能给你凭回忆画出来。这是我一生最大的本事，不

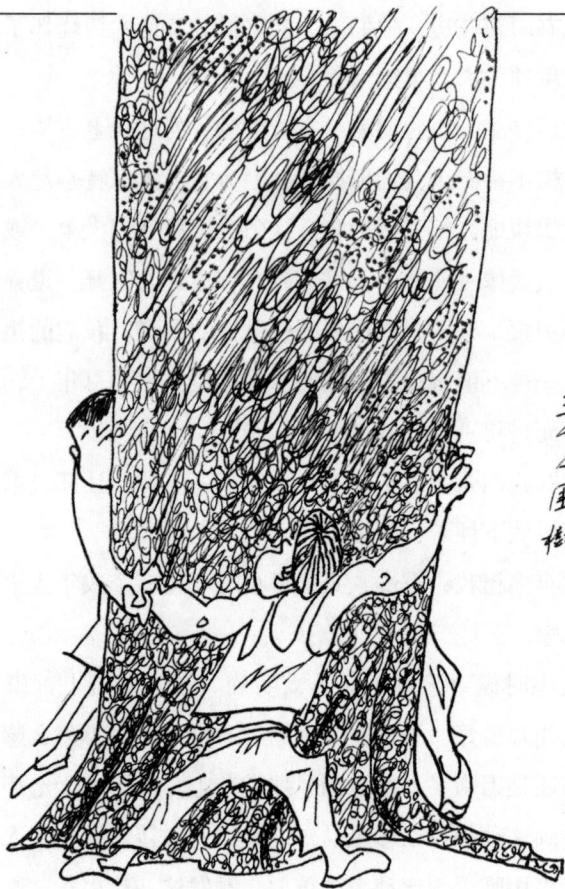

三千人圍樹

『我们的祖宗都是文人，栽了一棵不值钱也不值用的「臭椿树」，几百年了，变成不是普通地大而是特别地大的名树。』

234

是吹！

"越古老我越记得。

"你生没好久，我们古椿书屋大门口左首边一米左右地方横过去一堵墙，整座文庙分成两半，杏子树，岩头牌坊，一座圆荷塘，两棵金桂花、银桂花树，以及南边这一头的文庙巷，考棚这一头另盖了新房子。靠登瀛街口口隙变成个大茅室。大成殿那边归小学。

"我们文庙巷变成个死巷子，刘茂亭先生家和我们家。门口剩块石板小广场。原来文庙门外左首有块长长红岩板碑，恰好正对着我们家大门口：'文武官员止此下马'。

"记得我们小学那时就觉用字不妥，'止此下马'应是'至此下马'。

"幼稚园守门的是位姓田的爷爷和田婆婆（他们女儿是妈的学生，长大之后远远嫁走了）。田爷爷喜欢钓鱼，做了好多讲究的钓鱼竿搁在大门里头梁上。

"田爷爷还沿池塘边栽了一圈子好看的'金竹'，看到竹子绿荫荫地长出来，多少年后又看到不幸地'竹子开花'萎黄下去。田爷爷难过的表情是没有表情。

"你记不记得出文庙巷那家甘蔗水果摊子？（姓什么忘记了。）几个年轻人在一堆石头墩上'劈甘蔗'，不懂事小孩子捡'斑不子'，手指头给劈了。

"摊子顶上屋角悬着一块直径一米多白颜色木头圆板板，上书四字'吉星高照'，斜对着熊希霭先生家大门。熊先生是位文人，懂风水，觉得是一种不吉利的挑战。大概向、熊两家势均力敌，没见抗出什么结果。

『你记不记得出文庙巷那家甘蔗水果摊子？

（姓什么忘记了。）几个年轻人在一堆石头墩上「劈

甘蔗」……』

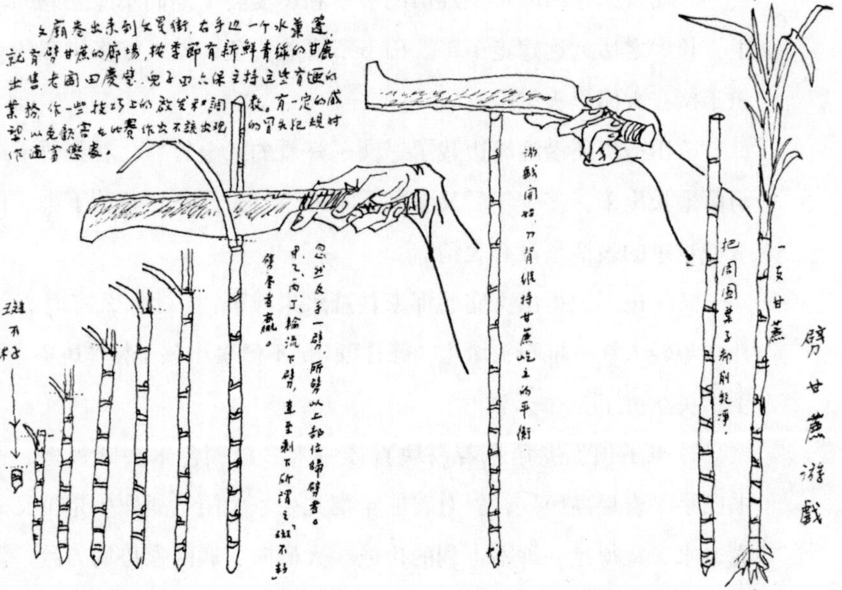

劈甘蔗游戏

"清早晨起来，站在家门口，从田家矮矮白粉墙上远望王家弄公园上'笔架山''旋旋楼'太阳照着的影子。我那时就想，这景致真像是为我年老回忆时预备的。

"记得公园门口左首坎子隙那一丛花吗？小小的紫红色花朵，摘下来放在嘴巴上一吹还响。叫什么名字？想不起来了。

"进公园，走没几步，左首边一口不长东西的浑水塘，斜坡有座建筑，上面挂块匾，四个大字：'高山流水'。

"这斜坡只长草，毛毛的，水塘也浑浑黄黄，根本谈不上什么境界，既不'高山'，也不'流水'，让人一进门就想笑。我们上公园怕是只为了放风筝或是上'旋旋楼'，看笔架山外没完没了的蓝灰色山脉打横的景致。

"人一辈子的命是天老爷早就决定好的。

"过几天，一拿到票我就走了。你也进了育才；周围有那么多熟人，我也稍微放了点心。台湾虽说是中国自己的，究竟还是刚从日本人手里拿回来，加上又发生过'二二八'事件，我胸脯里头还罩着一层暗影，对它不大看得透。以前的第一位行政长官叫陈仪，抗战期间在福建当省长，外貌像官僚，其实是个人物，日本留学，跟鲁迅是朋友，思想上有点道理的人。'二二八'以后被撤职走了。新省政府主席叫魏道明，带着大他十岁的老婆郑毓秀走马上任。这两口子来头不小，都是留法学法律的老留学生，既是对官场红人，更是对贪赃枉法不要脸的老夫妻。底下怎么样，要到地方才清楚。"序子说。

"讲直话，大哥，这次我突然来上海，增加你好多负担和麻烦，真过意不去。"子光说。

「清早晨起来，站在家门口，从田家矮矮白粉墙上远望王家弄公园上「笔架山」「旋旋楼」太阳照着的影子。我那时就想，这景致真像是为我年老回忆时预备的。」

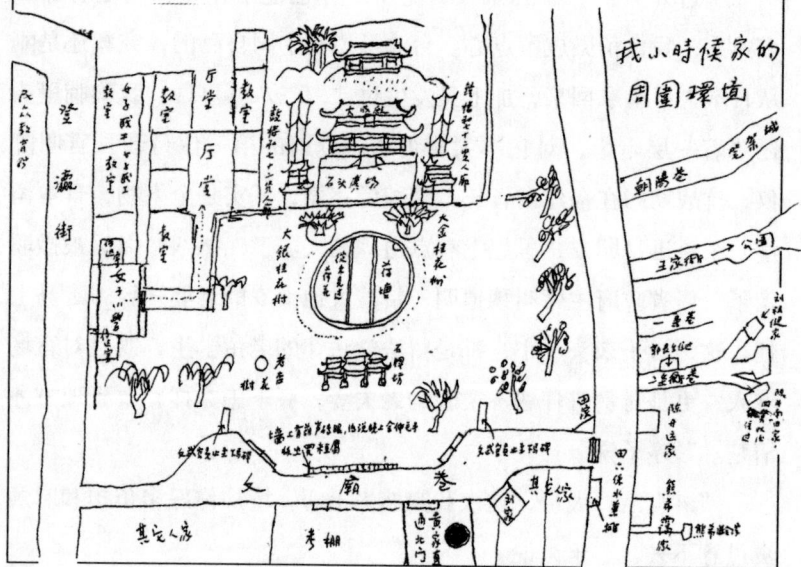

我小时候家的周围環境

238

"你讲你麻烦了我哪样？天上菩萨给你预备了两百多元从南京来上海走玩的旅行费，都腾不出时间陪你好好看看上海光景。"序子黯然抱歉。

子光哈哈笑出来："多谢菩萨，讲给哪个听都难信！"

"天有眼，晓得我们兄弟过日子不容易。我走了，你要好好照拂自己。对你进育才，我仍然悬着胆子，你要多找找寸松、周令钊打听消息，提防出变卦。把他们各位电话号码都记下来，有事好打电话。要多写信，短也好，有消息可通，就不会困死。要忍苦耐危，讲天地良心。不取巧吹牛，难易都靠诚恳态度……麻个皮，今晚上怎么讲的尽是满口格言卵话？"

"算不得是卵话！我听得认真。"子光说。

"啊！还有朱一葵干大。你冇要看他是个中尉，有急事找他，他那口窝大，是靠得住的。他最近也该来了，好久冇看到了。"序子说。

说着说着，再浓的茶也挡不住瞌睡神。"睡了吧！"直到邮政局的人把两个吵醒："包裹！拿图章取件！"

盖了章。打开一看，原来是本硬壳子书，萧乾编的《英国版画选》，里头还写了字。

子光比序子还喜欢这本东西。洗了手，一页一页地翻着。

"注意！口水。"序子说。

子光赶忙捂住书页："幸好你提醒，我还真差点掉了口水。"

"等下我翻一翻就行。你喜欢就归你。我看这些东西机会多。"序子说。

"我不是不喜欢，眼前日子我拿不稳，这本书带在身边，糟蹋了。"

话说到这里，叶苗来了，说："正宇拿到船票了，明天上船，他在新亚等你，不少人在那边，要我来通知你，和你一起去那里吃中午茶。嗳！老弟一个人在家？那就一起去吧！"

"我，我不去。"子光说。

"多一个人、少一个人不在乎。去吧，喝喝广东茶，吃吃广东点心。"叶苗说。

"那就去吧！"序子说，心想幸好买了新行头，见得了人的。

三个人就到了新亚。

正宇、陆志庠、叶冈、西厓、张乐平，还有个长胡子搞照相的郎静山，都在。叶苗就介绍子光给大家认识。

正宇说子光很有个样子。都讲上海话，序子还听得懂一点，子光就专一、礼貌地在对付广东冷热点心。

正宇把船票交给序子，吩咐两点半码头上船。乐平坐在陆志庠旁边，这些问题大概早对他交代清楚了，所以现在他和他正指手画脚谈别的有趣的事。

序子听到了张正宇带他们去台湾的全盘计划了。现在严家淦仍然留下来做建设厅厅长，要出一部厚厚的介绍台湾的大画册。印刷纸张都挑选好了，足足装满了两房子。画册全部布面精装，陆志庠和张序子负责版样和跑印刷厂，郎静山带的人管摄影。陆、张跟正宇先去，郎静山和他那帮人随后来。到台北之后住建设厅招待所，全部日式的生活方式。

乐平对正宇说："侬哪能算盘嘎精？选的格两个人价廉物美。"

正宇听到乐平捧场，摇晃身子，很是得意。

"侬几时邀吾伲去台湾白相几尼天？"叶苗和叶冈对正宇说。

"好格！好格！欢迎自费！欢迎自费，吾免费帮买票！"正宇说。

"阿拉发梦游台湾，费哪能交把侬？"叶苗问。

……

不要说船，连什么码头都记不住，七十多年前的事。

送行的人不少。叶冈、叶苗之外，韦芜、阿湛、田青、林景煌怎么晓得的？把子光夹在队伍当中。

序子的东西多了点，除了卧具衣物之外还有木刻行头。陆志庠就那么个大手提包。

离别情绪一点也看不出来。只有十几年后回忆和他们的那次告别是一生最后一次见面，才发觉它的珍贵。比如阿湛，无声无息地蒸发于祖国西北……田青呢？

序子和陆志庠都是三等大统舱，吃、卧都没感觉什么不合适的地方，也不晕船，大白天高兴还能在舱面上自由行走。不单没被"禁止"，连被"允许"的侮辱都没有。

正宇在头等舱，有次序子和陆志庠在三等舱口看见刘海粟和夫人也在头等舱，好像赏月一样欣赏他们两位。

（几十多年后在北京见到海粟先生夫妇提起这件事："我和陆志庠在三等舱底看见你们二位在头等舱面来来去去，好像欣赏天上的月亮。"

你猜海粟先生怎么回答？

"弗是伊！"

不是夏伊乔师母。）

在舱面还认识了一位老太太，带着五岁大的孙女去台湾见她的爹妈。浓黑的头发梳了根又短又粗的辫子，匀称的脸和笑容，见序子那么喜欢她，老太太便送了一张小女孩一二〇相机拍的照片给序子。（这么留呀留地址在相簿上几十年，女孩可爱的名字也忘记了。想到当年可爱的女孩，便取出来看看。不料几十年后这相片簿让一个狠心的女学生抢夺走了。抢夺走这相片簿有什么用呢？让人一直好痛心……这女孩当年跟婆婆坐船去台湾看爹妈是五岁大，那时是一九四八年的春天。现在是二〇二〇年，孩子呀！你已经七十七岁了。船上才两三天时间，你当然不可能还记得我，我有你的照片，我怎么能忘记你呢？你活着吗？或者你早已不在人世了。我还活着，我一直不停地在追忆你的名字，不停地，不停地……即使没有了照片。）

船到基隆上岸，坐一通宵火车到台北，住进台北建设厅招待所。什么路名？忘记了。是座日本时期留下来的招待所，形式和内容都保持老样子。没有床，女招待还叫"下女"，晚上从壁橱里准时取出卧具铺好。早、中、晚三顿全是日本餐。平时倒茶也是日本茶，所有招待方式都是恭敬有礼，天天一样。序子跟陆志庠共住一间房，正宇是老板，当然单住一间，设备没有特别大的距离。距不距离要看房中安排的那根柱子，木料品种，加工打磨程度……招待所有单间，也有套间，序子没好奇到要去看看的程度。知道就行。

上海坐船来台湾，正宇坐船是头等舱，序子跟陆志庠是三等大统舱，两个人都没交流异想，不眼红，不发牢骚，懂得现实生活就是这样，不自找心理负担。一出门就找差距，底下你怎么过日子？

所以两个人都静候工作分派下来，没想到工作又屡屡不下来，序子写完给各位亲人的信之后就和陆志庠上街闲逛。那时候日本人刚奉还台湾没几年，走得惶恐，带不走的流动产业、文化艺术品都让地痞流氓捡了便宜，沿着大马路两边，摆成大摊子发卖。有不少好东西。大家看了虽然觉得好，只是买下来没有什么用处。不如现钱放在荷包里灵活踏实。正宇买了个斗大的陶花坛，实在好看。他有资格买（一直到解放后他的家里，还见到这个陶花坛）。

他过日子的局面已经稳当了，他有家。买一样东西都将清楚放在家里哪口玻璃柜里，哪张桌子上。我们凡是买东西都是件沉重包袱，抱着背着游走四方，一定会成为朋友笑料。现在已经是这样的了。木刻板、木刻刀具，还有磨刀石、书和画册……

开始工作的动静一点也看不到，郎静山那一伙还没来。陆志庠便上美国新闻处图书馆去翻画册和画报。序子开始刻木刻，一张又一张。

没料到序子盘膝和跪坐交替在矮桌子边上刻木刻一点也不犯难。

现在想来，正宇这段时期倒是没有对序子他们摆过老板架子，让他们随意活动。有时反而表示欣赏，赞美两句，真的开心。尽管他善于和别人谈生意，实在他仍然是个艺术家，在艺术面前显出不简单的格局。

吃过晚饭之后，他到序子他们的房间里来聊天，天气热，他会脱下上衣，腆着胖肚皮，捏着杯热茶，让序子画速写。开玩笑的行为，他会认真地一张一张收走（没想到几十年后在北京他的家里还一张张地亮给我看）。

他跟陆志庠能打着手势随意说话。序子也渐渐学会了打手势和用指头蘸着茶水在桌面上写字跟他说话，他的写意浦东话序子已经听得懂八成。他对艺术的要求很严格，不宽容。序子每把刻出的木刻让他看，包括序子给他刻的木刻像，他看了点点头，不在意地说句"好格！好格！"。不是称赞艺术水平成绩，只像是对小学生做完了功课给予的一种鼓励。序子了解他本人艺术的分量，相信要得到他的称赞不容易。

大家到了台湾，好多熟人都知道了。当年在江西信丰认识的诗人雷石榆、上海见过的画家戴英浪戴铁郎两父子、朱鸣冈夫妇，原来耳氏（陈庭诗）教育部二队的人，包括徐洗繁、赵南、司徒阳也在这里（他欠我一百只鸡，见面好像什么事也没发生）。特别想不到的是荒烟也在这里，还有《大公报》的严庆澍老兄，还有最最重要的熟人王淮、刘崇淦和他们的女儿阿乖也在这里。闽南战地服务团的颜渊深也在这里，还有泉州画画的施陵，还有画家兼木刻家黄荣灿和他妹。所有的人都在集会上见到了。从此就是序子找他们，他们找序子，来来往往个不停。

最常找的当然是王淮和刘崇淦夫妇，甚至有段时期在他们家摆上油画架子画起油画来。颜渊深是王淮的旧部，也常常跟在一起。记得崇淦也在上班，王淮不常在家；崇淦有时对序子发王淮的牢骚，说他几天几夜在"北投"或"草山"不回家，有时序子带五岁的阿乖买票到游泳池去玩。不贵。他们请了个十七八九的本地女孩子料理家务（名字忘了）。没什么好料理的，她便一天到晚用缝纫机做新衣裙。

序子觉得奇怪，天天做新衣服可惜了钱，不如买些好料子，做件衣服可以穿好久。

她笑序子不懂事。眼下衣料花色多，价钱便宜，画报上讲究新鲜样式，穿老衣衫会被人笑，被人看不起。

序子没听过这种穿衣服的新讲究，发觉自己脑壳是在落伍。

去看黄荣灿。他住在一套非常讲究的日本大宅子里。古董、书籍、地毯、挂屏丝毫没人惊动过。妹妹不跟他住一起，不晓得又是一番什么景象。

这是不好打听的，好坏都会得罪人。让人感觉不真实，像幻觉。老主人楼上睡觉未醒，黄荣灿好不容易找来个大管家职务在楼下侍候……

黄荣灿也拿来一大卷粗草纸画的火烧岛人的生活画作来招待所让序子看。太好了！红土和浓淡墨的写生。简练、生动……他说，火烧岛不可能随便去，会挨砍头，挨剥皮，会死。他没说为什么他又可以去？

总之，序子觉得这批画简直惊天动地。正宇和陆志庠那天上哪里去了？打脱了这番眼福。十分可惜！

记得还去过"北投"和"草山"，分两次去的。一次是荒烟请客去的"草山"。他相约了几个熟朋友，介绍陆志庠和张序子是他的同行，江西赣州时期的老朋友。

进了一座热闹的酒楼歌榭，唱唱跳跳，聋膨已经忍不住高兴，加上又上来几个酒店专设的女陪侍。荒烟介绍聋膨是位大酒人，于是夹菜的夹菜，劝酒的劝酒，一杯一杯往他嘴巴里倒。要知道，酒席筵前，最是怕人劝酒，原来两斤的酒量，经人一闹一拥，最后只剩下半斤酒量。

眼看聋膨顶不住往下躺了。荒烟结了酒账，大家连拖带扶地上了公共汽车，没想到聋膨骂起荒烟来，说亲眼看见荒烟对全车乘客介绍他是个又聋又哑的老头。这话打哪儿说起？荒烟又气又冤。幸好序子会讲地道闽南话，对全车乘客介绍陆志庠是中国重要的大画家，因为从小害病成了聋哑人，耳朵重听，疑心重，时常因误会得罪人，请各位原谅，见怪不怪，各位眼睛不要看他……序子正讲到这里，陆志庠的气头又转向序子。总算松懈了荒烟的负担。序子多少年就熟悉聋膨酒后的疯劲，说他力气非常大，只是一醉就瘫，全身无力，动弹不得。没有威胁各位的可能，不要害怕。进了大街，叫了两部双人三轮，序子护着聋公，荒烟和一位朋友坐另一部，以便到招待所好搀扶上楼。

第二天早饭前序子告诉他，荒烟好意请老朋友"草山"喝欢迎酒，你喝醉了，在公共汽车上大骂荒烟，全车乘客都吓坏了。

他低头轻轻说了三个字：

"晓得嘞！"

上"北投"，印象完全模糊了，不记得了。

渊深邀序子去太平町喝茶，把泉州的施陵也带来了。

"太平町是怎么个地方？"序子问。

"一个热闹好玩的区域，最有台湾地方特色。一下子说不清楚，到地方就明白了。"

到了太平町，一块不小的英文叫作"司块儿"的方场，没看出什么特别之处。

"咦？怎么回事？那些人、那些玩意到哪里去了？"渊深说，"我们上'山水亭'喝茶问问。"

楼上靠栏杆一张桌子坐下，问伙计怎么空场了。

"前天打过一场三两百人大架，警察叫停十天调查。"伙计说。

"死人了吗？"

"怎么不死，有的都砍碎了。"

"爪草赌坎？"[1]

"你看那是什么？"序子问。

"鳗鱼摊子。"伙计说。

"怎么还卖？"序子问。

"不卖，鳗鱼臭了！"伙计说。

序子对渊深和施陵说："我刻一幅这摊子。"

"那要刻多少人？"施陵说。

"那么多就让它那么多！刻大点，木板子不够就用几块板子拼。大家等下子下去看看！"

"我讲，木刻这艺术相当相当之麻烦，画完底稿画才刚刚开始，你可真算是耐烦！"渊深说。

"刻木刻首先要修炼耐烦的本事。"施陵说。

"啊！您这位是木刻家？"伙计问。

"啊！你晓得木刻？"施陵问。

伙计说："我以前是小学先生，教手工的，喜欢欣赏木刻。"

"怪不得，一看您这风度就不凡。"渊深说。

伙计开心了，提壶过来添水，问："三位客人哪里来？"

施陵介绍："他和我，泉州人。这位是湖南人，在闽南读书长

---

1 怎么这么巧？

大，是木刻家，刚从上海来。"

"怪不得闽南话跟闽南人一样。"伙计说。

"我在安溪读了三年书，讲话带安溪腔。"序子说。

"所以我说你不简单！"伙计说完，又去提壶来为三个人加水。

"行了，行了，他要到底下摊子去写生，多谢。"渊深算了茶资，大家下楼走到摊子那边。

摊子那边发现过来三个人，一个雄强的人袒胸顶住："你们想做什么？"

"他是个画家，刚从上海来台湾，我陪他们来太平町，想不到这两天出了事，原来挺闹热的……"渊深说。

"我没见过鳗鱼摊子，真有意思，我想把它画出来，你看可不可以？"序子问。

那人弄清楚之后，客气了："那你画吧！没什么可不可以的。"

序子仔细地画了大格局和附属的细节与特点，还有人物的神态。摊子的人走过来观赏，也觉得有趣，甚至见到画了自己，高兴起来问："这张画稿子，底下你准备把它怎么弄？"

序子说："回去之后，把这张画稿子画得再细一点，加点这个那个，再画到一块好梨木板子上用雕刻刀把它刻出来，然后用油印滚子滚了油墨把它印在一张纸上，向报馆投稿，报上登出来，大家都看得到了。"

"几时登出来，你要通知一声，我好去多买几份报纸存起来。报纸上这么一登，我这摊子就更有名了。"老板娘说。

"这还是好久以后的事情了。你看我现在还在打稿子，回家画定了稿子之后再画到板子上，一刀一刀刻出来，刻这么大一张画差

序子仔细地画了大格局和附属的细节与特点，还有人物的神态。摊子的人走过来观赏，也觉得有趣，甚至见到画了自己……

不多要半个月。把这幅画投到报馆去登出来是我的主意，愿不愿登还要报馆老板做主，他看了觉得不好就不登。"序子说。

"那你就多用功一点不行吗？听我的忠言好好刻出来。要我是报馆老板，我早就登出来了。要是他们不登，我登！你送我一张，我配个上等镜框把它挂在我摊架上。"老板娘说。

"吓！你还别说，这可真是个好主意。我劝你做两个镜框，万一报上登了，一个镜框挂报纸，一个镜框挂那张木刻画，你讲你这个大摊子神气不神气？"

"我真是没有想到，这主意好！我看你们三位今晚就在我摊子上吃鳗鱼喝一餐酒，我请客。"老板娘说。

"多谢老板娘好意，今晚我们是打算在这里吃一餐鳗鱼，不过有个决心，不要老板娘请客。等哪天这张画刻好了送上木刻给老板娘，再要求老板娘请一次客也不迟。眼前混饭吃的人太多，我们暂时还拿不出证明不是混饭吃的那些骗子。"

老板娘大笑："讲得好！听你的！"

开餐了。老板本来准备跟三个人干一杯，没想到都不喝酒。

"对不住，对不住，我们三个人都没有出息，有一个留在招待所的最有出息的朋友，我们又没胆子带他出来，他喝完酒要骂人。"施陵说。

"哎呀！哎呀！你这位先生不是喝酒的人就不懂了，我们开酒食店若是害怕醉酒朋友那还做什么酒食生意？下次你尽管带他来，我们欢迎，我们不怕！"老板娘说。

不喝酒喝汤，老板娘加送了一碗鳗鱼蘑菇汤，这鲜味直冲到脑门顶上去了。

......

吃完餐，天色已晚，付完账，跟老板娘告别，三个人也各自回家。

这张木刻是用六块三十二开木刻板拼的，果然是半个月。刻完之后，没人说好，没人说坏。

费劲地印了两幅，一幅寄《新生报》的副刊编辑史习枚，一幅送鳗鱼摊子，写了题目，落了序子的款，×年×月×日并盖了个小红图章，约了施陵和渊深。在中山堂右首边一家名叫"朝风"的咖啡馆见面商量到底带不带陆志庠去。

"我是说，多一事不如少一事。意料之外和之内的麻烦都让你想象不到！"序子说。

"我讲的是朋友关系。什么事都不约他出去，未免有负多年的交情。你一个人可以到处找朋友，花样又这么多，把他一个人放在房里，你说，是不是有点残忍。"渊深说。

"这问题很难讲得公道。他本身生理上的缺陷，非常容易产生社会瓜葛，甚至蔓延成法律问题，序子陪伴有责任。"施陵说。

"我最尊敬佩服的艺术家就是他，我当时年轻，他和他年轻时的朋友都老了，顾不上他了，心有余而力不足了！目前最愿意陪伴和照顾他的应是我。我从小欣赏漫画开始就拜服他的作品。抗战期间在江西和他的一段接触差点送了他的命，他性格天真单纯得像儿童。有时，在某种相聚的场合明知道会出现麻烦也忍不住邀他同往，这种决定往往是需要一些勇气的，若是出了事，还要能扛得起这番埋怨和责备。今天我看，还是邀他去吧！是个算不得大的摊子，又有这么多伙计，又有这么能干的老板娘，还有我们三个久经战乱的老江湖，难得上阵博一盘开心试试；何况我们事先打过招呼……"序子说。

既然原来反对的序子也赞成了，那就没什么好探讨的了。决定下午两点带陆志庠出发。一点小酒，在陆志庠根本寒毛一根。

到了太平町，一片热闹鼓噪之声。都是人，买卖什么的都有，奇怪的是，人众头上，看不到鳗鱼摊子那两个尖顶。连忙挤到"山水亭"楼上观望，鳗鱼摊被埋没在人群脚底下失掉踪影。再分头往方场四面一路踏查也没得结果。

好不容易找到"山水亭"楼上那位老伙计。他搔着脑壳茫然地回答："不会吧！一年四季的事。除了大雨刮台风……我几几乎看那个老板娘从女娃娃变老的，嗳！真的，那两个摊子尖尖没影了，你们不提我还没注意，这鳗鱼摊子哪里去了？嘿！真的！那摊子哪里去了？那，那，昨天还在不在？前天呢？这摊子几时不见的？……"

老伙计好不容易匀了张方桌让四人坐下，给泡了壶好茶，问："今晚在这里用饭？还是……？"

三个人商量，干脆留下来算了。关照了老伙计。

序子边打手势，边蘸水在桌上写字，跟聋膨讲透了在这里留下来用晚饭的原因。

到四点多五点钟的时候，周围像是换了个新环境，白天那帮人散了，明显的另外一帮目的不同的人进了场。新人又像是老常客，各人都携着张小板凳，提了把茶壶，甚至看得出是一家老小。灯笼里套着盏电灯泡，有单的，有辉煌的。甚至公然挑战似的点起真蜡烛自成中心。像磁铁石作用，好多小板凳被吸引过来。

于是，有独唱故事的，有演奏剧情的，都由各种本地管弦乐器簇拥而出。方场中一堆堆的声音变成一种轻微遥远的大合奏，一线长长带音阶的海的波涛，无数母亲柔声合唱的摇篮歌，春天带香味的缓缓和风。

序子在桌上写字描写这个场景给聋膨看。聋膨打手势告诉序子，他用一根手指头顶着桌面，就领会得到这种玄妙，当年在上海，他用手指顶着收音机听交响乐。

老伙计拿菜牌上楼，施陵说"我来"，点了五菜一汤。

一、生炒小鱿鱼香芹

二、葱爆小虾

三、大葱爆小海参

四、蚵仔煎

五、卤水猪蹄

六、酸辣汤

老伙计问："什么酒？"

施陵问聋膨，聋膨摇头。序子再用手势征询。聋膨说："阿拉一人，勿喝！"

夹在群体中，一个人独喝，实在没意思。

也不是说一个人绝对不喝酒，找得出道理，还是喝的。月下啦！水边啦！窗子外下雪啦！序子一个朋友的太太，手提包里放一小扁瓶威士忌，街上来劲了，靠着雨廊打开手提包就来这么一口。这不算奇，南京一个行伍界胖子朋友，在家里上厕所喝酒还带小豆腐干和油炸花生米……

这顿饭大家都吃得从容舒展，没有谁耽误谁。多谢施陵请客。

在台北，序子坐在房里刻木刻居多。值得纪念的有，在一些聚会上见到画家杨三郎、蓝荫鼎；还见过真正的农民作家杨逵，住的是田间的一幢田屋，向一位挑粪的中年农民打听杨逵家住何处。他说："我就是。"

诗人雷石榆跟台湾首席著名舞蹈家蔡瑞月结婚，生了一个女儿。后来台湾省政府把雷石榆单独驱逐出境，夫妻从此生生离别，好惨无人道。

序子会讲流利的闽南话，几十年的老朋友名字都顺口而出，就是记不住街名。甚至城市的名字也会忘记，比如去日本许多次，从北到南大大小小地方都住过，就是只记得大地方，其他只留下错落有致的印象……

至于台湾，只对台北最大的街记得住，这大街名怕是台湾回归祖国之后才取的吧，叫中山路。

"中山路"，全国大小城市里最大的街道，都叫中山路，所以又让人摸不清头脑了。

在台北，只记得最大的那条街叫中山路，其他只记得草山、北投、宜兰、中山堂、博物馆、公园、省政府，博物馆还是中山堂右首边石阶下的"朝风"咖啡馆。

和序子一起在"朝风"喝咖啡最多的是戴英浪老兄的儿子戴铁郎，他原来就是音乐迷。"朝风"有架电唱机和不少交响乐唱片。中间是宽阔的过道，两边尽是藤躺椅。两张藤躺椅中间夹一张藤咖啡桌。

送咖啡的是一位十三四岁的俊秀的男孩，蓬松着头发，大概太阳晒得少，皮肤白涩涩的。听谁的曲子告诉他，他便放送谁的曲子。他本身就是个曲迷。客人不多，他单手端咖啡的时候，另一只手便指挥着乐曲。回忆"朝风",怎离得开这孩子?(今天活着该有八十多岁了。)

中街、大街,不管热闹寂静,路旁都栽着椰子、槟榔、相思、金合欢、银合欢,还有红得不近情理、漂亮得不得了的凤凰树。株株棵棵都长得从容自重,好像面对的是些有教养家庭出身的书香子弟。

栽树这方面,看得出日本当年留下的文化根基。

台湾很多自行车,少看到打气的橡皮轮胎,大多用旧汽车轮胎裁剪而成。因陋就简,使用安然,这是了不得的社会品行。

吃过晚饭,和陆志庠到公园去坐在音乐堂椅子上听台北交响乐团演奏巴哈、莫扎特、韩德尔几首协奏曲。序子听不懂,聋膨听不见,只是觉得音乐会气氛很宁馨,愿意久久地留在这里。音乐会座位不拥挤,序子去小便,把帽子留在座位上,跟聋膨打过招呼。小便回来,位子给三男一女占了。其实周围还有位子。序子轻声告诉女听众,您坐了我的帽子,"这位子是我的。"三个男人怒叱序子。序子说:"请你起来,把帽子还我!"原来他们是上海人,骂起上海话来,序子说:"在演奏,我们出去讲。"三男一女真的站起来,序子从女人屁股底下捡起坐扁的帽子,打手势告诉聋膨,要和他们出去讲理。真的大家气冲冲来到门口。序子走在前头,出得公园还没拉开架势,两个上海人已经挨了陆志庠拳头,另外一男一女见势不好拔腿就跑。公园前灯光设备太差,序子一拳也没有看清。陆志庠问序子发生了什么事。也就是说,这老兄先打人后问原因。幸好不讲理的挨打先跑了,要不然跟一个聋哑人讲公道,又是一番热闹。

"嘿!"陆志庠埋怨序子,"哪能让伊啦跑特啦?"

这一段时间里，台北发生了一件轰动全国的命案，台北师大的许寿裳先生被入户的歹徒杀害了。许先生是鲁迅的同代思想进步的文化人，引起舆论界漫长的震动。

序子这段时间去过公园两次，还有一次是去看拳击决赛。那次冠军是个中山路一家铺子门口左首边擦皮鞋的，名董十一。二十二三的人，讲到拳击，序子蹲下了。谈他的左勾不错，尤其是右肩那一闪左勾拳加几下连击。那对手眼看得倒实实在在。

问序子哪里人，说是湖南人，又问如何如何到的台湾。他说他是花莲生的没出过远门。问序子几时开始喜欢拳的。序子告诉他没正经学过，断断续续师父倒拜过不少。最有名的一个是朱国福，是沾光顺势拜的师父。董十一称拳击作"扒琼套"[1]，跟闽南叫法一样。

"朱国福我听说过，详细就不清楚了，很有名。"

序子说自己从小就离开故乡，算不得正式拳艺上的关系人；又笑着劝他改名"董一"，得了冠军，已是第一了，还叫十一，不好！他说名字爹定的，改不得！

"下次有拳赛我告诉你！"

有天在王淮家吃晚饭，不容易全家都在。

"你在家吃晚饭，真不容易！"

崇淦加了一句："他在北投、草山都有家！"

王淮叫序子别理她："我在外忙事，她不清楚！"转过头来问序子："你一天到晚游手好闲，不像个办正经事的，好端端不在北

1　打拳头。

京、上海，来台湾干什么？"

"我有事来的。人还没凑齐。省政府要编本《今日台湾》大画册，请张正宇主编，张拉陆志庠和我做编辑，郎静山和一帮摄影家还没来，来了马上动手，张是严家淦叫来的，后台硬，听说印刷这本又大又厚的《今日台湾》很花钱，光纸张都囤了两房子。我感觉光建设厅这笔招待费，算起来都让人心寒。"序子说。

"那个郎静山听说是唱《举杯高歌救国军》郎毓秀的爹？"

"是他。"序子说。

"那应该是好大把年纪的人了！"崇淦说。

"我在上海见过这人，是一大把年纪。很清秀的老人。"

"女儿都成演唱家了，做爹的年纪能小吗？"王淮用手逗逗阿乖，"乖乖，是吧？"

"我问你，黄牛，那个姓张的一个月给你多少钱？"崇淦问。

"一百块。"序子回答。

"那也算不得多。"崇淦说。

"你以为我值多少？"序子问。

"一个人懂得权衡、实际，算可以的了。我看你还真的长大了。"王淮说。

"你再吓我！我不敢长大了！"序子开玩笑。

"唉！牛呀牛，我们分手这几年，你不晓得我为你担多少心。"王淮说。

"抽烟吗？"

序子摇头。

"酒呢？"

序子摇头。

"打牌呢？"

"我哪来胆子？"

"那么，那么跳舞呢？"

"我上哪里跳舞？一个月五十块钱房租，刻十块木刻才交得出房租，那我吃饭咧？穿衣咧？交通咧？手都刻断了，杂志报纸就那么几家，还一家家让伟大的蒋委员长封了……你几时听到我会跳舞？出来一两年，我还一个钱也没寄送过老婆……"序子说。

"你说什么？"王淮往后一仰，差点把手上杯子砸了。

"你说什么老婆？"崇淦问。

"老婆？老婆怎么样了？"序子问。

"你几时讨了老婆？怎么不告诉我们？"王淮问。

"哪晓得当时你们在哪里？我是民国三十五年抗战胜利在江西赣州结的婚。"序子说。

"你讲你多没良心！战地服务团那么多好看女孩你不理，偏偏去讨个广东婆。"崇淦说。

"这什么话？地方偏见！"序子用了近两个钟头，详详细细、从头到尾，把自己恋爱到结婚都讲透给他两个听，唉！忍多少苦，挨多少怨尤……

崇淦听完叹了一口长气："你那个广东女孩是个硬骨头！……我还问你，她好看吗？"

"你不想想，我讨的老婆岂止只是好看？"序子答。

王淮说："莎士比亚的朱丽叶照你老婆这么写，就没戏了。"

序子对台北根本就谈不上熟。去过的、经过的就那么几块地方。省政府、当年的日本总督府衙门门口经过；博物馆、美术馆、中山纪念堂、台湾大学、师范大学，不少地方内容都混在一起了。序子住的建设厅招待所、王淮的家、陈耀寰两夫妇跟荒烟住在一起的家，不清楚为什么这些大小机关和著名建筑以及朋友们的住宅都在中山路的左边。序子弄得连一张简单的位置地图也画不出来。糊里糊涂平日出门总有个把熟人带着，好像退化不堪的样子。

看过些展览会，都是台湾本土艺术家自己组合的。没听说跟大陆艺术家联合展出过。

到博物馆真是大开眼界，光是非洲古代的雕刻，大的比真人大，小的比手指头小，二三百件怕也不止。真是受到深深的艺术震动，开阔了眼界。这么多，这么精彩，要花多少时间、多少钱去搜集啊？那还是日本人殖民统治的时候啊！打了败仗不敢带走的吧？

几层楼上楼下要装多少东西？

台湾艺术家的展览也让序子十分佩服。有一件石雕名叫《清流》，几分钟的欣赏，七十三年后的今天高明的艺术手法丝毫没有忘记。

说是"清流"，周围一点水也没有。一位不到十六七岁的女孩在河边洗头发。一丛丛头发散在四围水中荡漾，她弯腰俯身地跪着，任何观众都相信她有一张美丽的面容，她太年轻，体形还来不及长到丰满。光柔的皮肤。

周围没有任何事物骚扰她。

神在她身边。

单那在清流中荡漾的长长头发，艺术家要花多少时间构思呢？十分钟？半个月？还是一个月？

什么是设计和构思？艺术行当各有不同，总而言之，它的尊严性像老虎吃饭。

老虎吃饭，你走近它试试。

（另外，说另一件老虎的故事给你听！跟眼前议论毫无关系。算起来该是十几年前的事了。

我的一位曾在非洲、后来在越南做木头生意的好朋友告诉我："你猜猜，我这次为你带什么回来？"

"这哪猜得到？"我说。

"我敢打赌这份东西是你所有朋友从来没送过你的！也是让你朋友们和朋友的儿女们绝对想象不到而又绝对开心的东西！"朋友说。

"究竟是什么东西嘛？你看茶都凉了！"我不耐烦了。

"那我说了呀！"朋友说。

"哎呀！说就说吧！"我说。

"老虎！一只绝对不咬人的老虎。"他说。

我和我客厅所有的朋友都蹦了起来。

"开玩笑！送我老虎我怎么养？"我问。

"你听我讲，你听我讲，不是大老虎，是一只绝对、绝对不咬人只有一岁大的小老虎，又胖又活泼，特别喜欢跟人玩，不管大人小孩，都拥着在地毯上滚。"朋友越发来劲。

"你别开玩笑，我哪里有空对付它？一天几十斤肉，拉屎、拉尿……"我说。

"不要！不要！五斤就够了，绝对只要五斤！"朋友说，"你只要在花园里做个挡雨防寒的笼子就行了，用不着每天放出来，有朋友带孩子来家玩的时候可以放出来。"

"我告诉你，你还别讲送我，就算养在你自己家里，我也跟你绝交，从此不敢上门一步。你真是开玩笑！什么东西不送送老虎。也亏你想得出！绝对，绝对，绝对不咬人，你真敢讲，'养虎为患'这历史经验你懂吗？"

"真好笑！怎么会想到老虎一定吃人？简直违背生物学常识。这老虎要是吃人我还送你？开玩笑！这老虎是绝对不吃人的。我可以书面保证，要是把你的朋友或朋友的妻子或朋友的孩子吃了，我绝对承担法律责任。"朋友善良的心愿真感动人。

一个客人战战兢兢地说："我家乡解放前有个大地主也喂过一只老虎，把管户口的警察当众吃了。"）

回招待所路上，序子想到自己的闽南话，跟渊深、施陵讲起来有点疙里疙瘩，言语缺乏点润滑油，连接词不流利了。语言关系是立体的。比如查良镛在香港住了几十年，广东话始终搞不灵光，原因清楚，他学广东话只记单词。学广东话要在过日子中学，不说"学"，该说"混"。序子的广东话是"混"出来的，闽南话因为好久脱离了闽南日子，凋零了。眼前为什么还感困难，序子几时跟台湾朋友混过？

门口见到不少行李，说是郎静山到了。

上楼，人在客厅里。

陆志庠跟大伙原来认识的。介绍了张序子。

郎静山，长胡子。

吴寅伯，中高型，有点胖。

张沅痕，中胖子。

陈惊瞔，橙暗皮肤，助理。

王之一，美术评论家、散文家，张大千的朋友。

大家围桌子喝茶，讲上海最近的事，讲台湾最近的事，天气、水土、人、政府前后掌故，就没谈正式工作。序子看懂了这点工作仪态，就像战场上地图面前说打仗，平常犯不上那么指手画脚。

郎静山，文雅穆静，灰黑的西式长头发，下巴一撮灰黑潇洒长胡子，蓝灰长袍，像一位江南哪个小县出来的读书先生。胸脯前倒是挂着一架"禄来福来"摩登照相机。这老头步履矫健，声音清亮，应对温和，真让人亲近。

陆志庠应是他年轻时就认识的老朋友，也能打手势交谈。跟序子就谈不上熟。张沅痕对郎静山大讲序子。张沅痕跟序子也是头一回见面，他在上海对木刻挺注意，这方面爱好兴趣重。他问序子来台湾好久了，刻了新木刻没有。序子就说刻了这个那个："吃过晚饭，有空的话，请到我房里看看。"

另一个王之一也跟着说到时候也去。

郎静山问序子哪个美专出来的。

"一美都不美。我命不好，抗战八年在东南一带自己学的。"序子说。

原来招待所楼下有那么讲究的大餐厅。

建设厅来了几个当官的宴请郎静山，居然挤了两桌人。握完手都分头坐了。张沅痕、王之一、张序子、陈惊瞔跟建设厅几个杂官坐二桌。都坐头桌位子办不到！陆志庠夹在头桌两个建设厅生人中间，一定想到二桌来喝酒倒酒方便，可惜身不由己，形势已定，不

胸脯前倒是挂着一架『禄来福来』摩登照相机。这老头步履矫健，声音清亮，应对温和，真让人亲近。

郎静山先生

可能变动，人生之无常由此可见。

台湾酒筵接近闽南加潮州口味。熔大海与大陆情调于一炉。序子几个人在台北吃日本饭不少日子了，让初到的客人见识下子台湾口味未尝不可。今晚聚会咬嚼欢乐之声不绝于耳，听得出口味上没有不满意的地方。

可惜今晚喝酒的交通受到阻碍，这有两个原因。一、主客不熟，手脚施展不开；二、位置安排不当，情感音声阻绝。不过这样也好，免得出现意料之内的麻烦。（噫！说不定就是故意这般安排的。）

饭后茶，茶后握手再见。大家满意，失望的只有双方的酒鬼。

散会各自回房，王之一、张沉痕跟陆志庠、张序子回房看木刻。

序子把刻好的木刻摊在席子上请张王二位欣赏：

《按摩女》。

《牛车》。

《高山杵歌》。

《台湾小食摊》。

《生之序曲》。

序子说：

"《生之序曲》是祝贺朋友萧乾在上海生了个男孩的贺仪。

"《台湾小食摊》前天刚刻完，木板不够，六块木板拼的，这摊子就在我们这个招待所出门左拐一直往前走两三里地，到一个名叫太平町的地方，在那里画来的稿子。

"《牛车》就是在招待所门口碰到的画面。

"《按摩女》是刚到台北那几天的异国情调印象，故意地变了形，增加一种特别感觉。

"《高山杵歌》是在中山路旧货摊买的一块石头板，顺兴趣一天刻出来的。"

　　张沅痕说："你没来好久就刻了这么多，内容这么丰富，怪不得人家说你勤奋，我看你还不只是简单'勤奋'两个字，在过日子中，你容易触景生情。做一个艺术家，这很重要。"

　　王之一说："我喜欢你的东西，原因就是你帮我先醒悟东西。"

　　"我还有一个了不起的本事，我脸皮厚，二位夸奖我一点都不脸红。你不看旁边这个人（指陆志庠），他最严格，最不宽容，他从来不讲我好。我等着哪一天他说我好，我有这个长远的耐心。他才是真正的大艺术家。"序子说。

　　两个人向陆志庠挤挤眼，又指指序子。

　　不知道陆志庠清不清楚我们在谈他。他今天没喝酒。不要紧。

　　说到这里，吴寅伯和陈惊瞆也来了，又看了一次序子的木刻，寅伯问："什么时候动身上阿里山？"

　　序子说："还不清楚。大概快了吧！"

　　陈惊瞆说："你倒好，不怕没有事做！"

　　"我还真怕没有事做！"序子回答。

　　张沅痕指指陆志庠说："他呢？"

　　"他一看没事就往外跑。后来晓得他去美国新闻处图书馆看画册，带一个小拍纸簿，好细心地临亨利·莫尔的雕塑照片。"序子说完就跟陆志庠打手势，告诉他张沅痕问他出去的事。

　　"你知不知道外头有什么好玩的事？"张沅痕问。

　　"我很少出去，顶多跟以前的老朋友们上一间'朝风'咖啡馆去坐坐，听听音乐。啊！对，这里博物馆很了不起，收藏的世界美术珍品就多得了不得，比如说非洲的古代木雕，就够人学一辈子。台湾本土艺术家也有了不起的高手，都应该找时间想办法去拜会拜会。我们招待所大门往前直走那条大横街叫作中山路，街两边旧货摊子，卖的都是当年日本投降之后不准带走的东西，大到钢琴、大衣柜、穿衣镜；小到鱼缸、花瓶、针线盒、书籍、画册，讲究好看得不得了。还有地毯和大画家带框的原作、壁挂、大吊灯……我讲的只不过是九牛一毛，光是日本人切腹的'短刀'，就精致万分，手艺跟手表的水平几乎一样；还有切腹之后痛苦万分之际，由'亲密'战友帮忙，砍掉脑袋以减轻痛苦的'长刀'，摊子上也有的是。昂贵的要价，吓得人发抖。"

"那你买了点什么没有？"沉痕问。

"我敢买什么？游走四方过日子，怎么带？饱饱眼福已经不容易了。正宇买了一个漂亮之极的矮胖陶花坛，相当舍得的价钱。"序子说。

"嗳！明天大清早我就去看看！"惊瞋说。

"要去大家去！"之一说。

"讲老实话，这些东西都是卖一样少一样。卖东西那批人都是老江湖，价钱也都是筛滚过的。"

（三岛由纪夫一九七〇年准备剖腹自杀的时候，以为这只是一件轻易的雅行。妻子跪在右旁身后。三岛按传统规矩双手紧捏"短刀"之脊背而非刀柄，朝肚子上划了道深深的横沟。痛苦万分之际没有力气挑出肠子。妻子慌乱起来。老友赶来用"长刀"砍下了三岛的头，了结他的痛苦。眼看头颅滚落尘埃。

补写这个故事是想说清楚一九七〇年离今天还不算太远。切腹

三岛由纪夫一九七〇年准备剖腹自杀的时候，

以为这只是一件轻易的雅行。

从来没想过剖腹还要人帮忙

不光是古代日本人才做。

这是写到那些漂亮的"短刀"想起来的。剖腹和以小手枪打太阳穴自杀，只是时间长短和痛苦程度的区别。生死的"死"，天下一样；至于"怕"，那是活人的事。）

第二天一早，这帮人果然上大街去了，相当相当久才回来，看不出高兴过的余晖……

"怎么？都丢了钱包、护照了？"序子问。

各人在大客厅上选了一张沙发坐下喘气。

"上了我瞎说八道的当？其实并不精彩，是不是？"序子试探着大家口气。

"唉！哪里话？多谢你的开导还不及咧，正像你吹的那样，东西像文化精品展览，美不胜收，也就是你昨晚上启发的，大家都在行旅中，不方便身边带重东西。我看中一口金鱼缸，就只有日本头脑才做得出，价钱还过得去。两个人胖，唉！爱莫能抱。"张沅痕说。

"我果然看到'剖腹短刀'和砍头的'长刀'，一看到我肚皮跟颈根忽然痒了起来。我以前不知道有这种过敏的毛病，怎么这么厉害？你摸摸，我腿肚子现在还抖……"陈惊瞋说。

"那个烟斗架子是'柏根底'的货，六把烟斗三把是'当下儿'，两把'三B'，一把'斯坦威尔'，原来烟斗主人很爱这一套货，用得很小心。我取一把旋开烟嘴看了，跟新的一样。烟斗最难找这类旧东西。卖东西这狗日的心太狠，他看出我的水平，也看出我的弱点，他肯定清楚我明天还会乖乖送钱去。"之一说。

吴寅伯举起一把带提梁的小铁茶壶："我给家父买了这把不占

地方的小东西，他老人家一定想象不到。"

大家都围拢来欣赏这把茶壶。

"怎么大家没想到日本铁茶壶呢？"

"上海也有！"

"没有！"

"有也没这么精致！"

"刚才我瞟过好多茶壶没放在心上。"

"下午谁跟我再走一趟？"

"我！"

"我！"

于是好多"我"下午都去买茶壶。

晚上回来，各人手上都提着把各见各好的日本铁茶壶。还说这小茶壶旅行不占地方。

出发时间有眉目了，正宇交给郎静山一本路线计划书，上有集体名单，

      张正宇

      郎静山

      陆志庠

      张序子

      吴寅伯

      陈惊畛

（晚上陈惊瞆拿来给陆志庠和序子看，大家都知道了出发的消息。张沅痕和王之一是随行朋友，不在名单里头。）

出发日期定在后天，大家利用充裕的时间把行装整理好，尽量精简随身携带，住房保留，余物可存房内。

之一果然把那烟斗买到手了："在上海，加双倍价钱也找不到这好东西。"从提包取出另外一支带银盖的烟斗，德国的，"强抢他的。这么一笔不小生意，那老板不好意思抢回去了。我把这些东西放回房内，今天该到外头走走。"说完回房去了。

"去哪里？你看。"序子问张沅痕。

"我也跟你们走走。"吴寅伯说。

之一咬着那支带盖的烟斗回来："序子，你不是说有个不远的地方叫作什么'町'吗？"

"有是有，不适合我们今天去，挤，人杂，找个安静地方怎么样？还可以聊天。"序子问。

"听你的！"张沅痕说。

"'朝风'咖啡馆如何？"序子说。

王之一说："出发！今天我请客。问问聋膨去不去！"

序子问了，陆志庠说他要去美国新闻处图书馆翻画册。

惊瞆也不去，怕郎静山有事吩咐。于是就吴寅伯、张沅痕、王之一、张序子去了"朝风"。

几个人说这地方好，可闹可静。选了右边拐角地方半躺了下来。

那小孩端来咖啡，见序子是熟人，问今天点什么音乐。序子轻轻谢谢他，告诉明天要出门几天，今天陪几位老朋友来喝咖啡，说

之一果然把那烟斗买到手了：「在上海，加双倍价钱也找不到这好东西。」

王之一的烟斗

271

说闲话，等一会再过来找你点音乐。孩子有礼貌地点点头，笑笑走了。

张沉痕说："这咖啡室，这孩子难得地好！"

"是的，有时候一个人到这儿坐坐，恢复恢复一下'自己'。"

"你这话别致。"王之一说。

"在人世间，有时候找不到自己的。甚至把自己'打落'了[1]。抗战八年，我在闽南、江西、广东一带流浪，一直没忘记达夫先生那两句诗：'乱离年少无多泪，行李家贫只旧书。'"

"好啦！明天开始有一个畅心的台湾游了。为这部有意思的大画册做准备。白几根头发、不小心摔几跤、磨几个泡，都是值得的。"王之一说。

"正宇为什么不把你们二位放在编制内？"序子问。

张沉痕说："你问得好！他只邀请我们一起周游台湾，只负责我们两个的住宿、车马、伙食费用。周游回来，大画册启动之时，估计他才会跟我们作认真的聘请谈判。这小动作起码能省下几个月给我们两人那一大笔月薪。我们佩服他的艺术天分，倒更明白他从小的文学修养不怎么样，而算盘特精。我们年轻时就混在一起，脾气毛病双方清楚。

"我一辈子做出版，他哪里离得开我？他心里有数。这人从小不会玩又不'近'书，不晓得哪儿来的这份艺术脑子，东西一经他手，格调马上变高，看他平时懒洋洋的派头，总是让人难以相信！"

王之一也说："大家对刘海粟不怎么样，独他衷心佩服，我是

1　丢失了。

尊重他才另眼相看刘海粟的，一定有个什么特别道理在里头。对郎静山，他一是一，二是二。郎静山的诚恳潇洒他惹不起，这都是我多年的心得。

"你想想，一部那么有分量的画册，不找我们他怎么动？沉痕跑出版大局，我料理长短文字，你跟聋膨管版样和大小报头，不就是这么一个阵势吗？"

沉痕问序子："你清楚路线吗？"

"我从来不懂也不记路线的。我对好山好水比较盲目，尤其是城市、街道的地名。这毛病也不是自今日始。对人和人的容貌脾性，我倒是特别有记性。这还是不久前在上海，我的一个好朋友提醒我的。"序子说。

寅伯坐在右首靠脚灯那张躺椅上，一声不吭。听说他家是开牛奶公司的，他自己就是活广告，喝了他们家的牛奶，长大就像公司的漂亮少老板，又高，又白，又不胖，脾气又好，又有学问……可惜，人有点"腼"腆（这个腆字跟牛奶的白有点矛盾，腆是面皮变黑的意思）。听人说他原是学"数理逻辑"的，我也不懂世界上有这门学问。或是我听错了？学"数理逻辑"而开牛奶公司其间有什么要紧关系没有？更令人费解的眼前又是跟郎静山一起的摄影专家。

序子过去挑了三张片子："拉赫玛尼诺夫的《C小调第二钢琴协奏曲》、肖邦《降D大调前奏曲》、马勒《升C小调第五交响曲》。"

寅伯一听是拉赫玛尼诺夫，便跷大拇指说序子挑得好，三个老头就慢慢睡着了。沉痕居然轻轻打呼。响声大了，序子手指头便点一下。

到马勒，王之一醒了，翻起身说："你看，天都黑了，不回去吃饭！在哪里吃饭？序子，你说在哪里吃饭？"

序子指指桌子："这里有便餐，还可以点菜，就这里吧！"

大家同声赞好，招那孩子过来。

孩子拿来本厚厚的菜谱，沉痕翻翻菜谱，又看了看孩子："里头的菜，你们都有？"

"先生！他们没说过没有。"孩子微笑。

沉痕在上海朋友圈子里是个"食家"。他要把孩子的这种说法的气派带回上海讲给朋友们听！

各人都点了头盘、主菜和汤。之一另叫了一大盘生菜大家吃。面包也难以想象地好，还有黄油和法国"臭气死"。

沉痕歪着脑袋思索，孩子这回答会不会有人事先教过？

"不像！有就有，没有就没有，那是一种有把握的充实，成为习惯了，不费思索了。"序子说，"我也觉得味道越想越正。甚至包括这咖啡店的气质、主人的气质……他们的教养……"

出来三个侍者调整空间重新安排桌子和餐席，点上大蜡烛。

寅伯话少，忍不住也说了两句："真想不到，可惜要走，不然我天天晚饭来这里。"

之一说，我今天这个"东"做得真值。

喝咖啡的时候，静静地来了一位六七岁的女孩，提着花篮，在每位客人席前放了一朵淡红玫瑰，微笑着走了。

结账之后，大家都走到唱机孩子那头："再见！"

把玫瑰放在孩子座前，孩子看了故作大声之势，张大嘴巴轻轻喊出："谢谢！那是我妹！"

回到招待所，快九点了。陈惊瞆楼下遇见大家："正宇太太下午两点多驾到！"

之一笑说："扣得真紧！就差赛跑起步那一声枪响！"

早上七点钟，吃完早饭，各人安顿好留在房中不带走的行李。聋膨手提一口小藤箱。序子背上背囊，出房门沿走廊走往中间大楼梯口。那一头正宇夫妇、张沅痕、王之一、吴寅伯也往楼中间走。序子正要上前跟正宇老婶打招呼，正宇抢前一步轻拍着序子胸脯说："迭格一趟侬就弗要去了。侬就当台北留守负责人好勒！下一趟有机会再讲好勒！"

序子挥手把正宇那手薅住："你个老家伙！把你家大婶顶我的名字来逛台湾，你假公济私是？好大胆，临出发才宣布这个决定，足见你这玩意儿见不得人！"序子抓住他领口，亮出拳头，"今天假如你走得成的话，老子从这里跳下去。"

大家站在周围，都觉得正宇太没有道理。没人上前相劝。

就在这刹那之间，你猜怎么着？局面马上起了变化，不亲眼见到都难以置信。

正宇双手护着衣领对序子说："侬放手，侬去，好？"又仰着下巴对张婶说："格么侬就弗要去好？"又跟大家说："各位先下楼，我安顿安顿伊拉，马上下来！"

大家下楼，序子松手，正宇把张婶拥回卧房。

郎静山坐在楼下客厅大沙发上从头看到尾。张沅痕一笔一画地告诉了聋膨。聋膨咬咬牙，摇摇头说："正宇伊拉额老毛病。"

一共三部中型汽车把大家送到火车站，都平平常常上了火车，是一种三座软席背、中间横张茶桌的那种车厢。没有谁把刚才差点打仗的气氛带到车上，这好！这亮清楚我们是一群能互相谅解的爱和平懂道理的公民。珍贵的是一个"快"字。幸好！幸好！反过来说，我们如果把八年的国难家仇也化蚀得这么快，那又麻烦了。看样子，不少人心里觉得正宇这一副忍耐顾大局的心胸，颇接近领导人才这一级水平。

别的事序子不清楚，只看得出火车往南开。车站名字一个个往后甩。一些站，火车停下来，跟几个月台上咧开嘴巴不熟的人握握手。大多站不停。序子想，有否发生过握错手、欢错迎的事情？照常理，人生这么仓促，会发生的。

大酒店结婚典礼错搭新娘、接生院抱错婴儿，还记得一位可爱的中国著名学者在外国一家酒店举行结婚典礼时说："这酒店太好了，下次结婚还上这里！"

顺延想下去——

"这坟场太可爱了，下次死了还埋这里。"

序子一个人靠大窗口坐着瞎想，有时逗自己好笑。想到培根规劝年轻人旅游要注意的事项：要记日记，要学一点旅行目的地的语言，要有一个了解该国情况的仆人或家庭教师随行，带有关的书籍和地图，要结识名人，要到上层人士聚会之处进餐……

照培根那么办，家中之爹非是部长或副部长不可。长大以后也可以当个什么"长"或什么"家"。

照序子的办法办，绝对不要记东记西，看周围事物犯不上那么认真，喜欢的多看看，不喜欢少看看，懒洋洋，慢吞吞，不当作终身事业的神圣阶段看待，仅仅是一种过日子好玩经历，是一优雅的人格浸润。学两手保护自己的拳术。学一手临时谋生的本领。不到处招惹爱情麻烦自命多情种子。好玩的是那位法国作家拉玛丁，原本去意大利是想写一本旅游札记的。同行的原是老师和老师的儿子，半路上儿子变成女儿，已经奇怪了，以为爱情故事从此处开始，没想到忽然故事中断，在拿波里认识一位车珊瑚珠串的姑娘葛莱齐拉（真实情况是位纸烟厂的女工）。跟她来来往往，后来有事难舍难分地回了国，说好一定再来其实没来，让女孩子肠断而死。原来的意大利游记变成一本爱情故事。爱情常常扯这一类大小麻烦，中外一样，大都是旅游开始。

（三十年代上海有首流行歌叫作《桃花江是美人窝》，唱的是湖南桃花江尽出美人，其中故意拉扯当时重要的女演员王人美。听说她是桃花江人。几十年又几十年过去了。桃花江发展旅游事业，旅游团中夹着一些乘兴而去的社会流氓，回来在小报杂志上，对桃花江女孩子们讲了些完全不堪入耳的话。这些流氓也是中国人，也是父母所养，家中也有兄弟姊妹，真是无耻到了极点。）

世界上编历史书难，写游记更难；写历史靠铁打的凭据；写游记有凭据才是开始。

台湾火车比大陆火车疏朗不显得挤，至少有两种，像我们今天旅行性质的这种和平常日子零碎走走的那种。后面这种，老百姓住郊外的早晚上班，小孩子上学，半路上招招手火车就停下来让你上车。序子还担心有朝一日讲给人听人不信。开火车的司机和平常老百姓怎能扣搭得这么好？

序子这帮人坐的是中等级别车子，软靠背，软坐垫。设计者让你感觉宽阔、爽朗、安全，连窗子外头的风景都是你的。

整个车厢里就这么十几个人，松松散散，倒是没有看出包下来的意思。问车上管事的。是个爱笑的人，咧开大嘴巴回答："哈，哈，哈！有的是位子，包它'揣向米'[1]？"

陆志庠一个人坐在车厢尾段用一个小本子在画他的天书。

张正宇和郎静山坐在车厢中段，前后围了一圈人。

序子在车厢前段倚着靠背，斜眼看着窗外风景，原来想取本书出来的，太麻烦了。还是一个人坐好。飞来一只红头苍蝇停在茶案角。多年没见的红脑壳翠绿身段的大苍蝇，从当年朱雀城文星街田六保的水果摊子上飞来的吧？唉！你呀你，你有翅膀啊，你狗日的飞越历史，漂洋过海。

———

1 做什么？

飞来一只红头苍蝇停在茶案角。多年没见的红脑壳翠绿身段的大苍蝇，从当年朱雀城文星街田六保的水果摊子上飞来的吧？

小林一茶说过："别打啊！苍蝇搓他的手、搓他的脚咧！"

世人不是小林一茶，不是弘一法师啊！

快飞走吧！车上管事的先生按了窗上电钮，开窗放走了它！

"打死它，桌面臭半天！"

序子走去看车厢中间那堆人。

张正宇正在给郎静山画像。

用大概是 2B 的铅笔在一张十二开的写生本上动笔。像书写毛笔字一样，十足的腕力，竖直中锋，根据形象起伏，落笔轻重缓急，有点装模作样。不看了，过去找陆志庠。

见序子来，陆志庠放下笔准备谈天。

"你是不是和我的看法一样？日本人原本早准备把台湾还给国民党了……"

序子说："不，不，不，我哪里会这么想？该还就还，你别乱扯淡！"

"日本看出国民党老蒋不会管，让他几年之后弄成个烂摊子闹笑话。帝国主义狼子野心，退五口通商，退租界，都是这存心，看老蒋笑话。老蒋看不透是低能，是昏庸，你看不透是幼稚，是无知。"

"你怎么不去劝劝老蒋，开导开导他？"序子问。

"你给我弄支十响手枪，我就去！"聋膨说。

"你等着，我有机会给你弄去。"序子又回到张正宇那头。画已经画得差不多了，快完了。

一笔笔的铅笔中锋线，有轻有重，看得出由此而整顿出的立体根由。序子擦了擦眼角，仔仔细细把这幅肖像默读了一遍，那面颊上的鼻梁，几几乎跃出纸面，两只耳朵活鲜鲜子贴着头颅。序子直着鼻梁像是敬礼式地看了一眼郎静山，又斜眼瞟了一眼张正宇，举起右手轻轻握拳抵住下巴，细想自己这拳头和杀猪的胡屠夫打疯女婿范进一样，若当真来这么一下，很可能自己这只右手要敷好多日子的药。

（没忘记那次的无礼粗鲁，也忘不了那幅郎静山的铅笔画像，七十二年过去了……

围观的人各说各的好。这张画也不知流落哪浪去了？

我早就说过，人名我记得住，地方名总记不住。现在我写的是在前往台湾阿里山的火车上，光凭记忆，我连下火车的站名都写不出。我要请家人打开"挨派"找台湾的地图。找到地图我也稳不住一定找得到那个地方。让熟悉那地方的宽宏大量的读者陪我一道走走吧，看看我这一类记性不好的人如何游览七十二年前台湾阿里山的吧！

你可能心里头现在开始怀疑我到底去没去过阿里山，我告诉你我不说谎，我去过。遗憾的是跟我一起上阿里山的人都死光了，即使现在台湾那头还剩两三个，愿不愿为我开证明也是个问题。世上哪能找得到像鄙人这样和蔼可亲的人？

反过来说，听一个没去过阿里山的说谎者信口雌黄，未尝不是件悦耳的娱乐。

看这个地图，写下有印象的名字。新竹、苗栗、台中、彰化、嘉义、台南。看样子是从台南上阿里山的。）

在车站很蘑菇了一阵。听说弄来一部汽油火车，开得不怎么流畅，半路因毛病停了好几回。一说是原用不着九小时，又一说可能是："幸好是汽油车，才用了九小时。"时间太长了，记不清楚了。

半路上听过一次有意义的、跟地质学有关系的特别知识。有人指着脚底下远远两座有人居住的大山头说："左首的那座大山原来在右边，右首的这座大山原来在左边。一个晚上工夫，两座山自己换了个位置，住在山上的人一朝醒来莫名其妙，找谁都帮不了忙。"

"古时候吧？"

"不怎么古，就几年之前。"

"我不怎么信。"

"有空你去问山那边的人。"

到了日月潭招待所，序子仍然跟陆志庠一房，仍然是"榻榻米"，真好！

张沅痕在走廊嚷："怎么没有抽水马桶？怎么这么大旅馆不设抽水马桶？"

其他人各自闲散走来走去，面对这浩瀚明湖，各自在生感慨。对于"光"，摄影家的反应应该更由衷些。他们靠"光"吃饭。他们是真正的惜墨如金者，他们是神枪手，懂得在万分之一、千分之一秒钟把"美"拿下。子弹临身前、跳楼者贴地前那一刻"活"。是"一刹那"的猎者。

没有他们，你哪里去找回希特勒和类似人影以及奥斯威辛的真实凭证？

没有他们，你怎记得住太平天国的就义者和王孝和的笑容？

说实在话，没有他们，我们终究是白来一场。

晚饭，想不到是中餐，像台湾回到祖国那么高兴。

"缺了个张沅痕。叫叫他。"

『左首的那座大山原来在右边，右首的这座大山原来在左边。一个晚上工夫，两座山自己换了个位置……』

两座山调个位置

283

"不用叫了，他下山了，找抽水马桶去了。"

"不至于吧！"

"坐那部顺风火车走的！"

"真奇！"

"比那两座山换位还奇！"

"奇迹不只发生在自然界，人类有的是各种奇迹。"王之一说。

吃完饭和王之一沿回廊散步。他说："这日月潭招待所看样子还没缓过气来。一个人、一件事，受尽摧残凌辱，一下子要恢复正常怕不是个简单的事，况乎还不太清楚未来老板的口味和喜恶。上海人对那批接收大员的脾气已领教过了，这里可能才刚刚开始，你等着看好了。"

"我一辈子躲的就是这类臭东西，要真来了泡在里头我会死。我清楚自己自小是怎么长大的。乐平、聋膨和叶冈他们都清楚我。我是个铁石心肠，不容易受感动，我也咬紧牙关做一辈子木刻，我天涯海角都不会让这帮狗日的'接收'。我也时常东想西想自己，本事不大，讲良心可以，救苦救难还勉强可以做一点，改变世界绝对办不到。面对这一片受伤的河山，读过不少正经书籍，明白活在世上，千万千万不要失落自己。"

"看起来，我们都不是很有出息，我也只是想出几本有意思的小书而已。"之一说。

"你不能把自己看得没出息！出有意思的小书为什么就没有出息？出多少多少大书才算有出息？什么叫作大书，谁来称这个分量？"序子说。

"我一直喜欢你这人有个性。"之一说。

房间已经挂好蚊帐。你猜那蚊帐是怎么挂的？四个帐角就挂在四个房角上。房有多大帐子有多大，这让聋膨跟序子都很欣赏。女士已经为两位铺好卧具。帐子里可以牵台灯看书。

序子洗完澡，也进帐子看起书来。

第二天一大早，两人起身盥洗完毕，坐在帐子外的小书房喝茶，等候三位年纪差不多的女士收拾卧具。序子心中佩服这种日式生活方式，简约、清爽、干脆、利落。晚上使用卧具，榻榻米变大床；白天卧具进壁橱，还你一个整洁的房间。

三位进房工作的女士（有昨天见到的那位）有礼貌地鞠躬，轻手轻脚合拍地工作。她们一直低头浅笑，只有序子明白是怎么一回事。昨晚那女士回去告诉其他两位，她见到"克拉克·盖博先生"，现在得到了验证。

怪不得这段时间茶水和可爱的微笑来得特别勤。

各人在房里用完早餐，被招呼到会议室集合，正宇对大家说："今朝，大家可以四面八方走走，中浪厢是勿是回来自嘎决定，这种地方会勿会碰到豺狼虎豹也讲勿定喔！"

郎静山后头当然跟着吴寅伯、陈惊睡和台南那一帮摄影界醉心朋友。

正宇一个人留在招待所。

陆志庠、王之一、张序子三个人一起。张序子可惜张沅痕失掉这个机会。王之一说："你提他做什么？你怎么惹得起他？一个人忍住撒一泡污，来回阿里山上下几百里。我和他几十年交情，都没想他身怀如此绝技。其实就地撒一盘野屎跟坐在抽水马桶上有什么

区别？顶多就缺最后那一声水响。野屎自有野屎的佳妙所在。鲁迅文章都提到过古人那对联："'清风吹屁股，冷月照膀胱。'

"于阿里山之巅撒盘野屎，人生百年几时修得？

"所以说起上海滩的张沅痕，人好归人好，怪起来还真少见这种怪法！"

"不晓得他现在在哪里？"序子问。

"一支筇竹杖，信步莫何之。"王之一说。

聋膨问两人谈什么。

"谈张沅痕这个怪人。"序子以混合手势告诉他。

聋膨打手势说："不是没有抽水马桶问题。他不想跟你们这帮人一道，找个理由走了。"

听听聋膨的话，分量不轻，张沅痕的问题要翻过来重新想想。

"犯不着的，张沅痕这人没这么委婉深刻。"之一说。

"那怎么办？"序子问。

"以后见面不就清楚了！"之一说。

聋膨说："你看，公路都在山半中腰绕着走，明明搭一座桥就过去了，日本人就硬是不搭，硬是要浪费我们的汽油。"

"这怎么可能？这从哪里说起？日本人怎么晓得几十年后台湾要归还中国？"序子说。

聋膨很惊讶地嚷起来："咦？你怎么也是这种看法？太奇怪了，跟小丁一个样子。那年我和他在滇缅路，他也反对我这个看法，明明事实摆在眼前他也不认。稍许用点头脑想一想就明白了，你两个一模样就是不动脑筋。"聋膨责备序子。

之一劝他息怒："世界上科学这方面的事越辩越明，犯不上动

「其实就地撒一盘野屎跟坐在抽水马桶上有什么区别？顶多就缺最后那一声水响。野屎自有野屎的佳妙所在。」

鲁迅文：
清风吃屁股，冷月照膀胱

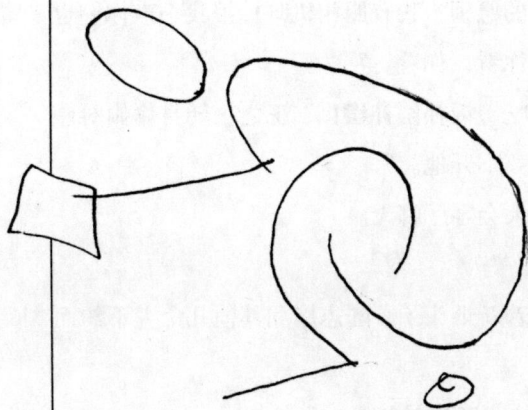

肝火。"

聋膨听了之一的话,哈哈大笑:"这算哪门科学?常识不如!"

序子也大笑:"不要再往下讲了,再讲会'伏尸三人,流血五步,天下缟素'了!"

幸好走近森林。一棵棵大木头这么大阵势,树高到见不到叶子,站到底下摸不着边。清朝谢堃《花木小志》说过他在广西桂林见到桂花树:"余曾见其有数十抱者。"初初以为他在瞎说八道。现在相信是真话。

最大的这棵"神木"长在斜坡上,三个人想绕树走一圈好像不太办得到。(勉强硬来一盘还是可以的,可惜这种特别时候没有人愿意领头。)

实在舍不得走。留下来又看不出更深大道理。到底还是走了。

回到旅馆,陈惊瞷大惊小怪:"哎呀!哎呀!去看'神木'为什么不报我一声,你看你看,我好久的愿望!哎呀!你们太残忍了,你们晓不晓得这是我多年的愿望?我有照相机呀!报我一声你们也有运气跟神木留张影呀!你看,你看。"

"对不起,今晚上多吃碗饭补偿补偿!"王之一转身偷偷对序子说,"郎静山一秒钟也离不开他。"

吃完晚饭,大家聚到大会客厅聊天。

有人说:"可以抽烟。"

王之一早就得意地咬着新烟斗了。陆志庠和其他几个人不约而同地都抽起香烟来。

"咦?哪个规定阿里山上不准抽烟的?"

"日本人!"

"没看见告示啊！"

"针打到心里头了。"

"谁告诉我们的？"

没人答应。

"王之一，谁告诉你不准在外头抽烟的？"

"是呀！谁告诉我的？"王之一问。

序子打手势问聋膨。聋膨摊开双手。

序子当年还没学会抽烟（现在开始怀疑自己的记性）。

（我相信当年日本人对于不准在山上抽烟的规定，比国民党规定老百姓不准抽鸦片烟还严。记得国民党兴致来时，还砍过抽鸦片人的脑袋。日本人说话算数比中国人厉害，深到骨髓里头了。）

"人家老百姓守规矩，不只政府严，老百姓文化也高。你们三位今天看到的'神木'，是什么树种？"郎静山问。

"听说叫作'桧'，平常这类树顶多一两丈高，属于松柏类。这'神木'可是非凡之极，有六七十米高，直径七米，三千多岁，真难以想象。要什么特别环境才度过这三千年？我们三个人在它老人家面前迷上了，说不出原因都舍不得走。"

"序子这么一说，关于这本台湾画册我们在'神木'方面要多动动脑子了。"

"好呀！那我们明天往'神木'那边去……"陈惊瞋说。

"不，不！明天定好了去高山族那边岛上。可是重彩戏，画册动手之后，很可能还要在那边住下来……"正宇说。

"这相当于'戈庚'生活于'塔希蒂岛'了。嗳，嗳，小心我们聋膨粘住不走了。"之一说。

正宇听到这话，认真跳起来："哎嘿！还要真防这一手呵！异想天开都是人做出来的。聋膨硬要留下来，我回上海怎么交代？上海那帮狗蛋听到消息，东方出了个'戈庚'，无有不拍手赞成的，幸灾乐祸，我怎么办？哎哎！大家帮着防备一点，想想主意。"

正宇正式跟管总务的老林主任商量，明天中午那顿酒饭改作点心茶会，餐后舞会改成跳舞表演，清清楚楚明确台上台下关系，正面视听不发生肢体接触。

"这人撒泼起来，哪个管得了？"正宇对老林说，"你要多找几位身强力壮的人跟在旁边。这人一身硬筋骨，在上海帮忙朋友抬起过路旁半边小汽车。头脑也就是那么一根筋。上海滩只听两个人的话，画《王先生》的叶浅予，画《三毛》的张乐平，还有一个胡考，三个人不在，娘老子不认。"

老林主任说："我跟警务部讨论一下，多派几个精干值勤人员换上便衣就是。"

"劝解的时候千万不能伤害他。"正宇关照。

"哪能呢？"老林笑起来。

（那个高山族小岛叫什么名字我也忘记了，记得有个"社"和"屿"什么的。又拿不稳这记性。）

正宇对林主任说："这人在我们中国美术界是个重要的漫画家，少年时代害了一场大病，把耳朵和发声器官影响了，跟这个活动的世界产生了距离，有时候生活上出误会。我们是几十年的朋友，他眼睛特别机敏，考虑事情角度像幼童天真简单，旁边都要有人照顾帮他分析解释。画画本事一流，这本未来大画册靠他出力气的地方很多，以后你会明白。"

"经你这么一说我就明白了，明天不备酒，免他兴奋。"老林说，"我还多准备点救生圈。"

"救生圈就不用费心了，按船上原安排就行。他游泳跳水一流，是个活救生圈。"

人慢慢散了。聋膨问序子："他们讲什么？"

"讲你。"序子说。

"讲我什么？"

"明天去高山族那个岛上，想办法让你多看到一些东西，又想办法不要让你受到骚扰。"序子说。

"犯不着想那么多！"聋膨说。

"你不清楚万一有人反过来对你好起奇来……"

"我尽量不引人注意就是。"聋膨说。

序子一倒近枕头就想——

假定聋膨真留在高山族这个岛上不走了，做这里的居民了；高山族老百姓容得下他了；张正宇也为他想开了，台湾方面也允许了，给他盖了过日子和画画的屋子，沟通了画作买卖关系和疏通购买画具材料的渠道；上海台湾文化界非轰起来不可！为陆志庠在此抻开一个天下，并不比回上海过日子差。

沪台之间成立一个"陆志庠艺术委员会"，让他在这座岛上安心画画，让世界从台湾角度认识陆志庠，把游手好闲的画坛熏出一种生猛活泼气韵来。

怕不怕他有政治野心弄脏这片人间乐土，篡夺岛上高山族王位？

不怕的，不可能的。世上还没生出口耳不灵煽动革命的政治家。

反过来想，如果国王有女儿招他为驸马，倒不失为世界政治和世界艺术的佳话。

想想：

其一，台湾日月潭高山族国王的女婿是一个杰出的中国大画家。

其二，这位中国大画家对于创作艺术品和"创作"下一代子孙从来不嫌辛苦劳累，由此引来全岛日后的文化、经济和人口繁荣的后果可想而知。

这个甜蜜的梦境里，张序子先生身着宰相袍服正微笑忙着公事。

朱金楼此刻如在台湾，他会认为这是绝佳设想，认真起来，这件事情非常可能就会弄假成真。美术史上必将添一页灿烂华彩！

游艇两艘，一中一小，恰好装下这二十来人。

水，一般。上船时候没想到水，开船时候也没想到水，在潭面游弋时才想到它大。它在大高山之上，大高山之上有那么大的潭渊，其后之四面八方一定还有更多的高山流水之处。它跟洞庭、西湖、鄱阳湖都不太一样。

游艇远远经过一圈警告的水域，那是潭面上三口大漩涡，靠近会死。

再过不几分钟，看到绿叶青葱的岛，彩虹人群在奏乐欢迎。客人从跳板上了小码头，嬉着笑脸拍掌等主人舞蹈欢迎会了结。客人送上香烟、糖果、糕点等见面礼，各人也收下主人手织五彩围巾。

请坐，喝茶。

凳子是短木头墩子，桌子是三根拼成一排的大木头。茶壶、杯子、果盘都堆在桌子上头。

上船时候没想到水，开船时候也没想到水，在潭面游弋时才想到它大。它在大高山之上，大高山之上有那么大的潭渊，其后之四面八方一定还有更多的高山流水之处。

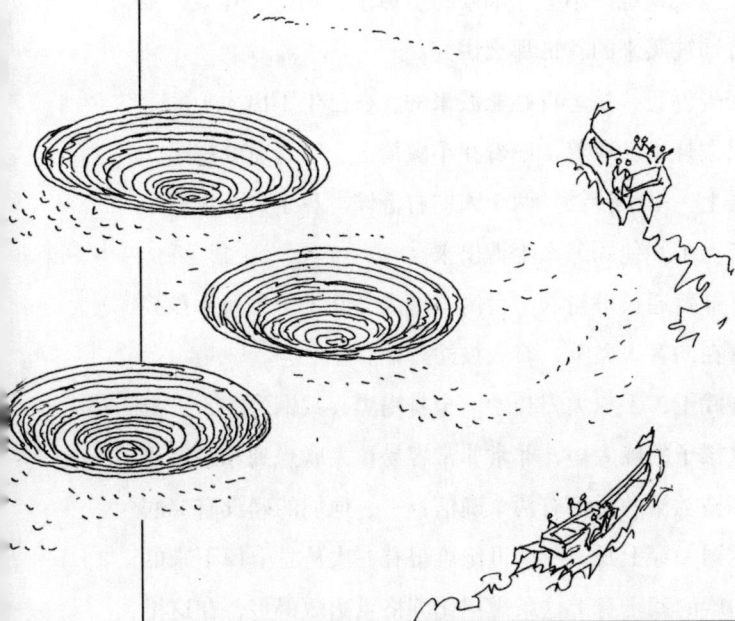

三口大漩涡

各人都穿着自织的大色块花布衣服和裙子、木屐，讲话轻言细语。

看样子他们受过教育，不故意向人兜揽笑脸。

老林主任向来宾介绍：

国王，脸孔黝黑，深目，高瘦，腰挂钢刀不笑的男人。

王后，一对干瘪的乳房不怕人看的老太婆，也黑，从从容容，见怪不怪，懒洋洋用手指头拨了拨桌上礼物，腰间挟了个捆着大尿布条的大肚小孩。

大公主，好看，鼻子、眼睛、嘴巴、耳朵都好，尤其是头发，像一蓬马上要下雨的大乌云。

二公主一样好看，怎么妈这么普通而女儿这么漂亮？那神气和做妈的简直是一点关系也谈不上。那眼睛、鼻子、嘴巴、耳朵，都像是刚从街上首饰铺买来的首饰那么讲究。

（有人轻轻告诉我，是老百姓家派来的。自己生不出。）

巫师，像只大虾米，弯着、屈着在小藤椅上，穿着霓虹袍子，手上一支小旗幡上一串小铃铛。两个人左右侍候。鼻子大，比西哈诺的鼻子大多了。不知他妈怎么生得出来。

小学先生，穿普通长裤衬衣，台湾本地人，几十个男女小孩簇拥着他。他一直在向客人微笑，客人没注意他。

然后是一群武士，手执大刀长矛，全身褐黑，戴铜颈圈，下身一条短围裙。这裙子的确太短，非常非常容易让人联想到苏格兰裙。在伦敦见到穿苏格兰裙的兵都有两个确信：一、他们的确没有穿底裤；二、苏格兰裙一穿上身，一个世纪难得有一次从身上掉下来的新闻报道。高山族的武士身上这条短裙比苏格兰裙短得多，在这里，特殊的地点、条件和时间，裙子掉不掉无所谓。所有岛民都自动围上来参加这个丰富的茶会，自己也托出无数热烘烘的烤饼。半船点心、糖饼、汽水都由管事人分给岛民一人一份，大家就地吃将起来。

客人们以为将要出现的原始社会兴奋状态没有出现。饭后岛民自动清扫场地之后，按老规矩分列北、西、东三边坐下。

经常做表演的场地中央横埋着三块大石头，只露出比广场稍高的顶端，游龙表演在这里开始。

有仪态庄重的司仪做节目报告。

男女小学生排三排。先生指挥无伴奏合唱，三首歌都好听，和声奇妙，看样子是那位先生作的（说过题目，忘记了）。

第二个节目是武术、刀舞，很普通简单。刀质量也粗糙。

第三个是带表演的男女对唱，一种夸张的眉来眼去，拖长嗓门的朗诵，看不出好。

第四叫杵歌，六女四男的舞蹈。四男只管顿脚、绕圈、发吼吼之声和舞刀。六女之中，三人拿杵棒（有如朱雀城过年打糯米粑粑的棒槌）敲击石头唱歌，这时候才见出大石头埋在地下露出头顶皮的作用了。所有在场的人都陷入节奏的共振里。另外三个女孩跟着男舞者绕圈，打着两面都蒙皮的细腰腰鼓唱歌，这就是高潮了。周围的男女老少也跟着唱起来，登时像一锅翻滚的开水。

好了！完了。人慢慢散了，有五个年轻妇女走过来向老林要账。

什么账？照相账。

她们一人跟着一个照相的。手指头按一按照相机一角钱；按十按，一块钱；按百按，十块钱。另一个妇女揪着个省政府陪同人员，他拿的是一架上发条的手摇摄影机，开动起来速度像机关枪，她耳朵跟不上，只好揪住他衣服。

林主任听明白后不高兴，骂了一个人，那个人又去骂另外一个人，那个人紧忙在五个妇女身边晃了一下，都带走了。

郎静山他们三个照相的受的惊恐比较大，还在慢慢缓回元神。

最没事的是聋膨陆志庠，他悄悄告诉序子："木佬佬，像煞盘生意经！"

正宇说："阿里山是这本画册的重心，大家头盘这样过过目，有个底，工作开始，讨论起来不至于乱了眉目。明天去个地方，看过之后底下的日子就是走游一个个大小城市了。回台北让地方交方略计划上来，我们仔细审定再说。

"回招待所好好吃顿晚饭，休息休息，明天还有一天累。讲老实话，今天这场合我应该早估计得到，太童话世界了。身份紊乱了。我们不是游客啊！之一要多多帮我动大脑子。"

"我脑子跟你脑子有什么分别？不顶事的。日月潭高山族谈风光还用得着你我？花这么多铜钿犯得着静山各位大驾光临？回台北先去台大拜访几位本土教授，列几位或十几位专家顾问名单，耐心请教如何编这本大画册。"王之一说。

"你早说，我们这一趟可晚半年来，应该先去台大拜访。"正宇说。

"你不问我，我向哪个早说？编这么重要一部大书，你不先找灵魂而找花容，事情能办得出个头绪来吗？你看，你把张沉痕放走了，他是最会玩这套东西的。"

"他嫌山上没抽水马桶，是他自己要走的。天地良心！"正宇说。

"不该的仍然是你，起码应该劝他随身带只上海马桶！"之一说得大家哈哈笑起来，"下山找抽水马桶你真信了呀？"

吃饭。

睡觉。

汽车在一条公路上斜斜地拐来拐去往下开。相当相当时间后来到一座桥边。人下车一看，是条大深沟。好深呀！伸脖子看看，起码半里。杂木小草要不挡，一里也不止。

车就停在桥头，人从桥底小弯路上往下走。

"要带根手杖就好。"

"是，是。"

"不要说话，注意脚底下小石头沙子。"

话刚说完，林主任滑倒了，再一咦呀，警察局又滑倒一个。

"没事！没事！手掌蹭破了点皮！"

"哪个带了红药水、纱布胶布没有？"

"哎！又不是上火线！"

王之一说："台湾神灵在上，多谢他老人家的待客之道，专摔主人，不摔客人。"

序子说："客人今天确实摔不得，静山先生一部照相机上千上万。"

"到了吗？"

"还早咧！累，就站站。"

"这怎么站？那么斜的坡，脚底下尽是沙，旁边草树尽是刺。"

"我看过一张明朝画，画的一个合掌的和尚站在斜坡上，篆'淡就'两字。小字仿佛记得是'动不得，静不得，气不得，哭不得，笑不得；非歇，非守，非闭，非默……'，就有点像我们眼前状况。"之一说。

静山难得开一次口："这画你在哪里看的？意思引人。"

"好像就是上海，葱玉家还是哪家……"

"回上海要去看看。"静山说。

"咦？正宇来了没有？"

"在后头上面，惊瞒正牵着他。"

"这样一副身段，不容易了。"

"怪不得没听见他声音。"

"你看静山年纪，人家行步如飞。"

"静山蹿山过岗，不是三两年的功夫。"

林主任停住脚步手指前头："翻过那座山就到了。"

"啊嗬！你指的是哪座山？"

想不到那么大的深山野岭，居然有人手做出的那么大工程。

幸好悬崖顶有这么块容得下二十几个人站立的斜石头坡。

看到的这工程让人伸舌头，让人心跳，让人胆寒，讲起来十分普通：三根大管子并排从山顶日月潭那三个漩涡里通下来，直到山底下不清楚多远的大机器房里。

这管子每根直径有多粗呢？我哪里说得清，只敢说我站得那么远那么高仍然觉得它非常之粗，是序子一辈子见过的最粗的管子。好！不这么说，换个说法，这管子粗到序子担心几下子就会把日月潭的水漏干。实际上是日月潭水位分毫未蚀，自从这些管子开始工作到现在，它跟日月潭没有一刻疏离过。全台湾所有人的用电都

「小字仿佛记得是「动不得，静不得，气不得，哭不得，笑不得，非歌，非守，非闲，非默……」」

301

是它提供的。（我写的是一九四八年的印象，以前以后的事恕不负责。）

相信其他人和序子一样，尽管累成孙子模样去参观那三根管子，都会认为是一辈子的盛遇，没有一个人后悔。心里都在默默骂娘，日本人哪日本人！你他妈真有两下子。

于是照相的开始照相，地方高矮宽窄有限，且都留下有利空间给郎静山，老人家也尽量使出浑身解数，甚至把前些年胡文虎送给他的大方盒子式的名贵照相机当脚垫，踩在上头，举起双手拿"哈苏"相机倒过来拍远景。帮他换一二○胶卷的助手陈惊瞍都显得手忙脚乱起来。

序子遗憾手边没有照相机，要不然连风景带郎静山一齐拍下来是多么精彩的文化记录！

人一生后悔事有的是，都认真起来是来不及活下去的。

上天保佑，在桥头等候大家的两位司机幸好好奇心不重，不把这帮名家当东西，丝毫没受到艺术流言的影响，正存储着旺盛的精力，把这帮爬回来还剩一口气的权威们运回招待所。

回到各人房间，正像古小说提到的省略语，"一宿无话"，这帮人进屋倒头便睡，直到第二天中午才有个正经人样醒过来。

正宇见到人第一句话："回台北！"

所有人回答得更简单："好！"

风卷残云一阵子收拾妥行李，上火车站（还是那节火车），月台上跟林主任假仁假义地话别，说以后一定要找机会见面，又向二位司机多谢，便上了火车。还是林主任想到一句重要的话，一边挥手一边说："我马上打电话给台北，叫他们派车子接！"

老人家也尽量使出浑身解数，甚至把前些年胡文虎送给他的大方盒子式的名贵照相机当脚垫，踩在上头，举起双手拿「哈苏」相机倒过来拍远景。

三根营水和郎静山

台南上了回台北的正式火车。一路上什么事也没发生，搓手搓脚的红头苍蝇当然不可能碰到。

看见月台上站着招待所的老熟人，接上了汽车，回到招待所。第一个吓坏了的是正宇嫂子，跳上车去摸摸正宇的鼻子看看有气没有。

第二个是张沉痕，跷腿坐在客厅沙发上，家常之至："我想，这日子也该回来了。"像是自言自语。

大家看他一眼，顾不上他。回到房间各自管自己打算回台北如何松松筋骨的问题。

吃完晚饭，正宇叫大家不要散，一起在大堂客厅谈谈天。（大嫂回房。）

"这次出去没有计划好，收获不大，杀鸡用了牛刀，累了大家，是吧序子？"正宇说。

"我这种人，哪顾得上累不累？静山先生、你自己、之一……这一回都是不简单。"序子说。

"也不能算是没有收获，比方说，见识了日月潭高山族失传的那一套，也见识发电厂那三根水管子的大苗头，瞄准射击都有不中靶的事，何况那么大的一个出版工程。事情还刚开始嘛！"

沉痕说："我早看出你的问题，也不停在想你这个问题，就你眼前这样做下去，怕要垮台。这不是你们三十年代搞《漫画世界》，搞《上海漫画》，找几个朋友一凑合凭年轻热情就一期一期奋斗出来了。这是正经大事，不是盖小草棚，是盖大厦；不是几块砖瓦，是钢筋水泥；不是小趣味，是大工程，要好多知识学问。要不然就白糟蹋光阴和金钱了。老实说，凭你那点本事是掌握不住的。

你要是觉得我在骂你，我马上不说，我回我的上海管我自己那摊子去，眼看台湾省政府这笔钱让你玩完。"

"我们在日月潭也讲过，要去台湾大学拜访高明，也开始发现危机苗头。"之一说。

"眼前要紧的是坐下来认真定个计划大纲，而不是这么盲目轻松旅游，"沉痕说，"定好计划再去一个个拜访码头，磕头求人。目前国内时局很迫切，很紧张，还得快！你说话呀！"

正宇脑壳顶在桌沿边上："吾弗来赛额！侬讲勒全部裁对额！迭格计划哪能做还要听听侬额想法！"

"好，你让我跟之一研究一下，明天我们几个人一早，你、静山、之一、我，讨论出一个提纲，定内容，定轻重，定日程，定时间步骤……怎么样？"沉痕说。

"好额！"正宇伸了个大懒腰，哈出一口长气，慢慢走出去了。静山三个人回房，聋膨也回房，沉痕和之一齐去商量事情。序子一个人下楼坐到大客厅沙发上取了个报夹子看报，心里想的还是阿里山上的事情。原本打算利用这时间写信，写给谁啊？写什么啊！睡觉吧！

洗完澡，序子倒头便睡。

序子明白，轮到自己跟陆志庠老头坐下来画《今日台湾》大画册版样的时间还早，惭愧和着急都没用。起床漱洗完毕，老头还没醒。他有好多好教养、好习惯：睡觉鼻息轻微，不打大呼；喉咙干净，半夜不猛起咳嗽吐痰；起床动静正常，不掀风惹尘惊扰同屋……

（我不幸以前有个好朋友，同住一间房，他半夜三更咳嗽，总是把最后咳嗽咳出的那口痰留在喉咙里不吐出来，然后睡着了。被吵醒的我只好起床到洗手间去狠狠吐一口无由之物解除困扰。生活小事很难向他提醒。这既非法律问题，更谈不上是道德问题。何况他是位让人尊敬的好人，唉！）

序子整好衣冠，眼看周围还静悄悄的，便步下楼梯走出大门，沿大门左边人行道绕了个大圈，顺沿右边街道走了回来。

这几天的事情，说累还真说不上累，顶多全身大小螺丝松了一圈半圈，扭扭就行。

大门口见到之一。

"嗳？从哪里回来？"他问。

"从去中去，来中来。"序子说，"今天，看你们忙了！"

"不，不，和沅痕刚才商量过了，今天让沅痕先写个提纲，明天顺着提纲大家再补充讨论。"

"按道理好像应该是这样。"序子说。

"那你今天怎么打发？"之一问。

"原来是想写信，后来又想去图书馆，听说这里的图书馆很了不起，也还想去看看动物园。"序子说得很迟疑，信心不大。

"看你懒洋洋，是什么意思？"之一问。

序子笑起来："大概没有吃早饭吧！"

进了餐厅，人也稀稀落落，选了张小方桌对面坐了。端上来的是潮州餐食，让人高兴。

"你应该邀聋膨一齐到外面走走，你看他一个人闷在房里，太阳都难晒。"之一说。

"以前他在漫画界是个运动健将，这方面用不着为他发愁，他喜欢一个人生活。你骚扰他，他也会将就你，装着喜欢的样子，其实勉强，其实只是讨朋友喜欢。这是个说不出的奇妙问题，将就你，在为你做善事。

"如果喝酒，可以！旁边必须有控制得住全局的熟人，张乐平、叶浅予、胡考。正宇不行。前些日子有一晚上在公园听音乐会，出了事，我还没告诉你。没有喝酒，打了一场莫名其妙的胜架，打完人，搞事的逃跑了，他才问我是怎么回事。把人打得落花流水，脸上一点胜利的微笑都没有。老朋友喜欢他，不仅画好，还有无邪的真诚。"

人渐渐来多了，幸好单桌子小，人插不进来。聋膨也来了，坐在老远正宇那边。

"要是天老爷为聋膨生出个有眼光、有钞票、好脾气、长寿的人，为他找个好地方，管他的饭，供给他绘画材料，陪他一辈子到老就好了。除非是这样，要不然，怎么养得活这么一位怪人？"序子说。

"光这样还不行，还要给他召集那一群老朋友陪他。"之一说，"听到这些麻烦，我还真有些害怕，不是空话，是真刀真枪地爱他。人若问我，我连回答的勇气都没有……你跟他这番来往算是不容易了……"

"只是一种运气，一种机缘。我那时也只是一个流浪汉，没有后顾之忧而已。"序子说。

"……你说我们两人多奇怪，教养、出身都不一样；兴趣那么一致，你的话简直是我的另外一个世界。"

"多谢你的欣赏。不过我讲的真故事好多人都不信。他们的害怕只凭个人经验。民间雕塑家创作的阎王殿里头的多项折磨现象只是参考屠宰猪羊的解剖经验。人对人的心理折磨他们是做不出的。"序子说。

说到这里，正宇过来交代说：

"今天让沅痕做提纲，不讨论了。"说完拐头就走。

其实，两个人的早餐早吃完了，正好起身。

序子向聋膨打了几个问询的手势，他回答："有事，不去。"

"那，那我们去哪里？"之一问。

"你不要看台北那么一片平静，其实二十四小时的玩意一点也不比我们的大上海少。我看过的博物馆、美术馆就很不简单。参观旅游我是个'信步派'，总是忘记路名和东西南北。走游起来胆子算不得大。江湖规矩，一个人少在不熟的地方惹事。在上海我也这样说过。我可以和你重游博物馆、美术馆，但心里确实不愿意。不是美术馆、博物馆不好，那是盛餐，我不愿天天吃盛餐。街那边去看看游历指南再商量吧。"

两个人看了指南也弄不出所以然，一位路过的老人家，序子上前鞠了躬："呛门，文明系向吓来格浪，来台别悌桃格，唔占样朵啰荷款？"[1]

"啊，几爿细米锁哉朵霍浪款，请采款，哇唔盏养杏米锁哉唔贺款嘅！弩呕镭呕岸爪，踹向米踢逃都挨揣嘅。"[2]

---

[1] 请问，我们是上海来的人，到台北来玩的，不知哪里好看。
[2] 啊，这里什么地方都可以看，随便看，我不清楚什么地方不可以看的，你有钱有钞票买票，做么玩意都可以的。

老人家这么一说两个人还是不得要领。倒是认真多谢了。

"我说你这人奇不奇？"之一惊讶序子讲台湾话。

"没什么奇！我在闽南长大的。这样吧！我们先去动物园逛逛。"指指牌子，叫了部三轮车。

三轮车夫是个嬉皮笑脸的年轻人。

"两位先生，去动物园吗？"

序子说是。

"哈哈！去看动物啊！"三轮车年轻人问。

"是啊！那里有什么动物啊？"之一问。

"有啊！什么都有啊！狮子、老虎、猩猩、大象……哈，哈，哈！"三轮车年轻人说。

之一和序子轻轻说："台湾年轻人挺乐观的。"

动物园到了，之一付了车费。

门口一位老太太在洗衣，高声喊了一声：

"啊哦！呕浪赖！"[1]

那边菜地来了个戴帽子穿脏脏制服、手握锄头的老头。进了门房，骒的一声开了卖票小窗口："几个人？"

"就我们两个人。"序子说。

"两人两角。"

序子接过了票，老头急步赶过去拉开小铁闸门说："请随意参观。"说完，反手抓过锄头，又回田里去了。

靠门房这边一座房子高的大铁丝网笼子，养了几十只公鸡母鸡，

1　阿英！有人来！

那边菜地来了个戴帽子穿脏脏制服、手握锄头的老头。进了门房，辖的一声开了卖票小窗口：「几个人？」

动物园门口

310

地面上十几个土堆，几十只杂毛兔子，品种不显得特别，也没设品种牌子；往上走，另一个大笼里有几只神色不怎么振作的老鹰，缩着脖子，有两只甚至匍匐在地面上；再往上，大铁杆笼横着的铁架子角落坐着两只红毛猩猩，可能已超过展览年龄，背脊和两腮长满了白毛，都背对着观者；再往上走是狮子，一只公狮，一只老光了所有的毛、只留下尾巴末梢几十根毛的狮子，皮包着骨头，坐在地面，见得人来，几次想作狮吼都没有办到，下颚一张一合，也可能是口渴而喝水还不到时候。

让之一决心离开这动物园的是那只大象。

之一料不到铁笼内有只大象！原以为的空间竟然是个实体，一只会活动的大象骨骼，之一全身抖动起来："我，我以为是座空笼子，想不到有只饿得太不像象的象在里头，天，那么白，居然是活的，我们走吧！"

门口那年轻三轮车夫笑得合不拢口："我晓得两位会很快出来，附近不容易找到三轮车的。还是坐我的车吧！我们上哪里？"

序子扶之一上车："他问，我们上哪里？"

之一靠在车背："好家伙！这不是胆子小的问题，是意料之外的问题。"之一说："奇怪的，恐怖，全是会动的尸骨。"

"三轮车的先生问，去哪里？"

"那，去'朝风'吧！"之一说。

三轮车年轻人说："'朝风'我知道，中山堂右首！哈哈哈！"

可爱的孩子微笑着过来了，要了两杯咖啡。孩子指了指耳朵。序子埋埋掌，孩子会意了，等下再说。

狮子一声吼

一只公狮，一只老光了所有的毛、只留下尾巴末梢几十根毛的狮子，皮包着骨头，坐在地面，见得人来，几次想作狮吼都没有办到……

活西家

之一缓和过来了。"我告诉你，在上海我一直是打网球的，从没吃过任何补药，心、肺、消化器官、肾功能、脑血管什么问题都没有，就是瘦，瘦不是病，是祖传。我今天，他妈我栽在你面前了，看到一只瘦象就吓昏。"之一说。

"不能这么说，这是不习惯，等于张宗昌问案子的时候看到老鼠一样，和胆小有什么关系？

"甲乙两个朋友在田坎上散步，甲看到一条小蛇，马上蹦到乙身上。乙说：'嗳！蛇有什么好怕呢？它又不是青蛙！'

"你连这个都不是。你并没有存心怕一样东西。心理学上叫作'意象错位'，从来的一个很巩固的形象上另一个意外曲扭的形象重重地撞击了一下。一下而已。

"发生在你身上起了作用，为什么在我身上不起作用呢？这类事情我这辈子见多了，多到有时候讲给朋友听他都不信。

"有的说：'没这么巧！'

"有的说：'没这么残忍。'

"奥斯威辛集中营也是过去活人的记录啊！远左远右的历史上由伟大的考古家发现而让摄影家拍下的一张照片（由上世纪五六十年代《文物》杂志上发表过），一对父子，反捆着双手（绳子已朽），规规矩矩地一丝不苟地跪在地上。被割下的一个大脑袋、一个小脑袋端正地摆在面前。一点挣扎的痕迹都没有。礼貌教育深入到死亡的如此境界，两位死者向女士先生们致意。

"我讲个五年前在福建江西发生的事给你听。

"我有好多时间在话剧团混。我是个'上场慌'，不会演戏，只能帮剧团做些美术杂活，画海报呀，做后台音响效果呀，拉幕呀。

「一对父子，反捆着双手（绳子已朽），规规矩矩地一丝不苟地跪在地上。被割下的一个大脑袋、一个小脑袋端正地摆在面前。一点挣扎的痕迹都没有。」

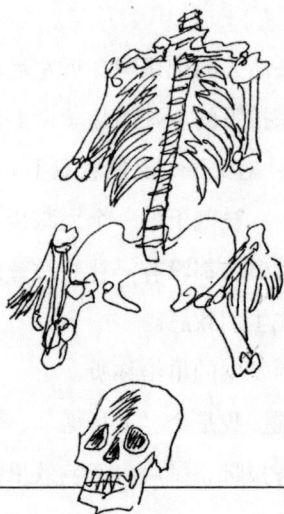
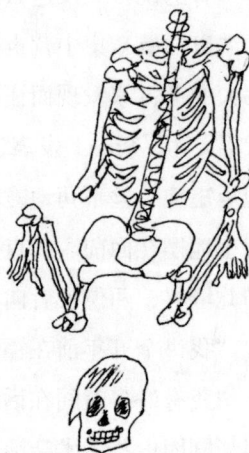

父子俩

剧团的动静大，今天的剧团解散了就换个地方到别个剧团去。有时也做小学图画老师、中学图画老师。

"我有个跟亲兄弟骨肉一样的老大哥，他叫王淮，现在就在台北，妻子叫刘崇淦，福州人，一个女儿叫阿乖。妻子刘崇淦是剧团的女主角，那时他两个还没结婚。

"多少年来我们聚散不一。我在福建仙游民众教育馆工作，他在永春十三补训处还是什么领导机关的剧团做领导工作。我写信告诉他我要'走'。先回家乡看看爹妈然后去重庆，再想办法上延安。来往通信中有一次他说：'十三补训处有一团壮丁要送到湖南去，你愿不愿搭便车跟他们一起走？愿，就到永春来，我可以帮你介绍。'

"我就去了，就跟这一团送到湖南去的壮丁队一齐动身了。

"一个团有三个营，一营一营地分开走。第一营先走三天，在一个地方停一天，等下一营会合一起再走。没有任何可以代步的交通工具，全凭各人一双脚板。

"所有抓来的壮丁都是闽南人，安溪、南安、泉州、永春、德化这些地方的人。可想而知每人心境都绝望透顶。一路上有荷枪实弹的老兵押运，每个壮丁脖子套脖子用铁丝圈扣铁丝圈再拿绳子连着。

"你不要以为抓来这团壮丁会让他们空着双手从福建徒步逍遥走到湖南去，白白浪费了整团大好人力。

"那就未免小看国民党军官的智力了。

"一、团长姓姚名衍，规定每名壮丁肩膀上要为他挑四十斤盐。你要是清楚福建闽南的盐价和湖南的盐价差别的话，伸出的舌头就缩不回来。算一算，一团壮丁各挑四十斤盐加起来多重？值多少钱？

"二、团长太太、团副太太、营长太太、营副太太、连长太太、连副太太的轿子和行李细软都挑选精悍壮丁担任轿夫和挑夫。

"三、全团的行军粮食锅炉碗灶各种重要伙食用具，都由壮丁队里可靠丁夫担挑。

"所以这一路上累死的壮丁最多。

"有逃跑成功的，还有逃跑不成功被几枪打死的，拉痢疾死的，打摆子死的，按规矩，走到哪里就在哪里的兵役站检验报销掩埋。

"一团人眼看着一天天减员。过福建边界进入江西，一路来到瑞金地段又死了十二个。这数目太大。

"少了十二个挑盐的，还要加上二十四个抬死了的挑盐的。这二十四个抬死人的壮丁衰弱程度其实跟死了的状况差不多，随时会噗啪一声躺下。

"这很让全团的领导阶层揪心。

"一、让这挑盐的能平安地到达湖南，关系到全团领导层的命根利益。

"二、越来越接近当今太子爷蒋经国的'新赣南'辖地，哪个部队狗胆敢抬着十二个死壮丁招摇过市？

"三、太太们二十多台官轿也难有这个胆子。

"形势严峻，决定征扣四艘民间运货双桅大木船，三艘装活太太，一艘装死壮丁。

"太太们高兴欢呼；装死壮丁的这艘船没有声音；因为一路担任实弹监护的人员中病号也越来越多，哪里还抽得出人来照料死人船，而死人船又非有头脑精明之人前来监护不可。

"这就想到一个再合适不过最理想的人选——张序子。

"原来走上前来征求意见的人没想到会这么顺当，我张序子会马上答应'可以'，竟然如此之毫不迟疑。就这么办了，热心朋友把我所有的行李搬上了船。在舱篷口三四个人坐了好一会才告辞而去，茶都不喝一口。

　　"船上一位老船头，可能就是老板。三个水手，一个烧饭做菜的，也一直在船头船尾活动，进到这么空阔爽朗的大舱篷里也显得匆匆忙忙。

　　"开始我还想不出原因，后来才想明白他们是在害怕胆寒——真的害怕与我们一板之隔、脚底下、舱底下躺着的十二个死了的壮丁。我现在回想起来为什么直到今天我仍然不以为是件什么了不起的大事？那是腊月间，板底下的同胞一点点都没发出臭味。尸体要是臭了，半秒钟我也忍受不了。

　　"奇怪的是在大江上泛流了三天三夜我只闻到新鲜空气，隔着一层厚舱板，有时半夜伸脚伸手之间，会挨着一点木板缝隙之间不想碰到的东西，也懒然而过。

　　"一、我答应这项工作，没想到尸体臭不臭的问题。我要感谢上苍。

　　"二、省掉背着重包袱走几百里路。

　　"三、休息、看书。

　　"四、以至能做出一个重要决定，留在赣州，离开这活动地狱。底下故事是另外篇章，不说了。

　　"现在要开口的是，个别朋友不太相信我有过这段跟十二位壮丁的遗体同船的经历。实际上是有；只是不希望再有第二次而已。

　　"在船上我记得的只是清早起来在船舱边迎着太阳刷牙，漱口杯弯腰一舀，用多少水都可以。还记得是吃三餐饭，感觉到船上人偶尔来往的匆忙不自在。辣子油炸小鱼、酸辣子、豆腐鱼汤，终生难忘。

"看书，古书、翻译书。

"想睡就睡。

"茶也很绿。

"可惜船上人不进舱也不跟我说话，恐怕舱底的十二个人给他们的印象太深了。不怕死人我有什么好吹的？抗战期间、抗战以前的故乡，都常常见到头颅和骸骨，杀人场见过剖开的胸膛和肚肠，惯了，在船舱想着脚底躺着壮丁能写三天三夜的文章吗？你相信我写得出吗？我相信你喜欢看吗？

"看影片，看自然科教片，狮子追野牛，老虎追羚羊。

"我替奔逃的野牛、羚羊着急，最后行差踏错一步，让狮子老虎衔在口中，不再挣扎。我这个观众同情的心智进展也停止了。没有人会同情狮子老虎吧？生命没有了，躯体只表明剩下的物质存在让狮子老虎嚼进肚子里去。

"那些搁在船舱底下的以及一路上各种方式死去的壮丁们，他们是行差踏错的问题吗？他们惹了谁啦？

"我自小在家乡看杀头的次数多了，甚至看到死刑的发展演变。见闻成为积习，养成一种非常客观的铁石心肠。

"胆子大，不信鬼由此而来，遇见危险和恐怖能从容对付。"

（只恨我当年身边没有苹果牌手机把那段船舱里的情景偷拍下来。我不用对朋友赌咒发誓来证明我没说谎，文学要有道德基础，苍天有眼。）

"我不想插话，愿意听下去。"之一说。

"三天三夜，船一靠近赣州码头，我便携带全部行李直奔赣州东溪寺教育部戏剧教育第二队，随身带了一封王淮写给徐洗繁的锦囊妙计，要他无论如何帮忙让我留在队里。就这样做了快乐的见习队员。底下固然还有精彩段落，我不想讲了，换个口味吧！"序子说。

"你换什么我都愿听，我们两个人的世界根本不同。一出声都新鲜。"孩子把添加的咖啡轻轻放在桌上，晓得在讲话，不打扰了。

"这两天正宇是真在忙啰！"之一说。

"忙什么？"序子问。

"进省政府，见魏道明、严家淦。晓得这件事不简单了，抓紧张沉痕的手要他陪着。"之一说。

"照我看，这才算是正式起步。"序子说，"听说往时候，北洋军阀选部下军官的时候，骑在马上，见到顺眼的叫出队列，要他对全体人马喊几声口令，气魄大的，嗓子照应得多大，当多大的官。照应一师当师长，照应一旅当旅长，照应一团当团长，照应一营当营长。"

王之一说：

"这譬喻还真有点道理。实际上，编这本大东西，等于陆费逵当年主持编《辞海》那本大家伙一样，说是说仅仅一本厚书，实际上还真是动员了千军万马。正宇看得太容易了。真是骑虎难下。沉痕前些日子看出了这个问题。"

"这要看今天他们两个进省政府跟魏道明和严家淦谈得怎么样了。

"眼前，我还有很多麻烦。一个四弟弟跟我在上海，我走之前朋友们帮我介绍他入育才学校念书，这真是太好的机会。没想到听人说那个教育部长朱家骅还是哪个下命令取消了中国所有的育才学校（还有其他别的学校），说是里头共产党活动得很厉害。四弟至今没有信来，完全不晓得他如何照拂自己。

"还有我老婆……"

王之一跳起来："啊！你结婚了！"

"不要用惊叹号！结婚有什么了不起？吓成这样！也好久没收到她的信了，这都是愁人的事。"序子说。

"你真不简单，脸上一点看不出。"王之一说。

"想看什么？夸父追日？女娲补天？烟斗灰烧裤子了？没事，吓你的。"序子说。

"怪不得大家说你调皮之至。你看你对付张正宇那两手。"王之一说。

"哪两手？"序子问。

之一手指着序子："咦！"

序子点头说："对这位张夫子，我过分了一些。不过我家乡有句老话'拳头追本'，我还没动手，问题就解决了。"

"做一个年纪大点的人，这做法还确实有点失格。"之一说，"这无疑是给一个兴高采烈的人当头一瓢冷水。我同时还想到你，他对你估计不足。"

"我平常日子颇为敬老尊贤。家乡子弟的素质从来如此，像一种美国消毒药水所宣传的：杀菌能力百分之九十九；剩下的百分之一，就是那天早晨你所看到的。"序子说。

"我认识你到现在不少日子了，总认为你是个文雅幽默懂礼的年轻艺术家，那天早上，可真的把我吓了一大跳，完全想不到你还有这一手。"之一说。

"真对不起，改变了你的好感。"序子说。

"哪里？是增加了我对你好感的厚度。不过我也替你担心，有朝一日遇到意外。"之一说。

"人生最后一仗死在哪里，鬼才知道。"序子说。

"那倒是真的！"之一说。

"我家乡的猎人崇拜的一种倒背在背上的神，口头流传，叫作'梅山七兄弟'，他们不单解决死亡，还料理死亡品种。打猎要回回有收获就必须归服他，向他赌咒发誓，定一个如何死法的合同。举行一个简单仪式（监证一人，只要知心同行），蜡烛纸钱一烧，说完了自己选定的死法名称让监证听见就行。这事永远不让第三者知道。'梅山七兄弟'实际上就只是一个五六寸高的菩萨代表，站立，自己也合着掌，弯弯的腰微微笑着，扁扁的，绕上好多碎布条，头朝下，出猎时缠在背上。

"发誓只有一个内容，怎样死法。

"选择角度非常自由，比如说：'笑死''饱死''醉死''累死''吓死''老虎咬死''熊娘咬死''悬崖跌死''豹子撕死''水淹死''火烧死'……甚至你信口想一个'蚂蚁吃掉''毒蛇咬死''拉肚子拉死''喝水呛死'……一经仪式以后，回回丰收。

"我小时一个保姆叫王伯。一九二七年杀共产党时我爹妈躲出去两年多，她带我到她山里住了两年多（以前和以后她的故事前些书已讲透，不再讲）。她的苗族男朋友隆庆就是个猎户，跟梅山七兄弟赌过咒，让豹子撕死的。

「她的苗族男朋友隆庆就是个猎户，跟梅山七兄弟赌过咒，让豹子撕死的。」

梅山七兄弟和隆庆

"这方面的事你用不着跟我辩论了，你当个怪论听就是，人证物证都没有了，几十年都过去了，事真事假都一场空。

"我读书只求知识见解趣味，不争输赢。有人问我，司马迁遭宫刑是割哪几个部分，阴茎、睾丸？还是一齐都割？这方面我想都没有想过，也无从打听。宫刑和处理太监的方式是否一样？我都不清楚。即使清楚，听说给齐白石看门的是位姓尹的太监，我也没胆子设想有朝一日向他做现场访问。"序子说。

"有的学问离实际用途远了一点。萧乾在一本什么书上就写过，英国还是美国一个什么学者一辈子研究埃及尼罗河上空飞翔的一种鹰身上的跳蚤。"之一说，"你要是以后有机会写一篇《齐白石家门房尹太监访问记》，也是很别致的，倒是不怕没有人看。"

"我俩这么说下去，岂不等于白说？意思又绕回来了。"序子说。

"嗳！咖啡馆聊天，不就是这么绕来绕去？我看我俩就在这里吃饭算了，甚至吃完饭就在这里听音乐，睡上一觉。"之一说完，叫那个美少年拿菜本子来。序子点了蘑菇汤、生菜、烤比目鱼。

之一点了红菜汤、沙拉、烤牛排。

音乐，序子悄悄告诉美少年：圣桑系列。饭后就地休息。

半路上，之一向序子打听："动物园的事，你大概不会说出去吧？"

序子说："首先你自己要有个主意。看那只可怜的瘦象，那所凋零的动物园，很为胜利'劫'收后的党国怅惘。

"你还要我说什么？说你的瘦和象的瘦有关？说卖票夫妇耕锄自乐，悠然见南山？

"你相信回去见面，他们还有兴趣拨时间听我谈游园经验？

"还有，你看我这个人，会是个晦气的传播者吗？

"所以我认为你这个上海小K就是个上海小K。

"到动物园之前，三轮车青年一路哈哈笑，你还说：'台湾年轻人挺乐观的！'现在你晓得他笑的原因了吧？

"'哈哈哈！我送这两个外地傻蛋去看动物园。'

"'哈哈哈！我车上坐着两个外地傻蛋！'"

之一也跟着大笑，做了傻蛋还出钱称赞人家好："几时把我们那帮人也带到这里来长长见识！"

"除了有幽默感的郎静山之外，别人可能会杀了你。"序子说。

进了招待所，所有人都在客厅里。就只听见张正宇一个人的嗓子："……省长夫妇两个人都是留法的，难怪一听就懂，就发生兴趣，主动说愿意参加一份，当顾问，当撰写，当委员都行，只要帮得了手的我就帮，能出力气的我就出，我给你们开顾问名字，给你们找专家，我要邀请我太太也参加一份……"这话哪个是正宇说的，哪个是魏道明说的也弄不清楚了。

"魏道明省长当时确实很热心，一连开了一张半纸顾问、委员的名单，我说，这名单是不是多了一点？影响了先生们的正常工作。魏道明省长说，没关系，没关系的，不用发薪水，一个月聚一次会，干一次杯就行了，稿费另算，花费不多的，好打发！我是文化人，懂得行内的道理。我声明，以后工作开始为《今日台湾》写的所有文稿一律免费。哈哈哈。"沅痕带表情地回忆了一些要点。

郎静山问："严家淦没有说话？"

"嗳！真的，严家淦是主要负责人，他怎么一句话没说？你不提差点把他忘了。"沅痕说。

"大概省长在，厅长就不好开口。"正宇说。

魏省长说定了，每个月，正宇、沅痕到公馆去见一次面。还特别邀请了郎静山。

这边，由之一主管了总编事务，给了他一间不小的办公室，衔接航空、轮船码头、铁道、各地县市政府、河流水库各方各种关系，接送公事说明，开始按计划编排内容轻、重、大、小、前、后关系，图片设计落实。郎静山率领人马按计划开始行动。聋膨和序子仍然离动手还早。

到时候也要有办公室，还要采购各种绘图仪器、墨水纸张。序子心里跃跃欲试，打算"蝎勒虎子扒门缝，露一小手"。

正宇来找序子，带到一个单独客室谈话。

"有一个老头名叫章士钊你听说过没有？"

"当然听过，多少年来一直找鲁迅麻烦，跟进步阵营过不去的反动家伙！"序子说。

"……侬格能嘎讲吾就弗好开口哉，格样子好弗好？侬听吾把事体介绍清爽之后，格桩事体是跟侬格行当有关系格好事。（底下用普通话）阿里山老林那里有一块大木头砧板子，厚一尺多，直径五到七米，省政府已经运来台北市，准备加工成一块巨型华贵屏风。章士钊篆书祝寿颂文，邀请海内名家雕刻在那块砧木上。当作一份台北对中央的隆重献礼。

"我就想到你。年轻，手艺好，工作又勤奋认真。由你全权负责刻出来！"

"你闪来闪去，支支吾吾，你讲清楚这屏风是献给哪一个的？"

「阿里山老林那里有一块大大木头砧板子，厚一尺多，直径五到七米，省政府已经运来台北市，准备加工成一块巨型华贵屏风。」

大屏风

序子问。

"你只管刻，犯不上打听献给哪个，到时候拿一笔丰厚的钞票就是。"正宇说。

"在上海听朋友说，章士钊给我们那位蒋委员写了一大幅篆体祝寿文，是不是那一篇吧？"序子问。

"是额！"正宇说。

"啊'是额'，多亏你想到我！"序子开门走了。

序子到外头走了一圈，回来坐在进门大客厅里看报。

"侬哪能坐在格搭？寻侬老难额！"正宇楼上下来。

"那你认为我坐在哪里合适？"序子问。

"我只是和你谈谈刻屏风的事。你发急做啥？"正宇说。

"天下刻手有的是，何必一定找我？"序子问。

"还有个严守秘密的问题。"正宇说。

序子放下报夹，双手摊在沙发靠背上，笑着问："看样子是非我不行了！你出得起价钱吗？"

"说了半天不就是这个意思吗？"正宇说。

"整块屏风多少字啊？"序子问。

"起码两百多。"正宇说。

"啊！那么你听清楚，整块屏风上的字，不论正或篆，不分大和小，每字五万。"序子说。

正宇睁大眼睛站起来："你一个月薪水一百块，刻一个字五万块，两百多字，你变胡文虎了！"正宇说。

"胡文虎的万金油、八卦丹，哪比得上我的手艺？我动手之前，还要预付一半定金以我张序子的名字存在上海汇丰银行，存折交到我手上，我才动手。"

"你做梦！"正宇嗓子不小。

"我不清楚是你做梦还是我做梦！"序子重新拿起报夹子看报。正宇走了。

序子到之一办公室，告诉他刚才和正宇的一席对话。之一笑过之后沉吟起来："我希望他在为友这条道上，不要走得太远。"

一天晚上序子开玩笑地为聋膨刻一张木刻漫画像，像是像，不过各方面处理得都不太讲究，更谈不上他称赞一声好。

正宇端着一大杯茶进来了。平常都是这种神态，一件背心罩着一个大肚皮，一条相当长的白内裤。他跟陆志庠一样不当面称赞好，却是真正动感情地喜欢，抢了一张刚拓印好的在手上。

坐下来，跟聋膨打手势带嘴巴活动，告诉他这几天到省政府见到魏道明省长的情形。又讲到魏道明的老婆和魏都在法国留过学，比魏大了整整十岁。这引得聋膨兴奋起来，值得大笑几声。

然后正宇懒洋洋在榻榻米上斜躺下来，头靠着墙对序子飘浮浮地说了两句："张序子呀张序子，你要小心喔！有人说你是共产党喔！"

序子马上站起来："张正宇，你不要来这一套，你吓不倒我的。我告诉你，从现在算起，不管事大事小，我若是碰到任何麻烦和羁绊，都是你搞出来的，都由你负责，以后都会有人跟你算账。"

陆志庠眼看形势不对，问序子发生什么事。序子打手势："等下告诉你。"

正宇连忙说："我这是和你开玩笑，你不要当真，我这是和你开玩笑。"端起茶杯要走。

"好嘿！你去跟郎静山，跟张沉痕，跟王之一明天也去开这种玩笑吧！"

张正宇走了，序子告诉聋膨正宇要他刻屏风的事，聋膨拍拍序子背胛，叫他不要生气，又倒了杯水给序子。

序子躺在被窝里想：

"正宇是不是因为屏风的事憋一肚子气想出的这个臭点子来杀杀我的威风？这老家伙真是太不知轻重了。怎么可以随便拿'共产党'三个字在台湾开玩笑？这么不懂事，太不知利害了。不过反过来说，他如果是真有心报复害人，还跑到我房里来亲口告诉我有人说我是共产党干什么？干脆让人一索子捆走不就是了。"

老头子的毛病，一是一点政治立场都没有，蒋介石是什么东西，仗打到鼻子跟前了还糊里糊涂；二是小算盘、小手脚、小心眼。钱面上计较了一辈子也不见发了什么大财。

平心而论，为人还是宽和的。艺术上他毕竟是个很有两下子的老行尊。平日有说有笑，相处融洽，看不到什么心计。序子会的手艺多，找上门的麻烦就多。细看老头子的心地，总是想方设法要压服序子一下，事实上又办不到。早饭以后，序子也跟之一讲了，之一说，事实上反倒是正宇感觉你在压服他，所以他放不下面子。看样子，你还不得不提防他有朝一日当真给你一下。总之小心一点总不坏。也可能老头以前没见过你这种人。在上海，年轻人见到他总是唯唯诺诺，他习惯了。

"唉！正宇这样搞来搞去，弄得我心里都不太安静了。"

说这么说。你别说，总司令部实际上就在之一这里，正宇和张沅痕以及郎静山成天拜会这个那个的结果都汇流到这里来，由他整理成文，放入哪个正式格局里。

买来的一盒可爱烟斗可把他忙坏了。记得他讲过一个故事，上海一个阔佬，有上千烟斗陈列在吸烟室墙上两圈架子上。家宴后到吸烟室活动，跟来一些头回到府上附庸风雅的年轻新朋友，不知礼貌也不分上下，公然开口说："刘老刘老，你收藏这么多烟锅，送我几个吧！"

刘老说："我问你，你知道不知道古时候的皇帝爷宫里头有多少宫妃？"

"听说不少，正宫娘娘除外起码也有三两千。"

"你有没有听说过底下的大臣、将军们向皇帝要宫妃做老婆的？"

"没听说。"

"为什么没听说？"

"大概是没发生过这类问题。"

"为什么没发生？"

"大概是没这个胆子。"

"为什么没这个胆子？"

"怕掉脑袋。"

那主人对年轻人说："摸摸你脑袋还在不在，要是在古时候……你这个随便问人要东西的习惯就麻烦了……"

序子说："你这指的是要东西，有一种偷东西的心理就更值得玩味。警察局抓到一个白胡子老惯偷，问他为什么屡教不改。"

"他说：'改不掉的。'

"问他：'为什么改不掉？'

"'改了，就像不孝父母那么难过，也好像自己家里东西让别人偷了那么不好受。'

"有人被抓到警察局问案，把问案科长的新皮鞋给换了。

"还有人把警犬训练所的警犬一夜之间全换成家常犬。"

序子问之一："你读过欧·亨利写的《红毛酋长》吗？"

"没，你讲吧！"

"一对夫妇带一个六岁儿子住在森林里。这儿子从早到晚惹祸，弄得老夫妇寝食难安。

"他认得老熊、老狼、老狐狸、老乌鸦，也认得猴子、野山羊，和它们都成了好朋友，高兴就带它们进屋玩，吃家里的东西，吓得老夫妇躲在楼上不敢下楼来。弄得家不像个家。有时玩水挖沟，差点冲倒房子；有时玩火烧草，差点烧着森林。向上帝祈祷也提不出具体要求，你祈祷什么呢？让亲生儿子蒸发人间？让这调皮的孩子变成规矩人？你没见过这孩子，见过他之后什么忧烦都没有了。他长得那么可爱！红通通胖嘟嘟的脸，一脑壳红头发，所以他名字叫作'红毛酋长'。唱歌唱坏了喉咙的沙嗓子和一张一笑就咧到耳根的大嘴巴和大门牙。

"他是老夫妇俩的骄傲，走得越远老夫妇越骄傲。如果红毛酋长一礼拜或十几天不回来，老夫妇的快活就难以用笔墨形容了。

"这头且按下不表，先说另外那头。

"离森林不近的地方有个村子，村子十天半月有个市集。

"这天市集上来了两个专拐卖孩子的拐子佬，最巧第一个碰到的，就是我们这位红毛酋长。

"六岁红毛酋长大爷一看就清楚这是一对专门拐卖孩子的拐子佬。

"'小朋友，你好！'拐子佬甲打招呼。

"'唔，唔。'红毛酋长装傻。

"'小朋友，你一个人来赶集呀？'拐子佬乙问。

"'唔，唔，我爸爸、妈妈！'红毛酋长指东指西。

"'我们带你吃东西去，好不好？'拐子佬甲问。

"红毛酋长点头。

"吃了两个烧鹅腿、一块大奶油蛋糕、一瓶可口可乐。

"'糖糖！'红毛酋长手指大水果糖摊子，这个糖，那个糖。还买了两个大口袋，让拐子佬甲乙分别背着。

"'皮鞋。'

"'小刀。'

"'花帽子。'

"散场了。拐子佬对红毛酋长说：'我们回家吧！小朋友，你家在哪里呀？'红毛酋长摇头，只管低头吃糖。

"'那么我们带你回家吧！'拐子佬说。红毛酋长点头。

"走呀走，迷路了，天黑了，三个人困在森林里。拐子佬慌了，不知道怎么办。红毛酋长用手窝了个号角，高喊了两声，于是叫来了老熊、老狼、老狐狸、老猴子和野山羊，吓得两个拐子佬爬到树上求饶。

"红毛酋长对两个拐子佬说：'不要动，老老实实在树上睡一觉，明天大清早送我回家。'

"第二天清早，甲乙两个拐子佬轮流用肩膀驮着红毛酋长往家里走，一边听红毛酋长的命令：

"'你俩把我驮回家之后就不准走了，做我家的奴仆，给我们家挑水，种菜，砍柴，做饭。听到吗？'

"'听到！听到！'拐子佬回答。

"再回头说家里两位老人。

"高兴没多久，没想到红毛酋长回来了，口里还说：'俘虏了两个拐子佬当仆人，从此你们两位老人家用不着那么辛苦了。'

"真可惜，不小心，第二天两个拐子佬就逃跑得没影了。"

（我是几十年前读的《红毛酋长》，有点信口开河，回忆起来味道差多了，失实之处，请原谅。）

早饭刚吃过，戴铁郎来招待所找序子："我爸爸在门外桄榔树那边等你，有话说。"

见到坐在路边铁椅上的戴英浪："明天中午十二点，台湾警备司令部彭孟缉要抓你。明天大清早六点钟有一部老货车停在你门口。不要问，带好行李上车。去基隆。下车有人接你，给你去香港的船票。"

坐了两三天的船，到了香港。海上热热闹闹，新波让陈雨田和雷雨约了只小舢板到九龙香港海中间来接麦非一家和序子。

原以为这轮船会靠香港码头的。

也觉得算是有点意思。序子不相信新波派来接船的水汽盈盈的朋友陈雨田和雷雨是故意的。

陈雨田跟序子说，新波收到台湾那边消息，早就做好准备。

上了岸，麦非一家往筲箕湾他亲戚家去了。序子暂时住湾仔渣菲道廖冰兄家。新波在渣菲道冰兄家等序子。

冰兄家在三楼。进门人不少，新波、陆无涯、冰兄和大嫂，两个女儿零一、零二，同住的年轻夫妇（？），陈雨田、雷雨，一件件行李也帮忙搬进角落。

冰兄说："算是你们动作快，晚一步就遭手了。"

序子说："我不是共产党，要抓白抓！"

冰兄说："一抓到手，也由不得你说是不是。"

新波告诉序子："先在冰兄这里解解急，住两天再说。这不像前两年，局面不一样了。明天你跟冰兄一起到九龙砵兰街去，'人间画会'那边有活动，你正好参加。可以和大家见见面。

"现在各人回家。我带序子上茶楼随便吃点东西。"大家听吩咐也都走了。序子一一道了谢。

茶楼坐定。序子告诉新波："我老婆也在香港，她在湾仔德明中学教书。"

"啊！消息这么快？"新波说。

"她去年下半年来的，她以前在德明中学毕的业，是德国人办的学校。"序子说，"丢那妈！可惜张正宇这个月该我的那一百块薪水。"

"你还有两幅卖木刻的钱在我家里，明天带到砵兰街给你。"新波说，"你怎么一点也不着急去看老婆？"

"唉！两年都等了，差这一天？"序子说。

"我看你眼前买点明天大家一起吃的早点吧，省得廖家大嫂一早又忙。你看她今天累得……冰兄还要跟我们一起过九龙。"新波顺手给了他十蚊港纸。

"说得是，亏你想得到！"序子接过港纸，买了不少甜咸奶油面包、咖喱角之类的东西。新波送他到渣菲道廖家楼下，还说："把你老婆的电话号码给我，先帮你打个电话给她，免得太突然害心脏病。好！明天见！"

序子上了楼，廖家两大两小正各睁着大眼、大嗓门跟同屋那对年轻夫妇聊天。打开点心包让他们吃，都说来得正合时，"泡茶！"

大嫂说："少吃点，他们明早过九龙开会的早点。"

那位年轻丈夫说："那哪吃得完？作明天的午饭还有剩。"那年轻夫人跟着一边嚼一边帮腔。听口气、看形势，跟冰兄一家都是老熟人了。

两个人都长得修长秀气，嗓子新鲜得像刚泡的明前茶。两位也说早看过序子的木刻，很欣赏。序子听这慷慨称赞总悬着一半不太信的胆子。

"我们出版社用过你不少作品。"这年轻人说。

"他说他在出版社,其实他是写小说的。"冰兄说,"我看,你们的年纪可能差不多。"

序子说:"我一九二四的。"

这人说:"我叫艾明之,一九二五年的。"

(这一辈子跟艾明之老弟就这么在渣菲道廖家有缘相处了一个星期。记得回北京后有过一次通信。几十年通这么一次信所为何来?嫂夫人的形象和名字也忘了,真失礼,该打!)

他小两口分住在一间木板隔成的小房间里。

冰兄一家四口住正经大房。衣柜、梳妆玻璃镜台、双人床、屉柜、茶几、四把带靠背的椅子、冷热水盥洗盆,挤在一起(洗脸、刷牙漱口、洗茶杯)。大小木屐放在房门口。

厕所公用。

分租客户漱洗可使用厨房淘米洗菜水池,没什么不方便。

序子临时搭铺在客厅地面,可算最洒脱自由之人,袒胸亮腹四顾无忌,犹如仰卧于苍穹之下。天蒙蒙亮则蹑手至厨房,就自来水洗漱梳洗完毕,叠妥当随身行李,藏于蔽处,乘主人们未曾苏醒之际先将第一壶泡茶开水烧妥,并把昨夜众人客厅留下残余垃圾收拾干净,掸掉周围家具上尘埃。这是老江湖序子的为客之道。

跟着艾明之打了个大哈欠,右边大房女儿给弄醒了,全家也就醒了。分别洗漱完毕,大嫂眼看序子把下手活都做了,茶壶、茶杯都乖乖地等在茶桌上,大嫂开柜子取茶叶,厨房正呼呼响着开水壶。

大嫂对序子有点满意,觉得这样的寄宿者家教好。

世上最不幸的家庭是来了比主人还像主人的客人，随手打烂瓷器，香烟头烧坏桌面和床单，用餐时大手大脚抢菜吃，临走丧尽天良顺手扒走名贵小摆设当纪念品。

大家吃完早餐，各走各路。

艾明之两口子三联书店上班。

冰兄马上开始一天的工作，坐在他那张小小写字台旁，画《华商报》的国际、国内漫画，《周末报》的多幅漫画，一张又一张，让人觉得他那些构思有如泉涌，端盆端碗都接不住。

今天人间画会有集会，他和新波都是召集人，新波一来，他俩便会带张序子过海去九龙弥敦道那边的砵兰街的一处地方去。

砵兰街在一个僻静的地方，这条街就像人们讲过的一样，是日本统治时期马马虎虎给人随便盖的，材料简陋，人上下楼梯掉泥粉粉。久而久之，梯沿给磨圆了。

这是个解急的地方。好多进步的文化人逃避国民党的迫害，逃到香港都被党组织照顾在这里。画家张漾兮，作家蒋牧良、于逢、马华，导演方莹，来来往往，好多好多人。

（楼有三四层，住得满满的。记得后来挂在广州爱群酒店楼顶一直垂到地面的那幅《中国人民站起来了》的毛主席举手打招呼像就是在砵兰街楼顶上画的。好多好多缝在一起的白竹布，好多桶颜料和透明漆，我记不太清楚到底是和谁、谁分得了一个合作画第三颗扣子的光荣任务，可能是汤田礤礤和温少曼。当时不觉得怎么样，用了两天时间，直至四九年叫我们去广州参加华南文代会住在爱群大厦，站在爱群大厦楼底下照了一张相，才想到当时在砵兰街画的第三颗扣子。反转身去找那颗扣子，再大声嚷着："看第三颗扣子！

我画的！”

当时人们兴奋劲头个个溢出边界，没有人有兴趣听什么"扣"不"扣"子，这些小得意。）

喔！喔！

原来砵兰街不光是美术界活动的地方。戏剧、音乐、电影……有事都到这里来。特点是不接待家属，只供茶水，不管伙食。好在街上到处都是茶楼饭馆，饿不着这些人的。砵兰街这座楼，进出的男女老少难以分类，反正国民党特务那部厚厚的账本都写得十分详细。国内仗打得越热火激烈，这里来往的人越热闹。也有早来的看晚来的，喜气洋洋，畅开胸怀，毫不含蓄。

这里美术界单独有个名字，叫作"人间画会"，是抗战胜利后黄新波、黄茅、梁永泰、廖冰兄、特伟、陆无涯和一位重要的香港女作家陈实创立的。她起的这个名字还同时成立了一个文学出版社："人间出版社"。

三个人上了三楼，原来搞美术的都在三楼。大家没见过序子的，便由新波介绍了：

"这是方菁，这是盛此君，这是张序子，哦！忘了告诉你，给你老婆打了电话了，她在德明中学等你。给你介绍她们两位别人的老婆，才记起你的老婆。——昨天他才从台湾逃出来，住在冰兄家里打地铺。老婆在香港教书，分别两年多，至今还没见面，我帮他打了电话联系，忘了告诉他……"

"你这么年轻就结婚了？"盛此君对序子说。

米谷说："娃娃亲！娃娃亲！"

"俚吨未见过，好靓女！"余所亚说。

"你见过？"小丁问。

"见过照片！"老所说。

"幸好你走得快，差一步就麻烦了。"特伟说。

"多谢那边的朋友！"序子说。

"还有多少熟人在那边？"老所问。

"搞木刻的朱鸣冈，诗人雷石榆，搞木刻的荒烟，老漫头陆志庠，还有个搞木刻的黄荣灿，还有个老戴、戴英浪和他儿子戴铁郎——其余我当年福建闽南演剧队不少朋友，你不认识的……"序子说。

不少香港本地的画家跟上海、广州那边过来的是老朋友，如李凡夫、陈迹、郑家镇，一定是因为有点名堂才邀约来的。没想到钱瘦铁从日本回国，经过香港，也被邀请了来，跟大家都热烈招呼。

桌子上不少水果点心，还有茶。

过不多久，新波带了四个人上来，里头没想到有楼适夷先生。其他人介绍了，糊里糊涂没听清。

其中一个年纪稍微大点的下巴比上嘴唇稍微长点的笑眯眯的中老年人说话了："……欢迎从四面八方，不远千里万里来到香港的美术界各路人马，兄弟们不要好长日子又要从香港大锣大鼓地凯旋归去。这段日子，是一个非常特别的日子，迎接新时代的黎明。这是个千载难逢的大时代，（举杯）欢迎即将到来的大解放、大胜利。干杯！祝贺各位创作大丰收！"

接着详细介绍了几个大胜仗的消息、大战役的胜利消息。

听了大家就认真地大鼓其掌。

看样子是个美术家们跟文化界头头们见面会，也算是个即席的时事报告。

然后各人都离开座位找熟人聊天。

楼适夷先生问序子几时到香港来的，序子把台湾的事情匆匆讲了一下，楼先生想不到序子出了这么大事，便又告诉了其他三人。都过来问序子长短。

楼先生问序子现在住在哪里。

"昨天刚到，多谢新波帮忙，介绍在冰兄家打地铺。"

新波还说："他在上海和台湾，跟老婆分别了近两年，老婆也在香港，到现在还没有见面。"

适夷先生说："那你搬到九华径跟我们一起住好不好？"

"那是个什么地方？"序子问。

"一个小海湾，农村，六路公共汽车终点站，地方清雅，房租便宜，全村的人都姓曾，民风很好。你来，你还可以帮我沟通一些事情，你会广东话。不久会有更多南来的朋友，很有可能要住在九华径来。"适夷先生说。

"我怎么去呢？我身边还缠着不少事没解决，我还不清楚我老婆那边的教学工作辞不辞得掉，还真感觉有点对人不起，难以开口。"序子说。

"你说说看，我们怎么帮你？"适夷先生说。

"这些事怎么可以麻烦你，找到那么好的地方已经多谢又多谢了。"

新波和适夷说："我们还可以帮序子做点零碎事，放心好了。"

有两个人来得非常突然，一个是颜式，一个是钱瘦铁先生。想想看，这个颜式，他到底是干什么的？飞檐走壁，来去影无踪。序子跟他老朋友到这种程度，一点也摸不着底细。没见他发过大财，

适夷先生说：『那你搬到九华径跟我们一起住好不好？』

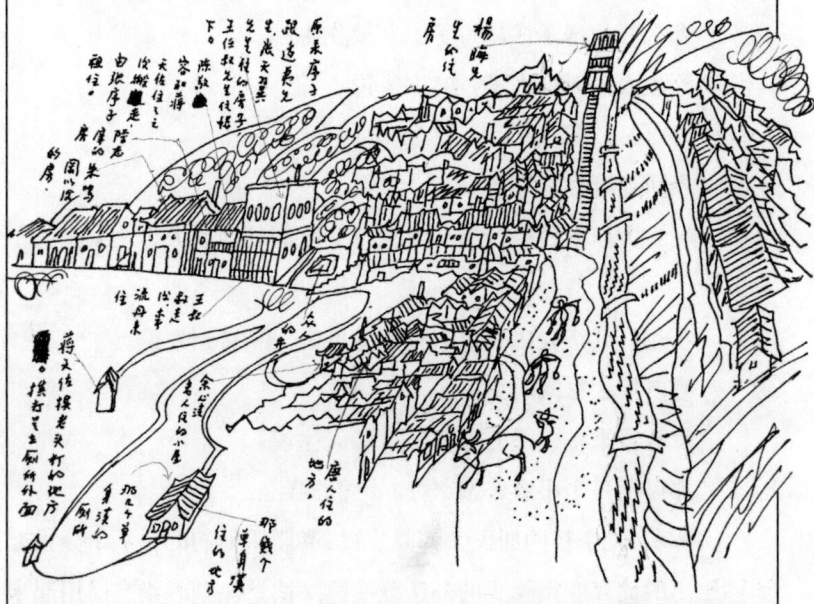

也没见他饿过饭。还有就是这位钱瘦铁先生，台北图书馆阅览室一本城砖那么厚的日本美术月刊杂志合订本，几几乎每期都有文章评介到他。不是大半多年前在上海叩见过他吗？怎么从日本回来了？

颜式告诉序子："九华径，我清楚，我负责带你去就是。你忙完自己的事，找我隔壁住着你叫他刘先生的一个人。他家有电话，有事请他转告我，他是个带货走水的人，为人简单，不坏！听说梅溪在香港教书，这下好了，你夫妻终究团圆了。"

适夷先生说："九华径那边小小一间一间空房子多，替你设想眼前就有两间，一间是与我们同住的洋楼的三分之一隔段，我们欢迎你。另一间就在我们隔壁，民间住宅，单幢前房二楼，都是五十元一个月。和你上海的那间小洋房价钱一样。"

"楼先生，你还记得起我的房租？"序子说。

"那么好的房子谁忘得了？"楼先生说。

"原主人今天也来了！"序子说。

"谁呀？"颜式问。

"余所亚呀！"序子说。

"啊！大作家聂绀弩演《德充符》歌颂的慷慨大方之豪士。"颜式说。

"不过，九华径也有让人扫兴的地方。"楼先生说。

"喔？"大家问。

"没有自来水，没有厕所。"楼先生说。

"那可不是个小事，怎么办？"颜式问。

"厕所，九华径的居民大都是农民，粪肥跟他们的关系十分重要，他们想出的储存应用粪肥的办法既实际又简单。到时候自己用起来就明白，也没听过外来住客有过怨恨。九华径有一口天然大井，全村人饮食洗涮都靠它。还有住香港九龙的人用大瓶子装了这井里的水回去泡茶。也有人说九华径女孩子皮肤好，眼睛好，眉毛好，头发漆黑和井水有关。说九华径出长寿老人也因为这井。"

颜式说："我等你想两天，受得了乡下茅坑和水井，我就过来帮你搬家！"

"不要等两天了，你再放纵我，我要住半岛酒店了。明天就搬。"序子说。

"不问问梅溪？"颜式说。

"给她一天时间办辞职告别，我两个上九华径。"序子说。

"现在我和你一起过海，送你到德明中学门口我就走，不做'电灯胆'！"

两个人佐顿道码头上船，坐在舱外椅子上。人不多，也不嘈杂。

这么大一片海，容得下这么多船。有大轮船，有兵舰，还有航空母舰。还有数不尽的小船像撒在海面上的豆子和芝麻，还嘟嘟地叫，表示自己的身份和存在。

"钱怎么样？"颜式问。

"有一点，他妈张正宇这一个月应给我的薪水一百块没有拿。原来有一点，刚才新波把以前帮我卖的两张木刻钱给了我，眼前能对付一下。要添置的锅炉碗筷，还有床桌椅子……"

"床桌椅柜，油麻地那边有铺子可租，我帮你先去看看。"颜式说。

德明中学到了，原来就在渣菲道拐个弯。

是个分校，直上多少层都算德明的。

颜式说："我走了，明天一早来带你们上九华径！"

序子站在校门口东张西望。传达室问："揾位？"

"我揾张梅溪。"

"喱位贵姓？"

"敝姓张。"

"哦！张先！你咯位张先等佐您成日啦？"[1] 传达室已经清楚了两张的关系了，便带序子走上二楼，引见二人见面，自己下楼去了。

"我没想到新波先生给我打电话。"梅溪倒了杯开水给序子。

"我在廖冰兄家打地铺，没想渣菲道离这里就拐个弯，说不定昨晚上就碰到了！"序子说，"还记得颜式吗？他带我来找的你，明天带我去看房子，留你跟德明领导办辞职手续。"

"办好了！新波认识校长，他们是同班同学。"

"你看！"

"你看！"

"明天颜式一早来，我们三个人一齐看房子去了。今天你还是冰兄家打地铺吧！"梅溪说。

"现在还早，我想我们去食点嘢吧[2]！"

走到街上，梅溪说："你看你裤子的扣子，怎么掉得一粒毋剩？"[3]

序子自己吓住了："听说香港要罚钱的。"

"不假！"梅溪说。

1　哦！张先生，你那一位张先生等了你一整天啦。

2　吃点东西。

3　那时，裤子上装拉链比钉扣子的少。

"那你帮我挡到一点，挑间近的茶楼。"

进到一个食档，坐下，伙计来问：

"吃乜？"[1]

"都咁夜了，食重过头嘢怕瞓唔着，来碗吉第粥吧！"[2] 梅溪说。

"我唔所谓，几重我都顶得顺。来盘豆豉青椒炒牛河吧！"[3]

两个面对面喝茶。（以下都改用北京话。）

梅溪微笑，桌面上轻轻拉住序子的手："太苦了……"

"不再分开了。"序子说。

"那么久，那么久……"梅溪说。

吃完夜宵，各人分开。

第二天颜式一大早就来敲门："我先找的梅溪，什么先去九华径看看，不要看了。没有第二个可看的地方。我叫她把所有行李都顺手带了。"

梅溪说："不是住旅馆，还有什么好挑的。"

"我没有说反对这样做。"转身对冰兄、大嫂、艾明之夫妇、零一、零二告了别，多谢，"安顿好了，再专门请各位到九华径去玩。"

颜式叫来了出租车，天星码头过海，又叫了出租车，经过青山道，见到一面大墙画了幅"高夫力"香烟广告底下一幢小矮棚户的地方，关照司机停了一下。颜式带序子、梅溪下车去看一个人，

1　吃什么？

2　这么晚了，吃正式东西怕睡不着，来碗吉第粥吧。

3　我无所谓，多重我都对付得了。来盘豆豉青椒炒牛肉沙河粉吧！

原来是余所亚，还有一个荒烟，也即是当年鼎鼎大名的木刻《末一颗子弹》的作者。这其实是间木匠作坊，隔壁是间汽车修理厂，相通相连，好像一家兄弟。这个地方很不普通，人间画会的人，文联的那些作家，马思聪、李凌、赵风、叶素经过门口都要进去坐一坐。这里根本谈不上像一个住处。男人和男人一起原就可以这样混在一起过日子的。

颜式带序子梅溪下车是一个礼貌的照会。说了几句话。

"告诉他，我来了！"

颜式最懂得里头的这些门道。

青山道这条路有不少拐弯的直路，左边是海，停三两只生锈老烂船，有工厂跟一些小杂货铺。再走一段路，静下来了，路两边是已经成熟的银合欢树，据说这是公共汽车六路车的终点站，又是九龙的汽油库，一个圆包、一个圆包排在左首边。右边是坡，上头有座医院。

沿路右首一拐。荔枝角海湾到了，尽头就是九华径。司机把车开到一个小停车场，大家下车搬行李，颜式多给了一些钱，司机理所当然地收下了，也没多谢。

说海湾还真是一个长长的海湾。前头是理想的沙滩和海，往里是荔枝角游乐场，再往里是十几亩农田，再再往里就是都姓曾的住家老百姓。周围桃李树、松柏树和鸡蛋花树。

楼适夷先生住的是一幢全村唯一用水泥盖的二层洋房。用木板子隔成三间和一个东、南、西带窗的大厅。楼先生要出八十块钱，中间住客五十块，序子靠楼底口头一间，有扇大窗，由于楼梯顶层多了个放双人床的空间，没有加钱，算是占了点便宜。

九華煙神彩
黄水玉 健伴九慶字

说海湾还真是一个长长的海湾。前头是理想的沙滩和海，往里是荔枝角游乐场，再往里是十几亩农田，再再往里就是都姓曾的住家老百姓。周围桃李树、松柏树和鸡蛋花树。

颜式说好了："明天床和书桌椅就送来，每个月不到六块钱。今晚上委屈你两口子打打地铺。我明天还要给你们带煤油炉子、面盆、水桶、茶壶茶杯、锅子锅铲。村子里有卖米和油盐酱醋的，你们自己打听打听……我转去了。这两天我这个人算你们的……"

　　楼先生两口子过来了，楼师母名叫黄福纬，大着个肚子。楼先生问："这，这人是谁？像你的亲兄弟！"

　　"抗战时期，江西赣州的老相交，张乐平介绍的。你人在哪里，他在哪里。神仙一样。"序子说。

　　"他干哪一行的？画家？作家？生意人？大少爷？江湖上的？"楼先生问。

　　"哪一样都不像。没见他摸过书本，跟哪个演员和画家都熟。哈！在赣州他还关照过，小心某某人、某某人，九成是个国民党特务；某某人只是个流氓耍赖皮的，做特务还不够格。在江西，跟'二队'的人熟，跟'七队'的人也熟。我看，像你们共产党的可能性大。"

　　"我们？"楼先生说，"共产党哪来这么特别的单干户？"

　　楼师母年轻，她说："以后叫我福纬吧！师母师母的叫得我肉麻。"她拿来两瓶"唯他奶"、一袋面包给梅溪说，"将就当晚饭吃，正式过日子喘口正经气，起码还得过三五天。"

　　原来这幢楼后头还贴着一个小单层，六十来岁的瘦老先生带了梳辫子的老保姆住在一起，也过来打了招呼，握手顺便报了名字："潘，潘颜西。"

　　百分之百的广东人，若是没机会出省混过，讲起普通话来，怕是自己听起来都很难懂。

　　潘先生长得黑、扁，满脸皱，一眼让人看出没有利害欲求的真诚。一位很自重的老人。

身边那位梳辫子的老保姆，是一个大时代、大潮流的悲苦的遗痕。社会学家、历史学家、生物学家、文学家，这个家、那个家都爱把一个什么自己感动的东西叫作"活化石"，我不敢。

养蚕在我们中国，历史古到实在查不出个准头。我小时候，社会上还在把它当作正经事做，我四叔叔就在蚕业学校教书。专门商店收罗一把把蚕丝往外头运，我小小年纪时还有亲历的印象。上海、香港等地都把织成的漂亮丝绸料子卖到外国去。成年之后到了香港，见到不少梳着辫子的老太太在为人做保姆，就是日本人造丝把真蚕丝工业打垮之后，原来从广东顺德一带来香港成千上万的缫丝、纺织年轻女工流落香港，以后只好为人家做保姆的这群人，失掉了所有年轻时代女孩子应有的幸福快乐权利和机会。

人们在背后称她们为"嗦嘅"[1]（有小小的尊敬和更多的历史的同情）。

我在香港生活的日子还见过不少这样的"梳女"，现在可能少了或没有了（潘先生的老保姆我们叫作"阿真姐"，怕也都六十多了）。

　〔亲爱的读者，我病了，病得不轻。

左腿摔断成三截，开刀，装一种名叫"钛"的金属管子，又查出心脏上的小盖盖坏了，要装一枚非常现代化的东西来代替，以免血液不按规矩乱流出来。我猜想医生大爷为什么来回考虑到现在不动手？除了又发现肺部有问题，这个影响那个，那个影响这个之外，

1　梳过的。

原来从广东顺德一带来香港成千上万的缫丝、纺织年轻女工流落香港，以后只好为人家做保姆的这群人，失掉了所有年轻时代女孩子应有的幸福快乐权利和机会。

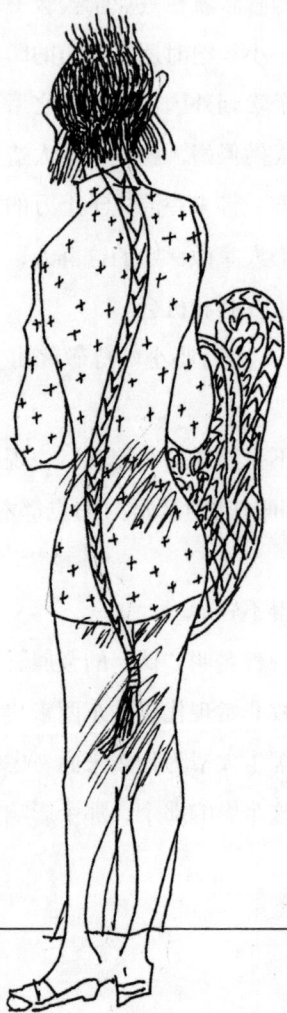

「捵哏」

恐怕认真仔细考虑的是我的年纪，九十七了。

如果不摔，不病，九十七岁的人还有几年活？开了刀，一切正常又还有几年活？

就好像前些日子我九十七岁生日，晚辈们对我祝贺："祝你老人家长命百岁。"

我的天，只剩三年的命啦！

自己问自己："那么，你认为还应该活多少年啦？有人这番祝贺你两百年如何？你信吗？"

这段时间，几乎没想到写《无愁河》，没有情绪和力气，把它们从荡里吆喝回来。

春节前半个月，倒是画出十几幅牛年的生肖月历。

黑妮说："写《无愁河》啊！爸爸！"

这使我想起《生命中难以承受之轻》的作者昆德拉。他一九二九年出生，比我小五岁，捷克人。我当然不认得他。我五十年代初教过不少捷克留学生。萧乾先生恰好翻译了《好兵帅克》。萧先生跟当时的捷克大使是老朋友，大使原是位作家。名字我记不住。他说他常和大使在一间小阁楼上聊闲天，喝酒。我读过《世界文学》这位大使写的三篇短篇小说。是不是萧先生翻译的？忘了。萧乾只跟我谈哈谢克（《好兵帅克》的作者）。我跟我的学生除了谈《好兵帅克》之外，还谈到在美国做第一任音乐学院院长的居然是捷克大音乐家德沃夏克，谈舒克，谈贝德里克·斯美堂纳。学生还给我带回一张了不起的捷克大木刻家斯伐宾斯基亲笔签名的木刻《六月的中午》。德沃夏克的《自新大陆》我勉强背得出来。舒克的《大提琴协奏曲》没人的时候，我可以动手指头暗中指挥。还有，

学生还给我带回一张了不起的捷克大木刻家斯伐宾斯基亲笔签名的木刻《六月的中午》。

跟几位专画儿童画的大师"吞卡"先生成为老友，写信，送作品。来来去去近十年就没有提到《生命中难以承受之轻》。我现在那么把它当回事是怎么回事？

就是这特别的书名字：《生命中难以承受之轻》。

那时候为什么没谈这本书呢？我根本不知道世间有这本书。原来他当时正在忙着写这本书，正被驱逐出境到法国去。我不太清楚他的生平。

这书名之引人注意是它怪里怪气。女儿说他原来有个普通而正常的名字"轻若鸿毛"，真那样，文章和书名就统一了。就不那么玄虚了。我真实喜欢这个玄虚点的书名。作家一九六八年"布拉格之春"后作品被禁了，撤了职，七五年搬到法国去住，七九年捷克政府取消他公民资格。有时得意之后也信口开河翘尾巴："如果一个作家写的东西只能令他本国人了解，则他不但对不起世上所有的人，他更对不起他的同胞。因为他的同胞读了他的作品，只能变得目光短浅。"

这要看是什么时候了。

古时候没有飞机、轮船、电报，只有竹简和木刻版的"书"可看时，也不见得比现在人蠢。不清楚谁对不起谁。

我一个人害病躺在床上无聊，想起昆德拉那本书，开头两节都在探讨生、死孰重问题，介绍者也在旁边敲边鼓：

"当我们的人生是被一些决定了就不能更改的选择和一些巧合和机缘所定型的时候，存在便失去了实质意义和重量。因此我们会觉得存在为我们带来了难以承受的轻。这不仅仅是指我们个人的生活，也是群体生活，以及两者免不了的纠结。"（詹姆·米勒《新闻周刊》。）（不晓得这人在说些什么。）

四个年轻人：

托马斯，男的，医生。

特雷莎，女的，托马斯的情妇。

萨宾娜，女的，画家。

弗兰茨，男的，萨宾娜的情夫。

再加上一个年轻人，作者昆德拉自己。

他们共同拱出的这本书。两个内容：一是探讨生命的轻重；二是上床作乐寻欢。

你让一个近百岁心地纯洁的病人躺在病床上动弹不得之时，强迫他老人家即我本人接受这种对品德和健康毫无促进作用的勾引教育，是何居心？床边没旁人，是自己问自己。

吾不畏死，奈何以死惧之？

喜欢看搏斗、拳击，自己坐在安全地方鼓掌别人勇敢冲锋，不太需要胆子。虽然我一生大部分时间都在佩服自己，当然也留有小小余地给镜子里的自己露脸的机会。

亲爱的读者千万不要以为我活了这么一大把年纪之后，已经修炼成一个谦虚、大方慷慨、脾气和顺，跟一张拉斐尔画的圣母像一样纯洁的人。啊！想起一件事，在这里说一说。

前几天看一出连续片，一个人对另一个人说："你该去看一看，那地方的风景，那地方的人，像一幅画一样！"

那是幅什么画？"画"！画并不都美丽温婉，万一是幅地狱变相图怎么办？

不！说老实话，这是靠不住的。我其实丝毫也不谦虚，又机架，又小气，什么事都计较得了不得。十一岁送了个橘子给隔壁刘家祖喜，至今九十七还记得。我以前在什么地方也说过："天底下最好玩的莫过于玩骗子，你要装傻，让骗子来你跟前上当。骗子没想到我在调度他，玩他，让他放心以为他在玩我。"

前面提到过欧·亨利的文章《红毛酋长》，讲的就是小孩玩两个老骗子的故事。欧·亨利喜欢写老实人玩骗子，一篇又一篇……

我一肚子的奇花异草，无不可以敞开胸脯让人参观，只有一块小小机密角落不让人走近。里头藏着我自高自大、看不起人的快乐材料。

一个人病了，自己海阔天空面对自己，什么事都可以想。无所谓对错，不怕犯法。非常自由，非常百花齐放。一个人最快活的事莫过于自己想东西。记得"文革"时期一个姓岳的年轻朋友家住和平里新房子第三层。他爷爷八十六岁，一年三百六十五天，一天二十四小时，不出门、不访友，看残书之外，不跟任何人说话，吃饭不和家人搭腔，喝嚼也不出声。

人精瘦，双眼鹰隼有神。每天起床漱洗之后，大开所有玻璃窗，双手叉腰，挺胸，放开清亮嗓门大叫三声：

"混蛋！"

"混蛋！"

"混蛋之至！"

叫完之后与常人无异。就这样十几年直到去世。从不惹人，从不恶气。开始，很惊动街道居民委员会的工作人员，以为哪里在喊反动口号。听下去一点都不。嗓腔越练越清亮，每朝人们不听两声，反而不太习惯。

人精瘦，双眼鹰隼有神。每天起床漱洗之后，

大开所有玻璃窗，双手叉腰，挺胸，放开清亮嗓

门大叫三声：

「混蛋！」

「混蛋！」

「混蛋之至！」

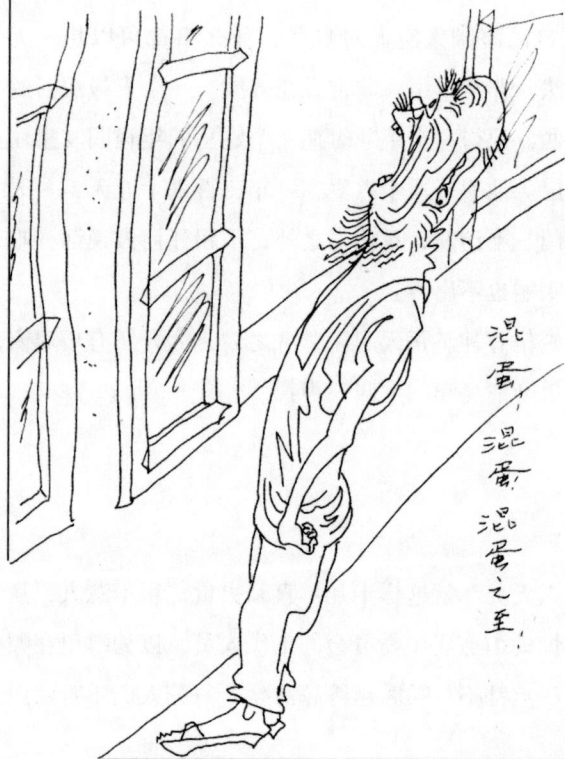

以上所云并不怎么好笑。还有一个也并不怎么好笑的故事，既然讲了那个不免引起讲这个的兴趣，就一起讲出来算了！也是在同一个时期，我认识的一位尊重的老人家，九十二的人。儿子和儿媳妇都在担当要紧公差。一天两天不见回家，三天四天也不见回家。半个月也没有回家。做父母的自然就慌起来。"慌"这个东西最容易让大人变成小孩，让有学问的人变成没有学问，让诸葛亮变成司马懿。摊开双手不知如何是好。房子里空洞洞一个人，打算做点什么有用的清醒事情也无从着手。说时迟，那时快，一片慧云飞来脑顶——烧掉所有来往信件，快！

　　那时候，常有人偷偷烧来往信件，烧自著书册，烧珍藏的名家画作。从文表叔几十年和朋友的来往信件，抗战八年带来带去又带回北京。就是我老婆帮忙烧掉的，我问她有谁。"一捆又一捆的，谁来得及看？胡适、徐志摩、郁达夫、丁玲……又是信，又是稿。"

　　"有鲁迅的没有？"

　　"不在一路。大概没有。要是有，怕也顾不上了。"

　　老头住在公家宿舍里，院子公用，烧东西十分不便，便躲在屋子里烧。

　　都拉到洗手间来，一封封点燃了往恭桶一扔，一拉按钮，哗啦一声，天下太平。后来发现多烧几封恭桶也吞得下。兴奋起来，便一把一把往里扔，想不到的是大祸居然从天而降。恭桶被熊熊大火烧得太热，一动按钮，砰的一声，恭桶炸了。祸水四散奔流，左邻右舍纷纷前来观看，最后连幸灾乐祸前来看热闹的人也收获不大。明知儿子媳妇久出不归，是老头子自己的作为，追不出什么热闹。好心邻居找总务处朋友帮着换了个恭桶和水箱。

恭桶被熊熊大火烧得太热，一动按钮，砰的一声，恭桶炸了。祸水四散奔流……

老头烧信

358

老头一个人闷在家里，心想如此如彼不如一索子吊死算了，往房顶看，找不到妥当挂钩，客厅当中那座水晶大吊灯谈不上再挂一个人。住房是讲究的别墅式，四围绿茵软草，往下一跳落得个半死下场，救活之后洋相不知出在哪里，让儿孙蚀尽面子，想到这里，自己笑起来，当年的秀才瘾发作喜得一联：

跳楼看准硬地皮，
上吊找妥好挂钩。

一个人死也不要死得不近人情，不要死得太过难看。要让人深感本老头光明磊落视死如归，形象庄严。决定每天早上无论天晴下雨落雪刮风，在街上狂奔，直到哪年哪月啪噗一声摔在大街之人行道上为止。

从此以后大清早早起的有心人们果然在北京王府井东单一带看到一个衰弱的老头子，穿着单薄之极，挺胸亮脖在人行道狂奔。

老头子心里想的是："跑呀！跑呀！跑死为止！"

实际结果是，他儿子媳妇落实政策之后回家，见到他时说："爸爸！你怎么强壮得像个大力士？"

讲的那两个故事都是回忆中满溢出来的。若在九华径的当时，倒又是个不可知的几十年后的未来。

人和人交朋友常常会付出不少的容忍之情，读者对写书的亦若是。所以我不把我塞在纸上、亮在读者眼前的这些不伦不类的东西当作废话，而只算作向你走来时顺手在田坎上采来送你的几枝野花。

以前和以后怕都还会这样做。也可能你早就习惯了。

现在,我开始说九华径的日子。]

颜式很早就带人抬了张写字台上楼来。声音大了点,黄福纬竖着指头轻轻告诉我:"天翼先生还没醒……"

颜式问:"哪个天翼?是不是张天翼?太好了!哈!"

这一"哈",天翼先生真的被哈醒了。他住在中房。

福纬赶快到自己屋里取了个大脸盆,盛来半盆凉水,颜式连忙从热水壶里倒一些热水顺手端了进去放在靠背椅上。只听见天翼先生不停地讲多谢。

颜式满面笑容地从中房出来,嘴巴不停地说:"张天翼!张天翼先生!"生怕序子这时候还不清楚。

序子这才回头忙自己的事,看到这桌子:"光写字还行,它怎么经得起刻木刻?桌面那么薄!"

"这倒没想到!先小心用几天吧!铺块布什么的,下次过深水埗再去跟老板打招呼,换一张还是想个什么别的办法……"颜式说。

收拾妥当之后三个人下楼提水。

大清早,不少男女老少排队在井边等水,见三个人来,都找话说。

"'俚哋'同'佢哋'喺一齐嘅?"[1]

"俚哋来咁多人住俚度做乜?"[2]

---

1 "你们"跟"他们"是一起的?

2 你们来这么多人住这里干吗?

"睇佢哋个个喺‘捞松’，俚哋点识的佢地嘅？"[1]

序子说："我们老早就认识的，是他们邀我们住来这里的，说这里好！"

"好乜？自来水都冇。唔发达嘅地方。"[2]

颜式说："我们也不发达，要发达早住‘半岛’了。"

大家听起来就笑，又问三个人家在广东哪里。

颜式梅县，梅溪新会，序子湖南。

大家哗然，三个人里头夹着个会讲广府话的"捞松"，一个假广东。颜式连忙解释：

"他是我们的广东女婿，算半个广东人。"

"点解佢会我哋粤语？"[3] 人问。

颜式说："住耐着拉吗！俚计吓，要吃我哋广东几多饭？"[4]

两个男人提着两桶水上楼。大的自己留着，小的那桶梅溪提到天翼先生门口。他嚷起来："怎么让一位女士给我提水？真是不敢当！真是对不起！"

张先生躺卧在门口的藤椅上，还在连声地多谢不止。

颜式说："‘同船过渡，五百年所修’，怎么会想到这里见到张先生？一桶水的小事……"

"你们不是本地人？"天翼先生问。

"不是。她广东，他湖南，我梅县。他们是两口子。一个学音

1 看他们个个是外省人，你们怎么认得的？
2 好什么？自来水都没有，不发达的地方。
3 为什么他会我们广东话？
4 住久了嘛！你数数，吃我们广东多少碗饭？

乐，一个刻木刻。我，我呢，江湖上跑龙套，没有专门手艺。"

张先生问序子："你是湖南人？湖南哪里？"

"朱雀。"序子回答。

"啊！朱雀！你听没听说朱雀有个孙茂林？"张先生问。

"听说过，他喊我爷爷作舅舅。"序子说。

"见过？"张先生问。

"没见过，小时七八岁见过一次，不太算数。"序子说。

"哈，见就是见，没见就是没见，算不算数不能这种讲法。"张先生说，"比如你夫人今早帮我费神提一桶水，将来人家问起来，我能说提水不算见过？"

序子说："我都是想，见一个要紧的人，总应该是狠狠地见一次。"

"那是有的，总不应该回回都狠。"张先生说。

"记住，不忘记……"序子动没动嘴？不知道。

这时候上来两个人找楼先生说"来了"。说完又往回去。

楼先生早有会心："哈！来了。下了六路巴士，沿海堤过游乐场走到九华径，怕还要一段时间。——嗯！烧一壶开水，嗯！茶杯，没有茶杯，凑一凑看有多少？我这里只有两个漱口杯，序子你那边……"

梅溪说："我们有把小茶壶，四个小杯子，平常过日子弄来玩的，喔！也有两个漱口缸，还有点'铁观音'。"

"下次回香港记得带把大茶壶。"颜式说。

福纬说："这些人不常来，难得用得上大茶壶的。来也不好意思常常叫你出茶叶。"

适夷先生说："我这人很少喝茶，四明山、上海，哪有空喝茶？都是匆匆忙忙喝口水就走！茶叶麻烦费钱！……"

福纬说："你从早到晚口里含着的这根香烟不费钱啦？——听声音像是来了。"

"走不得这么快，荃麟身子骨差，走不快的。"适夷说。

"其实来这么多人做什么？过几天开会不就都见到了？那么远……"福纬说。

"他们是来看天翼的，不要以为来看你。"适夷说。

天翼躺在藤椅上，自己也笑起来："幸亏九华径没有饭馆，跑不了要你做东！"

楼下脚步噼噼啪啪响声很大，人来得不少。上起楼就更响得了不得，一个个跟天翼握手，说欢迎话，还有人说："你身体不好，还真怕你走慢了。"

原来硉兰街讲话，下颚比上颚长点的那个人就是邵荃麟，女的是他媳妇郭琴。那么和蔼可亲的一对。另一个是乔冠华，我认得他他不认得我。不过我认得他上海《文汇报》的老婆龚澎，幸好适夷先生把乔冠华介绍给我，我特别佩服他。他又说喜欢我的木刻，"真的喜欢"。一张张举出名字。还有个叶以群。

还有《华商报》那一伙编辑，还有黄药眠、林焕平、特伟的弟弟盛迅、老相识袁水拍……颜式、序子、福纬就忙着泡茶，顾了这个忘了那个，还有个不认识的老头说："这'铁观音'好！是奇种。"不停地一杯又一杯，后来率性拿走了个漱口缸。这句话点醒了原来大意喝茶的，都兜回转来向序子两口子讨茶。颜式兴奋得成了火头工，序子、梅溪两口子变作茶博士。

这些人都比较上了些年纪，好多行内话序子都听不懂。平常日子讲话有笑声，有哈声，今天这些话，序子听不大懂的文坛专业行话比较多，讲来讲去还要讲，像是广东茶楼不动嘴皮子发声的老茶客，轻一句，重一句，当然也说些民间凡人的事："没想到茶叶这么好，你哪儿买的？"

适夷就往序子指。

序子心想："你个老家伙，喝得顺口，我不信你舍得花钱！"

"郭老、茅公都安顿好了吧？"张天翼问。

"昨晚一个聚会上，郭老听到你来了，都为你高兴。茅公还搭话托我问你好！上头还讲到你这里不适合养病，条件太差，要你搬到澳门去，正在和镜湖医院联系。"叶以群说。

"可以了，可以了，这里静，好！"张天翼说。

"听说王任叔好不容易从马来西亚回香港了？"

适夷指指："他就住楼下。"

"大家老远来了，都是熟人，几年不见，也不上楼来聊两句？叫他上来吧！"有人说了。适夷听了走开。

"这九华径，我看还真是不错。天气热的时候来这里避避暑，一天起码重半斤。"

"你是卖猪肉的！"

"你看你看，就这么几张凳子椅子让我们站了那么久，空肚子光喝水。该走了！是不是该走了？各位？反正见面机会有的是。各位？"有人建议。

说声走，就真的告辞了。楼梯咯啰、咯啰响了一阵。还真有人在楼下跟王任叔打招呼，哈哈哇哇。相当长一段时间才安静下来。

"真对不起，要你们帮忙成这个样子。"其实梅溪三个人一点也没有停。洗茶杯茶壶，提着水桶上下跑。

天翼先生问颜式以前在哪里做事。

"原在广州中大读了两年，抗战跟着到坪石，坪石一散，变成'自由抗战分子'了。跟张乐平漫宣队他们，跟剧宣七队他们，日本人扫荡三南（江西赣南的龙南、定南、虔南），跟老百姓往前跑。在寻邬，日本人投降了。被日本人追到山喇喇里（缝缝里）没有路跑的时候，日本人投降了，好像半路上捡到块两斤重的金刚钻，莫名其妙。打败的日本人都认了，只顾逃命的老百姓还不知道自己是个赢家。"颜式说。

"他们很可能这几天把我搬到澳门去，我们就要分手了。希望你这个快乐人有空时候常来看看我。"天翼先生说。

"那要看照顾你的人让不让我来。"

"知道是你，没有不让的。"天翼先生说，大家笑起来。

序子指着颜式对天翼先生说："这个人一辈子都在为朋友忙。想多谢他，他已经走开；想为他打架，他没得罪人，用不上我帮忙。给他画速写，他说自己样子不好看；有人帮他介绍女朋友，他说睡惯行军床……"

天翼先生笑，颜式说序子话多。

照序子的眼光看，满香港、九龙都是内地来的人。在北京有好几年千辛万苦想找的老朋友，香港街上碰到了。那时候的香港可以随便进出。大清早，从从容容的广州男女坐火车去香港亲戚家打几圈麻将，晚上坐火车回广州是家常便饭。后来局面有了变化：

进步的文化人躲避国民党追杀往香港跑，摩拳擦掌在香港等坐船回天津转北京参加开国大喜事。

败仗的国民党头子战犯带着老婆少爷小姐、金银财宝往香港奔命。

一下子，香港就闹热起来。

前几天来九华径看望张天翼先生那十来个人，你别瞧他们各位都长得普普通通，高短不一，有朝一日回到北京，你就会后悔"当年"为什么不多看他们几眼，以致丧失一去不回的瞻仰机会。

众人走后，颜式也跟着走了。楼上五个人在三间隔板房里静悄悄躺着。

还不能说不累，是人多熙熙攘攘"乱"累的。各人躺在床上，连"累"这个字都不想讲，眼睛看着房顶。

眼前，全世界的日历上都印着一九四八年，昆德拉的那本我觉得写得并不怎么样的《生命中难以承受之轻》还没写出来（我多少年后才看过那本书）。如果（一九四八年的九华径）站在当时的角度问那十几个来看望张天翼的先生们："您各位觉得，今天承受的生命是轻还是重？"

今天老前辈们都已不在人间（屈指一算，距今已经七十三年）。假定他们还能说话的话，我再用老问题向他们请教，问荃麟、问田汉、问夏衍、问适夷、问王任叔、问乔冠华、问叶以群……生命的轻重？他们会当回事吗？

张天翼先生果然很快就搬走了。

中厢房搬来一家两口子的新住户。

两夫妇有点怪，不理楼先生夫妇，也不理我们夫妇，擦身而过的时候眼睛都不动一动。

据说男的是油画家，女的是作家；更奇怪的居然是延安来的。不是广东人，也不知是哪里人。

这陌生邻居有个名字，忘记了。序子背得出延安所有画家的名字，这画家的名字真没听过。

两口子住中间房，忽然地一身新。男的西装、领带、大皮鞋、大礼帽；女的旗袍、法国真丝披肩、高跟鞋，居然那么快地烫了头发。像旺角卖火柴、卖肥皂刚发财的财主爷。

带架子的法国画箱，一崭新的全套颜料，三脚凳，遮阳伞。过不多久，《大公报》登出他画的连环画，相当相当业余水平。

后来香港倒传回九华径一些介绍："有个后台关照他。以前和延安鲁艺的彦涵接近，女的是大家都闻名的漫画家的女朋友，不清楚什么道理跟着跑出来了。没什么特别道理，就是两个人等不及急着想跑出来叹世界……"

村子的人在田里干活，他居然厉声叫："不要动！我在画画！"村人走近他，指着他鼻子："画俚丢画！滚！"

待不住了，真的离开了九华径。去哪里？不知道。

福纬在《大公报》写了篇短文章感叹这件事。想不到写得那么好！后来知道她在新四军的时候是个法官。我的天！

序子这几天也忙着刻一张木刻。解放军渡江，全面追剿蒋介石。开心！

一位解放军战士飞在花朵之上。

一首诗，不用文字写出来！

彩色的！

适夷先生看了，他说："不好！"

"一件活生生的胜利，一位活生生的解放军战士，踏踏实实的事情，你怎么弄到空中去了？我们应运用现实主义的手法进行创作，要不然就会变成今天这样的笑话！谁都看不懂！

"你这人啊很富于想象力，就是幻想太多，不现实。这明显看出你创作很热情，理论修养基础不够，以后应该多加强这方面的学习。"

序子说："……我平时，理论书籍是看的，努纳卡尔斯基的《艺术论》，法捷耶夫的，日丹诺夫的，出一本看一本，看来看去不单觉得用处不大，根本就不懂。懂都不懂，好像块生肉，你怎么嚼得烂？吞得下？有用处？

"读一句，挡一句，不要说'用'了！美学也是这样，我根本就不信那些写美学的，听他们的话画就会画得好？既然药丸子那么灵，让他补张纸来两笔试试。

"你不清楚我好用功，也不偷懒，读这些书比读古书难多了，卡在脖子里，一句一颗核桃。

"你生活在你们圈子里和你们身边熟人，讲这类话惯了，我怎么跟得上？"序子把久存肚子里这些话，说得一点也不勉强。

"我一口气背得出那些我不懂的词汇，你信不信？"序子告诉适夷先生，"那些东西碰得我满头包！"

适夷先生兴趣来了："你背那些做什么？你真能背？"

序子说："背是能背，怕也只是万分之一。来啦！——作为，原则性，能动性，决定性，非本质，本质，主观能动性，批判，取

一位解放军战士飞在花朵之上。

一首诗，不用文字写出来！

彩色的！

向，内心世界，社会效应，系列，方向性，中心思想，边缘人物，反应，走向，精神世界，解决问题，感性，理性，辩证法，辩证关系，唯物主义，唯心主义，理念，实践，概念，观念，情况，意念，形而上学……"序子喘着气找茶缸子，"再加上马克思说，恩格斯说，黑格尔、尼采、苏格拉底、赫拉克里德说，一句一个重大意思，半天解释不透，一天也念不完。"序子说。

"哪一天，我让你把这些话说给乔冠华、荃麟他们听听。"适夷先生笑起来。

"别，别！我是对你一个人才那么放肆，他们不一定笑，完全可能大生气。"序子说，"我总是觉得论定人的进步，各行业有各行业自己的办法。撑船的教不了烧炭的。更高的原则是个道德问题。中外一样，古今也一样，不需读很多书都懂。现在的大道德就是打倒蒋介石，不靠共产党谁也办不到。在台湾，我跟我尊敬的一位老漫画家陆志庠也谈到这个问题，他身体有缺陷，又聋又哑，想问题、谈问题偏差得有趣。他说：'打国民党，写文章、画画、刻木刻都没有用，只有跟解放军从北边打过来有用。你刻木刻，国民党刻跑了没有？啥用场都唔！'"

楼先生说："几时你开个人画展，我会在报上写文章祝贺你，也会提这幅解放军飞在空中的木刻问题，你介意吗？"

"我会心跳，也晓得对我有好处，为我好！"序子说。

九华径越来越热闹了。

楼先生问我："隔壁曾家前楼你猜猜谁住了？"

序子摇头。

"蒋天佐和陈敬容。"楼说。

"陈敬容我熟，我给她的诗刻过插图。"序子说。

"蒋呢？"楼问。

"不认得蒋。"序子说。

"翻译狄更斯的《匹克威克先生传》的那个蒋天佐。"

"精彩！我没见过蒋天佐。"序子说。

"有什么精彩？陈敬容答应戈宝权今晚上一齐吃晚饭的。他两个原来早就相好。蒋天佐这一下半中腰插进来，突然坐飞机到了香港。"适夷跟戈宝权是老友记。

"真没想到……"序子沉吟起来，"简直是诱拐良家妇女，这狗杂种！"

"哎！也不能那么说什么'良家妇女'，我只感觉老实人戈宝权受欺侮了。"适夷先生说。

"《匹克威克先生传》有什么了不起？这狗日的！"序子越想越不好受。

"耶？是非要分清，不能一生气把所有好坏串在一起骂。"楼先生说。

"谁弄他们到九华径来的？"序子问。

"你可不能这么想！都是自己人，你愿意让他两个落在国民党手里？"楼先生说。

话音未了，东边厕所那头热闹起来，序子跑去一看，那位全村最老的老人家（九十一岁）正举手边棍子要打人。那人刚来九华径没多少时候，不明规矩，随地小便，碰上了。

正是陈敬容和蒋天佐。来不及向他们打招呼问好，连忙对老人

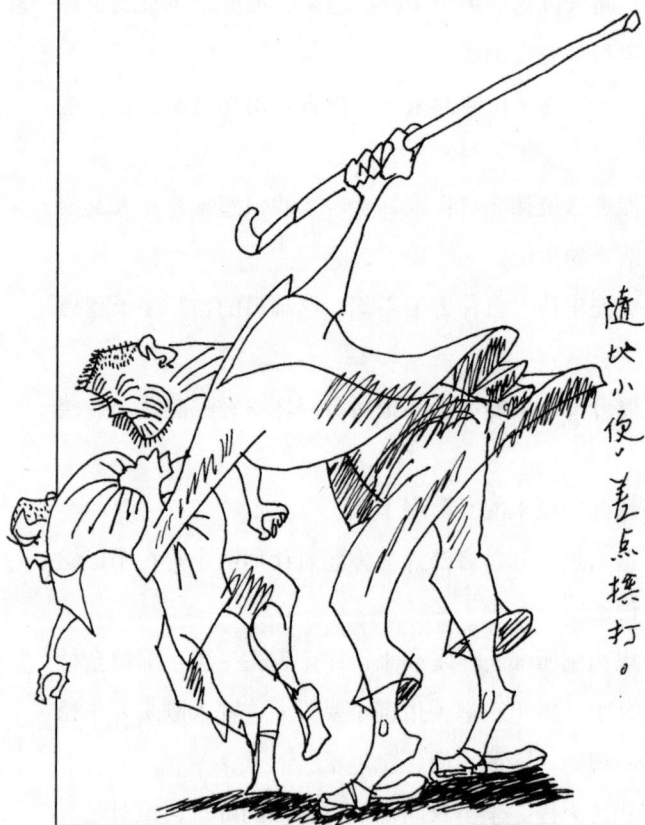

那人刚来九华径没多少时候，不明规矩，随地小便，碰上了。

随地小便，差点揍打。

家解释原因！

"老人家，老人家，佢哋喺我老朋友，你老人家千万唔好摇手，佢喺上海佬，唔识我哋九华径规矩，佢哋尿急揾不到便所，未念俾你老人家撞到。十分失礼之至，都系佢哋唔啱，对唔住。你睇我面子原谅一次……"[1]序子狗一样向这愤怒老人家讨好。

曾老先生平素对外方人无好感，只序子一人认得，有来往，画过画相送，刻过木刻像……

老人家原来左手就握着根硬木棍，正要扬起，右手扣住蒋天佐衣领，蒋天佐身子骨也太不像话，让一个九十多的老人家弄得动弹不得。

老人见是序子，松了手，一路骂着客家话走了。

蒋天佐正了正衣冠（无冠），众人也散了，序子耐烦开了厕所的门，指着右首边一间小隔段，里头有两块厕板，解完大小手之用这根树棍棍随便盖盖就行。这是农田有用的肥，要紧得很。

这里进厕所也是利利索索、清清爽爽，不脏的。

没想到陈敬容在这里跟序子介绍蒋天佐，还握手。天底下难见的礼数。

蒋天佐对于随地小便的事，一句也不提，板起脸孔，像是他在教育张序子。

序子回转家里告诉楼先生，见他脸上第一次涌出顽皮的笑容，

1　老人家，他是我的老朋友，你老人家千万不要动手，他是外省人，不懂我们九华径规矩，他是尿急找不到厕所，不想遇上了你老人家，十分失礼，都是他们——指两口子，多指个人，好平老人家的气——望你老人家看我这份面子原谅一次。

像章回小说谁给谁报了一箭之仇那么解瘾。他又得意地关照序子，转告那个平常日子给几家"捞松"住户挑水的驼背大娘别给蒋天佐挑水，让他们自己挑。这就厉害了，这味道要蒋天佐几十年后在"干校"才能有机会重新体会得到。

（那时候，我的头脑非常简单，只觉得蒋天佐这类人没有意思。过日子怎么能不跟人来往呢？成天板起张脸颇没意思到极点。后来我香港大学开画展他训我的那件事，我又对他心生十分敬意，彻底多谢他、想念他。）

这几天听朋友说，我们香港的文化界领导们，乔冠华、林默涵、邵荃麟、叶以群在批胡风。胡风这时候在上海，后来还真的从上海赶了来对批。目的都是为对方设想，如何写好文章。又听说胡风原来在重庆的时候跟乔冠华什么都谈得来，是好朋友的。现在看乔冠华的口气，不太"是"了。我不懂各方为了讨论写好文章，摆这么大的"阵势"干什么。有一天中午，胡风先生居然大驾光临九华径找楼适夷先生来了。

胡风先生大概认为，在许多老朋友中间，适夷先生是个厚道人，资格也老，是陈独秀那时期的革命者。

从下午开始，两个人一直谈到第二天天亮。

楼先生半夜三更敲我的房门来借茶叶和点心，还说："什么点心都行！"

我没忘记这件"缘分"。后来朋友总是好奇地问："他们谈了些什么？你旁听了一整夜？"

"胡风慷慨激昂地宣讲，适夷温文尔雅地细听。我那时年轻，长着一对天生听音乐的耳朵，两个人讨论的'是'与'非'一点都不懂，没兴趣，太吵，蒙着耳朵睡。第二天大清早，胡风早走了，回香港了。"

"你说可不可惜？那么重要的一段历史……"

"你还历史历史？你应该祝贺我的运气才是。我若听得懂，能忍得住不到处吹？几十年后的'胡风反革命专案组'能饶得了我？——我对胡风也不怎么佩服。总喜欢弄一些特别的东西出来。要清算郭沫若、茅盾、巴金、曹禺、沙汀、姚雪垠、臧克家、碧野、严文井、朱光潜、马凡陀、陈白尘、许杰……你饭吃饱了是不是？论写文章，自己不好好写，成天找人斗气。那种时候，各人都在努力为国家奔命。人家写不写得好文章是人家一辈子自己的事。凭什么人家要听你的？你那手学问就那么灵？唉！'好为人师'也是一种天真行为。有时还很凶恶！"

中间房住进了巴波兄和夫人李霁树。

巴波兄是和木刻高手张漾兮从四川来的。巴波兄带着巴波嫂，住来了九华径。漾兮兄是单身，住砵兰街。

巴波兄和漾兮兄为什么往香港逃？听他们自己说：

两个人在成都穷极无聊，心里又极想发财拢钱，于是翻遍市上能找得到的发财益智书籍，一本日用百科全书向他俩发出希望的闪光。

书里头步骤井然地介绍制造麦芽糖的全部过程。连防止老鼠进入大锅桶自杀或他杀都有细致精密的防止方法和提醒。

料不到的福气一来，你挡都挡不住。上天毕竟不忍心让具有真才实学的干才被尘世湮没糟蹋。成都一家规模最大的麦芽糖工厂刚好死了总工程师，而喜气洋洋的工厂大老板手里捏住的正是巴波、张漾兮老兄寄上的应征书。

两份应征书上的履历表上端端正正写着：

巴波，四川成都，年三十二，英国曼彻斯特大学糖学博士。

张漾兮，四川成都，年三十一，德国拜仁慕尼黑大学饮食学硕士。

（两个学历都是前几天晚上听世界足球队比赛收音机广播得来的灵感。）

巴波封为厂总工程师，月薪二百元。

张漾兮封为副总工程师，月薪一百五十元。

每天汽车接送，小伙房用餐。

上班这天，两人换了白盔白褂，巴波轻轻关照漾兮："定住神，别慌。"漾兮说："晓得。"

一进厂房，没想这么多人。主任、副主任、科长、科员、技术员……拥着挤着看新来的这两个人。

老板带着两个太太也进来了，一个肥一个瘦，过分的程度，没人看了敢笑。都拥上前来跟博士、硕士握手。

老板说："我们今天欢迎两位专家，乘这机会，看专家下料。"

主任过来问老板："下多少？"

"专家面前，你怎么问我？"老板说。

"一百石！"巴波出声，漾兮抖了一下。

大家跟着"啊"了一声。

巴波一个人到机房那头盯住仪器，又低头看看手表。坐进一张高椅子上一声不响。

这空气严肃得像跟蒋介石开孙总理纪念周。

真像那么一回事，俨然之极。

这个扳手启动，楼上响动起来。麦子流进滚桶，几个滚桶一个传一个转动起来。再转动轮盘进水，再驳动电门加温，扣准电门保险刻度。

机器从容运转，发出温和的声音。

巴波站起来，众人拥过去贺喜。巴波冷着脸问值班的："你们是几个人值夜班？"那人说是四个。巴波"唔"了一声，和老板一起走到厂门门口再见之后，进办公室去了。漾兮跟在后头。

就两个人，听差送上盖碗茶也轻轻掩门走了。

两人坐进沙发，喝着茶，漾兮说："你让我怎么不佩服你？"

"啥子意思？"巴波问。

"看你手脚动作好安逸啊！跟真的一样。"漾兮说。

"老弟！格老子胆子躲在喉咙里，敢假吗？"巴波说。

两天后，半夜三更巴波来敲漾兮的门。

"快！快！手里有么子拿么子，赶紧走！走！先去上海！飞机票买了。有话飞机上摆！"

飞机上坐定，起飞之后巴波告诉漾兮，"麦子水太多，温度太高，麦子煮熟了。不跑更待何时？"

上海朋友借钱，接来李霁树，三个人来到香港，是另一类故事。听故事的爱信哪个信哪个。

又听说那位麦芽糖老板解放后的日子过得不错，做了省里头什么委员。巴波、漾兮有时回四川，在大会上老远看见他，精神上和实际上都有犯罪感，都想躲着他；新世界、新社会里头，这类事情说大算不得大，说小也不算小。不好意思、对不起人是实。

好笑的是，他两个逢人讲到这个故事时，回回都不一样，场面、时间、对话、细节各有新的创造，甚至有一次他把自己说成老板。至今七十多年了，又不是性命交关的事。包涵点吧！

九华径越来越热闹了。

顺巷子搬来作家唐人一家，有杨紫大嫂和好婆以及四个孩子。唐人兄每天坐六号公共汽车到尖沙咀再过海到香港《大公报》上班，坐他的办公室，写他的《金陵春梦》。

巷子头有间小房子，小到只能摆一张单人床。一位老人住在这里，他名叫余心清。这老人具备天下老人最可爱的优点和长处，长得白净、魁梧，满头浓密的白发和满胸的美髯，声音爽朗，知识广博，待人宽厚，喜欢儿童，对乡人敦敦有礼。听说做过另一位中国伟人冯玉祥的部下。

他一个人住这间屋子太挤了，转身回环很不方便。

自己又在赶写一本蒋介石如何迫害他的书《在蒋牢中》，在《华商报》发表。后来知道巴波兄为这本书帮了好多忙。

刚搬进九华径小屋的时候，不少本地年轻人为他打扫小屋里头的百年尘埃和悬挂蚊帐，老人家在屋外不停地叫多谢。

四九年之前他就回北京了。

（新中国成立，我常常在《人民日报》见到他随毛主席、周总理接见外国大使的照片。那么漂亮的风度，最合适做"典礼局"的局长。"文化大革命"开始，他老人家可能遇上什么说不清楚的委屈，自杀了。我有幸在那个当口见到这位难忘的老人，真不容易。

出小道口沿左首石阶可走进住着不少单身汉毫无想象力的大平

那么漂亮的风度，最合适做『典礼局』的局长。

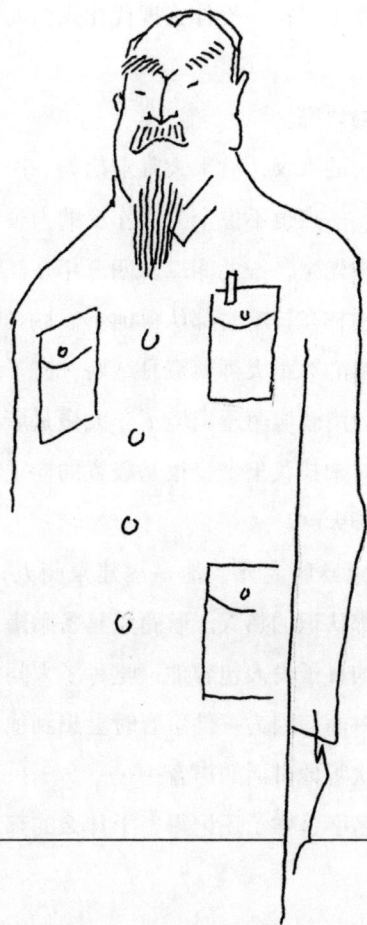

典禮局長余心清

房石屋。

不熟的是一位以后"反右"常在报上活跃的经济学家，很出名，年深月久记不住了。

一个是江西赣州时代的老朋友顾铁符。当时他在赣州领导修飞机场。修飞机场不应是种简单的学问，飞机上上落落，生死攸关可不是开玩笑。以后回到北京，他来大雅宝胡同看我，问他在哪里高就，他说在故宫。

故宫跟飞机场不一样，没什么现代化东西要修的。"那你在故宫搞什么？"

"搞一点文物研究。"

一位精神奕奕的大汉，就来大雅宝胡同一次，不再来了。打听，几十年没有音讯，一点也不像个为非作歹的人……

一个是雷石榆先生，一九四二、四三年在江西信丰认识的老诗人。郭老和诗人林林在日本时都认得他。以后又在台湾的台北见到他。那时正跟台湾的舞蹈大师蔡瑞月结婚，有了个孩子。我离开台湾不久，他也给台湾政府驱逐出境了。大概是唐人兄帮他跟这一伙人住在一起。有时来找我坐坐，很是寂寞的样子。我忙，没有可能放下木刻刀陪他聊天啊！

还有一个作家耿庸老兄，他是福建泉州人，我俩可以用泉州话交谈，谈彼此都认识的熟人。耿庸兄具备闽南人包容委婉的性格，万万没想到以后的日子没人包容他，吃尽了人间痛苦。我们香港分手之后没有再见一面。因为一件事有时会想到他，有时在梦中见到，相互挽手，我喜欢听他讲话的声音……

还有一位。名字、样子还记得，干什么的都记不得了，只想起他爽朗的笑声。再也找不到熟人去打听他了。只记得他有一盒美国军用防蚊油，给这个用、给那个用。

也忘记这帮人是怎么付租钱的？付给哪个当事人？谁管他们的饮食？哪来的炊具？锅炉碗筷没留下印象……个个荷包胀鼓鼓的，看起来饭还是有的吃。

臧克家先生带着郑曼师母和孩子来了。杨晦先生一家七八或八九口人也来了。杨先生住全村最高那幢半殖民地式洋楼。克家先生三口人住的地方比较特别，就在路边的小河对面。一幢农民放草住牛的二层小小楼，有座小桥让人小心走过去。门外左右可以各放一把椅子，来了客人稍微挤一点还可以再放一把，主客欣赏海湾风景。人住楼上擦干净不用床，楼下是客厅兼书房。新盖的砖屋，结实安全。先生说："小桥、流水、人家，什么都有了，只收二十块钱！"

这小屋是全村头一间建筑，离主村说远又不远，所有进出港九的村民，都必须打从他门前经过。最方便的是拜访诗人臧克家。一打听，准准就是他。

我和梅溪在香港一家印度铺子买了几尺料子，到底几尺？现在忘了。是度了窗子大小才买的。回家做成一幅好看到极点的窗帘。窗帘一拉开，窗外是幅天生得当的活风景画面。请看照片，不画插图，以证实在。关了窗帘，那彩色光亮，弄得我们两个人以为错走了土耳其或印度哪座宫殿。我们给它起了个名字："破落、美丽的天堂"。这名字好取不好写，写出来也不好挂。至今老了，倒是一直忘不了它。

唉！世界哪有这么小这么挤的天堂啊？

先生说：『小桥、流水、人家，什么都有了，只收二十块钱！』

臧克家先生家立九峯程村前右手，正所谓小桥流水人家，一点不少，一点不多月租二十元，十分公道。只见臧家先生每天笑逐逐与过路乡人打招呼。

卞之琳先生从英国回来，臧先生便是去这村接见他。

克家先生

最方便的是拜访诗人臧克家。一打听，准准就是他。

窗帘一拉开，窗外是幅天生得当的活风景画面。

你还别说，前来探访的朋友倒真不少，还有亲戚。《大公报》的编辑罗承勋，摄影家陈迹，喜欢画漫画的黄海化工厂的方成，上海老朋友韦芜（还在《大公报》做编辑），美术评论家黄茅，版画家新波。来了还管吃饭。

梅溪喜欢做饭做菜，她说九岁的时候爸爸请客她就在厨房踩在板凳上做菜。那帮人来家都说她菜做得实在好。就现状看，不像个个在讨好骗饭。

梅溪亲二舅在香港东亚银行做事，不高不低的位置，几十年过去了。家住西环，两个女儿长得规矩漂亮，在附近书院读书。还有个华表哥在香港一家水果店当售货员。序子、梅溪两个人走在德辅道他店门口，有时见到说几句新会土话。华表哥家在澳门，序子没去过，梅溪去过，可能她认为序子不想听，就没讲那方面的话。

香港好玩的地方分两种，贵的和便宜的。跟朋友上茶楼、咖啡馆，看电影，坐上山电车上山顶看风景，去周围小岛渔村大澳长洲写生。

最省钱莫过于进中国、外国百货公司闲逛。按规矩眼观手不动，无论贵贱，看多久都行。看中一样东西，喜欢它，等哪天有钱来买也行。两口子回家，一路就谈这件东西。比如一件衣服，一双皮鞋。梅溪看中什么就给她买什么（这是哪年哪月赌咒说好的），只要得到稿费或是卖了画。比如德辅道英国惠罗公司临街左首边玻璃橱窗陈列的灰白色皮带故意做得很厚的那双凉鞋。我的决心跟她可爱的沉默足足等待了半年，这鞋是我们的了。我狠狠地喘了一口快乐的大气。

得了稿费或是卖了画，仗着年轻，商量好今天不吃午饭和晚饭，

香港好玩的地方分两种，贵的和便宜的。跟朋友上茶楼、咖啡馆，看电影，坐上山电车上山顶看风景，去周围小岛渔村大澳长洲写生。

直接上"辨馆"买了一磅"巧克力"原料，分成两半，用厚牛皮纸包着，那时没有塑料袋，一人一半，她放手提袋，我放裤袋，在街上一间一间"看公司"，各人咬自己的"巧克力"当饭。

这里要讲讲"辨馆"和"巧克力"是什么。

"辨馆"是专卖西餐原料的铺子。牛、羊、猪、鸡、鸭、鱼、虾。各种黄油，起司。世界名酒及各类饮料。各类香辣作料油盐酱醋，糖食原料。规模大得难以想象。

"巧克力"指的是巧克力植物提炼出的块状原料结晶，没有打扮包装，没有添加任何糖料和香料，有些微的甜和奶味，不腻人的喉咙嘴巴。入口脆爽之极。

进电影院看电影，里头什么东西都可以吃。门口就有一架爆米花的机器。序子和梅溪两人买了瓶柠檬汽水，咬一口巧克力，看一段电影，喝一口汽水。周围人吃爆米花，抽香烟的都有。

看完电影出门，序子爱回顾电影一番。导演如何，男女角如何，几个场面、镜头安排得不错……梅溪一声不响。她不会被感动得过分，她只是这种时候不想和人讨论，要静一静。

序子跟在后面，像只怀才不遇的鹦鹉。

坐有轨电车到天星码头搭轮渡过海到尖沙咀，再坐六路巴士回九华径，已经很晚了。

上了船，人不多，各各散坐在长靠椅上。

序子悄悄告诉梅溪："看这海，好静！那么多的船都睡了。"

梅溪说："听小船在抖。"

序子说："妈妈身边，讲讲梦话。"

"海上不起风暴多好！"梅溪说。

"风暴不是海自己弄的！"序子问，"你读过木玄虚的《海赋》吗？'天纲浡潏，为涧为瘵；洪涛澜汗，万里无际；长波溰濑，迆涎八裔。于是乎，禹也，乃铲临崖之阜陆，决陂潢而相泼。启龙门之峎嶺，垦陵峦而崭凿。群山既略，百川潜漾。决溚澹汀，腾波赴势。江河既导，万穴俱流，猗拔五岳，竭涸九州……"

序子正摇头摆尾，梅溪说："我根本就听不清你唱的什么。明天你写在纸上让我看。"

"家里有书，不用写，明天我讲给你听。"序子说。

"你那个'禹'，怎么这么能干？"

"'禹'不'禹'我不管，我让你佩服木华、木玄虚的文章就是。"序子说。

"唉！要是你和我爸谈这些事就好了。你两崽爷又是水火不相容的关系……"梅溪说。

"要真跟你家老太爷谈文章，我是够格的，他是真才实学师范毕业。"序子说。

九华径真的混进了不少国民党。脸上虽然没标党徽，站在那里一挺就看出来了。说他们"下山摘桃子"，居然摘到香港来了。

报上已经给这些人定了名号，叫作"白华"，是顺着十月革命之后逃命国外的"白俄"取的。当年的上海就有很多无家可归的这类人，好不容易谋得这份差事，穿着尴尬的戏服给大旅店、大饭馆进出客人掌门。古时称这职业作"司阍"。让人看了不好过。人和人命运撞上了，让代代子孙受累受辱。

九华径的"白华"不见军人，文人多，谈吐不俗，遇见也打招呼，交流点报上新闻。有时也来一点"鲁迅、郭沫若"，套套近乎。

蒋天佐、陈敬容住没多久住香港去了。那地方宽阔，还有一面向海的栏杆，序子和梅溪就搬了过去。简单的事，颜式、楼先生、巴波帮忙，半天就办妥了。这地方说是说租一层前楼，实际上楼下大堂、大门前院子都算自己的地方，活动起来方便多了。

户主我们称曾先生，原是个唱旦角戏的，时不时露出两手俏姐儿动作和眼神。妻子我们称"老板娘"，从来没问过她姓什么。女儿叫"乙娣"，除了念书勤奋之外，帮起爹妈农田上的忙可算个大人。儿子名叫"猪尤公"，脾气好，身体结实，随意性强，没见人亲近过他。总是他在院子里一个人玩。还有一个常要妈妈照顾的孩子，不在怀里就在摇篮里，序子还说不清是男是女。

完全想不到的是，陆志庠和朱鸣冈一家三人（朱大嫂林端正和孩子），都从台湾来了。序子问张正宇。"他也来了。"朱鸣冈说，"他派头大，不可能找这里住。"

序子就把隔壁一间实实在在装牧草的介绍给陆志庠住了。

朱鸣冈一家住再过去一家比较正经的房子。

说起陆志庠这间房，只租楼上，楼下仍然放草。打扫得干干净净，又擦又洗，铺上垫子床褥，窄虽窄了一点，一个单身人就算是过得去的日子了。

发生了一点矛盾。乡人每早上取草喂牛，叫不开门，这可是件大事。陆志庠是个绝对的聋子。这怎么办？老乡自然生了大气。

序子想了个办法，每晚在陆志庠左脚大拇指上绑一根毛线绳，老乡取草就拉一拉绳子，拉醒陆志庠下楼开门。

其实，不开心的事没有完。老乡绳子拉重了，陆志庠脚缝露出血痕；绳子半中腰拉断了，主人抬来了梯子向窗口扔小石头。

忍忍吧！大时代何事不可发生？何时不可偷生？这人间的人啊！

序子每次到香港《大公报》《星岛日报》交稿子，取稿费，车子都要经过青山道。青山道上有间医院，高高挂着一块牌子："潘作琴医院"。

序子都要向它致敬，心里默默祝福。

大家忙，半路上下不来车。潘先生呀潘先生，您一辈子做了太多好事，不容易记得住我了。

您记得抗战胜利前后的江西寻邬吗？双腿根上各长了一个深洞的青年，给了四粒"消炎片"，第二天肿痛全消，第三天走七十里会女朋友了。

这辈子怎样报答你呢？我清楚做医生都是不希望报答的人。事情遥远，过手人多，你想不起来了……

当然，青山道还有高夫力广告大墙底下余所亚住在那里的木匠房子。后来木刻家荒烟也住在那里。

这木匠房很普通，过眼就忘。隔壁的汽车修理场也简陋到极点，没有厕所，苍蝇四扑，大伙就在墙角埋了一个大汽油桶，钉了木头架子，四周围上厚油毡纸，解决了众人困难。

没想到大祸天降。荒烟老兄是个抽香烟的老枪，摇摇摆摆去上厕所，从容地裤子一脱，人蹲下，香烟抽完往下一扔，为了防蛆蝇滋生，有心人倒下的汽油马上爆炸，对荒烟兄来讲真是烧个正着，马上送进医院。

余所亚吓得半死："好彩我唔吃烟。一火起，我点走得落？"[1]

小厕所后来还在，旁边竖了块大牌，颜体字毛笔正书："严禁烟火入厕！"

（几十年后，美术家协会春节晚会上有人拿荒烟这件倒霉事出了个灯谜影射另一画家的名字，很是滑稽有趣，后来由于画家出现极大的不幸，大家不再提起这类无谓的往事了。）

《大公报》周年纪念，在斯豪酒店开了个热闹的晚会，邀请王邦夫大力士参加表演。

张序子平生也见过不少这类表演，头一次看见人的体能竟然能发挥到这种程度。表演人主要是王邦夫本人和他的弟妹们。一个个长得这么英俊漂亮。有乐队伴演，让节奏显得很不一般的高尚。

很难设想，王邦夫双手各抓一人（弟弟和妹妹）左右回旋上下地舞动起来，最后双手平举，左右手板朝上各托一个垂直的脑袋。（弟弟和妹妹）

最后二人轻轻落地，王邦夫面带微笑，呼吸平缓，好像刚从院子散步回来。弟妹的体重都不弱于一只小马。干净，利落。

（当然，还表演了许多节目，我不讲了。这都是真话。那一晚，有刚从英国回来的画家张安治全家，夫人和女儿。他们会证明确有其事。我们一起在中央美术学院共事了几十年，他是位老实人。以后还有机会提到他。）

"环翠阁"在中环皇后道上。二楼一圈是餐厅，楼下是百货公

---

1 幸好我不抽烟，要不然火一燃，我怎么走得掉？

最后二人轻轻落地，王邦夫面带微笑，呼吸平缓，好像刚从院子散步回来。

此之谓王邦夫已妹也